BUDE | MUNK | WIELAND

AUFPRALL

Roman | Carl Hanser Verlag

Wir danken für die freundliche Abdruckgenehmigung:
S. 6: Textauszug aus: Heidi Paris, 365 Zeitwörter, Merve Verlag, Berlin 2008,
© Ellen Thaetner, Paris
S. 335: »Das Chaos ist«: Textauszug aus: Bertolt Brecht, Im Dickicht der Städte.
Der Kampf zweier Männer in der Riesenstadt Chicago. Schauspiel, in: ders., Werke.
Große kommentierte Berliner und Frankfurter Ausgabe, Band 1: Stücke 1.
© Bertolt-Brecht-Erben/Suhrkamp Verlag 1989

3. Auflage 2020

ISBN 978-3-446-26766-4

Umschlag und Motiv: Peter-Andreas Hassiepen, München
Satz: Satz für Satz, Wangen im Allgäu
Druck und Bindung: CPI books GmbH, Leck
Printed in Germany

FSC
www.fsc.org
MIX
Papier aus verantwortungsvollen Quellen
FSC® C083411

FÜR DR. PAUL ŽALUD
(1912–1988)

45 die aus den Angeln geratene Zeit
46 die beste Zeit
47 die erste Zeit
48 die ganze Zeit
49 die innere Zeit
50 die kurze Zeit
51 die lange Zeit
52 die meiste Zeit
53 die übrige Zeit
54 die Zeit ist gekommen

HEIDI PARIS, 365 ZEITWÖRTER
MERVE VERLAG, BERLIN 2008

Wir haben diesen Roman zu dritt geschrieben, weil wir eine Zeit vor Augen haben, in der sich etwas gedreht hat. Die Geschlechter, die Herkünfte, die Wahrnehmungen, die Gefühle, das Denken und die Kunst waren in einen anderen Zustand gekommen. Nicht allein für uns als damals Zwanzigjährige, sondern für die Welt der 1980er Jahre, in der wir erwachsen wurden.

Dieser Roman wird von drei Stimmen erzählt. Es gibt die Stimme eines Chors, der weiblich ist und die Geschichte einer Gruppe aufrührerischer Jungmenschen in Westberlin erzählt, sowie eine männliche und eine weibliche Stimme von zweien, die durch ein Schicksal miteinander verbunden sind.

Hier ist nichts frei erfunden. Die Geschehnisse nicht, der Ort nicht. Nur die Figuren, die auftreten, sind Mischfiguren, in denen wie im Traum die Züge verschiedener Gefährtinnen und Gefährten zusammengezogen sind. Die Fiktion ist wahr, und die Fakten stimmen.

DIE FIGUREN

LUISE Künstlerin, versponnen und konsequent

THOMAS Philosophiestudent, Arbeiterkind aus Wuppertal, ehrgeizig und schwer durchschaubar

SORAYA Studentin der Theaterwissenschaften, unnahbar und entschlossen

DER GRANDE Sorayas Freund, fährt Motorrad, studiert Jura

WOLLE Berliner, Straßenkämpfer, Taxifahrer, schwermütig und radikal

ROBERT Berliner, Raubdrucker, Subdramaturg an der Schaubühne, clever und begeisterungsfähig

VRONI Arbeitertochter aus Wien mit Liebe zur Kunst und zu den falschen Männern, warmherzig und mondän

LENNY kommunistisch gesinnter Kiffer aus dem Zonenrandgebiet

ULI Medizinstudent mit diplomatischem Geschick, klug und verlässlich

ANTONIA Ulis Freundin, eine schöne, aber sterbenslangweilige Studentin der Chemie

MICHAEL Anarchist, Bayer, Schamane, Yogi, Zen-Meister, Hippie und ein großer Verführer

CLARISSA Michaels Freundin, genannt Prinzessin Crumb, studiert Literaturwissenschaften mit Schwerpunkt Interpunktion

LARS Freund und Faktotum von Clarissa und Michael, unscheinbar und scheu

IRENE Anführerin der radikalen Fraktion, arbeitet halbtags als Hilfskraft auf einem Berliner Gesundheitsamt, kess und militant

MARIANNE Freundin von Irene, eine leichtsinnige, wandelbare Person, Berlinerin

JOHN Liebhaber von Irene und Marianne, Macho, Berliner, schwärmt für Pol Pot

LEO Freund von Thomas, angehender Literaturwissenschaftler aus dem Umkreis von Jacob Taubes mit einer Vorliebe für Splattermovies, Monstermärchen und Trivialmythen

ELENA Freundin von Luise, Soraya brachte sie aus Turin auf dem Sozius über die Alpen, Zögling katholischer Nonnen

FOUAD aus dem Iran geflohen vor der Islamischen Revolution, Affäre von Marianne, einsilbig und elegant

TIBOR ungarischer Dissident, Herausgeber einer Untergrundzeitschrift, still und empfindsam

ELISABETH und FRIEDER POHL Eltern von Luise

PAULINE und TOBIAS POHL Schwester und Bruder von Luise

DR. MAX KOLO Chefarzt der Klinik in Ústí nad Labem, Mitglied der tchechoslowakischen KP, unideologisch und hilfsbereit

DR. FRANZ LÍPA Primar der Abteilung für Anästhesie und Wiederbelebung, treu und furchtlos

DR. SIMON MALY Arzt auf der Station von Dr. Lípa, zurückhaltend mit honigfarbenen Augen

DR. JONAS DEN Arzt auf der Station von Dr. Lípa, spricht Französisch, Reformanhänger

LYNN höhere Tochter aus Hamburg, zäh und zerbrechlich

JAN Lynns ostfriesischer Freund, ein begabter Gauner und Pfuscher, arbeitsam und eigentlich sorglos

RABE geflohen aus Ostberlin, herumschweifender Rebell, witzig und gefährlich

DIANA POHL Tante von Luise, Chirurgin, ausgewandert nach New York, Einzelgängerin

SVEN ein schillernder Berliner aus dem Wedding, Unterstützer

CLAUDIUS Impresario, Dealer, Spieler, bester Liebhaber Kreuzbergs

ANSELM Lebensgefährte von Lynn, Bio-Subkultur-Aktivist, gewandt und geschäftstüchtig

PRAG, JANUAR 1982

Nach einer halben Stunde Fahrt war sie bereits eingeschlafen. Die Monotonie des Motorengeräuschs hatte sie schläfrig gemacht. Zu zweit saßen sie auf dem Rücksitz der alten Mercedes-Limousine. Kurz unruhig, suchte sie nach einer bequemen Schlafposition. Sie drehte sich halb herum, lehnte die Arme auf die obere Kante der Rückpolster und legte den Kopf in ihre Arme. Ein Knie war hochgezogen, ihr Rücken dem Fahrersitz zugewandt.

Die Entscheidung, wer nach Hause fahren sollte, war zwischen ihr und Soraya gefallen. Elena hatte keinen Führerschein, und Thomas fühlte sich unwohl. Soraya fuhr leidenschaftlich gerne Auto, sie nicht. Als sie am Morgen einstiegen, war die Frage, wer fährt, schnell geklärt.

Prag lag bereits hinter ihnen. Sie fuhren durch die seltsam märchenhafte Landschaft Nordböhmens auf einer geraden Landstraße zwischen grün schimmernden Feldern auf die Grenze zu. Es war Winter, aber ob Schnee lag, wusste sie im Nachhinein nicht mehr zu sagen.

Als sie einschlief, waren alle Geräusche um sie herum verschwunden. Im entscheidenden Moment ihres Lebens hat sie geschlafen.

WESTBERLIN, 1980

Wir lebten in Berlin. Wir waren in diese Stadt gekommen, von der wir nicht wussten, dass die Toten einem hier den Platz zuwiesen. Hätten wir doch Heiner Müller gelesen. Doch wir waren jung und interessierten uns nicht für den Tod.

Das zweigeteilte Berlin lag mitten in der Deutschen Demokratischen Republik. Den sowjetischen Sektor hatte man zur Hauptstadt des ersten deutschen sozialistischen Staates gemacht. Berlin, Hauptstadt der DDR. Auf der Autobahn gab es nur Schilder, die dieses Berlin anzeigten. Der Westteil, unser Berlin, war ein permanentes Provisorium und blieb unerwähnt auf den breiten Straßen, die schnurgerade in die ehemalige Reichshauptstadt führten. Die Bundesrepublik hatte sich längst etabliert, und dieser ferne Stadtrest blieb der Ausnahmezustand. Durch die amerikanische Luftbrücke wurde er zum Symbol der freien Welt. Als wir dorthin zogen, war dieser schwere Sinn Westberlins fast aufgebraucht. In der properen Bundesrepublik hatte man sich damit abgefunden, die Agonie der halben Stadt weiter zu subventionieren. Berlin war eine Frontstadt mit einer übrig gebliebenen Population. Keiner, der glaubte oder hoffte, eine Zukunft zu haben, ging damals nach Berlin.

Die Abwesenheit all dessen, was wir so gut kannten, zog uns dorthin. Die Stadt stand für das Traditionslose, Offene, Fragmentarische und Provisorische. Der Mythos Berlins handelt von einem riesigen Museum von Behauptungen, die von den Sentimentalen wiederbelebt und von den Destruktiven gebrochen werden. Wir kamen hierher, weil Berlin anscheinend nur darauf wartete, geprägt, benutzt und vereinnahmt zu werden. Doch wir hatten uns getäuscht. Wir Zugezogenen aus der westlichen Provinz wanderten staunend über riesige, mit Unkraut bewachsene Brachen, steckten die Finger in die Einschusslöcher, die an den Häuserwänden von den Straßenkämpfen der letzten Kriegstage übrig geblieben waren, und entdeckten an den Brandmauern die geisterhaften Zimmerumrisse der im Krieg zerstörten Wohnungen. Erst allmählich begriffen wir, dass in dieser Leere eine vergangene Zeit verborgen war. Die Stadt war übersät mit Hinweisen auf Menschen und Dinge, die nicht mehr existierten und die ihre Spuren hinterlassen hatten. Wir spürten eine unüberwindbare Demarkationslinie, die sich wie eine Spur des Schmerzes durch die Stadt zog. Wir waren orientierungslos und ohne inneren Kompass. Woran sich halten?

Sonst war alles ganz schön trübe. In einem Laden für Obst und Gemüse Ecke Oranienstraße/Adalbertstraße in SO 36 waren die Äpfel und Orangen in hölzernen Verschlägen wie Kohlen aufgeschüttet, am Ku'damm konnte man in einer Peepshow zusammen mit anderen ins Rund stierenden Augen für eine Minute nackt sich räkelnde Frauen verschiedenen Alters betrachten, im Café Kranzler saßen böse blickende Krawallschachteln vor mächtigen Buttercremestücken, im Grunewald bedienten einen im »Chalet Suisse« schwule Kellner, die so taten, als würden sie Schweizerdeutsch reden, und beim Chinesen am Zoopalast wurde einem von originalen Berlinern das Hähnchen süßsauer serviert. Der Potsdamer Platz war eine staubige Steppe, Schloss Charlottenburg stand blöd am Rande, und der Reichstag dämmerte einsam an seinem angestammten Platz, nun an der Systemgrenze. Man hatte ihn nicht als melancholische Ruine stehen lassen wollen, sondern aufwendig renoviert. Die Aufschrift »Dem deutschen Volke« war geblieben. An wen sie sich richtete, wusste man nicht mehr.

Wir lebten inmitten eines Rings aus Beton. Heller Beton, Platte an Platte drei Meter sechzig hoch, mit einem aufgesetzten Wulst an der Oberkante. Meter um Meter kroch der Wulst durch die Stadt, durchschnitt Straßen, Plätze und Häuser. Das war die Mauer von Berlin, ein Wall wie aus einer anderen Zeit, fast lächerlich anzusehen. Es war der Wulst, der die Mauer so obszön machte. Der Wulst bot den Flüchtenden, die es bis dahin geschafft hatten, keinen Halt. Sie rutschten ab und waren verloren.

In der Sonne sah die Mauer von Westen wie ein langer weißer Engerling aus. Viele hatten sich die Mauer mächtiger und höher vorgestellt. Doch das Bedrohliche barg sie auf der Rückseite. Die Mauer war keine ungeschützte Wand, eine zweite Mauer oder manchmal ein Zaun lief parallel rund um die Westsektoren und schloss einen breiten Streifen Land mit ein. Grasflächen, unter denen sich Minen versteckten, fein gerechter Sand, auf dem jeder Fußabdruck zu sehen war, Wachtürme, Spanische Reiter, Schäferhunde, in kurzen Abständen gesetzte Bogenleuchten und asphaltierte Wege für die wachhabenden Soldaten mit Schießbefehl: Ein Todesstreifen, an dessen Perfektionierung stetig geforscht und gearbeitet wurde, zog sich durch die Stadt. Das zum ersten Mal zu sehen, von den kleinen Plattformen der Aussichtstürme aus, war verblüffend. Diese Holztürme standen entlang der Mauer auf der Westseite, wo sie an besonders abenteuerlichen Stellen zum schaulustigen Blick nach drüben einluden. Die Nachrichten über DDR-Bürger, die über den Todesstreifen von Ost nach West zu fliehen versuchten, tauchten mittlerweile beinahe unbemerkt in den Zeitungen auf. Zwischen 1961 und 1989 ließen 140 davon ihr Leben. Sie erlitten tödliche Unfälle, wurden von den Grenzsoldaten erschossen oder aber begingen, als sie entdeckt wurden, Selbstmord. Nur die spektakulären Fälle behielt man auf der Westseite für länger als einen Tag im Gedächtnis. Die Mauer war ein Faktum, das keinen Zweifel ließ.

Wir fanden die Mauer okay. Sie beruhigte den Verkehr, bildete Nischen, und was in ihrem Schatten nicht genutzt werden konnte, lag verlassen als leeres Land. Als richtige Berliner kletterten wir später nicht mehr auf die Holzaussichtstürme. Wir sparten die andere Seite aus. Hinter Ostberlin mit seinen langen, stillen, gelb beleuchteten Straßen schien sich die gigantische Weite des Ostens aufzutun. Wenn der Wind besonders eisig von dort wehte, fühlten wir uns Sibirien nah.

Berlin, das ist die Stadt mit den breiten Trottoirs, die viel Platz zwischen den Passanten lassen, mit den Mietshäusern, durch deren große

Eingangstüren Langsame und Eilige verschwinden, und mit der Mauer, die teilt und eint. Eine Stadt aus Schutt, die zu einem Symbol der Politik des Kalten Krieges geworden war.

Als Insel im Osten genügte Westberlin irgendwann sich selbst. Das Eingeschlossensein verstärkte das von jeher raue Klima hin zu einer ruppig fatalistischen Grundstimmung. Bald gaben wir unseren ordentlichen Personalausweis ab und schwenkten den »Behelfsmäßigen Personalausweis«, der an den Grenzen der damaligen Welt verwundert betrachtet und herumgereicht wurde. Das acht Seiten dicke grüne Heftchen machte uns zu provisorischen Deutschen. Das gefiel uns. Der Sonderstatus Westberlins hatte es uns besonders angetan. Es gab keinen Wehrdienst und keine Polizeistunde, andere Ausweispapiere, andere Briefmarken und Abgeordnete, die nicht im Bonner Parlament abstimmen durften. Wer hier in den Sektoren der Alliierten, also der Franzosen, Engländer und Amerikaner, lebte, war herausgebrochen aus dem Gefüge der Bundesrepublik Deutschland. Die Stadt sog uns völlig auf. So sehr, dass die DDR nur dann noch real existierte, wenn wir Berlin verließen. Manche trampten. Mit Schildern, auf denen »Goslar« oder »Memmingen« oder »Kaiserslautern« stand. Stundenlang warteten wir am Übergang Dreilinden oder Staaken und wechselten die Radiosender zwischen SF-Beat (West) und DT 64 (Ost), bis dann endlich die Grenztruppen-Frage »Bücher, Funk oder Waffen?« gestellt wurde. Nach monatelangem Blick auf Brandmauern und bröckelnde Fassaden öffnete sich auf der Transitstrecke mit einem Mal die weite Landschaft. Spazieren gehen war nicht erlaubt. Wir Transitreisende mussten uns so schnell wie möglich nach Westen begeben, der Zeitpunkt des Reiseantritts wurde vermerkt. Wir ließen den Blick schweifen, fuhren ungerührt hinüber ins ehemalige Zuhause, das wir jetzt Westdeutschland nannten.

WESTDEUTSCHLAND, NACHKRIEG

So wie wir will heute keiner mehr heißen. Wir gehören zu der Generation mit Namen, die eine eigentümliche Mischung aus Modernitätswillen und Naziverbundenheit ausstrahlen. Die Jungs nannte man nicht mehr Adolf, aber man verpasste ihnen gerne den Vornamen Horst, Frank, Harald oder Heinz, weil der Onkel oder der Bruder so geheißen hatte, der bei der Waffen-SS gewesen und gefallen war. Es konnte passieren, dass ein Junge an einem Grabstein stand, auf dem sein eigener Name eingemeißelt war. Wie sollte man das je verstehen können? Bei Mädchen war man fast schon mutig, wenn man sie nach der Modezeitschrift Brigitte oder nach einer biederen Filmheldin Ingeborg nannte. Wir sind zwischen den mittleren fünfziger und den frühen sechziger Jahren geboren worden. Wir waren immer zu viele. Im Kindergarten, in der Schule, bei der Arbeitssuche, an der Uni. Immer war schon einer vor uns da, oder es wartete eine, die uns ersetzen wollte. Bombennächte, Flucht, Vertreibung und Spiele in den Trümmern des Krieges haben wir nicht erlebt. Wir sind die Kinder eines Anfangs. Mit unserer Existenz sollte der neugeschaffene Staat gesichert sein. Wir gingen noch in die Grundschule, als der dicke Kanzler Erhard zum ersten Mal die Nachkriegszeit für beendet erklärte. Davon wussten wir nichts, wie wir auch nichts wussten vom Bau der Mauer 1961, der Kubakrise 1962 und den Auschwitz-Prozessen 1963. Berlin war weit weg, die Amerikaner waren gut, und obwohl man die Erwachsenen häufig von »Juden« sprechen hörte, konnten wir uns nicht erklären, was sie damit meinten. Es gab für dieses Wort keine Entsprechung in unserer Wirklichkeit.

Der Einbruch der Politik in unsere Kalte-Kriegs-Kindheit war der Einmarsch der Sowjets 1968 in Prag. Die Eltern saßen mit ernsten Gesichtern am Radio und vor dem Fernseher. »Einmarsch« war ein Wort, das wir nur aus ihren Kriegserzählungen kannten. Wir ahnten, dass das, was in Prag vor sich ging, nicht gut war. Als Kind und als Jugendlicher verstand man, dass auf der einen Seite die Fröhlichen waren und auf der anderen Seite die Bösen. Unbewaffnet stellten sich die Fröhlichen vor die Panzer der Bösen. Die Fröhlichen und die Bösen hatten junge Gesichter. Die Fröhlichen hatten Sommerkleider an und die Bösen Uniformen. Die Fröhlichen wollten in einem ewigen Frühling leben, und die Bösen kamen aus Russland, wo immer nur Winter ist. Die Bösen beendeten den Frühling und brachten den Fröhlichen den Winter. Obwohl für uns alles wie gehabt weiterging, konnten wir nicht vergessen, dass es Menschen gab, in deren Macht es lag, einen Frühling mit Panzern, Waffen und Uniformen zu beenden.

Der Kalte Krieg sei ein glückliches Zeitalter gewesen, behaupten heute die Historiker. Der Westen modernisierte sich durch einen staatlich regulierten Markt, der Osten durch staatliche Planung. In beiden Himmelsrichtungen glaubte man, dass der jeweils eingeschlagene Weg zum gesellschaftlichen Wandel und zum Glück der Menschen führen werde. Als Kinder des Anfangs im Westen sollten wir die Begrenzungen und die Möglichkeiten eines Lebens in einer hochmodernen Gesellschaft erfahren und erlernen. Wir waren die erste Generation des Fernsehers, der Atomkraft und der Raumfahrt. Wohlstand, Innovationen, Sicherheit und Bildung für alle waren die Versprechen der rationalen und universalen Gegenwart. Unsere Familien hatten ein Auto, ein Badezimmer und einen Fernseher, wir fuhren in den Urlaub und gingen aufs Gymnasium. Dort saßen nicht mehr nur die Kinder der Honoratioren. Auch Arbeiter- und Bauernkinder sollten Gymnasialschüler sein dürfen. Und sogar für Mädchen war Aufstieg durch Bildung vorgesehen. Wie die Republik sich innerhalb nur weniger Jahre wandelte, erlebten wir hautnah. In der Grundschule setzte man uns Lehrer vor, die kein Problem damit hatten, ihre bei den Nazis erlernten Methoden weiter anzuwenden. Zur Strafe musste man in der Ecke stehen, es wurden »Kopfnüsse« verteilt, oder man musste sich vor der Klasse an der Tafel aufstellen, um mit flach ausgestreckter Hand die präzise mit dem Rohrstock ausgeführten Tatzen des Lehrers entgegenzunehmen. Zuckte man vor einem Schlag zurück, gab's einen Satz Tatzen mehr. Später dann, im Gymnasium, stürmten die jungen Referendare in Cordhosen mit Schlag und die Referendarinnen mit kurzen Röcken in unsere Klassenzimmer. Der Englischlehrer hatte tatsächlich in England studiert, die Geschichtslehrerin zog ein Buch namens »Macht und Herrschaft in der Bundesrepublik« eines gewissen Urs Jaeggi aus der Tasche, und die Biologielehrerin hatte sich eine Lehrprobe über Empfängnisverhütung ausgedacht. Der pädagogische Eifer der jungen Lehrer war darauf ausgerichtet, uns das kritische Denken beizubringen. Die Bildung, die sie im Sinn hatten, hatte nichts mit Schulbüchern wie »Lebensgut«, »Formende Kräfte der Erde« oder »Ährenfibel« zu tun. Das neue Zauberwort hieß »Gesellschaft«. Wir lernten schnell, dass es für Kritik an der Gesellschaft gute Noten gab. In einem Klassenarbeitsaufsatz über Werbung mussten die »geheimen Verführer« vorkommen. Fast schien es uns, als sei der kritische Ton die Voraussetzung einer guten Bildung. Wir ertrugen die alten Lehrer und wunderten uns über die freudig trotzige Entschlossenheit, mit der ihre jungen Kollegen alles infrage stellten. Weshalb das so war, darauf konnten wir uns noch keinen Reim machen.

Ende der sechziger Jahre waren Politiker an der Macht, die aus der Tiefe eines uns unbekannten Raumes kamen. Die alten Nazis glaubte man an ihrer Frisur zu erkennen. Diese glatt nach hinten gekämmten und mit »Fit« in Form gehaltenen Haare bei den Herren und die wie zur Tarnung gar nicht so streng geflochtenen Knoten bei den Damen. Einer wie Kanzler Kurt Georg Kiesinger, der gerne ein fieses Lächeln zur Schau trug, war ein Paradebeispiel. Doch einer wie Kiesinger gehörte zur abziehenden Vergangenheit. Auf der politischen Bühne dominierten unangefochten die Figuren der Linken. Herbert Wehner zum Beispiel, der, grimmig an seiner Pfeife saugend, Altmännerobszönitäten um sich werfend, nur auf die Schwäche seines Gegners zu lauern schien. Warm konnte man mit dem nicht werden. Von seinen Genossen wurde er »Onkel« genannt. Wehner hatte etwas Tückisches an sich. Ihn mochte keiner. Erst später verstanden wir, dass Wehner, der Mitglied des Zentralkomitees der KP und Sekretär von Ernst Thälmann gewesen war und das »Hotel Lux« in Moskau überlebt hatte, unter dem Phantomschmerz des nicht erfüllten Kommunismus litt. Wie Ulbricht und Honecker, seine ehemaligen Genossen, die nun in der DDR an der Macht waren, galt er als ein Intrigant mit einem Sitzungsgesicht. Sein Gegenspieler war Willy Brandt, den Kiesinger und Konsorten einen »Vaterlandsverräter« nannten. Brandt hatte seinen Kampfnamen aus dem sozialistischen Widerstand gegen Hitler beibehalten. Willy Brandt umgab ein Geheimnis. Mit seiner eigentümlich heiseren Stimme, seiner auffallend eleganten Körpersprache und dem hochgezogenen Schädel wandelte er somnambul durch die Bonner Republik. Immer wieder stockte er bei seinen Reden und fand dann wundersame Begriffe, die ihm von seinen Schutzengeln zugeflüstert worden sein mussten. Mit Willy Brandt als Kanzler war die Bundesrepublik nicht länger ein schicksalsloses Land. Wir waren zu jung, um Brandts Bedeutung wirklich zu verstehen, aber als im April 1972 das Misstrauensvotum gegen ihn zur Abstimmung stand, verfolgten wir das mit den Eltern vor dem Fernseher. Das war eine Lektion über Sieg und Niederlage, Haltung und Hochmut, die man nicht so schnell wieder vergaß. Von der Aufregung um Brandts Regierungserklärung »Mehr Demokratie wagen« und von den Redeschlachten um die Ostpolitik nahmen wir die Ahnung eines anderen Deutschland mit.

Der Glaube an die schöne neue Welt war im Schwinden begriffen. 1973 kollabierte das Weltwährungssystem des Westens. 1972 veröffentlichte der »Club of Rome« seinen Bericht »Grenzen des Wachstums«. Jetzt hieß es, die Menschheit befinde sich an einem Scheideweg. Die Gefahr ging nicht mehr nur von der Sowjetunion und ihren Satellitenstaaten aus, sondern lauerte überall. Wir schrieben unzählige dialektische Besinnungsaufsätze über die notwendige Abkehr vom Fortschrittsglauben und freuten uns über den Ölschock, der uns an den autofreien Sonntagen leere Straßen zum Rollschuhfahren bescherte. Willy Brandt trat zurück, und der nächste Kanzler hieß Helmut Schmidt. Die fast schon unwirkliche Aura, die Brandt umgeben hatte, wich nüchternem Pragmatismus. Selbstbewusst und präzise kühlte Schmidt die bundesrepublikanische Politik aus. Die Zeit der Verheißungen und der politischen Empfindsamkeiten war vorüber. Sprach man von Schmidt, so sprach man von Kompetenzen und nicht von Gefühlen wie bei Brandt.

Diskussionen über den Haupt-und Nebenwiderspruch, den dialektischen Materialismus und die Entwicklung der Produktivkräfte gehörten zu unserer Pubertät. Politik konnte man jetzt als Hobby pflegen. In schäbigen Hinterzimmern anrüchiger Bahnhofshotels trafen sich die Kommunisten. Durch den Radikalenerlass freigesetzte und nun erst recht radikal gewordene Lehrer mit fahler Gesichtsfarbe und im ausgeleierten Wollpullover unterwiesen die kommunistischen Schülergruppen in Marxismus. Vorne im Schankraum plärrte die Musikbox, und die bereits betrunkenen Arbeiter von der nahe gelegenen Fabrik tanzten mit den nicht weniger betrunkenen Putzfrauen unserer Schule, während wir im Hinterzimmer über dem »Kapital« schwitzten. Die, die vorne rauchten, tranken, grölten und lachten, waren angeblich dazu auserwählt, die »Diktatur des Proletariats« zu errichten. In dieser Welt des politischen Wahns fühlten wir uns ernst genommen. Jedes in der Schule gehaltene Referat wurde ab sofort im Kommunistensound vorgetragen. In den kommunistischen Schülergruppen – kommunistische Lehrlingsgruppen scheiterten an mangelndem Zuspruch – ging es streng hierarchisch zu. Vor den Selbsteinschätzungen, die im leninistischen Stil abgehalten wurden, graute es uns. In den Sitzungen herrschte ein heiliger Ernst, den wir nur aus pubertärer Langeweile ertrugen. Unsere Marx-Lehrer hatten eigentlich alle einen Schatten. Sie waren entweder verdruckste Gläubige mit Mundgeruch, groß geworden in Wohnküchen mit Resopaltischen, oder sie waren mal gut im Sport gewesen und hatten es vor allem auf die Mädels mit großem Busen abgesehen. Auf dem Nachhauseweg fiel kein Wort mehr über Marx. Die große Befreiung hatte nichts mit unseren kleinen

Verhältnissen zu tun. Wenn man sich an den Eltern im Wohnzimmer vorbeigeschlichen hatte, pflegte man sein Mutterseelenalleinsein mit der Musik von Roxy Music oder Cat Stevens und träumte von einem richtigen eigenen Leben. Solange der Kapitalismus noch nicht endgültig besiegt war, durfte es jedoch keine Freude geben. Pop hören und die »Kommunistische Volkszeitung« verteilen war angeblich ein Widerspruch in sich. Einleuchten wollte uns das nicht. Wir liebten den Pop, trugen unterm Parka Hippieblusen, saßen begeistert inmitten von glimmenden Räucherstäbchen, glaubten, wir seien Kommunistinnen, suchten die blaue Blume und rochen nach Patschuli.

Der Zug brachte uns in die große weite Welt. Im Gepäcknetz liegend, auf Bahnhöfen schlafend, mit einem überdimensionierten Rucksack auf dem Rücken und die meiste Zeit übermüdet, erschlossen wir uns Europa. Diese Interrailfahrten, bei denen sich unser Raum über Deutschland hinaus weitete, verwiesen uns letztendlich zurück auf unser Land. Wir wurden nicht als das wahrgenommen, als was wir uns fühlten, nämlich jung und neugierig, sondern als Nachfahren der Nazis, die wir ja auch waren. In Schottland wollten sie mit uns auf Hitler anstoßen, in Bergen war es mit deutschem Akzent aussichtslos, ein Zimmer zu bekommen, und in Frankreich kamen wir von selbst drauf, in der Bäckerei am Morgen an der Theke über das unglaublich leckere Baguette nicht zu laut auf Deutsch zu jubeln. Zurück in Deutschland, der Schock: Auf den Bahnhöfen standen mit Maschinenpistolen bewaffnete Polizisten herum. An den Litfaßsäulen hingen Fahndungsplakate, die Gesichter zeigten, die auch die unsrigen würden sein können. Bangen Herzens fragten wir uns, ob die RAF nicht recht hatte: War die Bundesrepublik Deutschland ein latent faschistischer Staat?

Als wir Kinder gewesen waren, hatte sich die »Rote Armee Fraktion« gegründet. Als Jugendliche erlebten wir, wie sie mit Entführungen, Banküberfällen und Morden den Staat herausforderte. Die Mitglieder der RAF lebten im Untergrund. Was das bedeutete, beschäftigte uns sehr. Wie die als Bürger getarnten Terroristen wirklich aussahen, wusste man nicht, denn der Untergrund war und blieb bilderlos. Deshalb benutzte man für die Fahndungsplakate Jugendbildnisse oder alte Polizeifotos. Vom stumpfen Orange der siebziger Jahre hoben sich die unscharfen, grauen Porträts schlechtgelaunter junger Frauen und Männer auf den popposter-großen Plakaten ab. Andreas Baader, Ulrike Meinhof, Gudrun Ensslin, Holger Meins und Jan-Carl Raspe waren die allgegenwärtigen Geister unserer Jugend: Ihr Steckbrief hing an Busstationen, auf Bahnhöfen, in Raststätten und sogar in unseren Schulen. Erinnert man sich heute an diese Bilder, so ist das wie ein lautes, undeutliches Rauschen. Die Gefangennahme und den Prozess gegen das wie aus einem Nouvelle-Vague-Film stammende RAF-Führungsliebespaar Andreas Baader und Gudrun Ensslin verfolgten wir mit großer Spannung. Der Streit ging darum, ob wir welche von ihnen oder ob sie welche von uns waren. Diese Frage blieb ungeklärt, keiner traute sich, sie in letzter Konsequenz zu beantworten. Im »Deutschen Herbst« 1977 begingen Baader, Ensslin und Raspe in ihren Gefängniszellen in Stuttgart-Stammheim gemeinsam Selbstmord. Daraufhin bereiteten ihre Mitstreiter der »kläglichen und korrupten Existenz« des entführten Arbeitgeberpräsidenten Hanns Martin Schleyer ein Ende. Man fand seine Leiche im Kofferraum eines Audi 100. Kanzler Schmidt hatte sich nicht erpressen lassen und sich für die Einhaltung der Staatsraison entschieden. Was sollten wir von all dem halten? Drohte ein neuer Faschismus, oder war die Demokratie verteidigt worden? Die RAF blieb unsere treue Begleiterin, denn ab jetzt galt sie unter Linken als Maßstab politischer Radikalität.

Wir hielten es mit Janis Joplin: Freiheit heißt, nichts zu verlieren zu haben. Damit zogen wir nach Berlin.

GESCHICHTE WIRD GEMACHT, JANUAR 1981

Wir kamen aus den sozialistischen Wohnhöfen Wiens, Hamburger Vororten, süddeutschen Reihenhäusern, Bergarbeitersiedlungen des Ruhrgebiets, niedersächsischen Bungalows, Heidelberger Professorenhaushalten, idyllischen Berliner Suburbs, Kaschemmen im Zonenrandgebiet, Bauernhöfen im Bergischen Land, Kleinbürgeroasen Oldenburgs, bayerischen Dörfern, fränkischen Weilern und saarländischen Kleinstädten: In einer kalten, mondlosen Nacht besetzten wir zusammen ein Haus. Am Tag zuvor waren zwanzig Zentimeter Schnee gefallen, doch wir ließen uns nicht von unserem Plan abbringen. Die Zeit drängte. Wir wohnten zuletzt zu sechst in Zweizimmerwohnungen mit Außentoilette, kampierten auf der Gästecouch im Esszimmer von Bekannten, schrieben unzählige Bewerbungen, verbrachten Nächte am Bahnhof Zoo mit Warten auf die ersten Zeitungen mit Immobilienbeilage, sparten lächerliche Summen an, um Vermieter bestechen zu können, und gingen immer leer aus. Es gab in dieser großen Stadt keinen Wohnraum für uns. Weil wir nicht wieder landen wollten, wo wir herkamen, mussten wir uns etwas einfallen lassen.

Irgendeiner von uns hatte vor Wochen eine Anzeige aufgegeben und verschlüsselt nach Gleichgesinnten gesucht. Man kann nicht sagen, dass wir uns sonderlich füreinander interessierten, als wir zum ersten Mal in der Küche einer schäbigen Moabiter Hinterhofwohnung zusammentrafen. Unauffällig musterten wir einander. Äußerlichkeiten waren vollkommen unwichtig, uns verband der kleinste gemeinsame Nenner, nämlich das gemeinsame Besetzen. Weil keiner von uns damit Erfahrung hatte, glaubten wir, dass es von Vorteil sein könnte, wenn wir möglichst viele waren. Das genau war das Problem, denn anscheinend gab es zu wenig Häuser für die vielen potentiellen Besetzer. Es war ein solcher Hype um das Besetzen ausgebrochen, dass man glaubte, sich beeilen zu müssen, um noch dabei sein zu können. Kreuzberg war der heißbegehrte Bezirk, doch die geeigneten Objekte wurden dort mittlerweile rar. Es gab in diesen Monaten viele heimliche Treffen, favorisierte Häuser und Termine zum Besetzen in der Nacht.

Auch angehende Revolutionäre können Streber sein. Manche Gruppen bereiteten sich auf die Besetzung wie auf ein Examen vor. Sie teilten sich in Arbeitsgruppen auf, gingen aufs Katasteramt, besuchten Bezirksverordnetenversammlungen, fragten Architekten um Rat und hatten den Plan zur Sanierung ihres Hauses im Kopf, bevor sie es überhaupt besetzt hatten. Sie wollten Bausubstanz bewahren und eine gute Wohnung für sich finden. Bei uns war das anders. Der Protest gegen die vielen leerstehenden und verwahrlosten Häuser sollte nur der Anfang sein. Schon bald ging es nicht mehr um verfehlte Wohnungspolitik, sondern um ein Lebensgefühl. Die Rebellion entzündete sich an konkreten Missständen und verwandelte sich in eine Revolte ohne große Theorie. Wir hatten genug von der Besserwisserei der 68er-Generation und den wahnhaften Theoriegebilden der K-Gruppen. Wir suchten das gelebte Experiment mit offenem Ausgang.

Ein pockennarbiger Freund von Freunden gab den Hinweis. Mit seiner leicht kratzigen Stimme erzählte er, dass er, wenn er Zigaretten holen ging, an einem offenbar schon lange leerstehenden Haus vorbeikomme. Es muss einst prachtvoll gewesen sein, jetzt aber stand es vollkommen heruntergekommen zwischen zweckmäßigen Nachkriegsbauten herum. Er hatte nicht den Eindruck, als ob sich schon andere dafür interessiert hätten. Da er trotz des dünnen Lächelns, das sein Sprechen begleitete, vertrauenswürdig schien, machte sich kurze Zeit darauf ein Spähtrupp von uns auf, das Objekt zu begutachten. Für solche Aufgaben fanden sich immer Jungs, die sich dafür prädestiniert betrachteten. Sie erkannten sich gegenseitig und wussten sofort, wer für diese Aufgabe geeignet war und wer nicht. Sechs dieser Spezis zogen mit Einbrecherwerkzeug und unseren guten Wünschen versehen eines Nachts los. Stunden später kehrten sie mit leuchtenden Augen zurück. Für ihre Verhältnisse relativ aufgekratzt, berichteten sie, dass es kinderleicht gewesen sei, über den rückseitigen Teil in das Haus einzubrechen. Sie hatten darauf geachtet, keine Spuren zu hinterlassen, denn das hätte unser Vorhaben gefährden können. Bekam die Polizei von einer geplanten Besetzung Wind, musste man damit rechnen, dass fortan eine Wanne – Jargon für einen vergitterten Mannschaftswagen – vor dem Haus postiert wurde.

Das Objekt lag in einer ruhigen Straße, bestand aus Vorderhaus, Hinterhaus und Seitenflügel, die miteinander verbunden waren. Es war so groß, dass sie gar nicht genug Zeit gehabt hatten, alle Stockwerke zu inspizieren. Schon was sie gesehen hatten, war schlichtweg großartig! Zimmerfluchten, hohe Decken, Balkone, Kachelöfen mit Jugendstilmotiven und ein großer Hinterhof warteten auf uns. Die Entscheidung war gefallen: Wir würden das Haus am S-Bahngelände besetzen. Die coolen Jungs sahen der Aktion gelassen entgegen. Zur Vorbereitung fachsimpelten sie mit anderen coolen Jungs über Verhaftungen, Einbrüche, Knast und Haftstrafen. Dann machten sie sich daran, die Taktik der Besetzung zu planen. Oberstes Ziel war es, unbemerkt in das Haus zu kommen. Wurde man nämlich beim Einsteigen erwischt, galt die Besetzung als gescheitert, und die Besetzer wurden nach der erkennungsdienstlichen Behandlung wieder nach Hause geschickt. Diese Blamage galt es zu vermeiden, aber man musste mit allem rechnen. Also füllten wir brav Prozessvollmachten für einschlägig bekannte Anwälte aus und kamen uns dabei ganz schön gefährlich vor. Die Tage vor der Besetzung fühlten wir uns, als müssten wir uns für lange Zeit aus unserem bisherigen Leben mit unbekanntem Ziel verabschieden. Und das, obwohl wir in der gleichen Stadt bleiben würden.

Wir trafen uns mitten in einer eiskalten Nacht. Die Straße lag im Dunkeln. Wir waren in kleine Gruppen eingeteilt. Die Starken brachten Sixpacks Kohlen mit. Einige trugen ihren Schlafsack unter den Arm geklemmt, andere hatten Bier und Werkzeug im Rucksack. Die Mutigen bildeten den Vortrupp. Sie brachen ins Haus ein, dann schlich einer von ihnen zurück, um die Gruppe der Zaghaften abzuholen. Schließlich kam er nochmals, um die letzte Gruppe, die der Entschlossenen, zu begleiten. Bei dieser Reihenfolge blieb den Zaghaften kein Weg zurück. Wir verständigten uns mit nur wenigen Gesten. Sprachen kein Wort. Einige der Mutigen hatten sich schon im Haus verteilt und beobachteten die Straße. Eine von ihnen wartete mit der Taschenlampe am Einstieg zum Seitenflügel. Sie führte die neu Eintreffenden durch das Treppenhaus in das oberste Stockwerk. Wir hatten vereinbart, uns auf zwei Räume zu verteilen. Von dem einen aus konnte man die Straße und von dem anderen das rückseitige S-Bahngelände im Blick behalten. Alles blieb ruhig. Schwarze Nacht. Wir hatten es geschafft.

Als kurz vor acht Uhr die Sonne aufging, sahen wir, was wir die Nacht über geahnt hatten: Das Haus war in einem ruinösen Zustand. Das milchige Januarlicht enthüllte das ganze Elend. Die Dielen waren größtenteils verfeuert worden, der holzgezimmerte Unterbau freigelegt. Dazwischen als Schüttung märkischer Sand. Fensterscheiben waren zerschlagen, Tapeten hingen in Streifen von den Wänden, es gab nur noch wenige Türen, an den Kachelöfen fehlten die meisten Kacheln. Wahrscheinlich waren sie – wie auch Teile des gedrechselten Treppengeländers – auf dem Flohmarkt vertickt worden. Die Wände waren feucht, Rohre herausgerissen, Waschbecken und Toiletten zu Bruch geschlagen. Das Haus machte einen maroden und morbiden Eindruck. Hier sollten wir leben? Es stank und starrte vor Dreck. Keiner wagte auszusprechen, dass das Haus unbewohnbar war. Doch am schlimmsten waren die Mitbewohner, von denen uns unsere Avantgarde nichts berichtet hatte und die wir in der Nacht gehört hatten. Das Haus hatte in den letzten Jahrzehnten den Tauben gehört. Der Taubenkot lag zentimeterdick. Überall gurrte und flatterte es. Der silbrig graue Ton des Taubengefieders schimmerte in den Ecken. Es war zum Grausen. Was tun?

Samstagmorgen. Auf der Straße nur vereinzelt alte Frauen, die ihren

Hund ausführen. Achtlos gehen sie an unserem Haus vorbei. Bis jetzt hat uns noch niemand entdeckt, wir könnten die Sache ohne Gesichtsverlust abblasen. Für die Mutigen ist klar, dass sie nicht weichen werden. Wer wolle, könne ja gehen. Wir kennen uns kaum, haben so gut wie nicht geschlafen, frieren, haben Hunger, fühlen uns wie betäubt. Teilnahmslos sehen wir dabei zu, wie die Mutigen zusammen mit den Entschlossenen die Situation definieren. Sie hängen die vorbereiteten Transparente aus dem Fenster. Auf dem einen steht »Besetzt« und auf dem anderen »Enteignet«. Damit ist das Haus an uns übergegangen. Es dauert nicht lange, und ein Polizeiauto fährt vor, bleibt mit laufendem Motor vor dem Haus stehen. Als es weiterfährt, wissen wir, das Taubenhaus ist in unseren Händen. Unsere Besetzung ist polizeilich registriert. Es bricht kein Jubel aus. Einer geht Brötchen holen. Er kommt zurück und meint, dass die Leute beim Bäcker schon von uns wissen würden. Beiläufig erwähnt er, sie hätten ihm erzählt, dass unser Haus einem Juden gehöre. Es ist der Morgen des 31. Januar. Vor 48 Jahren auf den Tag genau standen Joseph Goebbels Tränen in den Augen. Hitler war tags zuvor Reichskanzler geworden. Die Geister Berlins hatten uns im Griff.

DIE VILLA

Drei Frauen und sechs Männer. Irgendwie sahen alle neun gleich aus. Trugen Einheitsschwarz und Pferdeschwanz. Wochenlang waren wir das einzige besetzte Haus auf weiter Flur gewesen, und dann besetzten diese neun eine Villa ganz in unserer Nähe. In der Szene hieß es, damit sei ihnen ein Coup gelungen. Ihre unmittelbaren Nachbarn seien ein millionenschwerer Unternehmer mit Köchin, Ferrari, Schnöselsohn und Butler. Das wollten wir sehen, und deshalb gingen wir sie besuchen. Zunächst waren sie misstrauisch, doch nachdem sie uns mit sichtbarem Stolz durch ihre Villa geführt und wir uns beeindruckt gezeigt hatten, war das Eis gebrochen. Wir rauchten Gras, aßen Gemüsesuppe und erzählten uns Polit-Geschichten. Auch sie gehörten zur Fraktion der Nichtverhandler. An der spätklassizistischen Fassade hatten sie ein Bauschild angebracht: »Hier renoviert die Firma: Besetzer. Bauherrin: Die Bewegung. Verhandeln wollen wir mit niemand.«

Das zweigeschossige, denkmalgeschützte Gebäude betrat man durch einen mit korinthischen Säulen geschmückten Eingang. Ein prächtiges Treppenhaus führte hinauf zur Beletage. Der erste Stock war ernüchternd. Von hier an war alles Großartige verschwunden. In Wirtschaftswunderzeiten hatte der Besitzer anscheinend versucht, mit Wurstkonserven Geld zu machen. Er ließ in die Villa Büros einbauen, in den Innenräumen wurde alles Repräsentative getilgt. Die Besetzer rissen die schäbigen Trennwände und mickrigen Normtüren wieder heraus, karrten Akten- und Papierberge aus dem Haus und schufen sich Platz zum Wohnen. Das Erdgeschoss war völlig unbrauchbar. Man hatte es als Kühlhaus genutzt. Der große Raum war bis zur Decke weiß gekachelt, die Fensterrahmen aus dem 19. Jahrhundert zugemauert und mit Styropor abgedichtet. An den Wänden hingen verloren die Haken zum Aufhängen der Schweine- und Rinderhälften. Im Hof hinter der Villa befand sich die Konservenfabrik, ein gewaltiges, verlassenes Fabrikgebäude, das durch einen schmalen Korridor im ersten Stock mit der Villa verbunden war. Ein irritierendes Ensemble. Die Besetzer erzählten uns, dass sie mitten in der Nacht orientierungslos durch die gespenstischen Hallen gestolpert seien. Der Duft von Wacholder, Lorbeer und schwarzem Pfeffer hing noch in der Luft, es gab Unmengen von Gewürzen zur Wurstherstellung, die in großen Haufen aufgeschüttet auf dem Holzboden lagerten. Die Fließbänder schienen mitten in der Produktion, beim Füllen der Wurstbüchsen, gestoppt worden zu sein. Offene und geschlossene Büchsen verstaubten seit Jahren nebeneinander auf dem Band. Um die Ecke standen Eimer voll altem Blut. Verwesungsgeruch lag in der Luft. Die Umkleideräume der Arbeiter, vollgestellt mit metallfarbenen Spinden, sahen aus, als wären die Arbeiter davongerannt. Männerkleider lagen auf dem Boden verstreut. Keiner wusste, was sich hier abgespielt hatte. Die Villa war ein unheimlicher Ort, doch sie beschlossen zu bleiben.

Wir waren jetzt Teil einer Bewegung. Seit Monaten trieben wir den Senat vor uns her. Im Wochentakt wurden Häuser besetzt. Der Regierende Bürgermeister Dietrich Stobbe – ein Mann mit einem pausbäckigen Jungengesicht – war durch seine schlechte Wohnungspolitik sowie durch den Immobilienskandal um den Bauunternehmer Garski geschwächt und wusste sich nicht mehr zu helfen. Schließlich hatte er vor der vitalen Energie, die in seine subventionierte Stadt eingebrochen war, kapituliert und war mit seinem Senat im Januar 1981 zurückgetreten. Sein Nachfolger Hans-Jochen Vogel sollte die Koalition der SPD mit der FDP retten. Doch Vogel, ein kalter, korrekter Jurist und dazu auch noch Bayer, blieb den Berlinern fremd. Obwohl er Verhandlungsbereitschaft signalisierte und eine Sonderkommission zur Lösung des Besetzerproblems einrichtete, änderte das nichts an der Dynamik der Hausbesetzungen. 45 Häuser waren Anfang Februar 1981 besetzt, 162 im Mai. Dieses Erbe übernahm der neue Regierende Bürgermeister, Richard von Weizsäcker.

Der neue Senat gab vor, sich weiterhin an die »Berliner Linie« zu halten und besetzte Häuser nur in letzter Konsequenz von der Polizei räumen zu lassen. Die Beweislast hatte sich auf die Eigentümer verschoben, die eine entsprechende Genehmigung für den geplanten Abriss oder für eine Modernisierung vorzuweisen hatten. Außerdem musste der Eigentümer Strafantrag stellen und bei der polizeilichen Maßnahme, sprich der Räumung, anwesend sein. Es gab genügend Hausbesitzer, die diese Regelung als Zumutung empfanden und auf Abhilfe sannen. Darunter auch der Besitzer der Stadtvilla. Ende April wurde das Haus durchsucht. Die Polizisten handelten ohne Durchsuchungsbefehl. »Gefahr im Verzug« lautete ihre Begründung. Worin die Gefahr bestand, wussten sie nicht zu sagen. Ein Radio und ein Sprechfunkgerät wurden beschlagnahmt. Den Besetzern wurde das Wasser abgestellt und der Strom abgedreht. Nicht alle hielten wochenlang ohne Strom und Wasser durch. Drei gingen, und sechs ertrugen diesen Zustand noch über zwei Monate. Sie waren hart im Nehmen, lebten bei Kerzenlicht, kamen zum Duschen und Wasserabfüllen zu uns. Doch spätestens Anfang Juli war klar, dass etwas geschehen musste. Unsere Häuser lagen in einer ruhigen Gegend Kreuzbergs, in der die Straßennamen an siegreiche preußische Schlachten erinnern. In einem großen Radius waren es die beiden einzigen besetzten Häuser. Ohne uns gut zu kennen, waren wir aufeinander angewiesen. Wir mussten ihnen helfen.

Zwei Nächte lang gruben wir zusammen das Straßenpflaster auf und buddelten im märkischen Sand. Wir versuchten, den Haupthahn für die Wasserzufuhr zu finden und wieder anzudrehen. Die Sandberge tarnten wir bei Tag unter Sperrmüll. Im zweiten Morgengrauen, als der unterirdische Haupt-Wasserschieber gerade geöffnet werden sollte, pfiffen unsere am Anfang und am Ende der Straße postierten Wachen Alarm. Eine Polizeistreife hatte uns entdeckt. Es war nur noch eine Frage von Minuten, bis die ersten Mannschaftswagen anrücken und die Polizei in das Haus eindringen würde. Der hinterhältige Plan des Eigentümers war aufgegangen: Aus dem Haus heraus war eine Straftat begangen worden und damit war ein Räumungsgrund gegeben. Noch bevor es richtig Tag wurde, war der Eingang hinter den korinthischen Säulen zugemauert.

Die Polizei fand die Villa leer vor. Die Besetzer hatten für den Fall einer Panne vorgesorgt und ihre Habe bereits in unser Haus geschafft. Über die Dächer flohen sie unbemerkt vor der Polizei.

DAS VERSPRECHEN BERLIN – LUISE

Meine Großmutter war Künstlerin. Sie gehörte zu den ersten Frauen, die an der Hochschule für bildende Künste in Berlin zum Studium zugelassen worden war. Das war im Anschluss an die Novemberrevolution im Frühjahr 1919. Eine ihrer düsteren Lithographien, eine Demonstration von Arbeitslosen unter den Brücken am Bahnhof Zoo, hing in meinem Heidelberger Mädchenzimmer und zeigte an, wohin auch ich wollte. Meine Eltern waren immer stolz auf meine künstlerische Begabung gewesen, hatten mich gefördert, aber die Entscheidung, Künstlerin zu werden, musste ich erst in harten Kämpfen durchsetzen. Froh, dem Versprechen, das Berlin war, gefolgt zu sein, misstraue ich bis heute der Provinz.

Die Kunsthochschule war eine einzige Enttäuschung. Hier unterrichteten Professoren, deren Radierungen in Landgasthäusern an der Schlei ausgestellt wurden oder die ein Ferienhaus an der Nordsee hatten und deshalb wie Emil Nolde malten. Tag für Tag saßen sie in der Kneipe gegenüber der Hochschule zusammen mit ihrem Wortführer, einem Gipsformer. Nach vielen Gläsern Weißwein waren sie sich einig über die Verteidigung der wahren Kunst. Eifersüchtig wachten sie über die Unterscheidung zwischen hoher und nicht so hoher Kunst und widmeten sich ansonsten der Auslegung der akademischen Malerei. Frauen duldeten sie in ihrem Dunstkreis nur als Bedienung oder als Muse.

Keiner wollte damals in Berlin bleiben, und so fiel die rein männliche Professorenschaft zweitklassig aus. Ausnahmen waren Raimund Girke für die nichtfigurative Malerei und Karl Horst Hödicke, der ein Jahr in New York gewesen war und eine andere Vorstellung von Kunst entwickelt hatte als seine behäbigen Kollegen. Er hatte sogar früher eine Frau gehabt, die Kunst machte, und ich staunte, dass die Verbindung aus Kunst und Liebe überhaupt möglich war. Alle strömten zu Hödicke. Wenn man von ihm aufgenommen werden wollte, musste man einen regelrechten Rattenlauf hinter sich bringen. Mir fiel kein Argument ein, das ich für meine Aufnahme hätte vorbringen können. Meine grundsätzlichen Zweifel an dieser Art der künstlerischen Ausbildung waren der wichtigste Grund meines Zögerns. Schon gar nicht konnte ich mir vorstellen, große Reden über meine Kunst zu schwingen. In der Folge landete ich bei einem der zweitklassigen Professoren. Ich langweilte mich entsetzlich. Ich hatte überhaupt keine Lust, das Vergangene nachzuahmen. Mir war es zu blöd, gefällige Stillleben zu zeichnen. Was sollte dieser verlogene Schmus in einer Stadt wie dieser?

Als Gegenmittel zu meinem lahmen, altbackenen Kunststudium tauchte ich ein in die Stadt. Londoner und Rheinländer Punkmusik kaufte ich im »Scheißladen« des wahren Heino am Kreuzberg, meine Haare färbte ich mit Lebensmittelfarben abwechselnd grün und blau, ich entdeckte Gramsci, die »Brigate Rosse«, las Foucaults »Überwachen und Strafen«, aber auch »Silence« von John Cage. Bücher kaufte ich im Schöneberger Buchladen »Rhizom«. Ich war fasziniert, dass man Deleuze wie Minimal Music lesen konnte, und von Derrida war zu lernen, eigentlich sei alles Schrift. Als mir das Lesen und Hören des Punk nicht mehr genügte, entschloss ich mich zur größtmöglichen privaten Radikalität. Ich wollte nicht länger in meiner harmlosen Wohngemeinschaft hocken. Mich nervten die Endlosdiskussionen über das Putzen, das Einkaufen und das Kochen. Auch das Wort »Beziehungsprobleme« konnte ich nicht mehr hören. In einem besetzten Haus – so dachte ich – wird bestimmt alles aufregend anders. Die Verlockung war so groß, dass ich sogar das Angebot, in eine Fabriketage am Görlitzer Bahnhof einzuziehen, ablehnte. Vor der Besetzung gab es wenige klandestine Treffen. Selten kannten sich Besetzer lange und gut. Auch wir neun waren ein zufällig zusammengeworfener Haufen, hatten uns nach Neigung und Interesse gefunden, einigten uns schnell und ohne Umschweife. Wir wollten eine verlassene Stadtvilla besetzen, die in der Nähe des Kreuzbergs schon seit langem vor sich hin rottete. Ich ahnte nicht, dass sich unsere Leben auf schicksalhafte Weise verbinden sollten.

Da war Thomas, der einen mit seinen Reden blenden und verführen konnte. Groß, dünn, immer freundlich und zum Diskutieren bereit, wurde einem mit ihm nie langweilig. Er sprach wie Edith Clever, kam wie sie aus Wuppertal und hatte keine Probleme damit, sich als ernsthaften Studenten zu bezeichnen. Sein Vater war Lastwagenfahrer, seine Mutter arbeitete im Supermarkt an der Kasse. Die Eltern hielten nichts davon, dass ihr Sohn Philosophie studierte. Doch für die Bedenken seiner Eltern interessierte sich Thomas so wenig wie ich mich für die Bedenken meiner Eltern. Er tat so, als lege er keinen sonderlichen Wert auf Äußerlichkeiten. Man sah ihn nie anders als in Jeans und in einem kragenlosen Leinenhemd, von dem er sich einen Stapel von einem Griechenlandurlaub mitgebracht hatte. Ohne seinen Radiergummi, seinen Füller und seinen Bleistift verließ er nicht das Haus. Die Titel von Suhrkamps wissenschaftlicher Taschenbuchreihe konnte er auswendig herunterbeten, und man ahnte, dass es sein Ehrgeiz war, eines Tages auch ein Buch in dieser Reihe zu platzieren. Thomas war gierig nach Welterklärung, las so was wie Hegel oder Heidegger. Er war auf der Suche nach Bedeutung, und das gab er auch offen zu. Das wiederum gefiel mir, weil ich mit meiner Kunst mehr wollte, als einfach nur Kunst zu machen.

Da war Soraya, eine große und kräftige Frau, mit ihren schulterlangen dunklen Locken und hellblauen Augen eine eindrucksvolle Erscheinung. Sie kam zusammen mit ihrem Freund, der eine spröde Eitelkeit ausstrahlte. Seine mittelblonden Haare, deren springende Locken er immer wieder mit einer sehr weiblichen Geste aus dem Gesicht warf, fielen ihm bis auf den Rücken. In seiner kühlen und stolzen Selbstbezogenheit erinnerte er mich an einen spanischen Granden. Ihr energisches Kinn über der Motorradkleidung ließ Soraya bisweilen weniger feminin erscheinen als ihren Freund. Soraya und ich waren gleich alt. Wir waren fast zur selben Zeit aus dem Südwesten nach Berlin gezogen. Soraya studierte Theaterwissenschaft im zweiten Jahr. Sie liebte Filme, und wenn sie gut aufgelegt war, spielte sie bestimmte komische Szenen so lange nach, bis wir anderen uns kugelten vor Lachen. Obwohl sie Humor hatte, lachte sie nur selten. In großen Runden saß sie lieber abseits und blieb Beobachterin. Soraya verlor sich im großen, gleißenden Kino, doch ihr Projekt war ein Dokumentarfilm über den Frauenknast in der Lehrter Straße. Auch in der Kunst orientierte sie sich konsequent an ihren politischen Ideen. Soraya war Sympathisantin der RAF, und schon vor ihrer Berliner Zeit hatte sie in Stuttgart-Stammheim demonstriert. Sie begeisterte sich für den anarchistischen Ansatz, für die Sabotage des Systems. Soraya war eine Autorität. Ihr Name galt in der Szene etwas. Sie fuhr Motorrad und maß sich gerne mit Männern. Gleich am ersten Tag legte sie sich mit Thomas an und machte ihm klar, dass wir Frauen nicht dafür da waren, zu putzen und zu kochen. Also lernten wir schweißen, schlagbohren, kreissägen und löten. Selbst ich verlor meine Unbeholfenheit und traute mir zu, Leitungen zu verlegen und Wände einzureißen.

Da waren noch Wolle und Robert, die beiden Berliner. Von ihnen lernten wir die typische Berliner Unbekümmertheit kennen. Berlin hatte weder eine goldene Vergangenheit noch eine helle Zukunft zu bieten, es hieß, daraus das Beste machen. Hier stürzt man nur, mit Gehen kommt man nicht weiter, lautete Wolles Lieblingsspruch zu Berlin. Zwar waren Robert und er an der Universität eingeschrieben, aber sie gingen nie dorthin. Wolle war ein zurückhaltender Mann. Ein Freund der Zierfische, nicht der Frauen. Robert, charmant und pragmatisch zu gleichen Teilen, machte in Raubdrucken, liebte das Theater und sprach vom Auswandern.

Bei der Besetzung der Villa waren wir zu neunt gewesen, aber nachdem uns Wasser und Strom abgestellt worden waren, blieben nur wir sechs übrig: Soraya und ihr Grande, Thomas, Wolle, Robert und ich. So ergab es sich ohne unser Zutun, dass Soraya und ich die einzigen Frauen waren. Bis heute weiß ich nicht, wie sehr wir uns mochten. Nachdem unsere Versuche, das Wasser wieder anzustellen, gescheitert und wir der

Polizei entkommen waren, tauchten wir bei unseren Nachbarn unter. Ein Zurück in bürgerliche Mietverhältnisse wäre für uns undenkbar gewesen. Was uns dazu bewog, weiterhin zusammenwohnen zu wollen, ist mir nach wie vor rätselhaft. Freundschaft war es jedenfalls nicht. Eher so was wie politische Überzeugung.

Unsere neue Bleibe fanden wir in einer Zweizimmerwohnung mit Küche im Seitenflügel des großen Hauses an den Gleisen. Ich kann mich nicht mehr erinnern, ob wir überhaupt ein Badezimmer hatten. Glaube aber eher nicht. Unser Blick ging hinunter auf das grün überwucherte S-Bahngelände. Das monotone Rattern der Stadtbahn drang durch die Fenster. Weil wir Privatbesitz ablehnten, gliederten wir die Wohnung nach Funktionsräumen auf: Es gab eine Küche, eine Bibliothek, in einem anderen Zimmer legten wir unsere sechs Matratzen auf den Boden. Wie bei Schneewittchens Zwergen.

AUTONOM

Auf den trüben Frühling folgte ein heißer Sommer. Wir verbrachten die Tage und Nächte dieses Sommers auf dem Dach, im Schlafsack auf dem Teer oberhalb der Ziegel und zwischen den Schornsteinen. Das Leben verlief in Zeitlupe. Tagsüber dösten wir in der Sonne, nachts tranken wir Rotwein und ruhten uns von den Anstrengungen der vergangenen Monate aus. Es war einer der glorreichen, leeren Sommer der Jugend, wie sie James Salter beschrieben hat.

Im Winter waren Kraaker aus Amsterdam gekommen, um uns zu helfen. Die Kraaker waren beeindruckende Gestalten: große Männer mit langen Haaren und mächtigen Händen. Nachfahren der Seefahrer und Deichbauern. Sie trugen schwere Stiefel und schwarze Lederjacken. Nichts konnte sie schrecken. Für sämtliche Probleme wussten sie eine Lösung. Statt anarchistischer Literatur trugen sie Schweißwerkzeug und Brecheisen mit sich. Jeder von ihnen war Spezialist für ein bestimmtes Gewerk. Hausbesetzen war Routine für sie. Zuerst war das Haus gegen die Angriffe der Feinde zu sichern. Nachts schleppten wir Bohlen von den nahe gelegenen S-Bahngleisen ins Haus und zimmerten daraus eine Befestigungsanlage. Das Erdgeschoss blieb unbewohnt und verwandelte sich in ein Bollwerk. Nur eine kleine Gruppe war in die Feinheiten der Verteidigung eingeweiht. Keiner von uns war Handwerker oder Architekt. Die Kraaker zeigten uns, wie man die Stromleitungen der Nachbarhäuser anzapft und das Wasser anstellt. Unsere Medizinstudenten taten sich dabei besonders hervor. Sie entwickelten sich zu gewieften Spezialisten des Stromdiebstahls. Dass Wasser und Strom gestohlen wurden, war Prinzip. Wir waren durchlässig, was das Eigentum anging. Ladendiebstahl war so normal, wie Wasser und Strom zu klauen.

Mit großen und kleinen Schaufeln kratzten wir tagelang den Taubenkot vom Boden. Das ekelhafte Geräusch, dieses aggressive, laute Scharren, verfolgte uns bis in den Schlaf. Unsere Mediziner brachten für diese Arbeit Mundschutze aus der Klinik mit. Im Vergleich zum Taubenkotkratzen war das Entrümpeln, Reparieren, Installieren, Renovieren, Putzen und Bauen ein Vergnügen. Fensterscheiben wurden eingesetzt, Fensterrahmen gestrichen und abgedichtet, Herde angeschlossen, Wände verputzt, Toiletten montiert, Böden ausgebessert, Waschbecken angeschraubt, Kachelöfen repariert und passende Türen besorgt. Niemanden interessierte eine gerechte Verteilung der Arbeit. Wer einen Job hatte, half am Wochenende mit, und die Mediziner, die ständig wichtige Klausuren schrieben, fanden immer einen Grund, sich nicht mit Taubenkot beschäftigen zu müssen. Einige waren schlicht stinkfaul, und alle Appelle liefen ins Leere. So blieb die Hauptlast der Instandsetzung an einer überschaubaren Gruppe hängen. Von ihnen waren manche unfähig, aber willig und somit die ideale Besetzung für unangenehme Drecksarbeiten. Andere legten großen Ehrgeiz an den Tag und entwickelten sich zu Experten des Elektrohandwerks, der Verteidigung oder des Wasserdiebstahls. Am Ende hat es funktioniert. Das Haus war nach einigen Monaten harter Arbeit auf einem niedrigen Niveau bewohnbar gemacht. Wir waren alle stolz.

Aber wir waren vorsichtig, richteten uns nicht häuslich ein, brachten keine Wertgegenstände ins Haus. Wir schliefen auf Isomatten auf dem Boden, Taschen mit Wäsche lagen in der Ecke, ein Waschbecken und zwei Toiletten mussten zunächst für uns 29 genügen. Immer seltener suchten wir unsere alten Wohnungen auf, um die Post abzuholen, zu duschen, Wäsche zu waschen oder einfach nur auszuruhen. Wir fühlten uns zunehmend fremd dort. Am Küchentisch oder auf dem Bett sitzend, betrachtete man verwundert sein verlassenes Leben. Mit den anderen Besetzern bildeten wir jetzt eine eigene Welt, zu der selbst unsere besten Freunde keinen Zugang hatten. In der bequemen Sicherheit ihrer Zwei- oder Dreizimmerwohnungen konnten sie sich nicht vorstellen, was es bedeutet, wenn jederzeit die Polizei anrücken und einen aus dem Haus vertreiben kann. Wir lebten aufregend experimentell, alle anderen erschienen uns langweilig konventionell. Unser Zusammenleben folgte bestimmten radikalen Prinzipien. Besitzansprüche waren unangebracht: Jemand kaufte ein und kochte, jemand anderes aß das Essen auf – zumeist ohne sich dafür zu bedanken. Niemals hätte man darüber gestritten. Alles war für alle da. Alle Türen standen offen, keiner schloss sich ein. Wohnen war eine Herausforderung.

Während wir an unseren »autonomen Räumen« und einer »Gegenöffentlichkeit« jenseits von Staat und Gesellschaft bastelten, änderte sich die Welt um uns herum. Im Januar 1981 war Ronald Reagan als amerikanischer Präsident vereidigt worden. Er warb für seine Politik mit einem Californialächeln. Anderthalb Jahre vor ihm war eine schlichte Krämerstochter mit hochtoupiertem Haar in Großbritannien an die Macht gekommen. Margaret Thatcher entmachtete die Gewerkschaften, privatisierte die öffentlichen Unternehmen und führte Krieg nach innen und nach außen. Im Mai 1981 war der Sozialist François Mitterrand zum französischen Präsidenten gewählt worden. Dieser Mann mit dem hochmütigen Zug um den Mund schaffte die Todesstrafe ab, erhöhte die Steuern und entkriminalisierte die Homosexualität. Auf einmal ging es wieder um Klassenkampf und Bourgeoisie. Deutschland wurde noch immer von Helmut Schmidt regiert und die Sowjetunion von Leonid Breschnew. Die Sowjets waren im Dezember 1979 in Afghanistan einmarschiert. Bundeskanzler Schmidt hielt gegen heftige Kritik an der Aufrüstung und am NATO-Doppelbeschluss fest. Seine eigene Partei bestand plötzlich aus Friedensbewegten, und dahinter stellten sich die Grünen als eine neue Partei auf. Mit der Friedensbewegung und den Grünen wurde mit einem Mal alles wieder zu einer Frage der Gesinnung. Uns gefiel weder Kanzler Schmidt, in dem wir nur den Flakhelferleutnant sahen, noch die herzensreinen Grünen und ihre Friedensbewegung. Mit dieser blöden friedfertigen Welt, die sie anstrebten, hatten wir nichts gemeinsam.

Der neue Innensenator von der CDU war ein kleiner, schmieriger Typ mit zurückgekämmten Haaren und einem aufgepumpten Ego. Heinrich Jodokus Lummer war der Kettenhund des Regierenden Bürgermeisters Richard von Weizsäcker. Ihn ärgerte, dass er so wenig über seinen Feind wusste. Er befand sich in der Klemme, denn der Eigentümer kann keine Anzeige gegen unbekannt erstatten. Die Polizei wiederum darf dem Eigentümer keine Amtshilfe leisten und für ihn herausfinden, wer eigentlich sein Haus besetzt hat. Die personelle Zusammensetzung der Hausbesetzerbewegung war demnach eine Black Box. Weder war bekannt, wie viele, noch wer sich in den Häusern aufhielt. Dass die Fluktuation in den Häusern groß war, machte alles noch komplizierter. Selbst wenn wir gewollt hätten, wäre es nicht möglich gewesen, dass wir uns im besetzten Haus anmelden, denn dafür brauchten wir die Unterschrift des Vermieters auf der Meldebescheinigung. Also behielten wir unsere alte Meldeadresse bei und lebten als Besetzer inkognito. Lummer begann mit generalstabsmäßig durchgeführten Hausdurchsuchungen. Es ging ihm darum, die Personalien der Besetzer zu erfassen und in Erfahrung zu bringen, was in den Häusern vor sich ging und wer darin verkehrte. Die nächtlichen Demonstrationen mit ordentlichem Sachschaden, die auf die Durchsuchungen folgten, gerieten mit der Zeit fast schon zur Routine. Erste Häuser berieten über Legalisierungsmodelle und träumten von einem Mietvertrag, während andere jeglichen Kontakt mit dem »Schweinesystem« ablehnten. Diese uneinheitliche Vorgehensweise und Einstellung war jedoch noch kein Problem. Das Spektrum der Hausbesetzer reichte von den unerbittlichen Autonomen bis zu den alternativen Hausgemeinschaften mit Fahrradwerkstatt und Tischlerei, von den Mietskasernen Kreuzbergs bis zu den Gründerzeitvillen Zehlendorfs. Wir alle waren »Feuer und Flamme für diesen Staat« und forderten »Keine Macht für niemand«.

WIR ALS WIR

Wir hatten eine ganz eigene Form der Ordnung herausgebildet: Man gehörte im großen Gefüge jeweils zu einer Küche. Dazu zählten nicht unbedingt die Bewohner der jeweiligen Wohnung, die Küchenzugehörigkeit ordnete sich vielmehr entlang von Freundschaft, Gelegenheit und Gewohnheit quer durch das Haus. Auch wenn manche in abgelegenen, hinteren Zimmern dieses halbverfallenen Gebäudes lebten, konnten sie sich einer Küche im Vorderhaus zugehörig erklären. Diese Organisationsform des Wohnens war enorm flexibel. Jederzeit konnte man seine Küchenzugehörigkeit ändern, ohne einen großen Umzug zu veranstalten. Man packte sein Senfglas und seinen Teller ein und zog in die nächste Küche weiter.

Einige wollten überhaupt keine Küche haben. Ihnen genügte eine Kochplatte. So etwa Vroni, die im obersten Stockwerk des Vorderhauses ein großes Zimmer bewohnte. Die Renovierung dieses Zimmers zog sich ewig lange hin, wurde nie wirklich abgeschlossen. Vroni redete am liebsten darüber, wie ihr Zimmer einmal aussehen sollte. Alle wussten, dass diese Pläne nie verwirklicht werden würden, aber man hörte ihr geduldig zu, denn Vroni war ein ungemein freundlicher Mensch. Keiner nahm es ihr übel, dass sie nur selten mithalf und den anderen die Arbeit überließ. Wir freuten uns, dass sie da war. Vroni war eine große, üppige Frau mit ausladenden Kurven und wunderschönen Lippen. Ihre Lippen waren ihr Kapital. Sie sahen so verlockend weich aus, dass man sie sofort küssen wollte. Lange stand sie jeden Tag vor dem Spiegel, um sie langsam und sorgfältig signalrot zu schminken. Obwohl sie immer Geldsorgen hatte, ging ihr der Lippenstift nie aus. Wahrscheinlich hätte sie seinetwegen sogar gehungert.

Vroni war ein Arbeitermädchen aus Wien. Sie war noch keine sechzehn, als sie das erste Mal eine Performance in einer Galerie sah. Danach war sie für ein bürgerliches Leben verloren. Ihre Geliebten waren bevorzugt notorisch untreue Künstler, mit denen sie in London und Amsterdam gelebt hatte. Nach Berlin war sie allein gekommen. Wie sie an Geld kam, wusste keiner. Angeblich hatte sie noch fünf Stiefschwestern, von denen ist aber nie eine bei ihr aufgetaucht. Vroni war warmherzig und mondän. In ihrem spartanisch möblierten Zimmer hingen zwei sehr kleine Fotografien. Die eine zeigte ihre Mutter, die jung gestorben war, und die andere Valie Export bei ihrer Performance »Genitalpanik« mit Maschinenpistole und in der Aktionshose, die die Scham freilässt. Zwischen diesen beiden ungleichen Fotografien hielt Vroni Hof. Das Haus verließ sie nur selten. Ununterbrochen drehte sie sehr dünne Zigaretten, die sie sorgfältig zwischen ihren roten Lippen platzierte. Dazu trank sie tagein, tagaus Kaffee aus kleinen weißen Tassen. Diese Tassen schienen – außer einer Tasche mit Schuhen und einem Koffer mit Kleidern – das Einzige zu sein, was sie besaß. Die kleinen weißen Tassen waren ihr sentimentales Andenken an Wien.

Ihr Stocknachbar war Lenny, von dem keiner wusste, wie er wirklich hieß. Ihm genügte sein Zimmer. Er besaß noch nicht einmal eine Kochplatte, tauchte sporadisch in den anderen Küchen auf, um etwas vom Essen abzustauben oder um sich einen Tee zu kochen. Lenny war ein dünner, fast schon magerer junger Mann mit einer haarlosen Brust, schlanken Fesseln, langen Haaren und den toten Augen des Zonenrandgebiets. Er war erst kurze Zeit in Berlin, kam aus einem Dorf in Nordhessen, wo seine Eltern einen kleinen Kaufladen betrieben. Lenny war uns zugelaufen, keiner kannte ihn zuvor, er hatte keine Freunde und war ein Sonderling. Irgendeine Ausbildung hatte er wohl angefangen und wieder abgebrochen. Schließlich war er vor seiner Einberufung zur Bundeswehr nach Berlin abgehauen. Wenn er Geld brauchte, arbeitete er in der Fabrik oder spendete Blut im Wedding. Doch zumeist saß er in seinem Zimmer auf der Matratze, kiffte und klimperte auf der Gitarre herum.

Einmal erzählte er, dass er als Vierzehnjähriger seinem todkranken Großvater das Morphium gestohlen habe. Lenny war schüchtern, stotterte und ergriff nur selten das Wort. In unseren Hausversammlungen setzte er manchmal zu langwierigen Ausführungen über das Schweinesystem und die Verbrechen des Kapitalismus an. Irgendwann verlor er den Faden, brach grinsend ab und verfiel wieder in sein ausdauerndes Schweigen.

Zwei Stockwerke unter Lenny und Vroni wohnte Uli mit Freundin und drei Freunden in einer abgeschlossenen Wohneinheit mit Küche. Sie waren andere Kaliber als ihre Nachbarn darüber. Die Wohnung hatten sie ausdauernd renoviert und eine halbwegs funktionierende Küche installiert. Bei ihnen war es wie im Frieden. Samstags roch es nach frisch gebackenem Kuchen, und auf dem Tisch standen richtige Weingläser. Sie lüfteten jeden Tag und überzogen alle vierzehn Tage die Betten. Uli studierte Medizin. Ihm stand eine glänzende Karriere in Aussicht. Über seine Familie und warum er bei seinem Vater aufgewachsen war, sprach er nie. Wenn das Gespräch auf Kindheit und Familie kam, stand Uli auf und verließ das Zimmer. Im Dezember 1980, als die Besetzerbewegung fast schon populär geworden war, hatte ihn eine hübsche Kommilitonin angesprochen und gefragt, warum er eigentlich nicht in einem besetzten Haus wohne. Er sei doch ein politischer Kopf. Sie gefiel ihm schon lange, und obwohl er ahnte, dass sie ihn nur provozieren wollte – so offen und fast schon unverschämt schaute sie ihm beim Reden in die Augen –, gab ihm ihre Bemerkung zu denken. Er wollte auf keinen Fall etwas verpassen. Kurz darauf vermietete er seine Wohnung unter und schloss sich uns an. Dass er die in ihn gesetzten Erwartungen erfüllen würde, daran zweifelte keiner, der ihn kannte. Der Erfolg im Studium war ihm jedoch zu einfach zu haben. Bevor er Chefarzt wurde, wollte er etwas gewagt haben. Wir vermuteten, dass dahinter auch seine Freundin Antonia steckte. Antonia war eine von den Antonias, die einen zurechtwiesen, wenn man ihren Namen abkürzte. Sie war eine auffallend schöne Frau, aber sie war unglaublich langweilig. Es war faszinierend zu erleben, wie sie überall, wo sie auftauchte, angestaunt wurde. Doch bereits nach kurzer Zeit schien der Zauber verflogen, und sie wurde von keinem mehr beachtet. Für uns stand fest, dass Uli der Enge der Beziehung in der Neuköllner Altbauwohnung hatte entgehen wollen, indem er mit Antonia zusammen ins besetzte Haus zog. Uli brachte Struktur und Diplomatie in unser Zusammenleben. Bei Konflikten äußerte er sich erst, nachdem er ausführlich nachgedacht hatte. Egal, wie aussichtslos die Situation schien, er suchte den Kompromiss. Er wollte möglichst viel von der revolutionären Euphorie der Besetzerbewegung erhalten und gleichzeitig mit unseren Feinden aus dem Senat in den Dialog eintreten. Trotz seines anstrengenden Studiums fehlte er auf keinem Plenum. Wir achteten ihn alle.

An Michael aus dem ersten Stock war alles weich: seine Gesichtszüge, sein Münchner Idiom, seine Stimme, sein Händedruck, seine Lippen und sein Körper. Michael kannte nur ein Sehnen, und das war das Sehnen nach Liebe. Seine Sinnlichkeit ging ihm über alles, wurde zu seinem Lebenssinn und Lebenszweck. Angezogen war Michael wie ein Zirkusdirektor mit einem alten Frack vom Trödelmarkt und bunt angesprühten Schuhen. Damit fiel er überall auf, was ihm ausnehmend gut gefiel. Offiziell war er in Biologie eingeschrieben. Nach nicht einmal einem Semester war ihm klar geworden, dass an der Universität nicht das Wissen vermittelt wurde, das er für sein Weiterkommen für wichtig hielt. Daraufhin besuchte er nur noch sporadisch Vorlesungen und Seminare. Von seinen Ausflügen in die akademische Welt brachte er oft junge Frauen mit, die er in die tantristische Praxis einweihte. Unter seinen Freunden waren viele Sannyasins, und Bhagwans Schriften lagen neben seinem Bett, doch er erlag nie der Versuchung, sich ihnen anzuschließen. Sannyasins waren zu egoistisch, um politisch zu sein, so Michaels Einstellung. Er dagegen wollte linke Politik und Sinnlichkeit verbinden. Michael fehlte auf keiner Demo. Selbst in der Schlacht um Brokdorf stellte er sich unbewaffnet und im alten Frack vor den behelmten Polizisten auf. Diese Art Männlichkeit machte ihm keine Angst. Die Militanten verlachten ihn. Was für ein naiver Spinner! Mit seiner Familie hatte er gebrochen, doch seine Großmutter, die ihn abgöttisch liebte, schickte ihm unregelmäßig Geld und regelmäßig Pakete mit Hartwurst und Äpfeln. In der Küche, die er sich mit einer Großgruppe von sieben anderen teilte, stand ein Sofa vom Sperrmüll. Darauf lag Michael und las sich tief versunken quer durch die esoterische Literatur. Im Sommer meditierte er auf dem Dach, er versuchte sich im Feuerlauf, sammelte vergnügt auf den traurigen Grünstreifen Kamillenblüten für seinen Morgentee und glaubte an die Reinkarnation. Es gefiel ihm, sich abwechselnd als Schamane, Hippie, Yogi oder Zen-Meister zu inszenieren. Am liebsten war ihm jedoch die Rolle des Verführers. Den Schmerz des Mannes, den er in sich fühlte, heilte er durch seine Liebe zur Frau. Ob im Park, beim Bäcker, in der Bibliothek, im Schwimmbad, am Kiosk oder auf Demos, Michael lief immer eine Frau über den Weg, die sich staunend seine Weisheiten anhörte und sich von ihm verführen ließ.

War an Michael alles weich, so war an seiner Freundin alles groß: die Hände, die Füße, der Mund, die Augen, der Busen, der Popo und ihr Herz. Egal, was die anderen dachten, Clarissa und Michael waren ein Paar. Sie ließ ihn gewähren. War nicht eifersüchtig auf seine Geliebten, sondern fühlte sich dadurch noch mehr von ihm geliebt. Er könnte doch jede Frau als Freundin haben, aber er wollte sie. Clarissa war eine Adelige aus dem Kurhessischen. Weil sie groß und dick war und aussah wie eine der Frauen aus den Comics des amerikanischen Underground-Zeichners Robert Crumb, tauften wir sie »Prinzessin Crumb«. Sie lachte darüber. Manchmal flatterten auf Büttenpapier gedruckte Einladungen zu Adelsbällen ins Haus. Natürlich ging sie nie hin. Clarissa studierte Literaturwissenschaften. Mit Haut und Haaren hatte sie sich der Interpunktion verschrieben. Striche, Kommata, Semikolons, Punkte waren für sie geheimnisvolle Zeichen, deren Quellen sie in der Logik, Theologie, Musik, Poetik und Rhetorik suchte. Man traf sie häufig in der Küche an, wo sie, am Tisch sitzend, dick belegte Wurstbrote vor sich, schwere akademische Aufsätze las.

Zu Michael und Clarissa gehörte noch Lars, ein unscheinbarer Mensch mit großer Nase und leiser Stimme. Mit Anfang zwanzig gingen ihm schon die Haare aus. Man übersah ihn leicht. Er schien selbst von sich zu glauben, überflüssig und lästig zu sein. So hatte er sich in ein Schattenwesen verwandelt. Lars hatte Michael beim Warten in der Notaufnahme des Urban-Krankenhauses kennengelernt. Beide hatten sich den rechten Daumen gebrochen. Zwischen den Kranken und Verletzten schwärmte Michael ihm von den kosmischen Dimensionen der körperlichen Liebe vor. Seitdem war Lars Michael nicht mehr von der Seite gewichen. Die Besetzung erlöste ihn von seinem einsamen Dasein in einer Einzimmererdgeschosswohnung eines Kreuzberger Hinterhauses. Lars wusste, dass er sich im Gegenzug als nützlich zu erweisen hatte. Nachdem es ihm in aufwendiger Tüftelarbeit gelungen war, unsere Funkgeräte zu aktivieren, galt seine Position im Haus als gesichert. Lars führte ein Leben aus der Beobachterposition. Er nährte sich von Michaels Abenteuern und genoss Clarissas großzügige Nähe. Lars war es, der putzte, einkaufte und kochte. Er hielt die Küche am Laufen, sodass Michael sich dem Kosmos der Frauen und Clarissa sich der Interpunktion widmen konnte.

Die radikale Fraktion zog aus strategischen Erwägungen in das oberste Stockwerk des Hinterhauses. Bei einer Durchsuchung oder Räumung hätte die Polizei erst einmal unsere Befestigungsanlage im Eingangsbereich mit schwerem Gerät beiseiteschaffen müssen. Das hätte ihr Zeit verschafft, über das weitläufige S-Bahngelände zu fliehen oder aber das Haus von hinten zu verteidigen. Von ihrem Stockwerk aus hatte man nämlich einen Blick wie aus dem Turm einer Ritterburg. Jede Feindbewegung wurde registriert. Irene, ihre Anführerin, war eine kesse Person. Kurze Beine, schöner Hals, graublaue Augen, spitzer Busen. Sie konnte sehr lange und sehr wirksam schmollen, um aus dem Nichts zum schneidenden Angriff auf ihr Gegenüber loszugehen. Irene war eine Frau der kalkulierten Effekte. Man sah ihrer vergleichsweise eleganten Erscheinung nicht die Bauerntochter aus Ostwestfalen an. Sie ging stets ganz in Schwarz. Als einziges Accessoire duldete sie filterlose Zigaretten aus schwarzem Tabak. Wie sie es schaffte, immer wie aus dem Ei gepellt auszusehen, obwohl wir weder Waschmaschine noch Bügelbrett im Haus hatten, war uns allen ein Rätsel. Doch diese äußere Perfektion trug zu ihrer Aura bei. In ihrer Familie hatte sie sich von klein auf fremd gefühlt. Sie ekelte sich vor den Schweinen, die ihr Vater mästete, und hasste den beißenden Geruch, der sie den ganzen Tag umgab. Irgendwann ekelte sie sich auch vor ihrem Vater, ihrer Mutter und ihren drei Geschwistern. Sobald als möglich ließ sie die stinkende Welt bäuerlicher Rechtschaffenheit hinter sich. Den Eltern blieben ja noch genug Kinder, dachte sie. Ihre Wahl fiel auf Berlin. Nie und nimmer würden die Eltern ihre Schweine allein lassen, um in eine Großstadt zu reisen und ihre Tochter zu besuchen. Die Grenze zwischen ihr und Ostwestfalen war ihr eine Befriedigung. Drei Tage in der Woche arbeitete sie auf einem Berliner Gesundheitsamt, wo sie Akten von A nach B schob. Sie galt als verlässliche Mitarbeiterin, war bei den Kollegen beliebt. Ihre radikalen politischen Ansichten sorgten bei Weihnachtsfeiern und auf Betriebsausflügen für angenehmen Nervenkitzel. Die Beamten aus Lichtenrade oder Alt-Tegel dachten, sie mache Spaß, wenn sie Gewalt für ein probates Mittel im politischen Kampf erklärte. Doch Irene meinte es blutig ernst. Hausbesetzungen waren erst der Anfang. Sie hoffte, dass daraus ein »Flächenbrand« entstehen würde, wie sie sich ausdrückte. Parteien, Gewerkschaften, Schulen und vor allem die Kirchen waren Instrumente der Unterdrückung. Unruhe und Chaos mussten in alle Lebensbereiche hineingetragen werden: Lehrer sollten sich weigern, Noten zu geben, die Psychiatrien gehörten aufgelöst, Fabrikarbeit war moderne Sklaverei, die Kirchen sollten geschlossen und die Gefängnisse geöffnet werden. Irenes Ziel war die Entwicklung einer eigenen revolutionären Praxis. Ausgangspunkt dafür war unser besetztes Haus.

Ihr zur Seite stand Marianne. Eine junge Frau mit androgynen Hüften, grünen, eng zusammenstehenden Augen und von großem Leichtsinn. Marianne war Berlinerin aus einem Tempelhofer Reihenhaus. In Ostwestfalen war sie noch nie gewesen. Trotzdem schien es, als seien die beiden Frauen durch Fäden aus lang zurückliegender Zeit miteinander verbunden. Wenn sie gut gelaunt waren, scherzten sie, dass sie Zwillingsschwestern seien, die man nach der Geburt getrennt habe. Beider Liebhaber war John. Ein Onkel von ihm war in den fünfziger Jahren in die USA ausgewandert. Man hatte nie mehr etwas von ihm gehört, doch Johns Vater gab sich der Vorstellung hin, dass sein Bruder reich geworden sei. Deshalb verpasste er seinem einzigen Sohn einen amerikanischen Vornamen. John war wie Marianne Berliner. Er kam aus Rudow. In Kreuzberg in einem besetzten Haus zu wohnen kam ihm mindestens so aufregend vor, wie nach Amerika ausgewandert zu sein. John war ein Macho. Cowboystiefel, enge schwarze Lederhosen, Dreitagebart. Im Sommer trug er weiße taillierte Unterhemden. Wie Marion Brando in »Endstation Sehnsucht« setzte er seine nackten Arme und seinen prallen Bizeps in Szene. Das war Kino. John hatte viel kriminelle Energie und immer schmutzige Fingernägel. Tagelang schraubte er an seinem Motorrad rum und hörte dazu laut Punk. Zu seinem Rebellenoutfit passten seine Sprüche. Wenn er zu viel getrunken hatte, begann er von Pol Pot, dem Bruder Nummer eins der Roten Khmer, zu schwärmen. Offensichtlich faszinierte ihn der Gedanke, Macht über andere zu haben. Bei den Radikalen war immer etwas los. Sie waren acht. Hatten ständig Besuch. Bis spät in die Nacht brannte in ihrer Küche Licht. Mal hörten sie den Polizeifunk ab, mal drehten sie die Piratensender auf, mal schrieben sie Flugblätter, und mal spielten sie Doppelkopf. Zu essen gab es abwechselnd Kartoffeln mit Leinöl und Nudeln mit Knoblauch. Dazu schwarzen Kaffee oder Bier.

Die aus der Stadtvilla waren die Einzigen, die auf eigene Zimmer verzichteten. In ihrer Küche gab es eine Kochecke, ein Sofa und einen großen Esstisch. Sie hatten ein gemeinsames Schlafzimmer und als Extravaganz eine Bibliothek mit einigen wackeligen Regalen und einem Podest, auf dem man liegen und lesen konnte. Essen war zweitrangig. Einmal kochte Luise Zunge. Die mochte keiner, und man landete wieder bei Nudeln. Getrunken wurde Rotwein. Fette Joints, lautstarke Sex Pistols und Motetten von Johann Sebastian Bach waren ihr täglich Brot. Bei ihnen ging es immer um die ganz großen Themen. Kunst und Umsturz gehörten zusammen. Das mit der Kunst war neu für uns. Wir hatten nur Vroni, die einen Sinn dafür hatte. Da sie sich jedoch selbst als eine Art Kunstwerk verstand, war ihr Interesse an anderen Künstlern und deren Kunst nur schwach ausgeprägt. Einige von uns lasen, andere gingen ab und an ins Kino, aber für Museen, Galerien oder Theater hatte keiner bis dahin etwas übrig. Das war bei Luise und ihren Freunden etwas anderes. Sie beschäftigten sich ernsthaft mit Kunst, was uns eine gewisse Ehrfurcht einflößte. Wir wussten beispielsweise zunächst nicht, ob und was wir zu Luises wilder Malerei sagen sollten. Der Weg in den Seitenflügel führte an Luises Studio, einem langen, dunklen Schlauch, vorbei. Dort hingen ihre vor Farbe triefenden Bilder, auf die wir nur einen kurzen Blick warfen und schnell weitergingen.

Obwohl sich auch die Neuen von ihrer bürgerlichen Herkunft losgesagt hatten, kein Privatleben duldeten und revolutionäre Parolen im Mund führten, hielt die radikale Fraktion um Irene nicht viel von ihnen. Kunst war in ihren Augen überflüssig. »Künstler sind asozial«, lautete ihr blöder Spruch. Soraya und Irene vertraten durchaus ähnliche politische Positionen, doch eigentlich waren sie sich völlig fremd. Die Neuen sorgten dafür, dass sich die Stimmung im Haus drehte. Es war eine Konkurrenzsituation entstanden, die es zuvor so nicht gegeben hatte. Irene war verärgert darüber, jetzt Leute im Haus zu haben, die sie verunsicherten. Sie hielten ihr den Spiegel vor, denn während sie alles teilten und Privatbesitz ablehnten, wachte Irene eifersüchtig über ihre beiden ganz in Weiß gehaltenen Zimmer. Vor allem Thomas war ihr ein Dorn im Auge. Ihn reizte das Denken über den radikalen politischen Entwurf. Seine strategischen Überlegungen zum Sieg über den Senat wurden im Besetzerrat bejubelt. Für ihn war das nur ein Spiel mit Argumenten um die Macht. Irene saß daneben und war stinksauer. Sie hatte keine Chance gegen Thomas' intellektuelle Schärfe.

Wolle war unser oberster Straßenkämpfer. Er setzte darauf, dass sich die Bullen nur schlecht auf den nächtlichen Straßen Kreuzbergs orientieren konnten. Gnadenlos trickste er sie aus. Brennende Barrikaden, eingeworfene Fensterscheiben und umgeschmissene Autos waren für ihn eine Art surrealistische Aktion. Wolle liebte es, wenn es bei Demonstrationen richtig krachte. Zu Hause war er still und in sich gekehrt. Träumte von bunten Fischen.

Robert gehörte zu den ganz wenigen Männern, die es sich leisten können, im Sommer kurze Hosen, Socken und spitze Schuhe zu tragen. Groß und stark, mit dunklen Haaren, strahlend blauen Augen und einem klar geschnittenen Gesicht, war er ein schöner Mann. Er hatte diese körperliche Lockerheit und Eleganz, die man nicht erlernen kann. Bevorzugt trug er dunkle Arbeitsanzüge aus einem Fachgeschäft für Berufskleidung. Seine erste Liebe, ein kluges Mädchen aus Charlottenburg, hatte ihn mit Raubdruckern zusammengebracht. Er begeisterte sich für den Gedanken, verloren geglaubte Texte der politischen Linken, der Dadaisten und Surrealisten, der Anarchisten und Syndikalisten auszugraben und unter die Lesenden zu bringen. Raubdrucken war für ihn »subversive Rebellion«. Nächtelang druckte er mit seinen Genossen an einem geheim gehaltenen Ort Texte von Georg Lukács, Alexandra Kollontai, Walter Benjamin, Leo Trotzki, Max Horkheimer, André Breton, Wilhelm Reich, Rosa Luxemburg und Michail Bakunin. Diese Raubdrucke waren dürftig ausgestattet und von schlechter Qualität. Das tat ihrer Beliebtheit jedoch lange keinen Abbruch. Die Gesamtausgabe der Werke Sigmund Freuds lief glänzend und wurde in Analytikerkreisen Kult.

Soraya war eine unnahbare Frau, die ein Hauch von Einsamkeit umgab. Egal, wo man ihr begegnete, sie hatte nur ein knappes Nicken für einen übrig. Ob sie unsicher oder eingebildet war, ließ sich nicht ausmachen. Auf dem Motorrad saß zumeist sie vorne und ihr Freund auf dem Rücksitz. Mit ihrer langen Lockenpracht und ihren schwarzen Lederhosen waren die beiden ein auffälliges Paar. Es war nicht auszumachen, ob Soraya und Luise Freundinnen waren. Vielleicht war es die Kunst, die sie verband. Ihre Entscheidung für die Kunst hatten sie sich beide in ihren Familien erkämpfen müssen. Künstlerinnen waren fragwürdige Existenzen.

Bevor wir mit Luise ins Gespräch kamen, hielten wir sie für eine Französin. Sie war von einer mädchenhaften Anmut, wie man sie nur von Französinnen kennt. Gerne versteckte sie sich hinter ihren langen Haaren, die sie zu einer Ponyfrisur geschnitten trug. Luise war sehr dünn, trug damals konsequent Hosen oder Overalls und rauchte Zigarillos. Auf der Straße lief sie dicht an den Häuserwänden entlang, als ob sie Angst davor hätte, jemand könnte sie zur Seite drängen. Aufgewachsen war sie in Heidelberg. Wir hörten ihr gerne zu, wenn sie vom chromdioxidgrünen Odenwald und der neapelgelben Sonne über den Neckarwiesen erzählte. Ihre eigentliche Liebe galt der spröden Landschaft im hohen Norden. Luise war die einzige von uns, die aus einer Familie mit Geschichte kam. Ihr Großvater, ein Medizinprofessor, hat angeblich ein Ferienhaus am Sacrower See und eine Villa im Grunewald besessen. Luise, deren Haare entweder grasgrün leuchteten oder Wochen später nur noch mattgrün schimmerten, las ungeordnet alles von Guy Debord bis Arno Schmidt. Es gab kaum etwas, für das sie sich nicht interessierte und das sie nicht einer eingehenden Betrachtung unterzog. Im Getränkeladen studierte sie lange die Etiketten der Bierflaschen. Ihre Lebensjahre ordnete sie nach fein abgestimmten Farbtönen. 1981 war sie 21 und das Jahr war kobaltblau.

WIE LEBEN? – THOMAS

Meinen ersten Begriff von Berlin habe ich im Café Kaputt in der Nähe vom Kreuzberg gewonnen, das war 1976, als wir auf Klassenfahrt in der Stadt mit dem Viermächtestatus waren. In diesem Café war es ziemlich dunkel, und man setzte sich zwischen Sperrmüllmöbel und trank viel Bier und schwadronierte über den bewaffneten Kampf. Wir hatten Unterkunft in einem Studentenwohnheim an der Spanischen Allee in Zehlendorf. Zum Frühstück gab es Roggenbrot, pures Roggenbrot, das feucht war und wahnsinnig gut schmeckte und das wir immer mit Ramamargarine zu uns genommen haben. Ansonsten war Berlin ein Thema mit Christoph aus der Parallelklasse, dessen Vater war Chefarzt in Hilden, und wir feierten bei denen im Keller gerne mit der Musik von Gustav Mahler aus dem »Tod in Venedig« im Hintergrund und mit »Ton Steine Scherben« und mit Hildegard Knefs »Für mich soll's rote Rosen regnen«. Mit Christoph hatte ich eine Wette laufen. Er wollte einen Film in Cannes zeigen, und ich wollte ein Buch bei Suhrkamp veröffentlichen. Die Wette konnten wir nicht einlösen, weil Christoph schon im Studium starb. Christoph hatte einen älteren Bruder, der war bei der Roten Hilfe und erzählte uns viel von der Stadtguerilla. Ich erinnere mich ganz genau, wie wir uns um 1973 über den Text von Heinrich Böll »6 gegen 60 Millionen« die Köpfe heißgeredet haben. Da war wieder Berlin im Gespräch, der Frauenknast an der Lehrter Straße, ein Waldstück im Grunewald, wo Ulrich Schmücker von seinen Gesinnungsgenossen erschossen worden war, und die Bibliothek in Dahlem, aus der Andreas Baader geflüchtet war, um in den Untergrund zu gehen.

Damals, als wir mit der Klasse in Berlin waren, waren wir auch bei Leydicke und haben dort den grässlichen Fruchtwein getrunken, und ich habe von einem Raubdruckverkäufer einen Band von Merve erworben. Der hieß »Der Terrorismus der Starken und der Schwachen« und war von den Leuten von »Il Manifesto« verfasst. Den habe ich wie ein gefährliches Buch nach Hause getragen und abends heimlich im Bett gelesen. Mir war klar, dass ich mich keinem der Parteiaufbauvereine anschließen würde, und ich hatte natürlich Schiss, in den Untergrund zu gehen. Meine Wahl fiel auf die FDP der Linken, das waren die Trotzkisten, die immer alles besser wussten. Das war auch gut so, weil ich damit alle Leute, die vom Sozialismus in einem Lande träumten, also die von der DKP genauso wie die von der KPD, für ziemliche Idioten halten konnte.

Aber meine erste Nacht ganz allein in Berlin war furchtbar. Das war im Januar 1978, als ich mit dem Bus 19 von Bahnhof Zoo unter den Yorckbrücken ankam und an der Bautzener Straße ausstieg. Ich wollte zusammen mit meiner Freundin Claudi nach Berlin gehen, die unbedingt Medizin studieren wollte, aber noch warten musste, weil der NC zu hoch für sie war. Ich hatte vom Freund eines Freundes die Adresse von einer Frau bekommen, die Hausbesitzerin war und die ich mir als eine Frau im Pelz vorstellte, weil sie eine Adresse am Ku'damm hatte. Ich hatte in der Bautzener Straße eine Zweizimmerwohnung ohne warmes Wasser mit Kohlenheizung und Außenklo gemietet. Es war fürchterlich kalt, als ich so gegen acht Uhr am Abend zum ersten Mal die Tür zu dieser Wohnung öffnete. Ich hatte keine Ahnung, wie man einen Kachelofen anfeuerte, und war im Moment auch so verzweifelt in dieser Wohnung, dass ich am liebsten geheult hätte. Ich hatte einen Schlafsack dabei, den ich auf dem Boden ausbreitete, und bin dann raus und habe versucht, irgendwo etwas zu essen zu finden. Oben in der Bautzener Straße war das »Puschen«, da gab es einen Wirt, der so aussah wie Hannes Wader, bei dem konnte man Pellkartoffeln mit Quark kriegen und dazu natürlich viel Bier trinken. Das mit den Pellkartoffeln wusste ich an dem Abend noch nicht, ich erinnere mich nur, dass ich sehr viel Bier getrunken und nichts gegessen habe. Das erlaubte mir, die erste Nacht in der neuen Wohnung einigermaßen schlafend zu verbringen.

Der Anlass, warum ich mich im Januar nach Berlin aufgemacht hatte, war der Tunix-Kongress, der an der TU in der Straße des 17. Juni stattfand. Der Deutsche Herbst war vorbei, und es ging darum, nach der innerstaatlichen Feind- und dann Kriegserklärung der RAF eine Position zu finden. Die undogmatische Linke, die weder dem Kommando-Sozialismus in der DDR noch der Kulturrevolution im Mao-Look über den Weg traute, hatte ihre Unschuld verloren. Klar, Fünfjahrespläne waren Herrschafts-Idiotie und »das kleine rote Buch« Mörderkitsch. Aber wer mit dem bewaffneten Kampf sympathisiert hatte, war auch irgendwie kontaminiert. Ich erinnere mich, dass ich Peter Glotz, der damals Senator für Wissenschaft und Forschung im Berliner Senat war, zuhörte, wie er mit seiner Riesenbrille eigentümlich beschwörend über die Linke sprach, und dass Eberhard Lämmert, der Präsident der FU war, in melierter Noblesse die Tradition des unverstellten Lebens anführte. Man ahnte, dass Dagegensein auch eine Art des Dabeiseins war und man sich deshalb die Frage stellen musste, wofür man war, wenn man dagegen war. Ich war ein Gefühlslinker, der Heidegger gelesen hatte und mit einem Freund, der protestantischer Pfarrer in Erkrath geworden ist, nächtelang über Paul Tillich diskutiert hatte. Metaphysik war kein Schimpfwort für mich, ich behauptete sogar frech, dass im Kommunismus Metaphysik wieder auf der Tagesordnung stehen sollte. Tunix war für mich metaphysikfreundlich und lebensbejahend. Über das Sein im Nicht-Sein meditieren und ohne die Angst, nicht normal zu sein, das Polymorph-Perverse bei sich und anderen zu akzeptieren, konnte ein Ausweg sein. Von den Berühmtheiten auf diesem Kongress habe ich seinerzeit nicht viel mitbekommen. Ich hatte weder von Foucault noch von Guattari einen Begriff, obwohl ich mich für die Sektion Antipsychiatrie interessierte. Ich weiß noch, dass mir ein Bekannter bedeutungsvoll zuraunte, man wolle eine linke Tageszeitung gründen. Das hieß wohl, etwas anderes zu machen, als wie Wolfram Schütte in der FR über Fassbinder zu schreiben oder wie Peter Merseburger in »Panorama« über Militärbasen der US-Armee in der Bundesrepublik zu berichten. Aber ich wollte nicht Rebellionsjournalismus lernen, sondern ich wollte ernsthaft und tiefgründig studieren.

Meine erste Fahrt an die FU wollte nicht enden. Man war vom U-Bahnhof Yorckstraße mindestens eine Dreiviertelstunde nach Dahlem unterwegs. Ich kann gar nicht mehr sagen, wie das kam, aber auf dieser ersten Fahrt nach Dahlem habe ich ein Mädchen mit dunklen Haaren kennengelernt. Die erzählte mir, dass sie zu der Vorlesung von Klaus Heinrich unterwegs sei. Sie sagte das mit derartig leuchtenden Augen, dass mir sofort klar wurde, dass das ein wichtiges Ereignis sein musste. Ich bin dann mit ihr mit und bin so bei meinem ersten Tag an der FU als Allererstes in einer Vorlesung von Klaus Heinrich gelandet, die über Zynismus ging, den er aber von dem Kynismus unterschied, um deutlich zu machen, dass man sich leer machen müsse, um etwas Neues zu entdecken. Die Dunkelhaarige erzählte mir nach der Vorlesung etwas über den Mahlstrom, in den man sich stürzen müsse, um ein Sein zu erreichen, das einem etwas eröffnen wird. Solche Gedanken kannte ich von Heidegger, bei dem hieß das Lichtung, aber davon wollte sie nichts wissen. Claudi war noch nicht da oder schon wieder weg, natürlich um wiederzukommen, aber die Dunkelhaarige hatte schon eine ziemliche Sehnsuchtstiefe. Zwischendrin wusste ich nicht, wie sie das mit dem Mahlstrom meinte. Jedenfalls habe ich dann die Nacht mir ihr verbracht. Das war der erste Tag meines Studiums an der FU.

Leo hat mich dann mit zu Jacob Taubes genommen. Er hatte mich vorbereitet: Das ist einer, der wirklich über den Ort der Revolution nachdenkt. Er sei eigentlich ein Rabbi, der aber in Dahlem ein Institut für Hermeneutik aufgemacht habe. Ich war schwer beeindruckt davon, dass Leo ein Grußverhältnis mit Jacob Taubes unterhielt. Die kannten sich also. Aber ich konnte mir überhaupt nicht vorstellen, auf welcher Basis die miteinander umgingen. Taubes saß da vorne, hatte ein aufgeschlagenes Buch vor sich und redete und redete über zwei Sätze aus dem Vorwort zur »Phänomenologie des Geistes« von Hegel. Es ging darum, dass die Substanz Subjekt sei. Ich wusste nicht genau, worauf er hinauswollte, aber ich ahnte, dass hier Philosophie gemacht wurde, die einem etwas für das Leben bedeuten konnte. Hegel war doch derjenige, der so wie Johannes der Täufer dem Marx vorausging. Von Leo wurde mir klargemacht, dass richtiges Denken immer einen esoterischen Raum beanspruchen musste. Das hieß, man musste zu den Eingeweihten gehören, um überhaupt auf richtige Gedanken kommen zu können. Das war wichtig, weil mich das immun gemacht hat vor solchen Leuten wie Wolfgang Fritz Haug, der immer wieder eine Vorlesung über »Das Kapital« von Marx anbot, den man aber für einen Karl May des Marxismus halten musste. Mit Marx musste man sich eingehend beschäftigen, das hieß damals, dass man sich zum Institut für Soziologie in die »Babelsburg« nahe dem U-Bahnhof Berliner Straße aufmachen musste, um beim »Projekt Klassenanalyse« einen »Kapital«-Lektürekurs zu belegen, der sich vor allem mit der Wertformanalyse beschäftigte. Die Leute in dem Kurs glaubten wirklich, dass in der Wertform das Rätsel unserer gesamten Existenz stecken würde. Aber die das glaubten, waren merkwürdig enge Typen, die mir so gar nicht geistig vorkamen, sondern offenbar der Auffassung waren, dass es einen Zusammenhang zwischen dem Zeitaufwand der Beschäftigung und dem Erkenntnisgrad der Durchdringung geben müsse. Das kam mir alles kleinbürgerlich und beflissen vor. Jedenfalls wenn man zuvor diese rabbihafte Weltläufigkeit von Taubes kennengelernt hatte.

Wie ich an Luise und die anderen geraten bin, weiß ich wirklich nicht mehr. Ich weiß nur, dass sie und Soraya was mit Kunst machten und ich mit ein paar Formulierungen aus Lyotards »Patchwork der Minderheiten« Eindruck schinden konnte. Kunst plus Leben ergibt Lebenskunst, sagten wir damals. Das war kein Kalauer, sondern ernst gemeint. Aber anders als in dem Wilhelm-Meister-Film »Falsche Bewegung« von Wim Wenders von 1975, wo der Harfner und Wilhelm Meister sich beim Gang oben am Rhein über das Leiden an der Unvereinbarkeit von Politik und Poesie unterhalten, wollten wir eine Kunst, die aus dem Leben kommt und ins Leben geht. So wie bei Gordon Matta-Clark, der amerikanische

Eigenheime durchgeschnitten hatte. Ein Vortrag von Heidegger übers Wohnen kam mir im Gespräch mit Luise und Soraya und den anderen auch noch in den Sinn. Die Frage »Wie leben?« führte mit einer gewissen Notwendigkeit zur Frage »Was tun?«.

DIE GEGENRICHTUNG – LUISE

Mir gefiel es im großen Haus bei den Gleisen. Wenn es warm war, wehte der Duft des Flieders vom S-Bahngelände durch die offenen Fenster, und das Rattern der Stadtbahn war bis in mein Studio zu hören. Doch die eigentliche Sensation in diesem Sommer 81 waren die Tage und Nächte auf dem Dach. Wir lagen nackt unter dem nordischen Himmel Berlins, genossen den spektakulären Blick, der bis zur leeren Mitte der Stadt am Potsdamer Platz reichte, und folgten mit den Augen dem Verlauf der Mauer. Wir überließen uns einem fast schon metaphysischen Freiheitsgefühl und verjubelten unsere Jugend.

Ich war froh, dass ich aufs Dach klettern und der Enge entfliehen konnte. Unser Zusammenleben war anstrengend. Zwar teilten wir alles, doch es gab kaum Nähe. Selten redeten wir über persönliche Dinge. Wurde es Wolle zu viel, fuhr er mit dem Bus zum Aquarium am Zoo. Stundenlang konnte er im Dunkeln sitzen und den Fischen dabei zusehen, wie sie kreisförmig im Schwarm schwammen. Sein sehnlicher Wunsch war ein eigenes großes Aquarium. Doch das passte nicht zu seinem Leben als Besetzer. Bei einer Räumung würde man die Fische nicht einwickeln und mitnehmen können. Außerdem wollten wir anderen kein Aquarium in der Küche stehen haben und im Schlafzimmer schon gar nicht. Wolle verdiente sein Geld als Taxifahrer. Bevorzugt fuhr er nachts. Schweigend mit einem ihm unbekannten Menschen auf dem Rücksitz durch das nächtliche Berlin zu fahren bot ihm die richtige Mischung aus Anonymität und Nähe. Er konnte sich nicht vorstellen, je etwas anderes zu machen.

Thomas war schwierig. Er war der einzige von uns, der eine solche Paranoia hatte, dass er sich nie fotografieren ließ. Eigentlich interessierte er sich nur für Texte und nicht für Menschen. Hinter seiner charmanten, geistreichen Fassade versteckte er seinen Ehrgeiz und seinen Aufstiegswillen. Mit Robert kam ich gut klar. Wir saßen gerne zusammen und überlegten, welche Texte er in sein Sortiment aufnehmen könnte. Wie sein Geschäft ablief, darüber verriet er mir nichts. Es hieß, er lagere die Raubdruckkopien in einem Bunker nahe der Mauer. Nacht für Nacht zog seine Truppe mit bücherbeladenen Rucksäcken durch die linken Kneipen. Robert selbst trat dabei nie in Erscheinung. Er hielt sich im Hintergrund. Er muss ein gutes Geschäft gemacht haben, war er doch der Einzige weit und breit, der Hundert- Mark-Scheine in der Tasche hatte. Mit seinen Büchern wollte er produktives Chaos stiften. Das Raubdrucken begriff er als eine intellektuelle Praxis, die er mit unternehmerischem Geschick verband. Eines Nachts, als wir zwei am Küchentisch übrig geblieben waren, gestand er mir, dass er seinen Umsatz schon lange nicht mehr mit politiktheoretischer, soziologischer, psychoanalytischer oder philosophischer Literatur mache. Seine Strategie war gescheitert. Phantasieromane wie »Momo« oder »Die unendliche Geschichte« waren jetzt seine Bestseller. Robert fand diese Bücher entsetzlich, aber er hatte sich an das leichte Geldverdienen gewöhnt und lieferte die Ware, die gewünscht wurde. Eigentlich war er angetreten, mit seinen Raubdrucken die Welt zu verändern, und jetzt das. Er tat so, als ob er nichts mit diesem Kitsch, von dem er gut lebte, zu tun habe. An die Stelle der geheimen Texte traten für ihn das Theater und das Kino. Die Schaubühne, die von Kreuzberg an den Ku'damm umgezogen war, mischte damals die traditionsbeladene Bürgerkunst mit ihrem illusionslosen Theater auf. In den Inszenierungen von Peter Stein fand Robert all das, was ihm wichtig schien: den präzisen Umgang mit Texten und das aufregende Gefühl, bei der Entstehung von etwas Neuem und Verstörendem dabei zu sein. Viermal sah er die »Orestie« des Aischylos, und tagelang schwärmte er hinterher von Edith Clever als Klytämnestra, die den Mord in der Stimme hatte. Er nahm mich mit zur Aufführung von »Klassen Feind« von Nigel Williams. Dreieinhalb Stunden sahen wir jungen Männern dabei zu, wie sie mit ihren rohen Kräften spielten und sich dabei nicht schonten. Für mich war das eher langweilig. Robert jedoch fand auf der Bühne dargestellt, wie wir uns fühlten. Wut, Zerstörung, Gewalt. Unser Befreiungspathos lautete: No future.

Das eigentliche Objekt meiner Begierde war Soraya. Trotz aller Verschiedenheit betrachtete ich sie als meine Verbündete gegenüber der Männerriege. Ich bildete mir ein, wir hätten uns gefunden, ohne uns gesucht zu haben. Unsere ungelösten Fragen waren durchaus dieselben. Doch das wusste Soraya nicht und wollte es wahrscheinlich auch gar nicht wissen. Sie war umgeben von einer einsilbigen Düsternis und wirkte immer unnahbar. Wir fuhren beide nicht oft dorthin, wo wir herkamen. Sorayas Verhältnis zu ihren Eltern war äußerst distanziert, sogar an Weihnachten blieb sie lieber in Berlin. Unausgesprochen stand für uns beide fest: Unser Leben sollte nicht wie in einem durchschnittlichen Akademikerhaushalt ablaufen. Wir stellten unseren Kompass auf die Gegenrichtung ein. Fast war ich erleichtert, als ich bemerkte, dass sie nicht perfekt, sondern durchaus widersprüchlich war. Auf der einen Seite gab sie sich dezidiert uneitel. So trug sie ohne Aufhebens eine lange Unterhose, auf der ein großer Menstruationsfleck beim Waschen übrig geblieben war. Der Fleck war deutlich sichtbar, wenn sie sich breitbeinig auf dem Sofa lümmelte. Andererseits plagte sie sich mit Sorgen um ihre Figur. Der Versuch abzunehmen war ihr gut gehütetes Geheimnis. Der Welt trat sie in der Motorradkluft gegenüber.

Wenn es mir nicht gesagt worden wäre, wäre ich nie darauf gekommen, dass Soraya und der Grande ein Paar waren. Ihr Umgang miteinander war rein sachlich. Zärtlichkeiten waren nicht vorgesehen. Mir kamen sie vor, als ob sie von einer gemeinsamen Überzeugung und nicht durch Zuneigung oder Liebe zusammengehalten wurden. Allerdings waren mir selbst zu dieser Zeit ausdauernde Liebesbeziehungen ein Rätsel.

Wir waren alle dabei, als der Grande Soraya betrog. Wie selbstverständlich brachte er die andere Frau mit in unser Schlafzimmer. Wir hörten sie laut stöhnen. Soraya stellte sich schlafend. Von ihr war kein Ton zu hören. Als ich Soraya auf diese Nacht ansprach, murmelte sie etwas von einer offenen Beziehung. Niemals hätte sie zugegeben, dadurch verletzt zu sein. Es dauerte nicht lange, und der spröde Grande zog aus. Es hieß, er wolle sich auf sein Jurastudium konzentrieren. Doch wir wussten alle, dass er Soraya verlassen hatte. Als er wegblieb, litt sie im Verborgenen. Sie organisierte einen Scheckbetrug, kaufte sich ein neues Motorrad – das alte hatte er mitgenommen – und fuhr über die Alpen nach Italien. Nach ihrer Rückkehr glaubte ich in ihrem entschiedenen Verhalten in manchen Momenten eine große wortlose Verzagtheit zu bemerken. Doch vielleicht hatte ich mich getäuscht und wollte sie mir nur einfach ähnlicher machen. Soraya war für mich eine Schwester am anderen Ufer des Flusses. Ich kannte inzwischen ihre Schwierigkeiten und Schwächen. Manche davon brachten mich insgeheim gegen sie auf. Allerdings hätte ich nie gewagt, sie zu kritisieren. Um Soraya näherzukommen, verwickelte ich sie in stundenlange Erörterungen. Ich versuchte meine jugendliche Verwirrung mit ihr zu teilen, indem ich sie in meine Ideen und Gedanken einweihte. In unserer abgeschabten Seitenflügelküche hielt ich eine Rede über Anaxagoras' Sätze, verglichen mit den Mystizismen des Mittelalters. Das nächste Mal war ich ganz eingenommen von Lao Tse und dem »Tibetanischen Totenbuch«. Ich dachte über verschiedene Transzendenz- und Parallelweltideen nach. Soraya wollte das alles nicht hören. Dem Tod stand sie nicht indifferent gegenüber, sie lehnte es vielmehr vehement ab, sich mit ihm zu beschäftigen. Der Tod war etwas Unheimliches, woran man nicht rührt. Etwas, was politischen Gefangenen zustößt, und etwas, worüber man nicht spricht. »Der Tod ist ein Komma«, zitierte ich töricht von irgendwoher. Da machte Soraya eine kleine, mir sehr vertraute Geste, hob das Kinn hoch und drehte den Kopf ganz langsam weit zur Seite.

AUSSER ATEM, HERBST 1981

Die schönen Tage auf dem Dach waren nun zu Ende. Im Herbst schickte Reagan seinen Außenminister nach Berlin. Alexander Haig, Vier-Sterne-General, Korea-Veteran und dekoriert in Vietnam, war seit 1974 NATO-Oberbefehlshaber für Europa gewesen. Vor zwei Jahren war das »Kommando Andreas Baader« in Brüssel damit gescheitert, Haig zu ermorden. Der in einem Hohlraum unter einer Brücke deponierte Sprengsatz hatte zu spät gezündet und so das Ziel, nämlich Haigs gepanzerte Limousine, um wenige Sekunden verfehlt. Das weckte den Sportsgeist unserer Freunde von der radikalen Fraktion. Irene, Marianne und John fanden das Plakat, das zur Demonstration aufrief, so großartig, dass sie damit nicht nur unseren Hausflur tapezierten, sondern es sich auch noch in der Küche über den Herd hängten. Über dem Schwarz-Weiß-Foto der ausgebombten Limousine stand geschrieben:

25.6.1979 Brüssel 2,7 Sekunden zu spät

13.9.1981 Berlin ?

Das Fragezeichen setzte uns unter Druck. Möglichst viele von uns sollten sich auf der Demo blicken lassen. Man kannte sich mittlerweile, war informiert, wo die Häuptlinge der Autonomen und wo die Wortführer der Verhandler wohnten. Über das Plakat sprachen wir nicht. Es mahnte zur Militanz und machte Angst. Lars, von dem alle ahnten, dass er feige war, schützte eine Erkältung vor und verkroch sich ins Bett. Antonia musste auf eine Klausur lernen, und Vroni stand spät auf, drehte eine Zigarette nach der anderen, überlegte lange, ob sie mit der schwarzen Lederjacke richtig angezogen sein würde. Nachdem sie sich endlich entschieden und die Lippen sorgfältig geschminkt hatte, war es zu spät. Michael, seine Prinzessin Crumb im Arm, Luise und Robert im Schlepptau, stürmte ins Zimmer. Sie waren regelrecht aufgedreht, redeten durcheinander und suchten sich in ihren Schilderungen zu übertreffen. »The Star Spangled Banner« von Jimi Hendrix habe aus den Lautsprecherwagen gedröhnt. Es sei die größte Demonstration in Westberlin seit dem Vietnamkrieg gewesen, das habe sogar die Bullerei zugeben müssen. Die Gewerkschaft der Lehrer, die Homosexuellen-Aktion Westberlin, Eltern mit kleinen Kindern, Besetzer aus allen Häusern, Jusos, FDPler, Gewerkschaftler, aber auch der schwarze Block seien, »Ami go home!« skandierend, durch Schöneberg gezogen. Michael schwärmte von der unglaublich positiven Energie, die freigesetzt worden sei, und Robert strahlte dazu über das ganze Gesicht. Luise saß still in der Ecke und zeichnete. Dann minutenlanges Polizeisirenengeheul von draußen. Erschrocken hörten alle sofort auf zu reden. Prinzessin Crumb durchbrach das Schweigen. Flüsternd gestand sie Vroni, dass ihr die Situation nach dem offiziellen Ende zu gefährlich geworden sei. Einzelne Gruppen versuchten jetzt nämlich zum Rathaus Schöneberg vorzudringen, wo Haig sich in das Goldene Buch eintragen sollte. Stress war angesagt. Überall Schlagstöcke, Tränengas, Helme, Barrikaden, Pflastersteine. Gewalt war nicht ihr Ding. Sie wollte möglichst schnell nach Hause zu Vroni, mit der man so wunderbar ablachen konnte. Kiffen und die aufgestaute Spannung loswerden. Vroni, die sich wenig um politische Positionen scherte, nahm Prinzessin Crumb in den Arm. Dann kochte sie Kaffee und drehte einen Joint.

Irene und ihre Freunde sowie Wolle und Soraya stürzten sich ins Geschehen. Sie kamen erst spät in der Nacht wieder zurück, fühlten sich als Helden. Auch die, die bereits schliefen, standen auf, als sie hörten, dass die letzten Kämpfer zurückgekommen waren. Mit klopfenden Herzen saßen wir um sie herum, rauchten hektisch eine Zigarette nach der anderen, stürzten die Biere. Irene machte den Eindruck, als ob sie wichtige Dinge erfahren hätte. Ruhig und konzentriert berichtete sie von einer Schlacht: Autos wurden abgefackelt, Bankfensterscheiben eingeschmissen, Straßenpflaster aufgerissen, Barrikaden gebaut und Polizeischilder erbeutet. Seltsam an ihrem Vortrag war nur, dass sie beim Rauchen die Augen zusammenkniff. Das wirkte bei einer routinierten Raucherin wie ihr befremdlich, und vielleicht war sie aufgeregter, als sie zugeben wollte. Leider war es ihnen nicht gelungen, zum Rathaus durchzukommen. Darüber war vor allem John sauer, der davon geträumt hatte, Haig richtig Angst einzujagen. Vielleicht hätte der dann Reagan vor einem Besuch in Berlin gewarnt, brummelte er. Die Polizei fuhr gepanzerte Wasserwerfer und etliche Hundertschaften auf. Dagegen hatten sie keine Chance gehabt. Dennoch verzeichneten Irene und John einen Erfolg für sich.

Wie sich in den kommenden Tagen zeigen sollte, lagen sie damit sogar nicht falsch. Der Regierende Bürgermeister, der der Welt gerne jubelnde, Stars and Stripes schwingende Berliner hatte vorführen wollen, sah sich blamiert. Ihm und seinem Sheriff Lummer war es offensichtlich nicht gelungen, die Besetzerszene in den Griff zu bekommen. Noch schlechter war die Botschaft der Anti-Haig-Demo für Bundeskanzler Helmut Schmidt. Die Bilder von brennenden Autos und antiamerikanischen Demonstranten mitten in Westberlin liefen im amerikanischen Fernsehen, und der Gegensatz zum Besuch Kennedys, der 1963 für sein »Ich bin ein Berliner« gefeiert worden war, hätte nicht größer sein können. Luise bekam von ihrer in New York lebenden Tante einen Artikel aus der »New York Times« zugeschickt. Darin wurde gefragt, warum sich keiner der Berliner Demonstranten über die Sowjetunion aufregte, die nur einige Kilometer entfernt in der DDR 400 000 Soldaten stationiert hatte. John, Irene, Wolle, Soraya und Marianne johlten vor Freude, als sie das lasen. Die Yanks nahmen sie als Gegner ernst.

Bei der lähmend langen Hausvollversammlung am nächsten Tag triumphierte die radikale Fraktion. Die Stimmung in unserem überdimensionierten, lieblos eingerichteten Versammlungsraum war mies. Wir anderen, die gestern beim Sturm aufs Rathaus gefehlt hatten, fühlten uns unbehaglich. Was erwarteten die selbstzufriedenen Krieger eigentlich von uns? Sollten wir Orden verteilen? Eine amerikanische Flagge auf dem Balkon verbrennen? John, Marianne, Wolle, Soraya und Irene – noch berauscht von ihrem Kampf gegen die Weltmacht USA – bestanden darauf, dass es durch die militanten Aktionen gelungen sei, ein Signal an die Befreiungskämpfer der Dritten Welt zu senden. Besonders freuten sie sich darüber, dass ihnen dies nur vierzehn Tage nach dem Anschlag der RAF auf das US-Hauptquartier in Europa in Ramstein gelungen war. Auf unser anhaltendes Schweigen reagierten sie ungehalten. Ob wir denn immer noch nicht kapiert hätten, dass die USA Krieg auf der ganzen Welt führen würden. Sie steckten nicht nur hinter dem Bürgerkrieg in El Salvador, sondern auch hinter dem Abriss der Häuser hier. Ihr Ziel sei es, alte soziale Strukturen zu zerstören, um die Menschen voneinander zu isolieren. In Berlin hätten sie »bauwütige Massenmörder« in den Stand versetzt, Zehntausende Menschen in die Trabantenstädte zu vertreiben. Wenn sie dort die Miete nicht bezahlen konnten, landeten sie als Obdachlose auf den Straßen und unter den Brücken. Eine friedliche Demo sei vollkommen wirkungslos, denn sie beunruhige die Herrschenden nicht. Politischer Kampf müsse gewaltbereit sein. Nur Gewalt bringe uns weiter. Verhandeln und Kompromisse schließen sei etwas für Feiglinge. Einzig Michael wagte dagegen einzuwenden, dass er befürchte, wir könnten die breite Unterstützung der Bevölkerung durch gewalttätige Aktionen aufs Spiel setzen. Weil Michael aber nur eine Art Clown und politisch nicht ernst zu nehmen war, ging man darauf nicht näher ein. Die meisten von uns saßen mit verschlossenen Gesichtern da und ließen die Politshow über sich ergehen. Vroni kicherte vor sich hin, Lenny grinste bekifft, Luise zeichnete, und Thomas starrte aus dem Fenster. Schleichend breitete sich ein Gefühl des Gefährdetseins aus. Was geschah eigentlich, wenn wir die Außenwelt mit dem Leben im besetzten Haus nicht mehr in Verbindung bringen konnten? Sollten wir das Haus aufgeben, in den Untergrund gehen, zu den Waffen greifen? Oder doch wieder in die Sicherheit biederer Wohngemeinschaften zurückkehren? Wir reagierten zunehmend gereizt und aggressiv aufeinander. Das Gefühl des Beobachtetwerdens, öffentlich auf dem Präsentierteller zu leben, angefeindet von den Nachbarn, ständig kontrolliert, strengte enorm an. Nicht weniger anstrengend war es, als Exoten bewundert zu werden. Zum Druck durch Politische Staatsanwaltschaft, Polizei und Eigentümer, Nachbarn und Unterstützer von außen war nun noch der Druck von innen gekommen. Wir waren einander ausgeliefert. Die nächste Telefonzelle war drei Straßen entfernt, Post kam nicht an und wenn die Tür hinter uns ins Schloss gefallen war, und wir vor unserer Befestigungsanlage standen, stellte sich auf einmal die Frage, wie lange wir noch so leben konnten und wollten.

Der Bausenator hatte Ende Juli verkündet, neun Häuser räumen zu lassen. Unser Haus stand nicht auf der Liste. Eher belustigt verfolgten wir, wie die von uns als Streber verschrienen Besetzer versuchten, ihre Häuser zu retten. Der Tuwat-Kongress, der Zehntausende Aktivisten in die Stadt hatte locken sollen, war eine große Enttäuschung. Man diskutierte dort nicht radikale Lebensformen, sondern Rezepte für selbst gebackenes Vollkornbrot. Das Fahrrad war den Anhängern der neuen Partei der »Grünen« wichtiger als der Hungerstreik der RAF. Lagerdenken breitete sich aus. Unter der Räumungsandrohung bildete sich ein regelrechtes Unterstützernetzwerk von Repräsentanten aus Wissenschaft, Politik, Kultur und Kirche. Diese sogenannten »Paten«, linke Professoren, halb berühmte Schauspieler und Gewerkschaftsfunktionäre der mittleren Ebene, klemmten ihre Schlafsäcke unter den Arm und zogen als eine Art bürgerlicher Schutzschild in die von der Räumung bedrohten Häuser. Aber auch die große Prominenz klinkte sich ein. Günter Grass las auf dem Dachboden eines dieser Häuser aus seinem Roman »Der Butt«. An die Adresse des kunstsinnigen Richard von Weizsäcker gerichtet, erklärte er, dass er im Fall der Räumung dieses Hauses in Berlin keine Lesung mehr abhalten werde. Manche glaubten wirklich, diese Warnung würde den Senat beeindrucken. Uns jedoch war klar, dass Lummer im Verlauf des September zuschlagen würde. Die Angst ging um, dieser Tag könnte das Ende der Bewegung bedeuten. Was wäre, wenn Lummer gleich alle Häuser in Kreuzberg und Schöneberg räumen lassen würde? Michael überlegte, in diesem Fall in eine Landkommune zu ziehen, während John für sich nur den Weg in den Untergrund sah.

Im Hinterhaus brannte Tag und Nacht Licht. Am Küchentisch saß immer jemand, der den Polizeifunk abhörte. Als am frühen Morgen des 22. September die Nachricht durchkam, dass über hundert Mannschaftswagen ausrückten, wussten wir, es war so weit. Keiner hatte gut geschlafen. Mit einem flauen Gefühl im Magen begann unser Tag. Die Nachbarn gingen zur Arbeit oder führten ihre Köter spazieren, und wir kamen uns vor wie die Bewohner eines anderen Sterns. Nach einem zuvor festgelegten Plan verteilten wir uns über die Stadt. Gegen neun Uhr startete die Aktion. Die Häuser, die geräumt werden sollten, wurden weiträumig abgesperrt. Die Polizei rückte mit schwerem Gerät an und knackte jede Befestigung. Fast zweitausend Polizeibeamte waren im Einsatz. Sie ließen sich Zeit. Sorgfältig und gewissenhaft wie bei einer Operation führten sie die Räumungen durch. Effektvoller hätten sie uns unsere Ohnmacht nicht vor Augen führen können. Lummer überbot das tapfere Schneiderlein und erlegte acht auf einen Streich. Sechs dieser Häuser befanden sich im Besitz des gewerkschaftseigenen gemeinnützigen Wohnungsunternehmens »Neue Heimat«. Gegen die profitorientierten Interessen der Gewerkschaftsbosse hatten auch die naiven Paten nichts ausrichten können.

Die Stadt befand sich in Aufruhr. Zwei Filme liefen nebeneinander ab. Der normale Alltag und Berufsverkehr ging weiter, wurde aber immer wieder durchkreuzt von Blaulicht, Martinshorn und Polizeimannschaftswagen, die durch die Straßen rasten. Dazwischen hinter den Absperrgittern verloren wirkende Gruppen junger Männer und Frauen in Lederjacken, mit verweinten Augen, bunten Haaren, zornig erhobenen Fäusten. Feind und Freund waren sofort zu unterscheiden. Ein Blick in die Augen genügte. Wir Gleichgesinnten nickten uns zu, tauschten die neuesten Informationen aus, verfluchten den Senat, die Bullen, die ganze Welt. Sehr bald stand fest, dass alle acht Häuser verloren waren. Gegen diese Maschinerie waren wir wehrlos. Um seinen Sieg auszukosten, hielt Lummer in Feldherrenmanier seine Pressekonferenz in einem frisch geräumten Haus in der Bülowstraße ab. Als es zu Tumulten vor dem Haus kam, schritt die Polizei ein und trieb die Versammelten auf die Straße in den fließenden Verkehr. Der achtzehnjährige Klaus-Jürgen Rattay geriet unter einen BVG-Bus und wurde mitgeschleift. Gegen fünfzehn Uhr verbreitete sich die Nachricht von seinem Tod. Aus der einschlägigen Szene kannte ihn niemand. Später tauchte ein Film auf, in dem Rattay freundlich erzählte, er sei von zu Hause abgehauen, weil er sich nicht länger »von den Wichsern am Arbeitsplatz« habe »unterdrücken« lassen wollen. An seinem neuen Leben im besetzten Haus gefiel ihm besonders, dass man viel kiffte und zusammenhielt. Rattay war eines der vielen aus Westdeutschland geflohenen Prollkids, die in den besetzten Häusern Unterschlupf gefunden hatten.

An diesem Abend ließen wir unser Haus unbewacht. Sogar Lars raffte sich auf und ging mit zum Schweigemarsch, der mitten durch die Innenstadt führte. Es herrschte eine beklemmende Stimmung. Viele weinten, als wir »Here's to you, Nicola and Bart«, das Lied für Sacco und Vanzetti, summten. Niemand außer uns war auf den Straßen. Die Balkons leer, die Fenster dunkel, die Schaufensterscheiben verrammelt. Nachdem wir unsere Route abgelaufen waren, zog es uns zurück an den Ort des Geschehens. Noch war das Blut an der Stelle zu sehen, wo Rattay gestorben war. An der Kreuzung Potsdamer Ecke Bülowstraße wurden Kerzen angezündet, Blumen abgelegt, es wurde gesungen und geweint. Die höchst nervöse Polizei wollte diese Trauer nicht dulden. Sie konnten es nicht ertragen, dass wir ihren Mord an einem unschuldigen, harmlosen Jungen nicht einfach hinnehmen wollten. Unter einem Tränengashimmel trieben sie uns auseinander, knüppelten, schlugen auf ihre Schilder, jagten und verfolgten uns. Gerenne hierhin, Gerenne dorthin. Nur nicht hinfallen! Die Anspannung auf beiden Seiten war so groß, dass eine lange, gewaltsame Nacht unausweichlich schien. Irene grüßte Luise nur knapp im Tränengasdunst. Sie war mit ihrer konspirativen Gruppe unterwegs, um ordentlich Bambule zu machen. Luise war's egal. Sie wollte nach Hause. Zu »Zettels Traum«. Das große Buch würde sie beruhigen.

Am nächsten Tag regnete es. Uli drehte eine Runde durchs Haus. Alle waren heil zurück. Wir fühlten die Niederlage. Was wollten wir eigentlich? Die Zeit, in der alles möglich schien, war vorüber.

Ki

SALZ

KALTE FREIHEIT

Bert Brecht hat recht. Die Geflüchteten sind die Boten des Unglücks. Soraya brachte Elena auf dem Sozius ihres Motorrads mit über die Alpen. Elena kam aus Turin. Klein und rund, mit einem mütterlichen Busen, verfilzten dunklen Haaren und großen, unglaublich traurigen braunen Augen, wirkte sie alterslos, und wir wunderten uns, als wir erfuhren, dass sie bereits dreißig Jahre alt war. Elena kam wie eine Figur aus einem Fellini-Film in unser Haus geweht. Ihr Vater war früh gestorben, und da die Mutter nicht wusste, wohin mit ihr, gab sie sie in ein katholisches Waisenhaus. Schwarzgekleidete Nonnen mit riesigen weißen Hauben, dazu der graue Trupp kleiner Kinder, die immer brav zu zweit zwischen den Nonnen in der Reihe gehen. Nonnen wie Aliens. Elena erzählte, wie erschrocken sie war, als sie irgendwann entdeckte, dass die Nonnen Beine hatten. In der Klosterschule war sie mit Prügeln, Strafen und einem permanent schlechten Gewissen groß geworden. Elena war ein schutzloses Wesen, dem eine dunkle Schuld eingepflanzt worden war. Wenn sie irgendwo zu Hause war, dann in der Literatur. Sie sprach nur gebrochen Deutsch, doch sie las deutsche Bücher. Woher sie das konnte, verriet sie nicht. Ihr größter Wunsch war es, selbst zu schreiben, sich in einem Buch eine Heimat zu bauen. Sie las ununterbrochen. Doch man sah sie nie schreiben. Elena war Dauergast in der Küche von Luise und Soraya. Unangemeldet tauchte sie auf, setzte sich an den Küchentisch, packte ihr Buch aus und fing an zu lesen. Wenn man neben ihr saß, spürte man ihr leichtes Zittern. Ihren Unterhalt verdiente sie damals mit dem Putzen von Kneipen. Eine Freundin gewährte ihr Unterschlupf. Wie die Dienstmädchen des 19. Jahrhunderts schlief Elena auf einem Hängeboden am Ende des Flurs einer großbürgerlichen Wohnung. Elena brachte die Melancholie des italienischen Nordens zu uns. Sie las Pavese, machte uns mit Pasolinis »Accattone« bekannt und führte uns in die Filme Viscontis. Daneben begannen die Pamphlete der »Brigate Rosse« zu verblassen.

Mit Marianne kam Fouad ins Haus. Er blieb über Nacht und ging nicht mehr. Wohin auch? Fouad, ein junger, rehäugiger Mann, der dekorativ sitzen konnte, wenig redete und verschlissene, rahmengenähte Schuhe trug, war vor der Islamischen Revolution im Iran geflohen. Er hielt nichts von Chomeini und dessen theokratischer Diktatur. Mit Marianne stritt er viel. Alles war besser als der Schah, dieser Knecht der amerikanischen Imperialisten, so ihre Einstellung. Selbst die trostlose Situation, in die die Mullahs die Frauen brachten, wurde von ihr verteidigt. Marianne feierte den Schleier als ein Zeichen des Widerstands gegen das US-amerikanische Modediktat. Fouad zuckte mit den Schultern, ließ sie reden, betrachtete gelangweilt seine Fingernägel, hatte schließlich genug von ihr und zog in ein noch unbewohntes Zimmer. Er lebte abgeschlossen für sich, war immer höflich, viel unterwegs und schloss sich keiner Küche an. Man sah ihn nie renovieren, er übernahm keine gemeinschaftlichen Aufgaben, zahlte nichts und fehlte bei unseren Versammlungen. Was er den ganzen Tag über machte, war ein Geheimnis. Marianne behauptete, er sei eine Art Heiratsschwindler. Verspreche den Frauen die Ehe, kassiere Geld und tauche dann ab. Wenn das so war, konnte er keinen besseren Unterschlupf finden. Bei uns vermutete ihn keine.

Michael hatte begonnen, bei Vollmond Meditationsnächte auf unserem Dach zu veranstalten. Johns Spott über diesen esoterischen Unsinn war ihm gewiss, tat jedoch seiner Begeisterung keinen Abbruch. So kam Tibor in Begleitung einer der zahllosen Freundinnen Michaels in unser Haus. Eigentlich hatte er mit Esoterik nichts am Hut, aber er war einsam und auf der Suche nach Anschluss. Fouad war vor einer Revolution, deren Ziele er ablehnte, geflohen, und Tibor wiederum wartete, dass es endlich in seiner Heimat zu einer Revolution kommen würde. Tibor kam aus Budapest und hatte eine oppositionelle Untergrundzeitschrift mit herausgegeben. Er war ein bettelarmer, zarter Mann mit dichten dunkelbraunen Wimpern. Tibor sprach so leise, dass man ihn kaum verstehen konnte. Erst später kamen wir dahinter, dass er vor allem deshalb so still und verträumt war, weil er permanent unter dem Einfluss von Psychopharmaka stand. In seinem singenden, ungarisch eingefärbten Deutsch berichtete er, man habe ihn als Oppositionellen in die Psychiatrie gesteckt und tablettenabhängig gemacht. Wie er in Berlin an die Tabletten kam, verriet er uns nicht. Monatelang schwankte er zwischen kaltem Entzug und erneuter Abhängigkeit. Wir waren hilflos und wussten nicht, was wir tun sollten. Sein Leben war uns vollkommen fremd. Mit Dissidenten aus Osteuropa hatte noch keiner von uns etwas zu tun gehabt. Als im Dezember General Jaruzelski, der mit der schwarzen Brille, das Kriegsrecht über Polen verhängte, spürten wir vielleicht zum ersten Mal, wie nahe wir in Westberlin dem kommunistischen Osten waren. Um die unabhängige Gewerkschaft »Solidarność« zu unterstützen, gingen wir auf die Straße. Tibor nahmen wir in unsere Mitte. Während der gesamten Demonstration liefen ihm die Tränen übers Gesicht. Wir wussten nicht, wie wir ihn trösten sollten.

Tibor nahm sich ein kleines dunkles Zimmer im Hinterhaus. Über seiner Matratze hing eine Postkarte von Budapest und das hauchdünne Weinetikett eines Tokajers, das er von der Flasche abgelöst hatte. Er war in jeder Küche ein willkommener Gast, aß nur wenig und trank am liebsten Brause. Seine Situation änderte sich, als andere Ungarn bei uns auftauchten. Dazu muss man wissen, dass wir mittlerweile eine »home bar« betrieben, wie Luise sie nannte. Als Reaktion auf die Räumung der acht Häuser hatten wir die ehemalige Kneipe im Erdgeschoss wiedereröffnet. Die Ausstattung und Einrichtung war denkbar spärlich. Die großen Fenster wurden nur zum Wochenende von den schützenden Holzplatten befreit, und am langen Tresen, der immer noch stand, gab es Flaschenbier und Pfälzer Wein zum Selbstkostenpreis. Man saß an kleinen Tischen, und jede Woche wechselte die Crew hinterm Tresen. Unsere »home bar« war gut besucht, sie wurde zu einer Institution mit einer seltenen Ansammlung von Gästen: Hausbesetzer, Kreuzberger Originale, neugierige

Nachbarn, Fremde und Freunde trafen hier zusammen. Alles war möglich, kaum etwas verboten. Geöffnet war von Mitternacht bis zum Morgen. Je später es war, umso voller wurde es.

Die Exilungarn kamen, weil das Bier so billig war. Sie waren Männer wie junge Löwen. Stark, verspielt, mit kräftigen Haaren und einem elastischen Gang. Als Gäste waren sie angenehm, denn sie waren sich selbst genug, besessen von der Idee, ihr Land vom Kommunismus zu befreien. Zu ihren lautstarken Diskussionen tranken sie Unmengen Bier. Im Lauf der Zeit entdeckten sie ihre Liebe zu den Iren, die ebenfalls einen Stammtisch bei uns hatten und die sich gleichfalls im Exil fühlten. Die Iren behaupteten, aus sexueller Not geflohen zu sein, und selbst ihr großes Heimweh brachte sie nicht dazu, nach Irland, wo es noch immer kein Scheidungsgesetz gab, zurückzukehren. Und so kam es, dass die Iren, die grandiosen Erzähler, mit den Ungarn, den Löwen, viele Nächte in unserer »home bar« zusammensaßen. Auch Tibor war immer dabei. Einer der Iren verliebte sich in ihn und besorgte ihm einen Job. Nach einigen Monaten zog Tibor aus. Manchmal kam er noch auf eine Brause vorbei. Jahre später, als er wieder in Budapest lebte, traf Marianne ihn zufällig auf der Straße. Sie konnte gar nicht glauben, dass der junge Mann mit dem runden, gesunden Gesicht derselbe Tibor war, den sie einst gekannt hatte.

Die Kohlen für den Winter bestellte man im Sommer. Vom Gehsteig ging es direkt vier Treppenstufen nach unten zum Kohlenhändler. In einem Souterrainraum zogen sich mehrere Lagen fein aufgestapelter Brikettbündel die Wand entlang. Hinter einem aufgeräumten Schreibtisch saß rauchend die blond toupierte Chefin. Hinter ihr gurgelte oder röchelte zuverlässig die Kaffeemaschine. Zur Bestellung durfte man vor ihrem Schreibtisch Platz nehmen, bekam auf die weiße Papierserviette eine Sammeltasse mit dampfendem Kaffee hingestellt, Kaffeesahne und Zuckerwürfel daneben. Etwas misstrauisch über die große Bestellung – immerhin ein Kohlenvorrat für dreißig Personen – gab sie Auskunft. Dass sie ein besetztes Haus beliefern sollte, irritierte sie nicht weiter. »Ihr wollt det ja och mollich ham«, so ihr Kommentar. Nachdem die Bestellung abgeschlossen war, glaubte sie sich mit einer ihrer vielen Geschichten über im Bett erfrorene Berliner revanchieren zu müssen. Die alten Leute schafften es einfach nicht, die Kohlen in die Wohnung zu schleppen. Letzten Winter waren es allein in ihrem Viertel fünf Alte, die erfroren waren. »Is wie zu Kriegszeiten«, verabschiedete sie uns lakonisch.

John sah gar nicht ein, dass man für Kohlen bezahlte, wenn man sie sich umsonst beschaffen konnte. Um uns unsere unnötige Geldverschwendung zu beweisen, zog er eines Nachts zusammen mit Luise, Wolle, Thomas und Marianne los. Mit einem geliehenen Auto fuhren sie zum Gleisdreieck, wo Kohlenhalden als Senatsreserve für den Ernstfall, dass die Stadt nochmals eingeschlossen sein sollte, gelagert wurden. Erschöpft und beladen mit Säcken voller Briketts, kehrten sie zurück. Die Bilanz war ernüchternd: Das Diebesgut reichte nicht einmal für eine Woche. Es blieb bei der Bestellung.

DIE WUNSCHMASCHINE – THOMAS

Eines Morgens schrak ich aus einem Traum auf. »Jules et Jim«, der Film von François Truffaut von 1962, in dem zwei Freunde eine bezaubernde, unberechenbare Frau lieben, nur anders. Ich war die umschwärmte Catherine, und Luise war Jules und Soraya Jim. Sie hatten mir mit unverschämter Lust zugesehen, wie ich mich duschte, und so zusammen gelacht, als ob sie gleich über mich herfallen wollten. Als Catherine habe ich dann Soraya bei einem gemeinsamen Ausflug ans Meer nach vielen Jahren und nach Luises Geständnis, dass sie mit ihrem Langzeitgeliebten wegziehen wolle, mit in den Tod gerissen. In meinem Traum schaute mich Luise erschreckt und verwundert an.

Der Traum sei eine Wunscherfüllung, hatte ich bei Freud gelesen. Ich fragte mich also, was für ein Wunsch hinter dieser verworrenen Schicksalsgeschichte steckte. Es konnte doch nicht einfach nur die Strafe für den Wunsch, Sex zu dritt zu haben, sein. Schon eher die Quittung für meinen darunter liegenden Wunsch, eine Frau zu sein und dabei zum Objekt von Begierde zu werden. Oder der Ausdruck des Wunsches einer verbotenen Eifersucht auf einen anderen Geliebten. Vielleicht spielte das alles mit. Aber am stärksten spürte ich den Wunsch, mit Soraya und Luise ein Schicksal zu teilen. Es war der pure Zufall, dass wir zusammengekommen waren. Aber dieser Zufall hatte unser Leben verändert.

Soraya erinnerte mich ein bisschen an die junge Ulrike Meinhof, wie sie später von Gerhard Richter als Madonna gemalt wurde. Eine bestimmte weiche Sinnlichkeit, die sie aber trotzdem ziemlich hart drauf sein ließ. Luise war zart, hatte dünne Beine und konnte einen ziemlich unverwandt anblicken. Dann vertiefte sie sich wieder in ein Buch, oder sie studierte eines von den Hanuta, die ich damals als süße Kalorienzufuhr gerne aß, und man wusste nicht mehr so genau, wo sie war. Sie war hinter einem Lächeln verschwunden.

Luise war bei der Zwischenprüfung an der Kunsthochschule durchgefallen. Ich hatte den Eindruck, sie empfand das als konsequent. An die Bilder, die sie dort präsentierte, kann ich mich nicht mehr erinnern. Es war irgendwas Heftiges im Stil der Zeit. Ich weiß nur noch, was für das Prüfungspersonal der Stein des Anstoßes war. Luise hatte die Bilder wieder vom Keilrahmen genommen und einfach an die Wand genagelt. Das war als Aussage gemeint, die offenbar ihre Wirkung nicht verfehlte. Die Entrahmung als Protest gegen den Rahmen war nicht vorgesehen. Die ungeübte Meisterin wurde aus der Meisterklasse verbannt.

Ich musste Luise recht geben. Auf der Kunsthochschule wurde man systematisch daran gehindert, den Dingen auf den Grund zu gehen. Man kann nur herausfinden, ob die Kunst auch ohne Rahmen bestehen kann, wenn man den Rahmen weglässt. Der Tabubruch von Berlin bedeutete, auf Alibis zu verzichten. Mit Alibis aus der Kunstgeschichte, mit Alibis von den Kunstinstitutionen, mit Alibis der Verkäuflichkeit, mit Alibis der Anerkennung kam man nicht weiter. Es sollte um starke Bilder gehen, die wie ein einziger Ton, wie Türenknallen, wie Liebe funktionierten. Direkt zu wirken hieß, schnell zu malen. Hödicke, sagte mir Luise, habe gesagt, man dürfe ein Bild nicht kaputt malen. Das war das glatte Gegenprogramm zu einem 68er-Stil, wie ich ihn zur Genüge kannte: immer nur »vorbereitende Bemerkungen« zur Klärung von irgendwas statt die Sachen selbst zu erfassen, wie ich das bei Husserl gelesen hatte, und eine Aussage zu machen, die in einer Aktion, in einer Geste oder in einem Griff steckt. Das Berlin, das uns, ohne eine Miene zu verziehen, aufsog und dann schulterzuckend wieder ausspuckte, forderte uns heraus, indem es uns das schlechte Gewissen nahm, das mit der deutschen Geschichte, mit der ästhetischen Avantgarde oder mit der philosophischen Letztbegründung verbunden war.

Luise fing mit Zeichnungen an. Das waren Notizen unseres Besetzer-Daseins, die sie so zwischendrin anfertigte. Am Tisch, auf dem Dach, bei der Vollversammlung. Sie hatte immer schon mal wie jemand anders gezeichnet: wie Cézanne, wie Matisse, wie Beckmann. Für die Zeichnungen aus unserem Leben hatte sie sich den harten Strich von Kirchner angeeignet. Das war jetzt ernst gemeint. Mit seinem ekstatischen Zeichnen hatte der sich eines Berlins erwehrt, das die Hauptstadt einer explosiven Moderne war. Wo die S-Bahn mitten durch die Museumsinsel führte, wo in den Hinterhof kein Sonnenstrahl reichte und wo unter den Yorckbrücken die Vergewaltiger lauerten. So jedenfalls redeten wir uns mit Berliner Kindl auf Touren. Das Leben im Dschungel von Berlin könne man nicht weich zeichnen. Das waren Zeichnungen wie Punk-Töne und Pogo-Tanzen: ohne Distanz, ohne Skepsis und ohne Furcht. »Bad Painting« als Attacke auf den Sehnerv, den Kunstsinn und das Kopfkino. Luise hatte sich für einfache Zeichenblöcke mit Leimbindung im transportablen DIN-A4-Format entschieden. Der Papprücken und das Deckpapier grau, auf der Vorderseite eine stilisierte Aktzeichnung und die Aufschrift »Münchner Aktstudienblock, 24 × 32 cm, 100 Blatt«. Die Blätter waren rau, nicht besonders holzfrei und rasch vergilbt. Sie waren zum einfachen Raustrennen an der Bindung mit einer feinen Risskante versehen. Die herausgetrennten Blätter lagen lose zwischen Deckpapier und Papprücken. Das war weniger Absicht, sondern vielmehr Nachlässigkeit. Die Blöcke nahm sie überallhin mit. Luise zeichnete ihre Umgebung oder hielt Gedankensplitter fest, füllte nacheinander die Blätter und besorgte, wenn ein Block voll war, den nächsten. Der jeweils aktuelle Block lag in der Küche oder in der Bibliothek herum, und solange man darin nicht zeichnete, störte es sie nicht, wenn man auf dem Umschlag herumkritzelte oder Sprüche draufschrieb. War Luise unterwegs, nutzte sie den Papprücken als Tramperschild.

Ich zog Verbindungen zwischen dem, was Luise machte und was ich dachte. Ich hatte Foucaults »Ordnung der Dinge« so verstanden, dass man die Dinge nehmen und Sichtbarkeiten daraus machen muss, dass man Sätze aufbrechen und Aussagen herausholen muss. Dann versteht man, unter welchen Bedingungen etwas sichtbar und sagbar wird. Das war ein Denken, das nichts mit Melancholie und Moral zu tun hatte. Logische Operationen waren immer auch physische Operationen, die etwas veranlassen oder jemand verleiten, die etwas erschweren oder erleichtern, die etwas erweitern oder begrenzen, die etwas wahrscheinlicher oder unwahrscheinlicher machen sollten und dabei natürlich auf die Grenzen des Machbaren und Vorstellbaren stoßen mussten. Das alles galt auch für das Besetzen von Häusern. Wir wollten etwas bewirken und nicht das Ganze anklagen. Wir wollten unser Leben ändern und nicht versäumten Augenblicken hinterherphilosophieren, wir wollten Häuser nicht länger leer stehen lassen, sondern in diesen zurückgelassenen Räumen etwas ausprobieren und zustande bringen. Also nicht Zeichen setzen, sondern Aussagen machen. Ich weiß noch, wie ich nachts mit offenen Augen im Bett lag und die S-Bahn fahren und die Stadt summen hörte und ich mir furchtbar klein und verloren vorkam. Wie lange würden wir in unserm Haus bleiben können, wie stark würden wir im Zweifelsfall sein können, wie schnell hätte man uns alle nach einer konzertierten Räumungsaktion wieder vergessen? Dann war ich morgens froh, eine Hand auf einer von Luises Zeichnungen zu sehen, oder ich war beglückt, wenn Wolle jedem von uns einen Schöpflöffel von seinem Huhn auf brasilianische Art, das drei Stunden auf dem Herd geköchelt hatte, in den Suppenteller gab, oder ich geriet ins Sinnieren über so einen blöden Satz von Albert Oehlen: »Die Wohnung ist das Bindeglied zwischen den beiden wichtigsten Elementen in unserem Leben, dem Staat und den Frauen.«

1974 war der »Anti-Ödipus« von Gilles Deleuze und Félix Guattari und 1977 unter dem Titel »Rhizom« das Vorwort zu den »Mille plateaux« von den beiden erschienen. Ich mochte beide Bücher eigentlich nicht, weil sie Hinz und Kunz ermunterten, sich über Affekte, Intensitäten, Erfahrungen, Experimente auszulassen. Die Lizenz, verrückt zu spielen und einem auf die Nerven zu gehen, gefiel mir nicht. Ich hing an dem Gedanken des väterlichen Gesetzes, für das sich der Freud-Schüler Jacques Lacan starkgemacht hatte, weil ich glaubte, dass nur ein prinzipielles Nein zu einem konkreten Ja führt und das ewige Murmeln nur eine Kulisse des gesellschaftlichen Lebens, aber nicht der Boden ist. Aber dass man sich aus Liebe auflösen kann und nicht nur aus Unterwerfung, dass man aus eigener Kraft lieben und begehren kann, statt dem weinerlichen Geliebt-werden-Wollen zu verfallen, das einen nur zum Psychoanalytiker bringt, dass es Begegnungen, Zufälle und Widerfahrnisse gibt, die das Leben ändern, und nicht nur immer der gleiche, elende und langweilige Familienroman regiert, dass jenseits der psychoanalytischen Form daher noch viel zu entdecken ist, all diese Gedanken gefielen mir sehr. Mir schien es nur eine fixe Idee zu sein, den Schizo zum antikapitalistischen Helden zu stilisieren. Ich kam allerdings nicht daran vorbei, dass auch Leute, die ich gut kannte und mochte, Spaß daran hatten, das Buch zu lesen und es von sich aus weiterzudenken. Besonders wenn es um unsere eigene Lage ging. Es loderte in ihren Augen, als Soraya eines Abends den Kampf zwischen den ökonomischen Interessen der Herrschenden und unseren Wünschen, zu leben und das Leben zu teilen, aufbrachte. Ich wusste nicht, wo solche Überlegungen enden würden, aber ich musste ihr zugestehen, dass sie recht hatte. Es gab die harten ökonomischen Interessen der privaten Hausbesitzer, der üblen Immobilienspekulanten und sozialen Wohnungsbaugesellschaften, die uns die Luft abschnürten. Dagegen stellten wir uns, indem wir uns aneigneten, was allen gehören sollte. Aber worin bestand unsere Macht?

Wir hatten nichts als unsere Wünsche, die sich, wie man im klassischen Linksjargon sagte, gegen das Bollwerk der ökonomischen Interessen richteten. Das war bestenfalls ein Asterix-Szenarium. Deleuze und Guattari schmissen solche Überlegungen über den Haufen und behaupteten, dass die Interessen ohne die Wünsche gar keine Kraft hätten. Es gibt keine Zweiteilung zwischen den knallharten Interessen auf der einen Seite, die allein ökonomisch und politisch wären, und den Wünschen als romantischem Luxusphänomen auf der anderen Seite. Die Interessen selbst sind Wunschbildungen. Deshalb ist auch keine Revolution denkbar, die mit den Interessen der unterdrückten Klassen übereinstimmt, bevor nicht die Wünsche zum revolutionären Beweggrund werden. Die Bewegung der Hausbesetzer war eine Wunschmaschine, die das Militante und das Verspielte, das Harmlose und das Furiose, das Disziplinierte und das Überschüssige von uns allen enthielt.

Unser Haus war mein Lebens- und Kampfmittelpunkt. Die FU war der Orbit, in dem ich mein Leben umkreiste. Mit Leo, Alex und Erik bildete ich den festen Stamm einer Lesegruppe. Alex hatte ich in einem Seminar über »Abweichendes Verhalten« kennengelernt. Es ging um die grundlegenden Methoden alltäglichen Handelns, über die wir selbstverständlich verfügen, wenn wir jemanden auffordernd anschauen, freundlich begrüßen oder interessiert fragen. Dabei machen wir ganz automatisch einen Unterschied, ob dieser Jemand eine Frau oder ein Mann oder sonst was ist. Das ist der transzendentale Rahmen für unsere eigenen, unter Umständen ganz persönlichen Reaktionen. Alex ließ sich von dem Wort »transzendental« nicht schrecken. Er wusste Bescheid, weil er Kant gelesen hatte: Das sind die »Bedingungen der Möglichkeit« dafür, dass überhaupt was passiert. Alex war durch den Band »Schizophrenie und Familie« mit Texten von Gregory Bateson und Ronald D. Laing, der 1968 erschienen war, auf die Spur eines anderen, nicht normal psychiatrischen Verständnisses früher bipolarer Störungen gekommen. Er wollte Schizophrenie nicht negativ als Störung im Gehirn, sondern positiv als ein Weltverhältnis und eine Beziehungsweise begreifen. Alex' Vater war mal als Jungnazi Zweiter über vierhundert Meter bei den Deutschen Leichtathletikmeisterschaften gewesen. Der Sohn lief zweihundert Meter Hürden und hatte immer seine Laufsachen über einer Leine in der WG in der Akazienstraße hängen, wo wir uns in der Regel zur Diskussion über Texte, die wir gelesen hatten, trafen. Alex war ein schlaksiger Typ, der wie auf einem Bild von Renoir im Kühlen Grund in Dahlem auf der Wiese liegen konnte und bei dem das Denken aus der Art und Weise, wie er sich beim Liegen aufstützte, sprach. Ich weiß noch, wie wir uns beide völlig ungeniert zwischen die Beine fassten, wenn uns der Gedanke des transzendentalen Ichs, das im Prinzip die ganze Welt in sich schloss, erregte. Das war die Libido, die durch den ganzen Körper ging. Mit dem Kopf allein kann man nicht denken. Einen Gedanken muss man spüren und ein Gedankensprung ist eine Bewegung, die einen irgendwie körperlich losreißt.

Leo hatte aus Marburg, wo der MSB Spartakus regierte, die Widerspiegelungstheorie mitgebracht, die er als Literaturwissenschaftler in Grund und Boden kritisieren wollte. Dafür war ihm jedes Argument recht. Erik kam von der Antipsychiatrie und hatte als wissenschaftliche Hilfskraft einen Kurs über Goffman und Foucault angeboten. Erik war der geborene Skeptiker, was ihn aber nicht davon abhielt, sich dem Wahnsinn zu stellen. Merkwürdigerweise war niemand aus dem Lesekreis jemals bei uns im Haus. Von der Akazienstraße wären das vielleicht zwanzig Minuten zu Fuß gewesen. Vielleicht wollte ich die Welten getrennt halten. Hausbesetzen war eine andere Praxis, als Bücher auszuleihen, Exzerpte anzufertigen, Referate zu schreiben und Professoren zu beobachten. Ich war ein ernsthafter Student, der auf sich aufmerksam machen und sich akademische Lehrer suchen wollte. Ich wollte mich auf keinen Fall derart zum Hausbesetzer machen, dass das nicht mehr möglich sein würde. Ich musste die »Phänomenologie des Geistes« von Hegel lesen, »Sein und Zeit« von Heidegger und die »Krisis«-Schrift von Husserl. Sonst würde ich den Sachen nicht auf den Grund kommen können. Das war das Projekt meines Ichs, von dem ich mich nicht abbringen lassen wollte. Das änderte aber nichts daran, dass wir mit allem anders ansetzen wollten: Wir wollten definitiv nicht in der Art der Achtundsechziger die »gesellschaftliche Vermitteltheit« als Totschlagargument gegen jeden Versuch, etwas Direktes, Konkretes und Handhabbares zustande zu bringen, benutzen. Wir waren nicht naiv. Wir waren uns über die Abhängigkeit aller Formen des Denkens, Machens, Empfindens und Probierens voneinander im Klaren. Aber wir wollten trotzdem etwas tun und uns nicht mit dialektischer Kritik selbst schachmatt setzen. Warum nicht einen Verlag gründen, in dem nur ein Buch erscheint? Warum nicht einen »Laden für Nichts« eröffnen und die Frage aufwerfen, ob das Kunst ist?

Oder warum nicht eine Band »Zwischenchefs« nennen und damit rechnen, dass die vielleicht nur zehnmal auftritt? Und vor allem, warum nicht ein leerstehendes Haus besetzen?

Luise war bei ihrer Wahllosleklektüre auf eine Stelle bei Deleuze gestoßen, wo es ums Ei ging. Sie war überzeugt, dass es einem gelingen müsste, zum Ei zu werden. Dann könnte man jeden Moment nach allen Seiten fliegen und trotzdem in sich geschlossen bleiben. Wir wären dann bloße, sinnlose, aber weltbejahende und lebensstarke Wesen. Ohne Richtung und ohne Ziel, aber immer auf dem Sprung. So bescheuert ich diese Metapher fand, sie verband sich in meinem Kopf mit Yves Klein und dessen Blau und dessen Bereitschaft, ins Nichts zu springen.

DAS SAXOPHON – LUISE

Trister Berlinwinter. Smog aus den Kachelöfen und den ostdeutschen Fabriken waberte dick durch die Straßen. Kindergärten blieben wegen Pseudokrupp geschlossen. Der Himmel über der ganzen Stadt bildete eine undurchdringlich graue, bestenfalls milchig weiße Decke. Nur selten drang die Sonne durch. Man konnte nicht weiter als bis zur nächsten Straßenecke sehen. Um uns auf den Winter vorzubereiten, hatten wir die Fenster mit Plastikfolie abgedichtet. Der Blick nach draußen war verschwommen wie aus einem Aquarium. Im Schlafzimmer froren die Matratzen am Boden fest. Die Tage waren nur ein kurzer Dämmer, bevor die Dunkelheit wiederkam. Wir redeten nur miteinander, wenn es unbedingt nötig war. Kein Kraut war gegen die Winterdepression gewachsen. Jedes Wochenende hockten wir jetzt bis in die frühen Morgenstunden in unserer »home bar«. Wenn es hell wurde, schoben wir die Holzplatten wieder vor das Fenster, und eine neue Nacht begann. Draußen war es richtig kalt, drinnen wärmte prächtig der Rotwein. Und es gab reichlich Rotwein an einem zugigen Januarabend 1982, als ich Soraya erzählte, dass es gar nicht so weit von Berlin, nämlich in der Tschechoslowakei, wunderbare Saxophone zu kaufen gebe. Aus zweiter Hand sollten sie geradezu billig sein, hatte ich von irgendjemandem gehört. Es war die Zeit des Saxophons. »Harlem Nocturne« von den Lounge Lizards war Kult. Das ging einem durch und durch. Obwohl ich mich selbst nicht für sonderlich musikalisch hielt, hatte ich es mir in den Kopf gesetzt, Saxophon zu lernen. Und ein in Prag, dieser geheimnisvollen Stadt, gekauftes Saxophon kam mir wie ein großes Versprechen vor.

Mit meinem Werben um Sorayas Freundschaft war ich noch nicht viel weitergekommen. Einmal hatte sie mich auf den Kreuzberg mitgenommen, um Steinewerfen zu üben. Sie meinte, dass wir Frauen besser werden müssten und die Militanz nicht den Männern überlassen dürften. Ich hatte noch nie auf einer Demo einen Stein geworfen, aber weil mir an Soraya lag, ging ich mit. Es wurde ein Fiasko, und ich wunderte mich, dass sie sich genauso ungeschickt anstellte wie ich. Bei einem unserer seltenen Gespräche hatte ich Aristoteles' »Freundschaft, das ist eine Seele in zwei Körpern« zitiert. Das hat sie wohl erschreckt, denn danach ging sie mir wochenlang aus dem Weg. Soraya hielt nichts von philosophischen Erörterungen. Die Seele war ihr fremd. Meinen Gedankenexperimenten und Spleens wollte sie nicht folgen. Was sie selbst so sehr beschwerte, die Gründe für ihre schrecklichen Kopfschmerzen, blieb im Verborgenen. Sie suchte weder Vertrauen noch Seelenfreundschaft. Doch weil sie neugierig war und gerne verreiste, sah ich meine Gelegenheit gekommen, sie nach Prag zu locken. Das Auto dafür stand bereit. Zu fünft hatten wir im Sommer einen gebrauchten silbrig grauen Mercedes-Diesel gekauft. An dem eleganten Gefährt aus den siebziger Jahren hatte uns vor allem die Symbolik gereizt. Als Hausbesetzer mit einem Kapitalistenauto umherzufahren war Subversion der angenehmen Art. Geld für Diesel war so gut wie nie vorhanden, und so stand der Mercedes meistens vor unserem Haus. Die Nachbarn gingen kopfschüttelnd daran vorbei. Häuser besetzen und Mercedes fahren. Schon diese Provokation hatte den Kauf gelohnt.

In jener Rotweinnacht in unserer »home bar« erzählte ich Soraya von den Mysterien Prags. Ich lockte sie mit einer Auszeit vom anstrengenden Besetzerleben. Überraschenderweise schien ihr das zu gefallen. Vor dem Schlafengehen küsste sie mich, was sie selten tat, und verkündete: »Wir fahren.« Einmal überzeugt, gab es für sie kein Zurück, und sie begann gleich richtig zu planen. Ganz anders als ich hatte Soraya großes praktisches Talent. Ohne sie wäre die Fahrt nach Prag mein Wunsch geblieben. Sie setzte die nötige Energie ein, fragte Thomas und Elena, ob sie mitfahren wollten, und organisierte die Reise so, dass unser knappes Geld reichen sollte.

Noch heute spüre ich die Beklemmung, die mich beschlich, als wir beide in der Winternacht vor unserer Abreise aufbrachen, den Diesel für unseren Mercedes zu klauen. Es gab da keine Diskussion – ich hatte zu folgen. Mit Schlauch und Kanister schlichen wir zu der nahe gelegenen Brücke, wo die LKWs neben den S-Bahngleisen geparkt waren. Soraya forsch vorweg und ich hinterher. Sie suchte einen passenden Tank, ich sollte auf Passanten und auf vorbeifahrende Autos achten. Mir schlotterten die Knie vor Angst. Soraya dagegen bekam das mit dem Ansaugen des Diesels prima hin, und als ich eine Stunde vor der Abfahrt im Morgengrauen auf meiner Matratze lag, war ich froh und glücklich.

Abschiede zählten für uns damals nicht viel. Ein kleines verschlafenes Häufchen versammelte sich am Morgen vor dem Haus. Rasch legten wir die Sitzverteilung fest: Thomas am Steuer, Elena auf dem Beifahrersitz. Soraya, die wieder einmal Kopfschmerzen hatte und müde war, würde sich mit mir die Rückbank teilen. Unausgesprochen dachten wir alle daran, dass wir vielleicht ein letztes Mal so zusammenstanden. Die Räumung war jederzeit möglich. Unser Zusammenleben war auf Abruf.

DIE REISE – THOMAS

Vor dieser Reise war keiner von uns weiter östlich als Berlin unterwegs gewesen. Meine familiäre Verbindung in den Osten verschwieg ich den anderen. Keine Ahnung, warum. Wahrscheinlich wollte ich nicht als Revanchist dastehen. Ich behielt es also für mich, dass es für mich als Kind nichts Aufregenderes gegeben hatte, als wenn meine Großmutter die Geschichte ihrer Flucht aus Ostpreußen erzählte. Älter geworden, nervte mich ihr Gerede von der »verlorenen Heimat« zunehmend. Ich entschied mich, diesen Strang meiner Familiengeschichte zu kappen.

Soraya war nur kurz eingeschlafen, bald schon wieder aufgewacht und wollte ans Steuer. Mir war es recht, und ich räumte den Platz. Wir fuhren auf der Transitstrecke bis Dresden und weiter bis zur tschechischen Grenze bei Bad Schandau. Soraya musste sich auf die tief verschneiten Straßen konzentrieren. Luise unterhielt uns währenddessen mit Geschichten von Joseph Roth. Elena wollte Kafkas Grab besuchen, warum Soraya mitkam, war unklar, und ich hatte einfach nichts Besseres zu tun. Luise wollte unbedingt ihr Saxophon haben und glaubte sich, weil sie Joseph Roth gelesen hatte, bestens für diese Reise gen Osten gerüstet. Ich erinnere mich gut, dass ich auf dieser Fahrt in einen anderen Zustand zwischen den Zeiten und Ländern geriet. Roth erzählt von chassidischen Juden in langen Mänteln, die auf heruntergekommene österreichische Staatsdiener treffen, er schreibt von ungewissen Orten, wo verlorene Schicksale Gestalt annehmen, und vom mystischen Osten, aus dem auch er kam. Ich hatte gelesen, dass nach dem Untergang der k. u. k. Monarchie die Tschechoslowakei mit ihren zu Tschechien gehörenden Ländern Böhmen, Mähren und Schlesien gegründet worden war. Auf unserer Straßenkarte trumpften aber noch immer die in Klammern gesetzten deutschen Städtenamen auf. Da stand Litoměřice (Leitmeritz), Cheb (Eger), Most (Brüx), Ústí nad Labem (Aussig). Wir kümmerten uns nicht um die jahrhundertelangen Überlagerungen von deutschem, jüdischem, österreichischem und tschechischem Leben in dieser Region. Mit den Heimatvertriebenen, die die Ostpolitik als »Verzichtspolitik« denunzierten und andere Grenzen forderten, hatten wir nichts am Hut. Die Entdeutschung Böhmens und Mährens war für uns ein Ergebnis der Naziverbrechen und damit – wie der Bau der Mauer – okay.

Am Übergang DDR–ČSSR, schon weit entfernt vom eigenen Land und noch nicht im Ausland, nahm man unseren Mercedes auseinander und durchsuchte unser Gepäck lange und sorgfältig. Grenzwächter und Zöllner sind überall gleich. Sie haben Beutehände und tasten einen mit Blicken ab. Der Übertritt einer Grenze darf nichts Selbstverständliches sein.

Wir kamen erst spätabends in der Stadt an. Obwohl es nicht viele Fremde ins sozialistische und winterliche Prag zog, hatten wir große Schwierigkeiten, ein Hotel zu finden. An der Rezeption wurden wir abweisend gemustert, wenn wir nach zwei preiswerten Zimmern fragten. Erst später erfuhren wir nebenbei, dass wir uns nicht deutlich genug als Westdeutsche zu erkennen gegeben hatten, dann wäre alles leichter gewesen. Endlich fanden wir mitten in der Stadt eine Pension, die war gemauert wie ein Turm. Schon am ersten Tag wollte ich am liebsten wieder zurückfahren, denn ich wusste plötzlich überhaupt nicht mehr, was ich hier sollte. Prag, heißt es, gehöre zu den ewigen Städten, denen der Wechsel der Zeiten nichts anhaben kann. Ihr Geist bleibe davon unberührt. Und so war es auch. Prag war geheimnisvoll, imposant und gewöhnlich zugleich. Unter dem bröckelnden Putz des Sozialismus sah man die alte Kultur Mitteleuropas durchscheinen. Soraya jedoch meinte, dass Prag wie Recklinghausen sei, Elena fragte: »Wo ist Prag denn golden?«, mir war langweilig, und nur Luise war zufrieden, endlich in Prag zu sein.

Ich weiß noch, wie wir mittags fröstelnd vor dem Alten Rathaus standen und zusammen mit nur wenigen versprengten Fremden darauf warteten, bis sich um zwölf die astronomische Uhr mit ihren Figuren in Gang setzte. Zu Klingeltönen drehten sich die Propheten aus dem Alten Testament im Halbkreis und betteten das göttliche Gesetz in den Kosmos. Am Ende gemahnte der Tod als Gerippe, dass alles vergänglich sei, und sein Knochenarm schlug die zwölf Stunden, die nach den lauten Klängen zuvor sehr dünn über den Platz hinweghallten. Während wir wie bildungsbeflissene Touristen über die Moldau hinauf zum Hradschin und zum Kafka-Haus spazierten, hastete Luise durch die Straßen der barocken Altstadt auf der Suche nach einem Saxophon, das sie dem fernen New York näherbringen würde. Am zweiten Tag begleitete ich sie. Im Fenster eines kleinen Ladens entdeckte sie genau das Alto, das sie suchte. Inklusive Koffer kostete es knapp fünfzig Mark des schwarz getauschten Geldes. Das Saxophon war völlig verstimmt, was sie in ihrer Aufregung gar nicht bemerkte. Sie hatte schon Probleme, überhaupt einen Ton zu blasen, doch das tat ihrer Begeisterung keinen Abbruch. Mit dem Ladenbesitzer wurde sie schnell handelseinig. Als Luise am Abend in der Pension das Saxophon wie eine Kostbarkeit vorführte, schien sie sehr glücklich zu sein.

Am dritten Tag machten wir uns zusammen auf zum Alten Jüdischen Friedhof. Der Weg zwischen den verwitterten Grabsteinen war unglaublich schmal. Auf der engen, zu einem flachen Hügel gedrängten Fläche stauten sich Grabsteine aus allen Zeiten ungeordnet dicht an dicht. Manche ragten hell und aufrecht über halb gekippten, halb vergrabenen, zerbröckelnden oder bemoost zerfallenen Steinen. Man entfernt keinen der Grabsteine, auch wenn die Gräber über Jahrhunderte hinweg immer wieder neu belegt werden. Die Vorstellung von den vielen Toten, die hier lagen, war beklemmend, und wir setzten die Füße ganz vorsichtig auf beim Gehen auf den unbefestigten Pfaden. Wir suchten das Grab von Rabbi Löw, der angeblich aus dem Lehm der Moldau den Golem geschaffen hatte. Dieser künstliche Mensch sollte mit seinen ungeheuren Kräften die Juden vor den Anfeindungen der Prager Bürger schützen. Uns war das alles bestens bekannt, denn »Der Golem« von Gustav Meyrink ließ Robert in Berlins Kneipen als Raubdruck verkaufen. Wir fanden schließlich das Grabmal des großen Wunderrabbi mit dem gemeißelten Zeichen des Löwen im Giebel der Gruft. Wir wussten, dass Hilfesuchende kleine Zettel mit ihren Bitten durch die Ritzen der Steinwände ins Grabesinnere fallen lassen. Als wir hinkamen, lagen auf dem schmalen Sims so viele kleine Steine angehäuft, dass wir unsere vorbereiteten Bittzettel in der Manteltasche zerknüllten und in der Pension in den Papierkorb warfen.

Die Abende verbrachten wir in verschiedenen Kneipen der Stadt, wo wir zwischen Arbeitern auf dem Heimweg das schwarze tschechische Bier tranken. Wir kamen durch dunkle, mit wenig gelblichem Licht beleuchtete Straßen in abgelegene Wirtschaften, in denen die Kellner weiße Kellnerjacken trugen. Die Männer am voll besetzten Tresen waren neugierig. Mit unseren zerrissenen Hosen, schwarzen Lederjacken, bunt abstehenden Haaren und abgeschabten Mänteln sahen wir nicht wie die üblichen Touristen aus. Wenn sie herausfanden, dass wir nicht aus der DDR kamen, wurden sie mit einem Mal freundlich. Sie wollten tschechische Kronen in harte D-Mark tauschen. Wir einigten uns auf günstige Schwarzmarktpreise, schnell in dunklen Ecken, und glaubten, ein gutes Geschäft gemacht zu haben.

Unser Abreisetag war auf den Samstag festgelegt. Es war der erste Jahrestag der Besetzung unseres Hauses in Berlin und der Geburtstag von Wolle. Eine große Party sollte steigen. Luise fürchtete die Schwierigkeiten, die wir schon bei der Einreise an der Grenze gehabt hatten. Mit schwarzen Fettstiften malte sie das Saxophon trüber, als es schon war. Sie verstaute ihre Trophäe in der hintersten Ecke des Wagens und hoffte, sie heil nach Hause in den Westen zu bringen.

WEISSES RAUSCHEN – LUISE

Das Erste, was ich sah, als ich in der Stille die Augen öffnete, war das Weiß.

Ein weißhaariger Mann stand da, unscharf und etwas abseits, in einem strahlend weißen Kittel am Fußende des Bettes. Auf ihn richteten sich meine Augen, und ich war nicht im Mindesten überrascht über seine Anwesenheit. Erst dann bemerkte ich meine Mutter ganz nah bei mir. Sie hielt meine rechte Hand, sah mich aus runden Augen stumm und sorgenvoll an. Was hatte sie nur? Ich blickte ihr direkt in die Augen und redete beruhigend auf sie ein, »aber es ist doch alles in ordnung es ist alles nicht so schlimm mach dir keine sorgen.« Mein Mund öffnete sich dabei nicht.

Der Kopf meines Vaters schob sich plötzlich von rechts ins Blickfeld. »Beweg deine Beine.« Ich fand das unpassend in dieser so feierlichen Situation, aber ich tat, was er von mir verlangte.

Ich lag auf dem Rücken, nackt unter einem dünnen Laken, und spürte, wie für alles gesorgt war. Luft strömte beständig und sanft durch ein Loch in meinem Hals und half mir beim Atmen, mein linker Arm lag still und eingegipst neben mir. Jeglicher Widerstand, jede Barriere war aufgehoben. Hoch über meinem Kopf konnte ich der Reihe der nicht endenden glitzernden Luftbläschen zusehen, wie sie eilig durch Flüssigkeiten aufstiegen, die gleichmäßig in meine Venen rannen, durch meinen Körper strömten und in meiner Blase von einem Schlauch wieder aufgenommen wurden.

Ich drehte die Augen weg und war ruhig.

DIE KREUZUNG – THOMAS

Wir hatten Prag morgens verlassen und waren unterwegs in Richtung der nördlichen Landesgrenze. Die Fahrt ging auf schmalen Straßen durch flaches Land, entlang an Feldern und durch kleine Orte. Die Straße war nass, die Sicht gut. Wir waren vergnügt, freuten uns auf die Party und auf Berlin. Je näher wir der Grenze kamen, desto lebhafter wurde der Verkehr. Eine Nebenstraße kreuzte die E 55, die von Prag über Zinnwald nach Dresden führt. Auf dieser Straße bremste ein voll besetzter Überlandbus und wartete vor dem Einbiegen in Richtung Prag, von wo wir kamen. Gegenüber auf der Landstraße hielt, von Norden kommend, ein russisches Militärfahrzeug, ein 35-Tonnen-Raketentransporter, kurz vor dem Abbiegen in die Straße, auf der der Bus stehen geblieben war. In diesem Moment kamen wir an der Kreuzung an.

Es war Januar 1982, und im Norden der Tschechoslowakei fand ein Manöver der von den Tschechen so verhassten Sowjetmacht statt. Es hieß »Druzba 82« – Freundschaft 82.

In Bruchteilen von Sekunden hatte ich es kommen sehen. Soraya schrie auf, versuchte nach rechts auszuweichen. Es krachte furchtbar. Ich hatte keinen Sicherheitsgurt auf meiner Seite. Hilflos bedeckte ich meinen Kopf mit den Armen, dann knallte ich gegen die Frontscheibe. Ganz kurz muss ich bewusstlos gewesen sein, und als ich wieder zu mir kam, sah ich als Erstes Soraya. Ich wusste sofort, dass sie tot war. Sie hatte einen Sicherheitsgurt, aber keine Kopfstütze. Sie saß da mit offenen Augen, den Kopf zurückgeworfen, den Nacken gebrochen. Plötzlich fühlte ich einen eiskalten Wind. Die Windschutzscheibe war herausgebrochen. Als ich versuchte, aus dem Auto zu klettern, waren sofort Reisende aus dem Bus da. Sie öffneten die rechte Vordertür, und mühsam gelang es mir auszusteigen. Elena stand kreidebleich am Rand der Straße. Sie wirkte wie in Trance, murmelte die immer gleichen italienischen Sätze vor sich hin. Einer der Businsassen zog Luise sehr vorsichtig und behutsam aus dem Auto und legte sie an den Straßenrand. Luise lag da wie im Schlaf, aus ihrem Mund kam Blut. Sie lächelte.

Aufgeregt umringten uns immer mehr Leute aus dem Bus. Auf Deutsch riefen sie uns zu, dass sie alles gesehen hätten. Sie könnten bezeugen, die Russen seien schuld. Freundlich und bestimmt drückten sie mir kleine Zettel mit ihren Adressen in die Hand. Die sowjetischen Soldaten beobachteten die Szene, standen wie erstarrt an der Seite. Einem unbeteiligten Beobachter hätte es vorkommen können, als ob sie nichts mit dem Unfall zu tun hätten. Sie hatten rührend junge Gesichter. Waren wahrscheinlich genauso alt wie wir.

Wir müssen kurz nach dreizehn Uhr an der Kreuzung angekommen sein. Soraya hatte Vorfahrt gehabt. Der Raketentransporter rollte los und bog auf die Gegenfahrbahn ein. Soraya bremste nicht ab. Der 35-Tonner ließ sich nicht mehr anhalten. Er traf den Benz mit seiner hohen Stoßstange auf der linken Seite in Höhe des Fahrersitzes und spießte ihn auf. Luise saß auf dem linken hinteren Sitz, direkt vor ihr am Steuer Soraya. Der Militärtransporter zerquetschte die linke Vorderseite unseres Wagens und drückte sie nach unten. Seine Stoßstange ragte hoch über unseren Kühler. Ich erinnere mich, dass der Motor des Benz die ganze Zeit vor sich hin brummte. Ganz deutlich erinnere ich mich an dieses Geräusch. Unsere Helfer versuchten die Maschine zu stoppen, wussten aber nicht, dass sie einen Knopf hätten drücken müssen, statt den Schlüssel zu drehen. Der Motor lief im vierten Gang bei Vollgas. Und Soraya saß tot am Steuer.

Dann kam Militärpolizei, aber noch immer warteten wir auf die Ambulanz. Privatautos stoppten an der Unfallstelle. Die Tschechen boten ihre Hilfe an. Die Sowjets schauten noch immer zu. Ich protestierte, wollte bei Luise, Elena und Soraya bleiben, aber man verfrachtete mich in einen Kombiwagen. Ziel war, wie sich später herausstellte, das russische Militärhospital. Da war kaum einer am Samstag um die Mittagszeit. Meine Wunden an der Stirn wurden von einem mürrischen Arzt ohne Aufhebens und Betäubung geflickt, das Entfernen der Glassplitter überließ er den deutschen Kollegen. Der Militärarzt befand, ich sei in stabiler Verfassung und vernehmungsfähig. Daraufhin wurde ich in einen kleinen, kalten Raum gebracht. Darin stand ein großer Schreibtisch, hinter dem ein Porträt Leonid Breschnews hing. Ich weiß noch, wie sehr ich mich über das Foto wunderte, denn Breschnew sah darauf aus wie Alain Delon. Hinter dem Schreibtisch saß ein großgewachsener Offizier von seltsam blasser Gesichtsfarbe. Links und rechts neben ihm standen zwei Soldaten. Einer war der Protokollant, der andere stellte sich als Dolmetscher vor. Sein Deutsch war fehlerfrei und ohne Akzent. Die aufrechte, stramme Körperhaltung der beiden wirkte völlig absurd auf mich. Neben diesen Männern in ihren knisternden Uniformen kam ich mir in meinen zerrissenen, fleckigen Kleidern wie ein Fremdkörper vor. Der Dolmetscher bat mich, vor dem Schreibtisch Platz zu nehmen. Um mein Zittern abzustellen, schob ich beide Hände unter die Oberschenkel. Es folgte ein Verhör. Auf meine Situation wurde keine Rücksicht genommen. Fragen zum Verbleib von Luise und Soraya blieben unbeantwortet. Mit leblosen Pupillen und hochgezogenen Augenbrauen betrachtete mich der Offizier eingehend, bevor er anfing zu reden. Sein Russisch hörte sich weich und melodisch an. Die Töne, die er produzierte, standen in krassem Gegensatz zu seinem abweisenden Gesichtsausdruck. Nachdem er geendet hatte, trat der Dolmetscher neben mich. Er hatte ein rotes Gesicht, flache Augen, und ich spürte sofort seine geheuchelte Offenheit. Seinen Fragen zuvorkommend, verlangte ich, die bundesdeutsche Botschaft anrufen zu dürfen. Ohne sich an den Offizier zu wenden, antwortete er kühl, dass dies leider nicht möglich sei. Dann begann er mit Fragen wie: wie viel Soraya am Abend zuvor getrunken habe, ob sie regelmäßig Tabletten nahm, wie lange sie die Nacht zuvor geschlafen habe, ob wir uns im Auto gestritten hätten und ob sie abgelenkt worden sei. Wenn ich ausweichend antwortete oder keine Antwort wusste, fing er ungerührt wieder von vorne mit seinem Fragenkatalog an. Allmählich begann ich zu begreifen, dass sie mich als Feind betrachteten. Ich war ihrer Verhörtechnik und ihrem perfekten Zusammenspiel nicht gewachsen. Panik stieg in mir auf. Ich wünschte, ich hätte nicht nur Deleuze, sondern auch John Le Carré gelesen. Dann wüsste ich vielleicht, wie man sich in solch einer Kalten-Kriegs-Situation verhält.

Da wurde die Tür geöffnet, und ich sah, wie ein sehr junger Soldat in Handschellen abgeführt wurde. »Das ist der Fahrer«, hörte ich den Dolmetscher zu mir sagen. Diese Vorführung schien wie für mich inszeniert. Sofort beschlich mich die Angst, dies könnte eine subtile Drohung sein. Tibor fiel mir ein, der zu stottern angefangen hatte, wenn er über die sowjetischen Militärs sprach. Sie könnten ja auch mich in Handschellen legen und ins Gefängnis stecken, dachte ich. Alles war so schnell gegangen. Ich war so verwirrt, dass ich vergessen hatte zu fragen, wo ich eigentlich war. Als mir der Dolmetscher mit einem spöttischen Unterton in der Stimme »Theresienstadt« antwortete, war das wie ein Schuss kalten Wassers ins Gesicht. Ich war in einem KZ gelandet, das jetzt die Sowjets als Militärlager benutzten. Wie konnte ich nur in solch eine Situation geraten? Wir wollten doch nur ein Saxophon kaufen.

Irgendwann, als es schon dunkel war, ließen sie von mir ab. Ich musste das Protokoll unterschreiben und zusätzlich eine Erklärung, dass ich gut behandelt worden war. Mechanisch folgte ich ihren Anweisungen. Durch endlose Gänge wurde ich in ein Wohnheim gebracht. In der Nacht gab es ein Gewitter. Ein Wintergewitter. Immer wenn ich die Augen zumachte, donnerte es. Ich aber hörte in der Endlosschleife, wie der Raketentransporter auf unseren Benz krachte.

Elena war von mir getrennt worden. Sie war halb ohnmächtig vor Angst. Sie habe so getan, als verstehe sie nur wenig Deutsch. Sie trug die ganze Zeit den blutgetränkten Pullover Luises mit sich herum. Sie wollte ihn unbedingt auswaschen. Bestand auf ihrer fixen Idee, dass es Luise kalt sei und sie ihren Pullover bräuchte. Elena heulte und schrie, sie wollte unbedingt Luise sehen. Man stellte sie ruhig und setzte sie in einen Rollstuhl. Am nächsten Tag, einem Sonntag, schoben die Soldaten Elena in einen Raum, der sah aus wie ein schwarz gekacheltes Badezimmer. Da habe Luise gelegen. Allein. Das berichtete mir Elena alles später. Auch, dass sie die Freundin kaum erkannt hätte. Luise sah ganz friedlich aus, lächelte und nickte mit ihrem seltsam veränderten Gesicht. Was hatte man ihr nur angetan?

Elena wurde von einem geschniegelten Uniformierten abgeholt. Er sollte sie nach Prag fahren. Fragen nach mir blieben unbeantwortet. Während der Fahrt dorthin hätten sie kein Wort gesprochen. Sie spürte, dass er dachte, wir seien schuld an dem Unfall. In Prag angekommen, habe der Soldat umständlich die Botschaft der Bundesrepublik Deutschland gesucht. Schließlich habe er gestoppt und sie angeherrscht, sie solle jetzt aussteigen und alles mitnehmen. Sie habe sich gefragt, warum er sie nicht zur italienischen Botschaft gefahren hatte, doch sie tat, was er sie geheißen. Der Uniformierte stieg auch aus und drückte ihr eine prall gefüllte Wolldecke in den Arm. Darin waren die Überreste des Benz eingewickelt: der Verbandskasten, der Innenspiegel und das Lenkrad. Mit diesem Zeug habe sie sich zur Botschaft geschleppt, habe wie im Mittelalter mit einem dicken Eisenring an einem Holztor angeklopft und um Einlass und Schutz gebeten.

DIE SEGELSCHIFFE – LUISE

Wenn ich beim Abklingen der Droge anfing, unruhig zu werden, sprach der alte Arzt zu mir auf Deutsch. Er sagte mir, wo ich war und dass ich keine Angst haben müsse. Also hatte ich keine Angst.

Die Ärzte hatten mir einen Luftröhrenschnitt gesetzt und mich an die Beatmungsmaschine angeschlossen. Alle acht Stunden verabreichten sie mir Valium, genug, um meine eigene Atmung zu stoppen. Zehn Tage lag ich im künstlichen Koma. Zehn Tage meines Lebens, die mir fehlen.

Man entzog mir schließlich die reguläre Dosis Valium, ersetzte die Beatmungsmaschine durch einen gleichmäßigen sanften Luftstrom und ließ mich aufwachen. Mit all den Drogen im geschwollenen Gehirn fing ich an zu halluzinieren. Ich hatte keine Angst, aber ich fühlte mich isoliert und in feindseliger Umgebung. Keine der Krankenschwestern sprach Deutsch. Ihre Gespräche konnte ich nicht verstehen. Ich war äußerst misstrauisch ihnen gegenüber. Jedes Mal wenn ich die Augen öffnete, befand ich mich auf einem anderen Stockwerk. Dritte, vierte, zweite, dritte Etage. So ging das, auf und ab, hoch und runter, durch das ganze Haus, ohne dass ich wusste, weshalb und wohin sie mich transportierten. Aber jedes Mal hatten sie die Bücherkiste auf der anderen Etage gelassen! Dieser Bücherkiste von der Größe einer Weinkiste galt meine ganze Sorge. Sie war aus Holz und bis zum Rand mit Büchern gefüllt. Ich erinnere mich an keinen einzigen Titel, aber es waren meine Bücher, und sie waren irgendwo in diesem Krankenhaus. Man hielt sie mit Absicht vor mir verborgen, da war ich mir sicher. Wahrscheinlich steckten die mysteriösen Schwestern dahinter. Tage vergingen, von denen ich nicht weiß, wie viele es waren. Ich kannte bereits die Namen der Ärzte und Schwestern und lebte noch immer tief in meinen Phantasien.

Eines Morgens riss ich mir die Kanülen aus der Brust und streckte sie triumphierend über meinen Kopf. Ich hielt sie hoch unter die Lampen. Was vermutlich ein dünner blutiger Schlauch war, sah ich als blaue Schlinge von Eingeweiden, die im matten Licht weich schimmerten. Aufgeregt kamen die Schwestern herbeigelaufen. Ein Arzt musste die Wunde in meiner Brust vernähen und einen neuen Zugang zu meinen Venen finden. Er setzte sich auf die Bettkante, ich spürte sein Gewicht neben mir. Dann beugte er sich über mich. Ganz nah sah ich seine Augen und fühlte die warme Berührung seiner Hände unter meiner rechten Achsel, wo die neue Kanüle gelegt werden sollte. Er begann mit Nadeln zu arbeiten, aber was ich in der ausgestreckten Höhle unter meinem Arm bis zum Ellbogen sah, das waren Segelschiffe. Prächtige Viermaster, wenige Zentimeter groß, perfekt gebaut und mit vollen Segeln in der warmen Nachmittagssonne. Mit prall im Wind geblähten Segeln zogen sie majestätisch über meine blasse Haut dahin. Ich war begeistert.

Nach diesem Zwischenfall banden die Schwestern meine Hand am Bettgestell fest. Mein Bewusstsein schwamm weiter in langen Wellen ein und aus. Manchmal war ich bei Sinnen. Dann erkannte ich das verglaste Büro wieder, auf das ich von meinem Bett aus blickte. Von einer etwas erhöhten Position aus überwachte man von dort die gesamte Station. Auch wenn ich 24 Stunden in künstlichem Licht lag, konnte ich doch irgendwann Morgen und Abend auseinanderhalten. Ich begriff, dass meine Mutter mich einmal am Tag sehen durfte. Das war, wenn meine Hand losgebunden und mein Bett über den Gang in ein winzig kleines Zimmer geschoben wurde. Da saß dann meine Mutter und sprach zu mir. Der Schlauch in meinem Hals erlaubte es nicht, ihr zu antworten, aber das störte mich nicht. Ich hörte meine Mutter sprechen, verstand aber nicht, was sie sagte. Oft wurde ich ungeduldig, wenn ihre Stimme da war, denn was sie sagte, ergab für mich keinen Sinn.

Meine Halluzinationen endeten plötzlich ganz früh an einem Morgen, der mit üblicher Routine begann. Trüber Schein in der Ferne ließ mich den Tag schon ahnen, da entdeckte ich die Putzfrau. Wahrscheinlich hatte sie die Tür zum hellerleuchteten Flur aufgemacht und wischte den Boden vor dem verglasten Büro. An jenem Tag beobachtete ich zum ersten Mal ihre langsamen, regelmäßigen Bewegungen mit dem Mob. Im schrägen Schein der Neonröhren glänzte der Flur nass, und ich sah, wie sie mit Licht wischte.

Die Frau war kräftig, mager und nicht mehr jung. Als sie meine Augen auf sich gerichtet spürte, unterbrach sie ihre Arbeit, lehnte den Mob an die Wand und kam zu mir. Sie nahm meine festgebundene Hand und sah mich an.

»Ahoj, Luise«, sagte sie.

Ich sehe eine rätselhafte Gestalt, die langsam aus dem Nebel auftaucht und mich anspricht. Eine Membran zerplatzt.

Das Delirium hört auf.

DIE STADT HINTER DEM EISERNEN VORHANG – THOMAS

Als Luises Vater aus dem Auto stieg, erschrak ich ob der Ähnlichkeit mit seiner Tochter. Diese beschränkte sich nicht auf Äußerliches, sondern schloss auch eine gewisse Gestimmtheit dem Leben gegenüber ein, die sich mir in seiner Körperhaltung, seiner Mimik und in seinen Augen zeigte. Eine freundliche Entrücktheit. Tochter und Vater hielten sich die Welt auf Distanz. Ich muss ihn angestarrt haben, bemerkte erst spät seine hinter ihm stehende Frau mit ihren beiden anderen Kindern. Wir hielten uns nicht lange mit der Begrüßung auf. Nur mithilfe des Chefarzts Dr. Kolo, der als Parteimitglied über einen gewissen Einfluss verfügte, war es gelungen, Hotelzimmer zu bekommen. Wir wohnten alle im Hotel Bohemia, das Westgäste aufnahm. Ich weiß noch, wie ich mich wunderte, dass Luises Familie so gut wie kein Gepäck dabeihatte. Wie Menschen, denen keine Zeit geblieben war, ihre Sachen zu packen, standen sie als gutgekleidete Flüchtlinge aus dem Westen in der Hotelhalle. Die Damen an der Rezeption sprachen Deutsch und hießen sie willkommen.

Luise war auf die Intensivstation des Kreiskrankenhauses in Ústí nad Labem, einer Industriestadt in Nordböhmen, gebracht worden. Es gab überhaupt nur zwei Intensivstationen in der Tschechoslowakei, eine in Prag und eine hier, nahe der deutschen Grenze.

Tobias, Luises jüngerer Bruder, hat mir später an langen Nachmittagen, die wir zusammen in der Hotelhalle oder auf dem Zimmer verbrachten, erzählt, wie er in der Nacht des Unfalls um zwei Uhr vom Klingeln des Telefons wach geworden war. Der nächtliche Anrufer, der mit einer ruhigen, doch untergründig nervösen Stimme sprach, entschuldigte sich für die späte Störung, bestand jedoch darauf, Frieder Pohl persönlich sprechen zu müssen. Tobias tappte durch die dunkle Wohnung und weckte seinen Vater. Ein Anruf aus Berlin. Nein, nicht Luise war am Telefon, sondern irgendjemand, dessen Namen er nicht verstanden hatte. So erfuhr Frieder Pohl, schlaftrunken am Telefon stehend, von einer ihm unbekannten Person, dass seine Tochter Luise in der Tschechoslowakei verunglückt war. Wie kommt sie denn in die Tschechoslowakei; und warum ist sie nicht in Berlin, habe er sich verwundert gefragt. Von einem Autounfall und Rippenbrüchen war die Rede. Frieder Pohl ist Mediziner. Bevor er seine Frau, die sich auf einer Busreise befand, verständigte und beunruhigte, wollte er mehr wissen. Am anderen Morgen meldete sich die deutsche Botschaft, die den Unfall bestätigte und ihm versicherte, seine Tochter und ihre Freunde würde keine Schuld treffen. Mehr wüssten sie auch nicht. Auch nicht, wie es Luise ging. Frieder Pohl habe keinen der Freunde gekannt, mit denen Luise unterwegs war, und im besetzten Haus, in dem sie wohnte, gab es keinen Telefonanschluss.

Es stellte sich als schwierig heraus, mit den tschechischen Ärzten Kontakt aufzunehmen. Die Telefonverbindung war denkbar schlecht, und wie sich verständigen, wenn man selbst kein Tschechisch und die anderen weder Deutsch noch Englisch sprachen. Am Nachmittag ein Anruf aus Ústí. Es sei Frieder Pohl gelungen, mittels lateinischer Fachausdrücke, die er mit seinem tschechischen Kollegen tauschte, zu erfahren, dass Luises Zustand sich rapide verschlechtert hatte. Intubation. Intensivstation. Drei Stunden später habe er seine Frau von ihrer Busreise abgeholt. Erst als sie zu Hause waren und die Tür hinter ihnen zugefallen war, habe er ihr gesagt, dass Luise verunglückt sei. Elisabeth Pohl habe ich als eine Frau kennengelernt, die auch in schwierigen Situationen versucht, die Ruhe zu bewahren. Bevor sie nicht von den Tatsachen überzeugt worden war, blieb sie skeptisch gegenüber dem, was Schicksal heißt. Sie überlegte, wer ihnen helfen könnte, und da fiel ihr Vilem, ein Medizinerfreund aus Bratislava, ein. Elisabeth Pohl habe ganz nah neben ihrem Mann auf dem Sofa gesessen, um zu hören, was der slowakische Freund über Luise hatte herausfinden können. Als sie ihn habe sagen hören, »So ein junges

Mädchen. So schade«, habe sich alles um sie herum gedreht und sie habe sich ins Bett legen müssen. Das ganze Haus habe mit ihr gebebt.

Am nächsten Tag nahm Frieder Pohl den Zug nach Köln, um die Visa zu besorgen. Der Einzige aus der Familie, der sich dazu in der Lage fühlte, das Auto zu fahren, sei er, Tobias, gewesen. Er hatte erst vor wenigen Wochen seinen Führerschein gemacht. Sie waren zu viert im Auto und reisten über den tief verschneiten Bayerischen Wald in die Tschechoslowakei ein. An der Grenzstation gab es keine Komplikationen. Mit bangen Herzen seien sie in Ústí angekommen, wo sie bereits von mir erwartet wurden.

Am frühen Abend war es ihnen erlaubt, ihre Tochter und Schwester zu sehen. Ich begleitete sie ins Krankenhaus, durfte jedoch nicht mitkommen und wartete mit Tobias und Pauline draußen. Dr. Franz Lípa, der Chefarzt der Abteilung für Anästhesie und Wiederbelebung, hatte uns mit ernstem Gesicht empfangen. Elisabeth Pohl war so aufgeregt, dass sie sich beim Anziehen des Besucherkittels verhedderte und ihr von Dr. Lípa geholfen werden musste. Durch die Scheibe konnten wir die Szene beobachten. Frieder Pohl stand etwas entfernt von Luises Bett und sprach intensiv mit Dr. Lípa. Frieder Pohl war so konzentriert auf das Gespräch, dass er sich erst auf dem Weg zurück ins Hotel fragte, warum man ihn bei seinen Anrufen eigentlich nicht mit Dr. Lípa, der sehr gut Deutsch sprach, verbunden hatte. Elisabeth Pohl setzte sich sofort an Luises Seite und nahm ihre Hand. Mit einem Mal schien die Nervosität von ihr abgefallen zu sein. Sie strahlte mit einem gottergeben seligen Lächeln voller Ruhe und voller Glück. Ihre Tochter lebte. Schließlich durften auch Tobias und Pauline zu ihrer Schwester. Der Vater, die Mutter, der Bruder und die Schwester, achtzehn und fünfzehn Jahre alt, standen in ihren unförmigen Krankenhauskitteln und mit Hauben auf dem Kopf um Luises Bett herum. Sie lag da, ganz still. Und auch sie sprachen kein Wort. Ein mittelalterliches Bild der Anbetung. Ich hielt den Anblick nicht aus. Ohne mich zu verabschieden, floh ich aus dem Krankenhaus.

Um keine Keime einzuschleppen, denn davon war Luise am meisten bedroht, begnügten sie sich in den nächsten Tagen mit Anrufen. Wir rückten näher zusammen. Es war kein einfaches Unternehmen, Essen einzukaufen, und wir wechselten uns bei der Suche nach Brot, Käse und Wurst ab. Vor den Geschäften bildeten sich lange Warteschlangen. Das Angebot war spärlich. Es wurde uns zur Gewohnheit, das Erbeutete abends zusammen auf dem Zimmer von Elisabeth und Frieder zu teilen. Obwohl wir uns zuvor nicht gekannt hatten und Luises Eltern nicht viel vom Leben ihrer Tochter im besetzten Haus in Berlin zu wissen schienen, gehörte ich wie selbstverständlich dazu. Vielleicht dachten sie, ich sei Luises Liebhaber. Sie fragten jedoch nicht nach. Wir blieben beim »Sie«, gingen höflich und distanziert miteinander um. Wir bildeten eine Art Schicksalsgemeinschaft, was wir natürlich nie aussprachen. Auf einem Flur, so lang und gerade wie die Berliner Friedrichstraße, lagen unsere Zimmer direkt nebeneinander. Das Gebäude war hellhörig, und häufig hörte ich Luises Mutter nebenan weinen. Wenn der Unfall nicht gewesen wäre und Soraya, Luise, Elena und ich im Hotel Bohemia gestrandet wären, dann hätte das ein großer Spaß sein können. Daran musste ich oft denken, und dann malte ich mir aus, welches Aufsehen wir erregt hätten, wenn wir uns an der Bar des »NIGHT CLUB BOHEMIA« ausgiebig dem Wodka hingegeben hätten. Ich hatte nur einmal einen Blick in diese Bar geworfen und den Gedanken, dort etwas zu trinken, sofort wieder verworfen. Es waren vor allem schleimige Spesenritter aus dem Westen, die sich nach einigen Bieren mit den aufgehübschten Prostituierten in trüber Gier unter das Schwarzlicht auf der Tanzfläche wagten. Die Architekten und Innenausstatter hatten sich alle Mühe gegeben, das Hotel mit ideologischem Optimismus auszustatten. Herausgekommen war dabei eine Art Sputnikmoderne, die von den Zeiten kündete, als der Kommunismus noch ein großes Versprechen gewesen war. Tempi passati. Von der menschheitsbeglückenden Utopie war nur diese Attrappe übrig geblieben. Die Atmosphäre historischer Niedergeschlagenheit versetzte mich in einen Zustand der Apathie.

Außer mit den Frauen an der Hotelrezeption und mit Dr. Kolo, dem es auch zu verdanken war, dass unsere Visa verlängert wurden, hatten wir nur wenig Kontakt. Mit den Rezeptionistinnen, die Deutsch sprachen, freundeten wir uns an. Von ihnen erfuhren wir, dass Luise zu einer gewissen Berühmtheit gelangt war. Luise galt als Opfer der Sowjets, und angeblich bangte ganz Ústí mit uns um ihr Leben. Bei der schüchternen Telefonistin mit ihrer Achtzehn-Dioptrien-Brille waren wir uns ziemlich sicher, dass sie heimlich unsere Telefongespräche mithörte und mitlitt. Gelegentlich flüsterte sie einer der Rezeptionistinnen etwas zu, was diese dann an uns weitergab. Der Hoteldirektor sah das gar nicht gerne, wenn wir zusammenstanden, aber keine seiner Angestellten scherte sich darum.

Es waren lähmende, trübe Wintertage. Für uns gab es nichts zu tun, als zu warten, also sind wir merkwürdigerweise fast nur spazieren gegangen. Schließlich kannten wir jeden Hügel der Gegend und jeden Stein am Ufer entlang der Elbe, wo wir die Enten fütterten, um überhaupt irgendetwas zu machen. Als hätten wir ein dringendes Programm zu erfüllen, wanderten wir jeden Tag los. Die Stadt war niederdrückend, und der Smog aus den Kohlekraftwerken der Gegend verbreitete einen dicken, schwefeligen Geruch. Was uns außer diesen sinnlosen Wanderungen durch eine trostlose Welt half, diese Zeit durchzustehen, waren die Tagebuchaufzeichnungen, die Frieder Pohl gewissenhaft jeden Abend anfertigte. Wir verhielten uns ganz still, während er schrieb. Taten, als ob wir lesen würden, und hörten doch nur dem Kratzen seines Füllers zu. In seiner kleinen, regelmäßigen Handschrift notierte Frieder Pohl den Verlauf eines jeden Tages auf den dünnblättrigen Seiten seines Tagebuchs. Auf einem unserer Spaziergänge erzählte er mir, dass er in den fünfziger Jahren, bevor er in die Krebsforschung wechselte, als junger Krankenhausarzt auf einer Station mit Patienten gearbeitet habe, die noch vor Erfindung der Schluckimpfung an Kinderlähmung erkrankt waren. Dabei sammelte er Erfahrung mit Luftröhrenschnitten, mit Eisernen Lungen und Beatmungstechnik, und so wusste er sehr genau, worum es bei Luise ging.

Ins Krankenhaus gingen nur noch Elisabeth und Frieder Pohl. Ich blieb mit Tobias und Pauline im Hotel zurück. Entweder langweilten wir uns auf den Zimmern, oder wir hingen in der Hotellobby ab. Tobias war ein schmaler, nachdenklicher junger Mann. Er machte auf mich den Eindruck, als ob er bereit wäre, die ihm zugedachte Rolle des vernünftigen, verantwortungsbewussten Sohnes anzunehmen. Nach dem Abitur wollte er Medizin studieren. Die Familientradition fortführen. Pauline war von quecksilbrigem Temperament. Sie war eine Akrobatin, liebte es, Räder zu schlagen, auf hohen Mauern zu balancieren oder lange auf einem Bein zu stehen. Wenig begeistert sahen Tobias und ich ihr dabei zu. Zum Zeitvertreib spielten wir zusammen »Stadt, Land, Fluss« oder »Ich sehe was, was du nicht siehst«. Wir waren alle drei denkbar schlechte Spieler.

Luises Schicksal änderte sich alle halben Tage. Jeden späten Nachmittag warteten wir darauf, Elisabeth und Frieder Pohl den Flur entlangkommen zu hören. Elisabeth Pohls Blick war bei der Rückkehr zumeist dunkel, mühsam beherrscht und unglaublich ängstlich. Ihr Gesicht schien kleiner geworden zu sein. Woher jeden Tag die Hoffnung nehmen? Kaum im Hotelzimmer angekommen, setzte sie sich in einen Sessel neben der Lampe und begann wie wild den ganzen Abend über zu stricken. Mit dem Stricken von langen, kratzigen Schals, die keiner brauchte, bekämpfte sie ihre innere Unruhe. Das grausame medizinische Wissen machte Frieder Pohl ganz grau. Uns gegenüber riss er sich zusammen. Jeder von uns hoffte für sich allein.

Schließlich traf ein, was wir gefürchtet hatten: Sie riefen an und fragten, ob Elisabeth und Frieder Pohl ihre Tochter noch ein letztes Mal sehen wollten. Luise hatte ständig hohe Dosen verschiedener Antibiotika bekommen. Immer neue Präparate waren zum Einsatz gekommen, doch all die Bemühungen hatten nicht geholfen. Es hatte die Lunge erwischt. Die Infektion konnte nicht behandelt werden, es gab kein neues Antibiotikum dagegen. Einer der Ärzte auf der Intensivstation entließ Elisabeth Pohl auf Französisch mit den Worten, nur beten könne jetzt noch helfen.

Dieser Arzt schien selbst nicht religiös zu sein. An diesem Tag weinten alle. Auch der alte Arzt im strahlend weißen Kittel.

Den ganzen Nachmittag rannten wir verzweifelt auf den waldigen Berghängen oberhalb der Stadt herum. Wohin ich auch blickte, ich sah nur tote Bäume. Alles war kaputt vom sauren Regen. An diesem Tag, an dem er am verzweifeltsten war, schrieb Frieder Pohl in sein Tagebuch ein Gedicht.

Tobias, Pauline und ich schauten uns verwundert an, als Frieder Pohl von seinem nächsten Besuch im Krankenhaus in einem anderen Wesenszustand zurück ins Hotel kam. Elisabeth Pohl wirkte wie eine Marionette, er dagegen schien größer, entschiedener, konzentrierter geworden zu sein. Die Infektion müsse bekämpft werden, erklärte er mit fester Stimme. Er hatte sich daran erinnert, dass vor kurzem ein neues Antibiotikum in Deutschland entwickelt worden war. Frieder Pohl gelang es, Kontakt mit seinen Kollegen in Deutschland aufzunehmen. Das Präparat war ganz neu auf dem Markt, aber schon für den Export lizenziert. Die Kollegen würden dafür sorgen, dass das Medikament mit dem nächsten Flugzeug nach Prag kam. Eine Ambulanz des Krankenhauses von Ústí würde es dort abholen. Am Ende des Telefongesprächs gelang es Frieder Pohl kaum, sich zu verabschieden und das Telefonat zu beenden. Unter Tränen stammelte er immer wieder sein »Danke« in den Hörer. Dann weinten wir alle. In einem futuristischen Hotelzimmer mit braunen Möbeln und bunt karierten Stoffpolstern. Und unten in der Telefonzentrale schluchzte es sicher auch.

Noch am selben Abend wurde das Antibiotikum eingesetzt. Das Fieber stieg nicht weiter an, aber das war noch kein Grund zur Entwarnung. Wie immer warteten wir, spazierten bergauf, bergab. Sogar in den Zoo sind wir einmal gegangen, aber das stellte sich als keine gute Idee heraus. Es war elend und deprimierend, der traurigste Zoo, den ich je gesehen hatte.

Der Frühstückssaal war von den runden Tischen mit den weißen, weit herabhängenden Tischdecken beherrscht. Es kam uns vor, dass sie jeden

Tag länger werden würden. Eines Morgens saß noch ein weiteres Paar mit drei Kindern an einem wenig entfernten Tisch. So unglücklich, wie die fünf wirkten, konnten das nur Sorayas Eltern und Geschwister sein. Noch stehend, grüßten Frieder und Elisabeth Pohl freundlich, während ich mich schnell an den Tisch setzte, denn ich wusste nicht, wie ich mich verhalten sollte. Frieder Pohl fragte leise seine Frau, ob Sorayas Eltern wohl Kontakt suchten, weil Luise noch lebte, während ihre Tochter tot war. Da trat die Mutter Sorayas an unseren Tisch. Sie wirkte seltsam aufgekratzt. Frieder Pohl stand auf und unterhielt sich eine ganze Weile mit ihr. Dann ging sie wieder zu ihrer schweigend am Tisch sitzenden Familie zurück. Wenige Minuten später brach Sorayas Mutter weinend und laut schluchzend am Tisch zusammen. Ihr Mann und ihre Kinder sahen ihr dabei zu.

Ich war feige. Nutzte die Gelegenheit, um ohne Erklärung den Frühstückssaal zu verlassen. Fieberhaft hatte ich mir überlegt, was ich würde sagen können, wenn Sorayas Eltern mich ansprechen würden. Mir fiel nichts ein. Der Tod war in unserem revolutionären Alltag nicht vorgesehen gewesen. Als wir am Abend wie üblich zusammen aßen, erzählte Elisabeth Pohl, dass sie zufällig ein zweites Mal mit Sorayas Eltern zusammengetroffen seien. Das Krankenhaus in Ústí nad Labem war das größte im nördlichen Distrikt. Man hatte nicht nur Luise, sondern auch Sorayas Leiche dorthin gebracht. Die Eltern Sorayas waren nach Ústí gereist, um die Überführung ihrer Tochter zu organisieren. Obwohl Sorayas Geschwister nicht hatten mitfahren wollen, hatten die Eltern darauf bestanden. Soraya würde in der von ihr ungeliebten süddeutschen Provinzstadt begraben werden. Als sie das sagte, zuckte ich zusammen. Elisabeth Pohl meinte noch, dass die Mutter Sorayas ganz fassungslos gewesen sei, weil sie so normale, alltägliche Dinge getan und nichts gemerkt hatte in dem Moment, in dem ihre Tochter gestorben war. Ich nickte, Verständnis vortäuschend, und war froh, dass mich weder Frieder noch Elisabeth Pohl fragten, warum ich eigentlich nicht den Eltern und Geschwistern Sorayas kondoliert hatte.

An dem Tag, an dem Pauline und Tobias mit dem Zug heimfuhren, um wieder zur Schule zu gehen, koppelten sie Luise von der Beatmungsmaschine ab. Luise machte ein derart erschrockenes, ängstliches Gesicht, als sie wieder selbst atmen sollte, wie es ihre Mutter, die dabei war, in ihrem Leben noch nicht gesehen hatte. Es war nicht klar, ob das rechte Bein, das Luise zehn Tage lang nicht bewegt hatte, gelähmt war und ob Luise ihr Gedächtnis verloren hatte. Zehn Tage lang hatte sie nur geradeaus gestarrt und auf nichts reagiert.

Drei Tage nachdem sie aus dem Koma aufgewacht war, machte Luise mit den Fingern kleine Zeichen auf dem Unterarm ihrer Mutter. Es sah aus, als wollte sie schreiben. Flugs brachten die Schwestern ihr einen Block und einen Bleistift. Elisabeth Pohl beobachtete verwundert, wie Luise wie ein kleines Kind anfing loszukritzeln. Keine Buchstaben, sondern lange Wellenlinien von rechts nach links. Immer wieder fing sie, die Zunge zwischen die Zähne geklemmt, von vorne an. Dabei sah sie ganz zufrieden aus. Am Abend sagte Elisabeth Pohl zu uns, sie denke, Luise habe den Verstand verloren. In den nächsten Tagen stellte sich heraus, dass Luise für ihre Rückkehr in die Welt der Buchstaben und der Sprache übte. Sie kritzelte keine Wellen mehr, sondern fing an zu schreiben. Für einen Buchstaben brauchte sie ewig lange. Das erste Wort, das sie allein schrieb, war: BÜCHER.

DIE ANDERE WELT – LUISE

Ich erkundete meinen veränderten Körper. Ich sah an meinem nackten Bauch hinunter und betrachtete die lange rote Narbe mit den vielen unregelmäßigen Stichen von der Magengrube bis zum Nabel, wo sie einen kleinen Schwenk machte. Es muss ein schneller Schnitt gewesen sein, gerade noch rechtzeitig war man dem Nabel ausgewichen. Die Narbe war dick mit Jod eingestrichen, die Fäden bereits gezogen, nichts tat da weh. Ganz fremd lag mein Bauch vor mir. Sah aus wie ein zugenähtes Brathühnchen.

Mein linker Arm war noch immer gebrochen und in Gips stabilisiert. Man hatte mir erzählt, dass ich mit zehn gebrochenen Rippen auf diese Intensivstation gebracht worden war. Die Brüche am Rücken waren knapp neben der Wirbelsäule. Die Lunge war von den Rippen gequetscht worden. Der Transport hierher, auf diese Station, war, nachdem Lunge und Kreislauf kollabiert waren, der letzte Versuch gewesen, mich zu retten. Durch die kleinen runden Punkte, die ich, nachdem meine Hand losgebunden worden war, als Narben am Rücken und am Bauch fühlen konnte, hatten sie Blut und Wasser aus meiner Lunge gezogen. Erst im allerletzten Moment entdeckten die Ärzte, dass ich auch innere Blutungen hatte. In einer eilig anberaumten nächtlichen Operation hatten sie meine Leber genäht und die Milz entfernt. Erst einen Tag nach der Ankunft in Ústí bemerkten sie den Schädelbasisbruch. Blut war aus meinen Ohren gekommen. Ganz langsam begriff ich, dass ich wider Erwarten überlebt hatte. Zu dieser Zeit der Erkundung meines Körpers wusste ich, wo ich war.

Die Intensivstation hatte die Form eines Kommas, umfasste insgesamt acht Betten. Mein Bett war gegenüber dem Büro, von dem aus die

Schwestern die Herzfrequenzen der Patienten auf Monitoren kontrollierten und wo sie sich beim Nachtdienst hinlegen und schlafen konnten. Zwischen den einzelnen Betten standen weiße spanische Wände auf Rollen. Die meisten Patienten waren bewusstlos. Man hörte nichts von ihnen. Irgendein Licht leuchtete immer, und von meiner Bettstelle aus konnte ich durch ein weit entferntes Fenster ins Freie sehen. Stundenlang starrte ich in jene Richtung. Während all der Zeit in diesem Bett sah ich immer nur einen gleichgültig grauen Himmel. Nebelig war es auch immer. Fern und verwaschen stand ein roter Stern auf dem Dach eines unsichtbaren Gebäudes. Dieser rote Stern blieb über Wochen das einzig bunte Element in meinem Leben.

Ich war in eine andere Welt katapultiert. Die Tage waren durch wiederkehrende Routine geprägt. Wochenlang auf dem Rücken, träumte ich mich auf einen Weg zwischen Wiesen, auf dem ich mir selbst entgegenrannte. So ausgeliefert im Bett liegend, wurden alle Wünsche wahr. Ich war reduziert auf den nackten Körper, der am Leben gehalten wurde. Die Bemühungen dafür nahm ich dankbar an. Im Morgengrauen drehte mich eine Schwester auf die rechte Seite, bettete den Gipsarm irgendwie auf mir und begann, meinen Rücken mit Alkohol einzureiben, um wund gelegenen Stellen vorzubeugen. Ich betrachtete die nassen Streifen auf dem Boden und die langsamen gleichmäßigen Bewegungen der Putzfrau beim Wischen. Es wehte kühl von meinem Rücken her, während ich dem Boden beim Trocknen zusah. Ganz selbstverständlich war alles eins.

Die Nächte waren schwierig. In meiner Lunge steckte noch totes Gewebe, das mein Körper abhusten wollte. Wenn der Husten zu schlimm wurde, musste eine Nachtschwester mit einem Plastikschlauch durch meinen Hals und das Innere der Luftröhre absaugen. Immer und immer wieder. Die Schwester hatte ein Bett aufgeschlagen und versuchte, in Intervallen zu schlafen. Ich war schlaflos. Wenn sie dann, ganz schlaftrunken, an mein Bett kam, ich sie wieder aus dem Schlaf gehustet hatte, war mir das fast peinlich. Zwischen meinen Schnüren und Kanülen fühlte ich mich vollkommen hilflos. Ich steckte in einem ungewissen Körper, dem nicht zu trauen war, der mit sich nicht mehr fertigwurde und ich nicht mit ihm.

Mit den Schwestern, die mir vormals feindselig vorgekommen waren, freundete ich mich an. Als ich irgendwann ziemlich weit wiederhergestellt war, saßen sie um mein Bett herum und blätterten aufmerksam in deutschen Illustrierten, um die sie meine Mutter gebeten hatten. Ich war fast immer gut gelaunt und die Schwestern saßen gerne bei mir, denn ich war die einzige Patientin, die ansprechbar war und nicht woandershin verlegt wurde, wir sprachen nicht die gleiche Sprache, aber wir hatten unseren Spaß zusammen. Als ich ins Krankenhaus eingeliefert worden war, hatte man meine langen Haare abgeschnitten. Auch die dicke Rastalocke, die ich ganz besonders gehegt und gepflegt hatte, war extradicht an der Kopfhaut entfernt worden. Einige Wochen später, nachdem ich wieder das Sitzen gelernt hatte, machten die Schwestern die Bettkante zum Frisiersalon und schnitten mein Haar in Fasson.

Dreimal am Tag wurde ich durch die Nase gefüttert. Ein Schlauch war gelegt worden, der bis hinunter zum Magen reichte. Erst wollte das gar nicht funktionieren, mein Magen verdaute nicht, und ich erinnere mich nebelhaft an die Bemühungen, das Essen in mich hineinzupumpen und dunkelgrün wieder hochzusaugen. Mein Körper kam lange nicht in Gang. Irgendwann gerieten die Essenszeiten, wenn die Schwester mit der dicken Pumpe ankam, zur täglichen Erheiterung. Ich konnte bei den Mahlzeiten, die in mich hineingepumpt wurden, nur erraten, ob sie kalt oder heiß, klumpig oder flüssig waren.

Die Patienten um mich herum waren zu still, um sie überhaupt zu bemerken. Nur von meinem direkten Bettnachbarn bekam ich etwas mit. So wurde eines Tages ein junger Mann nach einem Selbstmordversuch eingeliefert. Mit viel Wodka im Leib habe er sich den Hals an beiden Seiten aufgeschnitten, nur Millimeter vorbei an der Schlagader. Dann habe er sich das Messer in den Bauch gestoßen, um wieder nur knapp neben lebenswichtige Organe zu stechen. Die Tage vergingen wie immer, und nur einmal sah ich, wie hastig blutige Laken über die spanische Wand gehängt wurden. Mein Nachbar hatte wohl ähnlich an den Schläuchen gerissen wie ich. Dann hörte ich ihn immer häufiger mit den Schwestern reden, und eines Morgens zog eine Schwester plötzlich die spanische Wand weg. Nur kurz, aber lange genug, dass wir die Köpfe zueinanderdrehen konnten und er zu mir herüber- und ich zu ihm hinübersehen konnte. In der darauffolgenden Nacht rief er im Dunkeln meinen Namen mit einer leisen, kleinen und ganz weichen Stimme. Am nächsten Tag wurde er verlegt. Kurz danach wurde das Bett neu belegt, und ich erfuhr, dass da ein neunzehnjähriger Junge bewusstlos lag, mit einem Ödem im Hirn. Wenn im Büro gegenüber das Licht ausgeschaltet war, sah ich in den Scheiben die Spiegelung seines Betts. Ich konnte Schemen seines nackten, schmalen Körpers erkennen, die dünnen Beine, die unaufhörlich in Bewegung waren, und wollte kaum glauben, dass er kein Kind mehr war. Eines Tages, als ich wie gewohnt mit meiner Mutter in dem kleinen Raum auf der anderen Seite des Flurs zusammentraf, tönte ein anhaltend lauter Pfeifton aus der Intensivstation zu uns herüber. Ärzte und Schwestern kamen gerannt, um Schläuche und Geräte aus der Ecke zu ziehen. Das ging hastig vor sich, keiner sagte ein Wort, gleich waren sie wieder draußen, während der Ton durchdringend und leicht schwankend durch den Flur und die Zimmer gellte. Nach einer Weile hörte er auf. Etwas später kamen zwei Schwestern zurück. Sie gingen gemächlich, redeten miteinander und bugsierten die Schläuche und die Geräte wieder in die Ecke, wo sie hingehörten. Als mein Bett nach der Besuchsstunde wieder zurückgeschoben wurde, war die spanische Wand zum Nachbarbett entfernt, das Bett leer und neu bezogen. Der Junge war tot.

Den Schreibblock benutzte ich jetzt viel, ich füllte ihn ungeschickt mit Halbsätzen in Deutsch und Französisch. Einer der jungen Ärzte sprach Französisch, der andere etwas Deutsch. Sie schauten häufig bei mir vorbei, die Atmosphäre war gelassen, sie nahmen sich Zeit. Jeden Morgen kam auch die Putzfrau an mein Bett, nahm meine Hand und sah mich still aus großen Augen an, und ich blickte still zurück. Ohne zu wissen, warum sie zu mir kam und meine Hand nahm, genoss ich ihre Besuche. Ich hatte mich in ihre Augen verliebt. Während alles um mich herum schwankte, waren sie mir als einzig Stabiles entgegengekommen. Inmitten meiner Wahnvorstellungen blieben die Augen ruhige Pole. Alles um sie herum drehte sich und flimmerte, wie auf den Porträts von van Gogh. Ich ankerte in den blauen Augen meiner Lieblingsschwester, verliebte mich in die honigfarbenen, braun gesprenkelten Augen eines Arztes, bemerkte sämtliche Schattierungen in den Augen meiner Besucher. Mit meiner verzogenen Perspektive gab es keine Möglichkeit, die Menschen an meiner Bettkante als Gegenüber zu erkennen. Ich sah sie nur lächerlich schräg von unten. Allein ihre Augen, die blieben da, rund, verlässlich und direkt.

Inmitten von Tag und Nacht summenden Maschinen und unsichtbaren, hinter weißen Wänden versteckten Nachbarn lebte ich in einer perfekt organisierten, hermetisch geschlossenen und eigenen Welt. Doch nebenbei lernte ich die Tschechen ganz anders kennen als während der flüchtigen Woche in Prag. Irgendwann hatte ich zufällig mitbekommen, dass an meinem Unfall ein Russe beteiligt gewesen war, und mit der Zeit kam ich dahinter, wie sehr die Tschechen die Russen hassten. Die Intensivstation war ein Widerstandsnest für sich. Da gab es den Chefarzt Dr. Max Kolo, der meinen Eltern und Thomas zum Hotel und den Visa verholfen hatte und der Mitglied in der Kommunistischen Partei war. Ein Mann um die vierzig, mit beginnender Glatze und einem weichen, schon etwas aus den Fugen geratenen Körper. Dr. Kolo war in seiner Freizeit Opernsänger. Er hatte schüchterne braune Augen und eine friedfertige Ausstrahlung. Dr. Kolo sorgte dafür, dass alle politisch Missliebigen ihre Anstellung auf dieser Station behielten. Auf den Treffen der Partei verteidigte er ihre Position und gab an, eben genau jene Unliebsamen zur Aufrechterhaltung des Betriebs unbedingt zu benötigen. Da war der sorgfältige, zurückhaltende Dr. Simon Maly, von dem die Rezeptionistinnen meinen Eltern zugeflüstert hatten, dass seine Mutter dreimal Dr. Mengele entgegengehen musste. Beim dritten Mal habe er sie ausgesondert und ins Gas geschickt. Da war der Französisch sprechende Dr. Jonas Den, ein Mann von erstaunlicher Heiterkeit, dessen Vater ein enger Freund von Alexander Dubček gewesen war. Das allein reichte aus, um dem Sohn jede Entfaltungsmöglichkeit zu nehmen. Und schließlich war da noch Dr. Franz Lípa, der weißhaarige Mann, den ich beim ersten Aufwachen gesehen und der mich beruhigt hatte, als ich noch in der Valiumbetäubung lag. Unter seinem weißen Haar sah ich in dunkelbraune Augen. Dr. Lípa mochte mich sehr und besuchte mich regelmäßig.

Mittlerweile hatte ich genug davon, immer auf dem Rücken zu liegen. Dr. Lípa lenkte mich von meinem Unwohlsein ab, flirtete ein bisschen mit mir und sagte, ich sei wohl die Tochter, die er nie gehabt habe. Bevorzugt kam er zur Mittagszeit, um während seiner Pause an meinem Bett zu sitzen. Die Erzählungen aus seinem Leben kamen mir anfangs wie eine Fortsetzung der Geschichten von Joseph Roth vor. Dr. Lípa war zwei Jahre vor Ausbruch des Ersten Weltkriegs in einer kleinen Stadt im südlichen Böhmerwald geboren worden. Seine Eltern, böhmische Juden, waren Kaufleute, hatten drei Söhne. Die Familie war nicht fromm, aber die höchsten jüdischen Feste wurden gefeiert. Später wollte Franz Lípa selbst entscheiden, an was er glaubte. Er trat in die Kommunistische Partei ein. Die große und stolze Sowjetunion war für ihn Ausdruck einer neuen Gerechtigkeit. Davon versprach er sich als Jude viel. Er studierte in Prag Medizin, promovierte 1938, in dem Jahr, in dem die Deutschen das Sudetenland besetzten. Lípa und seine beiden jüngeren Brüder flohen mit ihren Familien nach England. Aus tiefer Enttäuschung über den Hitler-Stalin-Pakt trat er aus der Kommunistischen Partei aus. Aus Liebe, weil seine Frau, eine Christin, das Heimweh plagte, kehrte er nach dem Krieg zurück in die Tschechoslowakei.

Mit meinen Anfang zwanzig verstand ich nicht viel von seinen philosophischen Erläuterungen, hörte ihm einfach nur zu und fragte manchmal nach, wenn er sich über Marx echauffierte und für Popper begeisterte. Über das Ende der 1930er Jahre ist er bei der Erzählung seines Lebens damals nur selten hinausgekommen. Dr. Lípa wollte mit mir nicht über die Verbrechen der Deutschen sprechen, sondern sich guter Zeiten erinnern. Er schwärmte von den literarischen Salons im Berlin des 18. Jahrhunderts.

Damals standen Frauen im Mittelpunkt des gesellschaftlichen Lebens, und er brachte mich zum Lachen, wenn er ganz ernst sagte, ich wäre doch eine perfekte Salondame. Diese Vorstellung amüsierte mich, wenn ich mich dann im Spiegel sah, dünn und strubbelig mit einem Schlauch im Hals, da bot ich kaum das Bild einer Salondame.

Erst Jahre später wurde mir klar, warum er mir von Rahel Varnhagen und ihrem Salon erzählte. Er wollte an eine glücklichere Zeit erinnern, als Ende des 18. Jahrhunderts Juden und Christen nicht nur zusammen Geschäfte machten, sondern sich in Berliner Salons trafen. Dazu passte, dass Dr. Lípa, der besser Deutsch als Tschechisch sprach, mir Bücher aus seiner Bibliothek mitbrachte. Darunter »Billard um halb zehn« von Heinrich Böll. Es blieb das einzige Buch, das ich während meiner Zeit auf der Intensivstation las.

Was mich mehr beschäftigte als die Bücher, die auf meinem Nachttisch lagen, war die verschwunden gebliebene Bücherkiste. Schriftlich bat ich meine Eltern, in den dritten Stock zu gehen und dort nach meiner Bücherkiste zu fragen. Ich war davon überzeugt, dass sie in einem der dortigen Büros versteckt wurde. Meine Eltern waren ratlos, was es mit meiner unsinnigen Fixierung auf diese Kiste, an die sich niemand außer mir erinnerte, auf sich hatte. Heute weiß ich: Die verlorenen Bücher waren meine Erinnerung an die Tage im Koma.

In dieser Woche, als ich meine Eltern auf Bücherkistensuche schickte, wurde an meinem Hals die Kanüle ausgetauscht. Ich bekam eine Kanüle gesetzt, die mich sprechen ließ. Langsam wurde ich kräftiger, und da war es an der Zeit, Fragen zu stellen.

FORLORN – THOMAS

Hartnäckig weigerte ich mich, an die Rückkehr zu denken. Seitdem Elisabeth und Frieder Pohl aufgetaucht waren, hatte ich es vermieden, Luise zu besuchen. Sie hatte auch nicht nach mir gefragt. Vielleicht hatte sie mich vergessen. Als sie noch im künstlichen Koma lag, beobachtete ich sie manchmal durch das Fenster des kleinen Zimmers. Es beruhigte mich, sie dort ganz still liegen zu sehen und zu wissen, sie lebt. Nachdem sie aufgeweckt worden war, betrat ich die Intensivstation nicht mehr. Wenn ich im Krankenhaus war, saß ich in der Haupthalle herum. Wartete auf Luises Eltern oder beobachtete das Kommen und Gehen der Kranken, der Schwestern, der Ärzte und der Angehörigen. Ging raus, um mit zwei Beinamputierten eine zu rauchen.

Ich gehörte nirgends dazu. War nicht das, was man einen Angehörigen nennt. Genau genommen war meine Anwesenheit nutzlos. Ich hatte mich an Luises Eltern rangehängt, als es um die Verlängerung des Visums und um die Hotelzimmer ging. Ich war geblieben, weil ich Luise, von der ich damals nicht einmal wusste, wo sie war, nicht allein in diesem fremden Land lassen wollte. Als die Eltern gekommen waren, dachte ich, es sei angebracht, ihnen und Luises Geschwistern beizustehen und zu zeigen, dass Luise Freunde hat. Luise ging es endlich besser, und mit jedem Tag, mit dem sie kräftiger wurde, wurde ich überflüssiger.

Elisabeth und Frieder Pohl verbrachten jetzt mehr Zeit im Krankenhaus, Tobias und Pauline waren abgereist, und so ging ich allein spazieren oder saß in einem kleinen, spärlich bepflanzten Park herum und fror. Ich machte mich nützlich, indem ich mich um die Besorgung des Essens kümmerte. Mittlerweile war ich ein stadtbekanntes Gesicht in den Warteschlangen. Ich hatte gelernt, dass es laute, leise, deprimierte, aufgeregte und aggressive Warteschlangen gab. Manchmal glaubte ich, die Spitzel unter den Wartenden zu erkennen. Ich konnte auf Tschechisch grüßen, mich verabschieden, danken, nach Brot, Wurst, Käse und Bier fragen. Mehr wollte ich gar nicht können. Es gefiel mir, umherzugehen und nichts zu verstehen. Irgendwie redete ich mir ein, dadurch empfindsamer zu werden. Bevor ich nach meinem Rundgang aufs Zimmer ging, blieb ich gewöhnlich bei den Damen an der Rezeption stehen. Sie waren für uns fast so etwas wie Vertraute geworden. Tipps gaben sie nur im Flüsterton weiter, und weil das Hotel verwanzt war, knirschten sie immer ein »Rus!« zwischen den Zähnen hervor. Ausdrücklich warnten sie uns, dass unsere Zimmer mit speziellen Abhörwanzen bestückt seien. In den versteckten Gängen des Hotels wechselten wir bei ihnen Deutsche Mark in Kronen. Obwohl sie ansonsten eher gesprächig waren, fiel während dieser Transaktionen kein Wort.

Bei mir gab es nichts abzuhören. Ich hatte meine Energie heruntergefahren. Gewöhnlich lag ich auf meinem Bett und sinnierte im Halbschlaf vor mich hin. Robert, wie er ausgelassen »The Queen is Dead« singt, die lachende Soraya am Küchentisch, die tote Soraya am Steuer, der Klang von Luises Stimme, wie sie plötzlich vom breiten Pfälzisch ins gestochene Hochdeutsch wechseln kann, mein Freund von der Ausleihe der Universitätsbibliothek, der einem mit einem Zwinkern die Mahngebühren erließ, der rote Stern auf dem sowjetischen Raketentransporter, der Blick über das S-Bahngelände vom Dach unseres Hauses, Soraya, wie sie sich aufs Motorrad schwingt, Irenes spitzer Busen, Elenas Zittern, die Haartolle von Jacob Taubes – das alles ging in meinem Kopf durcheinander. Wach brütete ich stundenlang über einer Skizze der Kreuzung, an der der Unfall passiert war. Oder ich studierte die Einrichtung meines Zimmers. In diesem Zimmer konnte man sich nicht zu Hause fühlen. Diese Ungemütlichkeit gefiel mir. Das Bett, der Schreibtisch und die kleine Couchecke waren für ein Wesen aus der Zukunft gedacht. Den sozialistischen Menschen, für den dieses Zimmer vorgesehen war, würde es nie geben. Der gesamte Hotelkomplex mit Automatenrestaurant, Valuta-

Etage, Bankettsaal und Edel-Cocktail an der Bar war eine einzige Lüge. Die Wahrheit waren Mangelwirtschaft, verwanzte Zimmer, dicke, schwefelhaltige Luft, Spitzel und Telefonabhöranlagen. Ich mochte diese heruntergekommene Geschichtsphilosophie und die weltraumartige sozialistische Moderne. Ich wohnte gerne im Hotel Bohemia und kam mir wie in einem real existierenden Labor vor.

Eine der Rezeptionistinnen empfahl uns ein Restaurant, das Westwährung nahm. Die Geschäftsführerin, eine witzige, warmherzige Frau, sorgte dafür, dass wir extragroße Portionen bekamen. Einmal erzählte sie uns, ihr Sohn, ein Musiker, sei auf einem Elbkahn in den Westen geflohen. Er lebte in Hamburg, und wenn sie mit uns sprach, dann fühlte sie sich ihm näher.

Nachdem mein Visum erneut verlängert werden musste, konnte ich nicht umhin, an die Abreise zu denken. Wenn ich ehrlich war, wusste ich sehr wohl, warum ich diesen seltsamen Zustand der Indolenz, in den mich Ústí gebracht hatte, beibehalten wollte. Ich hatte Angst vor Berlin. Was sollte ich den anderen erzählen? Waren Sorayas Sachen noch da? Wer schlief auf ihrer Matratze? Wer war bei ihrer Beerdigung gewesen? Konnte ich überhaupt noch mit anderen zusammen in einem Zimmer schlafen? Was für einen Sinn hatte es überhaupt, philosophische Seminare zu besuchen? Sollte ich nicht besser Medizin oder Jura studieren, um anderen Menschen helfen zu können? War die ganze Besetzerei nicht albern und ohne Zukunft so wie ich?

Was ich hatte, passte in zwei Plastiktüten. Mit Elisabeth und Frieder Pohl tauschte ich Adressen aus. Ich versprach, sie besuchen zu kommen. Ob und wann Luise wieder in Berlin sein würde, sparten wir aus. Nicht einmal jetzt schaffte ich es, mich von Luise zu verabschieden. Ich hatte Angst vor ihrer Frage nach Soraya. Ohne Gruß ließ ich sie zurück.

DIE ENTDECKUNG – LUISE

Es muss eine Art Signal im verwundeten Körper geben, das einen davon abhält, nach der Wahrheit zu forschen, wenn sie schmerzlich ist. Ich wusste nur, dass ein Unfall passiert war. Als ich mich nur schriftlich verständigen konnte, hatte ich an meine Eltern die Frage aufgeschrieben, ob alle anderen okay seien. Mit ihrer schnellen Lüge gab ich mich zufrieden. Heute, viele Jahre später, scheint es mir seltsam, wie sehr ich bereit war, an den mir selbst ausgedachten Ablauf des Unfalls zu glauben. Ich hatte ein eigenes Szenario im Kopf. Alles andere grenzte ich aus, fragte nicht nach, rührte nicht daran.

Meine Eltern hatten meine Freunde und Bekannten gebeten, mir nicht die Wahrheit zu schreiben. Als ich einen Brief von meinem damaligen Liebhaber bekam, wunderte ich mich über seine vielen ungenauen und allgemeinen Schilderungen, doch fiel mir erst einmal nichts auf. Nachdem ich seinen Brief viele Male gelesen hatte, wurde mir jedoch schlagartig klar, dass ich die erste direkte Nachricht aus meinem vorigen Leben in der Hand hielt. Mir wurde eiskalt, und ich spürte, wie sehr ich aus der Welt herausgefallen war. Alles außerhalb meines Krankenhausbettes erschien mir seltsam und sonderbar. Was gehörte eigentlich noch zu mir? Meine Entwürfe für die Zukunft waren hilflose Versuche, meinem geretteten Leben einen Sinn zu verleihen. Vor dem Unfall hatte ich diesen Sinn nicht gesucht. Einfach gelebt. In meiner Verunsicherung über die Zukunft erfand ich mir eine Vergangenheit. Ohne daran zu zweifeln, hielt ich an meiner erfundenen Version des Unfalls fest. Wochen vergingen, mein Körper gewann wieder an Kraft, und irgendwann ging es um die Abreise. Mein Vater sprach davon, dass der fehlende Pass vielleicht ein Problem sein könnte. Da wunderte ich mich, denn unsere Pässe hatten doch im Handschuhfach gelegen. Ich fragte, was mit meinen Freunden sei. Es verging eine qualvoll lange Zeit, ehe mein Vater mir sagte, dass etwas Schlimmes passiert sei. Und meine Mutter flüsterte schnell hinterher, Soraya sei tot.

Am Ende dieses Tages hatte ich Fieber. Ich lag in einer braunen Dunkelheit und sah mit geschlossenen Augen die gelben und mattschwarzen Farben von Prag. Immer wieder ging ich auf die gleiche gelbe Mauer zu. Eine alte, von Gaslicht beschienene Mauer in einer Prager Straße bei Nacht. Immer wieder ging ich auf diese gelb gemauerte Mauer zu, die sich beinahe unmerklich zu einer Kurve krümmte. Da gab die Mauer den Weg frei, aber ich kam nicht weiter, sondern begann stets von neuem auf die Mauer zuzugehen, wie in der Endlosschleife eines Films. Soraya war schon begraben. Sie lag auf einem Friedhof in der Provinz.

Ich merkte, dass ich es nicht schaffte, Soraya in meiner Erinnerung heraufzubeschwören. Sie rutschte weiter und weiter weg. Darüber war ich irritiert und entsetzt zugleich. Ich fühlte mich schuldig, denn es gelang mir nicht, Sorayas Bild festzuhalten. Ich wurde zornig auf sie und auf alle anderen, weil ich nicht weinen und trauern konnte, wie ich es gerne getan hätte. Ganz heiß und trocken lag ich da und dachte an den Tod, der mich in diesem Krankenhaus umgab. Ich zog mich eng zusammen zu einem dichten dunklen Knoten. Da wurde mir alles egal.

Viele Jahre später erinnerte ich mich an Sorayas Körper, an seine Präsenz und Stärke. Ich erinnerte mich an die Bewegung ihrer Hände und an die Zärtlichkeit, die uns umgab, als sie mich einmal zum Scherz hochgehoben und in den Armen gehalten hatte, während sie sich über meinen mageren Körper und mein Leichtgewicht amüsierte.

DIE ÜBERGABE – LUISE

Der Morgen, als man mich entließ, war grau, klamm und kühl. Mit der nagelneuen Metallplatte im linken Oberarm war ich fertig zur Abfahrt. Über den nassen Hof wurde ich zum wartenden Krankenwagen getragen. Ich wunderte mich über die ungewohnte Kälte. Man hatte mir ein Hospitalshemd angezogen. Mit dem Tropf an meinem rechten Arm, der mich schon so lange begleitete, wurde ich in den Wagen gehoben. Aus der Horizontalen warf ich einen Blick auf das Gebäude, in dem ich die vergangenen Monate verbracht hatte. Während der Fahrt sah ich durch die oberen Fensterschlitze des Krankenwagens das Auf und Ab der Telegrafendrähte. Die Bäume wischten vorbei.

Der ruhige, freundliche Dr. Maly begleitete den Transport. Er wie auch der Fahrer des Krankenwagens benötigten besondere Papiere für diese Fahrt. Als Bürger der Tschechoslowakischen Sozialistischen Republik mussten ihnen Erlaubnisscheine ausgestellt werden, um das Niemandsland zur Bundesrepublik betreten zu dürfen. Ich war ihr Passagier: eine Deutsche ohne Dokumente.

Unsere Fahrt ging über Plzeň zur tschechischen Grenze in Cheb. Im Niemandsland zwischen den beiden Staaten spielte sich eine groteske Szene ab. Der Krankenwagen stoppte, die hintere Tür wurde geöffnet, Dr. Maly und der Fahrer stiegen aus, um mich herauszuziehen. Die beiden trugen mich auf der Trage mit meinem baumelnden Tropf über einen weiten Platz. Auf halbem Weg blieben sie stehen und setzten die Trage vorsichtig auf dem nassen Asphalt ab. Sie zogen sich zurück und winkten Ade. Da lag ich auf dem Boden unter offenem Himmel, und um mich herum standen sieben tschechische Grenzsoldaten. Jeder von ihnen mit verschränkten Armen, so standen sie da, und blickten auf mich herab. Ich sah empor an ihren schwarzen Stiefeln, ihren grauen Uniformen und in ihre dunklen Gesichter unter dem hellen Himmel. Keiner sagte ein Wort. Nach einer Weile bemerkte ich zwei Männer in weißen Krankenhauskitteln, die sich von der anderen Seite näherten. Das waren westdeutsche Sanitäter. Sie beugten sich zu mir herunter, hoben mich und meinen Tropf von der tschechischen Trage, um mich sorgfältig auf die mitgebrachte bundesdeutsche Trage zu legen. Dann trugen sie mich über die andere Hälfte des weiten Platzes zu ihrem Rotkreuz-Wagen. Die sieben tschechischen Soldaten ließen uns dabei nicht aus den Augen. Als wir in Richtung Bayern abfuhren, durften Dr. Maly und der Fahrer zurückkommen und ihre Trage wieder mitnehmen.

DER BOTE

Jedes Mal wenn wir das Haus verließen oder nach Hause kamen, sahen wir ihn. Schwarz und glänzend prangte er am Rand des Bürgersteigs. Der Ölfleck. Weil sie dachte, nach einer Woche wieder zurück in Berlin zu sein, hatte Soraya ihr Motorrad vor dem Haus abgestellt. Der Grande holte es ab. Bevor er den Helm aufsetzte und sich auf den Sitz schwang, hatte er Tränen in den Augen. Als er grußlos davongebraust war, entdeckten wir diesen Fleck. Wochenlang sollte er uns an Soraya erinnern. Selbst wenn man sich fest vorgenommen hatte, ihn zu ignorieren, schaute man immer wieder hin.

Ein Freund Elenas hatte uns die Nachricht vom Unfall überbracht. Früh am Morgen hatte er etwas hilflos vor der Tür gestanden. Er hatte geklingelt, aber weil jeder, der ins Haus wollte, zuerst begutachtet wurde, musste er warten, bis endlich jemand aus dem Fenster schaute. In diesem Fall war es Michael, der das Läuten nicht länger ertragen hatte und aufgestanden war. Im fahlen Licht der Morgendämmerung erkannte Michael nicht, wer unten stand. Auch »Giorgio«, wie der Fremde sich auf Nachfrage rufend nannte, sagte ihm nichts. Er spürte jedoch, dass dieser Giorgio eine wichtige Botschaft haben musste. Weil es kalt war, zog sich Michael, bevor er nach unten ging, seinen Mantel über. Vor der Tür stand ein sehr kleiner Mann, der offenbar aufgeregt war. Weil es in dicken Flocken angefangen hatte zu schneien, bat Michael ihn herein. Jetzt, wo er vor ihm stand, erkannte ihn Michael. Giorgio war Küchenhilfe in der nahe gelegenen Pizzeria. Elena hatte davon gesprochen, dass sie über ihn einen Roman schreiben wolle. Giorgio war Clown. Er war nach Berlin gekommen, weil ihm Italien auf die Nerven ging und er gehört hatte, die Berliner würden gerne lachen. Aber leider nicht über ihn, wie er hatte feststellen müssen. Seine naiven Späße trafen den galligen Humor der Berliner nicht. Als Clown konnte er kein Geld verdienen, und deshalb arbeitete er in der Pizzaküche. Giorgio sah immer aus, als ob ihm zum Heulen zumute wäre, und deshalb war Michael nicht weiter verwundert, als er unvermittelt zu schluchzen anfing. In einer abenteuerlichen Mischung aus Deutsch und Italienisch berichtete er von einem Unfall in der Tschechoslowakei. Elena habe ihn aus der deutschen Botschaft in Prag angerufen. Soraya war tot, Luise schwer verletzt, und Thomas wurde von den Sowjets gefangen gehalten. Michael starrte Giorgio minutenlang entgeistert an. Dann drehte er sich wortlos um und stürzte das Treppenhaus hoch. Giorgio, der nicht länger in diesem seltsamen Haus bleiben wollte, schüttelte den Kopf und ging.

Es war eine Sache von Minuten, und alle wussten Bescheid. Wolle und Robert zogen sofort los, um sich ein Visum für die ČSSR zu beschaffen. Von Freunden liehen sie sich ein Auto. Dann packten sie die vielen Bücher, die um Luises Matratze herumlagen, wahllos in eine Tasche und fuhren los. Giorgio wusste nur, dass Elena in Prag war. Wo Luise lag und wo Thomas festgehalten wurde, mussten sie selbst herausfinden. Ihr Plan war, Luise, der es sicher im Krankenhaus langweilig war, ihre Bücher zu bringen. In einem zweiten Schritt wollten sie Thomas aus den Fängen der Sowjets befreien. Wie schlimm es um Luise stand, ahnten sie nicht. An den Tod Sorayas wollten sie nicht glauben, und so fuhren sie eigentlich los, um Soraya zurückzubringen und zu beweisen, dass Giorgio Unsinn erzählt hatte. Als sie an der Grenze den Kofferraum öffnen mussten und die Grenzer anfingen, jedes Buch einzeln zu untersuchen, verfluchten sie ihre Idee. Es stellte sich heraus, dass einige der Bücher in der Tschechoslowakischen Sozialistischen Republik verboten waren. Die Grenzer kannten kein Mitleid mit diesen beiden merkwürdigen Gestalten, die etwas von Notfall und Krankenhaus faselten. Am Ende hieß es, die Bücher dürften nicht eingeführt werden. Erst da verstanden Wolle und Robert die Aussichtslosigkeit dieser Reise. Sie hatten offenbar an die Grenze fahren müssen, um die Realität zu begreifen. Sie sahen sich an und wussten, Giorgio hatte die Wahrheit gesagt: Soraya war tot. Sie packten die Bücher wieder ein, wendeten und fuhren zurück nach Berlin. Wir wunderten uns nicht, die beiden so schnell wieder zurück zu sehen. Es war, als ob sie stellvertretend für uns herausgefunden hatten, dass nichts zu ändern war.

Von Sorayas Beerdigung erfuhren wir zu spät. Ihre Eltern konnten ja nicht wissen, wie man die Bewohner eines besetzten Hauses erreichen konnte. Selbst wenn sie Namen gekannt hätten, wäre die Trauerkarte nicht angekommen, weil wir auf unseren Briefkasten mit Filzstift immer wieder andere Phantasienamen schrieben. Wir hörten von anderen, dass der Grande bei der Beerdigung gewesen war. Doch er kam nicht vorbei, um zu berichten. Er wird geahnt haben, wie wenig uns das interessierte.

Michael war der einzige von uns, für den der Tod den Übergang in eine andere Welt bedeutete. Obwohl er Soraya nur oberflächlich gekannt hatte, fühlte er sich dafür verantwortlich, eine Totenfeier auszurichten. In seinem spirituellen Furor entwarf er ein eigentümliches Ritual, das ihm ausnehmend gut zu gefallen schien. Keiner von uns – nicht einmal Vroni – war dafür zu haben. Als Michael in der nächsten Vollversammlung seine Gedenkfeier vorstellen wollte, drehte Wolle durch. Mit Überschlag in der Stimme schrie er Michael an, dass diese Feier rein gar nichts mit Soraya zu tun habe. Religion und Spiritualität lehnte sie ab, und er, Wolle, werde nicht zulassen, dass man so tue, als ob das anders gewesen sei. Damit war das Thema erledigt. Wir waren heillos überfordert und fanden keine gemeinsame Form der Trauer.

Den Seitenflügel mieden wir. Fast fürchteten wir uns vor Luises Bildern und Skulpturen. Am Küchentisch, an dem früher bis in die Morgenstunden diskutiert worden war, saß Wolle jetzt zumeist allein. Robert war im Theater oder in Sachen Raubdruck unterwegs. Wolle war das recht. Er suchte keine Gesellschaft. Wenn er allein war, dann musste er sich wenigstens nicht unterhalten. Konnte in Ruhe an Fische denken, die im Kreis schwimmen.

Auf Umwegen erfuhren wir, dass Luises Leben auf der Kippe gestanden hatte und es ihr mittlerweile besser ging. Sie lag in einer Stadt, von der wir noch nie gehört hatten. Ústí nad Labem, direkt an der Grenze. Elena war wohl wieder in Berlin, aber sie ließ sich nicht blicken. Thomas war anscheinend von den Sowjets freigelassen worden und kümmerte sich um Luise. Wir hatten keinerlei Vorstellung davon, in was für einer Welt sie gelandet waren. Außer Tibor kannte keiner von uns den Ostblock. Der Einfachheit halber stellten wir uns Ústí wie Ostberlin vor. Der Schnee schmolz, als eine Freundin Elenas Luises Krankenhausadresse vorbeibrachte. Wir sollten Soraya am besten gar nicht erwähnen und nur positiv gestimmte Briefe schreiben, bat sie.

WAS TUN?

Geschossen wurde nicht, wenn auch der Frontverlauf klar vorgezeichnet war. Unsere Niederlage – acht geräumte Häuser, viele Gefangene, Verletzte und ein Toter – war zu groß, als dass wir darüber hätten hinweggehen können. Im Sommer noch hatten wir übermütig auf die angekündigten Räumungen geantwortet: »Wir nehmen die Kriegserklärung an: eine Million Sachschaden pro geräumtem Haus!« Im Herbst dann wollte sich keiner mehr an diese Peinlichkeit erinnern. Wir hatten dieses Ziel nicht einmal annähernd erreicht.

Das Blatt begann sich zu wenden. Wir hatten mächtige Feinde, die mitbekommen hatten, dass wir nicht mit einer Stimme sprachen. Es gab Häuser, in denen die Besetzer bereits das Pflanzkonzept für ihre zukünftigen Dachterrassen planten, und andere, die wie auf der Straße lebten und für die nur die politische Aktion zählte. Die einen wollten unbedingt Mietverträge und die anderen die ganze Welt in die Luft sprengen. In fast jedem Haus gab es Schnorrer und Abgehängte. Sie zogen um Mitternacht zu ihrer Kneipentour los und kamen am Morgen wieder zurück. Tagsüber schliefen sie. Selten waren Frauen dabei. Dafür gab es unter ihnen Lehrlinge, die aus der westdeutschen Provinz abgehauen waren, Studenten, die es seit vielen Semestern nicht mehr an die Uni schafften, Arbeitslose und herumziehende Abenteurer, die behaupteten, Künstler zu sein, und die das große Wort führten. Sie klopften radikale Sprüche, das war es aber auch schon mit der Politik. Ihr Geld ging für Alkohol und Drogen drauf. Vor Gemeinschaftsarbeiten drückten sie sich. Einkaufen und Kochen überließen sie den anderen. Damit kamen sie durch, denn jede Lebensform wurde toleriert. Alle Entrechteten sollten bei uns ihr Recht bekommen. Dann waren da noch die Kitschnudeln, die nur davon schwafelten, ihre Träume verwirklichen zu wollen. Ihre Phantasie bezeichneten sie als ihre schärfste Waffe. War für die Autonomen das massive Vorgehen des Senats eine Kriegserklärung, säuselten sie: »Die Häuser könnt ihr räumen, unsere Erfahrungen könnt ihr uns nicht nehmen!« Speziell über diesen Spruch lachte John sich scheckig.

Die Vertreter der verschiedenen Positionen trafen im Besetzerrat, der Vollversammlung aller besetzten Häuser Berlins, aufeinander. In strikter Abgrenzung zu den Achtundsechzigern, diesen entsetzlichen Besserwissern, die wir gar nicht mochten, gab es keine Führungspersönlichkeiten. Stellvertreterpolitik lehnten wir ab. Wer Zeit, Lust und Interesse hatte, ging hin. Man vertrat sich selbst und irgendwie auch sein Haus. Natürlich gab es Jungs, die große Reden schwangen, aber ein Rudi Dutschke war nicht darunter. Die bewusste Strukturlosigkeit war anfangs unsere Stärke. Der Senat konnte keine eindeutigen Ansprechpartner ausmachen, um auf sie Einfluss zu nehmen. Wie bei uns die Macht verteilt war und wie Entscheidungen getroffen wurden, war den Mächtigen ein Rätsel. Wir waren uns sicher, selbst in den Besetzerrat eingeschleuste Spitzel würden nichts mit dem Geschrei und den undiszipliniert geführten Diskussionen anzufangen wissen. Wir blieben unberechenbar. Lachten uns ins Fäustchen.

Aber nicht nur die offizielle Politik musste sich angesichts unseres Chaos geschlagen geben, auch die Vertreter der versprengten Linken warfen das Handtuch. Die noch aus den siebziger Jahren übrig gebliebenen Hanseln der Parteiaufbauorganisationen glaubten nämlich, sie könnten die Hausbesetzer für ihre Ziele einspannen. Diese Typen, die ihren Parka anscheinend nie auszogen, träumten noch immer vom Anschluss an die Geschichte. Doch wir interessierten uns nicht für die Erweckung der Massen und das geheime Weltwissen der Kommunisten. Lehnten straffe Organisation und Kadergehorsam ab. Für unsere Radikalen waren die K-Gruppen sowieso indiskutabel, weil sie die RAF nicht ernst genug nahmen. Die Spartakisten, Maoisten, Trotzkisten, Stalinisten und Leninisten – freudlose Missionare der kommunistischen Welterlösung – verzweifelten an unserer Heterogenität und Planlosigkeit. Entsetzt mussten sie feststellen, dass es im Besetzerrat weder eine einheitliche Theorie noch eine abgestimmte Strategie über den Umgang mit dem Feind gab. Sie verstanden einfach nicht, dass wir das Prinzip der Repräsentation grundsätzlich ablehnten. Schließlich kapitulierten sie: Aus diesem zusammengewürfelten Besetzerhaufen war keine straff geführte Truppe zu machen. Als immer mehr Häuser dazukamen und irgendwann zweihundert und mehr Besetzer im Besetzerrat saßen, wären eine verbesserte Organisation und etwas Disziplin allerdings hilfreich gewesen. Diskussionen waren da kaum mehr möglich, Konsenslösungen wurden nach Lust und Laune gefunden und kurz darauf wieder verworfen. Was blieb, war ein großes Palaver, das keiner mehr ernst nahm.

Irene gefiel es, dort als eine der wenigen Frauen ständig präsent zu sein. Nachdem nämlich der Besetzerrat im April 1981 auf Drängen der Politischen Staatsanwaltschaft bei einer polizeilichen Durchsuchung festgesetzt und alle Anwesenden – darunter auch der Sohn des Polizeipräsidenten – erkennungsdienstlich behandelt worden waren, haftete ihm ein Hauch von Revolutionsausschuss an. Das genügte, um ihn für Irene unwiderstehlich zu machen. Sie wollte bei uns im Haus den Ton angeben und glaubte, die Beziehung zu den Häuptlingen aus den anderen Häusern würde ihr dabei hilfreich sein. Ihre Paladine Marianne und John kamen mit, obwohl selbst sie die Sitzungen überflüssig fanden. Lars, der unglücklich in Marianne verliebt war, begleitete sie nur einmal dorthin. Sein Großvater war kurz zuvor gestorben, und seine Mutter hatte ihm dessen schwarze Lederjacke geschickt. Um Marianne zu beeindrucken und um cool auszusehen, zog er diese Jacke in den Besetzerrat an. Der Effekt war verheerend. Als einer mit dem Finger auf ihn zeigte und »Ein Zivi!« rief, wusste Lars, die Sache mit Marianne war gelaufen. In seiner Kleinbürgerfahrschullehrerlederjacke sah er wirklich nicht wie ein Streetfighter aus. Keiner hatte ihn davor gewarnt. Ob aus Absicht oder Nachlässigkeit, war nicht auszumachen. Marianne, die eben noch ganz ausgelassen gewesen war, rückte von Lars ab. John verzog sich hinter einen Pfeiler in der hintersten Ecke, und Lars, mittlerweile sehr bleich geworden, stammelte etwas von einem Missverständnis. Erst als Irene sich einschaltete und versicherte, dass er sauber sei, ließ man von ihm ab. Lars wollte daraufhin nichts mehr mit dem Besetzerrat zu tun haben. Auch die Sache mit dem Typwechsel war für ihn ab da erst mal erledigt. Auf Irene jedoch ließ er nichts mehr kommen.

Wir anderen durchschauten schon lange nicht mehr, um was es eigentlich genau im Besetzerrat ging. Wir wussten nur, dass die Auseinandersetzungen zwischen denen, die Mietverträge wollten, und denen, die dies als Verrat brandmarkten, erbittert geführt wurden. Gerüchte kursierten über laute Schreiereien und Prügeleien. Man musste starke Nerven und eine laute Stimme haben, wenn man dort gehört werden wollte. In einem großen, schmucklosen Raum lagerten vorwiegend Männer in Begleitung ihrer Hunde. Man kannte sich zumindest vom Sehen. Fast alle rauchten, die Luft war abgestanden. Fenster öffnen ging nicht, denn der Feind hörte mit. Es konnte lange dauern, bis sich irgendwann einer laut genug mit irgendetwas zu Wort meldete, sodass davon ausgegangen werden konnte, dass die Sitzung eröffnet war. Der Ton war rau und nie herzlich. Um aufzufallen, musste man möglichst radikal auftreten. Es war nervtötend, denn die Wortmeldungen wurden immer wieder durch Hundekläffen, Kindergeschrei und Zwischenrufe unterbrochen. »Halt's Maul!«, »Wichser!«, »Senats-Ärsche!«, »Verhandlerfotze!«. War aber alles nicht so ernst gemeint. Manche konnten gar nicht anders als pöbeln, und andere hatten sich diese Sprache angeeignet, in der Hoffnung, damit möglichst revolutionär aufzutreten.

Die Verhandler argumentierten, dass man Verträge brauche, um eine »selbstbestimmte« Szene überhaupt erst aufzubauen. Die Häuser sollten zukünftig nicht mehr Inhalt, sondern Ausgangsbasis des Widerstands sein. Man darf die Öffentlichkeit nicht durch radikale Aktionen und Parolen abschrecken, sondern muss versuchen, sie für unsere Ziele zu gewinnen, so ihre Argumentation. »Wir müssen ihnen vorleben, dass man den Betonsilos und dem ganzen Konsumdreck etwas entgegensetzen kann.« Ihr Mantra war, wir dürften das Erreichte – die Häuser – nicht durch den Einsatz von Gewalt gefährden. »Alles, was nicht Kampf ist, ist verquirlte Müsli-Scheiße! Die Bewegung sitzt im Knast. Moabit ist voll mit unseren Leuten. Das Wichtigste ist, dass sie freikommen. Fuck Mietverträge!«, war die Antwort darauf. Die Nichtverhandler lehnten eine Legalisierung ab. Ihnen ging es um Enteignung. Und eine Enteignung setzt die Bestimmung eines Gegners voraus. Diesen Gegner hatten die Verhandler nicht, denn sie sahen in den Hauseigentümern ihre zukünftigen Partner. Wir Nichtverhandler waren dagegen davon überzeugt: Mietverträge rauben der Bewegung ihre politische Kraft und Energie. Militanz und gelebter Hass haben mehr bewegt als friedlich vorgetragene Kritik. Gewalt ist ein Instrument zur politischen Veränderung. »Wir können die unwürdigen Lebensverhältnisse nur ändern, wenn wir das System umfassend angreifen mit dem Ziel, den bürgerlichen Staat zu zerschlagen«, hieß es wohlformuliert aus der Ecke der zukünftigen Politprofis. »Das Einzige, wovor die pigs Schiss haben, ist Krawall. Wann kapiert ihr Verhandler-Wichser das endlich!«, kam unmissverständlich hinterher. Quälend lang zog sich dieser immer gleiche Schlagabtausch hin. Wir waren in einer Endlosschleife gefangen: Wurde verhandelt, folgten polizeiliche Durchsuchungen, auf die wir mit gewalttätigen Demonstrationen antworteten. Die Polizei haute drauf, provozierte und machte Gefangene. Wir Nichtverhandler forderten daraufhin, die Verhandlungen so lange zu unterbrechen, bis die Gefangenen frei sein würden. Verhandelte man weiter, so ließe man die, die für uns im Knast saßen, im Stich. Dieses Argument jedoch beeindruckte die dialogbereiten Akteure schon lange nicht mehr, weshalb sie ihre Verhandlungen mit den Eigentümern gerne geheim hielten.

»Sogar Beuys will zu uns gehören«, bemerkte John betont lässig, als er von einer Sitzung des Blockrats zurückkam. Die Besetzer aus der D 39 seien ziemlich aufgedreht gewesen. Joseph Beuys habe die Patenschaft für ihr Haus übernommen. Er werde sie demnächst in der Dennewitzstraße besuchen kommen. Sogar John kannte Beuys und fand ihn gar nicht so schlecht. Weniger sein Gerede von der »neuen sozialen Zukunft« als seine Aufmachung. Das mit dem Hut, der Weste und den Stiefeln gefiel ihm. Eigentlich lehnte unser Haus Paten ab, aber bei Joseph Beuys wurden wir dann doch neidisch. Robert meinte, dass wir Hausbesetzer das wichtigste energetische Element Berlins seien und perfekt zur Beuys'schen Programmatik der Durchdringung von Kunst und Leben passen würden. Damit hatten wir ein Argument, um unseren Neid zu kaschieren. Beuys hängte sich nur an uns ran, um seine Strahlkraft zu erhöhen. Er kam dann auch wirklich auf einen Kaffee bei seinen Patenkindern vorbei, verteilte Lob und fand alles prima. Danach eilte er in die Arme unserer Feinde. Ein Berliner Unternehmer, für uns ein Spekulant der übelsten Sorte, präsentierte »seine Künstler«, nämlich Beuys, Rauschenberg, Twombly und Warhol in der Neuen Nationalgalerie. Da eines seiner Häuser besetzt war, sprach der Freund der Künste nur schlecht von uns. Wir waren unter seinem Niveau. Beuys störte sich nicht daran. Er nahm die Honneurs seines Sammlers entgegen und ließ sich von ihm als ein Künstler feiern, der »die Ängste der Zeit« kennt. Beuys hatte uns verraten. Diese Geschichte war ein Beweis dafür, dass wir uns nicht vor den Karren irgendwelcher Prominenter spannen lassen sollten.

Lummer und von Weizsäcker ließen die Muskeln spielen. Häuser wurden unter fadenscheinigen Gründen geräumt, der Widerstand dagegen brutal niedergeknüppelt, und dann rollte die Prozesslawine an. In nächtlichen Diskussionen in der »home bar« spekulierten wir darüber, dass einige Vorzeigehäuser bleiben würden, während andere mit möglichst viel Getöse geräumt werden würden. Welche auf der einen und welche auf der anderen Seite stehen würden, darüber stritten wir lautstark, führten wöchentlich sich ändernde Listen und schlossen Wetten miteinander ab. Allerdings hatten wir den Überblick verloren. Selbst im Besetzerrat wusste man nicht, auf welchem Verhandlungsstand sich die einzelnen Häuser befanden und wie die exakte Gewichtung zwischen Nichtverhandlern und Verhandlern war. Buchhaltung war unsere Sache nicht. Doch noch waren wir stark. Im Februar 1982 waren 139 Häuser in unserer

Hand. Gemäß dem Motto »Teile und herrsche« hatte der Senat begonnen, zwischen den guten Besetzern, die ihre Häuser zügig und ordentlich sanierten, und den bösen Besetzern, den gefährlichen Gewalttätern, zu unterscheiden. Im Politikerjargon nannte man das »Differenzierungsprozess«. Sie konnten die fleißigen, friedliebenden jungen Menschen gar nicht genug loben, so wie ihnen kein Klischee zu grob war für die kriminellen Elemente, die angeblich den Rechtsfrieden der Stadt gefährdeten. Auf keinen Fall durften wir ihnen in die Falle gehen und uns auseinanderdividieren lassen. Also rauften wir uns immer wieder zusammen.

Der Besetzerrat wurde schließlich entmachtet. Er war nicht mehr zeitgemäß. Zu groß, zu schwerfällig, weitgehend inhaltsleer. Um rascher und flexibler agieren zu können und um unsere Schlagkraft zu erhöhen, bildeten sich kleinere Organisationseinheiten. Wir befanden uns in einem Gespinst aus Blockräten, Kiezräten, Betriebsräten, Sanitäter-, Handwerker-, Knast- und RAF-Hungerstreikunterstützer-Gruppen, Action-Plena sowie verschiedenen Ausschüssen. Dazu kamen die Vollversammlung im Haus sowie Treffen mit der Wohngruppe, um Alltägliches, aber auch Politisches zu diskutieren. Prinzessin Crumb war die Erste, die dieses Leben nicht mehr durchhielt. Auf einer Hausversammlung überraschte sie mit der Ankündigung, dass sie bald ausziehen werde. Als Grund gab sie an, sie wolle einfach mal wieder ihre Ruhe haben. Keine Kämpfe um das Putzen der Toilette, keine Wochenenden mit endlosem Renovieren, keine Batterie leerer Weinflaschen und voller Aschenbecher auf dem Küchentisch am Morgen, keinen Zwang, politisch zu sein, keine Angst vor überraschenden Polizeidurchsuchungen, keine Nachtwachen und keine stundenlangen Vollversammlungen. Das Besetzerleben war ihr zu anstrengend. Sie sehnte sich nach der Ruhe und Sicherheit einer Zweizimmerwohnung. Ob wir das spießig fänden oder nicht, sei ihr reichlich egal, schloss sie. John stöhnte laut »Typisch Scheißadel«. Clarissa reagierte darauf, wie sie es in ihren Kreisen gelernt hatte, nämlich mit Contenance. Sie schaute John nur gelangweilt an. Von solch einem Würstchen lass' ich mich nicht provozieren, hieß das. Prinzessin Crumb war wohl nicht nur der geduldige Gemütsmensch, für den wir sie gehalten hatten. Zu unserem Erstaunen verfügte sie über einen ererbten Vorrat an aristokratischen Manieren. Wahrscheinlich hatte sie auch genug davon, jedes Abenteuer Michaels hautnah mitzubekommen. Seine Königinnen der Nacht saßen nämlich mittags, wenn Clarissa von der Uni kam, mit glasig-verzücktem Blick am Küchentisch und himmelten ihren Tantrameister an.

Clarissa zog also aus und kam nicht einmal mehr zu Besuch vorbei. Das Kapitel Besetzen war für sie erledigt. Michael nervte uns noch eine Zeit lang mit seinem Getrommel und Trauergesang. Danach nahm er sein altes Leben wieder auf. Für Clarissa kamen Lynn und Jan, ein Paar immerwährender Jugendliebe. Lynns Vater war ein Hamburger Architekt. Er bewunderte Max Frisch und nannte seine Tochter nach der jungen Amerikanerin aus »Montauk« Lynn. Lynn war apart. Sie hatte dunkle Haare, fast schwarze Augen und strahlte blasse, hanseatische Wohlerzogenheit aus. Wenn sie, dünn und zerbrechlich, vor einem stand, konnte man sich nur schwer vorstellen, dass sie mehrmals von zu Hause abgehauen und durch halb Europa getrampt war. Ihr Fernweh hatte sich erst gelegt, nachdem sie Jan kennengelernt hatte. Ausbildung oder Studium interessierte sie nicht. Tagsüber zeigte sie sich selten. Erst wenn die Sonne untergegangen war, erwachte ihr großartiger Humor. Dann brachte sie uns alle zum Lachen. Lynns Liebe zu Jan war zwanghaft. Ihre gesamte Lebensenergie ging damit drauf, an diese Liebe zu glauben. Das Geld für beide verdiente Jan als Fahrer bei einer Firma für Medizinbedarf. Ansonsten tat er so, als ob er ihren Liebeswahn nicht bemerken würde. Jan war Ostfriese, klein, blond und kräftig. Mit Krampfadern an kalkweißen Beinen. Er war der geborene Pfuscher. Radios, Automotoren, Plattenspieler, Klodeckel, Wasserleitungen, Haustüren, Fahrräder – es gab nichts, was er nicht reparieren konnte. Das funktionierte dann irgendwie, aber nie lange. Dass keine seiner Reparaturen von Dauer war, ignorierte er großzügig. Innerhalb nur kurzer Zeit gelang es ihm, eine wichtige Position im Haus einzunehmen. Seine ausgeprägte kriminelle Ader war eine Bereicherung. Jan hatte ein großes Arsenal von Stempeln und Ausweisen gesammelt. Bei Bedarf fälschte er Fahrkarten für U-Bahn und Bus, aber auch Eintrittskarten fürs Kino oder für Konzerte. Während seiner täglichen Fahrten durch die Stadt hielt er auf Baustellen Ausschau nach Materialien, Werkzeugen und Geräten, die wir gut würden gebrauchen können. Sein größter Coup war der nächtliche Diebstahl einer neuen elektrischen Sägemaschine. Wie ein Ufo aus einer anderen Welt stand sie silbrig glänzend neben Luises Bricolage-Skulpturen mitten in unserem schäbigen Hinterhof. Wir waren alle mächtig stolz auf sie.

Jan sah man fast nur im Blaumann, und über Volker hieß es, er lasse seine schwarze Lederjacke auch zum Schlafen an. Dass er Volker hieß, wussten nur seine engsten Freunde. »Volker« erinnerte ihn an »Volk« und war somit faschismusverdächtig. Alle kannten ihn nur unter seinem Nachnamen Rabensteiner, abgekürzt Rabe. Wolle hatte ihn von einer ausschweifenden Demonstration mitgebracht. Rabe suchte Unterschlupf für eine Nacht. Ab dann kam er immer wieder. Im Hinterzimmer unserer »home bar« lag eine Matratze, und dort schlief er bei Bedarf. Rabe war Ostberliner. Die Schilderungen seiner Flucht in den Westen wechselten je nach Tagesform. Einmal waren sie im Kofferraum eines Autos und ein anderes Mal im Tunnel nach Westberlin abgehauen. Am einen Tag hatte er seinen Vater und am anderen Tag seine Mutter drüben zurücklassen müssen. Keiner sprach ihn auf diese Ungereimtheiten an. Das waren doch nur Geschichten. Rabe glich einem schlauen Tier. Klein, flink, behände, immer in Bewegung. Er hatte ein hervorspringendes Gesicht, tiefe Lachfalten, nur noch wenige Haare, schwielige Hände und berlinerte ungeniert. Arbeiten ging er nicht. Was er konnte, hatte er auf der Straße gelernt. In der Szene war er bekannt wie ein bunter Hund. Angeblich war er an der Entführung von Peter Lorenz beteiligt gewesen und unterhielt Kontakte in den politischen Untergrund. Rabe war eine Berliner Knallcharge: schlagfertig, witzig und charmant. Außer unserem Haus gab es noch zwei weitere Verstecke, wohin er regelmäßig verschwand. Gezielt lachte er sich unglückliche junge Frauen an, gerne Erzieherinnen oder Krankenschwestern, die einsam in ihren aufgeräumten Zweizimmerwohnungen in einer städtischen Wohnanlage saßen. Rabe betörte sie, kam bei ihnen in der Vorstadt unter. Farbfernseher, Toaster, Sofa, Dusche. Er legt die Beine hoch, bekommt regelmäßig warmes Essen, schaut zum Fenster raus, schläft im Doppelbett mit Daunendecke. Die Frauen haben einen, der sie unterhält und den sie bemuttern können. Hat er genug davon, haut er einfach wieder ab. Hinterlässt keinen Abschiedszettel auf dem Küchentisch. Wenn er nach Weichspüler roch, dann wussten wir, dass er wieder eine Auszeit in den Suburbs hinter sich hatte.

Sein anderes Versteck war die Psychiatrie. Rabe war amphetaminabhängig. Wenn ihm alles zu viel wurde, ging er zum Entzug ins Urban-Krankenhaus und ließ sich wieder aufpäppeln. Attackierte er uns offen als Spießer, dann wussten wir, dass es bald wieder so weit war. In diesem schwierigen Zustand begann er von dem Haus zu schwärmen, in dem er zuvor gewohnt hatte. Das sei »hardcore« gewesen, tönte er. Treppengeländer und Treppenstufen im Hausflur hatten sie verfeuert, weshalb man sich an einem Seil in den Wohnbereich hochschwingen oder hochklettern musste. In die Böden und Decken auf der rechten Seite hackten sie Löcher, drehten im vierten Stock das Wasser auf und hatten große Freude an ihrem Wasserfall. Es sollte keinen privaten Raum geben, weshalb sie nur wenige Wände stehen ließen und auch die Toilette offen einsehbar war. Möbel hatten sie so gut wie keine. Eigentlich ernährten sie sich nur von Bier oder löffelten ab und an eine kalte Dose Ravioli. Man konnte sich nur schreiend verständigen, weil Tag und Nacht der Polizeifunk durchs Haus dröhnte. Bei einsetzender Dunkelheit schalteten sie ein Stroboskop an, das ununterbrochen blitzte. Wenn man Rabe vor sich sah, beim pausenlosen Reden nervös imaginäre Locken auf seinem fast kahlen Kopf drehend, konnte man glauben, dass dieses Haus seinem inneren Zustand entsprach, und fast konnte man Mitleid mit ihm bekommen. Doch egal, wie schlecht es ihm ergangen war, nichts hielt ihn davon ab, sich vor der nächsten Demo wieder vollzupumpen. Unter dem Einfluss der Drogen wurden seine Aktionen immer aggressiver. Es war ihm gleichgültig, wenn er Menschenleben gefährdete. Auf Versammlungen hielt er radikale Brandreden und wiegelte die anderen auf. Trotz seines auffallend gewalttätigen Verhaltens wurde er kein einziges Mal verhaftet. Unter vorgehaltener Hand kursierte das Gerücht, Rabe sei ein Polizeispitzel und werde als Agent provocateur bezahlt. Wir mochten ihn und taten dieses Gerücht als Ausdruck der um sich greifenden Hysterie ab.

Wenn man mit John einen Abend in der »home bar« verbracht hatte, schaute man vor dem Schlafengehen unters Bett, ob dort nicht einer vom Staatsschutz lag. So war ihm aufgefallen, dass eine Wohnung im Haus gegenüber leer stand. John war der felsenfesten Überzeugung, darin habe sich der Staatsschutz eingenistet. Bei dieser Entfernung sei es kinderleicht, Richtmikrophone zu installieren, um uns abzuhören. Er sei drüben im Treppenhaus gewesen und habe festgestellt, dass man uns in die Fenster sehen könne. Auch die Haustür habe man von dort aus im Blick.

Politik und Justiz gaben uns genügend Anlass, John zu glauben. Die Abteilung P, die Politische Staatsanwaltschaft, agierte noch im Krisenmodus des Deutschen Herbstes. Staatsanwalt Walter Wagner, ein eher mittelmäßiger, aber jung-dynamischer Jurist, tat sich dabei besonders hervor. Besetzte Häuser waren für ihn Fluchtburgen, die Kriminellen und Terroristen Unterschlupf boten. Politiker, die vor der leichtfertigen Kriminalisierung junger Frauen und Männer warnten, verhinderten oder verzögerten seiner Ansicht nach ein hartes Vorgehen gegen Kriminelle und Gewalttäter. Auf seine Anträge hin kam es zu Durchsuchungen, bei denen das Sondereinsatzkommando (SEK) beteiligt war und Scharfschützen auf den umliegenden Dächern positioniert wurden. Er machte sich gerne höchstpersönlich vor Ort ein Bild von der Lage. Die Anwendung von § 129 StGB (Bildung einer kriminellen Vereinigung) sowie § 129 Absatz 5 (Unterstützung einer terroristischen Vereinigung) ermöglichte es den Hardlinern, bereits bei Anfangsverdacht auf Vorbereitungshandlungen, das heißt einer organisatorischen Verbindung zu einer Vereinigung, die auf Begehung schwerer Straftaten abzielt, Ermittlungsverfahren einzuleiten. Zusätzlich fanden § 123 Hausfriedensbruch, § 124 Schwerer Hausfriedensbruch, § 125 Landfriedensbruch und § 125 a

Schwerer Landfriedensbruch Anwendung. Der Einsatz von § 14 des Allgemeinen Gesetzes zum Schutz der öffentlichen Sicherheit und Ordnung (ASOG) in Berlin war Ausdruck purer Willkürherrschaft, ein Gummiparagraph. Jederzeit konnten Maßnahmen angeordnet werden, um die Gefährdung der Sicherheit und Ordnung, die von den besetzten Häusern ausging, zu beenden. Die Berliner Polizei, die der Politischen Staatsanwaltschaft zuarbeitete, konnte willkürlich Durchsuchungen ansetzen. Nicht einmal der Hausbesitzer musste zuvor verständigt werden. Diese gezielte und strategisch motivierte Kriminalisierung machte Angst. Uli brachte es nüchtern auf den Punkt: »Jeder von uns kann in den Knast gehen.«

Wir mussten uns vorsehen. Nachtwachen gehörten zu den wenigen Aufgaben, die nicht nach dem Prinzip der Freiwilligkeit verteilt wurden. Die erste Schicht ging von 23 bis vier Uhr und die zweite von vier bis zehn Uhr. Die Einsatzpläne hingen in jeder Küche aus. Vroni, die kaum Schlaf brauchte, hatte ihr Zimmer für Nachtwachen zur Verfügung gestellt. Wenn man mit ihr nicht auskam, ging man eine Etage tiefer in die Küche von Lars. Man saß am Fenster, starrte auf die dunkle Straße. Die Lichter in den Wohnungen gegenüber gingen aus, die Nachbarn legten sich schlafen. Nachtwachen waren ein einsames Geschäft. Aber im Gegensatz zum Nachtportier konnte man sich nicht der Melancholie überlassen. Bei jedem Geräusch schreckte man auf, fürchtete Angriffe und Attacken. Wir hatten im Haus kein Telefon, aber Funkgeräte, mit denen wir uns mit den Nachtwachen der anderen Häuser verständigten. Wurde ein Überfall auf ein Haus gemeldet, musste man kurzerhand entscheiden, ob man das ganze Haus aufweckte oder weiterschlafen ließ. War man bei Vroni, sorgte sie durch ihr Geplauder für Unterhaltung. In der Küche einen Stock tiefer hatte man seine Ruhe und konnte lesen. Alle halbe Stunde musste man einen Rundgang mit der Taschenlampe antreten, den Hof und den hinteren Teil des Hauses abchecken. Das hielt einen wach. Keine von uns gab zu, dass die Rundgänge durch das große, dunkle, labyrinthische Haus unheimlich waren. Wenn man es hinter sich hatte, war man froh, wieder bei der vergnügten Vroni zu sitzen. Zusätzlich waren fahrende Nachtwachen eingerichtet worden. Fast in jedem Haus gab es ein altersschwaches Auto, oder man lieh sich eines von Freunden oder Unterstützern aus. Damit klapperte man zu zweit eine Route besetzter Häuser sowie die Fuhrhöfe der Polizei ab. Aufgabe der fahrenden Nachtwache war es, die Truppenbewegungen des Feindes sowie Zusammenrottungen von Neonazis, Bürgerwehren und Skins zu melden. Natürlich hörten wir den Polizeifunk ab. Fuhren auffällig viele Mannschaftswagen samt technischen Fahrzeugen los, war eine Räumung oder Durchsuchung zu befürchten. Anfangs war es abenteuerlich, mit einem Funkgerät durch die leere, nächtliche Stadt zu fahren und unsererseits die Polizei zu überwachen. Die oberste Regel lautete, dass man die Funkgeräte nur bei drohender Gefahr benutzen durfte. Sie gehörten zu unserer militärischen Ausrüstung und waren nicht zum Vergnügen gedacht. Führte eine Buslinie an einem Fuhrpark der Polizei vorbei, setzten sich zwei von uns am frühen Morgen in den Bus und fuhren mehrmals die Linie ab. Vom Busoberdeck konnte man über die Mauern in den Hof spähen. Die knisternden, scheppernden, überdimensionierten Funksprechgeräte trugen wir in Einkaufstaschen mit uns. Die Nachtwachen gaben uns das Gefühl, nicht wehrlos gegen die polizeiliche Übermacht zu sein. Im Notfall halfen sie jedoch keine Durchsuchung oder Räumung abzuwenden.

Sie mussten nicht klopfen. Wenn sie mit ihren Mannschaftswagen in die enge Kopfsteinpflasterstraße einbogen, waren wir schlagartig wach. Anfangs gerieten wir noch bei jedem Müllauto, das vorfuhr, in Panik, doch mittlerweile hatten wir gelernt, die Motorengeräusche zu unterscheiden. Meistens kamen sie dienstags. Beim Blick aus dem Fenster sahen wir die von Wannen gesäumte Straße. Eine Wanne stand an der anderen, Anfang und Ende der Straße waren gesperrt. Um den hinteren Teil unseres Hauses im Auge zu behalten, positionierten sich Polizisten auf den Dächern. Ein Entkommen war unmöglich.

Über unsere mögliche Gegenwehr waren die Meinungen verschieden. John prahlte, er werde nie und nimmer den Bullenschweinen die Tür öffnen. Ihm schlossen sich viele – darunter überraschenderweise auch Lars und Vroni – an. Uli war es, der ihnen mit viel Geduld beibrachte, dass wir uns damit nur selbst schaden würden. Wenn wir nicht öffnen, dann drücken sie mit ihrem Räumfahrzeug ganz einfach die Tür ein. Was machen wir dann? Wir haben kein Geld, um die große Haustür zu reparieren. Das Haus würde tage-, vielleicht wochenlang offen stehen. Wir wären schutzlos unseren anderen Feinden, den Bürgerwehren und den Neonazis, ausgesetzt. Diesem Argument konnte sich keiner entziehen. Schweren Herzens einigten wir uns darauf, ihnen die Tür zu öffnen, bevor das Türholz krachte. Mit dem Öffnen durfte man sich jedoch nicht allzu viel Zeit lassen. »Achtung, Achtung, hier spricht die Polizei!«, dröhnte das Megaphon. Spätestens jetzt hingen die ersten Nachbarn am Fenster. Glotzten neugierig, warteten lüstern auf Verhaftungen. Ungeduldig hämmerte der Einsatzleiter gegen die Tür. War sie erst einmal geöffnet, veränderte das unsere Situation in Sekundenschnelle: Wir wurden zu Gefangenen. Unserem Gefühl nach waren es Hunderte, die polternd mit ihren schweren Stiefeln ins Haus eindrangen. Standen mehrere Räumungen an, waren bis zu zweitausend Polizeibeamte im Einsatz. Bei einer Routine-Durchsuchung fielen sie mit einer Hundertschaft ein. Diese Feiglinge! Man hörte sie überall: im Hinterhaus, im Hof, in der »home bar«, im Seitenflügel und im eigenen Schlafzimmer. Sie waren in voller Montur, ihre Funkgeräte piepsten, und sie riefen sich gegenseitig blöde Scherze und schnittige Kommandos zu. Schlaftrunken, häufig leicht bekleidet, stand man der bewaffneten Staatsmacht gegenüber. Auf der Suche nach uns drangen sie bis in die letzten Winkel des Hauses vor. Türen wurden aufgerissen, mit lauter Stimme und im Befehlston wurde man angeherrscht, sich etwas überzuziehen und zu folgen. Wir wurden einzeln abgeführt. Es muss ein seltsames Bild gewesen sein, die Überzahl dieser gepanzerten grünen Männer und dazwischen wir verstörten Gestalten, halb nackt oder in Decken gewickelt, frierend und mit Schlaf in den Augen.

Zur Sammelstelle erkoren sie regelmäßig unseren Gemeinschaftsraum. An der Tür und am Balkonfenster wurden Wachen aufgestellt. Mit unbewegten Gesichtern standen sie da. Was sie dachten, konnte man ihnen nicht ansehen. Der Polizeipräsident meinte in einem Interview, seine Beamten würden durch diese Einsätze die alternative Szene kennenlernen. Das klang für uns nur zynisch. Beim Gang zur Toilette wurde einem einer von ihnen zur Seite gestellt. Wie bei Schwerverbrechern. Nachdem wir festgesetzt waren, betraten erst die wichtigen Akteure das Haus, die Herren der Politischen Staatsanwaltschaft, gierig auf Hinweise, die es ihnen erlauben würden, § 129 anzuwenden. Wir waren entspannt, denn wirklich wichtiges Material lagerten wir außerhalb in Wohnungen von Freunden oder in Schließfächern am Bahnhof. Sie brauchten Stunden, um all die Tagebücher, Flugblätter, Liebesbriefe, Seminararbeiten, Küchenbücher und Protokolle zu lesen. Fotos wurden beschlagnahmt. Wir sollten sie nie wieder zurückbekommen. Um sich keine Chance, uns zu kriminalisieren, entgehen zu lassen, brachten sie Monteure der Bewag, der Gasag und der Wasserwerke mit. Ihre Aufgabe war es, unserem Strom-, Gas- und Wasserdiebstahl auf die Schliche zu kommen. Hatte man Pech, zerstörten sie die Steigleitungen, stellten das Wasser ab und kappten den Gasanschluss. Auch die Sheriffs von der Gebühreneinzugszentrale waren mit von der Partie. Wir warteten derweil über den Raum verteilt, sitzend, stehend oder liegend. Entweder wir schwiegen, oder wir rätselten darüber, ob dies eine Räumung oder eine Durchsuchung werden sollte. Sicher konnte man sich nie sein, denn rasch konnte aus einer Durchsuchung eine Räumung werden. Zum Tross der Polizei gehörte ein Bautrupp, der bereitstand, um in diesem Fall Fenster und Türen zuzumauern. Auch nach wiederholten Durchsuchungen konnten wir kein System erkennen, warum es gerade uns erwischt hatte. Die Politik und die Justiz dürsteten nach Informationen. Horst Herold, der doktormabuseartige Chef des Bundeskriminalamtes und Erfinder der Rasterfahndung, hatte mit seinen Computerfahndungsmethoden neue Maßstäbe gesetzt: Terrorismusbekämpfung bedeutet Informationsgewinnung und Informationsverarbeitung. Sein Versprechen: »Wir kriegen sie alle.«

Eine Folge davon: Hunderte Durchsuchungen der besetzten Häuser. Mit Informationen über uns sah es nämlich schlecht aus. Ohne erkennungsdienstliche Behandlung wussten Polizei, Politik und Politische Staatsanwaltschaft nicht, wer die Hausbesetzer eigentlich waren. An unseren Türschildern standen Namen wie B. Setzer, A. Narcho, Reiner Unsinn, Che Guevara oder Karla Kaos. Die Fluktuation in den Häusern war groß, sodass auch regelmäßige Beobachtung nur unzureichende Informationen lieferte. Nicht jeder, der im Haus verschwand, war ein Besetzer. Erschwerend kam hinzu, dass wir ausgiebig mit unserem Aussehen experimentierten. Wir amüsierten uns, wenn die Bullen Schwierigkeiten damit hatten, zu erkennen, ob der brave junge Mann mit dem Pagenschnitt auf dem Passbild derselbe war wie der, der jetzt mit einem grün gefärbten Irokesen vor ihnen stand.

Wenn mit dem Finger auf einen gezeigt wurde, musste man folgen. Gewöhnlich diente eine der Küchen als Verhörraum. Zuerst an die Wand stellen zum Fotografieren, dann die Fingerabdrücke und schließlich die Angabe der Personalien. Viele der Beamten waren in unserem Alter. Für uns sahen sie alle gleich aus. Schmerbäuchige Idioten. Es kam zu komischen, aber auch dramatischen Situationen. Vroni spielte ihre mondäne Weiblichkeit gekonnt aus. Unvergessen, wie sie in breitem Wienerisch dem Preußen neben ihr eins auswischte. Als er sie abführte, murmelte sie für alle gut hörbar vor sich hin: »Schlechtes Rasierwasser. Billiges Zeugs.« Der Junge in Uniform neben ihr zuckte zusammen und wurde knallrot. Natürlich war es Michael, dem angeblich einer der grünen Männer verstohlen zugeflüstert hatte, dass er uns großartig finden würde. Irene lachte Michael dafür aus. Völlig ungerührt von dem Aufgebot der Staatsmacht war Fouad. Mit lässiger Eleganz und gelangweilter Miene musterte er die Polizisten in ihrem öden Outfit. Mit seinem Blick drückte er seine ganze Verachtung aus. John dagegen tigerte im Zimmer umher und drohte jeden Moment auszurasten. Seine Dompteurin Marianne redete beruhigend auf ihn ein. Bei einer der Durchsuchungen war zufällig eine von Johns Gelegenheitsgeliebten im Haus. Wie sich herausstellte, war sie nur wenig tauglich für den revolutionären Alltag. Leise vor sich hin weinend und zitternd vor Angst fragte sie, ob sie jetzt überhaupt noch Lehrerin würde werden können. John schnauzte sie an, sie solle den Mund halten. Die Situation war ihm schrecklich peinlich. Irene und Marianne warfen sich einen wissenden Blick zu. Warum ließ sich John auch mit einer Pädagogikstudentin ein? An der zarten, aber unbeugsamen Lynn bissen sie sich die Zähne aus. Sie schrie wie verrückt, schlug um sich und versuchte, die Beamtin zu beißen. Wollte sich nicht von einer, wie sie es nannte, Fascho-Tante im After herumfummeln lassen. Der Einsatzleiter hatte eine Ganzkörperuntersuchung angeordnet und sie zusammen mit zwei Beamtinnen in ein separates Zimmer geschickt. Das war reine Schikane. Es gab keinerlei Hinweise darauf, dass Lynn Drogen oder Kassiber versteckt haben könnte. Ihre Gegenwehr war zu heftig, und sie ließen von ihr ab. Als lächelnde Siegerin kam sie zu uns zurück. Wir saßen da mit geballten Fäusten. Sprachlos und voller Wut.

Die Prozedur konnte sich bis zu sechs Stunden hinziehen. Es war eine einzige Demütigung. Wir hörten, wie sie sich Witze über uns zuriefen und sich über uns lustig machten. Wir waren die Anderen. Die Kriminellen. Die Terroristen. Die Unnormalen. Fassungslos kommentierte einer von ihnen Luises Skulpturen: »Die spinnen, die nageln Schrippen ans Holz.«

Wie Plünderer fielen sie ein. Was sie erbeuteten, waren die Objekte eines anderen, ihnen fremden Lebens, das sie gründlich verachteten. Wenn die schweren Motoren der Wannen angelassen wurden, wussten wir, es war vorbei. Aus Angst, sie könnten zurückkommen, tasteten wir uns ganz langsam vor. Wir inspizierten das veränderte Haus. Schränke und Schubladen waren durchwühlt, Mülleimer und Aschenbecher auf dem Boden ausgekippt, Matratzen waren umgedreht, Bettzeug lag verstreut im Treppenhaus herum, Zahnpasta war auf Kleidern ausgedrückt, die Türen der Kühlschränke standen offen, Plakate hingen schräg, und Geschirr war zerschlagen worden. Unsere Wohnungen waren durchsäuert von den Körperausdünstungen der Bullen. Sie ließen uns mit einem Gefühl der

Hilflosigkeit, des Zorns und der Scham zurück. Wir rissen die Fenster auf. Das half wenig. Tagelang hing der fremde Geruch im Haus.

Die Erinnerung an das Erlebte wirkte nach. Gewöhnen konnte man sich daran auch nach wiederholten Malen nicht. In der Küche von Lynn und Michael sprachen alle aufgeregt durcheinander, keiner hörte dem anderen zu. Auch wenn es noch früh am Tag war, ging einer los, Bier kaufen. Es war, als ob geredet und getrunken werden musste, um die Schmach zu tilgen. Jan drehte den Kassettenrekorder auf: »Kill the Poor« von den Dead Kennedys dröhnte durchs Haus. Irene und John schwirrten aus, um sich mit ihren politischen Freunden zu beraten. Was steckte hinter dieser Aktion? Wollten sie uns bald räumen? Wie kann der Widerstand organisiert werden? Robert verfiel in einen Zustand erschöpften Schweigens. Am liebsten ging er danach ins Kino. Schaute sich drei Filme hintereinander an. Thomas zog sich zurück und nahm sich seinen Husserl vor, von dem er sich mittlerweile sieben Bände angeschafft hatte. Uli schüttelte diese Stunden einfach ab. Er saß an seinem Schreibtisch und bereitete sich auf die nächste Klausur vor. Wenig beeindruckt war auch Vroni, die sich erst einen Kaffee kochte und dann mit Lenny einige Joints rauchte. Ihr lautes Lachen war bis auf die Straße zu hören.

Jede Durchsuchung machte uns radikaler. Zwischen der nationalsozialistischen SA und der Berliner Polizei wollten wir keinen Unterschied erkennen. Auf Demonstrationen lautete eine unserer Standardparolen »Polizei – SA – SS«. Wir waren die Antifaschisten und die Bullen die Büttel der Faschisten. Mit dieser Demokratie konnten wir nichts anfangen. Es ging um unsere Freiheit. Venceremos!

ATTACKEN – THOMAS

Ankunft Bahnhof Zoo. Ich kann das alles sofort abrufen. Es roch nach Frühling und Benzin. Ich suchte eine Telefonzelle. Beruhigend: Am Stricher- und Fixerunglück hatte sich nichts geändert. Alles beim Alten. Ich steh auf Berlin. Zuerst musste ich meine Eltern anrufen. Nicht, dass es etwas Besonderes wäre, wenn ich mich wochenlang nicht bei ihnen meldete, aber nach diesem Eingesperrtsein im real existierenden Sozialismus wollte ich die Stimme meiner Mutter hören. In der Zelle roch es aufdringlich nach altem Zigarettenrauch und frischer Pisse. Das jahrelang einstudierte Gespräch über das Wetter, über Onkel Otto und über die Bestandteile des holländischen Frühstücks. Wie es denn so mit meinem Studium ginge. Ich hängte mit dem bangen Gefühl ein, die leichteste Übung hinter mir zu haben. Keiner im Haus wusste, dass ich heute ankommen würde. Kurz bevor unsere Straße vom Damm abzweigt, raste mein Herz. Das war bei jedem Heimkommen so. Auf alles gefasst sein. Auch darauf, dass das Haus zugemauert und geräumt ist. Die Spießernachbarn, denen ich begegnete, erkannten mich nicht. Hatte ich mich so sehr verändert?

Dann die Erleichterung: Unser Haus überstrahlte nach wie vor das Kleinbürgerelend rechts und links. Zu Ulis Balkon hing ein neues Transparent raus: »Lieber unsere Jugend besetzt leere Häuser als fremde Länder«. Das vor Vronis Balkon schien noch vom Winter übrig geblieben zu sein: »Lieber Schamlippen küssen als sich lahm schippen müssen«. Diesen Nonsens hatte sie sich bestimmt zusammen mit Michael während einer Nachtwache ausgedacht. Keiner schaute zum Fenster raus. Mein Schlüssel passte noch. Im Hausflur alles wie gehabt. Ohne einer Menschenseele zu begegnen, gelangte ich in den Seitenflügel. Auf dem kurzen Weg durch Luises Atelier hielt ich die Augen halb geschlossen. Ich wollte nichts sehen. Der Prinz aus dem Märchen »Dornröschen« fiel mir ein. »Da ging er noch weiter, und alles war so still, dass einer seinen Atem hören konnte.« Unsere Küche war aufgeräumt wie selten. Auf dem Podest inmitten von Büchern saß Robert. Saß einfach da. Er wandte mir den Kopf zu und lachte über das ganze Gesicht. Ich stellte meine Tasche ab und ging zu ihm. »Mensch, Alter …« und so weiter. Die Automatik des Alltags hatte mich wieder. Wir umarmten uns flüchtig. Betrachteten uns ausführlich. Er war schmaler geworden. Wirkte männlicher. Wolle sei ausgezogen. Er hatte es einfach nicht mehr ausgehalten ohne Luise, Soraya und mich. Eigentlich wohnte er jetzt in seinem Taxi. Schlief abwechselnd bei Freunden oder bei seinen Eltern. Sein neues Ding war Südamerika. Er spare, um nach Argentinien auswandern zu können. Tango, Mate, Gauchos, Rinder statt Fischen. Ich musste nicht nachfragen. Robert kam von sich aus auf Soraya. Der Grande, grau vor Trauer, war da gewesen. Er habe davon gesprochen, das Motorrad zu verkaufen. Es erinnere ihn zu sehr an Soraya. Gemeinsam hatten sie Sorayas Kleider, Bücher und Papiere zusammengesucht. Auf einmal habe der Grande angefangen zu weinen. Robert war das richtig peinlich gewesen. Er wollte ihn nicht in den Arm nehmen und wartete einfach, bis er wieder aufgehört hatte. Hatte er Soraya etwa doch geliebt? Der Grande packte Sorayas Habseligkeiten zusammen. Das Chagall-Bild, das über ihrer Matratze hing, ließ er hängen. Für Luise, wie er meinte. Aber Luise mag Chagall doch überhaupt nicht, habe da Robert sagen wollen. Verkniff es sich aber.

Unser Schlafzimmer war verwaist. Robert schlief auf dem Podest. Die Funktionsräume wirkten fremd auf mich. Eine Woche hielt ich es dort aus. Dann wusste ich: Diese Zeit war vorbei. Uli machte mir das Angebot, bei ihm einzuziehen. Die schöne Antonia hatte ihn verlassen. Antonia war eine ambitionierte Studentin, die sich nicht von einem durchgeknallten Staatsanwalt ihre Karriere versauen lassen wollte. Das war ihr nach einer Durchsuchung klar geworden. Geradlinig, wie sie war, hatte sie Uli vor die Alternative gestellt, entweder mit ihr zusammen auszuziehen, oder aber die Liebe wäre vorbei. Uli wollte sich nicht erpressen lassen und ließ die Schöne ziehen. Mir war es fast zu ruhig und aufgeräumt dort, aber ich war froh über ein Zimmer für mich allein. Ich hatte einen Stand von Einsamkeit erreicht, so sinnierte ich, der notwendig, aber überhaupt nicht angenehm war: zwischen einer Herkunft, die ich verloren hatte, und einer Ankunft, die mir wie ein Nichts erschien.

Es dauerte einige Tage, bis ich alle begrüßt hatte. Immer wieder musste ich die Geschichte des Unfalls erzählen. Wie es in Theresienstadt beim Verhör mit dem sowjetischen Offizier gewesen war, wollte vor allem John ganz genau wissen, während Lenny sich für den Stand des Aufbaus des Sozialismus interessierte. Lieber jedoch als über Verhörmethoden und sozialistische Errungenschaften sprach ich über Luise. Dass sie trotz ihres elenden Zustandes Späße gemacht habe und der Liebling der Ärzte und Krankenschwestern gewesen sei. Meine unrühmliche Rolle bei der Begegnung mit Sorayas Familie unterschlug ich. Auch dass ich nicht vorhatte, in Heidelberg anzurufen, blieb unerwähnt. Ústí, der traurige Zoo, die langen Warteschlangen vor den Geschäften, Frieder, Elisabeth, Tobias, Pauline, das klapprige Krankenhaus und das spacige Hotel rückten schneller als gedacht in den Hintergrund. Die Gegenwart war zu bedroht, um Zeit für das Vergangene zu lassen.

Ich hielt mich an Jan. Er war neu, kannte weder Soraya, Elena noch Luise. Manchmal nahm er mich mit auf Arbeit. In seinem Lieferwagen schaukelten wir durch die Stadt. Wenn er schwere Waren ein- oder ausladen musste, half ich ihm. Doch zumeist blieb ich sitzen und genoss es, unbeteiligter Beobachter zu sein. Auf diesen Fahrten lernte ich Berlin aus einer anderen Perspektive kennen. Besonders gut gefiel mir die Fahrt auf der Stadtautobahn Charlottenburg, vorbei an einem großen Wohnblock, auf dem das Schild »Berlinische Leben« prangte. Beim schnellen Vorbeifahren öffneten sich Blicke in Küchen, Schlafzimmer und Treppenhäuser. Symphonie einer Großstadt. Das »Internationale Congress Centrum« gegenüber dem Wohnblock sah aus wie ein gestrandeter Tanker. Ein Wahrzeichen kompletten Ungeschicks. Dieser überdimensionierte Bau war von Anfang an peinlich. Um die Abkürzung »KZ« zu vermeiden, änderte man kurzerhand die Schreibweise in »CC« und glaubte, das würde niemandem auffallen. Im ehemaligen Diplomatenviertel in der Tiergartenstraße stolperten die Schüler des Jesuiten-Kollegs morgens über den Nuttenacker. Nachts blühte in den verwilderten Gärten der verfallenen Gesandtschaften die Prostitution. Nachkriegs- und Schwarzmarktatmosphäre forever. »Amidst the ruins of Berlin«. Billy Wilders »Foreign Affair« mit Marlene Dietrich. So meditierte ich auf dem Beifahrersitz über die Gleichzeitigkeit von Geschichte und Gegenwart. Manchmal machten wir Pause vor einer der zugewachsenen Grunewald-Villen, und ich rätselte, wer dort wohl gewohnt haben mochte. Walther Rathenau? Tilla Durieux? Joachim von Ribbentrop? Friedrich Wilhelm Murnau? Joseph Goebbels? Vicki Baum? Henny Porten? Samuel Fischer? Mary Wigman? Walter Benjamin? Jan sagten diese Namen nichts, aber er hörte gerne meinen Geschichten zu. Ansonsten rauchten wir und hörten Radio. Jan war ständig auf der Suche nach günstigen Gelegenheiten, wie er das nannte. Er hielt Ausschau nach Diebesgut, dachte angestrengt darüber nach, wie er seinen Chef hintergehen könnte, ohne dass dieser es bemerkte, und plante schon seit langem einen Versicherungsbetrug. Mehr als einmal bekam ich mit, wie sehr er in Versuchung war, selbst seine Freunde zu hintergehen. An großen Summen war ihm nicht unbedingt gelegen. Jan war ein Gauner, durchtrieben und schlau, der um seine Grenzen wusste. Bei all seinem Wagemut bedachte er stets die Risiken. Wägte ab. Plante gut.

Freitags fuhren wir beim »Bauhof« vorbei. So hieß unser logistisches Zentrum der Materialsammlung und -abholung. Der »Bauhof« gehörte zu einem Komplex zweier besetzter Häuser in Kreuzberg, deren gemeinsamer Hof vollgestellt war mit Türen, Toiletten, Öfen, Badewannen, Dielenbrettern, Fenstern etc. Wenn eine Berlinerin beispielsweise ihren alten Badeofen spenden wollte, konnte sie unter der Nummer des Materialtelefons anrufen. Der Badeofen wurde dann abgeholt und landete im »Bauhof«. Jedes besetzte Haus konnte sich im »Bauhof« bedienen. Freitags gab man sich dort ein Stelldichein. Handwerker, Hobbyhandwerker,

Architekturstudenten, Besetzer, Architekten, Unterstützer und Mieterladenaktivisten tauschten Erfahrungen aus und gaben sich Tipps. Mir war es schnell langweilig dort, aber Jan war nur schwer wieder von dort wegzukriegen. Stundenlang fachsimpelte er. Schraubte, schweißte, lachte. Auf dem Weg nach Hause zog er über die vom »Bauhof« her. Vierzig Besetzer betrieben zusammen eine Großküche. Kochen, einkaufen, abspülen, putzen – alles war durchgetaktet. Damit keiner seine Pflichten vergaß, hingen über das Haus verteilt große Einsatzpläne. »Ist ja wie in der Volksrepublik China«, meinte Jan, der mit mir wetten wollte, dass die vom »Bauhof« bestimmt bald Mietverträge haben würden. Da seien richtige Checker am Werk, meinte er anerkennend. Mir war reichlich egal, ob sie bald Mietverträge haben würden. Das mit der Großküche jedoch imponierte mir. Würde bei uns nie klappen.

Das »Patchwork der Minderheiten« von Jean-François Lyotard, von dem der Begriff des »postmodernen Wissens« stammt und der dann im Jahrzehnt der Unschuld vor dem Mauerfall mit einer Ästhetik des Erhabenen von sich reden gemacht hat, habe ich schon 1980 gekauft. Im Buchladenkollektiv am Savignyplatz für acht D-Mark. Das war ein Rote-Hilfe-Nest mitten in Charlottenburg. Der eine der beiden Verkäufer hatte die Nägel der kleinen Finger schwarz lackiert, den roten Stern am Secondhand-Jackett und eine schwarze Lederhose an, wirbelte aber trotzdem wie eine Mutter, die genau weiß, wo was zu finden ist und auf dem Weg dorthin noch ein Buch auf dem Stapel zurechtrückt, durch den Laden.

Charlottenburg mochte unsereins nicht, weil das eine Gegend war, die von BAT-IIa-Existenzen bevölkert war, die als WiMis am OSI oder bei den Soziologen den kritischen Geist verwalteten und nachmittags im Café Rosalinde in der Knesebeckstraße und abends im »Terzo Mondo« in der Grolmanstraße zu finden waren. Die hielten sich für den Nabel der Welt, weil sie Freuds »Traumdeutung« mit dem »Kapital« von Marx zusammendenken konnten und von »Jefferson Airplane« schwärmten, weil die der Anfang von allem gewesen seien. Damit räumte Lyotard auf. »Die Kritik ist eine wesentliche Dimension der Repräsentation: sie ist in der Ordnung des Theatralischen das, was sich ›raushält‹, das Äußere, das man fortwährend in Beziehung zur Innerlichkeit setzt, das heißt die Peripherie im Verhältnis zum Zentrum.« Das stand unter der einigermaßen rätselhaften Überschrift »Kleine Perspektivierung der Dekadenz und einiger minoritärer Gefechte, die hier zu führen sind«. Ich verstand sofort: Wer weiterkommen will mit einer Position, die es im »unaufhörlichen Mahlen« des Kapitals nicht zerbröselt, konnte sich nicht raushalten, nicht sich das Ganze von außen anschauen, nicht pädagogisch immer nur für andere sprechen. In Berlin gab es weder ein Zentrum noch eine Peripherie, und wenn jemand glaubte, sich in Charlottenburg im Zentrum zu befinden und in Kreuzberg Peripherie zu erblicken, dann hatte er nichts verstanden. Damals waren mit »er« alle gemeint, natürlich erst recht Irene, aber auch Vroni, Lynn, Marianne und Luise. Außerdem waren in der Tat ein paar Gefechte zu führen. Denken findet nicht nur im Kopf statt, es ist eine Praxis der Auseinandersetzungen mit Landgewinnen, Angriffsschneisen, Rückzugsgefechten und Stellungskämpfen. So stand das bei Deleuze und Foucault in dem Merve-Band »Die Intellektuellen und die Macht«. Die beiden beriefen sich auf den Altmeister Althusser. Theorie sei keine Repräsentation mehr, sondern eine Aktion. Deshalb stelle sich die Problematik von Theorie und Praxis anders dar. Weil Theorie nicht der Ausdruck, die Anwendung, die Übersetzung einer Praxis, sondern selbst eine Praxis von Körpern sei, die zumeist sprechen, aber oft auch nur zeigen oder schlicht da sind und einen Ort beanspruchen und dadurch eine Frage stellen oder eine Antwort geben. Im Besetzerrat repräsentierte niemand niemanden. Wer da war, sagte etwas, zeigte etwas von sich oder gab mit seiner Anwesenheit unmissverständlich zu verstehen, dass die Schwachen für einen Augenblick stärker als die Stärksten sein können. Nicht weil sie sich für andere ins Zeug legen, sondern weil sie als Einzelne jederzeit loslegen können. Mit Lyotard in der Tasche erschien mir der Besetzerrat als Raum für eine Politik ohne Finalität, ohne Wahrheit und ohne Einheit.

Ich besitze das Buch von Lyotard immer noch, und wenn ich jetzt darin lese, fällt es völlig auseinander. Es ist als Nr. 69 der »Internationalen Marxistischen Diskussion« bei Merve 1977 erschienen, und ich habe den Fehler gemacht, nicht gleich zwei Exemplare dieser schlecht geleimten und arm gemachten Bänder mit der Raute zu kaufen. Denn das wäre das Klügste gewesen, wie mir sehr viel später Peter Gente, der zusammen mit Heidi Paris hinter dem Merve Verlag stand, verriet: eins zum Aufbewahren im Regal mit den anderen Büchern, die einen begleitet haben, und eins, das man bei sich trägt, in dem man unterwegs liest, aus dem man Seiten rausreißt, das man jemandem dalässt und das man anderweitig in den Collagen des Alltags weiterverwenden kann. Das Buch sei ein Lebensmittel, um einer Spur zu folgen, um eine Spur zu hinterlassen. Heute bin ich verwundert, mit welcher Akribie ich das Buch mit Unterstreichungen, Ausrufezeichen und Kommentaren in klitzekleiner Bleistifthandschrift bearbeitet habe. Wir konnten uns von Lyotard geadelt fühlen. Wir wollten keine Garanten der Wahrheit, sondern Virtuosen der Wirksamkeit sein. Eine Hausbesetzung ist kein exemplarischer Akt, der einem Publikum eine Antwort auf die Frage »Was tun?« geben will. Wir haben das Haus besetzt, um ein Leben führen zu können, von dem wir vorher gar keine Ahnung hatten. Die Hausbesetzung selbst war die Praxis, die unser Leben definierte. Dazu brauchte es keine Dritten: weder als Zuschauer, die freundlich Applaus für junge Menschen spenden, noch als Adressaten, die die Schleier ihres falschen Lebens erkennen. Eine Wirksamkeit ohne einen Dritten. Wir wollten nicht wie die Achtundsechziger Nein zur Gesellschaft, wir wollten Ja zu unserem Leben sagen. Kein großes, überwältigendes und niedermachendes Ja. Dafür war unser Leben viel zu provisorisch, viel zu verwundbar und viel zu angreifbar. Lyotard sprach von den minoritären Bejahungen, die unaufhörlich selbst dann geschehen, wenn sie kaum oder nicht wahrnehmbar sind. Sie seien raffiniert und zart, lange bevor sie sich öffentlich äußern oder in Szene setzen. Milliardenmal in witzigen Geschichten, gekritzelten Botschaften und schlauen Finten. Sie seien nicht wirklicher als die Macht der Gerichte, der Psychiatrien, der Schulen und der Bullen, aber immer einzeln und einzigartig und deshalb nie zu fassen, zu vererben oder zu verallgemeinern.

Wir wollten nicht wie die Hohepriester der Dialektik das Negative privilegieren, sondern wie die Maulwürfe der Affirmation irgendwie eine Behauptung aufstellen und irgendwo einen Anfang machen. Das Credo lautete: Es gibt keine Natur, keine Geschichte und erst recht keinen verbindlichen, offenbarten und verborgenen Sinn. Es gibt einfach nur Energien. Habe ich das wirklich geglaubt, oder mussten wir das glauben, weil wir in diesem viel zu großen, kaputten Haus gelandet waren und mit diesen Verwirrten, Vertriebenen und Verlassenen ein Leben teilten?

Ende Mai starb Romy Schneider. Zwei Wochen später folgte Rainer Werner Fassbinder. Fassbinder war drei Wochen nach Kriegsende geboren worden und Romy Schneider sechs Monate nach dem »Anschluss« Österreichs ans nationalsozialistische Deutschland. Fassbinder und Schneider starben an Drogen und Alkohol. Die Kriegskinder traten ab mit gebrochenem Herzen. In der Polit-Szene kannte oder mochte man sie nicht. Ich jedoch schwärmte für Romy Schneider. »Les choses de la vie« von Claude Sautet war einer meiner Lieblingsfilme. Die wunderschöne, traurige Hélène und ihr wankelmütiger Geliebter Pierre, gespielt von Michel Piccoli, zeigten, was erwachsene Liebe ist. In unseren Kreisen jedoch war es verpönt, von Liebe zu sprechen. Man liebte nicht, sondern »führte eine Beziehung« oder »lebte seine sexuelle Befreiung«, sprich hatte unzählige Affären. Mir war diese sozialpädagogische Biederkeit zuwider. Fassbinder wiederum galt als politisch anrüchig. Die »taz« schrieb in ihrem Nachruf, dass »der rohe süddeutsche schwule Fettkloß Fassbinder« zum »ausgehaltenen Narren einer aufgeklärt satten deutschen Spießernation« geworden sei. Fassbinder wagte es, ein anderes Bild des Erbes unserer Mütter zu entwerfen. Keine BDM-Maiden mit blondem Zopf und festen Wanderschuhen, sondern glamouröse, seltsam abwesende Wesen tauchten in seinen Filmen auf. Fassbinders Lichtspielleitertum mit melodramatischen Tönen und Bildern und sein Rückgriff auf ein Schauspielpersonal, das bei den Nazis Karriere gemacht hatte, stieß bei meinen Freunden auf Ablehnung und Unverständnis. Ihnen behagte nicht, dass sich Fassbinder nicht für die sogenannten sozioökonomischen Ursachen des Faschismus interessierte. Ihm ging es um Nazi-Gefühle und Nazi-Phantasmen. Das gefiel mir. Der marxistische Faschismus-Begriff der theorieversessenen Generationen der sechziger und siebziger Jahre sah nämlich reichlich blass aus gegen die Filme, die mit der Verführung der nationalsozialistischen Ästhetik arbeiteten. Ich genoss diese Spur des guten Geschmacks in der Geschmacklosigkeit und der Schönheit in der Hässlichkeit. Immer wieder fragte ich mich, ob das nostalgischer Kitsch oder das berühmte Spiel mit dem Feuer war. Der Aufstieg Hitlers zu einem Unterhaltungsphänomen würde vergehen, da war ich mir sicher. Klar, wir sprachen viel von den »Faschos«, aber damit meinten wir die verdrucksten Kleinbürger. Wir schätzten sie als zu feige ein, als dass sie uns tätlich angreifen würden. Dass es Nazis gab, die sich nach Kreuzberg wagen würden, glaubten wir schon gar nicht.

Bis zu jener Nacht Anfang Mai.

Ich hatte Nachtwache. Zweite Schicht. Wie immer bei Nachtwachen saß ich bei Vroni im Zimmer. Sie hatte mich wieder einmal mit ihren Wiener Geschichten unterhalten, wir hatten Kaffee getrunken und viel gelacht. Ich hatte sie dabei beobachtet, wie ihr beim Sprechen immer häufiger die Augen zufielen. Irgendwann war sie aufgestanden und hatte sich auf ihre Matratze gelegt. Sie zuckte nur kurz, dann schien sie fest eingeschlafen zu sein. Außer ihrem gelegentlichen leichten Schnarchen war nichts zu hören. Routinemäßig warf ich einen Blick auf die menschenleere, dunkle Straße und wollte gerade mein Buch aus der Tasche ziehen, als ich hörte, wie etwas oder jemand gegen die Zimmertür knallte. Vroni schlief ungerührt weiter. Kaum hatte ich die Tür nur einen Spaltbreit geöffnet, fiel mir Uli entgegen. Ich spürte, dass er nackt war. Er fühlte sich seltsam feucht an. Als ich ihn von mir wegschob, sah ich, dass sein ganzer Körper mit einem dichten weißen Schaum bedeckt war. Was war das bloß für Zeug? Er wimmerte. Vroni war wach geworden. Sie verstand die Lage sofort. Stand auf und nahm Uli in den Arm. Beruhigend sprach sie auf ihn ein. Kaum hörbar murmelte er »Neonazis«, »Überfall«. Vroni und ich mussten die Rollenverteilung nicht absprechen: Sie kümmerte sich um den heftig frierenden Uli. Ich musste wohl oder übel raus ins schummrige Treppenhaus, Neonazis suchen gehen. Mir rutschte das Herz in die Hosentasche. Ich war unbewaffnet, umklammerte das Funkgerät. Wahrscheinlich klapperten meine Zähne. »Was für ein Mist, dass es ausgerechnet mich erwischt«, sagte ich leise vor mich hin. Auf den Gedanken, aus den anderen Häusern Hilfe anzufordern, kam ich nicht. »Jan!«, schoss es mir durch den Kopf. Jan war die Rettung. Er war furchtlos, und er schlief nur ein Stockwerk tiefer. Wie ich es die Treppen runter und bis zu Jan ins Zimmer geschafft habe, weiß ich nicht mehr. Ich musste ihm nicht viel erklären. Jan gehört zu den Menschen, die darauf gefasst waren, nachts aus dem Bett gerissen zu werden, weshalb er immer halb angezogen schlief. Ruhig wies er Lynn an, die Tür hinter uns mit einem Stuhl zu verbarrikadieren. Irgendwoher zauberte er zwei große Knüppel, zwei Dosen Pfefferspray und eine Trillerpfeife. »Los!«, mahnte er mich. Im Treppenhaus waren jetzt laute Geräusche aus dem ersten Stock zu hören. Ich schreckte zusammen, denn auf einmal stand Michael in seinem langen, gestreiften Nachthemd vor uns. Er sah verschlafen aus und war mit seinem Nachthemd gewiss nicht für einen Kampf gegen Nazis gerüstet. Wenigstens hat er Stiefel und keine Puschen an, beruhigte ich mich. Bevor er etwas sagen konnte, flüsterte ich ihm »Überfall« zu. Jan übernahm die Regie. Er drückte Michael ungefragt einen Knüppel und Pfefferspray in die Hand, ich bekam die Trillerpfeife. Das Funkgerät wand er mir aus der Hand. Flüsternd gab er der fahrenden Nachtwache Anweisung, sofort zu kommen. Jan schaute Michael und mir ernst ins Gesicht, was in etwa bedeutete, dass wir uns jetzt dem Feind stellen mussten. Keine Frage, er ging voraus, gefolgt von Michael, dessen Mut und Entschlossenheit mich beeindruckten. Ich bildete – mich ständig nervös umdrehend – das feige Schlusslicht.

Wir mussten sie nicht suchen. Sie erwarteten uns vor Ulis Wohnungstür. Schwarze Bomberjacken, blöde Visagen, Glatzen, Springerstiefel. Wie viele waren es? Vielleicht fünf oder sechs. Mir schwummerte bei ihrem Anblick. Vor allem, wenn ich Michael im Nachthemd vor mir sah. Wir haben doch null Chance, dachte ich gerade, als ich registrierte, dass der Nazi, der der Anführer zu sein schien, einen Metalldraht, der zwischen zwei Holzstöcken gepannt war, hervorzog. Mir gefror buchstäblich das Blut in den Adern. Als Leser von Mafia-Krimis erkannte ich die Garotte, ein Mordinstrument zum Strangulieren des Gegners. Der kleine, behände Jan nutzte die Sekunde, in der die anderen dem Treiben ihres Anführers gebannt zuschauten, zum Angriff. Todesmutig warf er sich ihm entgegen und knallte ihm den Knüppel auf den Kopf. Der hatte nicht mit dem Angriff gerechnet und ging sofort in die Knie. Unser entscheidender Vorteil war, dass wir mehrere Treppenstufen über ihnen standen und somit von oben angreifen konnten. Michael stieß furchtbar laut schamanische Formeln aus, versprühte dazu Pfefferspray, begleitet vom schrillen Signalton meiner Trillerpfeife. Ohne das Kommando ihres Anführers schienen die anderen völlig hilflos zu sein. Die ungewohnte Gegenwehr und unser seltsamer Aufzug müssen sie zusätzlich verunsichert haben. Blitzschnell zerrten sie den Obernazi hoch und schleppten ihn die Treppe runter. Wir blieben allein im Treppenhaus zurück. Standen einfach nur still da. Waren unter Schock. Hofften, nichts mehr von ihnen zu hören. »Das war aber knapp«, mehr sagte Jan in dieser Nacht nicht dazu.

Die folgenden Tage und Nächte waren ein Albtraum. Wir stellten fest, dass die Angreifer über eine ungesicherte Tür im hinteren Bereich der »home bar« ins Haus gekommen waren. Warum war die Tür ungesichert? Es gab nur die eine Erklärung, einer der Nazis musste, als Gast getarnt, in der »home bar« gewesen sein und die Tür geöffnet haben. Unseren Gästen hatten wir bislang nicht misstraut und demnach auch nicht jeden ihrer Schritte verfolgt. Wir waren kurzzeitig so schockiert über diese Entdeckung, dass wir überlegten, die »home bar« zu schließen. Das allerdings hätte man uns als Feigheit auslegen können. Wurde also verworfen. Die »home bar« blieb.

Uli berichtete, er sei aufgewacht, als die Tür zu seinem Zimmer aufgerissen wurde. Im Gegenlicht habe er eine kleine Gruppe Dunkelgekleideter erkannt. Wer wollte ihn mitten in der Nacht besuchen? Das kam ihm alles komisch vor, er stand auf, ging auf sie zu. Da es eine warme Nacht war, hatte er nackt geschlafen. Er taumelte also nackt auf die schwarzen Gestalten zu, als er sah, wie der Vorderste von ihnen einen großen, runden Gegenstand in die Höhe hob und damit auf ihn zielte. Dichter weißer Schaum spritzte ihm entgegen. Ihm wurde furchtbar kalt. Aus nächster Nähe hatten die Nazis den Feuerlöscher, den sie hinterm Tresen der »home bar« gefunden hatten, auf Uli gerichtet. Sie wechselten sich an der Spritze ab, hatten ihren Spaß dabei, den wehrlosen, nackten Mann zu demütigen. Erst als der Feuerlöscher leer war, ließen sie von Uli ab. Begannen die Wohnung zu inspizieren. Uli wusste, dass sie vergeblich nach weiteren Opfern suchten, denn er war allein gewesen. Sie verloren schnell ihr Interesse an ihm. Im Schutz des Halbdunkels schleppte er sich die Treppen hoch.

Es dauerte, bis Uli sich erholt hatte. Der eiskalte Kohlendioxidschnee hatte Erfrierungen verursacht. An den Beinen, am Rücken und am Bauch hatte er rundliche, teigige, blaurote, unangenehm brennende Frostbeulen. Bis wir weitere Vorsichtsmaßnahmen getroffen hatten, hielt sich keiner mehr in den unteren Stockwerken auf. Schlafen konnten wir sowieso nicht mehr, egal wo im Haus. Bei der Vollversammlung war erstmals Fouad dabei. Er ergriff gleich eingangs das Wort. Überfälle von Nazis waren ihm zu viel. Was wäre, wenn sie ihn entdeckt hätten? Er ziehe aus. Verlasse Berlin Richtung Paris. Dort habe er einen Onkel, bei dem er unterkommen könne. Wenn Teheran von den Mullahs befreit sein wird, müssen wir ihn besuchen kommen. Dann werden wir zusammen auf den Straßen tanzen, meinte er ungewohnt wehmütig. Schweren Herzens ließen wir ihn ziehen.

Die radikale Fraktion um Irene war sauer, weil sie den Fascho-Überfall schlichtweg verschlafen hatte. Bei ihnen im Hinterhaus war nichts zu hören gewesen. Ich war nachträglich ziemlich froh darüber, dass John nicht dabei gewesen war. Bestimmt hätte er ohne Rücksicht auf Verluste versucht, sich als Held aufzuspielen. Es war nicht die Zeit für persönliche Befindlichkeiten. Wir mussten zusammenstehen. Ein weiterer Angriff war jederzeit möglich. Wir steigerten uns in die Vorstellung hinein, die Nazis würden wiederkommen, um Rache zu nehmen. Wir steckten ganz schön in der Klemme, denn wir konnten schließlich keinen Polizeischutz anfordern. Das hätte die Aufgabe des Hauses bedeutet. Sie hätten uns umgehend geräumt. Außerdem hätten wir Stress mit den anderen Häusern bekommen. Besetzer können sich nicht hinter der Polizei verstecken, die ansonsten ihr Feind ist. Und ein zweites Mal konnten wir nicht Bremer Stadtmusikanten spielen. Wie der Esel, der Hund, die Katze und der Hahn die Räuber, so hatten Jan, Michael und ich die Nazis vertrieben.

Nach einer turbulenten Diskussion fassten wir den Plan aufzurüsten. Irene, Robert und Marianne übernahmen die Außenpolitik. Sie informierten die Räte. Schnell war klar, dass das Konzept der fahrenden Nachtwachen wie auch der Sicherheit der Häuser überarbeitet und intensiviert werden musste. Über Robert kamen wir in Kontakt mit dem Rechtsextremismusforscher Dr. Wolfgang Lillpopp von der FU. Er war einer der wenigen, die sich mit diesem Thema beschäftigten. Was wir von ihm hörten, war schlichtweg niederschmetternd. Die Wahlerfolge der NPD in den sechziger Jahren waren unter »Postfaschismus« verbucht worden, und in den siebziger Jahren hatte sich nahezu unbehelligt ein weitgespanntes Netz von kleinen, emsigen Nazigruppen bilden können. Die optimistische Prognose, die Faschos würden aussterben, sei damit widerlegt. »Die Rechtsextremen, mit denen wir es heute zu tun haben, sind häufig jünger, als es die Nazis in der Weimarer Republik gewesen sind. Die Nazis waren nie weg, man hat sie übersehen wollen.« Neu seien die engen Kontakte jugendlicher Neonazis mit Hooligans und Skinheads. Die Neonazis, die über ein besorgniserregendes Waffenarsenal verfügten, waren bereit, sofort zuzuschlagen. Das haben sie schließlich erst vor zwei Jahren mit den Anschlägen aufs Münchner Oktoberfest und auf den Hauptbahnhof in Bologna bewiesen. Mit der Theorie hatten sie es nicht so. Kreuzberger Besetzer plattzumachen galt bestimmt als Heldentat. Unheimlich wurde es, als Dr. Lillpopp erzählte, dass unser Haus in einem Teil Kreuzbergs gelegen sei, der Anfang der dreißiger Jahre von einem Geflecht aus SA-Stützpunkten und -Sturmlokalen überzogen wurde. Bereits vor 1933 hatten hier SA und Polizei eng zusammengearbeitet. Er vermutete, dass das auch die Neonazis wussten und keine Linken in ihrem angeblich angestammten Revier duldeten. Saßen wir etwa mitten unter Faschos? Wollten die einen auf Weimarer Republik machen? Dazu würde passen, dass die wenigen Nachbarn, die sich mit uns unterhielten, immer wieder erwähnten, unser Haus würde einem reichen Juden gehören. Wir mussten davon ausgehen, dass die meisten von ihnen uns samt dem jüdischen Eigentümer lieber heute als morgen loshaben wollten. Unser Haus war für sie der Schandfleck der Straße. Wir entschlossen uns, den Überfall nicht publik zu machen. Gut möglich, dass unsere Nachbarn bei einem erneuten Angriff die Polizei informieren und uns ausliefern würden. Wir waren von Feinden umgeben.

Uli schlug vor, wir sollten alle für die nächsten Wochen ins Vorderhaus ziehen. Wir durften so wenig Angriffsfläche wie möglich bieten und mussten unsere Kräfte bündeln. Auf mittlerer Höhe des Treppenhauses installierten Lars und Jan eine leistungsstarke Sirene, die eigentlich für den Außenbereich gedacht war. Ihr lautes Signal würde das ganze Haus aufwecken. Für die Anschaffung der Sirene zog Robert zwei seiner Hunderter aus der Tasche und machte uns froh. Gelobt sei der Raubdruck! Doppelt und dreifach verrammelten wir die Fenster und Türen im gesamten Erdgeschoss. Unser zum S-Bahngelände gelegener, unbeleuchteter Hof war zu Teilen unterkellert. In der Kellerdecke klafften immer wieder große Löcher. Auf den verrosteten Stahlträgern konnte man im Frühjahr zwischen jungen Birken balancieren. Es war Lynns Idee, dort Fallen zu stellen. Wir tarnten die Löcher mit Holz und Laub. Tappte man in die Falle, fiel man fünf Meter tief. Mit einem gebrochenen Arm oder Bein kann der Nazi kein Haus mehr überfallen. Wir deckten uns mit Pfefferspray ein, in jedem Zimmer – sogar im Bad – stand ein Knüppel oder Baseballschläger. In erster Linie mussten wir dafür sorgen, dass sie nicht ins Vorderhaus gelangen konnten. Dafür verkleideten wir die unteren Durchgänge vom Seitenflügel ins Vorderhaus von oben bis unten mit Stacheldraht. Die Nachtwache setzte den Stacheldraht unter Strom. Jan hatte sich dieses perfide System ausgedacht. Zusätzlich legten wir auf der Seite, von der wir glaubten, dass sie von dort kommen könnten, feuchte Tücher auf den Boden. Als wir Freunden aus anderen Häusern stolz unsere Stromfalle vorführten, fragten die, ob wir denn mit einem Anwalt darüber gesprochen hätten, welche Strafe uns drohe, wenn sich Angreifer beim Versuch, ins Haus einzudringen, schwer verletzten würden. Oder was passieren würde, wenn ein herzschwacher Nazi an einem Stromschlag sterben würde. Auf diese Idee waren wir nicht gekommen. John meinte kategorisch, die Stromfalle würde nur über seine Leiche abgebaut. »Wenn es darum geht, wer den Kürzeren zieht, dann sollen das die Nazis sein. Tod den Faschos!« Er hatte recht, doch ich lag wieder nachts wach. So konnte man sich selbst in eine ausweglose Situation bringen. Ich wusste nicht, wie wir da rauskommen sollten. Keiner von uns hatte mörderische Absichten. Auch John oder Rabe nicht. Obwohl ich mir da nicht so sicher war. Ich dachte an die RAF-Leute, die womöglich aus ähnlichen, selbst gestellten Fallen zu Mördern geworden waren, und konnte nicht einschlafen.

Der Überfall machte uns in der Szene bekannt. Man bedauerte oder bewunderte uns allerdings nur kurze Zeit, denn große Ereignisse warfen ihren Schatten voraus: Ronald Reagan hatte für den 11. Juni seinen Besuch angesagt. Unsere Feinde von der Politischen Staatsanwaltschaft hatten sich etwas Neues einfallen lassen. Jedes Anti-Reagan-Transparent oder -Graffiti wurde als »Beleidigung von Organen und Vertretern ausländischer Staaten« eingestuft und innerhalb von 24 Stunden von der Polizei entfernt. Die Räte konterten, dass man diese Typen aus dem Weißen Haus doch gar nicht beleidigen könne. So begann der »Lappenkrieg«. Das war ein großer Spaß! Auf dem Türkenmarkt am Maybachufer deckten wir uns meterweise mit billigem Nesselstoff ein. Lynn und Vroni schrieben mit ruhiger Hand: »Reagan und Spezialisten – Mörder und

Faschisten«, »Brot für die Welt – Blei für Reagan«, »Ronald's Last Picture Show«, »Weine nicht, wenn der Reagan fällt, dam dam«. Hingen die Transparente draußen, dann hieß es warten, bis die Polizei anrückte. Sie waren pausenlos im Einsatz, wurden 700-mal aktiv in diesen Tagen. Zu ihrer Ausrüstung gehörten Leitern und Messer sowie kleine Eimer mit Farbe und Pinsel zum Überstreichen der Graffiti. Wenn sie sich dann noch Handschuhe überstreiften, erinnerten sie an Hausfrauen. Wir hingen aus dem Fenster und verlachten sie. Sie wussten, was für eine alberne Figur sie machten, und kochten vor Wut. Das würden sie uns heimzahlen.

Ronald Reagan kam aus Bonn, wo er an einer NATO-Gipfelkonferenz teilgenommen hatte. Der ehemalige Schauspieler war auf Werbetour für seine aggressive Aufrüstungspolitik. In Bonn hatte die Friedensbewegung eine Demonstration angemeldet, zu der bis zu 200 000 Menschen erwartet wurden. Bis auf die Leutchen von der Alternativen Liste, die seit einem Jahr im Senat saßen, war allen klar, dass es in Berlin nicht friedlich ablaufen würde. Wir wollten keinen Frieden mit diesen Kriegstreibern. Weil der Staatsschutz zu wissen glaubte, dass »der legale Arm der RAF« diese Demonstration in Berlin organisierte, wurde für Reagans Besuchstag ein stadtweites Demonstrationsverbot erlassen. Irene und Kollegen waren in ihrem Element. Dass Reagan sich überhaupt in die »Frontstadt« Berlin wagte, um seine Kriegspolitik zu propagieren, wurde von den autonomen und antiimperialistischen Gruppen als dreiste Provokation, so der Sound von damals, empfunden. Und im Falle Reagans dachten wir eigentlich alle so. Ronald Reagan war der Kopf des Kriegsprojekts der NATO, nämlich der Lösung der politischen und ökonomischen Krise des Kapitalismus durch einen imperialistischen Krieg. Dieser Präsident würde nicht zögern, den dritten Weltkrieg vom Zaun zu brechen, dessen waren wir uns sicher. Wir lebten in der Vorkriegszeit, so unsere feste Überzeugung.

Der »Lappenkrieg« war nur eine der Aktionen, mit denen die Stadt in Unruhe versetzt werden sollte. John zog mit Gleichgesinnten bevorzugt nach Mitternacht los, um Bankfilialen, Versicherungsbüros, Mercedes-Niederlassungen oder Senatsgebäude zu entglasen. Lief es gut, verklebten sie zusätzlich die Türschlösser. Jan träumte davon, alle wichtigen Ampelschaltungen der Stadt auf Dauerrot zu setzen. Das gelang ihm jedoch nur an einer Kreuzung weit draußen in Lichtenrade. Ich fand diese Aktionen kleinkariert, gegen Kriegstreiber braucht es effektive und satte Maßnahmen. Allerdings fehlte mir für einen richtigen Anschlag mit Molotow-Cocktails oder so der Mut. Marianne, Lynn und Vroni hatten sich eine »Frauenaktion« ausgedacht. Reagan würde seine Rede vor ausgewählten Gästen vor dem Schloss Charlottenburg halten. Ihre Idee war es, den Rasen vor dem Schloss mit unserem Besetzerlogo zu verzieren. Da das Gras nicht innerhalb weniger Tage nachwachsen würde, hätten die Herrschenden ein ernsthaftes Problem, so ihre herzige Vorstellung. In einem von Freunden geliehenen R4 und mit einigen Kanistern Unkrautvernichter im Kofferraum fuhren sie eines Nachts los. Als sie mehrere Stunden später zurückkamen, war ihnen die Enttäuschung schon von weitem anzusehen. Nachdem sie sich ans Schloss herangeschlichen hatten, bemerkten sie, dass sie nicht allein waren. Es wimmelte dort vor Sicherheitspersonal. Bevor sie überhaupt den Kanister aufgeschraubt gehabt hätten, wären sie verhaftet gewesen. Also gondelten sie auf der Suche nach einem repräsentativen Stück Rasen durch die Stadt. Als sie ihr Glück an einem zwischen Stadtautobahnauffahrten gelegenen Platz versuchten, gelang es ihnen in der Dunkelheit nicht, die Flüssigkeit in Form eines Kreises auszuschütten. Sie sahen nichts. Frustriert brachen sie ab. Irene, die geahnt hatte, dass eine Aktion, an der Vroni beteiligt war, scheitern müsse, war froh, nicht dabei gewesen zu sein. Wir Jungs nickten uns wissend zu. Das wäre uns nicht passiert.

So voll sollte unser Haus nie mehr sein. Die Kämpfer kamen aus Amsterdam, Göttingen, Hamburg, Freiburg, Zürich, Kiel, Stuttgart und Frankfurt angereist, um am großen Tag dabei sein zu können. In der »home bar« herrschte Hochbetrieb, die Frühstücksgelage zogen sich bis in den späten Nachmittag hinein, Liebesaffären begannen, neue Freundschaften wurden geschlossen und alte zerbrachen. Love before war. Man hatte den Eindruck, in jeder Ecke des Hauses wurde die anarchistische Zukunft geplant. Es herrschte eine fast schon ausgelassene Stimmung, so sehr freuten sich alle darauf, die imperialistische Weltmacht USA herauszufordern. Die Nazis hatten kurzzeitig ihren Schrecken verloren. Sollen doch kommen … Wir fühlten uns unbesiegbar.

Obwohl die Demo verboten war, zogen wir am Vormittag in Kleingruppen los Richtung Nollendorfplatz. Es würde ein warmer Sommertag werden, und ich verspürte keine große Lust darauf, mich stundenlang mit den Bullen herumzuschlagen. Lieber hätte ich mich auf dem Kreuzberg in die Sonne gelegt und vor mich hin geträumt, aber ich raffte mich auf und kam mit. Man kann sich nicht drücken, wenn es darum geht, Kriegstreibern das Handwerk zu legen, hatte mich Jan am Abend zuvor ermahnt. Natürlich ging ich auch mit wegen Soraya. Wäre sie noch am Leben, so wäre sie jetzt vorneweg, da war ich mir sicher. Wie begeistert sie damals von der Randale bei der Haig-Demo gewesen war. Hört sich komisch an, aber wenn ich nicht mitgegangen wäre, hätte ich das als Verrat an Sorayas Angedenken empfunden. An Luise hatte ich schon lange nicht mehr gedacht.

Die Nachbarn standen hinter den Gardinen, auf dem Balkon oder gafften zum Fenster raus. Wir hatten fast alle schwarze Lederjacken an. Keine trug Rock. Wichtig waren gute Stiefel, Zitronensaft und ein Tuch gegen das Tränengas. Auf die Hand hatten wir uns mit Kugelschreiber 6922222, die Nummer des Ermittlungsausschusses, geschrieben. Die Aktivisten von dort würden sich im Falle einer Verhaftung darum kümmern, dass wir nicht geräuschlos in der Untersuchungshaft verschwanden. Die harten Kollegen trugen ihren Motorradhelm unter den Arm geklemmt oder hatten einen Kopfpariser und Handschuhe in der Hosentasche. Unter ihnen gab es viele, die kampferprobt waren und sich untereinander kannten: von den Auseinandersetzungen um das atomare Endlager in Brokdorf, von der Schlacht am Fraenkelufer, von den Aktionen gegen die Startbahn-West in Frankfurt, von den Demonstrationen nach den Durchsuchungen und Räumungen besetzter Häuser. Irene hatte am

Abend zuvor – auf einem Tisch in der »home bar« stehend – nochmals Anweisungen gegeben: keinen Alkohol oder Drogen vor oder während der Demo, Kinder und Fahrräder zu Hause lassen, die Kinderbetreuung ist organisiert, keine Adressen oder Notizbücher mit sich führen, eine Prozessvollmacht ausfüllen, sich mit Freunden verabreden, Kleingruppen bilden, keiner darf verloren gehen, Ketten bilden, keine Fremden in die Kette aufnehmen, ruhig bleiben, egal, was ist, sich nicht von den Bullen oder dem Bürgermob provozieren lassen, Tränengaspatronen zurückwerfen, Verletzten helfen, auf Zivis achten. Sie schärfte uns ein, dass eine friedliche Demo gegen die Elite der weltweiten Kriegstreiber nichts ausrichten werde. Die Mobilisierung und die Stärke des Widerstands gegen den US-Imperialismus seien noch nie so stark gewesen in Westeuropa, so Irene. Griechen, Italiener, Franzosen und Spanier kämpften an unserer Seite. »If you want peace prepare for war.«

Zunächst wunderten wir uns, dass wir einfach so auf den Platz spazieren konnten. Kontrollen gab es weder an den U-Bahnhöfen noch auf der Straße. Doch dann kam das böse Erwachen. »Die pigs haben uns eingekesselt«, rief einer. Kaum war der Nollendorfplatz voll, riegelten sie die sechs Zufahrtsstraßen mit Wannen ab. Dann bauten sie mit NATO-Stacheldraht einen Kessel. Der Stacheldraht war bis zu zwei Meter hoch und wurde mit Krampen im Asphalt der Straßendecke verankert. Kein Weg führte raus aus dem Kessel. Schließlich kam über das scheppernde Megaphon die Durchsage, die Polizei habe an der Bülowstraße und an der Maaßenstraße »Kontroll- und Durchlassstellen« eingerichtet. Man konnte den Kessel verlassen, musste allerdings seine Personalien preisgeben. Wir hatten uns alles Mögliche ausgemalt, aber darauf waren wir nicht eingestellt. Sie wollten uns gefangen halten, bis Reagan seine Propagandashow abgezogen hatte und wieder abgeflogen war. Die vorgesehene Demoroute Richtung Wittenbergplatz konnten wir vergessen. Wir waren festgesetzt auf einem von allen Seiten gut einsehbaren Platz. Unsere Strategen hatten versagt. Mir war das fast schon egal. Ein Streetfighter war ich sowieso nicht. Dann muss ich eben sehen, wie ich die Zeit herumbringe, denn brav anstehen, Ausweis vorzeigen und nach Hause gehen wollte ich auf keinen Fall. Als ich registrierte, dass in den ersten Häusern die Haustüren abgeschlossen wurden, machte sich auch bei mir eine gewisse Panik breit. Es war gespenstisch. Was hatten die vor? Spielten die mit uns Stalingrad? Wem wurden wir zum Fraß vorgeworfen? Lars, der neben Vroni, Uli und Robert zu meiner Kleingruppe gehörte, unterdrückte mühsam ein Schluchzen. Vroni, die weder Männer noch Gefahren einschätzen konnte, fragte immer wieder, was denn eigentlich los sei. Lars und Vroni, so viel war klar, würden zur Belastung werden und unsere Bewegungsfreiheit einschränken. Sie mussten möglichst rasch aus dem Kessel herausgeschleust werden. Das übernahm ich. Zu dritt schlugen wir uns zur Kontrollstelle Maaßenstraße durch. Wie eine Kindergartengruppe liefen wir Hand in Hand. Ich spürte, es würde nicht mehr lange friedlich bleiben. Der anfängliche Schrecken, der einer kurzzeitigen Happening-Laune gewichen war, wurde durch puren Hass ersetzt, der in Gewalt umzuschlagen drohte. Überall herumstreunende, lauernde Grüppchen. Bei solchen Aktionen gibt es immer Regisseure und Choreographen, die ganz ruhig abwarten, bis die günstige Situation zum Erstschlag gekommen ist. Rabe war einer davon. Er liebe diese Ruhe vor dem Sturm, schwärmte er mir einmal vor.

Die Durchlassprozedur lief nur schleppend an. Weinende Frauen mit Einkaufstaschen, Männer mit Hündchen, denen die Angst ins Gesicht geschrieben stand, kreischende Kinder und vollkommen aufgelöste Schlachtenbummler stauten sich zu einer hysterischen Masse. Sie flehten, schrien, bettelten und greinten laut. Den Bullen war das gleich, sie genossen ihre Macht. Ich überließ Vroni und Lars ihrem Schicksal, wollte zurück zu Robert und Uli. Wir hatten uns vor einer Bar verabredet. Dort, an einem der äußeren Ränder des Platzes, glaubten wir, sicher zu sein. War nett ausgedacht, aber natürlich konnten wir uns nicht so einfach ausklinken. Wir waren Teil der hin und her wabernden Menschenmasse. »Wir sind interniert«, konstatierte Robert mit tonloser Stimme. Rennen, stolpern, fallen, aufstehen, Parolen rufen, sich ducken, Ketten bilden, Schutz suchen. »Unsere Polizei so fleißig wie damals dreiunddreißig!« »Reagan go home!« Darauf folgte die immer gleiche Lautsprecherdurchsage: »Hier spricht die Polizei. Der Umzug ist nicht genehmigt. Das Oberlandesgericht Berlin hat mit Verbot ...«

Die Angreifer aus unseren Reihen warteten nur auf ihre Chance. Sie waren für die Attacke ausgerüstet und gut vorbereitet. Straff organisierte Gruppen von Schwarzbehelmten versuchten den Durchbruch. Kriegsführung wie im 19. Jahrhundert. In fest geschlossenen Ketten marschierten sie auf die Straßensperre zu: »Aufforderung an die Polizei: Eins, zwei, drei – räumt die Straße frei!« Mitkämpfer im Hintergrund sicherten ihr Vorrücken mit Steinhageln ab. Robert, der zu seiner alten Gelassenheit zurückgefunden hatte, erzählte mir, er habe gesehen, wie John und Irene eifrig dabei waren, mit ihren Schraubenziehern die Pflastersteine aus der Straße zu pulen. Der Nachschub musste gesichert sein, denn nur anhaltender Steinhagel zeigte Wirkung. Die Bullen trauten sich noch nicht in den Kessel, sie klappten ihre Visiere runter, verkrochen sich hinter ihren Schilden. Als Revanche schossen sie Tränengaspatronen ab. Die meisten davon erhielten sie umgehend wieder zurück. Wir Unbehelmten waren den Angriffen beider Seiten schutzlos ausgeliefert. Uli, Robert und ich blieben eng zusammen. Rabe hatte ein Tuch vor den Mund gebunden, aber wir erkannten ihn trotzdem sofort. Er gehörte zu einer Gruppe, die voller Elan die mit Spanplatten geschützten Schaufenster von »Möbel Roland« freilegte. In atemberaubender Geschwindigkeit wurden Spießermöbel wie Bücherregale, Wohnzimmerschränke, Couchgarnituren, Fernsehsessel, Nachttische und Wanduhren aufgetürmt und angezündet. Dunkle Rauchwolken und Tränengasschwaden zogen über den Platz. Irgendwo hörte ich eine Frau laut »Beirut« rufen. Ob das begeistert oder verzweifelt klang, war nicht klar.

Die Sperre Ecke Bülowstraße fällt. Jetzt drehen alle erst richtig durch. Wannen pesen über den Platz, die Bullen schwingen die Knüppel, machen Jagd auf jeden, aus allen Richtungen fliegen qualmende Tränengaspatronen, Demonstranten – viele von ihnen vollkommen verzweifelt –

hechten Richtung der freigekämpften Bülowstraße, der harte Strahl der Wasserwerfer treibt sie vor sich her, Polizei- und Krankenwagensirenen heulen, ein Steinhagel nach dem anderen geht nieder, Autos werden in Brand gesetzt, Krankenwagen bahnen sich ihren Weg durch die aufgebrachte Menge, Fotografen und Kamerateams suchen in dem Chaos nach Motiven, Verletzte schleppen sich in Hauseingänge, immer wieder sind Explosionen und die lauten Aufschläge der Pflastersteine auf Schutzschilde und Schaufenster zu hören. Theatralische Szenen spielen sich ab. Robert begeistert sich jetzt für die geheimnisvolle Regie, die im Straßenkampf steckt. Obwohl ich Angst davor habe, einen Knüppel auf den Kopf zu bekommen oder verhaftet zu werden, bin auch ich hingerissen und mache mit. Um mich herum brodelt es vor Energie, und ich bin Teil davon. Die Kampfzone weitet sich auf die umliegenden Straßen aus. Doch es gibt kein Durchkommen Richtung Ku'damm. Ausgerechnet in der Absturzkneipe »Ruine« am Winterfeldtplatz haben die Autonomen Sanitäter ihre Erste-Hilfe-Station eingerichtet. Die auf dem Platz herumstehenden Utensilien für die Wochenmarktstände werden zum Barrikadenbau verwendet. Nachdem sich die Polizei kurzzeitig zurückgezogen hat, trauen sich die Anwohner wieder raus auf die Straße. Vor »Möbel Roland« stochern sie in den verkohlten Resten rum. Ein makabres Bild: Weinend vom Tränengas, suchen die Bürger nach brauchbaren Stilmöbeln. Da kommt die Nachricht durch, dass der U-Bahn-Verkehr eingestellt und der Ausnahmezustand ausgerufen worden ist. Kreuzberg sei von der Außenwelt abgeschlossen, heißt es. Ich beobachte, wie das Kamerateam von CNN seine Kameras auf der Hochbahn aufstellt. Die Kameras sind direkt auf den Kessel gerichtet. Kanzler Schmidt hatte sich »proamerikanische Stimmung« für den Berlinbesuch Reagans gewünscht. Die Kriegsbilder vom Nollendorfplatz werden die Amerikaner entsetzen. Wahrscheinlich werden sie sich wieder fragen, wo die Jubelberliner geblieben sind, die John F. Kennedy bei seinem legendären Besuch auf die Straße gebracht hatte. Wir treffen Marianne, die uns atemlos berichtet, schon über zweihundert von uns seien eingefahren, also verhaftet worden. Soweit sie wusste, war keiner aus unserem Haus darunter. Außerdem gehe das Gerücht, Lummer wolle sich noch heute mit Durchsuchungen oder Räumungen rächen. Man vermute, dass es vor allem Häuser in Schöneberg treffen werde. Bei uns in der Nähe stürzen einige Jungs mit großer Freude eine stehen gebliebene Wanne um, erbeuten den fetten Mercedesstern und setzen die Wanne dann in Brand. Es dauert lange, bis die Bullen sich trauen, das Wrack abzuschleppen. Das Foto der schwerfällig auf der Seite liegenden, teilweise verschmorten und qualmenden Wanne wird zum Symbol unseres Sieges werden.

Fast sechs Stunden dauerte das alles. Der Platz war verwüstet: das Pflaster weiträumig zerlöchert, Schaufensterscheiben zerschlagen, überall lagen Steine und Scherben, dazwischen flackerten halb verbrannte Amerika-Fähnchen. Gerippe abgefackelter Autos, Stilmöbelbarrikaden und Tränengaskartuschen qualmten. Es stank fürchterlich nach verbranntem Plastik, Tränengas und vor sich hin kokelnden Holzresten. Irgendwo hatte jemand seine Fenster weit geöffnet und Jim Morrison aufgelegt: »The End« schallte laut über den Platz. Melancholie im Häuserkampf.

Im Fernsehen und in den Zeitungen kommen wir groß raus. Heftigste Straßenschlacht seit dem 17. Juni 1953. Der amerikanische Präsident, immerhin der mächtigste Mann der Welt, verließ nach nur drei Stunden – eine Stunde früher als vorgesehen – die Stadt. »We are the champions«, lachte John und boxte Rabe zärtlich in den Bauch.

DIE LÜCKE – LUISE

Obwohl es heiß in diesem Sommer gewesen sein soll, erinnere ich mich an einen kalten Juli, in dem ich nach Berlin zurückkehrte. Ich hatte den Frühling in Süddeutschland bei meinen Eltern verbracht, wo ich wieder gehen lernte. Ich wog so viel wie zuletzt als Elfjährige, und meine Beine waren so dünn wie die Arme eines mageren Mannes. Jeden zweiten Tag im milden Heidelberger Frühling wanderte ich hinunter zum Neckar, spazierte über die Brücke und kaufte auf der anderen Flussseite in einem kleinen Spezialitätengeschäft Käse. Ich genoss es, alle Arten von würzigem und stinkendem Käse zu essen. Diese regelmäßigen Spaziergänge waren die reine Freude. Mir gefiel dieses Gehen mit meinem neuen Körper, der mir fast durchsichtig vorkam, noch undefiniert. Freunde aus Berlin besuchten mich. Auch mein Liebhaber kam, und es machte mir nichts aus, dass wir beide kein Liebesverhältnis mehr wollten. Das entschied sich leicht, ohne Vorwurf und ohne Verwundern. Andere Freunde lösten sich von ihrer jahrelangen Einsilbigkeit und fingen an zu erzählen. Sie waren von etwas berührt, was wir selbst kaum verstanden.

Jetzt kehrte ich also zurück, um wieder an mein Leben in Berlin anzuknüpfen. Ich kehrte zurück in unser besetztes Haus, und es gab viel Willkommen. Auf dem S-Bahngelände die Birken, auf dem Dach die schwarze Fahne. Alles wie immer. Aber unsere Gruppe gab es nicht mehr. Einer nach dem anderen hatte mich besucht, aber der Schock von Sorayas Tod war wie ein Loch im Sein. Thomas war zu Uli gezogen, Wolle wohnte im Taxi, Robert saß allein in unserer Küche, und Elena kam nur noch selten vorbei. Es gab viel Veränderung. Sie erzählten mir von dem Überfall der Nazis, warum Prinzessin Crumb ausgezogen war, vom Stress in den Räten, von ihrer Angst, wie es weitergehen soll, von den Räumungen und

Durchsuchungen, von der Schlacht am Nollendorfplatz und natürlich von Trennungen und Affären. Ohne große Begeisterung lernte ich Jan, Lynn und Rabe kennen. Eine Überraschung war Irene, die sich anscheinend wirklich freute, mich wiederzusehen. Damit hatte ich am wenigsten gerechnet.

Unser Schlafzimmer war verlassen. Ich warf alle Matratzen raus und baute ein Zimmer für mich allein. Ich putzte die Fenster, die tief hinunter auf das S-Bahngelände blicken ließen, wo nach wie vor in regelmäßigem Takt die alten Züge rumpelten. Sorayas Chagall-Bild rührte ich nicht an.

Zurückgekommen war ich mit dem Wissen, dass ich überlebt hatte, weil die Ärzte und Krankenschwestern in Ústí ihre Arbeit sehr gut gemacht hatten und weil mir meine Eltern geholfen hatten. Jetzt blieb mir nichts als dieses wiedergefundene Leben. Die Freunde im Haus waren offen und wollten von meinen Erfahrungen und Erlebnissen hören, aber als ich beim Erzählen in ihre erstaunten Gesichter sah, verstummte ich. Meine Worte tönten falsch nach Sensation, und weil ich das unerträglich fand, hielt ich den Mund.

Unsere Rebellion war in die Jahre gekommen. Es gab noch viele besetzte Häuser und immer wieder große Demonstrationen, aber die Gräben zwischen den Besetzern vertieften sich. Auch bei uns im Haus gab es Richtungskämpfe. Wir demonstrierten weiterhin gegen Nachrüstung und für die Befreiungskämpfe in El Salvador und Nicaragua, aber sobald ich einen Krankenwagen sah, schlich ich mich davon. Im Fernsehen hatte ich die Jubelfeiern der Engländer nach ihrem Sieg auf den Falklandinseln gesehen. Das war mir besonders unangenehm gewesen, denn ich wusste, dass hinter all dem Hurra nur Tote lagen. Ich wurde plötzlich sehr empfindlich.

Wie die Figuren in Jean-Paul Sartres »Das Spiel ist aus«, die nach ihrem Tod eine zweite Chance bekommen, um sich ganz ihrer Liebe hinzugeben, stolperte ich ungeschickt herum, irgendwie entlassen und vollkommen zurückgeworfen auf mein Leben. Ich fand, ich machte es nicht besser als Eva und Pierre bei Sartre. Ich scheiterte genauso. Einmal lief ich mit Einkaufstüten eilig durch die Straßen, als ich mein Spiegelbild in einem Schaufenster entdeckte. Was ich sah, erschien mir plötzlich furchtbar lächerlich. Beim Anblick meines Spiegelbilds – im Pullover, fröstelnd und mit zwei Plastiktüten links und rechts – blitzte in meinem Kopf die Frage auf: Dafür also?

Mein Körper war ein anderer geworden. Nach der langen Zeit, unbeweglich im Bett, hatte sich meine Wirbelsäule verändert. Wo vorher alles gerade gewesen war, sprangen jetzt die Wirbel hervor. Die linke Hand war verkrüppelt. Ein abgedrückter Nerv musste langsam nachwachsen, um die Muskeln am kleinen Finger wieder versorgen zu können. Am merkwürdigsten war die Narbe an meinem Hals, rot und rund wie ein Knutschfleck, der sich mit dem Kehlkopf verklebt hatte und nun bei jedem Schlucken auf und ab hüpfte. Ich war darüber nicht bitter. Mein veränderter Körper war sichtbares Zeichen meiner Geschichte. Wo ich ansonsten nur vage Erinnerungen hatte, konnte ich ihn als greifbares Ergebnis behalten. Ich war zuerst mein Körper und dann meine Geschichte. Dieses wesentliche Ereignis meines Lebens war ihm eingeschrieben, und ich akzeptierte das wie selbstverständlich. Nur an einen Liebhaber dachte ich noch lange nicht. Ich mochte niemanden neu in meinem Leben. Ich wollte nicht berichten müssen, wie ich so geworden war.

Ich war ungeschminkt, trug einfache T-Shirts, schwarze Hosen, keinen BH. Meine Haare waren kurz, schwarz, ungekämmt und abstehend. Meine Menstruation hatte seit langer Zeit ausgesetzt.

Von Soraya gab es nur noch das Chagall-Bild. Alle anderen Spuren waren verschwunden. Noch während meiner Zeit in Ústí waren ihre Mutter und auch der Grande gekommen und hatten ihre Hinterlassenschaft mitgenommen. Ein paar ihrer Bücher blieben zufällig auf unserem Bücherregal stehen. Ich stellte ein Buch dazu, das bei unserem Unfall gerettet worden war, ein schmaler, blutverschmierter Band tschechischer Kurzgeschichten, den Soraya in Prag gekauft hatte. Wenn ich darüber nachdachte, wie es zu dieser Reise gekommen war, fühlte ich mich als Überlebende irgendwie schuldig. Das konnte ich nicht abschütteln. Das Gefühl von Soraya als meinem Gegenüber blieb mir erhalten. Manchmal wurde es mir lästig, was ich mir jedoch nicht einzugestehen getraute. Die anderen Freunde hatten an ihrem Grab trauern können. Dafür war es für mich zu spät, und auch Sorayas Familie sollte ich nie kennenlernen. Nicht vor und auch nicht nach dem Unglück. Ich versuchte nicht, Kontakt mit ihnen aufzunehmen. Es sollte Jahre brauchen, bis ich das Gefühl überwunden hatte, eine Zukunft zu haben, die nicht nur für mich gedacht war. Ich befand mich in einem anderen Zustand, versuchte mit meinem Überleben zurechtzukommen, immer mit Soraya an meiner Seite. Wenn ich an sie dachte, spürte ich ein unangenehmes, fast schmerzhaftes Ziehen in mir. So etwas wie Zahnschmerzen in der Seele. Mein Körper wusste mehr über mich als ich. Meinen veränderten Körper fand ich passend zu meinem Gefühl des Aus-der-Welt-gefallen-Seins. Ich las »Die Gesänge des Maldoror«, viel über Surrealismus, »Das Passagen-Werk« von Walter Benjamin, André Malraux' »Imaginäres Museum«. Alles Schriften von Männern. An eine weibliche Identifikationsfigur für mich als Künstlerin kann ich mich nicht erinnern. Ich fand keine oder suchte sie vielleicht auch gar nicht, da es sie nicht gab.

Zusammen mit Elena und Thomas teilte ich dieses eine unverrückbare Erlebnis. Aber weil eine von uns tot war, konnten wir unser Überleben nicht feiern. Wir legten es nicht besonders darauf an, uns zu dritt zu treffen. Es war einfach zu viel, immer wieder erinnert zu werden. Thomas und ich gingen uns aus dem Weg. Er stellte kaum Fragen, war eigentlich wie immer. Mir war das recht so. Auch ich fragte ihn nicht. Ich hatte keine Erinnerung an ihn im Krankenhaus von Ústí. Für mich war er nie dort gewesen.

Elena wurde die enge, intime Freundin und gleichzeitig die Wissende, Mitleidende und Rätselhafte. Wir teilten die Trauer um Soraya, die für mich eine Unbekannte war, bis sie starb, und die nun in der Trauer konkret werden konnte. Elena wollte ein Buch über Soraya schreiben, woraus jedoch nie etwas wurde. Ihre Trauer um Soraya verband sich mit einem geheimnisumwobenen Toten, der Marcello hieß und den Elena geliebt hatte. Sie hatte schon so viel mehr erlebt als ich.

Elena führte mich ein in die Welt der Bücher. Sie machte mich vertraut mit dem Wissen, das ich suchte. Sie las russische und südamerikanische Literatur: Tolstoi, Dostojewski, Borges, Tschechow, Lispector, Turgenjew, Onetti. Ganz genau erinnere ich mich noch, wie beeindruckt sie von Bulgakows »Meister und Margarita« war. Mir schenkte sie »Rayuela« von Julio Cortázar. Allmählich baute sie sich eine kleine Bibliothek auf, die mich in ihrer Anlage beeindruckte und die sich später, als Elena plötzlich verschwand, in alle Winde zerstreute. Ich habe keines ihrer Bücher.

Elena hatte kaum Gepäck, als sie auf dem Sozius von Sorayas Motorrad aus dem Piemont über die Alpen kam. Sie hatte auch kein Geld und jobbte an den seltsamsten Stellen. Gelegenheitsarbeiten nahm sie an, wie sie kamen. Lange Zeit arbeitete sie als Putzfrau in einem Bordell in der Kantstraße. Sie erzählte mir von der Traurigkeit der asiatischen Prostituierten, die nur selten das Haus verließen und kaum Deutsch sprachen.

Im Waisenhaus war sie mit sechzig Kindern in einem Schlafsaal untergebracht gewesen. Pro Kind gab es einen Nachttisch, der, wenn man nicht aufpasste, geplündert wurde. Die Kinder hatten alle die gleichen Schuhe, auf die sie höllisch achtgeben mussten, denn auch die Schuhe wurden geklaut. Man nahm, was man haben konnte. Wer morgens seine Schuhe nicht mehr fand, wurde bestraft. Zu essen gab es immer nur Polenta und Bacalao, und nie war es genug. Wie als kleines Mädchen im Waisenhaus war Elena auch als erwachsene Frau immer hungrig. Sie wurde nie richtig satt. Als wir zusammenlebten, ging sie tagsüber heimlich zum Essen in die Lebensmittelabteilungen der Kaufhäuser oder in die Kantinen der Bezirksämter und Gerichte. Und ich wunderte mich, wie sie von unseren Abendessen so füllig werden konnte. Sie erzählte mir die Geschichte, dass es einmal in der Klosterspeisekammer Bananen gab, die von der kleinen Elena gefunden wurden. Sie stopfte sich damit voll.

Als der Diebstahl entdeckt wurde, holte man die Kinder zusammen und stellte sie zur Rede. Alle schwiegen. Da baute sich die Nonne vor ihnen auf und sagte: »Wenn der Dieb eines Tages vor den Herrgott tritt, tut er das mit Bananen in den Händen.« Elena spielte das wundervoll nach, hob ihre Hände hoch, wie gefüllt mit prächtigen Bananen, und lachte wie irre.

Ich meinte, viel über Elena zu wissen, irrte mich aber. Sie blieb verschlossen und bewahrte sich einen Ort, an den ihr niemand folgen durfte. Wie ich später erfuhr, tat sie auch Dinge, von denen sie niemandem etwas sagte. Das ahnte ich und versuchte, es in den Porträts, die ich von ihr zeichnete, festzuhalten. Ihr Hintergrund war ein tiefes Dunkel, Schwarz und etwas Blau.

Elena und ich verbrachten gemeinsam den Sommer. Ich hatte ein Freisemester wegen des Unfalls. Wir verreisten nicht, sondern lebten zurückgezogen in meinem Zimmer. Unser einziges Ausflugsziel in diesem Sommer war die Gemäldegalerie in Dahlem. Staunend wanderten wir durch die Säle der Meister. Tintoretto, der gegen Ende seines Lebens an der Farbe verzweifelte. Tintoretto, wie ihn Cézanne beschrieben hat. Schlaflos, von seinen ruchlosen Träumen verzehrt und in Schweiß gebadet. Seine Tochter sitzt mit ihm in seinem purpur ausgeschlagenen Zimmer und spielt ihm stundenlang auf dem Cello vor. Diese Geschichte wollte Elena immer wieder hören, und ich erzählte sie ihr auf unseren langen Fahrten mit der U-Bahn von Kreuzberg in den grünen Süden der Stadt. Ich liebte El Greco. Sein schräger Strich, die flackernden Gesichter, sein grelles Magenta-Rot, knalliges Cyan-Blau, kreischendes Gelb. El Greco ist Übersteigerung, die Farben künstlich und kaum in der Natur vorhanden. Ich fragte mich, ob es einen Zusammenhang zwischen meiner Entdeckung des Manierismus, der Idiosynkrasie und meinem veränderten Körper gab.

Elena lehrte mich italienische Kinderreime. Scheinbar sinnlose Verse, die wunderschön klangen und die ich noch heute, so viele Jahre später, aus dem Gedächtnis aufsagen kann. Tagsüber ging ich in mein Studio.

Meine Bildgründe für die Malerei behandelte ich nachlässig, rissige Kanten und deutliche Schmutzspuren störten mich nicht. Meine Malerei war tropfend, flüssig, zeichenhaft. Meine Beschäftigung mit dem Surrealismus hatte mich zu Max Ernst und zur afrikanischen Skulptur gebracht. Ich baute Figuren aus Drahtbügeln für Kopf und Schultern, darunter aufgespannt zwei harte gewellte Brotscheiben für die Lungenflügel. In mein Tagebuch notierte ich: »Die einzige Kunst ist die Revolte. Kunst ist Revolte. Kunst ist Befreiung.« In unserem rumpeligen Hof entstanden Figuren aus Holz, Teer, Brot und Schrott. Es waren provisorische Skulpturen des Übergangs. Sie blieben dort, wo sie waren, für sich selbst und ohne Betrachter. Totempfähle. Ich wollte Klarheit und liebte das kalte Meer. Während ich mitten im Hof arbeitete, streiften mich aus den Kellerlöchern Schwaden muffiger Luft, und aus unserem Haus dröhnten Sex Pistols, Beethoven, Gianna Nanini oder Malaria!. Ich war mir der Bedeutung dieser Figuren für mein Leben und für meine Kunst sehr bewusst, habe aber keine davon behalten und auch nicht ans Verkaufen gedacht. Bilder wurden verschenkt, Skulpturen gingen verloren. Ihr Verlust hat mich nie geschmerzt. Bis auf eine Skulptur sind alle weg.

Es war August, als ich eines frühen Morgens einen Spaziergang auf dem S-Bahngelände machen wollte. Ich sah das Hakenkreuz sofort. Schwarz, hässlich und bedrohlich war es fett auf die Holzplatten gesprüht, mit denen wir die Scheiben der »home bar« schützten. »Sie sind also zurückgekommen«, schoss es mir durch den Kopf. Alle aus dem Haus hatten mir von dem Neonazi-Überfall erzählt. Und alle – sogar Irene, Marianne und John – gaben zu, sie hätten Angst, dieser Überfall könne sich wiederholen. Der anfängliche Schock war vorüber, wir schliefen wieder im Seitenflügel, und Jan hatte die Stromfallen abgebaut. Von einem normalen Leben konnte trotzdem keine Rede sein. Bei den Nachtwachen waren wir jetzt zu zweit. Keine von uns, die nicht beim Blick in der Nacht auf die leere Straße oder auf den finsteren Hof die entsetzliche Ahnung beschlich, dass sie zurückkommen würden. Und nun waren sie von uns unbemerkt da gewesen und hatten unser Haus markiert. Das Hakenkreuz war eine Drohung. Den halben Tag waren wir damit beschäftigt, es zu übermalen. Dann hieß es, ich als Künstlerin solle mir was überlegen. Wir müssten ein Zeichen setzen. Sofort fiel mir Herbert Achternbuschs Film »Das letzte Loch« ein. Die Hauptfigur Nil leidet unter der »dreißigjährigen Brutalität Nachkriegsdeutschlands«. Jeden Tag trinkt er in zehn verschiedenen Wirtshäusern je vier Bier, um »sechs Millionen tote Juden« zu vergessen. Elena und ich kopierten im Copy-Shop das Filmstandbild von Postkartengröße auf ein mal zwei Meter hoch. Danach leimten wir die Fotokopien auf die Holzverblendung, sodass ein riesiges, grobkörniges Foto entstand, das man nicht ignorieren konnte. Zu sehen war eine Wirtshausszene, und darüber stand: »Bier ist gut für die Erinnerung. Woran sich erinnern?« Einige Nachbarn verstanden sofort, um was es ging. Manche grüßten nicht mehr, und andere forderten uns empört auf, diesen Schandfleck zu beseitigen. Wir dachten nicht daran.

Mit diesem Film-Still begann unsere seltsame Anverwandlung an unseren Hausbesitzer Aaron Rosenblatt. Seit dem Morgen unserer Besetzung wussten wir, dass das Haus einem Juden gehörte. Unser Jahrestag der Besetzung fiel mit dem der nationalsozialistischen Machtübernahme zusammen. John hängte damals unverdrossen das »Enteignet«-Transparent aus dem Fenster und wurde dafür vor allem von Uli und Clarissa angemacht. Ihr Streit wurde nicht ausgetragen. Das Transparent hatte irgendwann seinen Dienst getan und wurde abgehängt. Den jüdischen Hausbesitzer vergaßen wir wieder. Und zwar so lange, bis die Nazis ihr Hakenkreuz hinterließen und bis die Frage »Verhandeln oder nicht?« immer drängender wurde. Es war nämlich ein Unterschied, ob man es mit einer der großen Wohnungsbaugesellschaften oder mit einem Privatbesitzer zu tun hatte. Wir konnten uns nicht zusammenschließen, sondern mussten allein unseren Weg finden.

Ich weiß nicht mehr, wie es dazu kam, aber es ergab sich wie von selbst, dass ich fast jede Freitagnacht mit Marianne, Elena und Lynn in der »home bar« zusammensaß. Wir tranken viel Wein. Unser Lieblingsthema war Aaron Rosenblatt. Nachdem wir als eine Art Voodoo-Zauber das Film-Still an der Fassade angebracht hatten, drehte sich alles um die Frage, wer dieser Aaron Rosenblatt eigentlich sei, warum er das Haus hat leer stehen lassen und was er von uns hält. Wir hörten das Flüstern der Nachbarn auf der Straße. Sie kamen näher, senkten die Stimme: »Er ist Jude ... Herr Rosenblatt lässt das Haus leer stehen, um uns zu ärgern. Es ist für ihn ein Mahnmal der deutschen Geschichte. Aber was haben wir damit zu tun? Ein Glück, dass ihr gekommen seid. Jetzt rutscht man wenigstens nicht mehr auf der Taubenscheiße aus.« Zu ihrer Freude über die Beseitigung der Taubenscheiße mischte sich unverhohlen ihre Freude über die Beseitigung des Mahnmals, was jedoch nichts daran änderte, dass sie uns verachteten und jederzeit ans Messer geliefert hätten. Mit unserem Film-Still an der Fassade hatten wir diese unangenehme Komplizenschaft, in die sie uns zwangen, aufgekündigt und ihnen einen Strich durch die Rechnung gemacht. Lynn, Marianne und ich fanden, das war nicht genug. Wir waren der festen Überzeugung, wir sollten Kontakt mit Rosenblatt aufnehmen. Unser Interesse an Aaron Rosenblatt teilten die anderen nicht. Die meisten im Haus waren zu sehr mit ihrem eigenen Leben beschäftigt, als dass sie sich da reingehängt hätten. John zeigte uns den Vogel, Uli musste studieren, Irene war eifersüchtig wegen Marianne, Thomas hielt sich wie immer raus, und für Rabe galt die Regel: »Hausbesitzerschwein bleibt Hausbesitzerschwein.« War ihm doch egal, ob der im KZ seine Familie verloren hat.

Die ablehnenden Reaktionen bestärkten uns in unserer Haltung. Wir phantasierten uns in eine Art Geistesverwandtschaft mit Aaron Rosenblatt hinein. Rückblickend kann ich mir das nur so erklären, dass wir insgeheim glaubten, wir gehörten wegen des Nazi-Überfalls zusammen. Also die abstruse Vorstellung, wir würden in einem Boot sitzen. Der Jude und Holocaust-Überlebende mit den jungen Deutschen. Unsere gemeinsamen Feinde waren die Nazis und die Nachbarn, die wie 1933 gegen Juden, Linke, Schwule und Andersdenkende agierten. Man kann es nicht anders sagen, aber wir bastelten uns einen Juden. Ich war die einzige von uns, die überhaupt Juden kannte. Aber ich erzählte nichts von Dr. Lípa und Dr. Maly aus Ústí, was wahrscheinlich auch daran lag, dass ich sie gar nicht in Zusammenhang mit Aaron Rosenblatt brachte.

Irgendwoher bekamen wir die Information, Rosenblatt besitze über zwanzig Häuser in Berlin. Wir besorgten uns eine Liste dieser Immobilien und begannen sie abzuklappern. Es waren allesamt große Charlottenburger und Wilmersdorfer Mietshäuser aus der Gründerzeit. Ihr Zustand war sehr unterschiedlich, aber keines davon stand leer. Lynn versuchte über Rosenblatts Mieter mehr über ihn in Erfahrung zu bringen. Manche Häuser ließ er verkommen, für andere sorgte er vorbildlich. Er vermietete auch an Wohngemeinschaften, was wir gleich als Indiz seiner politischen Fortschrittlichkeit interpretierten. Von einer älteren Dame, die Rosenblatt persönlich kannte und die seit vielen Jahren seine Mieterin war, erfuhr Lynn, dass Aaron Rosenblatt der einzige in seiner Familie war, der die Nazizeit überlebt hatte. Alle anderen waren im Konzentrationslager umgebracht worden. Damit glaubten wir eine Erklärung dafür zu haben, warum er unser Haus seit Kriegsende hatte leer stehen lassen. Mussten wir diesen Leerstand nicht akzeptieren? War es wichtiger, dass das Haus bewohnt wird, oder war es wichtiger, es als Mahnmal für die Verbrechen der Nazis bestehen zu lassen? Welche Moral galt mehr – die des Holocaust-Überlebenden oder die der Hausbesetzer? Können wir unter diesen Umständen das Haus weiterhin besetzt halten? Auf welcher Seite stehen wir? Auf der Seite der Antisemiten oder auf der Seite des Juden? Machen wir mit unserer Besetzung nicht gemeinsame Sache mit unseren Fascho-Nachbarn? Wie kann eine antifaschistische Haltung dazu aussehen? Haben wir als Nachfahren der Täter nicht eine besondere Verpflichtung den Opfern gegenüber? Diese Diskussion war in unserem Haus nicht zu führen, und in den Räten hielten sie uns für meschugge. Einer, der sein Haus jahrelang nicht vermietet, ist ein Spekulant. Spekulanten sind die natürlichen Feinde der Hausbesetzer. Dazu gehören auch Juden. »Vor allem Juden. Schau dir doch mal Frankfurt an«, rief einer im Blockrat laut. Spekulanten müssen enteignet werden. Egal, welche Geschichte sie haben. Die Enteignung des dringend benötigten Wohnraums war wichtiger als Auschwitz. Das war die Linie, Ende der Diskussion. Insgeheim verfluchte ich es, dass wir überhaupt angefangen hatten, uns für Rosenblatt zu interessieren. Würden wir nichts über ihn wissen, dann hätten wir uns diesen Seiltanz aus Verstehen und Nicht-entschuldigen-Wollen sparen können. Aber jetzt wollte ich dranbleiben.

In der Fasanenstraße steht an der Stelle der in der Pogromnacht 1938 von den Nazis niedergebrannten großen Synagoge das Jüdische Gemeindehaus. Dort gibt es eine Bibliothek. Ich kannte den Bau nur von außen. Die strengen Einlasskontrollen schockierten mich. Was hast du dir eigentlich gedacht?, fragte ich mich und spürte, wie unbehaglich mir zumute war. An den Arbeitstischen im Bibliotheksraum saßen einige wenige Besucher. Auf der Straße hatte ich noch nie jemanden gesehen, der sich durch seine Kleidung als Jude zu erkennen gab. Jedenfalls nicht in Deutschland. Doch hier waren sie: Männer mit Bart in durchgehend schwarzer Kleidung. Manche hatten einen Stoffgürtel um die Taille und manche Schläfenlocken. Sie saßen still und konzentriert über die Bücher gebeugt. Ich fühlte mich vollkommen fehl am Platz und war froh, als ich am Fenster zwei junge Frauen sitzen sah. Dennoch traute ich mich nicht, den Bibliothekar anzusprechen, und verkroch mich zwischen den Regalen. Es gab klassische Judaica, Bücher über Philosophie, jüdisches Denken, Literatur, Kunst, Zionismus und den Staat Israel, Antisemitismus und Verfolgung, die Geschichte der Shoa. Wie sollte ich hier je etwas über Aaron Rosenblatt finden? Nachdem ich ohne Ergebnis in einigen Büchern gesucht und geblättert hatte, fasste ich mir ein Herz und wandte mich an den Bibliothekar. Ich fragte ihn, aus welchen Büchern ich etwas über die Familie Rosenblatt erfahren könnte, die im Konzentrationslager ermordet worden sei. Ob es dazu vielleicht irgendwelche Unterlagen gebe. Er schaute mich ernst an, mir rauschte es laut in den Ohren. Von seiner Antwort hörte ich nur »sechs Millionen Tote«. Rot vor Scham drehte ich mich um und stürzte davon. Ich erzählte niemandem von meinem verunglückten Besuch im Jüdischen Gemeindehaus. Seither bin ich nicht mehr dort gewesen.

»Es gibt keine andere Lösung, wir müssen Rosenblatt persönlich sprechen. Das ist doch ganz einfach. Er wohnt in Berlin, und wir gehen bei ihm vorbei. Wir müssen ihm sagen, dass wir nicht wie unsere Eltern, Großeltern und die anderen Nazi-Deutschen sind. Vielleicht überlässt er uns dann das Haus«, beendete Lynn, die immer mehr wie Patti Smith aussah, unsere Diskussion ungewohnt forsch. Sie schlug vor, wir sollten Rosenblatt besuchen. Für Marianne war das ein Problem. Ihre Position Rosenblatt gegenüber war in ihrer Küche sehr umstritten. Während John und seine Gefährten unser Vorgehen kategorisch ablehnten, schien Irene kompromissbereiter. Keine Ahnung, wie Marianne das gelungen war, aber Irene setzte sich eines Freitagabends zu uns an den Tisch, bestellte Wein und erklärte fröhlich, sie werde uns begleiten. Zwar glaube sie nicht, dass das was bringen werde, aber versuchen könne man es. Vielleicht hatte Irene die Rolle der toughen Revolutionärin über und suchte die Abwechslung. Was auch immer ihr Grund gewesen war, wir waren froh über die Verstärkung. Im Laufe der Nacht kam uns die Idee, Rosenblatt könne an seinem Mahnmal festhalten, wenn er uns als Bewohner akzeptieren würde. Die meisten Nachbarn ärgerten sich über uns. Sie mochten nicht, wie wir aussahen, wie wir lebten, fanden die »home bar« schrecklich und schimpften auf unsere Transparente. Die Polizeieinsätze in ihrer Straße empfanden sie als Ruhestörung. Wir könnten Rosenblatt versprechen, uns in dieser Richtung noch mehr einfallen zu lassen. Unser Transparent »Es ist besser, unsere Jugend besetzt leere Häuser als fremde Länder« würde ihm doch bestimmt gefallen. Wir malten uns aus, wie er uns besuchen kommen würde. Die Spießerfaschonachbarn wären bestimmt entsetzt, wenn sie mitbekommen würden, dass »der Jude« und »die Hausbesetzer« sich zusammengeschlossen hätten. Marianne schlug vor, bei dieser Gelegenheit »Deutschland muss sterben, damit wir leben können« aufzulegen. Man müsste die Anlage so laut aufdrehen, dass das Lied durch die Straße dröhnte und sie es mit der Angst zu tun bekämen. Das mit Rosenblatt erträumte Arrangement wäre eine elegante Lösung des Dilemmas »Verhandeln oder nicht verhandeln«. Wir würden dadurch

Nichtverhandler bleiben, denn es ging nicht um Mietzahlungen oder Erbpachtverträge, sondern um widerständiges Wohnen. Das Haus bliebe als Mahnmal gegen die Nazis erhalten. Das würden wir Rosenblatt garantieren. Wir fünf Frauen fanden das ziemlich clever.

Für den Besuch bei Rosenblatt waren wir wie üblich ganz in Schwarz angezogen. Elena, die schwierigen Situationen gerne aus dem Weg ging, wollte nicht mitkommen. Seine Adresse war in Wilmersdorf in der Nähe des Südwestkorsos, eine noble Gegend. Wir waren dort nie gewesen und kannten auch niemanden, der dort wohnte. Das Haus, in dem Rosenblatt lebte, war einer der großen repräsentativen Altbauten im wilhelminischen Stil. Hohe Fenster, ein Vorgarten mit dunkelrot blühenden Anemonen, tief liegende Balkons, Morgensonne. Lynn fiel auf, dass an keinem der Fenster Gardinen hingen. Auch die Balkons waren unbepflanzt und wirkten wie verlassen. Mit einem flauen Gefühl im Magen tänzelten wir die Stufen zur Haustür hoch. Auf dem langen Klingeltableau standen nur zwei Namen: Aaron Rosenblatt und Miriam Goldstein. Von einer Frau war bislang nicht die Rede gewesen. Ratlos schauten wir einander an. Unsere Erwartungen waren so hoch, dass wir unmöglich umkehren konnten. Irene drückte beherzt den Klingelknopf. Ohne Nachfrage antwortete der Türsummer. Wir waren drin. Die Namensschilder neben den Wohnungstüren waren unbeschrieben. Wohnte hier überhaupt jemand? Unsere Schritte hallten wider in dem großen Treppenhaus. Im obersten Stockwerk angekommen, kam es zu einem Szenenwechsel. Plötzlich war lautes Schreibmaschinengeklapper zu hören. Die Tür zu einem Büroraum war nur angelehnt. Darin saß an einer Schreibmaschine eine Brünette Mitte vierzig mit hochtoupierten Haaren. Ihre dunklen Augen musterten uns abschätzig. Sie wirkte, als ob sie auf uns gewartet hätte. Weil sie nichts sagte, brachte Irene unser Anliegen vor: »Wir wollen Aaron Rosenblatt sprechen. Wir kommen aus dem besetzten Haus.« In diesem Moment betrat ein junger Mann mit auffälliger Frisur den Raum. Scharf rasierte Koteletten, schwarzes, stufig kurz geschnittenes Haar und ein Pony, der ihm in die Augen fiel. Sah niedlich aus, wie ein Zottelhund. Das konnte unmöglich Aaron Rosenblatt sein. Er trug ein gelbes Hemd, eine braune Lederkrawatte und darüber einen grün-gelb gemusterten Blouson mit breit gepolsterten Schultern. »Popper«, zischte Irene uns zu. Das mit dem niedlich hatte sich schnell erledigt. Weil wir zehn Meter gegen den Wind als Besetzerpunks zu erkennen waren, musste er nicht lange nachdenken. »Raus! Und zwar dalli, bevor ich mich vergesse. Ich rufe jetzt die Polizei«, sagte er laut und zeigte mit ausgestrecktem Arm auf die Tür. Dabei blähten sich seine Schulterpolster zu beeindruckender Größe auf. Wahrscheinlich kam er sich wie Superman vor. Die Brünette, weiterhin still, griff schon mal zum Hörer. »Dalli? Wie spricht der denn?«, überlegte ich noch, als wie aus dem Nichts ein zweiter Mann auftauchte.

Klein, weiße Haare, grauer Anzug, weißes Hemd, Krawatte, glänzende Schuhe. Lynn trat auf ihn zu, schaute ihn aus großen Augen verwundert an und sagte: »Sind Sie der Rosenblatt?« Nickte er, lächelte er, was für einen Gesichtsausdruck hatte er? Keine von uns wusste das hinterher zu sagen. Wenn ich mich heute daran zu erinnern versuche, wie Aaron Rosenblatt ausgesehen hat, so ist das wie Heinz Berggruen, wie Yitzhak Rabin, wie Shimon Stein, wie Michael Degen, wie Michel Friedman. Mit anderen Worten: Ich weiß es nicht wirklich. So plötzlich wie er aufgetaucht war, so plötzlich trat er wieder ab. Wortlos. Lynn lief ihm hinterher. Er ging zu einem Aufzug. Wir anderen hörten, wie sie aufgeregt sagte: »Wir kommen aus dem besetzten Haus. Wir wollen mit Ihnen sprechen.« Darauf antwortete Aaron Rosenblatt ruhig: »Lassen Sie sich einen Termin geben«, drückte auf den Fahrstuhlknopf und schwebte davon.

Atemlos hatten der Popper und die Brünette mit uns zusammen die Szene durch die offene Tür verfolgt. Kaum war von Rosenblatt nichts mehr zu hören und zu sehen, spielte sich der Popper wieder auf. »Verlasst sofort das Haus, oder wollt ihr noch eine weitere Anzeige wegen Hausfriedensbruch am Hals haben?« Irene konterte cool, dass wir nicht per Du seien und wir im Übrigen, wie er gehört habe, einen Termin mit Rosenblatt wollten. Wie zu erwarten, wurde daraus nichts. Die Brünette reichte ihrem Popperchef den Hörer. Bevor er sein Anliegen der Polizei vortragen konnte, waren wir auf und davon.

Zu Hause erzählten wir nicht viel. Zuckten auf Nachfragen mit den Schultern. Uns war klar, dass sich die Sache erledigt hatte. Der Popper würde uns nie und nimmer einen Termin geben. Und ob Rosenblatt auf diesen Termin drängen würde, war mehr als ungewiss. Die Politik, die er mit seinen Häusern verfolgte, blieb unverständlich und widersprüchlich. Irene und Marianne befanden sich wieder voll auf Linie und erklärten, John und die Räte hätten recht gehabt. Rosenblatt war ein Spekulant und gehörte enteignet. Lynn und ich jedoch glaubten noch immer daran, dass er auf unserer Seite war. Doch uns fehlten dafür die Beweise.

Um acht Uhr morgens schlug der erste Polizeitrupp lautstark die Tür am Hintereingang ein. Die Megaphondurchsage kam hinterher. Marianne und Michael, die Nachtwachen, waren eingeschlafen und hatten uns nicht gewarnt. Ungewohnt höflich wünschten sie uns einen »Guten Morgen«. Angeblich schützten sie nur die Mitarbeiter der Bewag, die herauszufinden versuchten, wie und wo wir den Strom klauten. Der zweite Trupp agierte dann wie gewohnt: zum Fotografieren an die Wand, Fingerabdrücke nehmen, Personalien feststellen und dazu möglichst dämliche Sprüche klopfen. Ich war froh, dass Elena nicht über Nacht geblieben war. Diese Prozedur hätte sie nicht ausgehalten.

Alles ging reibungslos ineinander über. Die Suche nach Beweisen für den vermuteten Stromdiebstahl wurde zur Durchsuchung, und aus der Durchsuchung wurde die Räumung. Vier Stunden mussten wir dicht gedrängt, ohne Wasser und Brot, unter strenger Bewachung im Gefangenentransporter ausharren. John war knapp vor einer Panikattacke. Wir sahen nicht, was draußen vor sich ging. Sie sagten uns während der vier Stunden nicht, was sie mit uns vorhatten. Schließlich ließ man uns frei. Wie ein verlorenes Häuflein standen wir auf dem Bürgersteig vor unserem Haus zusammen. Dann erklärte der Einsatzleiter in bestem Bürokratendeutsch: »Obwohl die baupolizeiliche Sperrung nicht zu einer Räumung hätte führen müssen, konnte man den Zugriff des Eigentümers nicht abwenden.« Da stand er auch schon: der Popper, der sich als der vom Eigentümer Aaron Rosenblatt bevollmächtigte Verwalter entpuppte. Wieder hatte er seinen grüngelb gemusterten Blouson an. Er schien sich ziemlich unwohl zu fühlen. Der Einsatzleiter und er schoben die Verantwortung für die Räumung jeweils dem anderen in die Schuhe. Wir glotzten in die Luft. Das war es wohl. 28 Obdachlose stehen vor ihrem geräumten Haus. Mit dem Satz »Ich kann Ihnen auch nicht helfen« hechtete der Popper überstürzt in seinen schwarzen Mercedes und brauste davon. Irene merkte sich die Autonummer.

Was folgte, war banal. Der Einsatzleiter erklärte uns, dass wir heute noch vier und morgen fünf Stunden Zeit haben würden, um unser Eigentum aus dem Haus zu schaffen. Es gab keinen Weg zurück. Ein überschaubarer Trupp Unterstützer, darunter auch einflussreiche Häuptlinge anderer Häuser, stand hilflos um uns herum. Aus offenen Fenstern verfolgten die Nachbarn neugierig unsere Vertreibung, manche mit Fernglas. Es gibt Fotos dieser Szenen der Räumung. Ich stehe in meinem Alpakapullover inmitten von Polizisten und Freunden. Deutlich ist meine rote Kehlkopfnarbe zu erkennen. Stolz und kriegerisch sehe ich aus. Wir alle sehen kriegerisch und stolz aus. »Glaubt bloß nicht, dass wir heulen«, rief Irene laut den Bullen zu.

Ein letzter Versuch: Lynn und ich eilen zur Bezirksverordnetenversammlung. Stehen vor den Volksvertretern wie die armen Vettern und fordern Gnade. Der Dezernent für Soziales konstatiert ein »menschliches Problem«. In zierlichen Buchstaben schreibt er die Adresse eines Obdachlosenasyls auf und reicht den Zettel an uns weiter. »Obdachlose gehören ins Obdachlosenasyl«, ruft uns der Vertreter der Jungen Union hämisch hinterher.

Wir kommen in einem in der Nähe gelegenen Jugendzentrum unter. Dort schlafen wir alle zusammen in einem großen Saal und ziehen am nächsten Morgen los, um unsere Habe zu holen. Das war eine bittere und gemeine Erfahrung. Die Müllcontainer sind bereits vor dem Haus platziert. Die Bullen begleiten uns durch die Zimmer und passen genau auf, was wir mitnehmen. Die Fenster der »home bar« waren zugenagelt. Bauarbeiter standen im Hof, warteten ab und rauchten. Richtig fies. John gelingt es, mehrere Fensterscheiben einzuschlagen. Der Wind pfeift durch das menschenleere Haus. Ich packe meine Skulpturen, die Bilder, die Bücher, meine Kleider und die Matratze auf einen Leiterwagen. Das Chagall-Bild lasse ich hängen.

Meine Nachbarn, die Hausbesetzer.

KILL THE POOR, SEPTEMBER 1982

Wir landeten im Abseits und waren mittendrin. Auf einmal gab es keine Farben mehr. Alles in der Erinnerung ist von einem tiefen Schwarz und einem schimmelfarbenen Weiß. Nur die Fotos, auf denen Gesichter, Häuser und Straßen konturlos ineinander übergehen, sind von einem stumpfen, hellen Grau.

Wir zogen tiefer hinein nach Kreuzberg. Ein Haus – das dritte vor der Mauer – wurde unser neues Zuhause. Das Vorderhaus war von den Erstbesetzern verlassen worden. Sie hatten sich zerstritten, zogen irgendwohin und ließen ein leeres Haus zurück. Ein Übriggebliebener, ein Mieter aus dem obersten Stock, fühlte sich einsam und wandte sich an die Blockräte. So bekamen wir diesen heißen Tipp. Der Mieter sagte, wir könnten sofort einziehen, und so machten wir uns gleich auf den Weg. Raus aus unserem Notquartier, hinein am frühen Morgen in das Haus an der Mauer. Abbruch ist auch Aufbruch und Umbruch, meinte Luise. Einige hatten genug von diesem anstrengenden Leben und verabschiedeten sich. Zogen zurück in Miete. 21 Frauen und Männer, zwei Katzen und fünf Leiterwagen auf dem Weg zum Kottbusser Tor. Unser Besitz passte in einige Plastiktüten. Das Bettzeug nahmen wir über die Schulter. Kreuzberger Umzug. Unsere wenigen Möbel waren im geräumten Haus geblieben. Mit unserer spärlichen Habe lebten wir 21 dicht gedrängt in drei Zimmern mit Küche und Außentoilette. Von den ehemaligen Besetzern erbten wir einen großen Tisch und eine bunte Mischung an Stühlen. Geschirr und Töpfe kauften wir beim Trödler, Besteck hatten wir mitgenommen. Überall lagen Matratzen herum, und auch die Küche diente mit einem Hochbett als Nachtlager. Stimmung wie im vorrevolutionären Russland. Kam man spät nach Hause, war immer noch einer wach zum Diskutieren.

Die Uneinigkeit der früheren Besetzer war nirgends zu übersehen. Sie hatten ihre Energie für den Streit aufgebraucht und das Haus dabei vergessen. Die meisten Türen und auch viele Bodendielen waren verheizt worden. Ein Stockwerk war den Hunden vorbehalten gewesen. Weil nur selten einer mit ihnen vor die Tür ging, hatten sie die Schüttung vollgepisst. Es stank bestialisch.

Im fünften Stock wohnte links unser Retter und rechts eine türkische Familie. Zu fünft teilten sie sich eine kleine Zweizimmerwohnung. Der Mann trug immer einen dunklen Anzug. Wir vermuteten, dass er sich die Haare und den Schnurrbart färbte, denn beides glänzte wie mit schwarzer Schuhcreme angemalt. Seine Frau hatte ein rundes, hübsches Gesicht und trug Kopftuch, was damals eher eine Seltenheit in Kreuzberg war. Man sah sie nur zu zweit das Haus verlassen. Dreimal die Woche gingen sie einkaufen. Der Mann schob mit der einen Hand einen kleinen Wagen, und an der anderen Hand hielt er seine Frau. Sie wirkten sehr verliebt. Der Mann und die Frau gingen offensichtlich nicht arbeiten und verbrachten ihre Zeit zusammen in der kleinen Wohnung. Bei uns wurde nur selten geputzt, und Hausschuhe besaßen wir nicht, sodass wir laut mit unseren Stiefeln durch das Haus lärmten. Unsere türkischen Nachbarn zogen vor der Tür ihrer blitzsauberen Wohnung ihre Schuhe aus. Mit stoischer Ruhe ignorierten sie den vermüllten Hinterhof, das verwahrloste Treppenhaus, die radikalen Parolen auf den Transparenten und die verbarrikadierte Haustür. Das nahmen sie hin, es interessierte sie nicht. Wir lebten in friedlicher Koexistenz und grüßten einander freundlich. Neugierig beobachteten dagegen ihre Töchter unser Zusammenleben. Ab und an kam eine von ihnen vorbei, um uns von ihren Plänen zu erzählen. Alle drei waren gute Schülerinnen. Sie wollten studieren, auf keinen Fall zurück in die Türkei, kein Kopftuch tragen und unbedingt raus aus Kreuzberg. Wer hier bleibt, habe keine Chance, meinten die jungen Türkinnen übereinstimmend. Wir schauten uns an und staunten.

Schnurgerade führte unsere Straße auf die Mauer zu. Wir wohnten im letzten, kurzen Abschnitt direkt vor der Mauer. Eine Art Sackgasse war dort entstanden. Zwei Straßenschilder, die es exklusiv nur hier gab, wiesen darauf hin: Auf dem einen stand »Notweg« und auf dem anderen »Noch 50 m bis zur Schandmauer«. Über den Todesstreifen hinweg ging die Straße auf der anderen Seite weiter. Die Straßenlaternen waren verschieden, der Straßenname änderte sich nicht. Der Abschnitt zwischen unserem Haus und der Mauer war Parkplatz und türkische Autowerkstatt. Immer lag einer unterm Auto und schraubte daran herum, während die anderen um ihn herumstanden und ihre Kommentare abgaben. Vom Fensterbrett aus sahen wir genau auf den Todesstreifen. Darüber hinaus konnte man zusehen, wie drüben auf der anderen Seite der Straße in Ostberlin jemand seinen Hund ausführte. Wir winkten einander nie zu. Da drüben lief ein anderer Film ab. Wir fühlten uns nicht als Nachbarn oder gar Gesamtdeutsche.

Der ehemalige Postzustellbezirk Südost 36 – abgekürzt SO 36 – bildete an drei Seiten eine Grenze zu Ostberlin. Dazu gehörte auch die nahe gelegene Spree. Das Wasser war trüb, die Stimmung apokalyptisch. »You Are Leaving The American Sector« warnten große, am Westberliner Ufer aufgestellte Schilder. Hier gab es keine Mauer. Das Ufer gehörte zum kapitalistischen Westen und das Wasser zum sozialistischen Osten. Boote der Grenzpatrouillen kreuzten im Wasser.

Unsere Straße befand sich in Laufweite zum ehemaligen Herzen der Stadt, zum Alexanderplatz. Die Schlussoffensive der Roten Armee hatte sich dort in der Mitte der Stadt abgespielt. Hunderttausende Berliner hielten sich in Kellern und Bunkern versteckt, während alte Männer, Reste der Waffen-SS und Hitlerjungen glaubten, das »Tausendjährige Reich« gegen den Angriff von zweieinhalb Millionen Rotarmisten verteidigen zu können. Der Krieg war fast vierzig Jahre vorbei, doch der Nachhall davon war noch spürbar. Diese Energien waren nicht einfach verschwunden. So kam es vor, dass Fremde anklopften und darum baten, sich den Hof anschauen zu dürfen. Dann erzählten sie, dass sie im Keller des Hinterhauses die letzten Kriegsjahre verbracht hätten. Der Hof war ihr Garten gewesen, und im zweiten Hinterhof hielten sie Schweine. Es gab auch ein

Pferd, und im Hochparterre rechts war eine Arbeiterkneipe gewesen. »Dort ging es hoch her, kann man sich heute nicht mehr vorstellen. Die Kneipe hieß ›Zur Mitte‹. Wahrscheinlich weil der Alex so nah war.« Der Fußballplatz an der Ecke, auf dem jetzt die türkischen Jungs kickten, sei ein Gemüsefeld gewesen. Irgendwann waren sie weggezogen, lebten schon lange nicht mehr in Kreuzberg.

Die Verwandtschaft unserer Berliner Mitbesetzer blieb weg. So, als ob sie fürchteten, die Mauer könnte sich auftun und sie würden sich ohne ihr Zutun auf der anderen Seite wiederfinden. Ihr Zuhause war in den Vorstädten. Der Geschmack der Mietskaserne, mit Kachelofen und Außentoilette, war durch das Flair eines sozialen Wohnungsbaus mit Fernwärme und Nasszelle ersetzt worden. In ihren Neubauten verspürten sie kein Heimweh nach Zilles Milljöh und den lichtarmen Hinterhöfen Kreuzbergs oder Neuköllns. Bei uns »gelernten Berlinern« war das anders. Das neue Quartier fanden wir schlichtweg großartig. Eine Steinwüste aus Ruinen. Ein verslumtes Gebiet, vollgestopft mit Hinterhofelend: Alkohol, Kälte, Gewalt, Armut, Einsamkeit, Drogen. Im Winter, Herbst und Frühjahr roch es durchdringend nach Kohle und im Sommer nach Hundekacke. Wenn man Glück hatte, war der Berliner Winter Mitte Mai vorbei. Von der Mischung aus Wohnen und Arbeiten, der »Kreuzberger Mischung«, war nicht viel übrig geblieben. Handwerker, Gewerbetreibende und Händler waren bereits in den sechziger Jahren weggezogen. Private Investoren, senatseigene Wohnungsbaugesellschaften und sozialdemokratisch gesinnte Städteplaner machten sich mit vereinten Kräften daran, die Gründerzeithäuser, die von den Bomben verschont geblieben waren, dem Erdboden gleichzumachen. Steuerabschreibung, Berlinförderungsgesetz, Zukunftsinvestitionsprogramm, Kapitalanlage, Förderung von Abrissmaßnahmen bei anschließender Neubebauung waren ihre Instrumente dazu. Für den Fall der Wiedervereinigung, an die keiner glaubte, plante der Senat schon einmal eine Autobahn von West nach Ost und von Nord nach Süd. Das Autobahnkreuz sollte am Oranienplatz sein. Ringsum war der komplette Abriss und der

Bau von Neubausiedlungen vorgesehen. Das Neue Kreuzberger Zentrum, das sogenannte NKZ, dieser seltsame zwölfgeschossige Gebäuderiegel am Kottbusser Tor, wurde für seine Autobahnnähe entworfen. Die nackte Brandmauer mit den schießschartenähnlichen Fenstern auf der dem Platz abgewandten Seite erinnert noch heute an diese wahnwitzigen Pläne. Durch die kleinen Fenster hätte man auf die Autobahn geschaut. In den bereits dem Autobahnbau geopferten, entmieteten Häusern, die nur noch schraffiert in den Stadtplänen vorkamen und die man verrotten ließ, durften bis zu deren Abriss Türken wohnen. Anderswo hatten sie wenig Chancen unterzukommen.

Die alten Häuser und damit die Blockstruktur Kreuzbergs waren zur Zerstörung freigegeben. An ihrer Stelle sollten futuristische Wohnmaschinen entstehen, durchzogen von der Stadtautobahn. »Funktionsschwächebehebung« nannte man diese Vernichtung von Wohnraum. Der großflächige Aufkauf ganzer Häuserzeilen durch Immobilienspekulanten war die Folge. Um ihre Rendite zu steigern, arbeiteten sie mit allen fiesen Tricks. Wenn jahrelange Vernachlässigung nicht ausreichte, um die Abbruchgenehmigung durchzusetzen oder Mieter zu vertreiben, schickten sie ihre Schlägertrupps. Sie deckten Dächer ab, zerstörten Kachelöfen, demolierten Abwasserrohre, legten Brände und zerschlugen Scheiben, um den Verfall zu beschleunigen. Anfang der achtziger Jahre gab es fast hunderttausend Wohnungssuchende und Hunderte leer stehende Häuser. Die Investoren verdienten prächtig mit dem Aufkauf, dem Leerstand, dem Abriss und der Modernisierung von Häusern. In den Neubauten oder modernisierten Häusern verdoppelte bis verdreifachte sich die Miete. Der Senat sah einfach zu und stellte Wohnberechtigungsscheine mit Dringlichkeit aus. Doch die nützten wenig. Es gab keinen bezahlbaren Wohnraum. Die noch nicht entmieteten Häuser waren eigentlich Löcher. Dort wohnten diejenigen, die man sonst nirgendwo haben wollte. Die Sozialhilfeempfänger, die Alten mit kleiner Rente, türkische Arbeiterfamilien, Junkies, Arbeitslose, Säufer. Denen schlossen wir uns an, den Außenseitern ohne Zukunft.

Unser einziger Luxus war das winzig kleine Badezimmer mit Badewanne, Durchlauferhitzer und Blick in den Himmel. Kaum waren wir eingezogen, hatte Jan zuerst den Durchlauferhitzer und dann den Stromklau organisiert. Weil wir den Strom nicht bezahlten, lag immer einer in der dampfenden Wanne, manchmal auch Fremde, denn es hatte sich schnell herumgesprochen, dass man bei uns prima umsonst baden konnte. Wie bereits im Haus bei den Gleisen führten wir eine Materialkasse. Jeder, der dauerhaft im Haus wohnte, sollte zwanzig D-Mark pro Monat einzahlen. Von diesem Geld sollte Material zur Instandsetzung gekauft werden. Die Zahlungsmoral war denkbar schlecht. Lars, der das Geld einsammelte, mahnte und klagte, doch das verfing nicht. Die Punks aus dem Hinterhaus zeigten keinerlei Interesse an Veränderungen. Sie warfen weiterhin den Müll am liebsten aus dem Fenster und teilten sich ihre Wohnung mit Hühnern und Hunden.

LOVE HURTS

Eine kleine Kindergartengruppe wird es schon sein, die wir in diesen Jahren abgetrieben haben. Wenn man ohne Einkommen oder noch im Studium war, gab es in Berlin keine nennenswerten Schwierigkeiten, an eine Abtreibung zu kommen. 1976 war der § 218 neu geregelt worden. Parolen wie »Mein Bauch gehört mir« und »Selbstbestimmung« klangen uns noch im Ohr. Irgendwie waren wir davon überzeugt, selbstbestimmt zu handeln, wenn wir abtreiben lassen.

Doch eigentlich waren wir nur hilflos.

Vroni zum Beispiel war gar nicht in der Lage, an Verhütung zu denken. Wenn sie einen Mann kennengelernt hatte, der ihr gefiel, träumte sie schon nach kurzer Zeit vom Künstlerbauernhof in der Steiermark, vom Künstlerpaar, von vielen Kindern. Bemerkte sie ihre Schwangerschaft, war der Geliebte zumeist schon wieder woanders untergekommen. Vroni war darüber unglücklich, aber böse war sie dem Mann deshalb nicht. Ein Kind ohne diesen Mann erschien ihr sinnlos, und so ließ sie es abtreiben. Das zog sie allein durch, und danach war sie todtraurig. Wieder war ein großes Gefühl geplatzt. Sie litt unter der Vorstellung, dass davon nicht mehr allzu viele für sie vorgesehen waren. Oder Lynn, die immer wieder über Stunden hinweg traurig im Hof oder im Treppenhaus saß. Entweder hatte sie gerade panische Angst, schwanger zu sein, und rechnete ständig nach, oder aber sie war tatsächlich schwanger und wartete auf den Abbruch. Jan und sie waren schon lange ein Paar. Er gab vor, ein Kind mit ihr zu wollen, und kümmerte sich nicht um die Verhütung. Lynn war so abhängig von ihm, dass sie ihm das glaubte. War sie dann schwanger, war Jan plötzlich der Meinug, das sei noch zu früh, und sie ließ das Kind abtreiben. Jedes Mal schwor sie sich, dies wäre das letzte Mal, und gab dann doch wieder nach. Marianne wiederum gefiel sich darin, Männer abzuschleppen. Verhütung empfand sie als Schwäche. Wenn sie tagelang verschwunden war und bleich und wortkarg zurückkam, war uns klar, was passiert war. Fragten wir, wo sie gewesen sei, murmelte sie »Auszeit«.

Es war nicht einfach. Die meisten Männer fanden Kondome »lustfeindlich«, und die Pille zu nehmen war verpönt, denn damit bescherte man den Pharmaunternehmen Gewinne. Die Feministinnen behaupteten, die Kirche, der Staat und die Pharmaindustrie würden dafür sorgen, dass wir Frauen in Unmündigkeit lebten. Das war sicher richtig, doch unser Interesse an feministischer Theorie war nur schwach ausgeprägt. Unser Lebensgefühl traf Nina Hagen aus Ostberlin, die in den Westen rübergemacht hatte:

Vor dem ersten Kinderschrei mussten wir uns selbst befreien. Wir hatten keine Pflicht.

Weder wollten wir uns verloben noch heiraten oder gar eine Familie gründen. Es gab schon mehr als genug Deutsche. Wir mussten nicht auch noch für deren Vermehrung sorgen. Unsere Zukunftsvorstellungen waren nicht vereinbar mit den Grundsätzen unserer Erziehung. Das zeigte sich an solch einer heute weitgehend vergessenen Einrichtung wie der Aussteuer. Ab dem zwölften Lebensjahr bekam man als Mädchen in manchen Familien zum Geburtstag und an Weihnachten fast nur noch Aussteuer geschenkt. Freudlos packte man Silberbesteck, Bettlaken, Servietten und Tischdecken aus, machte anfangs noch artig zum Dank einen Knicks und legte das Zeug in eine eigens dafür vorgesehene Kommode. Das Silberbesteck wurde selten vollteilig, denn mittlerweile hatte die Ehe dramatisch an Wert verloren, was sich auch daran zeigte, dass man als Mädchen ausnahmsweise ein Buch und nicht nur Löffel oder Tischtücher geschenkt bekam.

Uns lockte eine nicht näher definierte Freiheit jenseits einer Bindung. Vorbilder gab es dafür zunächst keine. Die meisten von uns vermuteten hinter der Ehe ihrer Eltern die pure Konvention. Leidenschaft trauten wir ihnen nicht zu. Sie waren uns auch in der Liebe kein Vorbild.

Die Achtundsechziger waren Angeber. Jeder Zahnarzt, der mal als Student von der Ferne eine Demonstration gegen den Vietnamkrieg gesehen hatte, nahm für sich in Anspruch, nicht nur den Völkermord, sondern auch die sexuelle Revolution auf die Tagesordnung gesetzt zu haben. Wir jungen Frauen glaubten ihnen das mit dem Sex nicht. Sie waren nichts weiter als eine Ansammlung verhockter, bärtiger Männer. Die dachten nur ans Diskutieren und nicht ans Verführen. In den K-Gruppen der siebziger Jahre hatten wir mitbekommen, dass die Zwangsverheiratung normal war. Die Genossen hatten entweder ihre Sinnlichkeit erfolgreich durch den Ableitungsmarxismus ersetzt, oder aber sie waren Riesenmachos voll Stolz auf ihren Harem der schönsten Frauen der Partei. Oberste Priorität bei der Partnerwahl hatte die Tauglichkeit der Ehe im Klassenkampf. Im Gegensatz dazu stand das linksliberale Modell, das »Liebe« durch »Beziehung« ersetzte. Selbst darüber mussten wir dialektische Besinnungsaufsätze schreiben. »Beziehung« passte perfekt zur »Arbeitnehmergesellschaft« im Helmut-Schmidt-Deutschland der siebziger Jahre. Die Beziehung hatte den Vorteil, dass sie eine Trennung erleichterte. Fast unbekümmert sprach man darüber, man könne ja wieder eine neue Beziehung eingehen. Das hörte sich ganz anders an als die harte Frage, ob man je wieder würde lieben können. Der Liebe war ihr existentieller Stachel gezogen. Das Gefährliche und das Gefährdende, das ihr eigen ist, war eliminiert.

»Szenen einer Ehe« von Ingmar Bergman war so ein typischer Film der Alten. Dieses narzisstische Betroffenheitsgetue ging uns fürchterlich auf die Nerven. Ständig ging es um die sexuellen »Bedürfnisse«, die in der Beziehung befriedigt wurden oder eben nicht. Mit Unbehagen registrierten wir, dass jetzt auch unsere Eltern auf »Partys« gingen. Der Vater hatte das Hemd doch früher nicht so weit aufgeknöpft, und die Mutter fing an zu rauchen.

Wir reagierten auf diese gesellschaftliche Zudringlichkeit mit Verweigerung. Es gab keine Koseworte, keine Liebesgeständnisse, keine roten Rosen. Liebeskummer musste weggedrückt werden. Den durfte keiner bemerken. Keine Versprechen abgeben. Mit einem Versprechen bindet man sich an eine Zukunft, die es nicht gibt. Wir mussten das Kunststück vollbringen, vollkommen desillusioniert über die Liebe zu denken, ohne sie überhaupt erlebt zu haben. Es galt auf der Hut vor großen Gefühlen zu sein. Am besten schützte man sich dagegen durch mehrere gleichzeitige Liebesverhältnisse. Wenn man seine Gefühle auf mehrere verteilte, bestand keine Gefahr, sich zu verlieben, so der Irrglaube. Treue war ohne Wert.

Wir waren hart gegen uns selbst. Redeten uns ein, dass Freiheit und Liebe sich ausschließen. In der Bindungslosigkeit sahen wir unser Liebesideal. Selbst langjährige Paare verhielten sich so, als ob sie schon am nächsten Tag getrennt sein könnten. Experimente wurden am offenen Herzen durchgeführt. Wer Sex will, nimmt sich ihn. Niemand darf Ansprüche an den anderen stellen. Freiheit ist oberstes Gesetz. Rücksichtslosigkeit ist Selbstausdruck.

»Softie« war ein Schimpfwort für Männer, die auf der Suche nach ihrer weichen, weiblichen Seite waren. In ihrer Weinerlichkeit fanden wir sie einfach nur abstoßend. Wir hingen noch immer dem Kult des Kämpfers an, der seine revolutionäre Härte auch nicht gegenüber uns Frauen verliert. Vroni und Irene fingen an lauthals zu lachen, als ausgerechnet Wolle eines Freitagabends in lila Latzhosen in der »home bar« auftauchte. Und selbst Michael, der große Frauenversteher, verdrehte die Augen. Irgendwie überstand Wolle den Abend. Doch danach sah man ihn nie wieder in Latzhosen. Er hatte kapiert, dass er in dieser Verkleidung bei den Frauen nicht landen würde. Man mag es kaum glauben, aber wenige Jahre zuvor waren Frauen und Männer in lila gefärbten Latzhosen und mit Clogs herumgelaufen. Sahen aus wie Kinder mit alten Gesichtern. Später tauchten sie bei den »Grünen« auf. Mit frohem Lächeln predigten sie die Veränderbarkeit des Menschen. Formlosigkeit war ihr Lebensprinzip.

Dem bereiteten wir ein Ende. Bei uns waren Härte und Militanz angesagt. Wir kannten nur Feind oder Freund. Lasen Carl Schmitt und Valerie Solanas. Statt Lila trugen wir Schwarz. Männer in Latzhosen waren kastrierte Verlierer. Schwarze Lederhosen waren Trumpf. Männer in schwarzen Lederhosen signalisierten, dass sie ganz gewiss keine Familie gründen und eine bürgerliche Karriere machen wollten. Wir panzerten uns mit schwarzen Lederjacken und trugen schwere Stiefel. In der Küche von Michael schnitten wir uns gegenseitig die Haare. Fast ein Ritual. Rites de passage. Große Spiegel waren aufgestellt worden. Die Jungs verwandelten sich zu Streetfightern. Die Haare standen ihnen wie Stacheln vom Kopf ab. Auch wir Frauen wollten diese Potenz haben. Alles Liebliche sollte verschwinden. Weg mit der Erinnerung an die dicken Zöpfe, auf die die Großeltern so stolz gewesen waren. Nie wieder Haarspangen mit Marienkäfern! Wir trugen die Haare kurz. Unfreiwillig die Weichheit unserer jungen Gesichter unterstreichend.

DIE O-MEILE – THOMAS

In SO 36 habe ich mich gern verirrt. Es hat lange gedauert, bis ich hinter dem Stahlbetonskelettbau mit Sichtmauern aus großflächigen Kalksteinplatten von Sankt Michael ohne Kirchturm den Alfred-Döblin-Platz entdeckt habe, der so gar nicht nach Alexanderplatz aussah, aber mich trotzdem in so ein Fassbinder-Gefühl hineingleiten ließ, dass ich mich nur auf meine Sehnsucht verlassen müsste und mir alles gelingen könnte. Ein anderes Mal traf ich vor dem Fotoatelier von Charlotte Mathesie in der Adalbertstraße 11 eine unglaubliche Rote aus Landshut, mit der ich mich ewig über die Hundebildnisse dieser legendären Fotografin unterhielt. Danach habe ich die Rote tagelang in dem Gebiet zwischen Mauer und Kanal gesucht. Ihr Niederbayerisch ist mir heute noch im Ohr. Oft bin ich am Maybachufer entlangspaziert und habe einen halben Sommerabend ganz allein auf einer Bank zugebracht und vor mich hin geträumt und mir vorgestellt, dass ich jetzt mein ganzes Leben in Berlin verbringen würde. Heute glaube ich, dass ich mich damals zu so einem Walter-Benjamin-Menschen gemacht habe, nämlich alles, woran mir liegt, von weitem auf mich zukommen zu sehen.

SO 36 erkunden hieß für mich die Welt erkunden. Die wichtigste Lebenslinie des Bezirks war die Oranienstraße. Am Moritzplatz hatten Salomé, Helmut Middendorf, Bernd Zimmer, Rainer Fetting und all die anderen bis 1981 ihre Künstlerselbsthilfegalerie betrieben, als Alibifrauen waren Anne Jud und Elvira Bach dabei. Die malten alle große Bilder mit grellen Farben, groben Figuren und derben Themen, bei denen der ganze Körper mit allen Öffnungen und Ausscheidungen und der Pinsel als Körperorgan zum Einsatz kamen. Robert besaß den Band »Hunger nach Bildern« von Wolfgang Max Faust, der 1982 herausgekommen war. Da waren Bilder einer rabiaten männlichen Intimität zu sehen, die die Ungezwungenheit unseres Hausbesetzerdaseins mit offenen Funktionsräumen und mehr oder minder Standardsex ganz schön auf die Probe stellten. Für die Ausstellung »Heftige Malerei«, die 1980 den Ruhm der »Neuen Wilden« vom Moritzplatz begründete und sie zu einer Nummer auf dem internationalen Kunstmarkt machte, waren wir zu spät nach 36 gekommen. »Gefühl und Härte« bezog sich jetzt nicht nur auf Häuserkampf, Punk, Straßenkrawall und Pogo. Es war auch eine Formel für den Durchbruch zum Männersex.

Auf Salomés Bild »Blutsturz« von 1979 leuchten in einem dunklen Raum die nackten Körper von zwei männlichen Figuren. Der eine Mann ist im Jesusstil an den Handgelenken gefesselt und steht blutüberströmt mit dem Rücken zum Betrachter. Der andere liegt in gekrümmter Haltung zu dessen Füßen auf dem Boden. Es sollte jeder darauf gestoßen werden, was da vor sich gegangen war und jede Nacht wieder vor sich gehen würde. Weil die Lust so groß und der Sex so geil ist. Auf dem Plakat »Geile Tiere« sieht man Salomé mit Luciano Castelli in einer Positur wie aus »Cabaret« mit Liza Minelli und Helmut Griem, und man hat den lüsternen Song schon auf den Lippen. Und auf Middendorfs Bild »Electric Light« machen einen schemenhafte Gestalten in wildem Tanz in einer dunklen Partynacht an. Der ganze Körper erscheint als eine Ansammlung von Partialkörpern, die sich stoßen, aneinanderreiben und miteinander verschmelzen. Hier wird der Mann dem Mann ein fremdes Wesen.

Auf Rainer Fettings »Van Gogh und Mauer-Sonne« bewegt sich eine Figur mit hochgezogenen Schultern und lang gestrecktem Körper an der Mauer entlang. Das Gesicht verbirgt sich zur Hälfte unter der Krempe des gelben Van-Gogh-Sonnenhutes, dahinter gibt ein breiter Spalt in der Mauer den Blick auf einen blutroten Abendhimmel frei. So haben sich die Leute vom Moritzplatz offenbar als Künstler am Arsch der Welt gefühlt. Was konnten diese Bilder für uns bedeuten? Ich habe mit Robert nie richtig darüber gesprochen. Wir haben uns die Abbildungen immer nur mal wieder so wie Pornohefte hingehalten, aber sie niemals zusammen angeschaut. An einem Abend in der Küche, als ein Besuch, eine glühende Blonde und ein engbehoster Hagerer, vom »Movimento« zurückkam, wo in der Nachtvorstellung seit ewigen Zeiten »The Rocky Horror Picture Show« lief, kam die Rede auf »Tom's Bar« in der Motzstraße, und wir überlegten, da mal zusammen hinzugehen. Aber dazu hat uns dann doch der Mut gefehlt.

In der O 36, ungefähr in der Mitte zwischen Oranienplatz und Adalbertstraße, war der Schauraum von »endart«. Daneben führten Mutter und Sohn einen Elektroladen, wo man sich mit Sicherungen und Schnurschaltern versorgen konnte, und schräg gegenüber auf der anderen Straßenseite stieg man zu »Farben Kacza« ins Souterrain, wo man sich über die herrlichsten Farbpigmente vom reinen Gold bis zum knalligen Pink beraten lassen konnte. Chicken alias Klaus Theuerkauf und Anus alias Ralph Arens oder auch der frühe Comedien Funny van Dannen, eigentlich holländischer Herkunft, mit seinen »Lassie Singers« machten crossdeutsche Kunst, in der sich Kitsch und Tod, das Banale und das Mörderische, die Caprifischer und die Riesenschwänze mischten. Die aus Schrottblechen gefügten Skulpturen wie der »Wünstler« oder »Ursula heiratet Waldi« habe ich sofort als Dokumente des bundesdeutschen Ungeschicks verstanden. Überhaupt nicht pubertär, sondern böse, schwarz und komplett anarchistisch. Unverstellter Ausdruck ohne Rücksicht aufs »kommunikative Beschweigen« der Verbrechen der Wehrmacht. Auf Video ist eine Performance festgehalten, bei der der nackte, nur mit Seitenscheitel und Hitlerbärtchen verzierte Anus, der sich hier Wixfried Schüttelheimer nannte, seinen schlaffen Schwanz an einen langen schwarz-rot-goldenen Bindfaden hängt und den am rechten Arm festbindet. Dann reißt er den rechten Arm mit einem Ruck zum Hitlergruß hoch und seinen Schwanz jedes Mal mit. Dazu brüllt er mit jedem Ruck: »Abspritzen, abspritzen!« Das sollte sich auf den KZ-Arzt Dr. Josef Mengele beziehen, der bei seinen Experimenten mit Zwillingen im Falle des Überlebens eines der beiden Kinder das Todesurteil mit dem Befehl »Abspritzen« gefällt habe.

Für mich waren das Recherchen im Urgrund der »Männerphantasien«, deren ungeheure Macht über den nicht zu Ende geborenen Mann Klaus Theweleit in seinem Klassiker von 1977 beschrieben hatte. Ich erlebte die Produktion einer bildenden Kunst mit, die wie das Kino, wie die Literatur und wie die Theorie ihren ganz speziellen Beitrag zur Erforschung unserer Gegenwärtigkeit lieferte. Bei jeder Eröffnung soffen wir uns gemeinsam bis spät in die Nacht ins offene Nichts.

Bruno S., der bei Werner Herzog in dessen Filmen »Kaspar Hauser« und »Stroszek« Hauptrollen spielte, habe ich oft bei den »endartisten« auf seinem Schifferklavier spielen gehört. Bruno S. kam im Alter von drei Jahren als unehelicher Sohn einer Prostituierten in ein staatliches Heim und verbrachte die folgenden 23 Jahre in diversen Anstalten. 1941 wurde er in die Wittenauer Anstalten, die heutige Karl-Bonhoeffer-Nervenklinik, verbracht, wo man mit Impfstoffen an angeblich geistig behinderten Kindern Experimente durchführte. 1956 hatte man ihn als geheilt in die Freiheit entlassen. Bei »endart« gehörte Bruno S. selbstverständlich zum Künstlerkollektiv. Bloß kein Geniekult, kein einsames Künstlertum, kein Werkstolz. In dem Namen »endart« stecke auch »entartet«, was dann so viel wie »Ende der Kunst« heiße. Aber zuerst höre man in dem Namen einen Klang, der aus zwei Lauten bestehe: einfach »endart«.

Um 1988, ich schwamm auf einmal im Geld, habe ich Anus ein »Porträt A. H.« für tausend D-Mark abgekauft. Das war eine mittelgroße Leinwand mit einem hellbraun melierten Untergrund, auf dem mit einem schwarzen Stempel eine Scheitellocke und ein Schnurrbart gedruckt worden waren. Irgendwann wurde ich gefragt, ob das Charlie Chaplin oder Hitler sei. Anus hatte mich beim Kauf angegrinst, davon würden sie jetzt hundert Stück verkaufen, jeden Tag zwei Mal den Führer stempeln, und damit hätten sie dann 100 000 D-Mark verdient.

Der erfolgreichste von allen war der nervigste von allen. Luise konnte Kippenberger überhaupt nicht leiden. Der sei weder ein Freund der Frauen noch einer der Männer. Der spiele das Großmaul und den Quertrinker, aber im Grunde sei er ein Abstauber, der am liebsten den anderen die Laune verderbe. Mit dieser Meinung war Luise nicht allein. Wen auch immer man auf der O-Meile fragte, bei Kippenberger winkten die meisten ab. Der erzähle doch nur einen vom Pferd. Für Salomé war die Sache klar. »Viel Luft, viel dumme Sprüche. Dann seine abgemalten, schwarzweißen, fotorealistischen Bildchen. Also sagten wir: ›Mann, so eine Kacke, jetzt sind wir gerade mal froh, dass wir von dem tradierten Mist wegkommen, und jetzt malt da noch mal einer wie Tom Wesselmann 1968, bloß noch mit einem blöden Spruch drauf.‹« Kippenberger selbst focht dass alles nichts an. »Salomé wollte die ganze Welt begeistern. Ich wollte auch die ganze Welt begeistern, das passte nicht zusammen.« Am Ende hatte es Kippenberger geschafft, dass sein Name sofort fällt, wenn vom »SO36« die Rede ist. Irgendwann Mitte der achtziger Jahre setzte er eine ganz merkwürdige Duftmarke, als er sich im Fotostudio von Charlotte Mathesie als Türkin mit Kopftuch, anatolischem Rock neben Kunstblumengebinde und vor einem Schmiedeeisenrelief aus Plastik aufnehmen ließ. Heilig war dem nichts. Das Bild fand 1985 Wiederverwendung auf der Einladungskarte für die Ausstellung »Helmut Newton für Arme. Selbst-beschmutzende Nestwärme« und kam so ins Werkverzeichnis des Weltkünstlers mit dem Markenkern SO 36.

Das »SO36« war ein ehemaliges Kino in der Oranienstraße nahe dem Heinrichplatz. Acht Meter hoch, 29 Meter lang und acht Meter breit. Ein kahler, rechteckiger Raum, in dem an den Längsseiten ein paar Hochtische mit Hockern standen. Wo man reinkam, war eine Theke mit Kühlschränken für das Bier dahinter. Es gab nur eine Sorte Bier, Cola und einen Schnaps. Vorn dann eine Bühne für die Bands. Das war alles. Kahl, hart, nackt, direkt.

Ursprünglich war der Laden seit August 1978 von drei Typen aus dem Düsseldorfer Raum geschmissen worden. Die waren in Westberlin hängen geblieben, hatten so etwas wie den »Ratinger Hof« im Sinn, zählten sich zur »Post-68-RAF-Generation« und hatten sich einem knallharten Punk verschrieben. An den Abenden ergoss sich eine Masse von Leuten in den Raum, die sich ohne Beschönigungen vergnügen wollten. Knappe zwei Jahre hat das »Esso« besten Punk und New Wave geboten. Wir waren ein paarmal gewissermaßen auf Betriebsausflug von unserem Haus da. Zusammenbleiben ging gar nicht. Man wurde im Rattern des Sounds ganz schnell von der Masse mitgerissen. Das Ganze war ein Hochofen, in dem die Welt des sich selbst genießenden und sich selbst beklagenden Einzelnen sich einfach auflöste. Diese Formulierung unterstrich ich jedenfalls in Jüngers Aufsatz »Über den Schmerz«, in dem ich damals Aufschluss über den Kult des Widerlichen, des Hässlichen und des Bösen im Punk suchte. »SO36« stand mit Bleistift an dieser Stelle. Ich hatte nach einer Nacht im »Esso« tatsächlich das Gefühl, dass sich um mich herum die feinen, nervösen und beweglichen Gesichter in ein geschlossenes, gezügeltes und starres Gesicht mit einem festen Blickpunkt verwandelt hätten. Man fühlte sich durch Härtung und nicht durch Lockerung wie befreit.

Kippenberger hatte es geschafft, auf die Kommandohöhe vom »SO36« zu kommen. Als ob er vom »Büro Kippenberger« aus, das er als Rundum- und Vielzweckmanager am Segitzdamm in einer Fabriketage eröffnet hatte, etwas in die Hand bekommen hätte. Luise wurde richtig böse, als ich sie fragte, woher dieser Kippenberger-Effekt rühre: Das sei diese klebrige, saugende Männlichkeit, die wie ein besonderes Nichts alles in sich aufsauge. Die Formel habe er selbst geliefert: »Durch die Pubertät zum Erfolg.« »Vatti« und allen gewidmet, »die ich auf dem Weg nach oben treffe, weil ich ihnen auf dem Weg nach unten wiederbegegne«.

Luise hatte recht: Wie sollte sie als Künstlerin eine Position zwischen diesen rangelnden, trunkenen und hochfühlenden Künstlertypen behaupten können? Die Moritzplätzler, die »endartisten« und Kippi hatten die O-Meile unter sich aufgeteilt. Wer war am schnellsten und heftigsten? Die Parole hieß: Power vor der Mauer. Sollte Luise sich wie Elvira Bach bewusst isolieren und sich als ein einzelnes weibliches Wesen mit dem Hang zum Alleinsein zeigen, oder sollte sie sich die Taktiken der Jungs aneignen und eiskalt ihr eigenes Ding machen, oder sollte sie einfach warten, bis was ganz anderes dran war? Ich hatte seit dem Unfall den näheren Kontakt zu Luise verloren und betrachtete sie ein bisschen wie einen Fisch im Aquarium. Was würde sie tun, wie sich geben und wann denen ein Bein stellen? Ich war damals total überzeugt von Luises Kunst. Die war schließlich ein Ausdruck unserer Praxis, die viel weitergegangen war als all das, was auf der O-Meile zu besichtigen war. Wir hatten einen Schlussstrich gezogen unter eine Art und Weise, die Verhältnisse aus einem sicheren Abstand zu kritisieren. Wir wollten nichts demonstrieren, sondern einfach nur ein anderes Leben probieren. Das war Luises ungeheurer Vorteil: Sie hatte sich zusammen mit uns auf einen Weg begeben, und aufgrund eines furchtbaren Zufalls wäre sie fast ums Leben gekommen. Sie hatte überlebt und machte weiter eine Kunst, in der sie sich selbst Zeichen gab. Das konnte niemand dieser Jungs für sich beanspruchen. Heute wundere ich mich über die Verve, mit der ich das jetzt niederschreibe. Ich teilte ein Schicksal mit ihr, das irgendwie zum Schicksal unseres Hauses geworden war.

GEFÜHL UND HÄRTE

Um uns herum Türken, Punks, Junkies und Säufer. Nur die Türken gingen arbeiten, die anderen lebten vom Betteln, Klauen und von der Stütze. Froh, endlich die Kleinbürgernachbarn los zu sein, fanden wir sie alle toll. Zwar war die Räumung wie ein Schlag in die Magengrube gewesen, aber nicht alle waren darüber lange traurig. Den meisten war das Geraune und Getue um Aaron Rosenblatt zu viel geworden. Lynn war nicht mehr so zurückhaltend wie früher, sondern trat vehement für Rosenblatt ein und ließ uns spüren, dass sie uns für Antisemiten hielt. Und das nur deshalb, weil wir Rosenblatt nicht durch ihre rosa Brille sahen. Für Jan, Thomas, Irene, John, Marianne und Lars war er einfach ein Hausbesitzer wie jeder andere. Doch damit konnte man ihr nicht kommen. Nachträglich muss man zugeben, dass wahrscheinlich sie recht hatte. Wir machten es uns bequem und schmähten Rosenblatt als Spekulanten. Das kam in der Szene gut an, und wir mussten nicht über Schuld, Geschichte, Täter und Opfer nachdenken. Luise, die eher Lynns Position zuneigte, versuchte zu vermitteln, aber die Fronten waren verhärtet. Mit der Räumung hatte sich dieser Streit endlich erledigt. Klar war es schade um die viele Arbeit und um das große Haus, die »home bar« und den weiten Blick, aber das Haus an der Mauer war kein schlechter Ersatz.

Die Phönix-Rocker hatten ihr Hauptquartier um die Ecke, und vom Küchenfenster aus schauten wir auf die Backsteinfabrik, auf deren Dachboden damals noch unentdeckt die in eine Plastikplane verschnürte Leiche einer jungen Frau aus der bayerischen Provinz lag. In der Backsteinfabrik sahen wir im »Frontkino« Friedrich Wilhelm Murnaus Schlafwandler- und Südseefilme. Aus den Fenstern des Vorderhauses hatten wir einen unverstellten Blick auf die Türme des Bethanien. Das

Georg-von-Rauch-Haus war um die Ecke, und wir fanden es atemberaubend, wenn »Der Mariannenplatz war blau, so viel Bullen waren da« durchs Treppenhaus schepperte. In der Oranienstraße standen direkt an der Bushaltestelle in einem schlauchartigen Raum Mutter und Tochter Schlachtermamsell. Die beiden fülligen, schmucklosen Frauen in ihren großen weißen Kitteln und mit einer Haube auf dem Kopf waren die Restbestände der Einwanderer und Vertriebenen aus dem Osten. Bei ihnen gab es Würste nach schlesischem und pommerschem Rezept. Bereits früh am Morgen fand sich Kundschaft ein. Gesprochen wurde bei den Schlachtermamsells nur das Nötigste. Gleich um die Ecke in der »Roten Rose« ging derweil die Musikbox nie aus. Eine 24-Stunden-Kneipe mit angeschlossenem Puff, der »Schwarzen Else«. Nur gegen Morgen wurde der Getränkeausschank kurz unterbrochen, damit der Boden und die Toiletten geputzt werden konnten. Danach ging es in alter Frische weiter. Manche Gäste sahen aus, als ob sie ihr Leben in der »Roten Rose« verbringen würden. Sie schwankten kurz vor die Tür, um frische Luft zu schnappen und um mit glasigen Augen zu checken, ob es gerade Tag oder Nacht war. Dann wieder zurück an den Tresen. Ein Bier oder Schnaps in der »Roten Rose« war die Krönung einer Absturznacht. In der »Roten Rose« war es warm, laut und rauchig. Bis auf den Rauch also wie im Mutterleib. Man fühlte sich dort immer willkommen. Die Dauertrinker aus dem Proletariat freuten sich über die neuen Gesichter, und solange sie noch stehen konnten, forderten sie manchmal gar zum Tanz auf. Kam man einige Tage danach nüchtern an der »Roten Rose« vorbei und hörte drinnen die Festgemeinde dröhnen, fragte man sich, wie man sich je dorthin hatte verirren können. Ein paar Häuser weiter kauften wir auf dem Weg zum Kottbusser Tor Zeitungen und Zigaretten bei Susie. Jeden Morgen stand sie früh auf und drehte sich mit dem Lockenstab eine kesse Frisur. Dann fuhr sie von Lichtenrade nach Kreuzberg in ihren Kiosk. Susie war resolut und hager. Man sah sie nie ohne blauen Lidschatten und Zigarette. Kerzengerade stand sie den ganzen Tag hinter der Kasse, hatte für jeden einen Spruch parat. Die Hunde mochte sie mehr als die Männer. In ihrer Kasse war eine Mulde mit Brekkies gefüllt und die Hunde tanzten auf dem Bürgersteig, wenn sie eine Runde ausgab. Ihr sehr viel jüngerer Freund machte ihr wenig Freude. Er trank einen Stonsdorfer nach dem anderen. Man hörte von ihm nur das monotone Ploppen, wenn er die Fläschchen in den Mülleimer warf. Irgendwann war er so aufgedunsen, dass Susie ihn nicht mehr haben wollte. Er landete im »Jodelkeller«, dem Zufluchtsort für die, die sich nicht mehr erinnerten, woher sie kamen und wohin sie wollten. Da war der Arzt, der zum Morphinisten geworden, seine Approbation verloren hatte und jetzt illegal Abtreibungen vornahm. Er kam gegen 22 Uhr und nahm, allein am Tisch sitzend, Aufträge entgegen. Der alte Herr mit dem rosig glänzenden Gesicht, der am Tresen rechts saß und nur gelbe Fanta trank, liebte die kleinen Jungen zu sehr. Dann gab es den Künstler, der behauptete, der Assistent des Malers Friedrich Schröder Sonnenstern gewesen zu sein. Der Künstler, kleingewachsen und mit seelenvollen Augen, wurde nicht müde zu erzählen, er sei der eigentliche Erfinder der Outsider-Art. Der Sohn des Landrats aus Niederbayern, der sich vor seiner Einberufung in Sicherheit gebracht hatte und jetzt Haus und Hof vertrank, wankte derweil von Tisch zu Tisch und gab einen aus. Der ehemalige Bankräuber, den man nie ohne seinen Rauhaardackel Michael Jackson sah, sang die Jukebox an. Dazwischen Frauen unbestimmbaren Alters mit Gesichtern, die der Alkohol zerstört hatte. Jeden Abend trafen sie sich. Wenn einer fehlte, schaute keiner nach, wo der geblieben war. Im »Jodelkeller« konnte man sich solche Sentimentalitäten nicht leisten.

Das Quartier am Ende der langen Straße, die an der Mauer endete, war speziell. Eine ganz eigene Welt. Man konnte hier auch im Schlafanzug einkaufen gehen, ohne dass das aufgefallen wäre. Durch den Tag und durch die Nacht torkelnde Menschen gehörten zum Straßenbild. Sperrmüll, den man loswerden wollte, stellte man vor die Tür. Fünf Minuten später war er garantiert verschwunden. Es gab immer jemanden, der ärmer war als du. Bullen und Nazis brachten hier kein Bein auf den Boden. Sie fürchteten SO 36.

Man sah nur türkische Kinder. Die alten Frauen, die in den Abrisshäusern ausharrten, bekamen wohl nie Besuch von ihren Enkeln oder hatten keine. Bei uns im Haus oder unter den Freunden und Bekannten wollte niemand Kinder. Wir fühlten uns wie die letzten Deutschen. Das fanden wir prima. Nach uns war hoffentlich Schicht im Schacht Deutschland.

Das Dach unseres neuen Hauses war marode. Taugte nicht zum Sonnen oder Partymachen. Deshalb verbrachten wir die letzten warmen Tage und Wochen dieses Spätsommers nach der Räumung an den Berliner Seen. Am Flughafensee traf sich die Szene, am Schlachtensee blieb man für sich. Über die körnigen Schwarz-Weiß-Bilder der Erinnerung schieben sich Szenen unserer Badeausflüge in leuchtendem Kodacolor. Eine Gruppe braun gebrannter, lebenshungriger junger Frauen und Männer. Bis auf Vroni und Lars badeten alle nackt. Ob das erlaubt war oder nicht. »Legal, illegal, scheißegal« galt ab jetzt in allen Lebenslagen. Für einen Moment war das ein Gefühl, als ob wir alle ineinander verliebt seien. Irene ließ sich von Michael in die Kunst des Tantras einweihen, Uli und John gingen zusammen Squash spielen, Robert kiffte mit Vroni, Thomas, Jan und Luise unternahmen zusammen Ausflüge in die Ostasiatische Kunstsammlung, Lenny spielte Schach mit Lynn, Marianne lernte Italienisch bei Elena, und nachdem Lars Rabe beim Pfannkuchenwettessen ausgestochen hatte, erklärte der ihm, wie man zum Streetfighter wird. Als es irgendwann selbst Marianne zu kalt zum Schwimmen wurde, wussten wir, dass wir uns um unser Haus kümmern mussten. Mit einer Küche und drei Zimmern würden wir die langen, dunklen Wintermonate nicht zusammen überstehen. So groß war die Verliebtheit dann auch wieder nicht.

Bei einem der Badeausflüge hatte Michael, der nie vor die Tür ging, ohne mit drei neuen Freunden zurückzukommen, Sven kennengelernt. Sven war ein paar Jahre zur See gefahren und wohnte noch immer bei seinen Eltern im Wedding, wo er auch aufgewachsen war. Er aß sehr viel und blieb mager. Sein Geld verdiente er als Leierkastenmann. Das passte gut zu ihm. Angezogen in einer Mischung aus Seemann und Clown, stand er mit seinem Leierkasten vor dem KaDeWe, an der Gedächtniskirche, oder er zog durch die Charlottenburger Hinterhöfe. Niemand wollte seine Leierkastenmusik hören, aber das schien Sven wenig zu kümmern. Er hatte ein Gesicht wie eine Figur aus einem Kinderbuch. Irgendwie sah er immer gut gelaunt und gesund aus. Man erschrak deshalb, wenn man bemerkte, wie hinterhältig seine Meerkatze war. Diese Meerkatze – Kurtchen genannt – führte er an einer langen Leine mit sich. Kurtchen saß auf Svens Schulter oder auf dem Leierkasten und beobachtete aufmerksam ihre Umgebung. Sobald sich eine Gelegenheit bot, biss sie zu. Sven fand das sehr lustig. Wenn er dann breit lachend mit seinem Kinderbuchgesicht vor einem stand, fiel es schwer, ihm oder Kurtchen böse zu sein.

Mit ungebrochenem Selbstbewusstsein gingen wir davon aus, es würde uns ohne professionelle Hilfe gelingen, das Dach von Vorder- und Hinterhaus mit neuen Bitumenbahnen abzudichten. »Schlau am Bau«, wie wir das nannten. Jan und Lars übernahmen die Planung. Eines Morgens fuhr ein mit sogenannter Elefantenhaut beladener Laster vor. Dafür hatte jeder von uns Geld zusammengekratzt. Sogar Lenny reduzierte seine Tagesdröhnung und steuerte fünf Mark bei. Der gesamte Hauseingang wurde mit Elefantenhautrollen zugestellt. Auch Vroni drückte sich nicht und half, diese schweren Teile fünf Stockwerke bis unters Dach zu tragen. Das dauerte zwei ganze Tage. Der Untergrund musste vor dem Verlegen trocken und sauber sein. Nahezu zwei Wochen waren wir damit beschäftigt, die undichte, altersmüde Abdeckung zu beseitigen, Teer und Elefantenhaut abzukratzen, Nägel zu lockern und zu ziehen, Balken freizulegen und zu säubern. Luise war mit großem Eifer bei der Sache. Seitdem sie aus Heidelberg zurück war, hatte man sie nicht so vergnügt gesehen. Und selbst Elena ließ ihre Bücher liegen und schliff mit der Maschine Übergänge glatt. Auch Sven, unser treuer Unterstützer, half mit. Kurtchen kauerte derweil auf einem der Schornsteine und ließ uns nicht aus dem Blick. Wir arbeiteten in luftigen Höhen, nahe am Abgrund. Ein Wunder, dass alles gut gegangen ist. Beim Säubern entdeckten wir, dass viele Balken morsch waren und ausgetauscht werden mussten. In einer atemberaubenden Aktion zogen wir mit vereinten Kräften die neuen, sehr langen und ziemlich schweren Vierkantdachbalken an der äußeren Brandmauer hoch. Jan hatte dafür einen Flaschenzug konstruiert. Nachdem das geschafft war, waren wir ausgelassen wie selten. Wir lachten, klatschten in die Hände, hüpften auf einem Bein um die Wette, lagen uns in den Armen und fanden uns einfach nur großartig.

Auf dem Speicher siedeten wir mit großen Gasbrennern in einem Topf den Teer. Die ganze Vorrichtung sah aus, als ob Miraculix seinen Zaubertrank kochen würde. Jan und John kletterten mit mit glühend heißem Teer gefüllten Eimern vorsichtig die schmale, lange Leiter hoch zur Dachluke. Vroni, die nicht schwindelfrei und katholisch war, stand unten und murmelte das Vaterunser. Auf dem Dach begann die erste Gruppe in Windeseile den Teer mit alten Besen gleichmäßig auf dem sauberen Holzuntergrund zu verteilen. Die zweite Gruppe rollte darauf die Elefantenhaut aus. Zum Abschluss nagelten wir die Übergänge zwischen den Bahnen fest. Jan, der inzwischen mit seinem Ziegenbart wie Leo Trotzki aussah, hatte sich eine Super-8-Kamera besorgt. Die sei vom Lastwagen gefallen, meinte er auf Nachfrage lapidar. Wenn er nicht gerade heißen Teer transportierte oder handwerkliche Ratschläge verteilte, filmte er uns. Am Ende befestigten Irene und Uli am vordersten Schornstein unter tosendem Beifall eine neue, große schwarze Fahne. Wir glaubten uns gerüstet für die anarchistische Zukunft.

Als wir wieder vom Dach stiegen und uns lustlos daranmachten, die Zimmer zu renovieren, war es Herbst geworden. Von wegen Anarchie, mit einem Schlag fühlten wir uns verloren und enttäuscht. Welchen Sinn hatte das alles? Wieder endlos renovieren, wieder keine freie Zeit. Und das nur, um das Haus wetterfest und auf sehr niedrigem Niveau bewohnbar zu machen. Das anstrengende Leben in der Großgruppe. Die Enge des Zusammenlebens. Die endlosen Diskussionen in den verschiedenen Foren. Die ewigen Reibereien ums Einkaufen, Putzen und Kochen. Planwirtschaft lehnten wir ab, aber auf freiwilliger Basis blieb die Arbeit immer an denselben hängen. Man konnte Michael nicht böse sein, aber dass er immer erst dann aus dem Schlafsack kroch, wenn es nach Kaffee oder Essen roch, nervte zunehmend. Was wollten wir eigentlich voneinander? Welche Zukunft teilte Thomas, der intellektuelle Kopf, mit Lenny, der sein Leben nur dauerbedröhnt ertrug? Der Glaube ans Kollektiv und der Kampf gegen das Privateigentum hatten uns zusammengebracht. Die Realität kam ganz nahe an uns heran. Wir waren zunehmend von alldem überfordert. Fühlten uns gefährdet. Es gab unsere und es gab die andere Welt. War es richtig, sich von der anderen Welt abzukoppeln? Welche Zukunft blieb uns dann? Der Grat, auf dem wir balancierten, wurde schmaler. Wenn Uli Dienst im Krankenhaus hatte, kam er in mieser Stimmung zurück und meinte, er komme sich dort vor wie undercover im bürgerlichen Leben.

Es gab viel Streit über die Aufteilung des Hauses. Marianne wollte plötzlich eine Küche für sich allein, Lynn träumte von einem Leben mit Jan. Beides war in unserem Kollektivkonzept nicht vorgesehen und verpönt. Wir versäumten es, für neue Strukturen zu sorgen. Weitgehend unverbindlich lebten wir nebeneinander her.

Es sah düster für uns und um uns aus. In England und in den USA hatten die neoliberalen Revolutionen begonnen. In der DDR gab es Engpässe bei der Versorgung. Es hieß, dort lägen im Schaufenster der Metzgereien nur noch Papierservietten. In der Bundesrepublik betrug die Jugendarbeitslosigkeit offiziell über zehn Prozent. Weder eine Ausbildung noch ein Studium lohnte sich. Uns wurde eingetrichtert – egal, wie stark die Konjunktur auch sei –, an eine Sockelarbeitslosigkeit von mindestens fünf, wenn nicht gar neun Prozent müssten wir uns gewöhnen. Da blieb nicht viel: Taxischein machen, Zapfer, Dealer, Kellner oder Raubdruckerin werden. Auf die Berlinzulage setzen. Der als Weltökonom gepriesene Kanzler bekam die wirtschaftliche Krise nicht in den Griff. Im September erklärte er die sozialliberale Koalition für beendet. Im Hintergrund lauerte schon der Pfälzer Kohl mit seinem Birnenkopf. Am 1. Oktober wurde Schmidt durch ein Misstrauensvotum gestürzt. Mit verrutschter

Haartolle und müder Eleganz gratulierte er seinem Herausforderer. »Birne ist Kanzler!«, rief Lars durchs Haus.

Kohl drehte gleich richtig auf. Er forderte eine »geistig-moralische Wende« und wandte sich an die »Brüder und Schwestern in der DDR«. Wir richteten uns darauf ein, für alle Zeiten in Berlin zu bleiben. Das war die einzige Stadt, in der man ohne Karriereplan überleben konnte. Westdeutschland war endgültig indiskutabel geworden.

Kohl war einen Monat Kanzler, als Christian Klar von der Polizei festgenommen wurde. Damit war die zweite Generation der RAF am Ende. Irene berief umgehend eine Hausversammlung ein. Michael, der übermütig »Freizeit 82: Beziehungskrisen« auf unsere Hauswand gesprüht hatte, antwortete sie mit einem Graffito im Hausflur: »Die Revolution ist ein Aufstand, ein Gewaltakt, durch den die eine Klasse die andere stürzt.« Uns schwante nichts Gutes, als wir am frühen Abend dicht gedrängt in unserer provisorischen Küche zusammensaßen. John hatte geheizt, und so war es wenigstens warm. Ohne Umschweife kam Irene zur Sache. Zur Einleitung flogen uns die sattsam bekannten Kampfbegriffe um die Ohren: Vernichtungshaft, Klassenjustiz, Mord in Stammheim, Hungerstreik, Körper als Waffe, Faschismus, Bullenterror, Stadtguerilla, Widerstand. Plötzlich zog Irene ihren Kopf tief zwischen die Schultern, was seltsam aussah, so, als ob sie sich ducken und schützen wollte. Sie atmete tief durch, streckte ihren Schwanenhals wieder, zündete sich eine Zigarette an und fuhr in ihrem Redefluss fort. John, der neben ihr saß, sah sie mit großen Augen ergeben an. »Klar sitzt im Knast. Sie werden versuchen, die Bewegung zu zerschlagen. Das betrifft auch uns. Der politische Häuserkampf muss ausgedehnt werden. Wir müssen die Krise des Systems schüren. Es gibt eine verfickte Clique im Senat, die den Bürgerkrieg will. Das sind die offen faschistischen Reaktionäre. Die RAF hat uns Konzepte der Befreiung vorgelebt. Sie haben eine neue Richtung eingeschlagen, suchen die Verbindung zu den Kämpfen an der Basis, also zu uns. Militanz ist angesagt. Es muss unser Ziel sein, den Kampf in SO 36 mit dem der weltweit operierenden Guerilla zu verbinden. Jeder muss jetzt alles geben. Und jeder sollte sich heute schon überlegen, welche Rolle und Aufgabe er in diesem Kampf übernehmen kann.« Gelassen zog sie an ihrer Zigarette und schaute herausfordernd in die Runde. Erstarrung. Irene musste sich im Publikum geirrt haben, denn die Phalanx der Kämpfer unter uns war mittlerweile denkbar klein. Keine meldete sich. Einige schauten zum Fenster hinaus, andere drehten konzentriert Zigaretten, manche betrachteten aufmerksam die Musterung der Holzdielen unter ihren Füßen. John zischte mit drohendem Unterton, wir sollten endlich begreifen, dass Militanz Ausdruck von Stärke sei. Erst die Gewalt auf der Straße habe etwas bewirkt. Oder glaubten wir etwa, freundlich vorgetragene Kritik an den Verhältnissen hätte etwas gebracht? Es sei jetzt an der Zeit, sich gegen die Verhandlerschweine zu wenden. Die wollten sich in vorhandene Strukturen eingliedern und seien nichts anderes als Kollaborateure des Kapitals. »Genau«, dröhnte Rabe, »lasst uns ganz Kreuzberg besetzen! Das wird geil, wir bringen Kreuzberg unter unsere Kontrolle!« Als Uli langsam aufstand und zur Tür ging, herrschte ihn John an, warum er gehe. Weil ihm das zu blöd sei und er Besseres zu tun habe, entgegnete Uli. »Wenn eingeworfene Fensterscheiben und ermordete Banker gleichermaßen als Widerstand gelten, dann habe ich ein Problem damit. Ich will mich nicht bewaffnen und auch nicht in den Untergrund abtauchen. Falls du das noch nicht bemerkt hast, hier interessiert sich außer dir, Rabe und Irene keiner für eure wirren Ideen.« Lars, der sich noch immer Irene, die ihn im Besetzerrat gerettet hatte, zu Dank verpflichtet fühlte, rief mit Zittern in der Stimme dazwischen: »Die RAF ist mir näher als diese verfickte Gesellschaft mit ihren Bomben, Raketen und dem ganzen Konsumdreck.« Wortlos verließ Uli den Raum. Irene verzog verächtlich das Gesicht. »Rabe hat recht. Wir können uns nicht in unser Haus wie auf eine Insel zurückziehen und die anderen, die hier wohnen, den Spekulanten überlassen. Lasst uns für eine blockweise Autonomisierung Kreuzbergs kämpfen. In ein paar Jahren kann ganz Kreuzberg eine freie, selbstverwaltete Republik sein. Ihr seht doch, dass viele gut finden, was wir machen. Die Häuser gehören denen, die drin wohnen. Die Spekulanten verdienen sich mit dem Elend in Kreuzberg und Neukölln eine goldene Nase. Die Luxusgeschäfte am Ku'damm funktionieren doch nur, weil die Menschen hier ausgebeutet werden.« Was sollte denn das jetzt? Zuerst Untergrund und bewaffneter Kampf und jetzt Nachbarschaftshilfe mit sozialpädagogischem Unterton? Was wollten die eigentlich? Johns Motivation war klar. Er machte überall mit, wo es knallte. Eigentlich kein politischer Kopf, war er eher ein Abenteurer, der nicht wusste, wohin mit der Energie, die ihm sein Hass verlieh. Robert und Thomas meinten, John sei ein autoritärer Rebell. Eigentlich fühle er sich als kleines Würstchen, aber durch seine Unterwerfung und Identifikation mit Irene kompensiere er seine Schwäche. Lynn war das zu theoretisch. John sei schlicht und einfach in Irene verliebt und jeder wisse, dass er für sie nur ein Spielzeug sei, befand sie. Unterm Strich lief das auf dasselbe hinaus. John unterstützte Irene bedingungslos. Die beiden waren unzufrieden mit uns. Das war eigentlich nichts Neues, denn Irene hatte uns immer wieder mal spüren lassen, dass wir in ihren Augen ein lascher Haufen waren. Doch ihre schlechte Laune hielt selten lange vor. Nie würde sie uns im Stich lassen und ausziehen. Wir gehörten doch zusammen, hatten wir zumindest bislang gedacht. In ihrer Brust wohnten zwei Seelen. Es gab eine charmante Irene voller Lebens- und Sinnenlust, die die Nächte durchfeierte, die gerne lachte und tanzte und die sehr genaue Vorstellungen von den Qualitäten ihrer Liebhaber hatte. Dann gab es aber auch eine Irene, die eine stählerne Kraft aus dem Willen der Ablehnung des Bestehenden bezog. Ihr Wunsch nach Revolution und Freiheit gab ihrem Leben einen Sinn. Berechnend und kühl verließ sie ihre Familie, unbeugsam und hartleibig eroberte sie sich als Frau eine Position in der politischen Szene. Auf die leiseste Kritik reagierte sie mit krankhaftem Ärger. Irene war eitel und von hochfahrender Empfindlichkeit. Im Duktus einer gnädigen Dame duldete sie nur Jasager um sich. Nach dieser seltsamen Versammlung konnte man den Eindruck gewinnen, dass sie sich zu etwas entschlossen hatte. Sie wollte uns umpolen, um eine neue Plattform für ihre Auftritte in der Szene zu haben. Irene spürte sehr genau, dass andere Zeiten anbrachen.

Der revolutionäre Gehalt der Besetzung ließ sich nicht länger konservieren. Uli, Thomas und Robert wurden ungeduldig und fragten sich, wann sie endlich wieder Zeit haben würden, um ihren Geschäften und Studien nachzugehen. Typen wie Vroni, Lenny und Lars wiederum drohte der Absturz. Ohne das zu wissen, lebten sie strikt nach Guy Debords situationistischer Devise »Ne travaillez jamais«. Sie brauchten Tage, bis sie sich überhaupt entscheiden konnten, das Haus zu verlassen. Dass sie einkaufen oder arbeiten gingen, war unvorstellbar geworden. Nach Weihnachten war die Situation auf verrückte Weise eskaliert. Jeden Weihnachtsbaum, den Lenny und Vroni auf den Straßen finden konnten, schleppten sie zusammen mit einigen vollkommen verstrahlten Punks in unser Haus. Der gesamte Hauseingang war voll damit. Im Treppenhaus hing der Tannenduft. Überall lagen Berge abgefallener Nadeln. Als sie glaubten, genügend Bäume eingesammelt zu haben, begannen sie, diese im leer stehenden Erdgeschoss des Hinterhauses zu horten. Die Zimmer waren von oben bis unten voll mit alten Weihnachtsbäumen und mit Müll. Diese surreale Aktion war Ausdruck purer Verzweiflung. Nachdem sie fast eine Woche mit dieser komplett sinnlosen Arbeit verbracht hatten, fielen sie wieder in ihren alten Trott zurück.

Ihre neue Wahnsinnsidee war, die Platanen am Mehringdamm zu fällen. Allen Ernstes waren sie der Ansicht, diese gewaltsame Veränderung des öffentlichen Raums werde Auswirkungen auf die Gesellschaft haben. Das war Kiffer-Situationismus. Wir wussten, das Vorhaben würde schon am Besorgen der Axt scheitern, aber Irene drehte durch, wenn sie davon hörte. Das war für sie pure Verschwendung von revolutionärer Energie. Ebenso wie sie es nicht ertragen konnte, wenn Michael mit seinem esoterisch motivierten Hedonismus ankam. Das änderte jedoch nichts daran, dass Drogen, Esoterik und Sex irgendwie als Politik galten.

Irene und Kollegen reagierten auf die Erosion ihres Politikbegriffs mit der Forderung nach mehr Radikalität. Das Leiden unter der Übermacht staatlicher Gewalt erlaube die alltägliche Subversion, lautete einer ihrer beliebten Sprüche. Ihre Phantasmagorien der eigenen Bedeutung drohten jedoch ins Lächerliche abzugleiten. Jede eingeworfene Fensterscheibe oder gestohlene Flasche Bier galt als Widerstand. Fahrkartenkontrollen in U-Bahn und Bus liefen unter dem Label »Alltäglicher Faschismus«. Thomas amüsierte sich prächtig, als Rabe eines Tages empört vom Metzger zurückkam und diesen als »Schwarzwald-Fascho« bezeichnete. Der aus dem Schwarzwald stammende Metzger hatte Johns Wurst in eine Tüte gepackt, auf der »Deutsche Wurstspezialitäten« gedruckt stand. Der radikale Flügel schwankte zwischen melodramatischen Beschwörungen eines »befreiten Lebens«, dem Ausbruch roher Gewalt und weitgehend alberner Selbstdarstellung.

Erschwerend kam hinzu, dass Marianne Irene abspenstig zu werden drohte. Sie war neuerdings verliebt. Claudius war ein gut aussehender Mann mit sentimentalen grauen Augen, der stets neugierig und ständig in Bewegung war. Wenn er saß, trommelte er, wenn er stand, wippte er. Dabei wirkte er nie nervös oder angestrengt, sondern war von gleichbleibender Höflichkeit und vagem Interesse. Claudius war weder Künstler noch Krimineller oder Unternehmer, aber irgendwie war er alles in einem. Er war Drogendealer. Liebte das Risiko und hatte ein Gespür für die günstige Gelegenheit. Er lebte in einem benachbarten besetzten Haus. Politische Ambitionen verfolgte er damit nicht. Claudius sah das so: Hausbesetzen war eine Art von Glücksspiel. Abschätzig äußerte er sich über politische Macher wie Irene oder John, die mit verbissenem Ernst ihre Wichtigkeit behaupteten. Weil er außerhalb des Gesetzes agierte, fühlte er sich ihnen überlegen. Claudius war ein Frauenschwarm, und er selbst bezeichnete sich als den besten Liebhaber Kreuzbergs. Marianne warf ihren Leichtsinn über Bord, band sich an Claudius und ging auf Distanz zu Irene. Ihre Daueraffäre mit John erklärte sie für beendet, was wiederum dazu führte, dass Irene das Interesse an John verlor. Wenn sie ihn ganz für sich haben konnte, war ihr das zu langweilig. Darunter litt John wie ein Hund. Um ihr zu gefallen, spielte er den dicken Max.

Spätestens Anfang 1983 war eine Gesamtlösung für alle besetzten Häuser in weite Ferne gerückt. Zwischen den verschiedenen Lagern gab es keine Verständigung mehr. Wir waren auseinandergedriftet. Die Verhandler saßen in den Büros der Chefunterhändler der großen Wohnungsbaugesellschaften und schacherten mit ihnen um einen möglichst guten Vertragsabschluss für ihr Haus. Wir Nichtverhandler drehten uns im Kreis. Wir wussten selbst, unsere Forderungen klangen hohl und unsere Drohungen hatten ihre abschreckende Wirkung verloren. Einzig in den Kneipennächten nach vielen Gläsern Bier und etlichen Joints erwachte der alte Kampfgeist. »Wir brauchen keine Hausbesitzer, denn die Häuser gehören uns«, grölten wir auf dem Nachhauseweg. Einstmals wichtige Nichtverhandlerhäuser begingen politischen Selbstmord. Sie provozierten eine »selbstbestimmte Räumung«. Mit kindischem Stolz verwiesen sie darauf, als »kriminelle Fluchtburg« geräumt worden zu sein.

Apathisch registrierten wir den Niedergang rings um uns her, und fast panisch fürchteten wir das Ende unseres Zusammenlebens. Im Verlauf der Jahre hatten wir eine Art Stammesbewusstsein entwickelt. »Nur Stämme werden überleben«, schärfte uns Irene immer wieder ein. Robert jedoch fühlte sich in diesem Winter wie eine Figur von Tschechow. Wie Irina, Olga und Mascha in »Drei Schwestern« waren wir eingeschlossen in einem unwirklichen Leben, das sich in immergleichen Wiederholungen erschöpfte. Auf dem russischen Landgut wie auch in unserer Kreuzberger Küche führten dieselben Frauen und Männer die immergleichen Gespräche. Gleichmütig verfolgten wir das Vergehen der Zeit. Wir waren Anfang zwanzig und fühlten uns auf einmal uralt. Müde und resigniert warteten wir auf den Anbruch von etwas Neuem.

Rabe läutete das Ende ein. Nachdem er lange verschwunden gewesen war, tauchte er mit schiefem Grinsen und irrem Blick wieder auf. Er hatte Stress. Unfreiwillig war er Vater geworden. Nie und nimmer hatte er ein Kind haben wollen. Um der Mutter zu zeigen, dass er nicht zum liebenden Familienvater taugte, hatte er seinen fünf Monate alten Sohn zum Fenster im vierten Stock rausgehalten. Er drohte, ihn fallen zu lassen.

Noch in derselben Nacht floh die Mutter mit ihrem Baby aus der Stadt. Da ihr Vater ein einflussreicher Politiker in der schleswig-holsteinischen CDU war, fürchtete Rabe, der werde ihm die Bullen auf den Hals schicken. Der liebeskummergeplagte John zeigte viel Verständnis für die Nöte des jungen Vaters. Gemeinsam knallten sie sich mit Speed zu. Danach gingen sie zum Bäcker um die Ecke, hielten der armen Verkäuferin, die, wie wir wussten, jeden Tag um vier Uhr morgens von Alt-Mariendorf zur Arbeit nach Kreuzberg fuhr und demzufolge immer nur freundlich-müde lächelte, eine Spielzeugpistole vor die Nase und forderten die Herausgabe von zwanzig Brötchen. Außer den beiden fand das niemand lustig. Dieses Mal war es Uli, der eine Hausversammlung einberief.

Alle wussten, dies würde eine entscheidende Sitzung werden. Seitdem die radikale Fraktion zur Solidarisierung mit der RAF aufgerufen hatte, war es immer wieder zu Streitereien und Spannungen gekommen. So war Irene stinksauer auf Robert, weil der es, wie sie aus konspirativen Kreisen erfahren hatte, ablehnte, unveröffentlichte Texte Ulrike Meinhofs zu drucken. Und ausgerechnet der fade Lars streute, um Irene zu beeindrucken, das Gerücht, er sei bei den Revolutionären Zellen. Über den Herd sprühte er groß »Jedes Herz ist eine revolutionäre Zelle«. Er saß daneben am Küchentisch und las konzentriert »radikal – Zeitung für Freiheit und Abenteuer«. Das war traurig und lächerlich zugleich, denn jeder wusste, Lars war ein Feigling und ganz gewiss nicht bei den Revolutionären Zellen, doch vor allem John ließ sich dadurch unnötig provozieren. So ein Weichei durfte auf keinen Fall dazugehören. Seine Irene würde das sowieso nicht beeindrucken, band er jedem auf die Nase.

Die Stimmung war also ganz schön schlecht, als wir in unserer Küche zusammentrafen. Essensgeruch lag in der Luft, überall Zeitungen, Bücher, volle Aschenbecher, Flugblätter und gebrauchtes Geschirr, der Tisch klebrig und mit Rotweinrändern übersät. Draußen war es dunkel. Vroni war noch gar nicht aufgestanden. Sie lag noch immer in ihrem Hochbett über dem Ofen, rauchte und trank in aller Ruhe ihren Morgenkaffee. »Hi, Oblomow«, rief ihr Thomas zu. Vroni kicherte und warf ihm eine Kusshand zu. Im Ton eines Arztes, der einem Patienten eine unangenehme Mitteilung machen muss, hob Uli, der an diesem Abend ein schwarzes Hemd trug, an zu sprechen. So gehe es nicht weiter. Wir hätten vieles erreicht, seien jetzt aber dabei, uns selbst abzuschaffen. Die Schwärmerei für eine permanente militante Rebellion im Alltag müsse aufhören. An der hirnverbrannten Aktion von John und Rabe sehe man, wohin das führen könne. Wenn sie glaubten, die Legitimation ihres Handelns von den Elenden und Armen weltweit ableiten zu können, sollten sie bitte bedenken, dass eine unterbezahlte, ausgebeutete Bäckereiverkäuferin nicht das richtige Ziel ihrer Attacken sein könne. Hätten sie nur einen Funken Anstand, dann würden sie sich bei der armen Frau entschuldigen. Das ganze Gerede über Militanz und das amputierte Leben im Kapitalismus diene nur dazu, den wirklichen Problemen aus dem Weg zu gehen. Es sei an der Zeit, Bilanz zu ziehen. Was haben wir erreicht? Für welche Zukunft waren wir bereit, Gegenwart zu opfern? Die Beschwörung von Umsturz und Gewalt gehe ihm auf den Wecker. Diejenigen unter uns, die jetzt den Weg in den Untergrund propagierten, kämen ihm vor wie wild gewordene Kleinbürger. Bei dem Stichwort Kleinbürger erwachte Lenny zu Leben. »entweder schwein oder mensch, entweder problem oder lösung, dazwischen gibt es nichts«, leierte er mit starkem hessischen Akzent aus dem Gedächtnis Holger Meins' letzte Worte herunter. Robert unterdrückte mühsam sein Lachen. Da schoss John in die Höhe. Alle Blicke waren auf ihn gerichtet. Mit einem abfälligen Zug um die Mundwinkel legte er in selbstgerechtem Ton los. »Uli, was erzählst du da für einen Stuss? Hast du nicht mitbekommen, dass alles auf einen neuen Faschismus hinausläuft? Wenn wir auf dich hören, dann waren alle unsere Kämpfe umsonst. Was Lenny sagt, stimmt: Das wahre Leben ist das Leben im Untergrund. Wir vegetieren doch nur vor uns hin. Illegalität bedeutet nicht, dass man dauernd auf der Flucht ist. Diese Schauergeschichten vom schrecklichen, anstrengenden Leben im Untergrund sind doch Bullenpropaganda. Im Gegensatz zu uns halten die wenigstens zusammen und wissen, wofür sie kämpfen. Vergiss nicht, was Ulrike gesagt hat: Natürlich kann geschossen werden!« Marianne schaute genervt zur Decke, Michael atmete laut ein und aus. »Hört endlich auf über Militanz und Gewalt zu diskutieren. Noch sitzen wir hier zusammen. Wir haben ein Haus verloren und ein anderes gewonnen. Ist das nicht ein Zeichen dafür, dass wir zusammenbleiben sollten? Mit Phantasie, Humor und Liebe werden wir mehr erreichen als mit Gewalt. Ich jedenfalls werde meine Sinnlichkeit nicht gegen eine Waffe eintauschen und in den Untergrund abtauchen.« Irene kommentierte trocken: »Du hast ja nur Angst, dass dir im Untergrund die Frauen ausgehen.« Dieser Versuch, Michaels Einwand ins Lächerliche zu ziehen, verfing nicht. Man sollte nicht den Fehler begehen, Michael zu unterschätzen. Als versierter Verführer ging er zielorientiert und manipulativ vor. Er wusste genau: Sex zog mehr als Waffen.

Allen war klar, dies war eine Gespensterdiskussion. Weder Irene, Rabe noch John hatte je eine Waffe in der Hand gehabt. Dass sie wirklich dazu bereit gewesen wären, sich zu bewaffnen, glaubte keiner von uns. Rabe vielleicht. Er war unberechenbar. In Irenes Kreisen war es üblich, dass die Männer sich Andreas Baader zum Vorbild nahmen und die Frauen als »Fotzen« ansprachen. Irene war die einzige Frau, bei der sich das keiner traute. Kraft ihres Anspruchs, eine wichtige Anführerin der radikalen Fraktion zu sein, konnte sie in ihren Gedankenspielen auf die Waffe nicht verzichten. Sie legte sich nicht fest. Am einen Tag trat sie für die RAF ein, und am nächsten Tag argumentierte sie für die Aktionen der RZ. Daran störte sich keiner. Irene hatte das Zeug zur Doppelagentin. Sie war verführerisch und skrupellos. John war der Papagei, der ihr alles nachplapperte.

Unvermittelt fing Irene mit ihrem neuen Lieblingsthema, den Computern, an. In der Vorstellung der meisten von uns waren Computer monströse, ständig blinkende, drachenähnliche Maschinen, die von versponnenen, weltfremden Freaks gesteuert wurden. Computer passten zu James Bond, aber doch nicht zu uns nach SO 36. Irene kannte Typen von der »Computer-Guerilla«. Die wollten die Computertechnologie im politischen Kampf einsetzen. »Gemeinsam mit dem Computer im Kampf gegen den US-Imperialismus«, lautete deren Parole. Uns Naivlingen schwärmte Irene von dem revolutionären Potential vor, das in dieser Technologie stecke. Die Utopie »Arbeitslosigkeit für alle!« könne endlich wahr werden. Jeder Haushalt werde seinen eigenen Industrieroboter haben und seinen Mehrwert direkt erwirtschaften. »Damit wäre der Kapitalismus erledigt«, trumpfte sie auf. Wir aber kannten Roboter oder Computer nur aus dem Film, und Technik spielte in unserem Leben keine Rolle, deshalb sagte uns das alles nichts. Diese märchenhafte Erzählung hatte jedoch auch eine dunkle Seite. Der »Computer-Faschismus« drohte, wenn diese Technologie in die Hände der Falschen, also des Kapitals und des Staates, fallen würde. Die Dystopie eines totalen Überwachungsstaates, wie von George Orwell in »1984« beschrieben, könnte Wirklichkeit werden. Irene genoss es sichtlich, zu den Eingeweihten zu gehören. Siegesgewiss lehnte sie sich zurück, hatte uns allen etwas voraus. »Heißt das, dass du unsere Chefin sein wirst im computergesteuerten Kampf gegen die Yanks?«, fragte Thomas hinterlistig und leise. Irene, die immer, wenn es um Thomas ging, eine Falle witterte, wurde weiß vor Wut. »Lass den Quatsch. Du kannst es nur nicht aushalten, dass es Dinge gibt, von denen du keine Ahnung hast. Mit Heidegger, Deleuze, Foucault und wie deine Lieblinge alle heißen, kommen wir nicht weiter. Unter uns gibt es zu viele, die einfach abhängen. Die Computer-Guerilla war nur ein Beispiel dafür, dass sich enorm wichtige Dinge tun, die hier im Haus schlicht und einfach verschlafen werden. Mit ihrer nicht kalkulierbaren Spontaneität setzen die RZ den Herrschenden schwer zu. Sie sind nicht zu fassen. Doch das ist euch ja egal. Hauptsache, keine Miete bezahlen und eine ruhige Kugel schieben. Kapiert endlich, wir sind an einem Punkt angelangt, an dem sich jeder fragen muss, welche Berechtigung er hat, in diesem Haus zu wohnen. Jeder sollte darüber nachdenken, wie weit er in seiner Solidarität mit der RAF, den politischen Gefangenen und dem weltweiten Befreiungskampf geht. Der Druck von außen nimmt zu. Ständig werden Häuser geräumt. Viele, die geräumt wurden, wollen nicht in Mietwohnungen versauern, sondern weiterkämpfen. Wir haben keinen Platz im Haus und können sie nicht aufnehmen, weil wir hier zu viele Abwohner haben. Diese Abwohner blockieren unseren politischen Kampf. Was bringt uns eigentlich Vroni? Oder Lenny? Los, sagt mal, warum wohnt ihr hier?« Vroni schaute belustigt von ihrem Hochbett auf uns herunter. Lenny zuckte zusammen. Irene ließ nicht locker. Ihre Augen nahmen einen harten Glanz an. Ihre Zigarette wippte beim Sprechen auf und ab. »Ich schlage vor, wir legen eine Runde Selbstkritik ein. Der Reihe nach sagt jeder etwas zu seinen Fehlern, Zweifeln, Stärken und Schwächen. Schonungslos. Lenny fängt an. Los!« Irene wusste genau, dass Lenny enorm lange brauchte, bis er vor so vielen Menschen überhaupt einen Satz herausbrachte. Er rutschte auf seinem Stuhl hin und her. Wir sahen ihm dabei zu, wie er litt, und warteten. Doch es kam nichts. Lenny blieb stumm. »Du bist echt erbärmlich. Nicht einmal das schaffst du. Ich beantrage deinen Ausschluss. Mit Typen wie dir haben wir schon verloren. Luise ist auch so ein Fall. Warum zeichnest du eigentlich immer nur Milchtüten, Joints und Gitarrenspieler? Hast du keine anderen Ideen? Was soll das? Komm, sag was!« Die arme Luise schreckte verstört von ihrem Zeichenblock auf und senkte sofort wieder den Kopf. Sagte nichts. Luise anzugreifen war ein Fehler gewesen. Im Falle von Vroni und Lenny waren wir abgestumpft. Die beiden nahmen es von Kindesbeinen an hin, von anderen als Fußabtreter benutzt zu werden. Also machten wir das auch. Bei Luise war das anders. Sie galt als etwas Besonderes. War Künstlerin und Überlebende. »Deine elitäre Mackerhaftigkeit ist echt widerlich, Irene. Eine arrogante und selbstgefällige Tusse bist du. Lass Luise in Frieden. Du verstehst nichts von Kunst«, rief Robert aufgebracht. John schaltete sich ein. Er wollte die Wogen glätten und hörte sich fast versöhnlich an: »Wir wollen eine Revolution, die alles verändert, aber es ist irre schwer, konkret zu sagen, wie das so laufen soll. Ich weiß nur, wir müssen erst alles kaputt schlagen, bevor wir etwas aufbauen können.« Dann faselte er etwas vom Sterben mit gereckter Faust. Und dass am Anfang das Ende sei. Bevor er in diesem Stil weitermachen konnte, unterbrach Uli ihn. »Eure Revolutionsprosa kennen wir mittlerweile zur Genüge. Mich würde interessieren, wie eure interne Säuberung und die anschließende Platzvergabe vor sich gehen sollen. Wer entscheidet darüber, wer gehen muss? Was geschieht, wenn die, die gehen müssen, nicht gehen wollen? Kommen dann die harten Jungs von der Kiezpolizei? Müssen die Bewerber einen Eignungstest ablegen? Überprüft ihr, ob sie genügend Einsatz, Gewaltbereitschaft und Bargeld mitbringen? Sind Probezeiten vorgesehen? Werden sie aus den Gesammelten Werken der RAF abgefragt? Ihr seid richtige Leistungsfetischisten geworden. Wehe den Kiffern, die werden garantiert sofort aussortiert.« Jan legte Uli, der vor Aufregung einen roten Kopf bekommen hatte, beschwichtigend die Hand auf die Schulter. Lynn standen Tränen in den Augen. Michael nahm sie in den Arm und strich ihr über den Kopf. »Was die Gewalt betrifft, stimme ich euch nicht hundertprozentig zu, aber die Abwohner gehen auch mir auf die Nerven«, meldete sich Thomas kalt und beherrscht, an Irene gewandt. »Es kotzt mich an, dass es hier eine Gruppe von Leuten gibt, die sich einen Dreck dafür interessieren, was im Haus und in den Räten gemacht werden muss. Es ist euch – und ihr wisst alle, wen ich damit meine – scheißegal. Am wichtigsten ist, dass ihr keine Miete bezahlen müsst, ihr genügend Shit habt und nach Goa oder Gomera fahren könnt. Habt ihr euch eigentlich schon mal überlegt, dass ihr auf Kosten anderer lebt? Um keine Missverständnisse aufkommen zu lassen: Es geht nicht darum, dass jeder Strom legen oder das Dach reparieren können soll, sondern darum, dass ihr euch damit zufriedengebt, dass irgendwer – nämlich immer dieselben – das schon für euch machen wird. Was für das Aufräumen des Hofs gilt, gilt auch für die politische Arbeit. Es sind immer dieselben Figuren, die fehlen und es sich bequem machen. Die Zeiten sind härter geworden. Wir können euch nicht länger durchfüttern. Ihr müsst euch überlegen, ob ihr mitmachen wollt oder ob ihr auszieht.« Wir staunten. Thomas machte mit Irene gemeinsame Sache? Wie hatte sie das geschafft? Oder war das für ihn nur eines seiner üblichen Machtspielchen? Zuzutrauen wäre es ihm gewesen. Doch welches Ziel verfolgte er damit? Vroni stieß einen wütenden Schrei aus und fing an, Thomas mit allem, was ihr in die Finger kam, zu bewerfen. Derweil traute sich Lenny endlich aus der Deckung. »Die Einzige, die hier bürgerlich-narzisstisch-faschistisch ist, bist du«, brüllte er lauthals Irene an. Man sah ihm an, wie sehr er sich anstrengen musste, um nicht ins Stottern zu verfallen. Wir hätten nie geglaubt, dass Lenny es wagen würde, Irene anzugreifen. Die schaute ihn nur mitleidig an. Dünne Rauchfäden schlichen sich aus ihrem Mund. »Warum suchen wir den Faschismus immer außerhalb von uns? Denkt mal darüber nach, was sich hier gerade abspielt«, schaltete sich angewidert Robert ein. Die Ersten standen auf und gingen. Uli, der sich Notizen gemacht hatte, nahm Irene ins Visier. »Ich habe viel gelernt von euch. Typen wie du, John oder Rabe sind mit Gewalt aufgewachsen. Ich dagegen habe lange gebraucht, bis ich mich an den Gedanken gewöhnt hatte, dass Gewalt gerechtfertigt sein kann und das Urteil darüber allein bei mir liegt. Die Jahre als Besetzer, die brutalen Bulleneinsätze bei den Demos, die Durchsuchungen, unsere Räumung, die Leichtfertigkeit, mit der die Politiker uns kriminalisieren, der Fanatismus der Politischen Staatsanwaltschaft, das alles hat mich verändert und gewaltbereiter gemacht. Ich frage mich häufig, wie weit ich eigentlich gehen würde. Transgression, Grenzen überwinden und so weiter. Wenn ich in einer Extremsituation wie im Kessel am Nollendorfplatz Steine auf Wannen und Schaufenster schmeiße, ist das befreiend. Ich wehre mich. Doch was ihr uns hier vorgeschlagen habt, ist Wahnsinn. Räumungen und staatliche Repression sind nicht die alleinigen Gründe für unseren Niedergang. Ihr vergesst, dass viele ihre Häuser freiwillig verlassen. Und zwar wegen Leuten wie euch. Das Militanzgehabe ist ihnen zu viel. Sie sind erschöpft, ziehen wieder zurück in ihre Wohnungen, in große WGs oder versuchen es mit Landkommunen. Das Nicht-integrieren-Lassen war lange unser Erfolgsmodell. Doch mittlerweile ist das Schnee von gestern. Wir müssen weiterdenken als bis zum Bau des nächsten Molotow-Cocktails. Das Wir im Untergrund, das ihr beschwört, ist Kitsch. Die Hungerstreikkomitees, die zur Solidarität mit den Egomanen von der RAF aufrufen, erpressen die Linke. Ich habe keine Sympathie für die totalitären Lebensentwürfe der RAF. Baader war ein notorisch asozialer Typ, der aus Machtbedürfnis tötete. Ensslin war eine ehrgeizige Studienstiftlerin mit dem Drang nach Höherem. Bommi Baumann hat doch beschrieben, wie sie wie eine Kobra darauf achtete, dass alle ihrem ›Baby‹ Baader gehorchten. Und erinnert euch an die Filmaufnahmen von Ulrike Meinhof, im schwarzen T-Shirt, Goldrandbrille, blass, nervös, die eine Zigarette nach der anderen raucht und mechanisch vor sich hin redet. Eure Ulrike war eine tragische Gestalt. Eine Frau, die sich in ihren Untergang hineinsuggerierte. Eine Intellektuelle, der ihre Worte nicht mehr genügten, um ihren Hass zu stillen. Die Hass- und Terrorwelt, die ihr uns schmackhaft machen wollt, ist ziemlich deutsch. Diese spezielle deutsche Mischung aus Kulturpessimismus, Weltverneinung und Antisemitismus ist mir zuwider. Der RAF-Jargon, den ihr übernommen habt, ist brutal, zynisch, moralisch und hochtrabend idealistisch zugleich. Wenn wir zusammenbleiben wollen, verlange ich von euch, dass ihr uns nicht mehr mit diesem politischen Wahnsinn belästigt. Und wenn ich es richtig sehe, spreche ich für die Mehrheit hier im Haus. Erst wenn wir uns darüber einig sind, können wir weitermachen.« Nahezu gleichzeitig standen Irene, Lars und John auf. Grinsend folgte mit einiger Verzögerung Rabe. Irene, mit schwarz geschminkten Augen, zog genüsslich – wie nur sie es konnte – an ihrer im rechten Mundwinkel hängenden Zigarette und sagte fast heiter: »Gehen wir. Ist Zeitverschwendung. Sollen die mikrofaschistischen Bürgerpsychen unter sich bleiben.« Thomas blieb sitzen. Irene zwinkerte ihm zu.

Wenige Tage danach rollten sie ihre Schlafsäcke zusammen, packten ihr Hab und Gut und verließen ohne Abschied das Haus. Lars hielt es nicht lange mit ihnen aus oder umgekehrt. Jedenfalls bekamen wir ein Jahr später eine Postkarte von ihm aus Bottrop. Im Haus an der Mauer sei er nie heimisch geworden. Berlin vermisse er nur manchmal. Uns dagegen immer. Er bleibe bei seinen Eltern, sei mit seiner Kindergartenliebe liiert. Für den Fall, dass sich einer nach Bottrop verirren sollte, habe er seine Telefonnummer dazugeschrieben.

Dann ging es schnell. »Kämpft, Freunde! SO 36 lebt, solange wir uns wehren. Der Kiez gehört denen, die drin leben!«, schrieben wir in einem unserer letzten Flugblätter. Wir wussten, das war Verbalradikalismus. Die Bewegung gab es nicht mehr.

KEBABTRÄUME – LUISE

Das meiste, was ich am Leib trug, war von irgendwem geliehen. Meinen Alpakapullover hatte ich aus dem geräumten Haus gerettet. Doch die dünne Jeans, in der ich fror, und die Wollstulpen, die ich albern fand, die mich aber wärmten, waren geliehen. Wie auch die dunkelbraune Kunstfelljacke, in der ich mir wie ein Teddybär vorkam. Nachbarn legten ihre alten Kleider vor unserer Tür ab. Aus einer dieser Tüten hatte ich mir einen langen, scharf taillierten und mit bunten Blumen bedruckten Morgenmantel gezogen. Der war für lange Zeit mein mit Abstand glamourösestes Kleidungsstück, allein schon deshalb, weil er bunt war. Gemeinsam hatten wir uns eine Waschmaschine angeschafft, natürlich gebraucht und mit Macken. Weil wir unsere Wäsche unsortiert in die Trommel warfen, changierten unsere Kleider mit der Zeit zwischen Hell- und Dunkelgrau. Das störte niemanden. Wir hatten uns daran gewöhnt, in Einheitsgrau durch die Welt zu gehen.

Als wir das Haus an der Mauer übernahmen, lag es im Sterben. Mittlerweile wusste ich, dass Besetzen ein immersiver Akt ist. Man taucht ein in eine fremde Welt. Das Haus an der Mauer war das dritte Haus, das ich in zwei Jahren besetzte. Auf den verbeulten Briefkästen waren viele Schichten von Namensschildern übereinandergeklebt. Uns sagte keiner davon etwas. Es gab nur noch wenige intakte Fensterscheiben. Die meisten waren mit Folie oder Pappe abgedichtet. Wenn der Wind von Osten wehte, klapperte und knatterte unser Haus laut. Die roten Backsteine, die hinter dem abgebröckelten oder abgeschlagenen Putz zum Vorschein kamen, wirkten fast schon optimistisch. Sie kontrastierten mit dem trostlosen Hinterhof, in dem Schrottautos herumstanden und abgemagerte Hühner müde im Müll pickten.

Die Punks aus dem Hinterhaus waren wie Granulat: schwarze Jacken, graue Hosen, schwarze Stiefel und verblichene schwarze Haare. Zu unserer großen Verwunderung luden sie uns eines Tages ein, mit ihnen zu essen. Treppen wie Hühnerleitern, der Herd, schwarz vor Dreck, kaum Türen, Vögel flattern, Hunde kläffen, Hühner schlafen, eine orangefarbene Schreibmaschine. Abgeschredderte grün-blau-rot-lila gestrichene Wände, fahle Gesichter, verfaulte Zähne, Schleppscheiße an den Armen. Draußen nieselt es wie Blei, flackerndes Kerzenlicht, das Schatten an die Wand wirft. Auf dem Teller angebratene Rinderknochen und halb verbrannte Speckschwarten. Wir lutschen Knochen, knabbern Schwarten und stoßen mit Dosenbier auf gute Nachbarschaft an. Die Punks wünschen sich Bäder aus Marmor und einen Aufzug.

Häuser haben ihre eigenen Energien, Intensitäten und Geister. Für welches Leben war unser Haus gebaut worden? Es gab kein anderes Haus in ganz Kreuzberg, das Revolutionsköpfe mit Jakobinermützen schmückten. Irene und Robert vor allem fanden das großartig. Die einstmals repräsentative Fassade wollte jedoch nicht so richtig zu den niedrigen Zimmern mit den schmucklosen Kachelöfen passen. Das Haus an der Mauer war nicht so skurril wie die Villa mit der Wurstkonservenfabrik, nicht so großbürgerlich wie das Haus an den Gleisen, sondern einfach. Es war ein Haus, das für arbeitsame Menschen, auf die nur bescheidene Freuden im Leben warteten, gebaut worden war. Irgendwann wird den Handwerkern und Ladenbesitzern, die das Vorderhaus bewohnten, die Ausstattung – ohne Badezimmer und mit einer Außentoilette pro Stockwerk – nicht mehr genügt haben, und sie zogen weg. Zurück blieben die Proletarier, und nachdem auch die verschwunden waren, kamen wir und besetzten es.

Die Slum-Romantik entsprach meiner Einstellung. Antibürgerlich und gegen den leer laufenden Wohlstand. Auch dass wir direkt an der Mauer wohnten, gefiel mir. Es war so ruhig, dass man auf dem Gehweg hätte schlafen können. Unsere türkischen Nachbarn waren höflich und zurückhaltend. Auf ganz eigene Weise prägten sie unsere Straße. Aus der

Türkei brachten sie Rohwolle mit, die sie in ihren Berliner Waschbecken auswuschen. Wenn es warm wurde, saßen die Frauen mit ihren weiten Röcken auf der Wiese vor unserem Haus, die Schafwolle lag ausgebreitet zum Trocknen in der Sonne vor ihnen. Die Ferngläser der Volkspolizisten, mit denen sie die Frauen über die Mauer hinweg beobachteten, spiegelten in der Sonne. Dieses Bild gefiel mir. Das gab es nur im Kreuzberger Sommer.

Meinen neuen Heimweg von der U-Bahn ging ich mit Staunen. Er führte von der Unterwelt des Kottbusser Tors, wo Punks saßen, laut ihre kopulierenden Hunde anfeuerten, Shrimps pulten, Bier tranken und um Geld bettelten, nach dem Aufstieg über den grauen, kargen Platz, gleichsam durch das Tor des NKZ, vorbei an mächtigen Dönerspießen direkt auf die Mauer zu, zum letzten Häuserblock, von wo aus es nicht mehr weiterging. Massive, düstere Häuserreihen, funzelige Gaslaternen, Tag-und-Nacht-Eckkneipen, hoch aufragende Brandmauern, taumelnde Alte, die noch im Hochsommer ihren Wintermantel anhatten.

Die Türken retteten Kreuzberg. Unermüdlich sorgten sie für Leben in der Tristesse. Schafften buntes Gemüse heran, rührten in kleinen Teegläsern, hörten laut ihre wehmütige Musik, buken köstlich duftendes Pide, hatten Kinder, die sie zum Spielen auf die Straße schickten. Im großen türkischen Supermarkt gab es keinen Wein, gegenüber bei den Kurden schon. Da stand der kurdische Metzger vor seinen Lammhälften und wartete auf Kundschaft. Sein junges Ich, glücklich mit einem Lamm im Arm über die weiten Wiesen Ostanatoliens laufend, hing als Fotografie über der Fleischtheke. Überall in SO 36 war Heimweh.

Es gab einen Prozess der russischen Streitkräfte in der Tschechoslowakei, um herauszufinden, ob der Soldat oder Soraya für den Unfall verantwortlich war. Ich erfuhr nur das Urteil. Weder Thomas und Elena noch ich wurden gehört. Man teilte mir mit, dass ich nichts für den Krankenhausaufenthalt in Ústí nad Labem zu bezahlen habe. Man schickte mir einen Scheck zu als Entschädigung für die Zeit, die ich meinem Staat nicht als Arbeitskraft zur Verfügung gestanden hatte. Die Entschädigung wurde in tschechischen Kronen ausgezahlt, und nach dem Umtausch blieben mir 1400 D-Mark. Niemand wusste, was mit dem Soldaten passierte. Ich stellte ihn mir als einen Jungen vor, der übermüdet war und der nicht besonders gut Auto fahren konnte, geschweige denn einen 35-Tonner. Es war bekannt, dass sowjetische Soldaten, wenn sie Fehler begingen, nicht mit Gnade rechnen konnten. Wahrscheinlich musste der Junge lange Jahre ins Gefängnis.

Das Saxophon war meinen Eltern übergeben worden und reiste, als einziges unversehrtes Objekt, unbemerkt im Kofferraum über die Grenze. Doch es war schrecklich verstimmt, und ich fuhr nach Kassel, um es von einem dortigen Instrumentenbauer begutachten zu lassen. So landete ich auf der Documenta, wo ich zum ersten Mal Keith Harings Zeichnungen sah. Mein Saxophon hatte mich zu einem Künstler geführt, für den das Zeichnen so existentiell war wie für mich. Zeichnerische Äußerungen in der Subway und auf Brandmauern, auf die Schnelle gemacht und nicht darauf bedacht, für die Ewigkeit gültig zu sein oder auf dem Kunstmarkt verkauft zu werden. Zeichnen als eine Lebensäußerung. Der eigene Nachweis, dass man lebendig ist.

Alle zusammen bezogen wir die drei größten Zimmer in der einzig noch brauchbaren Wohnung im ersten Stock des Vorderhauses. In der Küche mit ihren Hochbetten hausten Vroni, Lars und Lenny. Die Wände waren besprüht mit geisterhaft-banalen Graffiti: »SCHIESS DOCH, BULLE, FREI SEIN, WER NICHT TRÄUMT, HAT SCHON VERLOREN, RÄUMT DEN KNAST UND NICHT DIE HÄUSER, ENDSTATION SEHNSUCHT, BILDET BANDEN«. Auf einem Regal fand ich die düsteren Tagebuchaufzeichnungen eines Junkies. Hatte der zuvor in der Küche gewohnt? Wir wussten nicht, wo die früheren Besetzer geblieben waren. Sie hatten uns das kaputte Haus, die Graffiti und lumpige Transparente mit radikalen Parolen hinterlassen. In dieser Küche fand dann auch so etwas wie ein Prozess statt. Irene war die Anklägerin und wollte auch die Richterin sein. Auch mich hat sie attackiert. Thomas zog sich, wie immer, undurchsichtig aus der Affäre. Es war unklar, auf welcher Seite er stand. Am Ende wollte keiner außer John, Lars und Rabe mit Irene die Zukunft teilen. Ohne großes Aufsehen zogen sie aus. Eine Geschichte war zu Ende.

Der verletzte Nerv war weiter zur Hand hinuntergewachsen. Im Herbst konnte ich wieder meinen kleinen Finger spüren. Als wir unser Dach neu geteert hatten, war ich mit großer Freude dabei gewesen. Die Heilung machte mich froh. Im Winter wurde dann die Metallplatte aus meinem Oberarm entfernt. Unangekündigt nutzte der Chirurg die Gelegenheit, die Kehle vom Narbengewebe zu lösen, sodass das hüpfende Schlucken verschwand. Seltsamerweise reagierte ich fast ungehalten, als ich so neu gestaltet aufwachte. Mein punkiges Ich hatte sich trotzig an dieses rote Mal gewöhnt und mochte es. Im Vierbettzimmer lag neben mir eine Magersüchtige, die ebenso trotzig an ihrem Verschwinden festhielt. Es war ein merkwürdig trübsinniger Krankenhausaufenthalt in Heidelberg. Nicht zu vergleichen mit Ústí.

Am ersten Jahrestag unserer Fahrt nach Prag wehte ein milder Wind ums Haus. Ich dachte an diesem warmen Januartag an die dunklen verschneiten Straßen Böhmens. Ich war gebadet und friedlich in der Magengrube. Noch immer versuchte ich mit meinem Überleben zurechtzukommen, und noch immer war Elena meine treue Begleiterin. Am Tag des Unfalls saßen wir auf meiner Matratze, schauten meine Zeichenblöcke durch, tranken Sekt. Später aßen wir Hammel und Salat. In der Nacht ging ich in mein Studio in der HdK und weißelte die Wände.

Ich zeichnete und sah immer wieder Prag. Das schwarzblaugraue Winterprag. Die Karlsbrücke, die Steine auf den Gräbern des Jüdischen Friedhofs, die verwinkelten Gassen, das Ufer der Moldau. Soraya sitzt hinter meinen Augen auf einem Stuhl, sie knautscht das Gesicht und lässt ihre Arme baumeln. Sie ist da. Ganz deutlich. Ich sehe, wie sie ihre vertraute Geste macht: Sie hebt das Kinn hoch und dreht ihren Kopf ganz langsam weit zur Seite. Der ziehende Schmerz, das zugige Loch in mir. Die Alltagssoraya, die praktische Soraya, die mutige Soraya, die Kopfwehsoraya, die Motorradsoraya, die schnell sprechende Soraya, die radikale Soraya, die lachende Soraya, die müde Soraya. Was wäre, wenn sie jetzt hereinkäme? Wäre ich dann wie vor dem Unfall? Wäre alles wieder gut? »Was machen wir mit unserer pissigen Existenz?«, steht in meinem Tagebuch.

Nachts zogen Elena und ich los und verkauften Roberts Raubdrucke. Zeitpunkt und Route mussten gut gewählt sein. Sternling, Heidereiter, Wunderbar, Hasenburg, Dada, Schlemihl, Nulpe, Morgenrot, Exil, Alte Welt, Osterinsel. Wir verkauften immer dann gut, wenn die Kneipengäste schon leicht betrunken waren. Zu nüchtern oder zu betrunken interessierten sie sich nicht für Bücher. Wenn Elena und ich in den kalten Berliner Winternächten mit unserem Rucksack voller Raubdrucke durch die Straßen stapften, waren unsere Verbündeten die tamilischen Rosenverkäufer. In ihren dünnen Blousons jämmerlich frierend, trugen sie wertlose rote Rosen durch die Nacht. Weil sie kaum Deutsch sprachen, zeigten sie ihre Ware mit einem hilflosen Lächeln vor und hofften, verstanden zu werden. Auch Jörg Fauser lief uns in diesen Nächten immer wieder über den Weg. Mit seinem tomatenroten Gesicht, den verrutschten Hosen und den triefenden Augen bot er einen jämmerlichen Anblick. Fauser kannte keine Pose. Er torkelte, krallte sich am Tresen fest, und wenn er kein Geld mehr hatte, bot er seinen Personalausweis gegen ein Bier an. Irgendjemand fand sich immer, dem er leidtat und der ihm einen ausgab.

Dann kam die Vorladung zum Prozess. Ich war unter den acht Angeklagten, denen gemeinschaftlicher Hausfriedensbruch, Strom-, Gas- und Wasserdiebstahl vorgeworfen wurde. Der Antrag auf Einstellung wurde abgewiesen. Der Prozess schleppte sich über Tage hin. Stundenlange Vernehmung der Polizisten, gefolgt von der der Angestellten der Elektrizitäts-, Gas- und Wasserwerke. Die Polizisten konnten sich nicht gut an Gesichter erinnern, aber wenn es so auf dem Festnahmezettel steht, dann wird schon alles in Ordnung sein, meinten sie. Der Beisitzer hatte einen korrekten Seitenscheitel und Sittlichkeitstäteraugen. Der Gerichtsdiener schlief. Die Richterin erinnerte mich an meine sadistische Französischlehrerin. Der Popper kam im Trench. Wirkte verschreckt. Langwierig kramte und raschelte er mit seinen Papieren. Wir lachten ihn aus. Auf die Frage, warum denn Rosenblatt nicht gekommen sei, antwortete er mit Ausflüchten. Sämtliche Anträge unsererseits wurden abgelehnt. Unsere Anwälte plädierten auf Freispruch. Die Staatsanwaltschaft, ein blondes Milchgesicht, forderte eine Freiheitsstrafe von sechs Monaten, denn nur diese würde uns »die Schwere und Gemeinschädlichkeit« unseres strafbaren Verhaltens vor Augen führen. Auch von einer »generalpräventiven Wirkung« war die Rede. Uns verging das Lachen. Wir verließen den Saal. Tranken Bier in der Gerichtskantine. Schließlich wurden wir zu einer ziemlich hohen Geldstrafe knapp unter der Bewährung verurteilt. Der Staatsanwalt kündigte an, in Revision zu gehen. Er wollte, dass wir hinter Gittern verschwanden. Wolle fuhr uns mit seinem Taxi nach Hause. Dichtgedrängt saß ich mit Robert, Marianne und Thomas auf der Rückbank, während in voller Lautstärke »London Calling« lief. Wir sangen nicht mit, blieben still.

Als Irene und die anderen auszogen, erzählte mir Elena, sie habe als junge Erwachsene in Turin in einer kommunistisch orientierten Wohngemeinschaft gewohnt. Es wurde nur theoretisiert, und die Maden krochen aus den ungewaschenen Kleiderbergen. Über ihr Leben vor und nach dem Waisenhaus, ihre Schulzeit oder Ausbildung weiß ich nichts. Das war bei uns nie Thema. Elenas Stimmung war immer häufiger extremen Schwankungen unterworfen. Ich versuchte, sie zu verstehen, war aber immer hinterher. Eine Zeit lang redete ich mir ein, ihre Zustände seien eine Art persönlicher Rebellion gegen das verlogene, entfremdete Leben in diesem System. Es dauerte, bis ich mir eingestand, dass sie krank war. Schizophrenie war für uns eine gesellschaftspolitische Krankheit. »Aus der Krankheit eine Waffe machen« – die Botschaft des »Sozialistischen Patientenkollektivs« – war auf die Wand gegenüber meiner ersten Heidelberger Wohnung gesprüht gewesen. Psychosen als Ausdruck eines verborgenen Klassenkampfes. Krankheit und Kapitalismus. Unser Kult um das Verrücktsein beruhte auf der festen Überzeugung, psychotische Kräfte seien eine Art Begabung und Gnade. Ronald D. Laings »Geteiltes Selbst« und David Coopers »Tod der Familie« gehörten in der Szene zur Pflichtlektüre. Wir verkauften sie als Raubdrucke. Doch Laing und Cooper halfen mir nicht weiter, ganz im Gegenteil. Elena saß mit ihrem englischroten Gesicht und in ihrem großen, weiten schwarzen Wollpullover vor mir, mit ihrer heiseren Stimme redete sie unverständlich vor sich hin und warf mir flehentliche Blicke zu. Wenn die Dämonen sie jagten, sie Stimmen hörte, dann folgte ich ihr stundenlang kreuz und quer durch die Stadt, in den Botanischen Garten, in den hintersten Wedding, an die Spree, egal wohin. Immer in der Hoffnung, dass ihre Reise in den inneren Raum sie weiterführen und schließlich erlösen würde. Es wurde aber schlimmer. Wir schliefen nicht mehr. Ich war völlig überfordert, fürchtete, sie würde sich etwas antun. Mit dem schrecklichen Gefühl des Verrats, den ich an ihr beging, brachte ich sie in die Psychiatrie des Urban-Krankenhauses. Nach dem Unfall hatten wir uns aneinandergeklammert. Ich hatte ihr versprochen, »Ich halte dich fest«, und dann habe ich die Freundin losgelassen und dafür gesorgt, dass sie Psychopharmaka bekam, was als die höchste Form des Verrats überhaupt galt. Im Urban wurde sie sediert und eingestellt. Schweren Herzens besuchte ich sie. Elena war wie versteinert. Wir spazierten zusammen in der Sonne den Kanal entlang über die Admiralbrücke. Plötzlich wurde sie gesprächig und schien erleichtert. Sie war überzeugt gewesen, ich sei gesandt, sie abzuholen und über die Brücke in die Hölle zu bringen. Als das nicht passierte, war sie für einen Moment froh. Ihre Wahnzustände hatten immer mit dem Teufel und mit der Hölle zu tun. Nach ihrer Entlassung kehrten die Schübe wieder, auch weil sie ihre Medikamente nicht einnahm. Ich hatte keine Macht über sie und konnte daran nichts ändern. Von einem auf den anderen Tag war sie dann plötzlich verschwunden. Später erfuhren wir, dass sie sich an die Autobahn gestellt hatte und zurück nach Italien getrampt war. Ich war total erschöpft, hatte ein furchtbar schlechtes Gewissen, vermisste sie schmerzlich und war gleichzeitig tief erleichtert.

Wir hatten unsere Mission als Besetzer erfüllt. Unser Haus kettete uns nicht mehr an die Stadt. Thailand, Indien oder Dauersommer auf Gomera interessierten mich nicht, und auch Australien war mir keine Reise wert. Das Kino hatte meine Sehnsucht nach New York geweckt. Das gefährliche, verwahrloste New York aus »Taxi Driver«, die Stadt voller intensiver Gefühle aus »Manhattan« und die Stadt der heimatlosen Fremden aus »Stranger than Paradise«. Es war die Zeit des Breakdance, des Raps, der großen Ghettoblaster, die die Jungs stolz auf den Schultern durch die Straßen trugen. Wir liebten Grandmaster Flash and the Furious Five: »Don't push me.«

Von Brüssel aus flog ich nach New York. Am Morgen meines 24. Geburtstages kam ich am späten Nachmittag am JFK-Airport in Brooklyn an. Ich hatte dort eine Tante, die mich mit ihrem deutschen VW Käfer abholte. Zum ersten Mal kam ich in eine Metropole. Barbra Streisands »Woman in Love« on the radio. Cold and sunny. Wir fuhren lange über den Highway, den Brooklyn-Queens-Expressway, in die City, und als die Skyline in der Abenddämmerung vor uns auftauchte, war ich hin und weg. Vom ersten Moment an spürte ich körperlich die Energie von New York, das Drängen und Treiben, alle bewegten sich wie auf einer Bühne, waren zugewandt und expressiv. Nicht zu vergleichen mit der kargen Verschlossenheit der Alltagsberliner in ihren leeren Straßen, abgebremst durch die Mauer. In Manhattan verdichteten sich Glanz und Elend, und das alles in einem unvergleichlich klaren Licht, das mich den trüben Berlinhimmel schnell vergessen ließ.

Meine Tante lebte seit den sechziger Jahren in Greenwich Village, nahe dem Washington Square, in einem Neubau mit freiem Blick nach Süden. Aus ihrem Fenster im sechsten Stock konnte man über eine Reihe niedriger Altbauten und über Downtown hinweg in der Ferne direkt auf die Türme des World Trade Center blicken. Mich faszinierte das Nebeneinander der Wolkenkratzer und der niedrigen Brownstones mit ihren archaisch anmutenden hölzernen Holztanks auf dem Dach. Ich zeichnete den Ausblick zusammen mit einer Vase voller Tulpen, die meine

Tante ihrer wilden Beweglichkeit wegen so liebte. Der berühmte Onkel aus Amerika war bei uns die Tante aus New York. Die Tante war eine große, kräftige Frau. Ihr Gesicht mit den hohen Wangenknochen und den unmissverständlich blauen Augen fiel auf. Mein Vater sagte immer, viele Männer hätten ihre Schönheit gerühmt. Wir Kinder wollten das nicht so recht glauben, und erst als ich nach ihrem Tod Aktbilder, aufgenommen am Strand von Sylt, fand, konnte ich das verstehen. Anfang der fünfziger Jahre war sie nach New York gegangen. Sie war zielstrebig und willensstark. Da ihr Vater, der Medizinprofessor, sich für sie nicht interessierte und einem Medizinstudium seiner Tochter nie zugestimmt hätte, studierte sie offiziell Kunstgeschichte und heimlich Medizin. Die Bundesrepublik der fünfziger Jahre war kein Land für mutige, ehrgeizige und abenteuerlustige Frauen, und die Tante wusste, dass sie in Deutschland keine Aussichten auf eine Karriere als Chirurgin hatte. Ein Postgraduate-Stipendium brachte sie nach Amerika. Bald schätzte sie die unbegrenzten Möglichkeiten der Neuen Welt und genoss die sexuelle Freiheit, fern und unbeengt durch die Kontrolle der Familie. Ihr Taufname war Margarete, aber den hat sie gehasst und sich in den Staaten kurzerhand Diana genannt. Meine Tante war ein unbehauster, sperriger Mensch. Vor Weihnachten oder Ostern kam sie gewöhnlich nach Europa auf Familientour. Diana fehlte jegliches Gespür für Diplomatie. Sie heftete ihre kritischen Augen auf die Umgebung, fand Europa zu klein, die Städte zu piefig, die Straßen zu eng, die Wissenschaft zurückgeblieben, die Haushaltsführung bei uns na ja, die Kindererziehung altbacken. Ihre fehlende Geschmeidigkeit im Umgang mit Menschen ließ sie eine Einzelgängerin bleiben. Die Tante lebte allein und sprach Englisch mit einem starken deutschen Akzent, was sie offenbar nicht störte. Kaum war ich bei ihr angekommen, händigte sie mir einen Hausschlüssel aus und ermahnte mich, in der Subway nur im mittleren Wagen einzusteigen. Dort habe der Zugbegleiter sein Kabuff und man könne sich sicher fühlen. Am Abend, als wir aufbrachen, um meinen Geburtstag mit rohem Fisch beim Japaner zu feiern, war die Skyline im Nebel verschwunden. Am nächsten Morgen standen die Türme des World Trade Center wieder da, und ich versank im Labyrinth der Subway. Seit der Erfindung des dicken Edding waren die Wagen innen von den vielen Tags verdunkelt, die Lichter funzelten nur schwach. Noodling Graffiti auf und in den Wagen wurden zu Bildern: Die Mitfahrenden waren die strukturierenden, die Sitze die ruhenden und die Reklametafeln die miteinander um Aufmerksamkeit streitenden Bildelemente. Auf dem Weg zum National History Museum nahm ich aus Versehen den A-Train Express, der als erstes an der 125. Straße in Harlem hielt. Als ich aus der Subway auftauchte, sah mich ein dort sitzender Obdachloser. »You just came to see me!«, rief er mir freudig entgegen und öffnete seine Arme. Ich war wirklich die einzige Weiße weit und breit. Zum ersten Mal erlebte ich, wie es ist, als Einzige anders zu sein. Ich kaufte mir »Star People« von Miles Davis, und der nette Verkäufer warnte mich eindringlich, auf keinen Fall in die Seitenstraßen auszuweichen. Als ich Diana am Abend von meinem Harlem-Erlebnis berichtete, meinte sie, dass mich mein Prager Schutzengel wohl nach New York begleitet hätte.

Tagsüber klapperte ich die Galerien und Museen ab. Barnett Newman, Frank Stella, Louise Nevelson, Donald Judd, Andy Warhol, Claes Oldenbourg, Anish Kapoor, Keith Haring, Tony Cragg. Baselitz, Lüpertz und Kiefer waren auch in New York gefragt. Wie sie mit ihren Ringen funkelten, sich über die Bärte strichen und über die Einheit ihres künstlerischen Genies und ihrer männlichen Potenz schwadronierten, fand ich einfach nur lachhaft. Doch diese Männerkunst mit dem schweren Sinn in Öl war offensichtlich die Kunst, die die Amerikaner von den Deutschen erwarteten.

Die Nächte verbrachte ich in kleinen Clubs und hörte Lester Bowie, Marilyn Crispell, Don Cherry, David Murray, Craig Harris. Das East Village Manhattans war noch in der Hand von Individualisten und Freaks. Überall eröffneten kleine Galerien. In meiner verbeulten braunen Handtasche trug ich Fotos meiner Arbeiten mit mir. Beim Gang durch den Tompkins Square Park bekam ich mehrere Angebote auszustellen. Alles war einfach und poppig. Der Ratschlag an die junge Künstlerin: »Do something unforgettable and then change the subject.«

Auf den fröhlichen Smalltalk der New Yorker war ich nicht gefasst. Ich hatte begonnen, Hüte zu tragen, und war verwundert, als eine Autofahrerin an der Ampel das Fenster herunterkurbelte und mir, die ich gerade mit einem extravaganten Modell auf dem Kopf über den Zebrastreifen lief, zurief: »Oh! I love your hat!« Andererseits benahmen sich alle, wie es zu einer Metropole gehört, vorsichtig und umsichtig. Wo die Berliner in Bussen und Bahnen hemmungslos drängeln und schubsen, wahren die New Yorker respektvoll Abstand. Das gefiel mir, und ich dachte nur ungern an Berlin. Geblendet vom weltstädtischen Chic New Yorks, kaufte ich mir meine ersten Stöckelschuhe. Dazu eine enge Hose mit gelben und schwarzen Streifen. In den Schuhen kam ich mir verkleidet vor. But who knows? Hohe Schuhe, Erwachsenwerden und Erfolg hingen vielleicht miteinander zusammen.

Diana chauffierte mich durch Brooklyn. Sie kannte die Ecken und Brachen des elenden New York. Wir fuhren durch Straßen, in denen jedes zweite Haus ausgebrannt, zugemauert, aufgebrochen war. Vor manchen Abbruchhäusern hatten sich Menschenschlangen gebildet. Sie standen an, um Heroin zu kaufen. Und dann fuhren wir durch Straßen, in denen die aneinandergeschmiegten Häuser gestrichen und gepflegt waren wie rosa manikürte Fingernägel. Das sei das Ergebnis der Blockverbände, erklärte die Tante. Die Häuser seien im Besitz der schwarzen Mittelklasse, die sich zum Schutz zusammengeschlossen hätte. Die Häuser in Brooklyn und Harlem sind eng aneinandergebaut, schmal, mit steilen steinernen Treppen, die zu großen Eingangstüren führen. Dann plötzlich: ein schwarzer Hut, ein schwarzer Gehrock, noch ein schwarzer Gehrock und noch ein schwarzer Hut. Chassidim. Die Männer und Jungs mit Schläfenlocken, die Frauen mit Perücken über dem geschorenen Kopf. Sie bereiteten den Sabbat vor. Diana und ich fuhren im VW nach Chinatown. Dort aßen wir Hühnerfüße in dicker, süßer Soße.

Die Zeiten des Studio 54 waren vorüber. Als »the place to be« galt das

AREA in der Hudson Street, eine neuartige Mischung aus Kunstgalerie, Dancefloor und Performance Center. Alle sechs Wochen änderten die Eigentümer das Thema und bauten den Club aufwendig um. Andy Warhol, Laurie Anderson, Jean-Michel Basquiat, Liza Minelli, David Hockney, Jackie Kennedy, Giorgio Armani, Grace Jones, Alex Katz, Barbara Kruger, Jenny Holzer, Keith Haring tanzten, tranken und amüsierten sich in der Menge. Einen mondänen Nachtclub, der selbst Kunst war, hatten wir in Berlin nicht. Diana, deren Verbindungen zur Kunstszene ich nie wirklich durchschaute, war zu einem Eröffnungsabend im AREA eingeladen worden. Als sie mir ihre Einladung mit einem gelangweilten »Willst du da nicht mal vorbeischauen?« weiterreichte, war ich überglücklich. Nach Mitternacht ging es los. Thema war »Haushalt«. Große Brillo-Boxen hingen unter der Decke, in Dioramen lagen Leute lesend im Bett oder reparierten in glitzernden Glaskästen Fahrräder, während laut der Discosound waberte. Im AREA trafen Kunst, Unterwelt, Politik und Finanzkapital aufeinander. Zusammen feierten sie eine ausschweifende, zynische und lockere Party. Es gab einen glitzernden Pool, mehrere Bars und Tanzflächen, Unisextoiletten, Pop-Art-Dekor, Videoeinspielungen und ein großes Aquarium. Mit einem Riesenstapel Visitenkarten fuhr ich im Morgengrauen zurück zur Tante.

Ich fand das alles schräg und toll, musste mir aber auch eingestehen, dass es auf dem Kunstmarkt viel Schund, Verschnitt, »money art products« gab. Der Künstler eine Null. Trotzdem reizte es mich, nach New York zu ziehen. Europa hinter mir lassen. Ein Kraftakt, um im Kunstbetrieb bestehen zu lernen, eine coole Metropolenbewohnerin zu werden – und dabei hoffentlich nicht unterzugehen. Tatsächlich bot mir die New York Art School einen Atelierplatz an. Diana hob die rechte Augenbraue, als ich ihr das erzählte. »Deine Großmutter würde das sicher freuen«, meinte sie trocken und wandte sich wieder ihrer »Times« zu.

Zurück in Berlin, beantragte ich ein Jahresvisum für die USA. Normalerweise kein Problem, aber als ich mein Visum in der Botschaft am vereinbarten Tag abholen wollte, schob mir der gelangweilte Amerikaner am Counter einen Zettel durch die Drehscheibe. Darauf stand: »Moral Misconduct« – verweigert, da mit dem bürgerlichen Gesetz in Konflikt geraten. Die US-Behörden hatten herausgefunden, dass ich Häuser besetzt hatte, verurteilt und beim Käsediebstahl (Roquefort) im KaDeWe erwischt worden war.

Das Semester nach der Rückkehr aus New York arbeitete ich nur nachts. Ich liebte den Bildhauertrakt der Hochschule der Künste, der hinter dem Hauptgebäude liegt und zu dem ich mir, nachdem ich in einer Bildhauerklasse gelandet war, Zutritt verschaffte. Heute weiß ich, dass mir dieses Ritual, kurz vor Mitternacht in die Hochschule zu schleichen, mein erotisches Verhältnis zur Kunst zurückgab. Eine leise prickelnde Spannung, wenn ich an den behauenen Grabsteinen vorbeihuschte, der heimliche Griff unters Fensterbrettblech, der menschenleere, hell erleuchtete Flur, die Stille im Studio nach dem Anknipsen der Neonröhren. Die unbestimmbaren Geräusche von ferne, die schwarze Nacht vor den hohen Glasfenstern, das Hinsetzen, das Betrachten, das Tässlein Barbera, das Ausbreiten und das Anfangen. John Coltrane und Charlie »Bird« Parker waren meine Begleiter durch die Nacht. Ich baute eine »Spanische Geherin« mit Schatten. Auf keinen Fall sollte sie dekorativ sein. Gibt es weibliche Kunst? Kann Kunst von Frauen ein eigenes Wesen haben? Asozialer? Synthetischer? Ist Konzeptkunst männlich? Der Jazz und die Gedanken kreisten in meinem Kopf, wenn ich mit Farbe unter den Fingernägeln und mit vom Barbera rot gefärbten Zähnen mit einer der ersten U-Bahnen am frühen Morgen vom Zoo zum Kottbusser Tor fuhr.

Ich fühlte mich mies. Wegzugehen wäre die einfachste Art gewesen, das Leben zu ändern. Mein Glück in New York machen. Als erfolgreiche Künstlerin zurückkommen. Doch ich saß fest im grauen, armen Berlin. Aus der Traum. Allein in der stillen Kammer, befielen mich wüste Gedanken. Unter Menschen war ich sprachlos. Pappwände zwischen ihnen und mir. Ein Alb, den ich mir wie eine der Grotesken vom Dach der Kirche Notre-Dame vorstellte, hockte zwischen meinen Schulterblättern. Mit seinen knotigen Griffeln packte er mich rechts und links an meinem

Hals. Ich spürte seinen heißen Atem, wenn er mir quälende Gedanken ins Ohr flüsterte. Warum hatte ich überlebt? Wohin mit der Kunst? Was für eine Existenz soll das sein zwischen Kunst und Politik? Was will ich mit diesem geschenkten Leben?

Mitte der Achtziger gab es noch keinen Kunstmarkt in Berlin. Die Künstler, die Geld verdienen wollten, verließen die Stadt Richtung Köln. Ich war mir sicher, dass ich dort unglücklich werden würde. Für Künstlerinnen hatte man in Köln bestimmt nicht mehr übrig als in Berlin. Für die Galerie am Moritzplatz kamen wir zu spät. Ihre Zeit war vorbei, als wir nach SO 36 kamen. Sie gehört zum Ursprungsmythos der Neuen Wilden, des letzten wirklichen Verkaufsschlagers einer Kunst, die vor allem aus Berlin kam. Ebenso wie ihr berühmter Vorläufer, Großgörschen 35, war die Galerie am Moritzplatz eine Produzentengalerie der Maler. In der Großgörschen 35 dominierten Hödicke und Lüpertz, in der Galerie am Moritzplatz dann Hödickes Schüler Fetting, Salomé und Middendorf. Das war eine rein männliche Genealogie, denn sobald sie mit ihrer Kunst auf dem Markt erfolgreich waren, drängten sie die zwei Künstlerinnen, die zu ihnen gehört hatten, in den Hintergrund. Der Mythos um die jungen Männer aus Berlin wurde in New York weitergesponnen. Es galt die Malerfaust, die exzessive, existentielle Haltung. Schon Hödicke malte in großformatigen, farbintensiven Figurationen, aber der Kunstpokal ging an die nächste Generation weiter. Ihr internationaler Durchbruch kam mit einer großen Ausstellung im von Kriegsschäden gezeichneten, kaum sanierten Martin-Gropius-Bau an der Mauer: »Zeitgeist« 1982. Ich weiß noch, wie ich beim Verlassen der Ausstellung auf einen Freund aus der Hochschule der Künste traf und wir uns einig waren: »Jetzt wissen wir, was wir nicht machen werden.«

Uli war eines Morgens im Büro der Wohnungsbaugesellschaft, der unser Haus gehörte, vorbeispaziert und hatte Verhandlungen angeboten. Weil die Bewegung sowieso am Ende war, hatte keiner von uns etwas dagegen. Wir organisierten das Haus neu. Mehr durch Zufall als durch Neigung bezog ich zusammen mit Jan, Lynn und Uli ein Stockwerk. Unsere Zimmer lagen wie in einem Hotel auf einem langen Flur nebeneinander. Wir hatten eine Küche, die jedoch nicht häufig in Betrieb war. Ich wollte nicht die Verhandlungen abwarten und renovierte. Nach all den Jahren in Funktionsräumen, im Krankenhaus und zuletzt im Matratzenlager, sehnte ich mich nach einem Zimmer für mich allein. Ich strich den Holzboden weiß, stellte meine Bücherkiste neben die Matratze und hängte den Stadtplan von New York an die Wand. Ich erinnere mich gut an diesen ersten freudigen, hellen Morgen, an dem ich mein Zimmer in Besitz nahm. Über mir hatte Marianne laut Billie Holiday aufgelegt: »Love Me or Leave Me.« Da musste ich weinen.

WIR UND GOTT

Wir vermissten die »home bar«. Eine Zeit lang waren die rustikalen Kneipen, in denen Mietrechtsaktivisten, Kreuzberghistoriker und Hausbesetzer sich gemeinsam betranken, interessant. Aber bald schon hatten wir genug von den Schnapsnasen und ihrem Gerede. Da schuf Claudius GOTT. In der alten Arbeiterkneipe, halbe Treppe links, hatten die ehemaligen Besetzer das »Café Morazan« betrieben. Das sollte ein solidarischer Akt mit den Revolutionären in El Salvador sein. Claudius fand den Namen doof. »Ich wollte einen Namen haben, der über allem steht. Außerdem gefiel mir die Vorstellung, dass die Leute sagen: »Lasst uns ins GOTT gehen.« Ich fand, das klingt gut. Ab dem Kottbusser Tor stand an die Häuserwände gesprüht: »ZU GOTT«. Die Unwissenden landeten vor der Mauer und fragten sich, wo denn GOTT sei. Claudius lachte darüber. »Am Kotti vorbei und dann entlang der Kebabtürme, bis es nicht mehr weitergeht. Vor der Mauer umdrehen und drei Häuser zurück. So findest du zu GOTT.«

Claudius, der Dealer, hatte Geld. Seine zahlreichen Gehilfen, die ihn umschwirrten, renovierten den Laden. Für 150 D-Mark ließ er sie Getränke einkaufen. Dann machte er auf. Nach drei Wochen war es jede Nacht voll. Das GOTT war ein Ort für Partys, wo vorher nichts dergleichen gewesen war. »Der Faden ist gerissen«, so Gilles Deleuze und Michel Foucault 1977 bei Merve, und so lautete die Devise. Was für die Philosophie galt – kein Reenactment der zwanziger Jahre mehr, keine Wertformanalyse nach Art der Hegel'schen Logik, kein Neukantianismus kategorialer Klärungen –, sollte auch für das Nachtleben gelten. Der Punk bedeutete die Rebarbarisierung einer an Feingeisterei erstickten Popmusik. Wer Pogo tanzt, vertraut Wildfremden, genial sind die Dilettanten. Es kamen vor allem die Szenenachtschwärmer, denen es auf der O-Meile langweilig geworden war. Die vier Stammgäste aus der Nachbarschaft stachen heraus. Da war der lahme Nachbar. Den ganzen Tag fuhr er auf seinem Fahrrad mit Stützrädern durch Kreuzberg. Das GOTT machte zumeist erst nach 23 Uhr auf, und ab da saß er an der Theke. Er lief, als ob er Kinderlähmung gehabt hätte, doch es war der Suff, der zu diesen Lähmungserscheinungen geführt hatte. Immer leicht unsicher, mit einem Glas Mineralwasser in der Hand, lehnte er am Tresen und erzählte ein ums andere Mal, er würde im nächsten Sommer wieder laufen können. Da war der ungarische Nachbar. Ein übergewichtiger, stark schwitzender Handwerker mit großporiger Haut, der fürchterlich einsam war und starke Antidepressiva nahm. Im GOTT kiffte er zum ersten Mal. Danach war es um ihn geschehen. Bis in die frühen Morgenstunden sah man ihn mit roten Augen, aber glücklich im GOTT dicke Joints rauchen. Seine Antidepressiva verschenkte er an den Hertie-Punk. Der Hertie-Punk war ein Junge aus Peine, der beim Kaufhaus Hertie eine Lehre machte. Doch seine Liebe gehörte dem Punk. Er kam in seiner Hertie-Berufskleidung – blauer Kittel mit Hertie-Logo – ins GOTT, und wenn geschlossen wurde, machte er sich auf den Weg zu Hertie. Da war der schwule Nachbar. Zusammen mit seiner Mutter wohnte er in einer Zweizimmerwohnung um die Ecke. Er war ein freundlicher, vornehmer Mann mit nur wenigen Haaren, die er ins Gesicht gekämmt hatte, als ob er sich dahinter verstecken wollte. Wenn er ausging, trug er einen aus der Mode gekommenen weißen Anzug. Wir wussten, kam er ins GOTT, war er wieder verprügelt worden. Böse Menschen, die Schwule nicht mochten, lauerten ihm auf. Mit Blut im Gesicht und an der Hose traute er sich nicht nach Hause zu seiner Mutter. Die Verletzungen in seinem Gesicht versuchte er vor dem Spiegel im Kneipenklo notdürftig mit seinen wenigen Haaren zu kaschieren. Die Blutspritzer auf seiner weißen Schlaghose wusch er mit einer Mischung aus Schultheissbier und Spülwasser aus. Auch Thomas, der sich mit ihm angefreundet hatte, verriet er nicht, wer ihn so zugerichtet hatte. Auf Nachfragen lächelte er nur leise und winkte ab.

Claudius war ein Dealer mit Prinzipien. Er verkaufte keine harten Drogen. Der Verkauf von Haschisch war für ihn ein bequemes Handelsgeschäft, das den Vorteil hatte, dass man nicht mit dem Staat abrechnen musste. Er warf GOTT an, aber schon nach kurzer Zeit gefiel es ihm in seinem eigenen Laden nicht mehr. Es gab zu viel Kokain. Die stumpfen Typen, die dieses Programm anzog, wollte er nicht als Gäste haben. Die machten vielleicht Kunst, aber eigentlich waren sie nur auf Droge, und solche Leute verfügten nicht über das Niveau, das er schätzte. Bei einem nächtlichen Konzert des Hertie-Punks krachte der Boden unter der Toilette durch. Das war das Ende von GOTT.

Keine Rede mehr von Anschlägen gegen das System, Blockräten, Untergrund, Knastbesuchen, Umsturz oder Gefangenenbefreiung. Stattdessen Reiseberichte. Mit bulgarischen, rumänischen oder russischen Airlines, die vom Flughafen Schönefeld im Osten abflogen, kam man billig in die große, weite Welt. Viele blieben monatelang weg. Es war, als ob sie erschöpft seien von den Jahren der permanenten Revolution. Robert erzählte von der Wüste, von verschleierten Frauen, bewaffneten Tuaregs, mehligem Sand, staubigem Sand. Marianne berichtete vom Äquator, von Reisfeldern und dem zweimaligen Regen am Tag in Singapur. Reiche Chinesen, nordthailändische Hungerbäuche, Klöster, Brüllaffen, Kinderprostituierte. Luise kam in gestreiften Hosen und mit schwarzer Sonnenbrille zurück aus New York. SoHo mit Galerien, Feuertreppen und Lagerhäusern, Jazz, Salsa, Sushi, Rap, die Kathedralen des 20. Jahrhunderts auf der Madison Avenue, das schwarze Harlem, die Chassidim in Crown Heights. Andere Welten. In SO 36 sah man die schwarzen Lederjacken mit dem umrundeten A auf dem Rücken immer seltener. Die letzten besetzten Häuser wurden geräumt oder legalisiert. Und irgendwann gab es keine Demos mehr. Nach einer langen Nacht konnte Jan es immer noch nicht lassen, auf dem Nachhauseweg die Scheiben der Sparkassen-Filiale einzuwerfen. In diesem müden Abklatsch erschöpfte sich der Widerstand.

Am ersten Verhandlungstag, als der Chef der Wohnungsbaugesellschaft in seiner schwarzen Dienstlimousine mit Chauffeur in der Waldemarstraße eintraf, kam es zu einem regelrechten Auflauf. So große, teure Autos kamen hier selten durch. Die Jungs vom Bolzplatz kamen feixend herbeigelaufen. Mit grimmigem Gesichtsausdruck blieb der Chauffeur hinterm Steuer sitzen. In dieser unsicheren Türkengegend wollte er sein Auto nicht allein lassen.

Uli hatte einen Anfänger-Anwalt aufgetan, der einen Vertragsentwurf für uns ausgearbeitet hatte. In basisdemokratischer Manier wollten wir alle zusammen über die Nutzungsverträge verhandeln. Der Wohnungsbaugesellschaftschef, ein großgewachsener Mann mittleren Alters, der in unseren Augen furchtbar alt aussah, stand in Anzug und Krawatte vor uns, einem Haufen schwarzgrauer Besetzer. Er setzte sein Pokerface auf und rührte sich nicht mehr, nachdem er einmal auf dem Resopalstuhl Platz genommen hatte. Die Punks aus dem Hinterhaus drängelten und wollten zuerst ihre Forderungen loswerden. Ohne Zusage für den Einbau von Marmorbädern und Aufzug würden sie nicht unterschreiben, blökten sie. Dann kam Robert an die Reihe und erklärte, wir würden unsere Namen nicht nennen. Die Frage, wie man mit jemandem, der nicht bereit ist, seinen Namen zu nennen, einen Vertrag abschließen sollte, interessierte uns nicht. Wir fühlten uns so stark, dass wir ihnen dieses unlösbare Problem einfach vor die Füße rotzten. Irgendwie gelang es dem diskreten Anwalt, den Chef der Wohnungsbaugesellschaft davon zu überzeugen, dass es genüge, wenn er, der Anwalt, den keiner von uns kannte, den Vertrag unterschrieb. Für die Wünsche der Punks fand er keine Lösung. Die waren stinkesauer, demolierten den noch intakten Rest des Treppenhauses und suchten mit ihren Hühnern und Hunden das Weite.

Schließlich begann das Leben mit den Bauarbeitern. Stuckateure aus Polen, spezialisiert aufs Restaurieren, richteten sich in unserem Keller eine Werkstatt ein. Als das Kriegsrecht verhängt wurde, um die Errungenschaft der sozialistischen Revolution zu erhalten, hatten sie ihre Heimat verlassen. Jetzt gossen sie in Westberlin Jakobinerköpfe. Die Bauarbeiter auf den Gerüsten drehten morgens ihre Radios extralaut, um die faulen Langschläfer zu ärgern. Auf die Idee, dass das schlafende Taxifahrer, Kellnerinnen und Zapfer nach der Nachtschicht waren, kamen sie nicht. Einer der Künstlergaleristen von »endart« strich unsere Fenster. Als »Maler« hatte er sich um den Auftrag beworben und den Zuschlag erhalten. Seinen spontan gegründeten Einmannhandwerksbetrieb begriff er als Kunstaktion. Allerdings verspürte er nur wenig Lust auf diese Arbeit, und so stand immer ein anderer Künstlerkumpel im Hof und strich mehr oder weniger begeistert unsere Fenster. Die Arbeit zog sich über Wochen hin, die Fenster waren ziemlich schlecht gestrichen, aber alle hatten ihren Spaß. Uli hatte ausgehandelt, dass wir uns gegen Bezahlung an der Renovierung beteiligen konnten. So kam es, dass Lenny sich der Maurertruppe anschloss, die die Innenwände verputzen sollte. Drei Berliner, ein Friese, ein Brite und der Hesse Lenny verbrachten die meiste Zeit des Tages damit, sich gemeinsam zu berauschen. Ein Kasten Bier stand immer in Reichweite, und der Joint ging nie aus. Unsere Innenwände gerieten krumm und schief. Das störte niemanden, und beim Einweihungsfest saß Lenny glücklich im Kreis seiner neuen Freunde und ließ sich hochleben.

Die türkische Familie zog ins Nachbarhaus. Vroni, Lenny und Michael schnappten sich die Wohnung. Bei ihnen war man immer willkommen. Der Blick aus ihren Zimmern ging auf die orientalischen Türme des Bethanien. Die Wohnung roch nach Kaffee und Shit. Lenny spielte auf der Gitarre, Vroni erzählte ihre Geschichten, und Michael hatte immer eine andere Schöne auf dem Schoß. Märchen aus Tausendundeiner Nacht. Nachdem John und Irene weg waren, zog Claudius zu Marianne. Die beiden pflegten einen avantgardistischen Wohnstil. Marianne hatte sich für Psychologie an der Uni eingeschrieben und machte auf Wissenschaftlerin. Claudius schaffte das Geld ran und mimte den Impresario. Sie hatten ein großes Hochbett, darunter standen drei Aldi-Einkaufswagen, vollgefüllt mit ihren Kleidern und Büchern. Es gab nur zwei Stühle. Wenn man sie besuchen kam, musste man stehen. Also blieb man nicht lange.

War unsere glorreiche Zeit vorüber? Das soziale Niemandsland, in dem wir die vergangenen Jahre verbracht hatten, verschwand, und mit der Legalisierung war ein neuer Wirklichkeitsdruck da. Wir fanden es schrecklich, Mieter zu werden, und nahmen diesen Begriff so gut wie nie in den Mund. Wir mussten uns plötzlich Gedanken über Dinge machen, die es zuvor nicht gegeben hatte. Das Ende des Provisoriums stellte uns vor unangenehme Fragen. Was war, wenn einer mal nicht seinen Monatsbeitrag zahlen konnte? Zahlten dann die anderen für ihn, oder flog er raus? Konnte man seinen Mietvertrag verkaufen oder vererben? Durfte man untervermieten und von den Mieteinnahmen seine Reisen finanzieren? Waren die Wohnungen und Zimmer fest zugewiesen, oder sollten wir ein Rotationsprinzip einführen? Um einen Rest Rebellion und Antibürgerlichkeit zu bewahren, duldeten wir auch jetzt keine klar voneinander abgegrenzten Wohnbereiche. Es gab Wohnungstüren, aber einen Schlüssel, der überall passte. Jeder hatte jederzeit Zutritt zu den Küchen, Schlaf- und Wohnzimmern der anderen. Das führte zu Konflikten. So, wenn etwa Jan nachts in die Küche von Thomas schlich und den Kühlschrank plünderte. Oder wenn Vroni nicht merkte, dass die netten Freaks, die sie anschleppte, Junkies waren. Wir mussten jedenfalls nicht ins Kino, um »Die Kinder vom Bahnhof Zoo« anzuschauen. Nachdem die Junkies von der Potsdamer Straße vertrieben worden waren, zogen sie weiter zum Kottbusser Tor. Irene war sich sicher gewesen, dass dahinter die CIA stecke. Die Bullen förderten die Ausbreitung des Heroins, um uns handlungsunfähig zu machen, so ihre Theorie. Ganz von der Hand zu weisen war das nicht. Wir waren nur noch genervt von diesen halb toten Gestalten, die uns immer wieder beklauten. Richtig böse sein konnten wir ihnen nicht. Außenseiter gehörten eben dazu.

Jeder machte jetzt sein Ding. Thomas und Robert lebten zurückgezogen inmitten von Büchern. Weil sie keine Regale hatten oder wollten, stapelten sie die Bücher entlang der Wände und die Wände hoch. In der Kommune im Haus an den Gleisen hatten Romane, Traktate, Flugschriften, Philosophisches und Politisches kreuz und quer in den Regalen gestanden oder waren über den Raum verteilt gewesen. Das war jetzt anders. Die Ordnung des Alphabets hatte Einzug gehalten. Die Bücher waren fein säuberlich nach den Namen der Verfasser sortiert. Das üppig wuchernde Sperrmüllmobiliar, angereichert mit Bierkisten und Polit-Postern, war verschwunden. Die Zimmer waren bewusst karg eingerichtet. Nichts, was überladen oder dekorativ hätte wirken können. Mit ihren leeren Räumen schirmten sich die beiden gegen die Außenwelt ab. Nackte Glühbirnen unter milchweißen, selbst gemachten Papierlampenschirmen tauchten die Wohnung in ein mattes, weiches Licht. Auf den unbehandelten Holzdielen lagen Matratzen, Blätter und Steine. Die Wände waren roh verputzt. Weder tapeziert noch gestrichen. Thomas und Robert duldeten keine Bilder, Vorhänge oder Rollos. Mit dem bloßen Blick aus dem Fenster versichere er sich des Verstreichens der Zeit, so Thomas hochtrabend.

Robert hatte mit dem Raubdrucken aufgehört. Ungewohnt offen erzählte er, dass er sich vor sich selbst geschämt hätte für den Schund, den er druckte und verkaufen ließ. Für die Erwachsenen, die diese Kinderbücher von Michael Ende begeistert lasen und dazu vielleicht noch »99 Luftballons« von Nena hörten, hatte er nur Verachtung übrig. Er vermutete, dass die »Grünen«, die friedlich strickend jetzt auch im Bundestag vertreten waren, für diesen Hype verantwortlich waren. Er wollte diese Infantilisierung der Politik nicht mitmachen und sich ganz auf die Kunst verlegen. »Wir Besetzer haben etwas von popkulturellem Belang in Gang gesetzt. Wüst, empfindsam, wagemutig, hemmungslos. Künstlerische Experimente jenseits der eingezäunten Bereiche von Musik, Malerei, Tanz oder Theater. Damit mache ich weiter«, erzählte er jedem, der es hören wollte. Bislang hatten wir von ihm nur gewusst, dass er Berliner war, aber jetzt stellte sich heraus, Robert kam aus einer Reinickendorfer Familienhölle. »Ich war zu gut in der Schule, als dass es mir mein Alter hätte verbieten können, aufs Gymnasium zu gehen.« Der Vater war Buchhalter in einer Seifenfabrik, die Mutter Filialleiterin bei »Bolle«. Zwei Geschwister, städtische Wohnanlage, Opel Kadett. Der Vater trinkt, die Mutter hält der Kinder wegen still und haut nicht ab. Robert verordnete sich das Besetzen als eine Art Umerziehung: illegal wohnen und mit

Fremden alles teilen. Manchmal traf er noch seine Mutter, aber mit seinem Vater, unter dessen autoritärem Regime die ganze Familie litt, hatte er gebrochen. Die experimentelle Besetzerexistenz sei seine Katharsis gewesen, meinte er scherzhaft. Er hatte seine Kleinbürgerherkunft abgestreift. »Ich könnte eigentlich alles, aber letztendlich kann ich nichts. Ich habe nur das Gefühl, ich könnte alles. Wir waren schließlich die erste Generation, die durch den Fernseher die große, weite Welt gesehen hat. So wie auch Madonna, Keith Haring und Jean-Michel Basquiat. ›Percy Stuart‹, ›Lassie‹, ›Bonanza‹, ›Fury‹, aber auch Bilder aus dem Krieg in Vietnam, die ersten Schritte des Menschen auf dem Mond und der Kniefall Willy Brandts im Warschauer Ghetto – all das wurde uns als Bild ins Wohnzimmer geliefert.« Robert kam immer schnell in Fahrt. »Dann in der Schule die Leistungskurse in Kunst oder Philosophie. Das Kurssystem war relativ offen gehalten. Auch hier waren wir die Ersten, die das mitgemacht haben. So entwickelte sich das Gefühl, ziemlich viel zu können, wenn man nur wollte. Ich habe viele Ansätze in verschiedene Richtungen und entscheide allein, welchem ich nachgehen will.« Nur eines wusste er sicher, ein Künstler war er nicht. Das Raubdruckgeschäft hatte ihm gezeigt, dass in ihm ein Unternehmer steckte. Er suchte nach Gelegenheiten, und wenn ihm etwas erfolgversprechend erschien, war er bereit, ins volle Risiko zu gehen. Robert war ein Typ, von dem man glaubte, dass er alle kennt, die in zehn Jahren berühmt sein werden. Für die Filmerei reichte sein Geld nicht aus. Theater war einfacher zu haben. Seine anarchistische politische Einstellung übertrug er auf die Kunst. Er stritt für ein radikales Theater der Provokation, organisierte Workshops zum japanischen Butoh-Tanz, lud Yogi und andere Performance-Künstler zu Vorträgen ein und wollte Cassavetes' »A Woman Under the Influence« auf die Bühne bringen. Nach wie vor trug er seine dunklen Arbeitsanzüge, die er bei »John Glet« am Mehringdamm kaufte. Das hatte er sich von David Bowie abgeschaut, dem er mal aus Neugierde in das Fachgeschäft für Arbeitskleidung gefolgt war. Fast jeden Abend ging er ins Theater oder traf Leute vom Theater. Er war einer der wenigen von uns, deren

Radius nicht am Kottbusser Tor endete. Robert war Gast in der »Paris Bar« und im »Axbax« in Charlottenburg, im »Ciao« neben der neuen Schaubühne, aber auch im »Risiko«, »Café Swing« und »Ex'n Pop«. So trainierte er sich seine Reinickendorfer Kleinbürgerlichkeit ab. Robert dachte gar nicht daran, sich von seiner Herkunft festlegen zu lassen.

Thomas blieb freundlich und undurchschaubar. Im Sommer saß er gerne mit seinem neuen Sonnenhut auf dem Kopf im Hof und hörte Glenn Gould die »Goldbergvariationen« spielen. Ab und an tauchte er mit einem Bier bei Vroni oder bei Jan auf. Freitagnachts traf man ihn auf der O-Meile. Er stand dabei, beobachtete die anderen, schaute den jungen Frauen mit den kurzen Röcken hinterher. Was er dachte und was ihn umtrieb, behielt er für sich.

Uli, Jan, Lynn und Luise, die aus purem Zufall zusammen auf einem Stock wohnten, waren unterschiedliche Monaden. Im Gegensatz zu Robert kam Uli seine Zeit in den besetzten Häusern verschwendet vor. Ausgerechnet Uli, der unseren Vertrag ausgehandelt hatte, war enttäuscht. Er hatte sich mehr erwartet. Was genau, wusste er jedoch nicht zu sagen. Fast jedes zweite Wochenende fuhr er zu seinem Vater nach Frankfurt. Das Einzelkind Uli hatte auf einmal das dringende Gefühl, sich um seine Familie, nämlich seinen allein lebenden Vater, kümmern zu müssen. Ansonsten widmete er sich seinem Studium. Durch die Besetzerei war ihm viel Zeit verloren gegangen. Er wollte nicht der letzte aus seiner Clique sein, der das Studium abschloss. Das änderte jedoch nichts daran, dass er, wenn eine Hausversammlung anstand oder es etwas zu entscheiden gab, immer zur Stelle war. Seine Ausdauer und seine Verantwortlichkeit waren bemerkenswert, und doch fragten wir uns, warum er noch im Haus an der Mauer wohnen blieb. Nur selten ließ er sich zu einem blauen Cocktail in der »O-Bar« überreden. Die Verführungen der O-Meile waren ihm fremd.

Jan war ein Verlierer der neuen Situation. Pfusch war nicht länger angesagt. Funkgeräte, Sirenen und Stromschranken brauchte keiner mehr. Damit war seine Autorität erledigt. Solange Handwerker im Haus gewesen waren, hatte er noch so tun können, als ob er beschäftigt sei. Doch mit dem Abschluss der Modernisierung saß er herum wie ein Frührentner. In seinem Fahrerjob war man seinen kleinen Diebstählen auf die Schliche gekommen, und er war entlassen worden. Früher hatten alle ständig über Demos und Aktionen diskutiert, doch heute wollte keiner mehr hören, dass er gestern Nacht die große Scheibe des Büros des SPD-Ortsvereins mit seiner Zwille getroffen hatte. Sein Rebellenoutfit war von vorgestern, der »Bauhof« aufgelöst. Niemand wollte mehr mit ihm konspirative Aktionen planen oder über das Anzapfen von Wasserleitungen fachsimpeln. Jan trauerte Irene, John und Rabe nach. Wenn die hiergeblieben wären, dann wäre seine Position eine andere, da war er sich ganz sicher. Auf einmal ging es um die Lust am Leben, und alle rochen nach Parfüm. Diese Lust muss man sich erst mal leisten können, brummelte er vor sich hin, wenn Lynn ihn darauf ansprach.

Lynn war dabei, eine erstaunliche Wandlung durchzumachen. Es war, als ob sie wie Dornröschen aus einem hundertjährigen Schlaf erwacht sei. Allerdings mit dem Unterschied, dass nicht Jan der ersehnte Prinz war. Sie schlug also die Augen auf und sah diesen Trotzki-Lookalike, der Selbstgedrehte rauchte, sich nur ungern wusch, immer einen Blaumann anhatte und sie schon mehrmals geschwängert hatte. Lynn beschloss, ihr Leben zu ändern. Es begann mit kleinen Unfreundlichkeiten im Alltag. »Stehpisser müssen draußen bleiben«, warnte ein in knalligem Rot geschriebenes Schild an der Toilettentür. Es wurde Lynns Spezialität, die Tür aufzureißen, um zu überprüfen, ob dem Folge geleistet wurde. Wenn nicht, konnte sie richtig unangenehm werden. Jan wurde von seinen Kumpels ausgelacht und verlor noch mehr an Ansehen. Von seinem Flehen, mit dem Scheiß aufzuhören, ließ sich Lynn nicht beeindrucken. Ganz im Gegenteil. Sie erweiterte ihren Aktionsradius und schrieb Artikel über den neuen Chauvinismus und das Machogehabe der linken Männer. Wegen ihres hohlen Revolutionsgetues und ihres Primatengehabes nannte sie sie Paviane. Diese Artikel wurden in der »taz« veröffentlicht und sorgten für große Aufregung. Das hatte sich noch keine vor ihr getraut: Lynn schrieb, dass Frauen in den ehemals besetzten Häusern von Pavianen verprügelt und vergewaltigt worden seien. Doch damit nicht genug: Wagte es eines der Opfer, Anzeige zu erstatten, so wurde es aus dem Kreis der Revoluzzer ausgeschlossen. Daran waren auch andere Frauen beteiligt, die aus Angst vor Strafe den Mund hielten. Lynns Vorwurf lautete, dass sich in den Häusern eine Clanstruktur herausgebildet habe. Die Paviane entschieden über Recht und Unrecht. Ihre Gesetze galten und nicht die des verhassten Staates. Damit, so Lynns Fazit, zogen Frauen immer den Kürzeren. Die Frauen in der autonomen Szene waren nicht besser dran als ihre verschleierten türkischen Schwestern, die von ihren Männern in Kreuzberger Zweizimmerwohnungen wie Sklavinnen gehalten wurden. Das saß. Lynn war jetzt eine Szeneberühmtheit und stolz darauf. Sie machte sich keine Illusionen darüber, wozu die erzürnten, beleidigten Paviane fähig sein würden, und beschloss, Selbstverteidigung zu lernen. Das Einüben von Schlag-, Stoß- und Tritttechniken, das Erlernen von Würfen und Würgegriffen machte aus der zarten Lynn eine sehnige, bewegliche, reaktionsschnelle und starke Frau. Es sprach sich herum, dass Lynn zum Gegenangriff übergegangen war, und die Paviane ließen besser die Finger von ihr. Sie und ihre Mitkämpferinnen verfolgten und attackierten nämlich Männer, die Frauen schlugen, beleidigten und vergewaltigten. Lynn war unterwegs im dunklen, gewalttätigen Berlin. Sie berichtete von Hertha-Fröschen, Neonazis und Skins, die Lesben, Linken und Schwulen auflauerten, von Ehemännern, die ihre Frauen und Kinder misshandelten, von den faschistischen »Grauen Wölfen«, die ein anderes Kreuzberg wollten, und von den Vergewaltigern in der Familie, am Arbeitsplatz, im Ehebett und im Park.

Sich ihrer Herkunft aus einer Eppendorfer Stadtvilla erinnernd, führte Lynn bürgerliche Rituale in unseren Alltag ein. Wir konnten uns des Eindrucks nicht erwehren, dass sie damit ganz bewusst Jan weiter schwächen wollte. Er hatte keine Ahnung, wie man mit einer Serviette umgeht, war unfähig zur Konversation, wusste sich nicht zu benehmen beim Klassikkonzert in der Philharmonie und rülpste laut bei Tisch. Lynn wies ihn zurecht und sorgte dafür, dass er sich wie ein ungeschlachter Friesenbauer vorkam. Früher hatte sie seine schlechten Manieren aufregend gefunden, aber jetzt sah sie in Jan eine Fehlbesetzung in ihrer Biographie. Die Stimmung zwischen den beiden war gereizt. Um sich abzureagieren, zog Jan jeden Abend mit seinen Kumpanen um die Häuser. Wenn er spät in der Nacht nach Hause kam, bat und bettelte er vor Lynns Tür, zu ihr ins Bett zu dürfen. Sie machte ihm ein ums andere Mal lautstark deutlich, dass sie auf einen nach Bier und Rauch stinkenden, zugekifften Liebhaber keine Lust habe. Nach ein paar Wochen war er pleite, bewarb sich auf Anlernjobs und kam schließlich in einem Supermarkt in der Wilmersdorfer Straße unter. Dort wog er Obst ab und füllte Regale auf. Sein größter Horror war es, nach Kreuzberg versetzt zu werden. Seine Freunde würden ihn auslachen, wenn sie ihn in seinem weißen Verkäuferkittel und in der schlecht gebügelten Jeans zwischen den Salatköpfen entdecken würden.

Während Jan seine Tage als unterbezahlte Supermarkthilfskraft fristete, stieg seine Freundin zu einer gefragten Feministin auf. Die kurzen Radiointerviews, Podiumsdiskussionen und Zeitschriftenartikel wurden mehr. Lynn war eine medienwirksame Mischung: Sie konnte präzise formulieren, dachte radikal und sah gut aus. Immer wieder erregte sie mit ihren Forderungen Aufsehen. Vergewaltiger sollten mit Kastration bestraft werden. Wenn wir sie so argumentieren hörten, erinnerten wir uns, mit welcher Vehemenz sie sich damals im Haus an den Gleisen erfolgreich gegen eine Ganzkörperdurchsuchung zur Wehr gesetzt und mit welchem Furor sie Aaron Rosenblatt verteidigt hatte. Wir hatten uns getäuscht, als wir sie für das sanfte Kätzchen an der Seite des raubeinigen Pfuschers gehalten hatten. Jan mochten und schätzten alle, wir hatten nicht vergessen, dass er damals die Nazis vertrieben hatte. Es war schrecklich, ihn leiden zu sehen, aber keiner von uns wollte sich in das Beziehungsdrama einmischen. Als jedoch das Thema »Verhütung« aufkam, ging das nicht mehr, denn Lynn forderte uns auf, Stellung zu beziehen. Wir hätten doch miterlebt, wie sehr sie unter den Abtreibungen, die ihr Jan aufgezwungen hatte, gelitten habe. Noch immer weigerte er sich, Kondome zu benutzen. Diese Gummidinger seien seiner Potenz abträglich, meinte er lapidar. Lynn, die sich maßlos über diese arrogante Machohaltung ärgerte, sann auf Rache. Lysistratas Beischlafstreik stand damals hoch im Kurs, und Lynn verkündete, sie werde erst dann wieder mit Jan das Bett teilen, wenn er sterilisiert sei. Jan und alle anderen Männer wurden ganz blass, als sie das hörten. Wir Frauen fanden die Idee gar nicht so schlecht. Lynn setzte ihm das Messer auf die Brust: Bislang habe er vier Kinder gezeugt und keines davon gewollt. Sie sehe nicht, dass sich das ändern werde. Die Verhütung müsse endgültig gesichert sein. Sie war auch nicht bereit, Kondome zu akzeptieren. Was, wenn die platzten? Lynn forderte Jan auf, er solle endlich ein Mann sein, die Konsequenz aus seinem Verhalten ziehen und sich sterilisieren lassen. Wochenlang ging es hin und her. In den Küchen, im Hof, im Bus, in der Kneipe, in der U-Bahn, auf der O-Meile, in der Bar, überall, wo wir uns trafen, gab es nur noch dieses eine Thema. Am Ende gab Jan nach. Zu Hause im Bett liegend, empfing er nach dem Eingriff Besuche. Auf die leise Nachfrage, wie es gewesen sei und wie es ihm jetzt gehe, schlug er die Bettdecke zurück. Stolz präsentierte er seine blitzeblauen Hoden. Diese blitzeblauen Hoden, bei deren Anblick die Männer schmerzhaft das Gesicht verzogen und die Frauen ein Grinsen unterdrückten, machten Jan für ein paar Tage zum Helden. Die Männer bewunderten seinen Mut, die Frauen lobten seine Einsicht. Lynn stand daneben. Ein feines Lächeln umspielte ihren Mund.

Es war erstaunlich, wie sehr die zwei Wochen New York Luise verändert hatten. Der Wandel von der punkigen Hausbesetzerin, die zottelig und ungeschminkt ins Leben blickt, zur Frau, die kurze Röcke trug und ohne Hut und Lidstrich nicht mehr das Haus verließ, war verblüffend. Es war, als ob sie in Hosen einen wichtigen Teil von sich versteckt gehalten hätte. Luise ging auf einmal mit wunderbaren Beinen durch die Welt. Wenn sie auf ihren Heels die O-Meile entlangspazierte, pfiffen ihr die Paviane hinterher. Wir konnten nur rätseln, wie es zu dieser Veränderung gekommen war. War das etwa der Einfluss dieser ominösen Tante Diana, oder hatte sie sich einfach verliebt? Keines von beidem traf zu. Luise hatte sich entschieden, der Kunst den ersten Platz in ihrem Leben einzuräumen. New York hatte sie gelehrt, dass der Künstler sich selbst repräsentieren muss. Luise wollte als Künstlerin wirken. Die Zeit der Künstlerpunks war vorüber. Idiosynkrasie und Individualität lauteten die neuen Zauberworte. Dann die große Enttäuschung. Eine Künstlerin, die leer stehende Häuser besetzt und Käse im KaDeWe stiehlt, darf kein Stipendium in den Staaten bekommen. Am Abend des Tages, an dem ihr Visumantrag abgelehnt worden war, saßen wir alle mit Luise in ihrer Küche zusammen. Es war fast wie früher. Wir hörten lauten Punk und Rap und schimpften auf die imperialistische Weltmacht USA, die, wie man an Luises Beispiel sehen konnte, in Wirklichkeit eine menschenverachtende Diktatur war. Alles endete in einer großartigen polytoximanischen Nacht.

Vroni konnte gar nicht genug von New York zu hören bekommen. »Warst du im Rainbow Room, ist der Himmel über New York wirklich so strahlend blau, riecht es auf der Fifth Avenue nach Meer, sind die New Yorkerinnen so chic wie Holly Golightly, was ist mit Little Italy, mit Chinatown, SoHo, Harlem, Brooklyn, dem Ringelspiel in Coney Island, dem MoMA und mit dem Sonnenaufgang im Central Park?« Luise gab geduldig Auskunft, und Vronis Begeisterung steigerte sich zusehends. Eines schönen Tages verkündete sie, dass sie nach New York reisen werde. Um sich auf die Reise einzustimmen, lud sie das gesamte Haus und ihre Freunde zu einer Grillparty ein. Unser kleiner Kreuzberger Hinterhof sah aus, als ob Ronald Reagan persönlich seinen Besuch angekündigt hätte. Über den Tischen und Bänken waren Stars-and-Stripes-Fähnchen aufgehängt, auf den Servietten lachte einem Uncle Sam entgegen, Frank Sinatra schmetterte in der Endlosschleife »New York«, Ketchup, Cola- und Mayoflaschen standen allerorten, auf dem Grill schmorten dicke Burger, und in den Senfgläsern schimmerte golden der Whiskey. Vroni hatte einen GI aufgetan, der für sie im amerikanischen Supermarkt an der Clayallee eingekauft hatte. Die Gastgeberin mit stripesroten Lippen kicherte und gluckste, sprach Billy-Wilder-Amerikanisch und freute sich wie ein kleines Kind. Uns war nicht ganz wohl bei der Sache. Woher hatte Vroni das Geld, um diesen Aufwand zu betreiben? »Stellt euch vor, wenn uns John und Irene so sehen würden«, flüsterte Robert. Riskierten wir nicht unseren Ruf als erklärte Feinde der US-Macht, wenn wir fröhlich unter amerikanischen Fähnchen saßen, herzhaft in die Burger bissen und uns mit Jack Daniel's zuprosteten? Keiner wollte Vroni die Laune verderben. Also machten wir gute Miene zum bösen Spiel.

Einige Wochen später bekam Vroni hohes Fieber. Lenny machte ihr Wadenwickel, und Michael kochte indische Hühnerbrühe. Als sie wieder auf die Beine kam, war sie deutlich abgemagert. Sie blieb so dünn, und wir begannen uns um sie zu sorgen. Mittlerweile wussten wir auch, wie sie zu Geld gekommen war. »Vroni geht anschaffen im Türkenpuff«, krächzte Jan eines Abends in die Runde. Die Freundin einer Freundin hatte ihr den Tipp gegeben, sich in einem hinter dem NKZ versteckten Schuppen als Barfrau zu bewerben. Bestimmt gefiel den türkischen Männern, die dort vorwiegend verkehrten, eine üppige Blondine, wie Vroni eine war, meinte die. Und wirklich, Vroni wurde genommen. Allerdings stand sie nicht lange hinter der Bar, sondern wechselte schon bald in eines der Hinterzimmer. So würde sie schneller das Geld für ihre Reise nach New York zusammenhaben, hatte sie Jan und Lynn erklärt. Lynn gab ihren feministischen Segen dazu. Es war die Zeit, in der man glaubte, dahintergekommen zu sein, dass Prostitution eine Art selbstbestimmter Arbeit sei. Auch in der Ehe musste mit Sex bezahlt werden.

Vroni erzählte jetzt Geschichten aus dem Puff. Es gab Familienväter aus Hermsdorf und vom Schlesischen Tor, die sich bei ihr ausweinten und behaupteten, in sie verliebt zu sein. Aber es gab vor allem Männer, die Vroni verachteten und auszunutzen versuchten. Damit hatte man leichtes Spiel bei ihr. Vroni war unfähig, Männer einzuschätzen. War einer nett zu ihr, war sie bereit, alles für ihn zu tun.

Wir bemerkten, dass sie zunehmend Schwierigkeiten damit hatte, die Treppen bis zum vierten Stock hochzuzukommen. Ihr lautes Keuchen war im ganzen Treppenhaus zu hören. Auf halbem Weg musste sie haltmachen, um sich auszuruhen. Es war nur eine Frage der Zeit, bis sie auch dafür zu schwach sein würde. Wir redeten uns ein, das sei nur eine verschleppte Grippe und bald würde Vroni wieder die Alte sein. Nur Michael glaubte das nicht. Als er mitbekam, dass sie sich im Badezimmer einschloss, fragte er sie, was mit ihr los sei und ob sie sich etwa geniere. Vroni blieb ihm eine Antwort schuldig, und als sie sich das nächste Mal einschloss, öffnete Michael die Tür gewaltsam. Ihm bot sich ein Bild des Jammers: Vroni saß nackt und schweißüberströmt auf dem Boden. Ihr vollkommen abgemagerter Körper war mit violetten Knoten übersät. Michael wusste sofort Bescheid. Sie hatte Aids. Er ging zu Uli, und gemeinsam überredeten sie Vroni, zum Arzt zu gehen. Uli hatte einen Freund im Urban-Krankenhaus, der sie kostenlos behandeln würde. Obwohl Vroni jeglichen Kontakt mit Institutionen panisch vermied, ging es ihr einfach zu schlecht, und sie nahm Ulis Angebot an. Vroni kam nicht mehr zurück. Erst seit wenigen Jahren wusste man von dieser Epidemie. Auch Prostituierte gehörten zur Risikogruppe. Das musste Vroni gewusst haben, aber wir konnten uns gut vorstellen, dass sie zu gutmütig oder zu bekifft war, um auf den Gebrauch des Kondoms zu bestehen. Ohne Kondom bekam sie außerdem mehr Geld und glaubte schneller in New York sein zu können. Ausgemergelt, erschöpft und mit ungeschminkten Lippen lag sie in ihrem Krankenhausbett. Wir versuchten ihre Stiefschwestern in Wien ausfindig zu machen, aber da gab es niemanden.

Vroni blieb dem Punk treu. Ihr letzter Wunsch war, wir sollten Heurigenlieder für sie singen. Alle kamen, sogar Sven mit Kurtchen auf der Schulter stand mit um ihr Bett herum. Marianne malte Vronis Lippen rot an, Lenny begleitete uns auf der Gitarre. Es muss sich schrecklich angehört haben, aber Vroni – geschlagen von einer Plage biblischen Ausmaßes – strahlte uns an. Wir sangen und schluchzten. Zwei Tage später war sie tot.

HEROES – THOMAS

Jetzt sollte etwas anderes beginnen. Wir hatten den Pakt mit dem Haus aufgekündigt. Das war einfach zu viel Tod für unsere jungen Seelen. Erst Soraya, dann Vroni, das war kein Kino, die waren wirklich nicht mehr da. Wir hatten ein Haus besetzt, aus dem Nichts hatten wir uns dazu entschlossen, und jetzt waren wir mit Toten verbunden, die sich manchmal beim nächtlichen Wachliegen mit ihren Lücken des Noch-nicht-zu-Ende-Gelebten bei uns meldeten. Robert kam plötzlich mit der Idee, anderswohin zu ziehen, und ich war sofort einverstanden.

Seltsamerweise war ich mit Robert wieder in der Bautzener Straße gelandet, wo meine Berliner Existenz begonnen hatte. Seinerzeit waren es ein großes und ein kleines Zimmer gewesen, dieses Mal waren es zwei große und ein kleines Zimmer, das natürlich keiner von uns haben wollte. Die Küche war wieder so ein schmales Handtuch, kein Bad nirgends und Klo auf der halben Treppe. Geheizt wurde mit einem Kachelofen in jedem Zimmer außer in der Küche. Das war im Hinterhaus unser neues Zwei-Männer-Mitte-zwanzig-in-Berlin-Zuhause. 61 war zwar das kleinbürgerliche Kreuzberg und bei weitem nicht so türkisch wie 36, aber man kam von hier aus auch anderswohin. Robert brauchte von der Haltestelle unter den Yorckbrücken nur in den Bus zu steigen und war in zwanzig Minuten am Lehniner Platz, wo die Schaubühne jetzt residierte. Und ich war mit der U-Bahn in einer halben Stunde an der FU. Für Berliner Verhältnisse alles mehr oder minder in unmittelbarer Reichweite.

Robert teilte sich mit Alexa eine Subdramaturgen-Stelle an der Schaubühne. Der Subdramaturg war für ein Jahr nach New York gegangen, um Method Acting nach Lee Strasberg zu studieren, und über eine Tante dieser Alexa, die wiederum einen Freund von Robert kannte, waren beide in dessen Nachfolge geraten. Jedenfalls für ein Jahr und jeweils mit einer halben Stelle. Das mit den Nicht-ganzen-Stellen war eine Beschäftigungsnormalität. Niemand hatte eine ganze Stelle. Eine halbe Stelle war knapp, aber mit einer Zweidrittel-Stelle lag man ganz vorn.

Alexa war hinten und vorne ziemlich platt, hatte kurze Zähne, flinke Augen und war in puncto Theorie ganz schön ausgebufft. Sie schlug alle mit Paul de Man und dessen Theorem von der Unentscheidbarkeit von Interpretationen. »The Resistance to Theory« hieß ein Essay ihres Meisters, von dem sie eine Kopie besaß, in dem behauptet wurde, dass die Haltlosigkeit allen Redens über Literatur der Literatur selbst völlig angemessen sei. Außerdem hatte der gebürtige Flame mit den Nazis in Belgien kollaboriert, was seiner Theorie einen zusätzlichen Reiz verlieh. Wir waren beide hinter ihr her, aber komplett chancenlos. Angeblich hatte sie mal was mit Michael König, einem aus der Schauspieltruppe der Schaubühne, der angeblich bei der maoistischen KPD Eisen im Feuer gehabt hatte. Alexa besaß einen Fotoabzug, auf dem Paul de Man mit den Händen in den Hosentaschen und Jacques Derrida mit einer ziemlich kleinen Aktentasche beim Ausgang aus einem Restaurant oder Hotel, scheu lächelnd der eine und erfreut sich postierend der andere, in die Kamera schauen. Das seien die beiden Könige des transatlantischen Dekonstruktivismus. Aber mehr als ein Tee war mit ihr trotz meinem, wie ich fand, schlagenden Husserl-Konter nicht drin.

Robert hatte es eigentlich Klaus Michael Grüber mehr angetan als der große Peter Stein. Der besitze eine andere Größe, der verausgabe sich wirklich, der habe keine Angst vor dem Scheitern. Ich habe mit Robert sehr viel über das Scheitern gesprochen. Wir waren beide der Ansicht, Siegen sei nichts für Berlin. Siegen könne man in Hannover, in Lüneburg oder in Ingolstadt, aber doch nicht in dem an sich selbst scheiternden Berlin. Hier war nur deshalb etwas zu gewinnen, versicherten wir uns in tragischer Selbstverliebtheit, weil man sofort alles verlieren konnte. Robert schwärmte mir von einer Produktion Grübers vor, die im Dezember 1977 im Olympiastadion zu erleben gewesen war: »Winterreise in Hitlers alte Arena: Szenen aus Wort und Sport, Licht und Klang, Theater und Politik, Textfragmente aus Hölderlins Briefroman ›Hyperion oder Der Eremit in Griechenland‹«. Eines Morgens, ich war gerade dabei, die Teekanne mit heißem Wasser auszuschwenken, stand er splitternackt vor mir und rezitierte Hölderlin: »O ein Gott ist der Mensch, wenn er träumt, ein Bettler, wenn er nachdenkt.« Ich war tief beeindruckt von seinem halb steifen Schwanz, der in aller Ruhe auf seinen absolut symmetrischen Eiern lag. Das war großes Küchentheater.

Das Haus in der Bautzener Straße war das glatte Gegenteil von unserem Haus in der Adalbertstraße. Hier hatten sich die Mietparteien in ihren Wohnungsschachteln eingerichtet, und niemand konnte sich vorstellen, einen Raum zu teilen. Nicht mal einen Hobbykeller, ganz zu schweigen von Funktionsräumen zum Essen, Schlafen und Lesen. Wir wohnten im Hinterhaus und hatten mit denen aus dem Vorderhaus nach Berliner Sitte rein gar nichts zu tun.

Parterre rechts wohnte im Seitenflügel ein Paar aus dem Lager der gewerkschaftlich Orientierten, von den ADSen, was »Aktionsgemeinschaft von Demokraten und Sozialisten« hieß, einem Seitenarm der SEW, der Sozialistischen Einheitspartei Westberlins, die wiederum mit der DKP, der Deutschen Kommunistischen Partei, verbunden war. Dass es Leute in unserem Alter gab, die einigermaßen normal wirkten und an den »real existierenden Sozialismus« im Osten glaubten, kann man sich heute gar nicht mehr vorstellen. Die hatten damals an der TU, aber auch an der FU und an einigen Fachhochschulen durchaus eine gewisse Anhängerschaft. Die beiden von der Parterrewohnung studierten fürs Lehramt, so was wie Deutsch und Erdkunde der Mann und Mathematik und Biologie die Frau, und mochten angeblich Gedichte von Pablo Neruda. Robert konnte der Frau, glaube ich, mehr abgewinnen, als er zugab. Das hing, wenn man seinen Blicken folgte, mit ihrem großen Busen zusammen, aus dem sie zwar nichts machte, den sie aber auch nicht versteckte. Den Mann, der fast keinen Nacken hatte und einen dicken Terminkalender pflegte, hätte Robert in einer halben Stunde ausgestochen, aber was hätte er, nachdem er sie zum richtigen Sex erweckt hätte, mit ihr reden sollen? Mit Stamokap, Bündnispolitik und Marburger Faschismustheorien hätte man uns jagen können.

Ich hatte schnell mit Ömer vom zweiten Stock Freundschaft geschlossen. Sein Vater war Polizeichef von Istanbul gewesen und hatte beim Militärputsch vom März 1971 eine wichtige Rolle gespielt, über die uns Ömer jedoch im Unklaren ließ. Ömer hatte die deutsche Schule in Istanbul besucht, an der ETH Zürich Mathematik studiert und übersetzte jetzt Lenins »Neue wirtschaftliche Vorgänge im bäuerlichen Leben« im Umweg über das Englische und Deutsche ins Türkische. Trotz meiner sarkastischen Bemerkungen über den marxistischen Gesinnungswächter war er nicht davon abzuhalten, Woche für Woche in ein Seminar von Wolfgang Fritz Haug zu pilgern und Gramscis »Gefängnishefte« auf Knien zu lesen. Es dauerte etwas, bis ich verstand, dass Ömer seinen osmanischen Komplex bearbeitete und auf der Suche nach einer verborgenen Größe war, an der er sich wieder aufrichten konnte. Aus Zürich war seine Freundin Regula mit nach Berlin gekommen, die Gesang studierte und uns von jetzt auf nachher in einen anderen Zustand versetzen konnte, wenn sie am späten Samstagnachmittag in der Küche ohne Heizung eine Arie aus einer Kantate von Bach oder einer Messe von Mozart sang. Dann klopfte sogar der Adel aus dem Parterre-Quergebäude und aus dem ersten Stock an. Christof von Einerns Eltern besaßen eine Farm in Namibia, und Wolf von Kettler stammte aus verarmtem Berliner Stadtadel. Für den einen lag das Blatt »Der Südwestler« im Briefkasten, und der andere empfahl uns den Fahrradladen seines älteren Bruders in Steglitz. Manchmal setzten die sich wirklich zu Herrentorte mit Kaffee und Cognac zusammen und schienen über Gott und die Welt zu palavern.

Aber diese Idylle konnte nicht darüber hinwegtäuschen, dass wir nach unserm Umzug ganz schön in der Luft hingen. Robert hatte seinen Platz in der Theaterwelt noch nicht gefunden, und mir ging die Wette mit Christoph, dem Mitschüler aus Wuppertal, immer wieder durch den Kopf. Würde ich jemals den Band bei Suhrkamp veröffentlichen, der mir einen Platz im Universum der Bücher und des Geistes verschaffen könnte? Die Initiation dazu hatte ich in der Heinrich Heine Buchhandlung am Bahnhof Zoo erfahren. Ich habe keine Ahnung, wer mir empfohlen hatte, da mal hinzugehen. Es könnte Robert gewesen sein, der mitbekommen hatte, dass Dieter Sturm, der maßgebliche Dramaturg der Schaubühne, dort seine riesige Bibliothek zusammengekauft hatte. Es war klar, dass man nur mitreden kann, wenn man da als Stammkunde wiedererkannt wird. Ich hatte schon im Schulalter, als ich mich wochenlang wie der epileptische Fürst Myschkin aus Dostojewskis »Idiot« fühlte, gelernt, dass Bücher einen Wert auch durch den Verlag bekommen, in dem sie erscheinen, dass man sie wie Lebewesen pflegen und mit anderen Büchern in Verbindung bringen muss, dass sie einen begleiten, dass sie etwas über einen aussagen, dass sie auf einen warten, bis sie zum richtigen Zeitpunkt gelesen werden – und dass die Buchhändler den Einlass zur Welt der Bücher kontrollieren.

Der Buchhändler von Berlin hieß Hans Brockmann. Der Bahnhof Zoo ist bis heute ein dreckiger Ort der Stadt, wo man besser nicht stehen bleibt, es sei denn, man will etwas von der Gier der Freier auf männliches Frischfleisch, dem Ausschuss des Heroin Chic und den letzten der Verlorenen mitbekommen. Die Heinrich Heine Buchhandlung war eigentlich gar keine Bahnhofsbuchhandlung, weil der Zugang zur Bahnhofshalle verstellt war. Man kam nur von außen, von der Hardenbergstraße, hinein. Den Fluchtpunkt zwischen den Bücherstapeln bildete ein auf Karton aufgezogenes Porträt von Heinrich Heine, der einen wie der Lord Byron aus Deutschland mit verstehendem Blick und verführerischen Lippen anschaute. Ich wusste, dass meine Bewährungsprobe darin bestand, in dieser Höhle voller Bücher auf mich aufmerksam zu machen. Man musste zuerst unter Beweis stellen, dass man den Büchern gewachsen war. Schwerwiegende Fehler konnte man beim In-die-Hand-Nehmen der Bücher, beim Aufschlagen eines Bandes, beim Anlesen eines Kapitels oder beim Zurückstellen ins Regal machen. Das Wichtigste war allerdings, dass dieser vielleicht halbstündige Vorgang des kompetenten Herumstöberns mit einem erinnerungswürdigen Kaufakt abgeschlossen wurde. Während dreier Besuche erwarb ich von Martin Heidegger »Holzwege«, von Wilhelm Szilasi »Einführung in die Phänomenologie Edmund Husserls«, von Dieter Henrich »Fichtes ursprüngliche Einsicht« sowie von Marlies Janz »Vom Engagement absoluter Poesie. Zur Lyrik und Ästhetik Paul Celans«. Das war eine nicht unbeträchtliche, aber überschaubare Investition. Ich merkte von Besuch zu Besuch, dass ich mich auf dem richtigen Weg befand.

Hans Brockmann war im Unterschied zu vielen Buchhändlern, denen ich in meinem Leben begegnet bin, ein schöner Mann. Keine Figur des Auftritts, eher eine verhuschte Gestalt, aber mit fließenden Bewegungen und tiefen braunen Augen. An einem späten Sonntagnachmittag im November, als außer mir nur noch ein älterer Herr im Buchladen anwesend war, der auf einem Hocker Platz gefunden hatte und sich ein Buch nach dem anderen vorlegen ließ, das er fachkundig in der Weise kommentierte, dass er angab, was der Autor oder in einigen wenigen Fällen die Autorin sonst noch veröffentlicht hatte und welche Besprechungen die vorhergehenden Bücher erfahren hatten, und dann das Buch in seinen Händen entweder wieder beiseite- oder auf einen Stapel vor sich legte, gelang mir der Durchbruch. Der Herr war etwas müde geworden, brummelte beim Anlesen Unartikuliertes vor sich hin, da wandte sich Hans Brockmann an mich mit der Frage, was er für mich tun könne. Ich wollte eine Gesamtausgabe erwerben. »Du meinst eine von den Zigarrenkästen mit den Gesammelten Werken von Brecht von da oben?« Der ältere Herr war wieder hellwach, nickte mir anerkennend zu und zeigte sich über das Abendland nicht mehr besorgt. Ich habe für die zwanzigbändige Paperback-Ausgabe nach meiner Erinnerung 114 D-Mark bezahlt. Hans Brockmann überraschte mich mit einem Geschenk zur mutigen Wahl. Ich bekam die Brecht-Chronik von Klaus Völker dazugesteckt und machte mich mit der in Papier eingeschlagenen langen Schachtel stolz und glücklich vorbei an einer Passage mit Peepshow, Sexshop und Beate-Uhse-Erotik-Museum auf den Weg zum Ku'damm Ecke Joachimsthaler Straße, um dort in den Bus Richtung Hermannplatz einzusteigen. Ab jetzt wurde ich bei jedem Besuch begrüßt und bekam unaufgefordert Bücher vorgelegt, die mich vielleicht interessieren könnten.

Hans Brockmann starb im Sommer 1994. Er war HIV-positiv. Vom Tode gezeichnet, saß er immer noch jeden Tag inmitten von Bücherstapeln in seiner Buchhandlung. Es hieß, dass er ein unermessliches Buchlager im alten Luftschutzkeller unter dem Bahnhof Zoo angesammelt habe und auf einem Berg nicht ausgeglichener Buchschuldkonten sitze.

1968 hatte Brockmann den Laden von Paul Schulz übernommen. Der Spartakist und Remigrant hatte bereits im Herbst 1945 von den Sowjets die Genehmigung erhalten, eine Buchhandlung im Bahnhof Zoo zu eröffnen. Brockmann machte sie dann zu jenem Ort, wo sich angeblich Heiner Müller und Susan Sontag, Christa Wolf und Thomas Brasch, Volker Braun und Gilles Deleuze trafen. Ich habe nie jemanden von denen dort gesehen. Aber ich kann bezeugen, dass sich hier Kulturintelligenz aus dem Osten und aus dem Westen mischte, ohne sich zu nahe zu kommen. Kultur, begriff ich, hat auch immer mit Tratsch und Klatsch zu tun. Damit versorgte Hans Brockmann seine privilegierte Kundschaft sehr großzügig. Brockmann war tatsächlich aus Paris gekommen und hatte bei Max Picard gelernt, was einen Buchhändler ausmacht. Geheime Verwandtschaften zwischen Büchern erkennen, den Wandel der Ausgaben im Blick haben und hinter dem bekannten ein unbekanntes Buch hervorholen. Wie machte der das? Ich lernte bei meinen Besuchen in der Heinrich Heine Buchhandlung, wie man sich mit Büchern umgibt, ohne sie gelesen zu haben.

Als ich einmal sechs Wochen nicht da gewesen war, begrüßten mich Hans und Bernd, mit dem er als Buchhändler neben sich zurechtkam, mit den freudigen Worten: »Der Junge ist aus Brüssel wieder da!« Ich war aber gar nicht in Brüssel gewesen. Ich war noch nie in Brüssel gewesen. Aber ich hatte oft von Brüssel geträumt. Weil das die Stadt meines Idols war. Jean Améry wurde in Werner Höfers »Frühschoppen« am Sonntagmittag immer als Publizist aus Brüssel vorgestellt. Der österreichische

Akzent verriet mir, dass es den Mann mit der etwas verkünstelten Wortwahl dorthin verschlagen hatte. Seitdem glaubte ich, dass Intellektuelle, die von Schriften leben, die den Zeitgeist beeinflussen, nie an dem Ort leben könnten, an dem sie geboren worden waren. Die Bezeichnung Intellektueller war furchteinflößend und verführerisch zugleich. Nur als Vertriebener und Verstoßener, dachte ich, konnte man die Gesetze erkennen, die die Leute, die nichts als leben wollten, bestimmen. Woher kannten die beiden aus der Heinrich Heine Buchhandlung meine geheimsten Gedanken und Wünsche? Sonst wären sie doch nie auf Brüssel gekommen. Initiation braucht Magie. Ich war dabei, ein anderer zu werden.

Wir hatten zwar eine legale Unterkunft mit Mietvertrag, Vermieterin, Nachbarn, die man kannte, und Nachbarn, die man nicht kannte, aber in der Bautzener Straße war alles noch unkomfortabler als in der Adalbertstraße. Wir konnten nicht gut heizen, wir hatten kein Innenklo, wir hatten weder eine Dusche noch eine Badewanne. Wir hatten das gemeinsame Leben in unserm Haus mit einem einsamen Blick auf Mülltonnen im Hinterhof eingetauscht. Was hatte uns bloß dazu getrieben? Schlimm war der Winter. Robert war zumeist in seinem Theater oder in der Weltgeschichte unterwegs, und ich hatte es überhaupt nicht raus, den Kachelofen auf Dauer warm zu halten. Oft kam ich abends aus Dahlem in eine ausgekühlte Wohnung zurück und fühlte mich absolut verloren in meinem Dasein. Es kam nämlich nicht selten vor, dass wir vergessen hatten, ausreichend Briketts vorzuhalten. Dann bin ich in meinem Unglück zu Gerlinde gegangen, die in der Mansteinstraße wohnte und immer genug Kohlen hatte. Wir kannten uns eigentlich gar nicht. Wir hatten zufälligerweise im vollbesetzten Kino »Kurbel« nebeneinandergesessen. Der Film hieß »Bittere Ernte« und spielte in Oberschlesien im Jahre 1943. Mit Elisabeth Trissenaar und Armin Mueller-Stahl unter der Regie von Agnieszka Holland. Die Jüdin Rosa findet beim Bauern Leon Unterschlupf und soll mit Liebe dafür zahlen. Weil sich unsere Arme mehr oder minder unwillkürlich zweimal berührt hatten, haben wir danach zusammen etwas getrunken und uns überraschend intensiv miteinander unterhalten. Dann hatte sich herausgestellt, dass wir gar nicht so weit weg voneinander in dem großen Berlin wohnten. Zwei Wochen später habe ich bei ihr geklingelt, und sie war zu Hause. Ich fragte sie, ob sie mir ein Paket Briketts leihen könne, und ich bin dann geblieben.

So hatte sich das eingespielt. Wenn ich sie antraf, brauchte ich nicht frieren. »Du kannst gern hierbleiben.« Das hieß, dass sie, auch wenn es noch gar nicht so spät war, in das Bad ging, das sie hatte, und nur mit einem leichten Bademantel verhüllt zurückkam und plötzlich feurige Augen hatte. Ein Blau, das sich ins Grün zu verwandeln schien. Sie war eine kleine blonde Person mit heller Haut und wollte alles. Ich war anfangs völlig perplex über ihr Verlangen, folgte ihr aber mehr und mehr. Am Morgen war es, als ob wir ein Paar seien. Gerlinde hatte Hausschuhe für mich und machte ein fluffiges Rührei, das ich so noch gar nicht kannte. Ich presste die Orangen aus und machte den Abwasch. Wenn ich ging, wussten wir beide nicht, ob und wann wir uns wiedersehen würden. So oft ist das allerdings auch wiederum nicht passiert. An vier Mal kann ich mich genau erinnern. Danach habe ich sie aus den Augen verloren.

Das Paar für alle Tage waren Robert und ich. Ich versuchte mich an paniertem Schweinebauch mit grünem Salat, und Robert konnte als Berliner »Aal grün«, wozu wir den Fisch bei Rogacki in Wilmersdorf holten. Dann fehlte nur noch die Tischdecke, und wir wären als ehrgeizige junge Männer auf der Suche nach einer Position in der Gesellschaft durchgegangen.

Robert hat mich einige Male zur Probebühne der Schaubühne Cuvry-Ecke Schlesische Straße mitgenommen. Ein vergammeltes Kino diente als Probenraum, fünf Minuten von der U-Bahn-Endstation Schlesisches Tor. Dahinter kam nur noch die verrammelte Oberbaumbrücke, über die man Passierscheinrentnervolk mit Taschen und Tüten schleichen sah. Das war eine rattige Gegend mit vielen fertigen Gestalten und ungerührten türkischen Familien. Ich mochte diesen Ort als Punkt der Energie inmitten einer bunten Ödnis. Das war eine Umgebung für Gesten, die man noch nie auf der Bühne gesehen, und von Ausdrücken, die man so noch nicht gehört hatte. Jedenfalls bildete ich mir das so ein.

Am Samstagnachmittag sind wir ab und an ins Wannenbad im Stadtbad Schöneberg an der Hauptstraße gegenüber dem Prälat gegangen, wo Hans Rosenthal schwimmen gelernt haben soll. Das war insofern ein Erlebnis, als wir uns ins »Kuhle Wampe«- oder »Franz Bieberkopf«-Berlin zurückversetzt fühlten. Zusammen mit vielleicht zwanzig anderen Männern wartete man in dampfender Hitze auf den Aufruf der Wärterin für eine freie Wannenkabine. Wer kein Handtuch mitgebracht hatte, konnte sich eines für 1,50 D-Mark leihen, und für dreißig Pfennig gab es ein kleines Stück Seife mit Sandelholzduft, in Papier mit Südseepalmen eingewickelt. Dann hatte man eine halbe Stunde, um Wasser einzulassen, sich auszuziehen, sich einzuweichen, sich grundzusäubern, sich abzutrocknen und sich anzuziehen. Nach 25 Minuten pochte es mit drei starken Schlüsselschlägen an der Tür zum Zeichen, dass die Aufenthaltsdauer für 2,50 D-Mark in fünf Minuten um sei. Dann ging gnadenlos die Tür auf, und die Wärterin begann den Boden zu wischen und die Wanne mit Ata-Scheuerpulver für den Nächsten vorzubereiten. Auch wenn man sich zum Schluss noch eiskalt abgeduscht hatte, war man nassgeschwitzt. Am Ende des langen, gelb gekachelten Gangs warf man noch ein Zehnpfennigstück in den Fön-Automaten und setzte sich auf den Hocker darunter, um wenigstens die Haare einigermaßen trocken zu kriegen. Im Winter musste man sich sorgfältig wieder einpacken, damit man sich auf dem Fußmarsch zurück in die Bautzener Straße nicht total verkühlte.

In der Hauptstraße in der Nähe des Kleistparks kam man am »Anderen Ufer« vorbei. Das kannte ich schon aus meinen ersten Tagen in Berlin. Nach einem Konzert der Nina Hagen Band im »Quartier Latin« bin ich mit Leo dort gelandet. Der stand auf junge energische Frauen wie Nina Hagen. Die trudelte mit ihrer Crew von der Lokomotive Kreuzberg tatsächlich gegen halb zwölf noch ein und blitzte ihn und leider einige andere auch mit ihren dunklen Augen an.

Das »Andere Ufer« war ein lockerer Schwulenort. Halb Café, halb

Bar, halb Galerie, ohne durchtriebene Spiele und harte Anmache. Man musste keine Klingel drücken und konnte von außen sehen, wer drinsaß. Der Raum war hell und weiß. Heteros waren erlaubt, Lesben gingen mit, und ein gutes Jahr lang soll David Bowie, der mit Iggy Pop zwei Häuser weiter gewohnt hat, hier Stammgast gewesen sein. Zwischen Kebab-Träumen und Ur-Berliner-Ekeligkeit waren in diesem räudigen Teil der Mauerstadt die Bowie-Alben »Low« und »Heroes« und Iggy Pops Supertitel »The Passenger« entstanden. Allerdings war die Promigeilheit nicht mit heute zu vergleichen. Wer im »Anderen Ufer« gesichtet wurde, fühlte sich selbst wichtig, weil wir ja alle irgendwelche Projekte im Kopf hatten. Jeder von uns wollte ein Buch schreiben, einen Film drehen, ein Theaterstück inszenieren, ein Bild malen, einen Leitartikel hinhauen, eine Band gründen, eine Galerie betreiben, eine Bar aufmachen, ein Designstudio eröffnen, eine Performance aufführen, einen Bau entwerfen oder eine Bewegung in Gang setzen. Nach dem Wannenbad haben Robert und ich uns manchmal noch was zu trinken im »Anderen Ufer« geleistet. Die Palmen auf dem Lichtbild über dem Frontfenster sahen schließlich in etwa so aus wie die auf dem Papier, mit dem die kleinen Seifenstücke im Stadtbad eingewickelt waren. Robert hat mich dann meistens schon kurz vor sechs zu einem Gin Tonic überredet. Unser Trinkspruch hieß dann »Unter dem Pflaster liegt der Strand!«.

ERLÖSUNG AN DER FU – THOMAS

Im Institut für Religionswissenschaft direkt neben dem Henry-Ford-Bau residierte in einer der FU-Villen Klaus Heinrich, den ich im Schlepptau der verwunschenen Kommilitonin aus der U-Bahn schon an meinem ersten Tag an der FU in Augenschein genommen hatte. Das war ein deutscher Professor, wie er im Buche stand: gelehrt, verehrt, auftrittsstark und sagenumwoben. Franziska, die zum erlauchten Kreis gehörte, tat danach so, als hätten wir uns nie getroffen. Es gefiel ihr offenbar nicht, dass ich möglicherweise schon nach einer Nacht verstanden hatte, warum Buddhismus kein Ausweg ist und Sucht und Sog die Abgrundseite des Seins kennzeichnen. Darüber jedenfalls sprach Klaus Heinrich Woche für Woche und Jahr für Jahr. In Taubenblau der Anzug wie die Krawatte. Heinrichs Vorlesung war ein Termin für alle Jungmenschen aus dem Fachbereich Philosophie und Sozialwissenschaften, die eine Idee davon haben wollten, was die Welt im Innersten zusammenhält. Wir verfolgten im vollbesetzten Hörsaal C des Henry-Ford-Baus die allmähliche Verfertigung der Gedanken im Gehen. Ohne Manuskript, aber mit Punkt und Komma. Fünf Schritte nach Norden, fünf Schritte nach Süden. So erklärte er den Unterschied zwischen den Todesbildern von Buddha und Jesus: dass Jesus aufrecht am Kreuz starb, während Buddha liegend verschied. Der Liegende kann alles hinnehmen, weil es auf nichts ankommt. Der Aufrechte dagegen hält stand und widersteht, aber nicht, um sich selbst heroisch zu feiern, sondern weil er die Hoffnung auf einen anderen Zustand der Welt nicht aufgibt. Die Erlösung als ein Zusichkommen des Ganzen steht hier gegen die Erlösung als Abstreifen jeder Gestalt, als Aufgehen im Nichts, als Erlösung von sich.

Ich fühlte mich unwohl bei so viel Wahrheit. Erzeugte Heinrich nicht selbst diesen feinen Rausch von Meditation und Askese, den er durch die Unterscheidungen und Übersetzungen im Gespräch bannen wollte? War er nicht selbst ein Buddha, der vor den Buddhas dieser Welt warnte? Zog er einen nicht in das nie endende Gespräch mit sich selbst hinein, ohne einen je freizugeben?

Im Kreise um Klaus Heinrich herrschte bei aller fröhlichen Gebildetheit eine weltverlorene Unbedarftheit. Die meisten von denen hatten ein heimliches Gelehrtenideal und vertrauten darauf, dass ihnen unendlich viel Zeit zur Verfügung stehen würde. Man warf sich Zitate der Hausgötter wie Edgar Allan Poe, Homer oder Alfred Hitchcock zu, tauschte Methoden gegen Schlaflosigkeit aus, pries den blonden Ton der arkadischen Landschaften von Nicolas Poussin, schwärmte für Mozart und verglich die besten Reiserouten durch Italien und Frankreich. Das war eine kichernde Kulturfreudigkeit fern bourgeoiser Eingebildetheit. Aber niemand schien den Kokon verlassen zu wollen. Als sei das Institut für Religionswissenschaft mit dem sprechenden Automaten Klaus Heinrich in seiner Mitte eine nährende Mutter, die im Zweifelsfall für alles sorgen würde: für die Gedanken, für die Stellen und für ein Gefühl der schützenden Zugehörigkeit.

Ich wollte mich zwar von jenen absetzen, die ihr Studium dafür benutzten, sich ausführlich mit ihren Symptomen, Hemmungen und Charakterzügen zu beschäftigen, spürte aber auch den Reiz, sich über das Trauma der Geburt, die Mehrdeutigkeit von Übertragungsbeziehungen oder den Sinn des Unsinns Gedanken zu machen. Den Leuten um Klaus Heinrich konnte man nicht mit Freuds Aufsatz über die endliche und die unendliche Analyse kommen, in dem zu lesen war, dass für den »gründlich Analysierten« die Hinnahme der Endlichkeit seiner Psychoanalyse mit der Einsicht in die Endlichkeit seines eigenen Lebens verbunden war. Den kannten die in- und auswendig. Aber das hielt sie keinen Moment davon ab, Zustände hysterischer Natur, eine verquere Libidoentwicklung oder gar einen verborgenen Liebesroman an sich und in sich zu entdecken. Franziska war eine Spezialistin in dieser Hinsicht. Eines Tages stellte sie mir nach der Vorlesung Hans vor, von dem sie mir schon erzählt hatte, dass der deshalb so gern Peepshows aufsuche, weil er auf das langsame Öffnen des Vorhangs fixiert sei, der nach dem Einwurf der Münze den Blick auf die nackte Lust auf der Drehscheibe preisgab. Hans war ein etwas teigig verfasster Rotschopf von Mitte dreißig und freundlichster Ausstrahlung, der sich als Lacanist mit geräumiger Wohnung in der Pestalozzistraße in Charlottenburg entpuppte. Lacan war ein unkonventioneller Leser Freuds, der die Losung ausgegeben hatte, dass das Unbewusste wie eine Sprache funktioniere. Es spricht, man weiß aber nicht, worüber, und schon gar nicht, was es sagen will. Hans bot Konsultationen psychoanalytischer Art an, die das Unbewusste zum Sprechen bringen sollten. »Los, sagen Sie irgendetwas«, hatte Lacan über den Beginn einer psychoanalytischen Kur gesagt, »es wird wunderbar sein.« Ich konnte mir Hans sehr gut als einen solchen Psychoanalytiker vorstellen. Aber man wusste weder, ob er eine psychoanalytische Ausbildung absolviert, noch, ob sich jemals ein Analysant zu ihm verirrt hatte. Faktum war, dass Hans auf sehr großem Fuß lebte und sich sehr großzügig zeigte. Alle genossen die Einladungen bei ihm. Bei Hans habe ich zum ersten Mal in meinem Leben eine gefüllte Kalbstasche, einen ganzen Kabeljau und selbst gemachtes Krokanteis gegessen. Franziska, die mir nie verraten hatte, wie sie zu Hans stand, trumpfte als junge charmante Gastgeberin auf, man verhielt sich wie Freunde von Hans zueinander, und niemand wurde außer Acht gelassen. Die Gespräche gingen eine ganze Zeit über nichts und mit einem Mal über alles. Ich erinnere mich genau an die Unterhaltung mit einer Kommilitonin, die Theologie studierte. Es begann mit dem Unterschied des Geschmacks von Weiß- und Rotwein und endete bei der Weiblichkeit des literarischen Schreibens. Ich muss gestehen, dass ich einen gewissen Ärger über die Tatsache verspürte, dass sie adelig, kenntnisreich und reizend, also so etwas wie eine Tochter aus gutem Hause war, aber eine Sache, die wir offenbar nicht in der Hand hatten, trieb uns bis zu der verrückten Frage, was für eine Frau der Penisneid und für einen Mann das Sträuben gegen seine passive oder feminine Einstellung zum anderen

Mann bedeute. Wir sprachen über Dostojewski, der sich eine Natassja Filippowna mit dem Begehren und der Verzweiflung einer echten Frau ausgedacht hatte, über Flaubert, der gesagt hatte: »Madame Bovary – das bin ich«, und über dieses Erleben einer Öffnung beim Schreiben, der immer eine weibliche Identifizierung zugrunde liegt. Das ging über gefühlte zwei Stunden, bis schließlich ein blöder blonder Handballer-Riese mit blauen Augen auftauchte, der zweifellos ihr Freund war.

Hans wurde für mich der Inbegriff eines bestimmten unternehmerischen Typs in jenen achtziger Jahren: Hochstapler, Seelenwühler, Menschenfischer und Selbstverschwender. Was aus ihm geworden ist, weiß ich nicht. Er hätte mir als Developer von Einkaufszentren, als Programmdirektor von RTL oder als Spindoktor einer Volkspartei wiederbegegnen können. Vielleicht ist er aber auch untergegangen, weil er auf eine Analysantin mit »malignem Narzissmus« gestoßen ist, deren Todestrieb er nicht widerstehen konnte.

Ich nahm lieber Abstand von dieser Welt, die die Balance von Trennung und Vereinigung zwar predigte, einen aber zum Hasen machte, dem der Igel schon immer voraus war. Unsere Freiheit, lautete das Mantra des Meisters, lag in der Verstrickung. Ich habe Heinrichs großes Buch »Versuch über die Schwierigkeit Nein zu sagen« später als historisches Dokument einer Generation von Flakhelfern verstanden, die als »Hitlers letzte Helden« beim heimlichen Swinghören auf den dreh- und schwenkbaren 8,8-Fliegerabwehrgeschützen gelernt hatten, äußerlich mitzumachen und innerlich reserviert zu bleiben. Klaus Heinrich beschrieb den Traum einer Generation von der Unberührbarkeit in Indifferenz. Diese Phänomenologie der Coolness gefiel mir. Damit konnte ich etwas anfangen.

Jacob Taubes war der Widerpart zu Klaus Heinrich. Wer bei Taubes war, ging nicht zu Heinrich. Und wer Heinrich zu Füßen lag, mied Taubes. Bei dem stets in Schwarz gekleideten Judaisten, Hermeneuten und Philosophen trafen sich die Studenten, die das Geräusch von Pressluft-hämmern mochten, die schon mal probiert hatten, falsch zu spielen, und die den Schlag eines Zen-Meisters hinnehmen würden. Taubes, dessen

Vater Zwi Taubes von 1936 bis 1964 Oberrabbiner an der Israelitischen Kultusgemeinde von Zürich war und der selbst Anfang der 1940er Jahre an einer der wenigen noch intakten Talmudschulen in Montreux zum Rabbi ordiniert worden war, entwickelte vor kleinem Kreis große Gedanken über falsche Versachlichungen politischer Kontroversen, lähmende Alternativbewegungen ohne weltverändernde Kraft und die Erfahrung der Geschichte als Galgenfrist. Was hatten wir zu bieten, wenn der Messias um die Ecke kommt, um die Welt zu erlösen? Das war ein übertriebenes, maßloses und arrogantes Denken, das uns Kleingeister und Kleingläubigen aus Elternhäusern ohne akademische Bildung in Atem hielt. Wir fühlten uns mit unsrer Parole »No Future« angesprochen: dass man sich, wenn es wirklich um etwas ging, weder auf die Vergangenheit noch auf die Zukunft rausreden konnte. Von Jacob Taubes erfuhren wir, dass die Apokalyptik revolutionär ist. Denn sie erwartet die Wende nicht in unbestimmter Zukunft, sondern ganz im nächsten Moment. Das apokalyptische Prinzip vereinige eine zerstörende und eine gestaltende Macht. Je nach Situation und Aufgabe tritt eine der beiden Komponenten hervor. Zerstörung ermöglicht Gestaltung, und Gestaltung bedingt Zerstörung.

Wer in den Kreis aufgenommen wurde, musste allerdings damit rechnen, dass alles bloßgestellt wurde: was man liebte, wie das, was man verabscheute. Mir war nie klar, wann Taubes den letzten Grund seines Denkens zum Ausdruck brachte oder wann er bloß einer Laune nachgab. War dieser Mann des einen Buches, das er mit Anfang zwanzig verfasst hatte und das den nicht gerade zurückhaltenden Titel »Abendländische Eschatologie« trug, ein Spieler, war er ein Hingerissener oder bloß ein Hochstapler, der sich immerzu verrannte? In einem Antiquariat in der Gneisenaustraße erstand ich 1981 für stolze 45 D-Mark eine noch nicht ganz aufgeschnittene Erstausgabe der »Abendländischen Eschatologie«. 1947 war das Buch in Bern in einer Reihe des in die Schweiz emigrierten Soziologen René König erschienen, und der Kartoneinband und die Papierseiten waren schon ganz mürbe und würden sicher sofort in Flammen aufgehen. In diesem körperlich gealterten, jedoch augenscheinlich unversehrten Buch standen mysteriöse Hammersätze, die man in der U-Bahn vor sich hin sagen konnte: »Erst die Ant-Wort des Menschen auf das Wort Gottes, welche wesentlich ein Nein ist, bezeugt die menschliche Freiheit. Darum ist die Freiheit zur Negation der Grund der Geschichte.« Taubes meinte nicht das verstockte Nein, das nur dem Selbstschutz dient, sondern das ungezwungene Nein, das einen überhaupt erst in die Existenz bringt.

Für Leo war Taubes der Partisan im akademischen Gewand. Er existierte aus dem Geist der Provokation, der seinen Gegner nicht überzeugen, sondern ihn gleich mit einem Adjektiv zerschmettern will. Solche Adjektive hießen »verdienstvoll«, »bemüht« oder wie ein Donner niederfahrend »flach«. Das konnte man bei Vorträgen von Kollegen mit nicht ganz so großen Namen wie im Theater miterleben. Taubes saß ganz vorne und schlief nach einer Viertelstunde regelmäßig ein, schreckte mit dem Schlussapplaus des Publikums auf und meldete sich sofort zu Wort. Hier habe ich gelernt, wie man jemanden rühmt, um ihm Angst einzujagen. »Sehr verehrter, lieber Kollege, so habe ich die Dinge noch nie gesehen. Was Sie ausgeführt haben, erinnert mich an eine Stelle bei Marcion, im Römerbrief oder bei dem großen Historiker Heinrich Graetz.« Die großartige Geste sollte den anderen so klein machen, dass er sich genötigt sah, seine Mittelmäßigkeit einzusehen und unter ihr zu leiden. Hätte man Taubes darauf angesprochen, hätte er in aller Unschuld erwidert: »Kein großer Charakter, der nicht zu irgendeiner Übertreibung neigte«, und hätte damit vor allem sich selbst gemeint. Taubes liebte den großen Atem, verfügte auch über die feine Ironie, aber wir Kinder aus der praktischen, quadratischen Bundesrepublik, die in der Frontstadt von der Suche nach der Wahrheit nicht lassen konnten, wussten zu keinem Moment, was am Ende schlimmer war.

Waren Frauen zu Gast zum Vortrag, schlief Taubes nie ein und gerierte sich als unglaublich aufmerksamer Charmeur, der der lieben Kollegin bei jedem Seitenhieb aus dem Publikum ritterlich zur Seite stand. Leo machte dahinter eine Methode aus, die sich beim zwanglosen Zusammensein nach dem Vortragsereignis, das zumeist sehr prosaisch in der »Luise« beim U-Bahnhof Dahlem-Dorf bei Thunfischsalat und gebackenem Camembert oder bei besonderen Gästen in der mondänen »Paris Bar« in der Kantstraße nahe beim Savignyplatz bei »Steak frites« stattfand, für uns schnell bewahrheitete. Wir anderen waren Luft, bestenfalls Stichwortgeber für immer neue Geschichten aus der großen, weiten Welt des Geistes, mit der er die Dame des Abends umwarb. Die suchte manchmal Kontakt zu uns im Tross, aber wir konnten ihr nur zu verstehen geben, dass eine Hilfestellung unsererseits nicht vorgesehen sei.

Leo war mein Schlüssel zum Phänomen Taubes. Er war so etwas wie Taubes' Fahrer geworden. Von der FU nahm er ihn am Abend oft in seinem Auto mit zurück in die Stadt und setzte ihn am Erkelenzdamm in Kreuzberg, wo Taubes wohnte, ab. Die Wohnung, wo dieser wenige Wochen vor seinem Tod im Bademantel mit Kippa auf einem Sofa, ein Buch in der Hand, lesend aufgenommen wurde, hat er aber nie zu Gesicht bekommen. Vom Erkelenzdamm war es nicht weit zum »Exil« am Paul-Lincke-Ufer, wo Taubes unter Aufbietung seines ganzen intriganten Vermögens am großen Rad der Hochschulpolitik gedreht haben soll. Da stand Bernd Zimmer, der zu den »Neuen Wilden« vom Moritzplatz gehörte, am Herd, und da bediente Bruno Brunnet, als er noch kein Galerist war, am Tisch. Man kann sich gut vorstellen, wie sich Taubes an diesem Ort der Berliner Boheme des jungen und ambitionierten Bildungspolitikers Peter Glotz annahm. Wie er den Senator für Wissenschaft und Forschung mit den Geistessprüngen von Walter Benjamin zu Carl Schmitt und von Nietzsche zu Max Weber den Kopf verdrehte, um ihn dann davon zu überzeugen, dass die Universität vor jenem inzestuösen Justemilieu einer linken Trivialintelligenz durch die Berufung bedeutender Talente gerettet werden müsse. Der Gesellschaftslöwe Taubes hatte also im Unterschied zu den arrivierten Professoren der Kritischen Universität schon früh eine Nase für Kreuzberg. Ich selbst habe Taubes zwar öfters in der U-Bahn-Linie 1, aber nie in Kreuzberg gesehen.

Leo hatte über vier oder fünf Semester an einem zuletzt von vielleicht einem Dutzend Kommilitonen besuchten Seminar »Ästhetik der gnostischen Imaginationen: Hieronymus Bosch« teilgenommen. Dort habe man vor allem darüber hin und her überlegt, in welchem Verlag man die Ergebnisse am besten veröffentlicht. In der Theoriereihe von Suhrkamp könnte man das Projekt der Gnosis mitten in der von der Kritischen Theorie durchsetzten »suhrkamp culture« zur Geltung bringen. In einem kleinen, aber feinen Verlag wie Niemeyer würde man von der Seitenlinie den Ball mit der stillen Post der Gnosis ins Feld werfen. Die Seminarteilnehmer durften Beobachtungen über verborgene Verlagsstrategien beisteuern, auf überraschende Veröffentlichungscoups hinweisen oder gar mit Informationen über mögliche Interventionen von Geldgebern aufwarten. Das wurde vom Seminarleiter alles sorgsam erwogen und mit Geschichten über die Beeinflussbarkeit von Verlegern und die Beeindruckbarkeit von Lektoren garniert. Wie ernst dieses Spiel gemeint gewesen sei, habe man allerdings nicht ermessen können. Man spielte mit und dachte, das endlose Gerede über Verlage und Verleger, über dicke und dünne Bücher, über schlichte oder auffällige Umschläge, über schlagende oder verführerische Titel gehöre zur akademischen Welt.

Aber was um Himmels willen hatte Leo mit der Gnosis am Hut? Leo erklärte mir, dass die Gnosis die große Alternative zu Melancholie und Resignation sei. Wer nicht glauben könne, dass der Gott der Schöpfung, der diese grauenvolle Welt voller gewalttätiger Menschen, hinfälliger Körper, erschrockener Seelen und stummer Naturgesetze geschaffen hat, der einzige Gott ist, muss auf einen anderen Gott hoffen, der sich dieser an die bloße Materie, die ehernen Gesetze und blöden Hierarchien gebundenen Welt erbarmt und sich selbst als ein Gott, der Berge versetzen, Menschen heilen und Seelen trösten kann, offenbart. Ich müsse verstehen, dass die Bilder von Bosch mit ihren Miniaturen gequälter Kreaturen gegen die Schöpfung protestieren. Die Gnosis, die von der Orthodoxie immer schon als Häresie verfolgt worden ist, will sich der Welt, so wie sie ist, nicht ergeben. Sie stelle, das meinte Leo blutig ernst, die metaphysische Legitimation des Widerstands gegen jedes Gesetz und jede Behauptung von Hierarchie und Ewigkeit dar. Weil sie gegen alle Wahrscheinlichkeit und alle Gesetzmäßigkeit die Idee der Erlösung nicht fallen lasse. Jetzt verstand ich besser, was Leo bei Taubes gesucht und bei ihm gefunden hatte. Ich blieb trotzdem skeptisch. Offenbar konnte Taubes seinen Hörerinnen und Hörern das Gefühl vermitteln, sich in Gegenwart eines Eingeweihten zu befinden. Leo grinste, als ich ihm vorhielt, ob er nicht einem mit allen Wassern gewaschenen Jungmenschen-Verführer auf den Leim gehen würde. »Der gibt den kosmopolitischen Rabbi, der in Berlin genauso zu Hause ist wie in New York, Paris oder Jerusalem und dabei im Dienste einer geheimen Wahrheit des Kosmos steht.« »Du bist und bleibst ein ungläubiger Thomas. Der Name ist eben nicht Schall und Rauch, sondern Wort und Feuer.«

Von Taubes haben wir gelernt, dass die Schwermut linker Weltverlorenheit, in die sich viele Achtundsechziger in ihren Altbauwohnungen eingeigelt hatten, nicht weiterführt. Natürlich kann immer alles anders sein. Aber wer das sagt, steht draußen vor der Tür und schaut durchs Fenster und wundert sich darüber, dass der eine Bewohner ins linke Zimmer geht, obwohl er auch ins rechte hätte gehen können. Taubes wollte nicht lehren, wie man mit Kontingenz zurechtkommt, sondern dass in jedem Moment das Ganze auf dem Spiel steht. Hier, sagte er über einen Brief von Paulus oder eine Schrift aus der sabbatianischen Literatur gebeugt, hier wird etwas gefordert, was die Seele des Menschen so viel kostet, dass alle Werke dagegen nichtig sind.

Diese Esoterik für Aufsteiger passte ins Westberliner Museum für Behauptungen. Man konnte sich bei Jacob Taubes wie in einem Reich des Heiligen Geistes fühlen, in dem das Selbstdenkertum in journalistischer Form gelehrt wurde. Kurze Gelegenheitsschriften konnten nämlich mehr Wahrheit enthalten als dicke akademische Abhandlungen. Wenn Geschichte zuerst Frist ist, dann ist Kontemplation nichts anderes als Entlastung.

CAPUT MORTUUM – LUISE, 1986

Der Punk bot mir nur oberflächlich Schutz. Ich konnte noch so schrill durch die Welt gehen, der Moment des Ausziehens war heikel. Mein Nacktsein brauchte eine Geschichte. Diese Geschichte wollte ich nicht erzählen. Ich war nicht bereit, Fremden meinen Körper zu erklären, und so blieb ich allein. Die Liebe zu Frauen brachte mich zurück in die Welt des Sex. Der Blick einer Frau machte es mir leichter, meinen Körper zu zeigen. Wir feierten damals ausschweifende, orgiastische Frauenfeste. Frauen boten alles. Es gab die glamouröse, die wilde, die kapriziöse, die intellektuelle, die mütterliche, die zornige, die charmante, die pragmatische, die kluge, die burschikose, die mädchenhafte, die anmutige Frau. In Ballsälen halb verfallener Grandhotels entfaltete sich unsere Pracht. Unter Kronleuchtern tanzend, fanden wir uns wunderschön. Überall nur Verführung. Ein neuer Kosmos, der begeisterte und Glück bedeutete.

Echte Lesben, mit denen ich durch die Nacht zog, mochten bisexuelle Frauen gar nicht. Sie blieben auf Abstand. Freundinnen, die auch Männer liebten, ließen sich auf Abenteuer ein. Lange vermisste ich die Männer nicht. Frauenliebe war leichte Liebe. Irgendwann jedoch ergab sich die Gelegenheit, und ich entdeckte das Begehren nach dem Anderen wieder. Der Genuss des ungleichen Körpers. Nach dieser Liebesnacht auf den Geschmack gekommen, begann sogleich das alte Spiel der Treulosigkeit und der Feigheit. Ich erinnere mich an den grünen, feuchten Maiabend, an dem ich vor dem eleganten Bau der Freien Volksbühne übrig blieb. Alle strömten von mir weg hinein ins Theater. Ich blieb allein draußen stehen mit meinem kleinen blauen Hut auf dem Kopf und den beiden Eintrittskarten in der Hand. Das Elend der Welt. Ich trinke Barbera für meine schwarze Seele. Heulend, zerschlagen und unglücklich liege ich unter der Decke. Was bin ich auch so dünn und an den Hüften nicht einmal Bananen. Am nächsten Morgen wachte ich auf mit dem sicheren Gefühl, dass ich keinen weiteren Schmerz mehr aushalten werde. Mein Körper erinnerte sich sehr wohl noch daran, was passiert war. Ganz plötzlich überfiel mich das geisterhafte Gefühl, zerdrückt zu werden. Da brauchte es nicht auch noch den Schmerz der unerfüllten Liebe. Er ist es und er ist es nicht. Kein Schmerz mehr und deshalb auch keine Liebe, schwor ich mir. So wurde ich durchlässig für kurze Affären. Mit Frauen, aber auch mit Männern von überall her. Mit iranischen oder ägyptischen Studenten und mit kurdischen Handwerkern oder ghanaischen Musikern gab es keine kulturellen Probleme. Religion spielte keine Rolle. Eine gemeinsame Zukunft war nie im Gespräch. Woher sie kamen und wohin wir gingen, war unwichtig. Diese Männer hatten sich die Bärte abrasiert, manche von ihnen schminkten sich. Sie lebten promiskuitiv. Das beruhigte mich.

Am Morgen meines 25. Geburtstags kam ich spät aus irgendeiner Bar. Es war schon hell, vor unserem Haus stand ein Sofa auf der Straße. Ich dachte daran, dass meine Mutter mit 25 ihr erstes Kind bekommen hatte, und dass ich nie Kinder haben wollte. Das klägliche Gefühl der eigenen Unzulänglichkeit. Weißt du, wohin, Luise? Kurz darauf bewarb ich mich an der Slade School in London für ein Stipendium. Ich wurde ausgewählt und griff zu. Leichten Herzens verließ ich Berlin.

Ich kam in einem Genossenschaftsprojekt in der Nähe von Ladbroke Grove unter. Eine Künstlerkollegin war Genossenschaftlerin und besorgte mir eine für 23 Pfund im Monat unfassbar günstige Einzimmerwohnung. Die Gegend war vollgestellt mit wuchtigen, dunklen Backsteinblocks, in einem davon wohnte ich. Nachts im gelben Straßenlaternenlicht schimmerten die Bauten warmgolden. Die Straße sah dann aus wie eine Filmkulisse. Nur noch wenige Engländer entsprachen meiner Vorstellung von Engländern. Bei den Dozenten der Seminare oder auch bei unserem Landlord hatte die »behavior« durchaus noch eine besondere Note. Und manche Ladys an den Bushaltestellen wirkten »really british«. Die Jungen waren es definitiv nicht mehr. Sie waren hip und sehr nervös. Auffallend viele Männer hatten abgebissene Fingernägel. Kein Wunder, das Leben war anstrengend und teuer. Thatcher-Time! Auch mir reichte das Geld vorne und hinten nicht. Schuld daran war »the hole in the wall« – die ATM-Stationen. Geld abheben, wann immer man wollte, das war völlig neu für mich. Ohne nachzudenken, erlag ich der neoliberalen Verführung. Mein Konto war immer leer gefegt. Das war mein privates Deficitspending.

London pflegte traditionelle Strukturen, die wir in Berlin nicht kannten. Donnerstag war »Day Out«, donnerstags ging man aus. Um 23 Uhr, nach dem berüchtigten »Last Order«, hieß es schnell noch zwei Pints ergattern, die man in atemberaubender Geschwindigkeit in sich hineinschüttete. Meine Freunde und ich hatten kein Geld für Clubs hinterher. Also gingen wir in die illegalen Clubs, und ich war glücklich, die »home bar« wiedergefunden zu haben. In den indischen Clubs stand groß »No Drugs allowed« am Eingang, die Luft war geschwängert mit Räucherstäbchendüften, und zu trinken gab es Tee mit Zucker. Die schwarzen Briten aus der Karibik wohnten in unserer Nachbarschaft. Ladbroke Grove gehörte zur heruntergekommenen Inner City London. Die Clubs waren in Souterrains in den Straßen rund um die Portobello Road. Man stieg die Treppen runter, am Eingang saß gewöhnlich eine karibische Mama um die sechzig, und wir gaben ihr ein Pfund, um hinter ihr im engen Keller zu Reggaemusik zu tanzen. Linton Kwesi Johnsons »Inglan Is A Bitch« war immer zu hören. Warehouse Parties in East London erinnerten mich an zu Hause. Die Gegend war arm, verwahrlost, die Läden verbarrikadiert, die Straßen schmutzig. Hier wohnten ultraorthodoxe Juden und strenggläubige Moslems nebeneinander. In riesigen, dunklen Hallen mit hohen Fenstern hörten wir höllenlauten Rap, rauchten Gras und tanzten, bis der Tag graute.

Meine Künstlerkollegin Elizabeth und ich hatten damals beide karibische Liebhaber. Sie arbeitete in ihrem kleinen Wohnzimmer emsig an einer großen Skulptur aus Terrakotta, und ich ging mit ihrem Freund aus, wenn mein Freund keine Zeit hatte. Einmal landete ich vor ihm in der verabredeten Bar zwischen lauter anderen schwarzen Männern. Die sahen mich da gar nicht gerne. »Just because you wear a black coat, you are not supposed to come here.« So lernte ich ein anderes Fremdsein kennen.

Wenn ich nicht in einem Seminar über John Ruskins venezianische Zeichnungen, Anthony Caros Skulpturen, Cut-up-Technik in den Texten Kathy Ackers oder Jean-Pierre Melvilles filmische Darstellung der Kälte saß, ließ ich mich durch die Stadt treiben. An der Hochschule lieh ich mir eine tragbare Videokamera aus, und ohne Plan hielt ich fest, was ich sah. Heute kommt es mir so vor, als ob ich geahnt hätte, dass dieses London noch während meiner Lebenszeit unwiederbringlich verloren sein würde. So war ich, ohne es zu wissen, erneut beim Vergänglichen gelandet. Abends in meiner kleinen Wohnung zeichnete ich Aquarelle. Dazu hörte ich Maria Callas »Addio del passato« singen, immer wieder »Naima« von John Coltrane und manchmal die illegalen Radiosender der West Indies mit Reggae und Dub. Keiner meiner Berliner Freunde wäre auf die Idee gekommen, mich zu besuchen. Das wäre viel zu teuer gewesen und interessierte sie nicht wirklich. Lynn schrieb ich, ich würde meine Filme mitbringen. Wir könnten noch einmal »home bar« spielen und danach all das vergessen.

Als es zurück nach Deutschland ging, begleitete mich mein Liebhaber zur Victoria Station. Plötzlich wechselte er von meiner rechten auf meine linke Seite. Gerade, als ich ihn fragen wollte, weshalb, sah ich den Skinhead, der uns rechts begegnete. Er richtete einen hasserfüllten Blick auf den schwarzen Mann, der die weiße Frau im Arm hielt. Ein bitterer Abschied. Inglan Is A Bitch.

Fürsorglich hatte mir Michael ein Vollkornbrot, das steinhart ankam, nach London geschickt, aber er hatte mir nichts geschrieben von den Veränderungen im Haus. Wahrscheinlich hatte er mich nicht beunruhigen wollen. Wir wurden älter. Jan fielen die Haare aus, Lynn trug jetzt weiße Blusen, und Marianne kiffte nur noch am Wochenende. Bevor ich nach

London abgereist war, war schon klar, dass Thomas und Robert ausziehen würden. Ich hatte keinen Versuch unternommen, sie zum Bleiben zu bewegen, aber jetzt, da andere in ihre Wohnung eingezogen waren, spürte ich, wie sehr es mich verunsicherte, sie nicht mehr in meiner Nähe zu wissen. Ich nomadisierte durchs Haus, erzählte meine Geschichten und hörte den Geschichten der anderen zu. Wir kannten uns, vertrauten uns, aber unser gemeinsamer Lebensmittelpunkt war mit dem Ende der Bewegung verloren gegangen. Wir waren auf der Suche nach einem neuen Sinn.

Ein ausgebleichtes Polaroidfoto zeigt mich neben meiner Skulptur »Spanische Geherin«. Es wurde in meinem Atelier an der Hochschule aufgenommen, dort, wo ich meine erotische Beziehung zur Kunst wiedergefunden hatte. Meine Haare sind sehr kurz geschnitten. Nichts sollte mich beschweren. Die weite Arbeitshose ist mit Farbflecken übersät, mein Gesichtsausdruck konzentriert und ernst. Meine Aufmerksamkeit wird vollkommen von der neben mir stehenden Skulptur in Beschlag genommen. Ich trage ein kurzärmeliges weißes Herrenunterhemd. Wenn man genau hinschaut, dann entdeckt man die vielen Narbenstiche auf meinen Armen. Daneben legte ich ein Foto, das vor dem Unfall im Fotoautomaten im U-Bahnhof Kottbusser Tor gemacht worden war. Was ich sah, überraschte mich: Eine Träumerin war ich geblieben.

The Invisibles. Künstlerinnen blieben unsichtbar. Zählten einfach nicht im Kunstbetrieb. Zwar zeigte man allmählich ein gewisses Interesse für feministische Themen, doch als Künstlerin wusste ich damit nichts anzufangen. Es sollte um meine Kunst und nicht mein Geschlecht gehen. Rosemarie Trockels Strickbilder und polierte Herde in allen Ehren, aber mir war diese Kunst zu sehr mit dem weiblichen Körper und dem Hausfrauendasein verbunden. Warum entschied ich mich für die Bildhauerklasse? Damals interessierte mich die internationale Zusammensetzung der Klasse, aber heute denke ich, dass es eigentlich um Soraya ging. Soraya war Filmerin. Sie liebte den Rhythmus der bewegten Bilder, wollte eingreifen und mittendrin sein. Ich dagegen war Beobachterin. Meine

Position war außerhalb. Die bemalte Skulptur im Raum war für mich ein eigenständiges Objekt, das von jeder Seite etwas anderes von sich sehen ließ. Ich spürte, wie glücklich mich die Nächte im Atelier mit der Skulptur machten. Ich war im Dialog mit Soraya. Ich durfte die Erinnerung an sie nicht zumüllen, sondern wollte ihr eine Form geben. Im Alltag betäubte ich meinen Schmerz durch das Abspulen ausgedachter Geschichten, die ich leise vor mir hersagte und irgendwann anfing, selbst zu glauben. Doch wenn mich die Erinnerung daran überfiel, wie mir Soraya einmal kurz den Arm um die Schultern gelegt und »Na, Freundin« gesagt hatte, ergriff mich die schiere Verzweiflung. Was sollte ich bloß mit dieser Erinnerung anfangen?

Drei Frauen waren verschwunden. Soraya und Vroni waren tot. Von Elena traf keine Nachricht ein. Ich wusste nicht, wo sie war und wie es ihr ging. Wie die beiden toten Frauen war sie einfach nicht mehr da. An Sorayas Tod und an Elenas Verschwinden fühlte ich mich schuldig. Und es war ein harter Kampf, die bösen, hinterhältigen Einflüsterungen des Albs, der noch immer festgekrallt zwischen meinen Schultern saß, zu überhören. Er erinnerte mich an die Nacht, die ich mit Vroni in einer Schöneberger Eckkneipe zugebracht hatte. Flipper, Bier, Musikbox. »Da da da ich lieb dich nicht du liebst mich nicht«. Dann Little Richards »Midnight Special«. Vroni und ich tanzten Rock 'n' Roll, und die Säufer sahen zu. Auf unserem frühmorgendlichen, sonnigen Heimweg tauschten wir Turnschuh gegen Stöckelschuh. Irgendeiner im Haus war immer wach. In diesem Fall Michael, der zur Friedrichstraße fuhr und zwei Flaschen Sekt im Intershop kaufte. Mit Blick auf die Türme des Bethanien dozierte ich über Innenräume und Außenwelten, über Vermeer und die bewusste Inhaltslosigkeit bei Mondrian. Vroni war ganz Ohr. Michael schlief derweil auf ihrem Schoß ein. Nach dieser Nacht waren Vroni und ich uns verbunden. Der Alb zischte drohend, dass der Tod sich ja geirrt haben könnte. Der Tod lauerte doch mir auf, hatte es auf mich abgesehen und nun bereits zum zweiten Mal die falsche Frau geholt. Wenn ich ihm zuhörte, brach mir der Schweiß aus, und ich ballte die Fäuste zusammen. Zu abstrus hörte sich das an, und ich konnte mit niemandem darüber reden. Heute weiß ich, dass ich meine Zukunft in der Kunst suchte. Die Kunst blieb als Einziges wesentlich.

Es hieß, der schwedische Assistent stecke hinter der Künstlerstudienreise. Er sei überzeugter Kommunist und ein Freund der KP China. Außer Henry Kissinger und die Kader irgendwelcher kommunistischer Splitterorganisationen ließen die Chinesen damals nämlich niemanden in ihr Land. Wir waren eine Gruppe von zehn Meisterschülerinnen und Meisterschülern und fanden, die Einladung stand uns zu. Wer, wenn nicht wir, sollte Westberlin repräsentieren. Die Reise begann mit einer 38 Stunden langen Zugfahrt durch das sozialistische Ausland. Drei Grenzen. Eine Zeitreise. Ústí verschlief ich. In Prag war ich wach. Obwohl ich wusste, dass es sinnlos war, suchte ich den Bahnhof nach dem Gesicht von Dr. Lípa ab. Weiter über Budapest und schließlich Bukarest, wo die Männer goldene Zähne hatten und kleine Pelzmützen trugen. Von Bukarest aus flogen wir über Karatschi nach Peking.

Das Erste, was ich hörte, war ein deutliches Surren in der Luft. Es dauerte, bis ich begriff, dass dieses nie enden wollende Geräusch von den riesigen Scharen an Radfahrern kam, die in der Stadt unterwegs waren. Radwege, so breit wie der Ku'damm. Ansonsten Busse an Oberleitungen, wenige Taxis und Privatfahrzeuge. Auf den Straßen und Plätzen sah ich Männer mit Maomützen, viel Grün und Blau der Uniformen, dazwischen weinrote Kleider. Uns Langnasen, die am Straßenrand saßen und den Passanten zusahen, trafen abschätzige Blicke. Tourist, wie man noch nie Tourist gewesen war: Wir waren unübersehbar anders. Nur morgens, wenn wir gemeinsam unsere Frühstückssuppe schlürften, fühlte ich mich den Chinesen nah. Wir hatten den gleichen Geschmack im Mund. Ich verstand nicht, was ich sah, und deshalb aß ich den ganzen Tag, erkundete China mit dem Gaumen. Mild geräucherte Schlange, Ratte mit Knoblauch und Ingwer, weiße, weiche Bandnudeln, Flughund mit grünem Pfeffer, Tausendjährige Eier. Auf den lauten Märkten wurden die Tiere mit Haut und Haaren angeboten. Die Zahnärzte mit Bergen von ausgerissenen Zähnen vor sich warteten breit lachend auf Kundschaft. Die Männer, deren Geschäft es war, Dornwarzen aus den Fußsohlen zu ziehen, standen mit ernstem Gesichtsausdruck daneben. Die Kassiererinnen in den Geschäften hatten Holzrechenmaschinen, die sie irre schnell bedienten. Die Toiletten waren rechteckige, schmale Pissritzen. Die Chinesinnen saßen dicht nebeneinander und strullten ungeniert, unterhielten sich murmelnd oder warteten geduldig, bis ein Platz an der Ritze frei wurde. Blutige Monatsbinden wurden gewechselt und eingepackt. Ein beißender Ammoniakgeruch raubte mir fast den Atem. Bei nächtlichen Fahrradfahrten durch die schmalen, verwinkelten Straßen verloren wir uns im Dickicht chinesischer Zeichen und einstöckiger Wohnhäuser. Die Luft in Peking war trocken. Mich quälte ein beißender Husten, und ich erinnerte mich der metallischen, frischen Meerluft Londons.

Mit freundlicher Neugierde erwarteten uns unsere chinesischen Künstlerkollegen in der Akademie. Kalligraphie an den Wänden. Uns wurde altmeisterliche Malerei vorgeführt. Überall standen gipserne, michelangeloartige Bruchstücke herum. Figurativ versuchten die chinesischen Künstlerinnen und Künstler an den westlichen Stil heranzukommen. Ihr Eigenes litt. Wir trafen Bildhauer, die Monumente, Figuren und Statuen auf staatlichen Auftrag ausführten. Wir aus dem Westen waren uns einig, dass wir solche Aufträge ablehnen würden. Lieber arm bleiben als sich mit Helmut Kohl beschäftigen. Die Übersetzerin, die zugleich Aufpasserin war, wich nicht von unserer Seite. Mit zusammengepressten Lippen verfolgte sie das Zusammentreffen. Unsere Fragen nach der Kulturrevolution blieben unbeantwortet. In der Ferne begriff ich Beuys' Kojotenaktion. Drei Tage und drei Nächte mit einem Drachen in einem Käfig eingesperrt, dann wüsste ich am Ende mehr von diesem Land.

In der Abenddämmerung fuhren wir mit dem Zug nach Schanghai. Die Farben Schanghais sind Altrosa, Tintenschwarz, Algengrün und Fledermausgrau. Das Tuten der Schiffe im Hafen klang sentimental in meinen Ohren. Im Kolonialbau eines ehemaligen deutschen Cafés trank jetzt die chinesische Intelligenzija Kaffee. Junge Männer, alte Männer, nur wenige Frauen. Saßen und sahen aus wie in den zwanziger Jahren in Wien oder Berlin, nur auf Chinesisch. Sie trugen Sakko, redeten viel, rauchten genüsslich, looking forward mit einem gewissen unverbrauchten Glänzen in den Augen. Ich erinnerte mich, wie ich mit Diana im VW Käfer nach Chinatown gefahren war. Wo geschah das Eigentliche unserer Zeit? War ich eine Künstlerin des 20. oder schon des 21. Jahrhunderts? Es war 1986, und meine Jahresfarbe war Caput mortuum, braunrotes Eisen.

Am 3. Mai verbreitete sich die Nachricht, in der UdSSR nahe der weißrussischen Grenze habe es in einem Atomkraftwerk einen Unfall gegeben. Angeblich über zweitausend Tote. Eine nukleare Wolke treibe auf Skandinavien zu. Keine der anderen Langnasen wusste Genaues, und die Übersetzerin verweigerte auf Nachfragen die Antwort. Unsere Rückreise nach Berlin sollte mit der Transsibirischen Eisenbahn bis Moskau und dann weiter mit dem Zug durch Weißrussland führen. In Peking warteten wir stundenlang in der deutschen Botschaft. Die Botschaft hatte keine direkte Telefonverbindung nach Deutschland. Einmal in der Woche traf üblicherweise ein Telex aus Bonn ein. So waren die Diplomaten ebenso ratlos wie wir. Wir machten Jagd auf »China Daily«, die englischsprachige Tageszeitung. Seltsame Situation: Die Katastrophenmeldungen, das war die Wirklichkeit von uns, den Ausländern. Die Chinesen ging das offensichtlich nichts an.

Obwohl wir nur ungenaue Vorstellungen über das Ausmaß der Katastrophe hatten, bestiegen wir die Transsibirische Eisenbahn. Fahrt durch die Innere Mongolei, durch die Wüste Gobi. Die Berge, die Häuser, die Schafe – alles in einem hellen Braun. Frauen mit breiten Gesichtern, schmalen Augen und langen Zöpfen schauten dem Zug nach. Die Kinder winkten. Stundenlange Fahrt entlang des Baikalsees. Eisschollen trieben auf dem dunklen Wasser. Die Birkenwälder brachten mich zurück nach Berlin. Mir fielen »Die Sommergäste« ein, Peter Steins auf der Pfaueninsel gedrehter Film. Inmitten lichter Birkenwälder tagträumen junge Frauen und Männer im vorrevolutionären Russland, dass sie nur Sommergäste in einem zerfallenden Land seien. Alles befindet sich in Auflösung. Sie streiten sich darüber, ob die Wahrheit oder die Schönheit oberste Priorität in der Kunst hat. Das war die Frage, die wir in China nicht hatten stellen können. Wir selbst wussten auch keine Antwort darauf. Meine letzten Rubel rollten für ein paar Löffelchen Kaviar, bitteren Kaffee und mehlige Kekse. Am siebten Tag gab es endlich Papirossy und Sonne. Die Nacht in Moskau, bevor es weiterging, verbrachten wir in einem Hotel in der Nähe des Roten Platzes. Ein Unfall habe sich ereignet, hieß es lapidar. Schulterzucken. Ahnungslosigkeit. Während wir in der deutschen Botschaft saßen, beobachteten wir, wie das deutsche Personal mit Geigerzählern im herrschaftlichen Garten umherwanderte. Ein absurdes Bild: Sie hielten die piepsenden Geigerzähler an die Blätter. Das war ihr verzweifelter Versuch, etwas über die Katastrophe in Erfahrung zu bringen. Scharf umrissen in Szene gesetzt sah ich die rote Fahne auf dem Kreml. Auf der Straße erinnerten mich die stark geschminkten Antifaschistinnen an die Filmdiven längst vergangener Tage.

Der Regierende Bürgermeister von Berlin zahlte unseren Flug von Moskau nach Frankfurt am Main. Von dort aus ging es weiter nach Hause. Wir überflogen das Gebiet, in dem sich eine Katastrophe ereignet hatte, von der wir nur gerüchteweise gehört hatten. Wir waren seltsam unbekümmert.

Die anderen erschraken zuerst und freuten sich dann doch noch, als sie mich unversehrt und munter in unserer Küche antrafen. Erst allmählich begriff ich das Ausmaß des Unglücks. Das Atomkraftwerk von Tschernobyl war nur 1500 Kilometer von Berlin entfernt. Den offiziellen Regierungsverlautbarungen war anzuhören, dass sie eigentlich nichts wussten. Wir ahnten den Kontrollverlust, weigerten uns jedoch, ernsthaft darüber nachzudenken, was geschehen war. In meinem Kopf fing es ganz leise an zu brummen. So, als käme mein Denken nicht mit. Ich wusste, wie verdrängen geht, aber nicht, wie verleugnen funktioniert. Wir waren bilderlos, hatten keine Vorstellungen, spürten nichts. Besser man verschloss davor die Augen. »Super-GAU« und »Strahlentod« gingen uns ganz selbstverständlich von den Lippen. Wir befanden uns in einer apokalyptischen Situation, an die zu denken man sich zwingen musste, denn die Welt um uns herum sah nicht anders aus als zuvor. Eine unsichtbare und unheimliche Macht bedrohte uns. Nach und nach mehrten sich jedoch die sichtbaren Anzeichen dafür, dass etwas Außergewöhnliches vorgefallen war. Mit unserem ganz normalen Alltag stimmte etwas nicht. Schwangere sahen der Geburt ihres Kindes mit Schrecken entgegen. War ihre Muttermilch kontaminiert? Warum ein Kind auf die Welt bringen, wenn diese Welt radioaktiv verseucht war? In der U-Bahn fingen vor allem Männer mittleren Alters unvermittelt an, leise zu weinen. Kinderspielplätze wurden mit gelb-schwarzem Flatterband abgesperrt und Sandkisten abgedeckt. Kinder sollten im Haus bleiben. Wer es sich leisten konnte, ergriff die Flucht. Berlin lag im verstrahlten Osten. Kreuzberger Mütter brachen mit ihren Kindern nach Gomera auf. Besucher sagten ihre lang geplante Reise nach Berlin ab. Jodtabletten und H-Milch waren flächendeckend ausverkauft. Wir horteten Konserven. Auf einmal fanden wir es gar nicht mehr so lächerlich, dass der Senat für den Fall einer erneuten Blockade Vorräte für die Bevölkerung angelegt hatte. Ohne Regenschirm verließ man nicht mehr das Haus, denn angeblich hatten sich Wolken, die radioaktive Partikel mit sich trugen, über Europa verteilt. Wir hatten Angst davor, Milch zu trinken, frisches Obst zu essen, uns auf die Wiese zu setzen, schwimmen und nach draußen zu gehen. Am meisten Angst hatten wir vor dem Regen. An dem Tag, als der Regen kam, saß ich mit Freunden in einer Bar. Ein Mann kam hereingestürmt, der rief ganz laut: »Es regnet!« Wie sollte man sich verhalten? Es war wie in einer Filmszene: Wildfremde fielen sich weinend in die Arme, andere starrten vor sich hin ins Leere, und nicht wenige sprangen auf und tanzten ausgelassen im prasselnden Regen.

MERVES WELT - THOMAS

Im Herbst 1983 sollte angeblich auf Einladung von Jacob Taubes Jacques Derrida in der Stadt gewesen sein. Weder Leo noch sonst wer aus unserem Kreis war dabei gewesen. Alexa mit den kleinen Zähnen hätte einiges, wahrscheinlich sogar noch viel mehr dafür gegeben, mit von der Partie zu sein. Einzig die Merve-Verleger Heidi Paris und Peter Gente wurden als Zeugen genannt, aber sie rückten mit der Sprache nicht raus. Ob Derrida eine seiner endlos langen Danksagungen abgeliefert hätte für die ehrenvolle Einladung an eine Universität, die sich »Freie Universität« nannte, in der er womöglich ausgeführt hätte, dass die Freiheit ohne die Unfreiheit gar nicht zu denken sei, weshalb es keine Freiheit ohne Unfreiheit gebe. Ob er an bestimmten Stellen ins Deutsche gewechselt wäre. Ob eine Frau mit rotem Lippenstift an seiner Seite gesessen hätte. Ob tatsächlich der Geruch eines Parfüms von Hermès in der Luft gelegen hätte. Nichts war ihnen zu entlocken. Nicht einmal, wo dieses geheime Treffen der gespenstischen Geister stattgefunden hätte. Sodass Leo augenzwinkerte, ob es sich überhaupt auf dieser Welt und nicht in Bielefeld zugetragen hätte.

Es sei irgendwie um Nietzsche gegangen, um die Strategien der Löschung von Name, Werk und Leben, um den Schreiber von »Ecce homo«, der kein Mensch, sondern Dynamit sein wollte, und darum, dass es vielleicht nur ein Vorurteil sei, dass man lebe, und dass sich diese gewagte Vorwegnahme eines Lebens in der Gegenwart erst bewahrheite, wenn man tot sein wird. Unsere ungläubigen Blicke über diese Lust am Verlust waren den beiden keine weitere Erläuterung wert. Derrida habe eben einen Vortrag wiederholt, den er schon mal in den USA gehalten habe, und Taubes habe sich mit Derrida in Bezug auf Nietzsches Jugendtext »Über die Zukunft unserer Bildungs-Anstalten« darüber verständigt, dass die »akademische Freiheit« eine betrügerische Illusion sei, und beide hätten die Frage aufgeworfen, wo man Schluss mit dem Nazi-Nietzsche machen müsse und was für eine Politik mit einem anderen, wahren Nietzsche nach dem Erdbeben, von dem Nationalsozialismus und Faschismus nur Episoden gewesen seien, erst im Kommen sei. Wir wollten mit Heidi und Peter darüber sprechen, was hier »im Kommen« heißen solle, aber da bissen wir auf Granit. Peter murmelte was vom Bilderverbot, und Heidi wurde geradezu unwirsch über unser Unverständnis.

Ich hatte Peter bei einem frühabendlichen Treffen mit Leo und ein paar anderen Leuten in der »Feinbäckerei« in der Vorbergstraße kennengelernt, bei dem es um ein Zeitschriftenprojekt ging. Das Lokal mit dem Trödelcharme einer Studentenkneipe war Leos Wohnzimmer. Leo hatte die »nicht mehr schönen Künste« im Auge: die Rechtfertigung des Hässlichen, den Wert des Kitschigen, das Lachen der infamen Menschen, den Reiz des Obszönen und die Komik des Endes. Das war das Programm einer anderen, nicht mehr repräsentativen Literaturwissenschaft, die sich den niederen, verpönten und links liegen gelassenen literarischen Formen verschreiben sollte. Leo hatte sich mit einem Papier schwer ins Zeug gelegt. Dahinter standen die uns mächtig beeindruckenden Bände des hochheiligen Professorenprojekts »Poetik und Hermeneutik«, in denen ziemlich grundsätzlich die Frage nach der Wirklichkeit gestellt wurde. Nicht einfach im Sinne einer gesellschaftlichen Konstruktion von Wirklichkeit, so als ob irgendjemand sagen könnte, aufgrund welcher gesellschaftlichen Veränderungen sich welche Wirklichkeitsverständnisse ergeben haben, sondern im Sinne eines »Herausholens« von Weltbildern aus der Wirklichkeit. Leo war davon überzeugt, dass die abseitigen Künste von Splatterfilmen, Monstermärchen und Trivialmythen hier einen besonderen Zugang böten, um die Verschränkung von Fiktionen und Fakten im Machen von Erfahrung selbst zu verstehen. Leo hatte sich eingebildet, dass so eine Zeitschrift in Heidis und Peters Merve Verlag erscheinen könnte. Peter rauchte eine Zigarette nach der anderen, bestellte sich ein Bier nach dem anderen, sagte aber so gut wie nichts zu dem Vorhaben. Er war wohl gekommen, weil er mitgekriegt hatte, dass Leo mit Taubes verbandelt war, aber offenbar war ihm das Ganze zu akademisch bestrebt und zu literarisch beschränkt. Mit seinem riesigen Schädel bildete er zweifellos die Mitte der Runde. Aber die Mitte blieb stumm und leer. Nach zwei Stunden war er plötzlich weg, und wir kamen uns alle wie in einem Stück von Botho Strauß mit dem Titel »Merve Farce« vor. In einer Fußnote am Ende des 1982 bei Merve erschienenen Bandes »Geniale Dilletanten« (genau so geschrieben) hatten Heidi und Peter notiert: »Wir sind Dilettanten und bekennen uns fröhlich dazu, unseriös zu sein, schlechte und billige Bücher zu machen.«

Von dem Tunix-Kongress, wo alles angefangen hatte, habe ich zwei Fotografien von Heidi und Peter in der Hand, auf denen die beiden Verleger von Merve in Aktion zu sehen sind: Heidi als gewinnende junge Frau, die an der Seite von Michel Foucault mit seinem Haifischlachen in der zweiten Reihe vorn im TU-Audimax sitzt und es genießt, dass alle Blicke auf sie gerichtet sind. Der vierzehn Jahre ältere Peter steht mit langen Haaren und in Parka-Kluft irgendwo an einer Ecke im Hintergrund und ist ganz das große Ohr, das für alle Wellen empfänglich ist und dem nichts entgehen wird. Er kann sein Ohr zwar nicht schließen, aber er weiß genau, wem er es leihen und wann er es spitzen sollte. Ich hatte damals beide mit einer gewissen Ehrfurcht beobachtet, weil es hieß, dass ihre Bücher in Stammheim genauso wie in Starnberg gelesen werden würden.

Heidi war nicht durch Eiswüsten der Abstraktion gegangen, um die ganze Begründungs- und Rechtfertigungswut des kritischen Denkens abzuschütteln. Sie spielte gegenüber dem von 1968 geprägten Peter die Gnade der späten Geburt voll aus und setzte sofort jenseits von allem Negativen und Dialektischen an. Das Bataille'sche Lachen machte ihr keine Mühe, es war für sie vielmehr der selbstverständliche Ausgangspunkt fürs Agieren im Freien. Bei Peter diente immer der lange Weg von Marx und Freud zu Nietzsche, Foucault, Derrida, Deleuze, Cixous und Virilio zur

Erklärung. Er fühlte sich befreit von einer Last, die Heidi so nie empfunden hatte. Peter musste dem Ich in heroischen Akten immer wieder seine transzendentale Würde nehmen, für Heidi war von Anfang an klar, dass man nur dann werden kann, wer man ist, wenn man nicht im Entferntesten ahnt, was man ist. Peter kam immer wieder auf Adornos »Minima Moralia« zurück, Heidi war dieses Stundenbuch aus der noblen Bibliothek Suhrkamp fremd und im Grunde herzlich egal.

Nähergekommen sind wir uns im »Nürnberger Trichter«. Das war eine Kneipe Nürnberger Ecke Augsburger Straße gleich neben einem dieser Berliner Etagenhotels gleichen Namens. Ursprünglich wollte ich mit Robert dahin gehen. In einigen Hotelzimmern, in denen Gäste wie Heiner Müller, Robert Wilson, Gilles Deleuze, Harald Szeemann oder Kathy Acker logiert haben sollen, war eine Kunstaktion angesagt. Dann war Robert doch nicht erschienen, sodass ich mich allein in meinem schwarzen Zweireiher, den ich unter den Secondhand-Anzügen bei Arno in der Wiener Straße gefunden hatte, unter die sehr zu überblickende Schar mischte. Ich erkannte Thomas Kapielski, Hanns Zischler, Reinhard Mucha, Hannes Böhringer, traf überraschenderweise auf Alexa mit den kleinen Zähnen, die mir erzählte, dass sie an einer Übersetzung für Merve saß, und grüßte Peter, ohne mir sicher zu sein, dass er mich wiedererkannt hatte. Geboten wurde eine Art Geisterbeschwörung von Übernachtungsorten, wo es ein Leichtes sein könnte, das Schwerste zu schreiben. So jedenfalls habe ich die Zeichen- und Wortdarbietungen in Erinnerung, die sich ungefähr zwei Stunden hinzogen. Ich ließ den Dingen ihren Lauf und bemühte mich um ein Bild stoischer Ruhe. Danach ging es in die Eckkneipe, wo die Stammgäste »Küstennebel« tranken und für fünfzig Pfennig Hans Albers' »Auf der Reeperbahn nachts um halb eins« aus der Musikbox hörten. Mit einem Mal stand Heidi neben mir und fragte mich, was aus dieser Sache mit der Zeitschrift geworden sei. Peter hatte mich also erkannt und Heidi Bescheid gegeben, dass ich vielleicht zum Club gehören könnte. Sie hatte überhaupt nichts Eingebildetes oder Selbstgefälliges. Ich brauchte mich nicht ins Zeug legen, sie verlangte keine Gegenleistung für den Schritt auf mich zu. Heidi schien einfach nur sagen zu wollen: »Wir nehmen dich wahr, wir registrieren, wie du mitgehst, und wir sehen dann mal weiter.« Ich war nur überrascht über ihre hellen blauen Augen, die nichts festhalten und nichts bewahren wollten. Diese Augen glaubten nicht daran, dass es da eine Welt gibt, die von ihnen wahrgenommen wird. Ich habe in der Musikbox »Azzurro« von Adriano Celentano aufgelegt, und wir kamen auf Tom Wolfes »Das bonbonfarbene tangerinrot gespritzte Stromlinienbaby«. Dann ging's um Wolfes weißen und meinen schwarzen Anzug, dann winkte sie einen heran, den ich nicht kannte, der grinste wie ein Honigkuchenpferd und fing mit »Nightclubbing« von Grace Jones an. Die furchterregende Disco-Amazone, quasselte es aus seinem Mund, und die Mutter aller Mütter, die keinem Gesetz unterworfen ist, weil sie selbst als das Gesetz auftritt. Mir fiel ein, wie unglaublich Marvin Gaye das »Oh, Baby« am Beginn von »Sexual Healing« dehnt, aber ich behielt diesen Einfall lieber für mich. Heidi war wieder verschwunden, und Peter warf mir einen geradezu ernsten Blick durch die Menge zu. Zum Glück tippte mir schließlich einer von den schon etwas angeleuchteten Stammgästen auf die Schulter, um sich anerkennend über meine schwarzen Lederschuhe zu äußern, für die ich ein Vermögen in einem Schuhgeschäft am Ku'damm ausgegeben hatte, weil sie wie angespitzte Boxerschuhe aussahen. Irgendwann lief Wencke Myhres »Knallrotes Gummiboot«, und ein Breitgesicht mit Brille schwadronierte mit erhobener Maß Bier in Führerbunkermanier über den Ekel vor Hegel. So, schoss es mir durch den Kopf, brüllt das Untier.

Am nächsten Samstagmorgen war Robert mal wieder zu Hause und hatte beim Bäcker in der Hochkirchstraße schon jeweils ein Splitterbrötchen für sich und mich und ein großes Stück Streuselkuchen vom Blech für uns zusammen zum Frühstück geholt. Ich erzählte ihm von dem langen Abend im »Nürnberger Trichter«, und wir landeten bei der Frage, wie man in einer Welle von Kitsch, Stereotypen und Vulgarität untertauchen und trotzdem nicht untergehen kann. Wir kamen zu dem Ergebnis, dass der gestrige Abend eben nicht wie so ein Endlosabend in unserer

»home bar« war, wo wir Besetzer den Elenden und Einsamen dieser Welt ein Asyl boten, sondern dass ich letztlich einer Kunstaktion beigewohnt hatte, in der sich alle Beteiligten einer Art von performativem Selbstversuch unterwarfen. Was bei uns naiver Anarchismus war, meinte Robert, wie im Seminar bei Taubes, sei hier zelebrierter Surrealismus. Die Aufgabe bestand darin, ein Leben als Kunst aufzuführen und dabei die anderen wahlweise als Partner oder als Publikum miteinzubeziehen. Dabei musste man allerdings höllisch aufpassen. Peinlich wäre die Rolle des exzessiven Künstlers wie die des ausrastenden Schizos gewesen. Im ersten Fall würde man sich zur lächerlichen Karikatur, im zweiten zum therapeutischen Fall machen. Die Antwort lautete, dass man diese prekäre Mitte zwischen Kunst und Leben nur dann treffe, wenn man die unausweichliche existentielle Symbiose mit der Massenkultur hinnimmt, aber aus diesem disparaten Material an tröstlichen Dingen, sehnsüchtigen Schlagern, verführerischen Bewegungen und irren Assoziationen Kapital für ein eigenes Leben schlägt. Aber auch dieses unbeschwerte Probieren darf man nicht zu ernst nehmen. Am Ende bestimmen sowieso vertraute Zufälle und plötzliche Fügungen den Lauf der Dinge. Robert musste aufstehen, weil er glaubte, er habe die definitive Formulierung für unser Leben gefunden: »Die Kunst ist nie ein Ziel. Sie ist nur ein Mittel, um Linien im eigenen Leben zu ziehen.«

Ich habe später Leute getroffen, die mich davon überzeugen wollten, dass die Merve-Welt im Grunde nur die Lizenz fürs Schneller-Lesen, Fixer-Denken und Schlauer-Machen nach dem Motto »Frech kommt weiter!« verliehen habe. Aber dann unterschlägt man das Strenge in diesem Dilettantismus und das Existentielle in diesem Versuch, einen Diskurs zu begründen, indem man einen Diskurs abschafft. Peter hat sich immer als einen emphatischen Leser bezeichnet. Schreiben konnte er in der Tat nicht. Heidi hat das interessanterweise nie von sich behauptet. Sie war für mich mehr eine Empfinderin als eine Leserin oder besser noch: Lesen war für sie empfinden und empfinden lesen. »Was tun?« hieß für sie beide jedoch zunächst und zumeist »Wie lesen?«.

Man liest ein Buch, so wie man eine Platte hört. Es handelt sich um ein Nebenher-Hören, das jederzeit in ein Voll-und-ganz-Hören umschlagen kann. Man schwingt die meiste Zeit mit, doch dann hört man plötzlich eine unglaubliche Stimme, die eine unglaubliche Aussage macht. »And I know, I know, I know, I know.«

Kann man Hegel lesen, so wie man Bill Withers hört? Kein Problem!

»Ich unterscheide mich von mir selbst, und es ist darin unmittelbar für mich, dass dies Unterschiedene nicht unterschieden ist. Ich, das Gleichnamige, stoße mich von mir selbst ab; aber dies Unterschiedne, ungleich Gesetzte ist unmittelbar, indem es unterschieden ist, kein Unterschied für mich.«

So erklärt Hegel im Sound seiner grundstürzenden Dialektik in der »Phänomenologie des Geistes«, dass das Ich in dem Versuch, sich zu begreifen, sich selbst fremd und sich zugleich immer schon bekannt ist. We are different but nevertheless the same.

Meine Audienz bei Heidi und Peter in der Crellestraße bekam ich, als ich ihnen einen Band über den spezifischen Stil unserer Generation vorstellen wollte, für die der Faden von Anfang an gerissen war. Peter interessierte die Mischung aus Unschuld, Militanz, Experimentalismus und Schmerz. Ich war mit einem Mal zum Sprecher einer »Generation Berlin« geworden, die sich selbst einen ungeheuren Kredit gegeben hatte, indem sie den Tod begraben und das Leben gerettet hatte. Wir hatten uns eingeredet, dass wir von Ableitungen auf Behauptungen, von Erwartungen auf Erfahrungen, vom Original aufs Double und vom hohen Ton aufs anonyme Gemurmel umgeschaltet hatten, und konnten kaum glauben, dass plötzlich stimmen sollte, was wir aus dem Nichts gemacht hatten. Peter meinte, das sei einen Band wert, und Heidi hatte schon einen Plan parat, was jetzt eins, zwei, vier zu tun sei.

Ich hatte insofern einen Durchbruch erlebt, als es mir gelungen war, in der Tiefdruckbeilage »Bilder und Zeiten« der FAZ ein Stück über die Einsamkeit des Investmentbankers vor der Minibar unterzubringen. Robert beglückwünschte mich am Samstagmorgen des Erscheinens für meinen Schachzug in der Kunst der Kriegsführung: »Man könnte das mit Sunzi einen listigen Haken im Raum des Feindes nennen!« Seitdem hatte ich bei den jungen Wilden vom FAZ-Feuilleton, Frank Schirrmacher, Gustav Seibt, Patrick Bahners, einen Stein im Brett, was sich in drei Texten über »Berlin Calling« niederschlug, in denen ich in den besetzten Häusern der Frontstadt eine »Stunde null« nach 1968 erfasste. Ich glaube, das war die Eintrittskarte für den Nachmittagstee bei Heidi und Peter. Es gab tatsächlich Tee. Grünen Tee aus Japan, den Peter genau zwei Minuten ziehen ließ und mit einem kleinen Besen elegant aufschäumte, bevor er ihn in die innen rot und außen schwarz lackierten Holzschalen goss.

Die Fabriketage, in dem der Verlag im vierten Stock des Gebäudes in einem Hinterhof residierte, war kein Loft, sondern ein sichtbarer Produktions- und Lebensort mit Wohnecke, Lagerraum, Verpackungstisch, Archivbereich und Bücherregalen. Auf einem fahrbaren Gestell war ein Computer montiert. Entlang der hohen Fensterfront mit Blick auf die S-Bahngleise lief eine Schreibtischplatte, sodass trotzdem der freie Raum dominierte. Eine Factory wie bei Andy Warhol, dachte ich. Wir fanden Platz auf einer grau gestrichenen hölzernen Sitzbank vor einem quadratischen Beistelltisch, deren Gestaltung an das harte Ambiente bestimmter Orte der Berliner Nachtszene erinnerte. Ich bekam einen eigenwilligen Sessel angeboten, einen Einkaufswagen, in den man sich auf eine mit dickem durchsichtigen Plastik ausgeschlagene Sitzfläche setzte. Ich wollte aber lieber auf einem ganz normalen Stuhl sitzen. Später habe ich erfahren, dass es sich bei dem Sessel um den »Consumer's Rest Lounge Chair« von 1983 des Berliner Designerkollektivs Stiletto handelte, von dem nur tausend Exemplare gefertigt wurden.

Nach einer Stunde hatte ich das Gefühl, dass die Sache von Anfang an abgemacht war. Wir redeten eigentlich überhaupt nicht über mein Projekt, sondern vor allem über John Cage, Richard Rauschenberg, das Östliche und die Kunst des Vergessens. Ich hatte etwas über das Ehepaar Eames und deren Haus in L. A., über Heiner Bastian und dessen Handel mit Cy Twombly und über Luhmann und Stockhausen als Flakhelfer beizutragen. Peter erkundigte sich dann doch über meine Kontakte zur FAZ, und Heidi wollte von mir wissen, wie ich an den Sammler und Artdealer Bastian rangekommen sei. Ich merkte, dass die Merve-Welt auch ein Spinnennetz war. Ich würde nicht allein Autor eines Bandes, sondern Teil einer geheimen Familie sein, die durch das eigenwillige Paar zusammengehalten wurde. Peter war naturgemäß kein Vater und Heidi keine Mutter. Man hatte schon wegen des Namens Merve, für den Peters erste Frau Merve Lowien Pate gestanden hatte, eine Ahnung davon, dass sie als Paar aus einem Ursprungskollektiv der Studentenbewegung übrig geblieben waren. Wir sollten alle Kinder von unbekannten Eltern sein. Als älterer Bruder war Peter das Hirn, das Zeitschriften wälzte, Namen verfolgte und Verbindungen herstellte; als jüngere Schwester war Heidi der Bauch, der Entscheidungen fällte, Übersetzerinnen und Zulieferer bei der Stange hielt und die Kasse im Auge hatte. Das heißt nicht, dass Peter nicht kochen (er kochte sogar ziemlich gut) und Heidi nicht träumen (sie trat manchmal sogar ziemlich weg) konnte. Aber sie ergänzten sich, weil sie beide ihr Los kannten.

Robert war ganz aus dem Häuschen. »Al Gente hat angerufen und lässt fragen, ob du ihn und Heidi zu einem abendlichen Drink mit Baudrillard begleiten möchtest.« Jean Baudrillards »Der symbolische Tausch und der Tod«, in dem der Tod als der einzige Rettungsanker in der Schaumwelt des Konsums erschien, war eine Pflichtlektüre und einer von Roberts Raubdruckbestsellern gewesen. Ich konnte vor allem mit »Kool Killer oder Der Aufstand der Zeichen« etwas anfangen. Es ging darin um Graffiti, Kratzzeichen, Sprühsprüche, überzeichnete Plakate, in denen sich ein ganz anderes, vom blöden Sinn befreites Leben der Stadt zeigte. Wir trafen uns um zehn am Abend in der »Times Bar« des Hotels Savoy am Bahnhof Zoo. Dahin lud man eine Frau, die man wirklich beeindrucken wollte, zu einem Glas Champagner ein, der einen augenblicklich in einen lockeren Zustand versetzte. Er würde gleich runterkommen. Ich gab mich entspannt und merkte, dass Heidi und Peter keinen Wert darauf legten, besonders weltgewandt zu erscheinen. Als er nach einer halben Stunde schließlich im Eingang zu der leicht abgedunkelten Bar erschien, in der sonst noch ein paar Englisch sprechende Geschäftsleute den Abend abschlossen, sah ich einen schon etwas älter anmutenden, untersetzten Mann im grauen, ehrlicherweise gar nicht taillierten Tweed-Jackett mit undefinierbarer dunkler Hose. Der Denker des Simulacrums war müde. Die drei nahmen einen Whiskey, einen Bourbon on the Rocks, ich blieb trotz der vorgerückten Stunde bei meinem Gin Tonic. Ich erinnere mich an ein für mich nicht ganz einfaches Gespräch auf Englisch, Deutsch, Französisch, bei dem meine Bezüge auf Barthes' Nullpunkt und auf die Theorie der sozialen Exklusion von Robert Castel überhaupt nicht verfingen. »Oui, le Zero«, das sei eine schwierige Sache, und »L'exclusion«, das sei etwas für die Sozialpolitik. Heidi und Peter warteten freundlich und geduldig ab. Ich weiß nicht mehr, wie ich von meinen vorbereiteten Themen abgekommen bin, nur dass Baudrillard aus einer Art von Mitleid die Sache schließlich in die Hand nahm. Er sei gerade in Finnland gewesen, dort würde wirklich viel getrunken. Das Gespräch kam auf den Unterschied zwischen dem Schnaps als einem nostalgischen Tranquilizer, der noch eine Illusion von Gemeinschaft aufrechterhielt, und den völlig illusionslosen Tranquilizern der billigen Schmerzmittel, die man in den USA im Drugstore kaufen konnte. Unser berühmter Gesprächspartner fühlte sich wohler und erschien mir weder als militanter Polemiker, der sich über eine »göttliche Linke« lustig gemacht, noch als kaltblütiger Realist, der die Illusion eines Endes entlarvt hatte. Er sei weder ein richtiger Soziologe noch ein richtiger Philosoph, lächelte mir Baudrillard entgegen, eher ein Metaphysiker und Reiseschriftsteller, ja, ein metaphysischer Reiseschriftsteller.

Robert war schwer enttäuscht, als ich ihm mitteilen musste, einen metaphysischen Reiseschriftsteller getroffen zu haben. Dafür hätte er nun wirklich nicht aufbleiben müssen. Ich war, obwohl ich statt eines zweiten Gin Tonic ein lecker kaltes Bier getrunken hatte, müde und wollte Robert nicht weiter erklären, dass ich die Formel gar nicht so schlecht fand und Heidi, Peter und ich noch eine U-Bahn nach Schöneberg gekriegt hatten.

An einem unserer letzten Nachmittage waren die beiden sich nicht grün. Heidi stichelte in schnoddrigem Zigarettenton, dass Peter eine kleine Freundin in Thailand habe, die ihn auf dem Moped durch die Gegend chauffieren würde. Worauf Peter mit einem halb ärgerlichen, halb glättenden »Jetzt hör mal auf, Heidi« reagierte. Natürlich hielt der Verlag die beiden zusammen. Aber mich beschlich der Gedanke, dass sie hier gemeinsam eher etwas zu Ende als in Gang bringen wollten. Hatte sich das Spiel mit der ästhetischen Differenz erledigt, das dem Leben die Kunst und der Kunst das Leben vorhielt? War das vom Familienmitglied Rainald Goetz so genannte »Franzosengemurmel« zum Milieucode geworden?

Sehr viel später habe ich erfahren, dass Heidi zu dieser Zeit schon das Gute in den Dingen suchte. Sie sagte solche Sätze wie »Es ist die Pflanze, die den Menschen über das Zyklische seines Schicksals ahnungsvoll ins Kenntnis setzt«. Und Peter legte zuletzt Listen über Unterscheidungen wie Rohes/Gekochtes, Land/Meer, Mars/Merkur, Stab/Mantel, Vorderbühne/Hinterbühne, ironisch/tragisch oder auch persönliche über Musiker: Robert Ashley; Cage; Ives; Feldman; Scelsi; Lou Reed; Bob Dylan; Leonard Cohen; Pompuang; Tenny oder Popmusik-Titel: Pérez Prado: »Cherry Pink and Appel Blossom White«; McCrae: »Rock Your Baby«; Amy Winehouse: »You Know I'm No Good«; Lou Reed: »Walk on the Wild Side«; Elton John: »Sacrifice«; Sha'aban Yahya: »Return to Jogja«; »In the Mood for Love« (Musik aus dem Film von Wong Kar-Wai); Nancy Sinatra: »Bang Bang«; Bobby McFerrin: »Don't Worry, Be Happy«; Chaiya Mitchai (ohne Titel) an. Heidi überließ sich ihrem immer schon vorhandenen atmosphärischen Sinn, und Peter dachte, wie er es vorher auch schon gemacht hatte, über methodische Zugänge nach. War das ihre Art und Weise, sich aus dem Staub zu machen?

Merve hatte uns ein gefährliches, aber fröhliches Denken gelehrt: Es sagt, was es will, ohne zu verraten, was es weiß. Dabei steht einem alles offen. Man muss sich nicht bestimmten Traditionen oder Ansätzen unterwerfen, man kennt sie und arbeitet stattdessen mit ihnen. Das Wichtigste ist, einen Punkt zu setzen, damit man weiterkommt und nicht in der bloßen Ablehnung der Verhältnisse stecken bleibt. Zum Beispiel muss man manchmal kluges Nichtkönnen gegen sklavisches Können setzen. Aber nicht aus einem rebellischen Geist, so nach dem Motto »Wir können das nicht, machen es aber trotzdem«, sondern mit dem Ziel, eine Schneise zu schlagen und auf eine Lichtung zu gelangen. Daher die Beschäftigung mit dem Krieg und den Kriegstheorien (Sunzi, Clausewitz, Carl Schmitt). Wie führt man Stellungskriege, ohne seine Kräfte zu vergeuden, wie landet man einen Coup, ohne sich verrückt zu machen, wie unterläuft man Mauern, die man nicht zur Seite schieben kann? Das Problem war nur, wie man dem Dilemma entkommt, Entscheidungen nicht immer nur gegen andere, sondern für sich selbst zu treffen. Man sucht weder eine Zuflucht vor einer grausamen Wirklichkeit noch ein Mittel gegen deren kranke Selbsteinbildungen: Es geht einfach um einen Ort, an dem man jetzt sein kann und der es einem erlaubt, eine offene und ehrliche Aussage zu einem wichtigen Thema zu machen.

Das Komische war, meinte Robert, als ich ihm von meinem flauen Gefühl nach dem Besuch in der Crellestraße berichtete, dass wir das alles zuerst gemacht und dann durch bestimmte Bände mit der Raute verstanden haben, was wir da eigentlich gemacht hatten. Insofern waren wir zugleich vor und nach den Merves da.

BODY AND SOUL

Lenny wankte zum Grenzübergang Heinrich-Heine-Straße und erklärte den verdutzten Grenzsoldaten, dass er einen Antrag auf Einbürgerung in die DDR stellen wolle. Mit seinen rotgekifften Augen, den zu einem stumpfen Pink verblichenen Haaren und seiner Gitarre auf dem Rücken musste er den DDR-Soldaten wie die Inkarnation einer westlichen Spinnerexistenz vorgekommen sein. Eilig zogen sie sich zur Beratung ins Hinterzimmer ihres Grenzverhaus zurück. Es vergingen knapp zwanzig Minuten, da baute sich der kleinste von ihnen vor Lenny auf. Mit strengem Unterton in der Stimme verkündete er, sein Antrag auf Einbürgerung in die Deutsche Demokratische Republik sei abgelehnt worden. Lenny schien nichts anderes erwartet zu haben. Mühsam stand er auf und machte sich auf den Weg zurück in den kapitalistischen Westen.

Seit Vronis Tod befand er sich im freien Fall. Wir verstanden jetzt erst, wie sehr sich die beiden gebraucht hatten. Unsere Subproletarier. Lenny hatte Vroni alles verziehen, sogar als sie ihm einmal heißes Wasser über den Kopf geschüttet hatte. Er kannte diese Zustände zu gut und war glücklich, Vroni bei sich zu wissen. Jetzt war Vroni tot, und Lenny war allein im obersten Stock übrig geblieben. Mit saurem Atem und nach kaltem Rauch riechend, saß er am Küchentisch. Ihm fehlte der Antrieb, eine Nachmieterin für Vroni zu suchen. Die Tür zu ihrem Zimmer stand offen, und er gab sich der Vorstellung hin, sie würde noch leben.

Bei Michael wusste man nie, wann er von seinen Endlosreisen zurück sein würde. Uns kam es vor, als ob er vor der Stimmung im Haus floh. Der Optimist und Menschenfreund hatte vor Lennys Trauer und Depression kapituliert. Das jedoch wollte er sich nicht eingestehen. Michael war ein Anarchist, Gottsucher und Verführer geblieben. Er war immer bereit, sich zu verlieben, sei es in eine Frau, in eine Idee, in ein Land, in ein Gedicht oder in eine Blume. Seine Haare schimmerten hennarot, mit seinen bunten, um den Hals geschlungenen Seidenschals, seinen Ringen und schweren Stiefeln war er nach wie vor eine auffällige Erscheinung. Tantra hatte er mit Yoga ergänzt. In Berlin war er nur noch, bis er mit Gelegenheitsjobs genug für seine nächste Fahrt zu seinem Meister nach Indien verdient hatte. Wir vermissten ihn alle, wenn er fort war, und freuten uns, wenn er wieder da war. Außer Claudius hatte keiner Geld, aber Lenny hatte so gut wie nichts. Wenn er etwas mit Blutspenden oder Zeitungsaustragen verdient hatte, ging es für Drogen drauf. Solange wir Besetzer gewesen waren und er mit Vroni das wenige, was sie besaßen, hatte teilen können, funktionierte diese Ökonomie der Knappheit. Im sozialen Niemandsland war Lenny glücklich gewesen. Durch den Abschluss von Mietverträgen hatte sich seine Situation deutlich verschlechtert. Anfangs teilten wir die Mietkosten für Vronis und Lennys Zimmer unter uns auf, oder Claudius übernahm das. Dann wurde Lenny der Strom abgestellt. Bei Kerzenlicht klimperte er auf seiner Gitarre rum, und wir stellten erschrocken fest, dass wir ihn nicht mehr schützen konnten. Ausgeschlossen, dass er sich eine Arbeit suchen oder eine Ausbildung anfangen würde. Zum Dealen war er zu gutmütig. Zum Klauen zu ungeschickt. Einen Schulabschluss hatte er nicht. Wenn wir wollten, dass er weiter bei uns wohnte, müssten wir ihn alimentieren. Doch dazu war keiner bereit. Lenny war nicht wichtig genug. Es war gekommen, wie es sich Irene gewünscht hatte: Lenny wurde aussortiert.

Uli brachte ihm möglichst schonend bei, dass er sein Zimmer würde räumen müssen. Zwei Indienfahrer – Freunde von Michael – würden einziehen. Auf einmal waren wir diejenigen, die darüber bestimmten, wer eine Wohnung bekam und wer nicht. So hatten wir uns das selbstbestimmte Leben im ehemals besetzten Haus nicht vorgestellt. Auf die Frage, was Zugehörigkeit bedeutet, wussten wir keine Antwort. Wir ließen Lenny fallen, gaben ihn auf.

Lenny war so verzweifelt, dass er keinen anderen Ausweg für sich sah, als in die DDR überzusiedeln. Dort würde man sich um ihn kümmern, glaubte er allen Ernstes. Uns erzählte er etwas von einer möglichen Karriere in der SED. Auf einmal traute er es sich zu, Vorträge über das entfremdete Leben im Kapitalismus zu schwingen und Marxismus-Schulungen abzuhalten. Wir wussten genau, daraus würde nichts werden, aber wir hielten ihn nicht auf. Nachdem er unverrichteter Dinge wieder im Haus an der Mauer gelandet war, versank er in Schwermut. Weder im Kapitalismus noch im Sozialismus hatte man Verwendung für ihn. Er war ein Loser.

Wenige Tage vor Ablauf des Ultimatums, das wir Lenny gestellt hatten, überbrachte ihm einer seiner nordhessischen Kifferfreunde die Nachricht seiner Mutter, er solle nach Hause kommen. Der Vater sei krank. Er sei doch der Älteste und solle den Kaufladen übernehmen. Wir waren erleichtert, dass sich das Problem von selbst gelöst hatte, und spendierten ihm die Zugfahrt zurück ins Zonenrandgebiet. Als er zum Kotti vorlief, winkten wir ihm aus den Fenstern ade. Ob er sich noch einmal umdrehte, ließ sich nicht genau erkennen. Er verschwand im Dunkel des U-Bahn-Schachts. Wir haben nie wieder etwas von Lenny gehört.

Lennys Rausschmiss war Ulis letzter Liebesdienst. Danach sah er keinen Sinn mehr in unserem Zusammenleben. War schön gewesen, aber alles geht einmal zu Ende oder so ähnlich. Er hatte all die Jahre auf etwas gewartet, was nicht eingetroffen war. Nachdem nun auch noch Lenny abserviert worden war, hatte er den Glauben an unsere gemeinsame Zukunft verloren. Uli ging auf Distanz. Er zog nach Wilmersdorf in eine sanierte Altbauwohnung und wurde Neurologe. Seine neue Leidenschaft galt dem Laufen. Jedes Jahr schrieb er Luise eine Postkarte vom Marathonlauf in New York. Irgendwann blieb die Postkarte aus. Vielleicht hatte er unsere Adresse vergessen.

Wir tranken kein Bier mehr, sondern Sekt, machten mit Speed die Nächte durch und akzeptierten Liebhaber, die auch mit Männern schliefen. Bisexualität verdoppelt die Wollust, das war unsere naive Idee. Ob einer Chefarzt, Konzertgeigerin, Friseur oder Taxifahrer werden wollte, war noch immer nicht von Belang bei der Liebeswahl. Das neue Ideal des Hedonismus feierte den Augenblick. Jetzt oder nie.

Wir gingen auf die dreißig zu und begriffen nur langsam, dass wir keine Mädchen mehr waren. Mütter und Tanten hatten uns einstmals eingebläut, Sex sei nur in der Ehe erlaubt. Durch Uschi Obermaier, »Schulmädchen-Report« und Oswalt Kolle war ihnen die Orientierung verloren gegangen, und sie gaben uns einen Rat, an den schon sie sich nicht gehalten hatten. Die lästige Jungfräulichkeit war man auf Zeltplätzen, in Garagen, auf der Wiese hinter der Disco oder im Jungmädchenzimmer hastig und unspektakulär losgeworden. Jahre sexueller Befreiung im Auftrag des politischen Kampfes lagen hinter uns. Gegen Sentimentalitäten fühlten wir uns gefeit. Die Pille zu nehmen galt fast schon als bieder, und Abtreibung als Verhütungsmethode hatte ausgedient. Noch unsicher, was das bringen soll, saßen wir in feministischen Selbstuntersuchungsgruppen und betrachteten unseren Muttermund. Zum Gynäkologen gingen wir gemeinsam, und Lynn liebte es, den Arzt, während er Luise oder Marianne untersuchte, mit radikalfeministischen Sprüchen zu verunsichern. Dass unsere Menstruation – ähnlich wie bei Frauen im Krieg – jahrelang ausgeblieben war, verschwiegen wir ihm. Es gab auf einmal Geheimnisse, die nur wir Frauen miteinander teilten.

Die feministischen Erfolgsromane der Siebziger wie »Häutungen« oder »Die Scham ist vorbei« wurden von uns nur angelesen und zur Seite gelegt. Über diesen Körperkitsch, Brüste wie Kürbisse, Vulvas wie Blütenkelche und die Klitoris als Löwenmäulchen, konnten wir nur lachen. Mit der Theorie sah es nicht viel besser aus. Betty Friedans »Weiblichkeitswahn« sagte uns nichts, und Simone de Beauvoir hatte diesen verbiesterten Gouvernantenblick. Bestimmt wäre sie lieber als Mann zur Welt gekommen. Ihre Ausfälle gegen den weiblichen Körper entlarvten sie. Über Diskriminierung zu lamentieren überließen wir den Magenkranken, die im Reformhaus zuckerfreien Kuchen einkaufen gingen und den Verzicht auf alles, was Spaß machte, predigten. Im Unterschied zu ihnen wollten wir nicht dazugehören. Legal abgesicherte, staatlich beglaubigte Benachteiligung ist ein großes Spießerprojekt. Mit Hedonismus hat das nichts zu tun.

Unsere Freundin war an Aids gestorben, und trotzdem vermieden wir es, über Ansteckung, Übertragung, Schutz zu sprechen. Alle hatten Angst, quälten sich mit dem Gedanken an einen Test, aber zugegeben hätte das keine. Im Fernsehen traten verheiratete Familienväter und Familienmütter auf, die behaupteten, sie würden nicht an Aids erkranken. So, wie sie lebten, sei das gar nicht möglich. Heterosexuelle Monogamie sei der beste Schutz. Wir schwankten zwischen Verwirrung und Empörung. Wir waren viel zu sehr von der befreienden Energie des promiskuitiven Sex überzeugt, als dass wir klein beigegeben hätten. Doch es half alles nichts. Die Toten um uns herum wurden mehr und schufen Tatsachen. Schwule, Promiskuitive und Prostituierte hatten den schwarzen Peter in der Hand. Was führst du eigentlich für ein unbedachtes Leben, mussten wir uns fragen lassen.

Erschöpft von unseren sexuellen Affären sehnten wir uns nach einem neuen Ernst in der Liebe. Ruchlosigkeit, Verführung und Scheitern. Die vieldeutige, sinnliche Jeanne Moreau in »Fahrstuhl zum Schafott«: Auf den regennassen Straßen von Paris streift sie umher auf der Suche nach ihrem Geliebten, der der Mörder ihres Mannes ist. Marcello Mastroianni in »La Notte«, der in nur einer Nacht die Liebe verspielt. Jean-Paul Belmondo, der sich Jean Seberg gerade deshalb ausliefert, weil sie ihn nicht liebt. »À bout de souffle« – Szenen einer verfehlten Liebe. Brigitte Bardot und Michel Piccoli als Camille und Paul auf Capri, die zeigen, dass es von der Liebe nicht weit zur Verachtung ist. Barbara Stanwyck, die blonde, böse Frau, die ihre vor Kälte funkelnden Augen hinter der schwarzen Sonnenbrille versteckt hält und aus Langeweile ihren Geliebten zum Mörder macht. Diese Filme hielten eine aufregende Botschaft für uns bereit: Männer und Frauen werden sich nie verstehen. Frauen und Männer sind zärtliche Komplizen und erbitterte Feinde zugleich. Doch wie man die Balance zwischen verweigern und gewähren, Abwehr und Leidenschaft, unterwerfen und herrschen hält: Das haben uns diese Filme nicht verraten.

Wir wurden zu anderen Frauen und Männern. Die grau verfärbte Unterwäsche mit den ausgeleierten Gummis wurde aussortiert. Statt Schwämmchen benutzten wir Tampons. Wie konnten wir je auf BHs verzichten und mit Wollbeinchen, buschigen Achselhaaren und unrasierter Scham durch die Welt gehen? Die Differenz unseres Geschlechts betörte uns. Die Jeans landeten ganz hinten im Schrank. Weit ausgeschnittene Pullover, breite Gürtel, Strings, Strapse und Heels waren angesagt. Auf kurze Röcke wollten wir auch im Winter nicht verzichten. Weil wir die warmen, blickdichten Strümpfe omamäßig fanden, trugen wir zwei Paar Nylons übereinander, was einen interessanten Moiré-Effekt ergab. Mit Kleidern vom Flohmarkt kreierten wir einen glamourösen Schlampenchic. Irgendetwas zwischen Monica Vitti und Madonna. Wir waren erotisch gebildete Frauen im kleinen Schwarzen, die gekonnt ihre Sling-Pumps abstreifen, sich lasziv eine Zigarette anzünden, am Sektglas nippen und ihre nylonbestrumpften Beine dekorativ übereinanderschlagen. Unsere Mütter staunten nicht schlecht, als wir mit asymmetrisch geschnittenem Haar, schwarzem Lidstrich und rot geschminktem Mund nach Hause kamen. »Was ist denn mit dir passiert?«, lautete ihre entsetzte Frage, auf die wir mit Schulterzucken reagierten.

Paviane in schwarzen Lederhosen hatten ihren Reiz verloren. Mit so einem konnte man sich nicht mehr blicken lassen. In den glitzernden Bars der neuen Zeit sah diese Art der Zurschaustellung männlicher Potenz vulgär und lächerlich aus. Auch ihr Gerede über Straßenschlachten und das Schweinesystem wirkte mittlerweile reichlich abgestanden. Als attraktiv und aufregend galten Männer, die mit nachlässiger Eleganz Anzug trugen. Nicht die übliche Kleinbürgeruniform aus dem Versandhauskatalog, sondern Anzüge, die den männlichen Körper akzentuieren und die es in den angesagten Vintage-Läden der Stadt zu kaufen gab. Diese Männer blendeten mit ihrer Kenntnis über französische Dekonstruktivisten, sie tanzten Soul, aber auch Salsa, und sie liebten die Leere der Bars bei Anbruch der Dämmerung. Wir fühlten uns hingezogen zu diesen Männern mit der lockeren Selbstsicherheit und lernten, dass es häufig

»les beaux laides«, die hässlichen Schönen sind, die sich auf die Kunst der Liebe verstehen. Das waren die Männer, die sich, als wir schon lange nicht mehr 25 waren, unser Alter ins Ohr flüstern ließen und danach verführten. Je unnahbarer der Geliebte war, desto größer der erotische Reiz. Mit diesen Männern hing man nicht im »Slainte« am Oranienplatz ab oder holte sich einen Döner bei »Hasir«. Nein, man fuhr ins mondäne Schöneberg, traf sich auf einen Espresso im coolen »Café M« in der Goltzstraße oder auf ein Becks im »Café Swing« am Nollendorfplatz. Das beste Lokal, um die subtilen Freuden der Liebe zu feiern, war jedoch gleich bei uns um die Ecke, das »Exil« am Paul-Lincke-Ufer. Essen, trinken, Sinne reizen. Das »Exil« war ein Ort für Libertins und Freigeister. Dass dort Warhol, Peter Stein, Bianca Jagger, Max Frisch, Iggy Pop, Jack Nicholson, Fassbinder, Helmut Newton, Lüpertz, Bowie und auch Salomé saßen oder gesessen hatten, fanden wir nicht übel, aber eigentlich interessierte uns das nicht. Diese Künstler gehörten – wie auch wir – zum Gesamtkunstwerk des Lokals. Die Laube war das Beste. Umrankt von wildem Wein, saß man an lauen Sommerabenden an kleinen Tischen, gedämpftes Licht, weiße Tischdecken. Der diskrete Charme der Bourgeoisie. Vom Ufer hörte man die Schnüffler brüllen, aber das störte das Hochgefühl nicht. Im Winter bollerte der Kanonenofen, die Wände waren gelb vom Nikotin, und das Knistern der Schallplatten verstärkte die melancholische Stimmung, in die einen die Lieder von Nina Simone, Hans Moser, Billie Holiday und Richard Tauber versetzten. Love me or leave me. Irgendwie blieben diese Liebesverhältnisse immer vorläufig. Wir konnten gleichzeitig mit drei Liebhabern verbunden sein, aber wir hatten keine Zukunftspläne, keine Kosenamen füreinander, und wenn wir uns je die Liebe gestanden, dann verpackt in einen Scherz. Wir verwickelten und verloren uns in schmerzhafte Liebesgeschichten mit Männern, die nicht viel von uns wissen wollten und von denen wir dennoch nicht lassen konnten. Schließlich begriffen wir: Erotik ist ohne Verrat nicht zu haben.

Marianne und Claudius waren ein Paar, das sich nicht schonte. Obwohl die Liebe sehr groß gewesen sein soll, schienen sie nur darauf zu lauern, dem anderen etwas wegzunehmen oder ihn zu verletzen. Ihr Alltag verlief sehr unterschiedlich. Claudius war vor allem nachts unterwegs, und Marianne ging frühmorgens aus dem Haus. Ihr Hochbett hatten sie abgebaut und durch ein großes Wasserbett ersetzt. Es gab jetzt mehr als zwei Stühle in der Wohnung, und Claudius, der jede Form von häuslicher Behaglichkeit eigentlich abstoßend fand, hatte einen Kühlschrank angeschafft. Für Mariannes Biomöhren und für seinen Wasabi.

Die Dealerei erledigte er wie nebenbei. Claudius war ein kühler Kopf. Risikobereit und verlässlich. Er hielt nicht viel von Freundschaften, war unempfänglich für Tricks und Intrigen. Er selbst rührte keine Drogen an. Er machte sich auch nicht die Finger schmutzig, musste weder abpacken noch transportieren oder verticken. Claudius blieb im Hintergrund. Planung, Logistik, Kontrolle. Er mochte das, verdiente prächtig, aber eigentlich verstand er sich als Impresario. Seinen zweiten spektakulären Laden nach dem GOTT nannte er »Gestatten, mein Name ist Cox«. Paul Cox hieß der Held einer gleichnamigen Fernsehserie der frühen sechziger Jahre. Claudius gefiel die bundesdeutsche Imitation britischer Eleganz. Eisern hielt er am Clubprinzip fest. Herein ließ er nur, wer das Niveau hatte, das er seinem Club angemessen fand. Er war der erste Clubbetreiber in Berlin, der seinen Gästen Sushi zum Frühstück anbot. Claudius entdeckte und bezahlte gerne Leute, die etwas konnten, was ihm gefiel und imponierte. Am besten fand er Auftritte, die professionell wirkten, vollkommen sinnlos waren und einen hohen Unterhaltungswert hatten. Im »Cox« hielten Elfenforscher Dia-Vorträge, bekannte und weniger bekannte Bands spielten unplugged, Künstler bauten Rauminstallationen auf, und die Soulpartys waren über die Stadt hinaus berühmt. Auftritte im »Cox« waren begehrt. Nicht nur, weil man dort auf ein avantgardistisch gesinntes Publikum traf, sondern auch, weil Claudius sehr gute Honorare zahlte. Das war seine Art, Steuern zu entrichten.

Es dauerte, bis wir kapierten, dass Claudius nicht nur genial, sondern auch krank war. Er verwandelte den Alltag in ein Spiel mit Risiko. Je höher der Einsatz, umso besser. Er hatte eine Wette mit dem Leben laufen, wann die Niederlage zu groß sein würde, um noch an den Sieg glauben zu können. In fünf Jahren hatte er schätzungsweise drei Millionen Mark verspielt. Er spielte immer so lange, bis er alles verloren hatte. Am liebsten waren ihm Pokerrunden von Mensch zu Mensch. Nachdem er sich bis ins nächste Jahrhundert in der Spielbank hatte sperren lassen, trieb er sich in den Hinterzimmern irgendwelcher Spelunken herum. Die Einsätze schraubten sich in Windeseile hoch, und wenn er zurück ins Haus an der Mauer kam, waren seine Taschen leer. Doch selbst dann noch lieh er sich fünfzig Mark aus, um mit den türkischen Jungs auf dem Fußballplatz gegenüber um die Wette Tore zu schießen. Über seine Verluste sprach er ohne Bedauern oder Reue. Claudius meinte, er brauche diese Niederlagen. Sie gäben ihm eine Orientierung vor. Sich selbst bezeichnete er als »haltlos«. Beständig heckte er irgendwelche Pläne aus, wie er sich selbst würde besiegen können. Als er das »Cox« hatte, spielte er nahezu ununterbrochen. Von Nervenschmerzen geplagt, ging er Marianne aus dem Weg. Sie sollte nicht mitbekommen, wie schwach er war. Mit dem Taxi vom Spieltisch ins »Cox«, Laden aufmachen, Einlass checken und dann mit dem Taxi zurück an den Spieltisch.

An einem Spätnachmittag im Winter holten sie ihn ab. Lautes Klopfen und andauerndes Klingeln weckten ihn auf. Vollkommen ahnungslos öffnete er die Tür und sah sich drei alerten jungen Männern gegenüber, die ihm ihre Polizeimarken unter die Nase hielten. Claudius war verpfiffen worden. Er bekam vier Jahre Haft.

Marianne ging ihn nie im Knast besuchen. Claudius hinter Gittern, diesen Anblick könne sie nicht ertragen. Das war alles, was sie dazu sagte. Bei unseren Besuchen sparten wir sie aus. Er fragte auch nicht nach ihr und schien vollauf damit beschäftigt, mit seinem neuen Leben zurechtzukommen. Thomas gestand er, dass er schon lange Knastphantasien gehabt habe. Er habe sich nach einer Zelle gesehnt. Er sei vollkommen dem Spiel verfallen gewesen. Der Knast sei seine Erlösung. Claudius, der draußen außer Lottozahlen und Sportnachrichten nichts gelesen hatte, verschlang Bücher und übte sich in der meditativen Praxis des Zen. Nach einigen Monaten behauptete er, keine Probleme damit zu haben, eingesperrt zu sein. Vier Jahre werde er das locker durchhalten, tönte er. Im Knast lernte er türkische Heroindealer, russische Mafiosi, serbische Waffenschieber und deutsche Kinderschänder kennen. »95 Prozent von denen sind Gescheiterte, Blöde oder Defekte. Fünf Prozent sind interessant. Es gibt unter ihnen Gutmütige und Bösartige. Die meisten von denen kommen mit irgendetwas nicht klar, wie ich auch. Die stumpfen Charaktere testen dich aus. Da musst du aufpassen.« An seinem Arbeitsplatz in der Wäscherei organisierte er kleine Wettkämpfe, wer in der Schicht am schnellsten die Wäsche zusammenlegen kann. Claudius führte eine Art Wettbüro. Bei ihm konnte man vor der Schicht auf einzelne Wäschezusammenleger setzen. Er war beliebt, geachtet, machte viel Sport, las Gedichte von Elizabeth Bishop und die Lehren Carlos Castanedas.

Als er vorzeitig entlassen wurde, war Marianne verreist. Claudius saß in unserem Hof in der Sonne und freute sich über jeden, der sich zu ihm setzte. Er trug seine Knastarbeitskleidung und wirkte wie ein Mönch. Ruhig und gelassen sprach er davon, dass er sich von der Welt abwenden wolle. Vielleicht sollte er ins Kloster gehen. Maßgeblich dafür wäre ein Meister oder eine Meisterin, die ihn überzeugen würden. Claudius suche eine Praxis der Unterwerfung, die ihn von seiner Sucht befreien würde, analysierte Yogi Michael. Claudius gab zu, seine Angst vor dem Nachlassen der Selbstkontrolle habe sich noch gesteigert. Jede Zigarette, die er rauchte, begriff er als Niederlage. Er sehnte sich nach einem festen Lebensrhythmus und wusste gleichzeitig, wie schnell ihn dieser langweilen würde. Eigentlich sei der Knast ideal für ihn gewesen, aber er wolle nicht zurück. Wir mussten nicht nachfragen, denn es war klar, dass er nicht mehr bei uns im Haus wohnen würde. Wie immer hatte Claudius gewagte Pläne. Sein neues Projekt war es, Raufaser auf den australischen Markt zu bringen. Er wollte das Geschäft anschieben und sich dann in einen buddhistischen Tempel zurückziehen. Ab und zu würde er aus Asien rüberfliegen, durch die Lande fahren, um sein stetig wachsendes Raufaserimperium zu kontrollieren. Solch ein Leben stelle er sich finanziell und spirituell beglückend vor. Als er aufstand, um zu gehen, bat er uns leise, Marianne zu grüßen. Michael schwor hinterher Stein und Bein, Claudius sei tieftraurig gewesen. Wir anderen waren uns da nicht so sicher. Marianne war sein Einsatz gewesen, und er hatte verloren. Als Profispieler weinte Claudius ihr keine Träne nach, so unsere Überzeugung.

Akribisch beseitigte Marianne Claudius' Spuren. Seine Kleider und einige Exponate seiner Steinesammlung hatte er mitgenommen, den Rest stellte sie auf die Straße in der Gewissheit, dass alles binnen einer halben Stunde verschwunden sein würde. Das Wohnungsschloss ließ sie austauschen, und das Wasserbett schenkte sie Michael, der sein Glück kaum fassen konnte. Von einem Freund ließ sie sich einen Futon nähen, den sie hingebungsvoll pflegte. Marianne schlief auf dem Fußboden. Sie wollte kein »Nest«. Als Erste im Haus hatte sie eine Putzfrau. Die hatte nicht viel zu tun, denn die Wohnung war nur spärlich möbliert und Marianne viel unterwegs. Wahrscheinlich gerade deshalb legte sie großen Wert darauf, dass alles am rechten Platz und staubfrei war, wenn sie nach Hause kam.

Wir ahnten nur, wie sehr sie litt. Über Claudius sprach sie, als ob er nicht mehr leben würde, und keiner von uns wagte es, ihr zu widersprechen. Aus dem leichtsinnigen Mädchen mit den androgynen Hüften war eine knallharte Verhandlerin geworden, die um ihre Honorare und die Durchsetzung ihrer Ideen mit allen Mitteln focht. Kurz nachdem Claudius verhaftet worden war, hatte sie ihr Psychologiestudium abgeschlossen. Auf gar keinen Fall wollte sie sich mit den Ängsten und Nöten anderer abgeben. Psychotherapie, Paartherapie oder Ähnliches war da von vorneherein ausgeschlossen. Marianne wurde eine große Nummer in der Werbebranche. Uns erklärte sie das so, dass sie Herolds Rasterfahndung auf die Werbung angewandt habe. Herausgekommen sei dabei die typenorientierte Werbung. Die Agentur, für die sie arbeitete, war nicht im abgehängten Westberlin, sondern im schicken Hamburg angesiedelt. Von Montag bis Donnerstag arbeitete sie in Hamburg die Tage durch. Ihr

Name hatte in Werberkreisen einen mythischen Klang, worauf sie uns gerne wie nebenbei hinwies. Eigentlich hätte sie sich eine große, schöne Charlottenburger Altbauwohnung mit Stuckdecken, Balkon und Edelitaliener um die Ecke leisten können, aber sie blieb dem Haus an der Mauer treu.

Mit ihrem dunkelbraunen Lockenkopf erinnerte Marianne entfernt an Bob Dylan. Es gefiel ihr, für einen jungen Mann gehalten zu werden. Hochgewachsen und schlank, machte sie sich nicht mehr hübsch, sondern wollte auffallen, besaß weder Rock noch Kleid. Bevorzugt trug sie seltsam gemusterte Herrenhemden, Hosen mit Schlag, weite Blousons und flache, spitze Herrenschuhe. Ihre Aufmachung sah ziemlich zusammengewürfelt aus, folgte jedoch einem ausgeklügelten Konzept, das nur Eingeweihte entschlüsseln konnten. Der schwarze Lidstrich betonte ihre grünen, eng zusammenstehenden Augen und verlieh ihrem Gesicht eine dramatische Note. Marianne wechselte von der radikalen Linken auf die marktliberale Seite. Wir vermieden politische Diskussionen, doch im Stillen fragten wir uns, ob Marianne nicht eine Art Spitzel war. Stahl sie uns nicht unser Lebensgefühl? Blieb sie am Ende nur deshalb bei uns wohnen, weil sie in SO 36 mitten in der subkulturellen Szene saß, deren Ideen sie wiederum in Kampagnen ummünzen konnte?

Marianne nahm sich keinen neuen Mann. Ungebunden und erfolgreich saß sie in der Falle. Wenn sie ein Glas zu viel getrunken hatte, klagte sie darüber, dass das Leben ohne Claudius so öde sei. Egal, was sie in Angriff nahm, es war von Anfang an zu kleinlich. Nie wieder würde sie solch einen stolzen, eigenwilligen und stets gelangweilten Typen finden. Anfangs seien sie wie Zwillinge gewesen, was doch seltsam bei ihrer großen Verschiedenheit sei. Wir ließen sie reden und dachten daran, wie heiter Claudius gewesen war, als er in seiner Knastarbeitskleidung in unserem Hof gesessen hatte.

Bei uns war Marianne launisch, aber nie fies. Wir hatten jedoch gehört, dass sie eine gefürchtete Chefin war. Ihr Feingefühl investierte sie in das Aufspüren von Werbegruppen. Den schmalen Rest ihrer Gefühle lebte sie als Gemeinheit aus. Untergebene hatten bei ihr nichts zu lachen. Reichte das Verlassenwordensein als Erklärung dafür aus? Lynn fiel die Geschichte mit Lars und dem Besetzerrat ein. Sollte das eine Falle gewesen sein, und sollte Marianne, die gewusst hatte, wie verliebt Lars in sie war, ihn absichtlich nicht gewarnt haben, diese Zivilederjacke in den Besetzerrat anzuziehen? War sie etwa schon immer so gemein gewesen?

Wir waren uns sicher, Marianne war zu Hause, als John bei ihr klingelte und sie nicht öffnete. Viel Zeit war seit Vronis Tod vergangen, als er auf einmal auftauchte und hören wollte, wie das mit Aids und Vroni so gewesen sei. Seit er von dieser Seuche wisse, gehe er nicht mehr ohne Pariser aus dem Haus, meinte er unsicher grinsend und zog zum Beweis ein zerknautschtes Kondom aus der Hosentasche. Dann schien er sich zu besinnen und schickte hinterher, dass er Vroni wegen ihres »Anarcho-Spirits« besonders gemocht habe. Mit seinem Dreitagebart, den kunstvoll verwuschelten Haaren und dem goldenen Ring im Ohr kam uns John um einiges modischer vor als früher. Mit Irene und ihm sei es nicht allzu lange gut gegangen. Als sie ihn zu einem Molotow-Anschlag auf den Mercedes des Poppers habe anstiften wollen, sei er ausgestiegen. Rabe habe gleich nach dem Auszug die Biege gemacht. »Vielleicht haben sie ihn ganz weggesperrt und in der Klapse behalten«, bemerkte er trocken. Irene wohne angeblich nicht mehr in Berlin, mehr wisse er aber auch nicht. War aber dennoch eine tolle Zeit gewesen als Besetzer. Dieses Gefühl der Stammeszusammengehörigkeit vermisse er. Nach seiner Trennung von Irene habe er sich einem Kneipenkollektiv angeschlossen, aber bald schon bemerkt, dass ihm die Tresenarbeit nicht gut bekomme. Er sei fast jede Nacht versumpft und vom vielen Bier dick geworden. Seine Chancen bei den Frauen seien rapide gesunken, und er habe die Reißleine gezogen. Ein Kneipenkollektiv treibe schließlich nicht die Revolution voran, und so habe er sich den Solidaritätsbrigaden in Nicaragua angeschlossen. Kurz vor dem Abflug habe er erfahren, dass Brigadiers keine Ohrringe tragen durften. »Die denken, Männer mit Ring im Ohr sind schwul. Sollen ihre Revolution allein verteidigen. Reaktionäre Bande!«

Er konnte sich gar nicht lange genug über die Ungerechtigkeit echauffieren, die ihm widerfahren war. Spätestens jetzt wussten wir, dass John das alte Großmaul geblieben war. Aktuell arbeite er als Betreuer für schwer erziehbare Jugendliche. Schulschwänzer, Dealer, Stricher und so. Die seien echt hart drauf, die Kids. Von denen könne sogar er noch etwas lernen. Grinsen. Der Job gefalle ihm und die Kasse stimme auch. Als er sich nach seiner alten Liebe Marianne erkundigte, reagierten wir einsilbig. Viel hätten wir nicht mehr miteinander zu tun, am besten sei, er frage selbst nach, wie es ihr gehe. Nachdem er minutenlang Sturm geläutet und Marianne ihm nicht aufgemacht hatte, trollte sich John mit einem betont lässigen »Wir sehen uns« von dannen.

Auch nachdem seine Hoden wieder ihre normale Farbe angenommen hatten, interessierte sich Lynn nicht sonderlich für Jan. Sie war freundlich, aber sie blieb spröde. Frisch sterilisiert, hatte er sich auf ein ungezwungenes, wildes Liebesleben gefreut und sah sich getäuscht. Am meisten belastete ihn aber die Vermutung, ganz SO 36 wisse von dem Eingriff. So kam es ihm vor, als ob ihm Susie beim Zeitungskauf verständnisvoll zuzwinkern würde. Er versuchte sich einzureden, seine Phantasie spiele verrückt. Lynn brauche einfach mehr Zeit für sich, alles würde gut werden. Schließlich waren sie schon so gut wie einander versprochen. In seinem Wilmersdorfer Supermarkt hielt er es erstaunlich lange aus, doch eines Tages überraschte er uns mit der Ankündigung, er werde sich selbständig machen. Und zwar zusammen mit Sven, der mit dem Leierkasten nur noch dann unterwegs war, wenn ihm gar nichts mehr anderes einfiel, wie er an Geld kommen könnte. Irgendwer hatte Sven den Floh ins Ohr gesetzt, er sei ein grandioser Modedesigner. Er hatte sich immer gerne auffällig gekleidet und raffiniert geschminkt, wenn er in der »home bar« Tresendienst gehabt hatte, aber Modedesigner zusammen mit Jan, der gerade mal Röcke von Hosen unterscheiden konnte? Jan ließ sich durch unsere Nachfragen nicht verunsichern und zeigte uns Entwürfe Svens. Das waren aus einem Stoff mit bunten Dreiecksformen gemusterte Anzüge mit einer Art Pluderhosen und dazu Jacketts mit unglaublich breiten

Schulterpolstern. Darunter trug man eine Korsage – und zwar Männer wie Frauen –, denn Sven plane eine Unisexlinie, wie uns Jan eifrig erklärte. »Ja und was ist denn dein Part bei diesem Geschäftsmodell? Wirst du zusammen mit Kurtchen an der Nähmaschine sitzen?«, fragte Marianne boshaft. Mit der schlecht gespielten Souveränität des zukünftigen erfolgreichen Geschäftsmannes entgegnete Jan, dass sie zuerst mit dem Verkauf von Vintage-Klamotten Geld machen wollten. Sven habe Verbindungen in die Staaten. Erst wenn sie damit genügend verdient haben würden, werde es an die Produktion gehen. So genau wisse er das allerdings auch nicht, gab er freimütig zu. Und wirklich: Sven organisierte sich Containerladungen mit Vintage-Kleidern aus den USA. Berge von Trenchcoats, Ballkleidern, Smokings, Abendkleidern, Cocktailkleidern, Zweireihern, Hemden, Krawatten und Borsalinos wurden auf unserem Dachboden zwischengelagert. Jan, der ein Ladengeschäft in der Ohlauer Straße ausbauen sollte, war heillos überfordert. Damals im Besetzerkollektiv war er ein genialer Pfuscher gewesen, aber auf sich allein gestellt brachte er nichts zuwege. Sven, den die Schulden drückten und der sich zu Höherem berufen fühlte, war ein denkbar ungeduldiger Geschäftspartner. Er schaute sich Jans Unvermögen ein paar Wochen lang an, dann kündigte er ihm die Zusammenarbeit auf. Jan war draußen aus dem Modegeschäft.

Jetzt war ihm nur noch Lynn geblieben. Für die war er wie ein abgestelltes Requisit, dessen sie sich nur noch dann erinnerte, wenn sie sich über ihn ärgerte, sie ihn brauchte oder er gar zu aufdringlich wurde. Aus Lynn war eine strebsame Studentin geworden, denn obwohl sie sich mit ihren Gerichtsreportagen über Prozesse wegen Vergewaltigung oder Gewalt in der Ehe einen Namen gemacht hatte, veröffentlichte sie nur noch sporadisch Artikel. Je mehr Einblick sie in die Gewaltverhältnisse zwischen Frauen und Männern bekommen hatte, desto unzufriedener war sie geworden. Gerechtigkeit war mit der Schreiberei nicht zu erlangen, lautete das Argument, mit dem sie ihre Entscheidung für ein Jurastudium begründete. Als Anwältin würde sie weitaus mehr ausrichten können denn als Journalistin. Jan, der noch nie eine Universität von innen gesehen hatte, geriet immer weiter in den Hintergrund. Als sie eine heftige Affäre mit einer Medizinstudentin aus München begann, drehte er fast durch. Vor den beiden Frauen, die gut gelaunt in der Küche saßen und eng umschlungen das Haus verließen, hielt er sich versteckt. Der weiche Münchner Dialekt nervte ihn, und wenn Edith, wie die Medizinstudentin hieß, in der Wohnung war, steckte er sich Ohropax in die Ohren. Hilflos unternahm er Versuche, Lynn eifersüchtig zu machen, und brachte seine Wahlloskneipenbekanntschaften mit nach Hause. Keiner beneidete ihn um diese Eroberungen, die oft noch beim Frühstück ziemlich betrunken waren. Ein Job beim Flughafen war Jans Rettung. Er wurde in der Luftfracht angelernt und arbeitete im Schichtdienst. Fasziniert erzählte er von der Technik, der Hektik und der ausgefeilten Logistik seiner neuen Arbeit. Endlich fühlte er sich wieder wichtig und kam sich wie ein Geheimnisträger vor. Der Weg jeden Tag von Kreuzberg nach Tegel und zurück wurde ihm bald zu weit. Da ihn nichts mehr im Haus an der Mauer hielt, nahm Jan sich eine kleine Wohnung im Norden der Stadt. Um sich nicht allein zu fühlen, schaffte er sich zwei Hunde an. Als alter Pfuscher kannte Jan weder Enttäuschung noch Hoffnung. Sein Leben richtete sich nach dem Schichtplan und nach den Hunden.

Lynn war sichtlich irritiert, dass Jan es gewagt hatte, sie zu verlassen. Über zehn Jahre waren sie ein Paar gewesen, und er war einfach so gegangen. Uns sagte sie, sie sei froh über das Ende. Sie habe einfach keine Verwendung mehr für Jan gehabt. Er war so farblos geworden, und wenn sie ihn von hinten die Adalbertstraße entlangschlurfen sah, habe sie oft gedacht: »Der Lack ist ab.« Allerdings ärgerte sie sich, dass sie ihm nicht zuvorgekommen war. Lynn war nach dem Studium in eine linke Kreuzberger Kanzlei eingestiegen. Ihre Kollegen verteidigten Polit- und Umweltaktivisten, Dealer und Kleinkriminelle. Sie war ihrem alten Thema treu geblieben und vertrat geschlagene, misshandelte und vergewaltigte Frauen. Männliche Mandanten lehnte sie ab. Gnadenlos brachte sie an den Tag, was von der Liebe übrig geblieben war. Das führte zu Auseinandersetzungen innerhalb ihrer Kanzlei, denn Lynn schonte türkische Männer ebenso wenig wie Täter aus der Szene. Ihre Loyaliät galt den Opfern. Kulturelle Unterschiede oder politische Verwandtschaften waren kein Argument für sie, um Gewalt gegen Frauen nicht zu ahnden.

Sie war noch immer die zarte, aparte Frau mit den dunklen Augen und der Porzellanhaut, aber statt als Kreuzberger Rebellin mit schwarzer Lederjacke und bunten Haaren ging sie im Habit der pragmatischen Hamburgerin durch die Welt. Bevorzugt in Dunkelblau, schmucklos, qualitätsbewusst, wind- und wetterfest. Ihre stumme Zerbrechlichkeit war einer kühlen Selbstgerechtigkeit gewichen. Lynn fand Anselm, einen langen, dünnen Saarländer mit zu kurz geschnittenen Fingernägeln, der aussah wie der junge William Burroughs. Er war schon über dreißig, in Maßen charmant und stets freundlich distanziert. Wann immer es um die Erschließung neuer Verdienstmöglichkeiten ging, hatte Anselm seine Hände mit im Spiel. So arrangierte er Lastwagenfahrten ins Wendland und brachte von dort Biomöhren mit, die er in einem Keller in der Oranienstraße verkaufte. Auf seinen Thailandreisen sammelte er vegetarische Rezepte, die er dann im Selbstverlag herausgab. Michael, der sonst allen Menschen wohlgesinnt war, mochte Anselm überhaupt nicht. Das sei ein Schurke. Es würde ihn nicht wundern, wenn der eines Tages Häuser aufkaufen und mit Immobilien spekulieren würde. Der wolle nur Geld machen, um auszusteigen und sich ein gutes Leben leisten zu können, meinte er hellsichtig.

Anselm redete immer wieder mal vom Kinderkriegen, und Lynn hielt sich mit ihren Affären auf Trab. Er schien davon zu wissen, und wir spekulierten, dass hinter ihrer unkonventionellen Beziehung – erfolgreiche Szene-Anwältin mit Hausmann – nüchternes Misstrauen steckte. Nach außen hin funktionierten sie als Paar, und wenn er das Gefühl hatte, sie könnte eine Abwechslung gebrauchen, kochte er aufwendig und lud das ganze Haus ein. Sogar Jan durfte dabei sein. Wir nahmen die Einladung an, weil wir wussten, dass er uns eine Absage nie verzeihen würde. Wir erschienen wie Statisten zu einem Theaterstück. Nur über Luise ärgerte sich Anselm. Immer wieder bat er sie, die Tafelrunde zu zeichnen, doch sie weigerte sich standhaft. Michael verbreitete vor diesen Essen gerne das Gerücht, Anselm habe bestimmt schon sein erstes Haus gekauft und der Bordeaux und die Entenbrust seien aus Spekulantengewinnen bezahlt worden. Anselm scheute keine Mühen, trug auf und trug ab, schenkte ein und war freundlich in alle Richtungen. Dennoch breitete sich im Verlauf des Essens eine seltsame Stimmung aus. Etwas lief falsch. Lynn schien davon nichts zu bemerken. Gewöhnlich dominierte sie den Abend. Am Kopfende des Tisches sitzend, all ihre Freunde um sich versammelt, packte sie ihren früheren Humor aus und hielt ihre Plädoyers. Jan warf ihr verstohlene Blicke zu und kraulte seine Hunde. Wir tranken viel vom teuren Wein, doch auf die ausschweifende Leichtigkeit unserer wilden Nächte warteten wir vergebens.

NACHTGEWÄCHS – LUISE

Immer mehr Freunde verließen Berlin. Mit einem Mal fühlten sie sich eingesperrt. Überall stoße man auf die Mauer, das könne man unmöglich länger als fünf Jahre aushalten. Im Sommer fehlten ihnen Wiesen, im Winter störte sie der Smog. Ich konnte das nicht verstehen. Das war doch gerade das Gute an dieser Stadt, dass man nicht spazieren gehen, wandern, picknicken oder gar zelten musste. Weit weg von Westdeutschland eingeschlossen in einem Ring aus Beton – ich konnte mir nichts Besseres vorstellen. Das geteilte Berlin war in der Phantasie nicht zu übertreffen. Einer, der das auch verstanden hatte, war Heiner Müller. Vom Übergang Friedrichstraße (Ost) bis zum Bahnhof Zoo (West) durchquere er eine »Zeitmauer«, erlebe verschiedene Zivilisationen, Zeitebenen und Epochen, schrieb er. Müller sah ich mit der Havanna in der »Paris Bar«, oder aber er kam mir aus einem der Peepshowläden rund um den Bahnhof Zoo entgegen. Ich war jedes Mal verwundert, ihm im bunten, lauten Westen zu begegnen. Das Wissen um die nahende Weltrevolution umgab ihn. Es machte ihn unwiderstehlich. Bevor es mit dem Kapitalismus zu Ende ging, genoss er den Luxus und das Laster in vollen Zügen.

Fast poetisch war meine Beziehung zur Landschaft um Berlin. Ich gab mich der Vorstellung hin, hinter dem Kleinstadtmief des Ostens existiere noch eine traumverlorene, melancholische Welt, bevölkert von kunstsinnigen, der freien Liebe nicht abgeneigten Männern und Frauen, die in volkseigenen Junkerhöfen dichten, malen und über das gute Leben diskutieren. Bettine von Arnim und ihre Freundin, die Günderrode, Heinrich von Kleist und Werther hießen meine Vorbilder dafür. Diese Welt lag wie hinter einer Nebelwand verborgen und war rein fiktiv, was mich nicht weiter störte, denn auf meinen Fahrten nach Ostberlin kam mir dieses Arkadien nie in den Sinn, vielmehr war ich vollkommen eingenommen von dem Geisterort Friedrichstraße, den ich häufig nachts oder in den frühen Morgenstunden aufsuchte. Nach meiner Rückkehr aus China war ich in einer Ateliergemeinschaft am Anhalter Bahnhof aufgenommen worden. Zu fünft teilten wir uns eine große, schäbige Fabriketage, und ich genoss es, ein eigenes Atelier zu haben. Mein Blick ging auf die Ruine des Bahnhofs, von dem einst die Züge nach Budapest, Wien, Venedig und Triest abgefahren waren. Nach wie vor arbeitete ich gerne in der Nacht, und wenn ich Lust bekam, Whiskey zu trinken, fuhr ich zur Friedrichstraße. Die Züge zuckelten an den stillgelegten, schal beleuchteten Bahnhöfen in Berlins Mitte vorbei. Manchmal erhaschte ich einen Blick auf einen oder zwei Volkspolizisten, die trostlos auf dem Bahnsteig herumstanden und offenbar nicht wussten, was sie mit sich anfangen sollten. Einziger Halt war Friedrichstraße, wo ich, geblendet vom hellen Licht und den vielen Menschen, ausstieg. Hier war immer etwas los, und die Westberliner Reisenden, die Schmuggler, die Penner und die heimkehrenden Ostberliner Rentner wuselten durcheinander auf der Suche nach der richtigen Übergangsstelle. Der Bahnhof Friedrichstraße war nämlich kein normaler Bahnhof, sondern die deutsch-deutsche Grenze verlief mitten durch ihn durch. Ich stieg die Treppen hoch, vorbei an zugenagelten, versperrten Ausgängen, vorbei am Weg zum Tränenpalast, hinauf zum Gleis, wo die Intershops lagen, in denen Kosmetik, Alkohol und Zigaretten gegen harte Währung verkauft wurden. Jedes Mal warf ich einen Blick auf die Dachglaskonstruktion des Bahnhofs. Im Giebeldreieick, sodass sie Menschen, Schienen, Züge und Bahnsteige im Blick hatten, patrouillierten auf einer schmalen Brücke Scharfschützen mit Maschinenpistolen im Anschlag. Mit ihren hohen Schaftstiefeln hatten sie etwas von Nutten an sich. Ich klemmte mir meine Tasche mit dem Whiskey unter den Arm und fuhr zurück in den Westen.

Die O-Meile war nach wie vor unser Boulevard. Damals saß kein Mensch an Tischen auf der Straße, und die meisten der heutigen Bars und Imbisse waren türkische oder deutsche Gemüseläden. Fast jeden Abend schaute ich in der »O-Bar« vorbei. Das war eine klassische Altberliner Diele, die die neuen Wirte von einer ehemals üblen Säuferkneipe in einen Treffpunkt der schwul-lesbischen Szene verwandelt hatten. Eine Bühne von »unrecorded people«, genauso wie Nan Goldin sie auf ihren Fotos eingefangen hat. Die »O-Bar« hatte Stil und pflegte Toleranz. Kein Müslimief mit Zupfgeigenhansgedudel und Plakaten der Alternativen Liste, sondern gute Musik, großartige Cocktails und unglaublich attraktive Kellner. Sunshine, eine mit Glöckchen an den Knöcheln geschmückte Szenefrau, die aussah wie der als Hippie verkleidete Tod, hatte in der »O-Bar« eines ihrer Zuhause. Keiner störte sich an ihren aggressiven Ausfällen, obszönen Schimpftiraden und pausenlosen Selbstgesprächen. Wenn ein Tourist sich in die »O-Bar« verirrte und sich von ihrer Schnorrerei belästigt fühlte, hatte er alle gegen sich. Sunshine gehörte dazu. Die »O-Bar« war ein verführerischer Ort, an dem der Aids-Hysterie die Stirn geboten wurde. Personal und Gäste demonstrierten heiter und gelassen, wie wunderbar es sich als Lesbe oder Schwuler leben lässt. Ich mochte es, dort am Fenster zu sitzen, zufällig Freunde zu treffen oder vor mich hin zu träumen.

Zweimal pro Woche sortierte ich nachts im Postamt am Gleisdreieck Briefe. Nach Schichtende fuhr ich direkt ins Atelier. Das war hart, und ich fragte mich, ob ich der Lohnarbeit gewachsen war. Von Donnerstag bis Samstag war ich unterwegs bei Vernissagen und Finissagen überall in der Stadt. Danach hinein in die glitzernden Bars und schicken Kneipen, bereit für ziellose Begegnungen. Mit Drogen tastete ich mich durch die Nacht. Fassbinders Motto »Schlafen kann ich, wenn ich tot bin« war nun auch mein Motto. Als mir ein Freund anbot, in einer Bar in der Muskauer Straße, nicht weit von der Mauer, hinterm Tresen auszuhelfen, kündigte ich bei der Post. Die anderen Barmänner waren Musiker, und im Hinterzimmer gab's Speed für die Angestellten. Wohnen war kein Projekt mehr. Ab und zu traf ich Lynn zufällig in unserer Küche. Wir tranken zusammen ein Bier oder einen Kaffee, tauschten Belanglosigkeiten aus, und das war's. Mit ihrem neuen Freund Anselm unterhielt ich ein freundliches Grußverhältnis. Wir wussten, wir hatten uns nichts zu sagen, und versuchten es erst gar nicht miteinander.

Früher hatten wir einander kaum beachtet, aber nachdem Irene ausgezogen und Claudius abgetaucht war, kamen Marianne und ich uns näher. Wenn sie erschöpft aus Hamburg kam und keine Lust hatte, allein zu sein, lud sie mich ein, mit ihr auszugehen. Manchmal nur um die Ecke ins »Kiss a frog and find a prince«. Da saßen wir auf Barhockern und fragten uns bei jedem, der hereinkam, ob das nun der Frosch war, den wir an die Wand klatschen mussten und der dann als Prinz vor uns stehen würde. Manchmal war auch großes Ausgehen angesagt, dann verließen wir SO 36. Wir waren ein auffälliges Paar: sie hoch aufgeschossen in Schlaghosen, perfekt geschminkt, im Winter im Pelz und im Sommer in Leinen, mit spitzen Herrenschuhen und arrogantem Gesichtsausdruck und ich klein und dünn, mit Armreifen fast bis zum Ellbogen, im kurzen Rock, mit hohen Schuhen und kleinem Hut, rot geschminktem Mund und bereit, mich zu amüsieren. Marianne war einsam, kalt und roh wie Ingrid Thulin in den Filmen Ingmar Bergmans. Die Tochter aus dem Tempelhofer Reihenhaus, die nun den Ton in der Hamburger Werbeagentur angab, fühlte sich als eine undefinierte Existenz. Wenn sie mich musterte, spürte ich, wie sehr sie mich um meine Herkunft und um meinen Glauben an die Kunst beneidete. Immer nur für eine Nacht ließ ich mich auf ihr Werben ein.

Unser Abend folgte einem festen Ritual. Es ging darum, möglichst distinguiert anzufangen, um dann im Verlauf der Nacht immer weiter abzustürzen. Wir begannen mit einem Menü. Fast immer in der »Paris Bar«, seltener im »Bovril«. Marianne saß gewöhnlich mit dem Rücken zum Lokal und ich ihr auf der Polsterbank gegenüber. Sie wollte mich im Blick haben. Nachdem wir die Speisekarte studiert hatten, bestellte sie ohne Nachfrage auch für mich. Sie wusste um meine Vorlieben, und weil sie auch bezahlte, beschwerte ich mich nicht. Sie selbst rührte ihr Essen kaum an, rauchte, trank und ließ mich nicht aus den Augen. Die »Paris Bar« war einer der wenigen Orte Westberlins, der nicht an der Mauer endete. Das Publikum war elegant, mit einer sichtbaren Vorliebe für den Exzess. Wirte und Kellner behandelten ihre Gäste mit klassenunspezifischer Höflichkeit und präzisem Gespür für den Auftritt. Wir mochten die kühle Erotik der »Paris Bar«, doch blieben wir selten bis nach Mitternacht.

Uns zog es weiter. Der »Dschungel« in der Nürnberger Straße war klein, hell und verspiegelt. Kaum waren wir drin, fing Marianne schon an zu tanzen. Ewig blieb sie, in die Musik versunken, ganz für sich allein auf der vollgepackten Tanzfläche. Im »Dschungel« wurden aus grauen Mäusen glamouröse Nachtschwärmer. Viele Kunstfiguren, wenige Künstler. Alkohol und Drogen regulierten das Maß des Exzesses. Ich tauschte interessierte Blicke, wandte mich jedoch ab, wenn es ernst zu werden drohte. Die unausgesprochene Regel zwischen Marianne und mir lautete, dass weder sie noch ich jemanden mit nach Hause nahm. Alle hier laborierten am Leben, alle wollten mit irgendetwas groß herauskommen, und alle liebten es, in dieser Bar zu sein. Eine Nacht im »Dschungel« schien vielen wie ein Versprechen auf eine funkelnde, neue Zeit. Ich wäre nicht auf die Idee gekommen, dort häufiger hinzugehen, und bei Marianne vermutete ich, dass sie sich vor allem den Werbefuzzis zeigen wollte, über die sie dann später herzog. Für mich war der »Dschungel« Klassengesellschaft. Es gab oben und es gab unten. Wenn man sich die Treppe hochgearbeitet hatte, um von dort einen Blick auf das Tanzvolk unten zu werfen, hatte man es geschafft und war Teil der »Scene«. Ich sah Gesichter, die ich zu kennen glaubte, traf Fremde, plauderte, lachte und trank. Wenn Marianne von der Tanzfläche kam, dauerte es nicht lange, und sie wollte weiter. Hier seien ihr zu viele Wichtigtuer, meinte sie schlecht gelaunt.

Danach stand ihr gewöhnlich der Sinn nach dem »Cri du Chat« in der Joachimsthaler Straße, eine düstere Speedspelunke, in der sich um diese Zeit kaum noch einer auf den Beinen halten konnte. Danach weiter durch das Pariserblau der Stadtnacht in die winzige »Berlin Bar« in der Uhlandstraße. Noch einmal schöne Frauen sehen, bevor es in die Vorhölle, ins »Ex'n Pop«, ging. Spätestens ab jetzt trank Marianne Tequila und ich Whiskey. Tequila und Whiskey waren nach der leichten Weißweintrunkenheit in der »Paris Bar«, dem Daiquiri im »Dschungel« und dem Bier im »Cri du Chat« unsere Einstimmung auf den Zustand frühmorgendlicher Trunkenheit. Wenn wir uns zu betrunken fühlten, kehrten wir in der »Futterkrippe« in der Yorckstraße ein und mampften Pommes rot-weiß. Im düsteren »Ex'n Pop« um die Ecke trafen wir Freunde, die wir aus Straßenkampfzeiten oder aus dem alten »Risiko« unweit der Yorckbrücken kannten. Hohn und Spott wurde über die »Dschungel-Scene« ausgegossen, im »Ex'n Pop« fühlte man sich als Underground. Wir versuchten Flipper oder Tischfußball zu spielen, und Marianne lag vor Lachen auf dem Boden, weil sie den Ball nicht mehr traf. Zum Abschluss bestand sie noch auf einen Absacker im »Kumpelnest 3000« in der Lützowstraße. Großes Hallo, Küsschen, noch ein paar Gläser. Mein Hut fällt mir vom Kopf. Es war ein Heidenspaß, ihn im Gewoge der Feiernden wiederzufinden. Wie herrlich ist diese Nacht! I am the passenger! Wenn wir mit dem Taxi nach Hause fuhren, ließ Marianne den Fahrer häufig einen Umweg am Haus bei den Gleisen machen. Sie starrte fasziniert aus dem Fenster auf das frisch renovierte Haus, während ich geradeaus vor mich hin stierte.

Es war ein warmer 1. Mai, alle zog es auf die Straßen. Michael holte mich ab. Ich solle besser keine hohen Schuhe anziehen, es könne sein, dass wir rennen müssten. Mir erschien das reichlich übertrieben, aber ich hörte auf ihn. Was folgte, war Krieg. Alles wie vor vielen Jahren gehabt, aber unübersehbar anders. Wir sahen, wie im Arbeiter-und-Bauern-Staat im Osten hinter der Mauer ein Feuerwerk abgebrannt wurde, und hörten davon, dass im Westen der U-Bahn-Verkehr zwischen Schlesischem Tor und Kottbusser Tor eingestellt worden war. Unsere Alltagswelt hatte sich in ein Schlachtfeld verwandelt. Auf der Oranienstraße zwischen Adalbertstraße und Görlitzer Bahnhof stand alle zehn Meter ein brennender Bauwagen quer über die Straße. Die Flammen schlugen hoch bis in den ersten Stock. Überall schwarz vermummte Kämpfer und dazwischen

Kreuzberger Prolls und Bürger in Feierlaune. Ein alter Mann rief aus dem Fenster: »Alles muss brennen!« Die Kneipentüren standen weit offen. Udo Lindenberg nölte »Hinterm Horizont geht's weiter«. Am Heinrichplatz loderte das Feuer in vier Richtungen. Bauzäune, Gerüste und Müll brannten lichterloh. »Sollen wir wieder abhauen?«, fragte mich Michael nervös hüstelnd. Telefonzellen und Autos werden abgefackelt, Bushaltestellen und Ampeln zerstört, die Straßen sind mit Splittern übersät, das Pflaster aufgerissen. Bier fließt in Strömen. Ein ausgelassenes Spektakel. Meine Finger sind kalt. Michael und ich kannten das doch alles zur Genüge, und dennoch fühlten wir uns zunehmend unbehaglich. Wurden wir etwa alt? Die Bullen werden der Lage nicht Herr. Sie waren zu wenige, agierten vollkommen unkoordiniert. Hatten sie das Feuer in der einen Ecke gelöscht, ging ein Steinehagel aus der anderen Ecke auf sie nieder. Als ob sie wahnsinnig geworden wären, preschten sie mit ihren Wannen in die Menge, sprangen heraus, knüppelten wahllos drauflos und verpissten sich wieder. Mein Herz raste, sie waren auf Armeslänge hinter uns. Der Himmel über Berlin war voller Tränengas. Michael weint und flucht. Überall Feuer und dazu ohrenbetäubender Lärm. Das dumpfe »Klong« von über einhundert Eisenstangen, mit denen irgendwelche Idioten gegen das Stahlgerüst der Hochbahn schlugen. Michael hielt sich die Ohren zu. Ich lachte ihn aus. Wir sind nahe der »O-Bar« und ich kann nicht glauben, was ich sehe: Unser geliebter »Real« an der Ecke Oranienplatz wird geplündert. Szenen wie aus »Themroc«. Grunzende Anarchie. Es hätte mich nicht gewundert, wenn – wie im Film – Bullen auf dem Grillspieß gelandet wären. Der dröge Hausmeister von nebenan, kichernde Jugendliche, Rentner mit Köter, halb tote Junkies, gierige Rentnerinnen mit großen Einkaufstaschen, besoffene Penner, der hagere Zeitungsverkäufer vom Kiosk am Kotti, die Friseurin im rosa Blouson mit ihren zwei Pinschern, Türkinnen mit Kopftuch und Szenefreunde räumen Seit an Seit mit großer Freude die Regale leer. Sie schleppen raus, was sie nur tragen können. Die Stimmung ist prächtig. Schnaps- und Sektflaschen kreisen. Alle Menschen werden Brüder. Ich denke an Ernst Jünger, der die

Bombardierung von Paris mit einem Glas Burgunder in der Hand betrachtet hatte.

Die Bilanz: 36 geplünderte Geschäfte, ein bis auf die Grundmauern ausgebrannter Supermarkt, 150 Millionen Sachschaden. Kamerateams fielen über uns her. Das aufgewärmte Spektakel. Die Sondersendungen. Meine Mutter rief an und fragte, ob ich dabei gewesen sei. Kameraschwenks über die Relikte dieser Nacht. Punks, die mittlerweile in vom Senat geförderter »Projektarbeit« ihre Häuser renovierten, schwafelten etwas von Freiheitserfahrungen beim Abfackeln von Autos in die Mikrophone. Die fürsorglichen Politiker von der Alternativen Liste konnten sich den Gewaltausbruch nicht so recht erklären und forderten noch mehr Sozialprojekte. Sie wollten uns alle in SO 36 zu ihren Sozialpuppen machen. Der Aufbau Kreuzbergs als Attrappe hatte begonnen. »Das Chaos ist aufgebraucht. Es war die beste Zeit.« Ich wollte weg.

LADEN FÜR NICHTS – THOMAS

Auf der O-Meile gab es seinerzeit noch viele Stammkneipen für regelmäßige Trinker, die dort ihren Lohn oder ihre Sozialhilfe versoffen. Unfreiwillig und völlig unbeabsichtigt spielte einer dieser Trinker eine Hauptrolle in Luises erster Einzelausstellung. Das war eine Performance in Fluxustradition, die so verrückt war, dass sich Kunst und Leben nicht mehr trennen ließen. Und das kam so: Heiner, den ich als Freund der Künste im Umkreis von Luise kennengelernt hatte, ein eher ruhiger, bedächtiger, aber absolut konsequenter Typ, hatte neben dem »Bierhimmel«, der damals noch eine echte Trunkenbold-Kneipe war, ein »Kulturbüro Kreuzberg« eröffnet. Ganz nach Besetzerart: Räumen eine neue Bestimmung geben und sie so dem kapitalistischen Wertekreislauf entziehen. Heiner hatte für eine Kunst-Aktion von Luise getrommelt. Niemand wusste nichts. Tatsächlich hatte Luise einen zementverschmierten Betonmischer, den sie, wie sie erzählte, nachts verwaist am Straßenrand gefunden hatte, auf seinen beiden Rollen die Oranienstraße entlang zum »Kulturbüro« geschoben. Von verschiedenen Baustellen hatte sie eimerweise Sand herangeschleppt und sich Zement und krapplackrotes Pigment sowie Kellen und Spachteln besorgt. Im Kunstraum stand außer dem Betonmischer und einem großen mit Schultheiss Dosenbier gefüllten Kühlschrank nichts. Pünktlich um 21 Uhr wurde der Betonmischer angeworfen und machte einen Höllenlärm, der bis auf die Straße zu hören war. Luise füllte Sand, Zement, rotes Pigment und Wasser ein, ließ den Mischer drehen und lenkte mit einigen Mühen den roten Beton in schwarze Eimer, um damit die Performance zu beginnen: »Ausrollen eines roten Betonteppichs vom Kühlschrank zur Tür«. Allmählich trafen die Kunstflaneure ein, sahen Luise zu und taten, was bei allen Kreuzberger Vernissagen mit das Wichtigste war, nämlich Bier aus dem Kühlschrank zu holen, wobei sie nicht umhinkamen, mit ihren Füßen in den flüssigen Betonteppich zu tappen. Luise ließ sich davon nicht stören, sondern werkelte im Blaumann und mit gelbem Helm ungerührt weiter. Plötzlich ertönte eine etwas trunkene Stimme: »Dat jet doch och viel schneller.« Sie stammte von einem dicken, rotgesichtigen Gast aus dem »Bierhimmel«, der neugierig vor dem großen Fenster stehen geblieben und hereingekommen war. Er entpuppte sich als gelernter Maurer und übernahm freudig Luises Part. In null Komma nix strich er den Teppich glatt, alle klatschten heftig, er wurde zum Dank zu etlichen Bieren eingeladen und amüsierte sich wie Bolle inmitten der merkwürdigen Menschen. Zuletzt schlug er allerdings mit dem Kopf gegen den Mischer, weswegen Heiner rüber in den »Bierhimmel« musste, um nach einem Krankenwagen zu telefonieren. Wenn die Kunst sich ins Leben mischt, geht's manchmal blutig aus. In Charlottenburg oder Wilmersdorf hätte so etwas nie passieren können. Dort gab es vielleicht Kunstkunst im weißen Würfel in Galerien wie Rudolf Springer, Fahnemann oder Poll, aber keine Kunst, die sich von Anfang an mit dem Leben verbündete.

Nicht weit weg vom Bethanien, wo ein Kunstvolk aus aller Herren Länder in Ateliers am Singen, Hämmern, Musizieren, Zeichnen, Entwerfen und Malen war, und um die Ecke vom Kino Eiszeit, dem »Lichtspiel im Untergrund«, wo man Filme von Harun Farocki zu sehen bekam, war der »Laden für Nichts« an der Skalitzer Straße, günstig für alle gelegen, die nachts in SO 36 unterwegs waren und Kunst anders und abseits der etablierten Galerien erleben wollten. Kitty und Uli Fischer, die den Laden mit dem etwas mystischen Namen gegründet hatten, wollten der Kunst wirklich auf den Grund gehen. Dazu gehörte zuerst die Vermeidung eines hermetischen Umfelds. Der Kunstraum war durch eine große Fensterfront offen zur Straße, unprätentiös, fast steril, definitiv keine Einladung. Der Raum erinnerte eher an einen Waschsalon als an eine Galerie.

Hier stellte Luise ihre Arbeit »Aus der Traum« aus. Die Ausstellungen im »Laden für Nichts« konterkarierten das Konzept der Ausstellung.

Man muss Szenen schaffen, die zeigen, wie die Dinge zufällig eintreten, zwar aus diesem oder jenem verstehbaren Grund, aber nicht notwendig. Man darf das Nichtige nicht fürchten. Man muss das Tatsächliche auf dem Hintergrund des Leeren erscheinen lassen, Notwendigkeiten verneinen und denken, dass das Wahrscheinliche noch lange nicht das Mögliche ist. Im »Laden für Nichts« gab es keine Erläuterung des Ausgestellten, keine Angaben über die Künstler, keine Preise für die Kunstwerke. Nur den Beweis, dass so etwas wie Kunst existiert. Eine Galerie, wo es nichts zu kaufen gibt, ein Kunstraum, der keinen Rahmen definiert, ein Kunstwollen, das den Begriff der Kunst infrage stellt. Man erschwert den Kauf von Kunst, um dadurch das Erleben der Kunst zu intensivieren.

Luise gefielen diese radikalen Paradoxien, weil sie die Kunst als ein Rätsel erscheinen ließen. Ich weiß noch, wie wir über den Widerspruch zwischen der Sicherheit ihres Tuns und der Unsicherheit ihrer Wirkung gesprochen haben und dass das hochgepriesene künstlerische Subjekt in seinem Untergang seine Freiheit im Zufall findet. Man macht etwas, zeigt etwas und erfährt etwas. Man darf gerade keine Vorkehrungen im Sinne von Rahmensetzungen und Rezeptionshilfen treffen, sonst kann nichts Wirkliches geschehen. Allerdings müsse man mit der Erwartung des Unerwartbaren höllisch aufpassen. Es passiert oder es passiert nicht. Oft ohne Sinn und nie auf Befehl. Da kommt einer rein, durchbricht die Szene, und alle haben das Gefühl, so muss es sein.

Ich weiß nicht, ob dort jemals etwas verkauft wurde. Es existiert lediglich ein dünner Katalog, der über zwei Jahre Ausstellungstätigkeit mit sechs Künstlerinnen und Künstlern informiert. Eine Fahrschule ist jetzt in dem ehemaligen Raum für Kunst untergekommen. Nicht zuletzt wegen dieser Spurlosigkeit ist der »Laden für Nichts« legendär. Manchmal genügt die Idee als Realität vollauf. Hier wurde die Preislosigkeit der Kunst als Bedingung ihrer Unmöglichkeit in einer kapitalistischen Gesellschaft ernst genommen. Aber weil sich dieses Engagement buchstäblich auf nichts gründete, ist letztlich nichts von ihm übrig geblieben. Wer im Jetzt lebt, gab Luise zu bedenken, muss sich mit dem Jetzt begnügen.

DIE SCHUHE – LUISE, 1987

Hinter dem großen S der Schaubühne verlor ich mein Herz. Robert hatte mich zu einer Premierenfeier mitgenommen. Habe vergessen, welche, Bondy war jedenfalls da. Schauspieler, Bühnenarbeiter, Freunde und Gäste standen auf dem Dach, ich hinter dem großen S. Robert holte zwei Gläser Sekt. »Auf uns, Luise! Jetzt sind wir schon wieder auf einem Dach gelandet. Wir haben es weit gebracht, oder? Wo ist unsere schwarze Fahne?«, verkündete er und ließ mich stehen. Ich war auf mich selbst angewiesen, lief dahin, lief dorthin, sprach über die ersten jugendlichen Lektüren von Carson McCullers und die späteren von Marguerite Duras, versank in einem Meer schönster Musik, klügster Worte und vorsichtiger Berührungen. Und irgendwann stand er dabei, hörte zu, mischte sich ein, lachte, tänzelte, flirtete. Ein Mann, der auch Pasolini gefallen hätte, dachte ich noch, und schon lehnte ich gegen das S und ließ mich von ihm küssen. Zuerst war er nur eine kurze Affäre, ein angenehmer Zeitvertreib, wie all die anderen. Doch er war keiner der Jünglinge aus Milch und Honig, sondern er roch nach Schicksal. Immer wieder habe ich ihn mit dickem schwarzen Filzstift in mein Tagebuch gezeichnet. Er ist der Verführer. He knows how to thrill me. Vom Liebhaber wurde er zum Geliebten. Mein Herz nahm alle Hürden. Mein Zimmer im Haus an der Mauer verstaubte. Die Tage verbrachte ich in meinem Atelier am Anhalter Bahnhof, die Nächte beim Geliebten in den Steglitzer Suburbs. Die Kneipenarbeit hielt mich ganz gut über Wasser, ich hatte künstlerisch viele Ideen, stellte aus, bewarb mich auf Stipendien, aber Pläne für eine bürgerliche Zukunft machte ich mir nicht. Dennoch – wie ein süßes Gift schlichen sich neue Gedanken ein. So wachte ich eines Morgens davon auf, dass der Geliebte mir sacht ein paar Haare aus der Stirn blies. »Wäre es nicht schön, wenn wir uns zusehen könnten, wie wir graue Haare bekommen?« Das war neu. Zusammenbleiben. Natürlich wusste ich, dass es noch eine Exfreundin gab, aber Exfreunde waren vergangen. Einmal fuhren wir mit der S-Bahn nach Wannsee, und da meinte er bei einem Stopp beiläufig, früher sei er an dieser Station immer ausgestiegen. Der Weg ging zu adretten Villen mit prächtigen Gärten an Straßen, die trotz der nahen Autobahn in friedvoller Stille dalagen. Ich blieb unbeeindruckt. Ich zweifelte nicht an uns beiden. Und so fiel ich aus allen Wolken, als er mir eines Nachmittags eröffnete, dass er zu seiner Exfreundin zurückmüsse. Er sagte das wirklich so. Sie hätten sich immer eine Familie und Kinder gewünscht, an einigen nichtigen Zerwürfnissen seien ihre Pläne gescheitert, er habe sie nun vor einer Weile ganz zufällig wiedergetroffen, und alles sei aufgebrochen. Es täte ihm leid, meine künstlerische Existenz wolle er nicht gefährden. Er sagte das wirklich so. Am Ende weinte er. Ich war blind vor Wut über diesen kleinlichen Verrat an der Liebe.

Einen Monat nachdem er mich verlassen hatte, beschloss ich, seinen Namen nicht mehr in den Mund zu nehmen, hatte den Champagner, den er mir geschenkt hatte, zu den Punks am Kottbusser Tor getragen und schwor mir, sehr lange Zeit nicht mehr mit der S-Bahn zum Wannsee zu fahren. Ich hatte den Empty-Bed-Blues. Es war grauenhaft.

Die Zukunft war abgesagt. Mich plagte das Heimweh. In der Winterzeit zog es mich zurück nach Ústí. Ich wollte sehen, was ich im Koma nicht sehen konnte. Fünf Jahre waren seit Sorayas Tod vergangen. Fünf Jahre, nachdem ich beinahe geradewegs vom Mittagsschlaf in den Tod gerutscht wäre. Noch immer spürte ich Soraya an meiner Seite, doch der Schatten, den sie warf, war kürzer geworden. Die Entscheidung, nach Ústí zu reisen, war eine Entscheidung ganz allein für mich. Ich wollte sehen, wo mein altes Leben geendet und mein neues begonnen hatte. Diese Reise war mein Privileg als Überlebende gegenüber der toten Freundin. Es klingt seltsam, aber geschwächt und fast taub durch den Liebesschmerz fühlte ich mich bereit, an den Ort des Unfalls und des Komas zurückzukehren. Mein Vater, der noch in regelmäßigem Briefkontakt mit

Dr. Lípa stand, schrieb mir, die Kollegen in Ústí würden sich freuen, mich wiederzusehen. Ich beantragte ein Visum. Unausgesprochen stand von Anfang an fest, dass ich allein reisen würde. Vor Weihnachten sollte es losgehen.

Am Abend vor der Reise stellte ich meine gepackte Tasche neben die Tür. Ich hatte meinen Pass und mein Visum griffbereit und fühlte mich so gut vorbereitet wie selten. Der Zug nach Prag sollte um zehn Uhr morgens am Bahnhof Lichtenberg abfahren. Für die Prozedur an der Grenze nach Ostberlin hatte ich großzügig eineinhalb Stunden eingeplant. Ich müsste also um sieben Uhr aufstehen. Es war 22 Uhr, und ich war viel zu nervös, um vernünftigerweise schlafen zu gehen. Im Haus fand sich niemand, der mit mir ausgehen wollte, aber ich könnte ja noch auf ein Stündchen in die »O-Bar« gehen. Irgendwen trifft man dort immer, ich wäre abgelenkt und um Mitternacht im Bett, so mein Plan.

An der Ecke Oranienstraße stieß ich fast mit Thomas zusammen. Es traf mich wie der Blitz. Wir hatten uns gefühlt Jahre nicht gesehen, aber ich erkannte ihn sofort. Er war nicht mehr so schlaksig, hatte zugenommen, was ihm stand, und er trug einen Dreitagebart. Das machte ihn älter. Wie die coolen Jungs hatte auch Thomas einen Anzug an. »Du hier, in der alten Gegend? Go slumming?«, witzelte ich zur Begrüßung. Er witzelte etwas zurück, dann schwiegen wir kurz, bevor ich ihn einlud, den Vorabend meiner großen Reise miteinander in einer Bar zu feiern. Thomas schien gar nicht überrascht von der Reise und war gleich einverstanden, mich zu begleiten, und so machten wir uns auf Richtung Wiener Straße, wo wir unterwegs noch die besten Falafel Berlins bekommen würden. Aus der Rückkehr um Mitternacht wurde nichts. Zuerst war die Fahrt nach Ústí ein Thema, wobei ich merkte, wie ausweichend Thomas antwortete, er wurde richtig unruhig. Ich fand ihn attraktiv, es kam mir sogar kurz der Gedanke, dass ich ihn in dieser Nacht vor der Reise mit zu mir nehmen könnte. Er würde bestimmt, ohne zu zögern, mitkommen, da war ich mir sicher, aber etwas in seiner Haltung störte mich, sodass ich diese Idee sofort wieder verwarf. Als wolle er das Thema Ústí beenden, fing er unvermittelt an zu erzählen, wie er Irene wiedergetroffen hatte. Auf einer Zugfahrt in den Norden sah er sie zusammen mit einem kleinen Jungen bei sich im Abteil am Fenster sitzen. Sie war eigentlich wie immer. Adrett in Schwarz. Unerwartet freundlich lud sie ihn ein, sich zu ihnen zu gesellen. Ja, ihr gehe es gut. Sehr gut sogar. Sie wohne jetzt in Paderborn, sei aber viel unterwegs. Sie arbeite als Informatikerin bei Nixdorf, gehöre sogar der Geschäftsleitung an. Im Besetzerrat habe sie gelernt, wie man sich gegen eine Männerübermacht durchsetzen könne. Er wisse doch, dass sie sich damals schon für Computer und den Überwachungsstaat interessiert habe, und so sei sie zu diesem Job gekommen. Staunend hörte Thomas zu, was sie so alles machte. Als er aussteigen musste, sagte sie zu ihrem Sohn: »Ahab, sag Tschüss zu Thomas.« Seinen entgeisterten Blick habe sie mit ihrem berühmten maliziösen Lächeln beantwortet. Ahab, das war der Codename von Andreas Baader gewesen. Damit hatte ihm Irene zu verstehen gegeben, dass sie nach wie vor Anhängerin der RAF war. Nachdem Thomas geendet hatte, trank er sein Bier auf einen Zug aus. Es war nicht zu fassen, aber er sah seine sorgsam aufgebaute Kleinintellektuellenexistenz durch das zufällige Treffen mit Irene gefährdet. Hatte er etwa Angst gehabt, dass Irene ihn agitieren und auf die andere Seite hätte ziehen können? Hatte er seine Kungelei mit ihr vergessen? War er erpressbar, oder war er wirklich solch ein feiger Typ?

So hielten wir uns an die Kunst. Thomas berichtete von seinen Treffen mit Heidi und Peter vom Merve Verlag. Die kannte ich vom Feiern im »Nürnberger Eck« und vom Flippern im »Ex'n Pop«. Und natürlich hatte ich den Band 120 des Internationalen Merve Diskurses gelesen, Harald Szeemanns »Individuelle Mythologien«. Rotzig warf ich ihm hin, mir sei die Auratisierung der ausschließlich männlichen Künstler bei Szeemann schon immer auf den Wecker gegangen. Wie bei allen anderen fanden auch bei ihm Künstlerinnen ihren Platz am Katzentisch. Thomas wandte dagegen, gerade ich würde doch in meiner Kunst eine individuelle Mythologie verfolgen. Wir ereiferten uns darüber, dass wir auf der Welt sind, um Erfahrungen zu machen, und dass Kunst auf Erfahrung beruht und nicht einfach Sublimierung oder Selbstverwirklichung ist. »Kunst ist Transformation!«, rief ich, bevor wir die Bar wechselten. In unserer letzten Bar, die bis in die frühen Morgenstunden geöffnet war, schüttete ich Thomas mein Herz aus. Das mit dem Liebeskummer behielt ich für mich, aber ich erzählte ihm, was ich noch niemandem jemals anvertraut hatte, nämlich, dass ich im Koma einen Traum gehabt hatte. Irgendwann zwischen dem Aufprall an der Kreuzung und dem Aufwachen in Ústí. Dieser Traum war meine einzige Erinnerung an die verschwundenen Tage. Ich hatte in präzisen Bildern eine Reise mit dem Zug von Hamburg nach Spanien ins Licht geträumt. Ich war noch nie in Spanien gewesen. Der Traum gab mir Rätsel auf, er war wie ein Nahtoderlebnis. Es gab niemanden, mit dem ich über dieses Erlebnis nahe dem Tod hätte sprechen können. Ich ging weiter und erklärte Thomas, deshalb müsse ich diesen Traum in Kunst umsetzen. Mein Arbeitsstipendium vom Berliner Senat wollte ich vollständig in das Projekt stecken, das »Hamburg–Spanien. Die Reise« heißen sollte. Thomas hatte die ganze Zeit fast nur zugehört, kurze Fragen gestellt, wahlweise an Bier- und Tequilagläsern genippt und meist auf mein rechtes Ohr geblickt oder auf irgendetwas hinter mir. Aber er war äußerst aufmerksam, und meine Worte glitten nicht einfach ab. Er kommentierte nicht, doch ich spürte eine große Verbundenheit.

Um vier Uhr machten wir uns auf den Heimweg. Wir gingen zügig die lange Wiener Straße hinunter Richtung Kottbusser Tor. Wir hielten Abstand voneinander, aber wir hatten uns unwillkürlich an den Händen gefasst, meine linke fest in seiner rechten Hand. Während die frühmorgendlich kalte, nach erloschenem Kohlenofen riechende Luft uns in den Mantelkragen kroch, wurden unsere Hände immer wärmer. Wir schwiegen. Es fühlte sich an, als würden wir in unseren Händen etwas Kostbares zur U-Bahn tragen, all das Gesagte und Ungesagte der letzten Stunden und Jahre. Am U-Bahn-Eingang ließen wir uns los, Thomas sprang die Stufen hinunter, drehte sich kurz um, wir riefen noch etwas zum Abschied, winkten, und dann war er verschwunden.

Als der Wecker klingelte, war es noch dunkel, in meinem Kopf dröhnte es, ich war mächtig verkatert. Unter die Dusche, anziehen, ein schneller Kaffee, Mantel an, Hut auf, Stiefel schnüren. Vom gräulichen Rosa des Kottbusser Tors mit der Linie 1 zum schwimmbadblauen Halleschen Tor, von dort aus über die stillgelegten mattgelben und grauen U-Bahnhöfe Ostberlins bis zur olivgrün gekachelten Friedrichstraße, wo ich die Treppen hinauf zum Grenzübergang hastete. In meinem übernächtigten Zustand nahm ich alle Farben und das grelle Neonlicht schmerzlich wahr. Ich wünschte mir, sehr weit weg zu sein. Mit Entsetzen hatte ich feststellen müssen, dass mein Zeitplan nicht einzuhalten war. Ich hatte den vorweihnachtlichen Andrang unterschätzt. Alle Ostberliner Rentner schienen an diesem Morgen von ihren Ausflügen zu irgendwelchen westdeutschen Christkindlmärkten zurückzukehren. Zu ihnen kamen noch große Gruppen Westdeutscher, die was auch immer im winterlichen Ostberlin zu suchen hatten. Wir standen alle zusammen eingepfercht in einer Reihe, vor uns die geschlossenen Türen, hinter denen das DDR-Grenzpersonal saß. Diese Türen öffneten sich in quälend langen Abständen, um den Nächsten vortreten zu lassen. Als die Reihe an mir war, hatte ich noch die unsinnige Hoffnung, dass alles gut gehen und ich um zehn Uhr in Lichtenberg in den Zug steigen würde. Der Grenzer prüfte ausführlich die Übereinstimmung zwischen dem Passbild und der Frau, die vor ihm stand. Nachdem sein Blick lange durch mein müdes Gesicht gewandert war, checkte er im Spiegel über meinem Kopf noch meine Rückseite, dann surrte die Ausgangstür. Ich war eine Stunde zu spät.

Meinen Zug nach Prag hatte ich verpasst. Anstatt nachmittags würde ich abends ankommen. Was tun? Dr. Lípa wollte mich abholen und würde sich große Sorgen machen. Im Postamt nahe dem Bahnhof Lichtenberg gab es drei Telefonzellen. Die Gespräche musste man aber anmelden. Ich stand in der Schlange an, und als die Reihe an mir war, eröffnete mir die Schalterbeamtin, dass ein Ferngespräch von Ostberlin in die ČSSR für mich nicht möglich sei. Auch nach Westdeutschland durfte ich nicht telefonieren. Das Einzige, was mir blieb, war ein Anruf in Westberlin.

Ich dachte sofort an Thomas. Er könnte bei meinen Eltern anrufen. Zum Glück hatten wir unsere Nummern gleich zu Beginn des langen Abends getauscht. Die Schalterbeamtin schrieb seine Nummer auf, wies mir eine Telefonzelle zu, in der es dann gleich klingeln sollte, wenn die Verbindung hergestellt war. Ich wartete im muffigen Kabuff, in dem ein Apparat ohne Wählscheibe hing. Plötzlich klingelte es schrill, ich hob ab und lauschte in den Hörer. Das lange Klingeln in der Leitung klang, als würde ich in einer anderen Galaxie anrufen. Endlich nahm er ab. Thomas war ebenso verkatert wie ich und ziemlich missmutig. Von unserer gestrigen Nähe war nichts mehr zu spüren. Einen Moment lang glaubte ich, er würde meine Bitte abschlagen, bei meinen Eltern anzurufen, damit sie Dr. Lípa Bescheid geben könnten. Nachdem ich ihm die Nummer zum Mitschreiben diktiert hatte, murmelte er noch gute Reise und legte auf.

Es war bereits dunkel, als ich in Ústí ankam. Nur eine einzelne Neonröhre leuchtete auf dem schmalen, leeren Bahnsteig, auf dem mich Franz Lípa erwartete. Da standen wir voreinander, ich im Kreuzbergchic und er viel kleiner, als ich ihn in Erinnerung hatte. In seinem blauen Anorak sah er verletzlich aus. Langsam gingen wir die Treppen hinunter zur Straße. Über ein paar dunkle Ecken führte er mich zum Hotel. Er war kurzatmig, ein alter Mann. Das Rauchen habe er nach fünfzig Jahren aufgehört. Das klang fast wie eine Entschuldigung. Wir verabschiedeten uns vor dem Hoteleingang und verabredeten uns für den nächsten Mittag im Krankenhaus.

Ich ging in die Halle dieses Hotels, das offen für Westgäste war und in dem damals meine Eltern, meine Geschwister und Thomas gewohnt hatten. Als ich an der Rezeption meinen Namen sagte, wurde ich von den Damen dort wie eine alte Bekannte begrüßt. Ihr Empfang war ganz besonders herzlich, und das war seltsam für mich. Es schien mir, als ginge es um jemand ganz anderen und als ob dies eine Verwechslung sei.

Frierend lief ich am nächsten Morgen durch die Stadt. Die meisten Häuser waren in einem kastenförmigen Nachkriegsstil gebaut, daneben die heruntergekommenen Prachtbauten aus dem 19. Jahrhundert und schließlich noch die sozialistischen Varianten des internationalen Brutalismus. Klobige Betonbauten, die hatten Schlitze wie Bunker. Ein dicker Schwefelgeruch lag in der Luft. Die Leute rechts und links von mir husteten und spuckten auf den Boden. Dann stand ich auf der Uferstraße zwischen zwei Eisenbrücken. Die Elbe hier war nicht mit der in Dresden oder Hamburg zu vergleichen. Fahl und schütter bahnte sie sich ihren Weg durch das Geröll. Am anderen Ufer dampfte die Chemiefabrik, und aus einem Seitenkanal wurde eine rötliche Brühe in den Fluss geleitet. Nicht einmal eine Ente zum Füttern war in Sicht. Was für eine traurige und düstere Stadt, dachte ich und machte mich auf den Weg zu meiner Verabredung.

Eine dicke Mauer umschloss das Krankenhaus. Beim Durchqueren der Anlage war ich mir jedes einzelnen Schritts bewusst. Ich wurde nicht getragen. Ich ging auf eigenen Füßen.

Dr. Lípa hatte mir das Haus, in dem ich ihn finden würde, genau beschrieben. Als ich davorstand, erinnerte ich mich an die Fassade. Ich zählte meine Schritte vom Eingang durch die verglaste Tür bis zur Aufnahme. Die Zahl meiner Schritte merkte ich mir. Während ich wartete, stellte ich mir vor, wie meine Eltern nachts hier angekommen waren. Der Pförtner schickte mich durch einen langen Gang zur Rückseite des Hauses. Dort befinde sich die Intensivstation. Ich klingelte. Dr. Lípa öffnete. Und wieder war ich überrascht, wie klein er war. Er trug den vertrauten weißen Kittel. Bei Tageslicht sah ich, dass er stark gealtert war in den vergangenen Jahren. Gleich führte er mich in den Aufenthaltsraum der Station, wo mich eine große Runde erwartete. Da standen die Ärzte, die ich kannte, und Dr. Kolo, der Freizeitopernsänger und Chefarzt, öffnete eine Flasche Krimsekt. Dr. Den sprach Französisch mit mir, Dr. Maly ein bisschen Deutsch, und sie freuten sich, mich zu sehen. Ich war ihr Maskottchen, der lebende Beweis ihrer Kunst, und ich war zurückgekehrt. Auf den ostfarbstichigen Fotos von diesem Treffen sitze ich zusammen mit vier weiß gekleideten Ärzten auf einem bunt gemusterten Sofa vor einer dekorativen Tapete. Dr. Lípa hat den Arm um mich gelegt. Die anderen

Ärzte sind kräftige junge Männer, die fast ausgelassen wirken. Leicht pausbäckig, mit einem unsicheren Lächeln, roten Lippen und in Schwarz gekleidet, bilde ich den Mittelpunkt dieser Männerrunde. Ich war ganz benommen vor Freude, sah wieder in die rätselhaften Augen, in die ich mich mal verliebt hatte, wir prosteten einander zu, ließen die Gläser klingen und lachten. Plötzlich brachte mir der Chef einen grünen Kittel und eine weiße Haube. Jemand half mir beim Anziehen und band mir den Gürtel. Ich wusste nicht recht, was ich davon halten sollte, mir war etwas mulmig zumute. Was sollte das? Der Chef signalisierte mir, ihm zu folgen, und so wanderte ich hinter ihm auf die Station. Krimsekt im Blut und das Herz im Hals.

Im vorderen Teil waren die Betten alle leer. Auch das Bett, in dem ich gelegen hatte, war leer. Ich ging vorbei am dunkel verglasten Büro und sah aus dem Fenster, durch das ich immer von meinem Bett aus geblickt hatte. Der rote Stern auf dem benachbarten Gebäude war noch immer da, unscharf hob er sich vor dem grauen Hintergrund des Himmels ab. Dr. Kolo winkte mich hinüber auf die andere Seite, wo er kurz darauf hinter einer weißen spanischen Wand verschwunden war. Ich folgte ihm. An der Bettkante stehend, legte er seine rechte Hand auf eine flache weiße Metallbox. Das war die Beatmungsmaschine. Er tätschelte die Maschine zärtlich, und seine Augen glänzten, als er versuchte, sich mir verständlich zu machen. In einer Mischung aus Tschechisch, Englisch und Deutsch erklärte er mir, dass ich die Erste gewesen sei, die an dieses Gerät angeschlossen worden sei. Ich stand mit meinen schwarz geschminkten Punkaugen in meinem grünen, zu großen Kittel mit der unförmigen weißen Haube auf dem Kopf neben ihm und sah hinunter auf die Patientin, die an die Maschine angeschlossen war. Da lag eine blonde Frau vor mir, etwas älter als ich, um die dreißig vielleicht, nackt unter einem dünnen Laken, und der Schlauch der Maschine war mit ihrem Hals verbunden. Ihre Beine bewegten sich ruckartig und unkontrolliert. Sie schien nur halb bei Bewusstsein, war ganz eingehüllt in Drogen. Sie sah in meine Richtung, sah mich an, und dabei liefen ihr Tränen übers Gesicht. Da hatte ich genug, murmelte etwas von Entschuldigung und eilte ganz schnell weg von der Maschine, weg von der weinenden Frau, weg von dem stolzen Chef und weg von den leeren Betten zurück zu den anderen, die noch dasaßen mit Sektgläsern in ihren Händen. Erst später traute ich mich, Dr. Lípa nach der Frau zu fragen. Die Ärzte wussten nicht, ob sie es schaffen würde. Sie hatte Eheprobleme und versucht, sich das Leben zu nehmen. Sie hatte einen Liter Chlorbleiche getrunken, das Zeug hatte ihr Fettgewebe weggefressen und ihre Lunge kollabieren lassen, aber sie war nicht gestorben.

Obwohl er pensioniert war, ging Dr. Lípa jeden Tag ins Krankenhaus. Außerdem lehrte er noch wenige Stunden in der Woche, übersetzte Artikel aus englischsprachigen Fachzeitschriften und war seinen ehemaligen Kollegen von daher unentbehrlich. Zu Hause könne er nicht bleiben, sagte er mir, da sei es ihm doch zu traurig, und ohne seine Station könne er nicht leben. An einem Abend war ich bei Familie Lípa zu Besuch. Wir saßen im Wohnzimmer unter großen Kunstdrucken von Piero della Francesca und Pinturicchios »Bildnis eines Knaben« auf dem Sofa und tranken Wein. Franz Lípas Frau Jitka war freundlich, sie konnte aber nur Tschechisch und hatte die englische Sprache vollständig vergessen. Der zweitgeborene Sohn Matyas, ein Musiker, erzählte mir, dass er von einem echten Selmer-Saxophon aus Paris träume. Ich traute mich nicht nach seinem älteren Bruder zu fragen und erfuhr Jahre später, dass der sich das Leben genommen hatte. Der Enkelsohn sprach gar nicht. Er war ein Junge von siebzehn Jahren, und er schämte sich seiner Fistelstimme so sehr, dass er den Mund nicht aufmachte. Mit seinen Großeltern flüsterte er. Auf seinem Keyboard spielte er etwas für mich und lächelte mich dabei bloß immer schüchtern an. Die Atmosphäre im Haus war liebenswürdig und verhalten melancholisch.

Franz Lípa hatte kein Auto, aber am Wochenende fuhr uns Dr. Maly mit seinem Sohn Pavel im Skoda spazieren. Wir machten eine lange Tour durch die Dörfer, die verstreut in der hügeligen Landschaft zwischen Litoměřice und Teplice lagen. Im Gegensatz zur harschen Stadt Ústí nad

Labem wirkten die Dörfer einladend und intakt. An einem der Berghänge deutete Lípa auf eine prächtige Villa. Die gehöre dem Chefchirurgen des Krankenhauses. Der sei ein Funktionär weit in den oberen Rängen der Kommunistischen Partei, und er sei es, der ihm das Leben schwer gemacht habe. Ich kurbelte mein Fenster herunter. Die Luft draußen war weich, feucht, und es roch nach Schnee. Plötzlich parkte Dr. Maly am Straßenrand, und wir stiegen alle aus. Wir waren am Unfallort. Dr. Lípa war ganz aufgeregt, schwenkte seine Arme vorwärts und rückwärts, um die Positionen der beteiligten Fahrzeuge anzuzeigen. Er muss schon oft hier gewesen sein, dachte ich überrascht. Die Hände tief in die Manteltaschen vergraben, lief ich dahin und dorthin. Dieser Ort ergab für mich überhaupt keinen Sinn. Ich hatte all die Jahre ein genaues Bild von der Unfallstelle vor Augen gehabt, und mir wurde schlagartig klar, dass dieses Bild nichts mit der Realität zu tun hatte. Wie beim Computerspiel hatte ich eine breite, ganz gerade verlaufende Straße vor mir gesehen. Das Gras am Straßenrand war in meiner Vorstellung viel grüner, und mitten auf der Kreuzung hatte ein unglaublich großer schwarzer Militärlaster unseren silbergrauen Benz unter sich begraben. Doch jetzt stand ich an einer Weggabelung zwischen einer leicht gekrümmten Landstraße mit Schlaglöchern und einer sehr schmalen Straße, die mit stacheligen Büschen am sandigen Rand fast unmerklich bergab führte. Das kann ja überall sein, dachte ich fast verächtlich. Diese Unfallstelle beeindruckte mich gar nicht. Ich habe damals die Stelle nicht einmal fotografiert. Wir stiegen wieder ins Auto und setzten unsere Spazierfahrt fort. Als ich am Abend im Bett lag, stellte ich verblüfft fest, dass ich mich noch immer an meine eigenen simulierten Bilder hielt. Die wirklichen Bilder würden mir wohl endgültig verborgen bleiben.

32 Jahre später schickte mir mein Bruder Tobias Dias, die das Unfallauto zeigten. Er hatte diese Fotos vollkommen vergessen gehabt, und anlässlich eines Umzugs waren sie ihm wieder in die Hände gefallen. Man sieht darauf den vollkommen zerdrückten Benz auf dem Hinterhof eines einsam in der Nähe der Kreuzung gelegenen Hauses stehen. Mein Vater,

meine Mutter und meine Schwester umringen staunend das Wrack. Unfassbar, daraus lebend entkommen zu sein. Die Fotos wirken, als seien die drei, das Haus und dieses zerdrückte Auto allein auf der Welt. Eine große Leere umgibt sie. Von dem Haus hatte ich bislang nichts gewusst, und ich konnte mich auch nicht erinnern, es bei meinem Ausflug mit den Ärzten gesehen zu haben. Das Haus gab mir neue Hinweise auf die Lage des Unfallorts. Es war ein Schock, als ich in der Satellitenansicht von Google Earth plötzlich direkt im Autoverkehr landete. Dann entdeckte ich das Haus, das ich vom Dia meines Bruders kannte. Weil ich bis jetzt nur meine Landkarte aus Papier zu Hilfe genommen hatte, war ich der irrigen Annahme gewesen, die fragliche Straße sei dem Bau eines Autobahnkreuzes zum Opfer gefallen. Jetzt musste ich feststellen, dass aus der Kreuzung ein Kreisverkehr geworden war. Das Autobahnkreuz befand sich weiter westlich. So verschob sich der von mir bislang lokalisierte Unfallort deutlich, und ich registrierte mit Entsetzen, dass der Unfall direkt nach dem Ortsausgang Terezín passiert war. Man musste nur um die Ecke biegen und sah das ehemalige Konzentrationslager. Warum hatte mir das keiner gesagt? Als ich vor 32 Jahren mit Franz Lípa, Simon und Pavel Maly auf dieser Kreuzung stand, hatten sie das mit keinem Wort erwähnt. Und das, obwohl, wie mir nach Franz Lípas Tod sein Bruder schrieb, ihre Eltern von den Nazis nach Terezín und von da aus nach Oświęcim (Auschwitz) deportiert worden waren. Dort wurden sie, wie auch die Eltern von Dr. Maly, von den Nationalsozialisten ins Gas geschickt. Franz Lípa und Simon Maly hatten dem Schicksal der jungen Deutschen den Vortritt gelassen.

An dem Abend nach dem Ausflug traf ich mich mit Lípa allein. Er hatte einen Tisch in einem Restaurant bestellt. Wir aßen eine tschechische Rindfleischspezialität mit dicken Knödeln und tranken dazu Pilsner Bier aus großen Gläsern. Wir saßen etwas verloren in dem weiten Raum und sprachen über die Vergangenheit. Franz Lípa ignorierte die Zukunft. Er war nicht gesund, musste nach jedem Satz wieder seinen Atem einfangen. Er erzählte mir von seinen persönlichen Niederlagen im alltäglichen

Kampf gegen den kommunistischen Machtapparat und vom geschichtlichen Scheitern seines Glaubens an den Kommunismus. Wenn er »jüdisch« oder »Jude« sagte, senkte er die Stimme und schaute sich um. Mir kam der Gedanke, dass ich ihm die Rolle zugewiesen hatte, die zuvor Soraya für mich innegehabt hatte. All die philosophischen Fragen und Meditationen, die ich mit Soraya am Küchentisch diskutiert hatte, habe ich mit ihm am Krankenbett erörtert. Viele Jahre waren seitdem vergangen, sein Gesicht hatte tiefe Furchen bekommen. Irgendetwas war an diesem Abend anders als zuvor. Ich war nicht mehr die Patientin, die er am Bett besuchte und die Ablenkung brauchte, und ich war auch nicht mehr das junge Mädchen, das sich an ihn gewandt hatte mit der Bitte um Wissen und Orientierung. Mein Kreuzbergchic verwunderte oder erschreckte ihn fast, wie er mir später in einem Brief gestand. Manchmal blickte er abwesend in sein Glas, und sein Gesicht verdüsterte sich. Er sprach auch nicht über die Gegenwart, die er, wie ich wusste, unerträglich fand. Nur einmal zeigte er auf seine altmodischen Sportschuhe, »Sieh dir meine Schuhe an«, sagte er leise und vertraulich, »ich kann mir keine neuen leisten, und wenn ich jetzt einmal zu einem Empfang eingeladen werden würde, ich würde nicht hingehen. Ich würde mich mit diesen Schuhen schämen.« Das klang bitter. Die alten Schuhe als ein Symbol für sein Versagen in der Welt.

Am nächsten Tag verabschiedete ich mich von allen und stieg in den Zug nach Prag. Davor fürchtete ich mich und hatte es dennoch gewollt. Ich hatte vor, einige Stunden spazieren zu gehen, um dann mit dem Nachtzug wieder zurückzufahren, aber daraus wurde nichts. In einer der engen, vollen Kneipen, beim schwarzen böhmischen Bier suchte ich Ablenkung, blieb hängen und verpasste meinen Zug auch bei der Rückfahrt. Am nächsten Abend nahm ich den Nachtzug Richtung Westen.

Nach Mitternacht kam ich an der Grenzstation in Cheb an. Die Grenzkontrollen lagen hinter uns, und dennoch standen wir noch immer im Nirgendwo. Der Zug war fast leer und unbeheizt. Ich öffnete das Fenster zum gelben, leeren Bahnsteig. Kein Ortsschild, kein Schaffner, keine

Lautsprecherdurchsage. Draußen war es nicht kälter als drinnen. Ich schaute meinem Atem nach und machte mir trostlose Gedanken. Ich war zwischen den Grenzen hängen geblieben. Entlassen aus dem einen und noch nicht angekommen in dem anderen Land. Ich war froh, dass ich eine Flasche Becherovka bei mir hatte. Das Geschenk aus Ústí wärmte mich in diesem jämmerlich kalten Zug. Eben noch hatte ich den Grenzsoldaten dabei zugesehen, wie sie ihre Schäferhunde unter die Waggons schickten. Ich hatte ihr langsames, lauerndes Gehen den Zug entlang beobachtet. Aufmerksam horchten sie, ob die Hunde anschlugen, ob sie einen unter den Waggons kauernden Flüchtling gefunden hatten. Der Anblick dieser Beutesuche war mir immer der unangenehmste auf den Zugreisen von Ost nach West. Die Flasche war halb leer, meine Zunge pelzig und das Stehenbleiben mittlerweile egal. Ich guckte aus dem Fenster und wartete auf Gespenster. Auf eine dieser alten Frauen in ihren schwarzen Capes, die an den Grenzen zum Osten in die Züge stiegen, um den Reisenden, die von einer Fahrt hinter den Eisernen Vorhang zurückkamen, umsonst Kaffee auszuschenken. Mir grauste es vor diesen unversöhnlichen, düsteren Frauen. Figuren wie sie waren für uns Spätgeborenen ein Zeichen dafür, dass die Nachkriegszeit niemals enden würde. Doch was hatten wir damit zu tun?

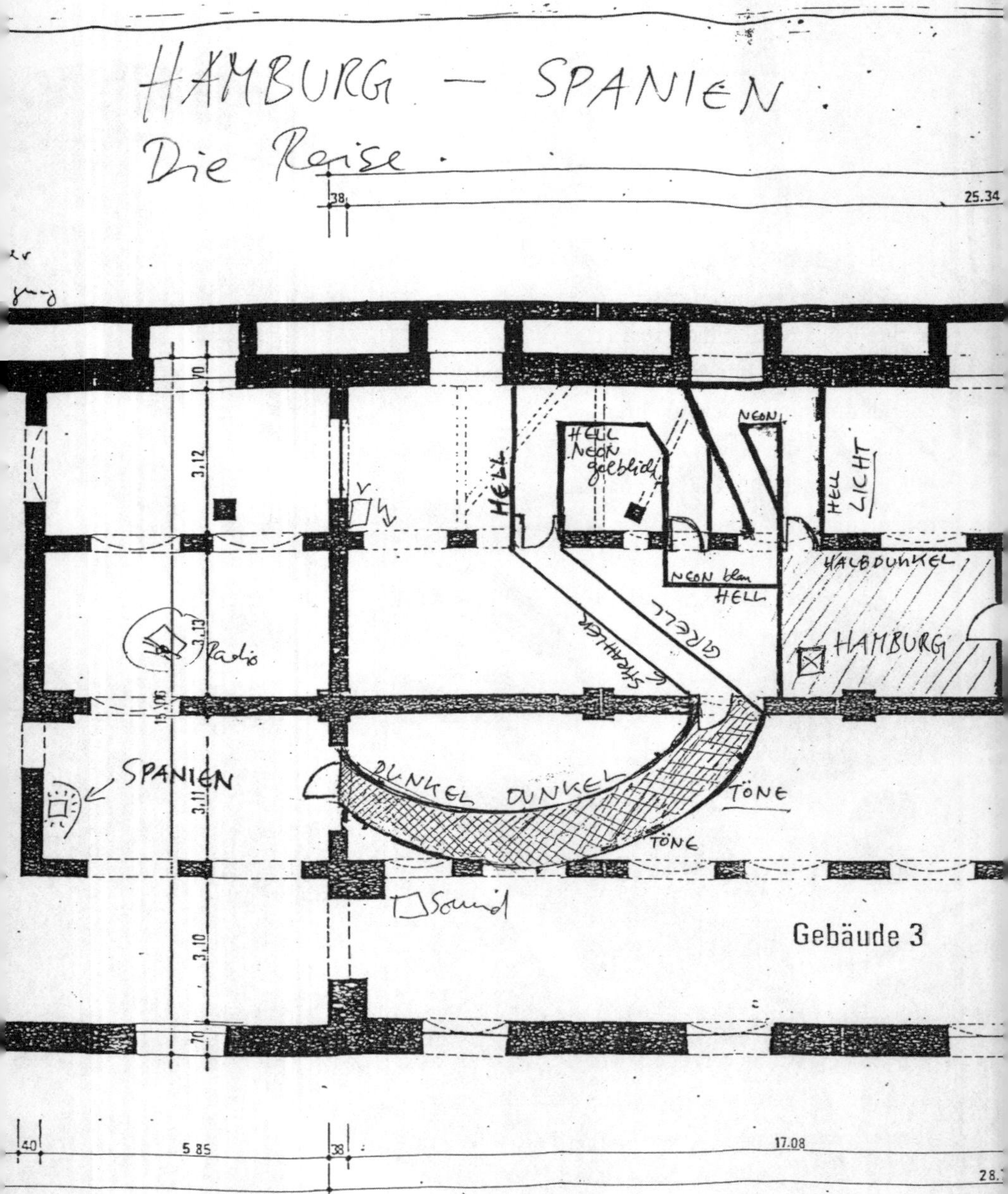
HAMBURG – SPANIEN
Die Reise
38
25.34
70
3.12
3.13
3.11
3.10
70
HELL
HELL
Neon
NEON
HELL
LICHT
NEON blau
HELL
HALBDUNKEL
GRELL
STRAHLER
HAMBURG
Radio
SPANIEN
DUNKEL DUNKEL
TÖNE
TÖNE
Sound
Gebäude 3
40
5.85
38
17.08

HAMBURG-SPANIEN. DIE REISE – THOMAS

Ich saß in der »O-Bar« in der Oranienstraße und war davon überzeugt, dass die Geschichte nicht linear verläuft. Wir bewegen uns vielmehr, dachte ich, auf einer Kreisbahn durch die Zeit, wobei unsere Entfernung von einem Mittelpunkt nur zunimmt, um unter Abzug einer Windung wieder dorthin zurückzukehren.

Ich hatte die Nacht auf der Wiener Straße nicht so einfach abschütteln können. Durch Ústí war ich mit Luise auf eine Weise verbunden, wie mit niemandem sonst auf der Welt. Darüber konnte man weder reden noch schweigen.

Luise sah umwerfend aus, als sie mit genauer Verspätung durch die Tür trat und mir zur Begrüßung zulächelte. Genauso muss der Satz heißen, der meine damalige Empfindung erfasst. Mit dem kurzen engen Rock, den schicken Pumps, dem gezirkelten Hut erschien sie mir wie eine Wiederkehr von Audrey Hepburn. Seit dem Unfall hatte ich sie nie mehr nackt gesehen.

Ehrlich gesagt, ging mir Schöneberg mit dem »Slumberland« am Winterfeldtplatz, dem »Dschungel« in der Nürnberger Straße und dem »M« in der Goltzstraße mit ihrem blasierten »New Wave«-Getue einigermaßen auf die Nerven, ich vermisste 36 und unser Haus an der Mauer.

Luise überfiel mich mit der Nachricht, dass Brian Eno sich in die Windscheidstraße verzogen habe. Ihr waren schon vor Monaten die Kellerräume des Kreuzberger Gartenbauamts unter dem Görlitzer Bahnhof versprochen worden. Dann kam plötzlich der Mitbegründer von »Roxy Music« und Produzent der »Talking Heads« dazwischen. Nachdem der

Keller nach den sommerlichen Gewittergüssen im Schlamm versunken war, bekam er kalte Füße und Luise freie Fahrt.

Ich verstand sofort, dass Luise keine Malerfaust-Kunst wie Salomé, Fetting, Kippenberger und »endart« machen konnte. Mit der »Zeitgeist«-Ausstellung im Gropius-Bau an der Mauer von 1982 war das für die Generation Luise abgehakt. Außerdem waren das totale Männer-Sachen. Wir lachten über den Penisstreit zwischen »endart« und Albert Oehlen, den Paul Maenz mit seiner Sammeltätigkeit entfacht hatte und den Anus und Chicken mit Berliner Trockenheit gegen rheinische Empörtheit glatt für sich entschieden hatten. Luise hatte es stattdessen mit Szeemanns raffinierten Einzelgängern, den Zwinkerern und Mystikern, mit den skulpturalen Aussagen und den körperlichen Situationen, mit der medialen Begabung und der wesentlichen Einsamkeit. Ihr Thema war das Rätsel der Anwesenheit. Sie zitierte dann Beckett aus »The Unnamable«: »Where now? Who now? When now? Unquestioning. I, say I. Unbelieving.«

Sie hatte mir eine Zeichnung ihrer Skulptur »Hamburg–Spanien« mitgebracht. Ich erkannte den Grundriss eines Kellers, in den ein Labyrinth mit sechs Türen eingezeichnet war, das von einem ersten Raum »Hamburg« zu einem letzten »Spanien« führte. Vor »Hamburg« lag eine Bar, und im Raum von »Spanien« waren ein Abspielgerät und ein Bild angedeutet. Auf dem Weg zwischen den markierten Türen waren Teile mit Bezeichnungen wie »grelle Strahler«, »neongelblich«, »halbdunkel«, »Töne, Töne« und »dunkel, dunkel« versehen. »Es passiert im Durchgang der Stationen ganz schön viel«, grinste Luise.

Ich begriff, dass es sich um eine zugleich reale und spirituelle Reise handeln sollte. Der Dämon der Stille, die Kälte der Dunkelheit, der Schlag des Lichts, der Zugriff der Töne machen die prekäre Anwesenheit des Ichs spürbar. Ich sah den Entwurf einer Plastik, die erst durch ein Ich, das sich durch dieses Labyrinth bewegt, Wirklichkeit wird.

Luise erklärte, dass ihr der Zusammenhang von Gehen und Gedächtnis aufgegangen sei. Man gehe doch schnell, wenn man etwas vergessen, und langsam, wenn man sich an etwas erinnern wolle. Die Erinnerung sei im Körper gespeichert, es brauche jedoch eine Bewegung, damit sie sich lösen und ich ihrer habhaft werden könne. Es gehe um ein Zurechtfinden und Ausdrücken im körperlichen Erleben von Anwesenheit.

»Das Arrangement ist unmissverständlich. Man kann drinnen oder draußen bleiben. Aber wer sich entschieden hat, durch die Eingangstür zu treten, für den gibt es kein Zurück mehr.«

»Warum nicht?«

»Weil die Türen nur zu einer Seite aufgehen. Die Umkehr ist ausgeschlossen.«

»Was soll das?«

»Eine richtige und intensive Begegnung mit sich selbst erleben.«

»Zwischen Körper, Geist und Seele?«

»Wenn du so willst: Ja!«

Ich war überrascht, wie unerbittlich Luise in ihrem Kunstwollen sein konnte. Sie wirkte so locker und leicht, sie wolle niemandem etwas aufzwingen, keinen Erlebnistunnel und keine Geisterbahn, aber dahinter stand der Wille zur Konfrontation mit dem Ziel, Tiefes anzurühren und Verborgenes hervorzuholen. Für mich war es mit Händen zu greifen: Luise hatte eine Form für die fehlenden zehn Tage in ihrem Gedächtnis gefunden.

Um acht Uhr beschlossen wir, beim »Hasir« noch eine Linsensuppe zu essen. Wir waren beide erschöpft von unserer Begegnung. Luise wollte mich eigentlich noch in ihr Atelier im Bethanien einladen, um mir eines ihrer riesigen, in längliche Streifen zerschnittenen Filz-Lack-Bilder mit dem Titel »Die Madelaine, Venedig und der Tod« zu zeigen. Womöglich hätte ich sie gefragt, ob sie nicht eine Kassette mit dem Adagio aus Mahlers 5. Symphonie habe. Aber wir waren uns unausgesprochen einig, dass das jetzt zu gefährlich sein würde. Wir verabschiedeten uns mit einer dezidiert unproblematischen Umarmung. In der U1, die vom Kotti bis zur Möckernstraße, wo ich umsteigen würde, obererdig verläuft, sackte ich beim Blick auf die Kreuzberger Häuserreihe in mich zusammen.

Die Eröffnung der Ausstellung »Hamburg–Spanien. Die Reise« am 8. Oktober 1988 war ein Familienfest. Der Samstag war wolkig mit Regen, aber das störte niemanden. Aus Heidelberg waren Luises Eltern angereist. Ihr Vater verkaufte Eintrittskarten, und ihre Mutter schenkte zusammen mit Marianne und Michael, die sich extra den Tag reserviert hatten, an der Bar Rotkäppchen-Sekt und einen Weißwein mit dem Etikett »Tödliche Doris« aus. Die Band um Wolfgang Müller hatte sich aufgelöst und überlebte als dieser säurebetonte Weißwein. Sogar Robert hatte seine Ankündigung wahrgemacht und war erschienen. Luises Eltern und ich verständigten uns mit einem Blick darüber, dass der Unfall, Ústí und das Leben mit dem Tod jetzt kein Thema waren. Die Stimmung war heiter und gelöst nach allen Seiten und zugleich neugierig und gespannt auf die Reise durch den Tunnel.

Der Ort, das war dem schlauen Brian Eno garantiert bekannt, war besonders. Wir befanden uns auf dem brachliegenden Gelände des alten Görlitzer Fernbahnhofs, das als breite, kilometerlange, größtenteils frei zugängliche Schneise in der Stadtlandschaft Schritt für Schritt zu einem Park für Kreuzberg umgestaltet wurde. Als einziger Überrest des Bahnhofs war ein Lagerhaus stehen geblieben. Hier fand Luises Suche nach ihrer verlorenen Zeit statt.

Man stimmte sich unter dem Sehnsuchtsgesang von Hans Albers mit einem Glas Schaumwein auf die Reise ein. Da immer nur eine Person eingelassen wurde, bildete sich eine Schlange von Wartenden, die von den Bardamen versorgt und unterhalten wurde. Hamburg war das »Tor zur Welt«. Luise hatte tatsächlich auf dem Bahnhof Hamburg-Altona recherchiert, wie der Beginn einer langen Bahnfahrt in den Süden vonstattengeht. War man schließlich an der Reihe, ging man auf eine weiße Wand zu und versuchte die Tür mit dem kleinen Knauf zu öffnen. Der Türschließer bot einen derart schweren Widerstand, dass man sich fast fürchtete, das erste Kabinett zu betreten, »Gute Reise!«, ertönte es aus der Bar.

Die Tür fiel zu, und man gewahrte als einziges Objekt in dem halbdunklen Raum eine kleine Luftaufnahme von Hamburg. Das gerahmte Bild stand auf einem schmalen Sockel und wurde wie eine Reliquie angestrahlt. Weil die Türen sich nur in eine Richtung öffnen ließen, war man gezwungen weiterzugehen. Man gelangte mit dem Öffnen der zweiten Tür in einen engen, weißen Gang, dessen Zickzack-Verlauf nicht abzusehen war. Knapp über dem Boden angebrachte Neonleuchten erzeugten hier eine eisige Helligkeit, die sich von Abschnitt zu Abschnitt noch verstärkte. Der gepflasterte Steinfußboden ließ die Katakombe erkennen, die glatten Wände erinnerten an eine klinische Umgebung. Die nächste Tür führte wieder in einen schmalen verwinkelten Gang, der aber weicher ausgeleuchtet war. Die dritte Tür öffnete sich zu einem schwarzen Gang, der kürzer, höher und noch schmaler war. Geblendet von einem starken Scheinwerfer, gelangte man schließlich in einen völlig verdunkelten Raum, aus dem amorpher Lärm drang. In die gekrümmten Wände waren Lautsprecher eingelassen, die einen mit Zuggeräuschen, hallenden Schritten und Wortfetzen beunruhigten. Wo bin ich? Wohin führt mich dieser Weg? Was will ich hier? Man musste sich vorantasten und wurde schließlich von einem milden Licht gestreift, das durch den Türschlitz drang.

Dort war der Ausgang zu einem warm beleuchteten Gewölbe. Der Blick der von Tür zu Tür getriebenen Person wurde sofort auf ein kleines Ölbild in schwerem Goldrahmen gelenkt, das eine südliche Landschaft darstellte. Geprägte Etiketten auf dem Rahmen und auf der Wand wiesen dem Bild den Titel »Spanien« zu. Spanien ist nur ein Bild, so groß wie ein Schulheft. Luise hatte in ihrem Urlaub ein kleines blödes Bild gemalt, so wie man im Urlaub kleine blöde Bilder malt. Sie wollte alle Farben darin haben. Aber dann sei ein Freund gekommen und habe gesagt, dass die Farbe, die er in seinem Schlafzimmer habe, Caput mortuum sei. Das veranlasste Luise, noch eine Extrafarbtube zu kaufen. Zwischen den beiden Grüns des Südens habe sie dann das Caput mortuum aufgetragen. Schön dick, mindestens fünf Schichten. Zum Glück erklang zum Schluss eine ganz andere Musik aus einem Radio der fünfziger Jahre: Miles Davis' absolut coole Variation eines Motivs von Maurice Ravel: das »Concierto de Aranjuez« von 1959.

Ich unterhielt mich gerade mit Robert, wie auf ihn diese Reise von Hamburg nach Spanien gewirkt habe, als Luise sich zu uns stellte. Robert hatte sich noch nicht sortiert und wandte sich deshalb ein bisschen spitz an Luise.

»Was sollten wir deiner Meinung nach eigentlich in dem Kellerlabyrinth erleben?«

Luise schaltete sofort auf ruhig und ernst.

»Es ist nichts da, was dich auf irgendwas hintreibt. Das Einzige, was ich mache, ist doch, dass ich die Leute in eine Richtung schicke, aber sie erleben da nicht irgendwas Besonderes, Fühlübungen oder Gummiwände oder so was. Es ist eher so wie in einem Haus, wenn man den Lichtschalter nicht findet. Dieser Moment, wo man den Boden unter den Füßen verliert und einen die Erinnerung überkommt.«

KLASSENSCHICKSAL – THOMAS

Aus dem Traum mit der irren Verdrehung der Jules-et-Jim-Geschichte kam ich nicht raus. Ich war Jeanne Moreau, Soraya Oskar Werner und Luise war Henri Serre. »Le tourbillon de la vie« – der Strudel des Lebens –, singt Jeanne Moreau in dem Film. Mich überkam eine schreckliche Traurigkeit bei dem Gedanken, dass Luise und Soraya damals noch ein Paar waren, das sich sagen konnte, jede von uns sucht bei demselben Mann etwas anderes, also gibt es keine Eifersucht. Trotzdem lag ein Fluch über diesem süchtigen Sehnen nach der Euphorie eines leichten Lebendigseins. Wir hätten es nicht schaffen können, weil ich, als das geliebte Objekt, so wie in dem Film von François Truffaut eine von den beiden mit in den Tod reißen würde. Ich hätte es als Mann zwischen zwei Frauen einfach nicht ausgehalten, auf eine verzichten zu müssen. Ich weiß, das war alles nur ein Traum mit einer allzu nahe liegenden Wunscherfüllung. Nun aber ist Soraya tot, und Luise kann mit einer langen Narbe vom Bauch bis zum Hals weiterleben. Ich bin der Dritte, der mit im Auto saß. Ich bin der, dem nichts passiert ist. Was mache ich aus meinem Leben, das ich zufällig nicht verloren habe?

Ich war froh über den Sitz am Gang, weil mich beim Blick über die Wolken leicht ein Schwindel ergreift, dem ich kaum Herr werde. Der Direktflug von Tegel nach JFK würde knappe neun Stunden dauern, die mich mit mir allein sein ließen. Ich hatte das Interesse an Berlin verloren. Ich hatte das Gefühl, das Kapital der Stadt mit der Mauer war aufgebraucht. Die Bautzener Straße, das »Andere Ufer«, die Schaubühne, das »Swing«, die FU hatten mir nichts mehr zu geben. Berlin war ein Freilichtmuseum, in das Leute kamen, weil ihnen London zu anstrengend, Paris zu hochnäsig, München zu sauber, Hamburg zu fein und Frankfurt zu klein waren.

Mit John, meinem amerikanischen Freund, der als Ethnologe auf die Erforschung geteilter Städte spezialisiert war, hatte ich 1988 noch den Osten der Stadt, die Hauptstadt der DDR, ganz anders kennengelernt. Wir haben Merve-Leser in der Hans-Loch-Straße, Blinky-Palermo-Anbeter in der Mulackstraße und Punk-Literaten am Prenzlauer Berg getroffen. Das waren Ost-Bewohner ohne Angst und ohne Hoffnung, die als Klomänner, Fensterputzer, Freudenmädchen, Gärtnerinnen und Autoschrauber ein schönes Einkommen hatten und ein freies Leben führten.

Doch diese Bereicherung meiner Sicht auf die große Stadt machte mich noch mehr zum frei schwebenden Beobachter. Ich war zum Zaungast meiner eigenen Stadt geworden und sah keinen Sinn mehr darin, den Definitionsanspruch auf dieses ausgehaltene Leben auf der künstlichen Insel geltend zu machen. In meinem Elend hatte ich nach einem Besuch in der »Paris Bar« Alexa mit den kleinen Zähnen rumgekriegt, mit mir eine Nacht im Hotel Savoy zu verbringen. Da lief gar nichts zwischen uns, und danach war der Ofen völlig aus.

Robert hatte den Absprung nach Hamburg geschafft und dort eine selbständige Existenz als Theateragent gewagt. Er war einer der Ersten dieser Art in der Bundesrepublik und vermittelte vor allem Regisseure, die in der freien Szene auf sich aufmerksam gemacht hatten, für einzelne Produktionen an B-Häuser des Stadttheaters. Obwohl dies eine höchst unsichere Sache war, beneidete ich ihn grenzenlos für seinen Mut. Ich hatte auf die Karte einer akademischen Karriere gesetzt und war in einem von der berühmten Deutschen Forschungsgemeinschaft geförderten Projekt über Beratung untergekommen. Wir interviewten vor allem Honorarkräfte aus dem Berliner System der Familienhilfe, um ihnen dann als schlaue Beobachter zweiter Ordnung nachzuweisen, dass sie Beratung als trivialisierte Therapie betrieben. Ein Ausgangspunkt für meinen eigenen Take-off im akademischen Betrieb war das wahrhaftig nicht.

Luise war auch in New York mit ihrem Hut nicht zu übersehen. Als ich am Grand Central mit meinem Tropicana-Modell von Rimowa aus dem Bus von JFK stieg, kam ich mir wie im Film vor. Es war unglaublich heiß, und Luise schlug vor, wir sollten zur Begrüßung in die »Oyster Bar« gehen. Ich brauche mir keine Sorgen zu machen, ihre Taschen seien von dem Stipendium voller Dollars. Ich war als Jugendlicher mit der Englisch-Klasse im Gymnasium schon mal in New York gewesen, bevor es zu meinen Gasteltern nach Illinois in the West of Nowhere ging. Ich war damals wie von Sinnen, weil mir nichts entgehen sollte. Die Rolltreppe vom Port Authority kam mir wie eine Himmelsleiter vor. Doch dieses Mal ging für mich der Himmel wirklich auf. Ich war Teil eines Geschehens, das meine Bewegungen lockerte und meinen Kopf leerte. Ich sah mich inmitten der Männer mit den breiten Hosenträgern und den Hemden mit Button-down-Kragen von Brooks Brothers, die ihre blauen Anzugjacketts abgelegt hatten, und den zugehörigen Frauen mit ihren schwarzen Teilen aus dem Donna-Karan-Baukastensystem. Die kühlen Austern, die man an der Bar nahm, weckten die Sinne und den Geist. Als seien wir Szenegänger des internationalen Kunstbusiness, plauderten Luise und ich darüber, wie Mary Boone in die Fußstapfen von Ileana Sonnabend und Leo Castelli getreten war. Als wir uns in nüchterner Unbekümmertheit vor Augen hielten, dass in New York wahrscheinlich 50 000 Künstler an ihrem Durchbruch arbeiten, ließ Luise den Satz fallen, der mich mit einem Mal aus meinen glücklichen Träumereien über mein Mitschwimmen in der einsamen Masse fallen ließ:

»New York ist keine Stadt, um sich zu schonen.«

Das Stipendium, das Luise angeblich so fürstlich ausstattete, war vom Künstlerhaus PS1. Dort, in Queens, hatte sie mich in ihrem Atelier für die Woche untergebracht. Das war zwar nicht erlaubt, aber einige der Stipendiaten arbeiteten bis spät in die Nacht, sodass keiner sich was dabei dachte, wenn bei Luise noch lange Licht brannte. Das Gebäude war eine ehemalige Schule. Die Klassenzimmer waren die Ateliers, und für alle waren die Duschräume mit den massiven Waschtischen und klobigen Armaturen wie aus den dreißiger Jahren, in denen ich mich morgens frisch machte, bevor ich in einem nahe gelegenen Diner Kaffee und Spiegeleier zum Frühstück hatte.

Der Blick aus Luises Atelier auf die Skyline hatte nichts gemein mit der Mietskasernendichte Berlins, ein Wolkenkratzer neben dem anderen buhlte um Bewunderung. Aus dem Eckfenster sah man über den East River hinüber nach Manhattan südlich der Queensboro Bridge direkt auf die Türme der Vereinten Nationen. Luise hatte mir voller Stolz jeden Wolkenkratzer einzeln vorgestellt. Sie hatte eine Kopie aus einem Architekturführer mit der Skyline neben ihrem Fenster hängen. Ich spürte einen neidvollen Stich, als ich sah, wie sie sich diesen Ausblick zu eigen gemacht hatte. Sie spürte nichts von meinem Neid, war in ihre Begeisterung eingetaucht. Nachts, als Luise mit dem G-Train zu ihrem neuen Freund nach Brooklyn gefahren war, stand ich allein im dunklen Atelier am Fenster, vor diesem grandiosen Ausblick, der nun ein fern leuchtendes Band geworden war, eine City of Lights.

Die erste Nacht dort werde ich nie vergessen. Ich war in der Hitze wach geworden und hatte mir von unten einen Krug Wasser geholt. Ich blickte aus dem großen Schulzimmerfenster von Queens aus auf die nächtliche Skyline von Manhattan. Wer es aus der Bronx, aus Brooklyn, aus Williamsburg oder aus Queens dahin geschafft hatte, hatte etwas aus seinem Leben gemacht. Ich befand mich auf der Seite der Füchse, die die Löwen an den Brücken überwinden mussten, um einen Laden in der 10th Street eröffnen, ein Atelier in SoHo mieten, ein Apartment im Village sich leisten oder einen Studienplatz an der Columbia ergattern zu können. Mit einem Mal spürte ich einen Hass, den ich an mir noch nie erlebt hatte. Ich war in Wirklichkeit ein kleiner ungläubiger Thomas, der auf eine Schritt-für-Schritt-Karriere an der halb feudalen Uni schielte, dem jedoch der Mumm fehlte, etwas Großes aus sich zu machen. In New York wäre ich keiner Rede wert. How you doing? Just waiting. Hey man, what for? Ich konnte an mir verfolgen, wie sich das Wüten gegen mich selbst in ein Wüten gegen Luise verwandelte. Ich konnte mit dem Charme eines ernsten und eifrigen Bildungsaufsteigers aus kleinen Verhältnissen aufwarten, dem man anerkennend auf die Schulter klopfte. Luise dagegen war eine Professorentochter, die von ihren Eltern als Künstlerin auf Händen getragen wurde, die von ihrer Tante mit dem harten Leben einer Frau in Männerwelten vertraut gemacht worden war und die nie einen Zweifel gezeigt hatte, die richtige Wahl getroffen zu haben. Selbst die Geschwister schienen darauf zu vertrauen, dass ihr gelingen werde, was sie sich vorgenommen hatte. In mir brannte eine ekelhafte Eifersucht, die sich nicht gegen das Ich von Luise, sondern gegen ihren Klassencharakter als talentierte Tochter aus gutem Haus richtete. Ihr Vater hatte mir in Ústí anvertraut, dass Luise immer schon die schönsten Bilder gemalt hätte, und ihre Mutter hatte ich als die starke Mutter erlebt, die ich mir selbst gewünscht hätte. Und jetzt hatte sie sich auch noch dieses begehrte PS1-Stipendium als Auszeichnung ihrer besonderen künstlerischen Leistungen geangelt. In diesem Moment hätte ich Luise am liebsten aus meinem Leben eliminiert und mit ihr meine ganze Zeit mit Soraya, mit Michael, mit Clarissa, mit Uli, mit Irene, mit Vroni, mit Robert und all den anderen. Wir hatten uns doch nur vorgemacht, dass wir gemeinsam an den Start gehen, dass niemand von zu Hause bevorteilt oder benachteiligt ist, weil alle eine Macke abbekommen hatten. Irgendwann zählt eben doch, woher man kommt. Mein Leben war mein einziges Eigentum, das ich aufplustern oder wegwerfen könnte, ohne dass mir jemand eine Träne nachgeweint hätte. Je mehr ich mich selbst bedauerte, umso mehr hasste ich Luise.

Am anderen Morgen war ich wie gerädert von dieser nächtlichen Fänger-im-Roggen-Episode. Ich fiel beim Aufstehen so unglücklich über meine Schuhe, die ich mir extra für New York gekauft hatte, dass ich mir, wie ich bei der Morgentoilette im Spiegel über dem Waschtisch sah, tatsächlich ein blaues Auge zugezogen hatte.

»Wie siehst du denn aus? Hast du jemanden falsch angeguckt?«

Luise war eher besorgt als belustigt.

»Du weißt doch, das Gesetz der Großstadt heißt: Don't focus!«

»Ich habe mir selbst zu tief in die Augen geschaut.«

Luise schien sofort gemerkt zu haben, dass da was Ernstes im Busch war. Sie holte die beiden Stühle, die im Atelier herumstanden, und wir setzten uns.

»Es ging um mein Leben. Ich habe dich dafür verantwortlich gemacht, dass mir nichts gelingt.«

Luise schaute mich verwundert an, als sei ich ein Außerirdischer, der sich ausgerechnet sie ausgesucht hätte, um auf der Erde herumgeführt zu werden.

»Ich fühl mich so wahnsinnig allein gelassen, nachdem wir uns in alle Winde zertreut haben. Ich hab anscheinend viel mehr an uns geglaubt, als ich mir das jemals eingestanden habe. Dafür musstest du heute Nacht für mich herhalten.«

Luise lehnte sich zurück und ging auf Distanz.

»Ich war so böse neidisch auf dich. Als hättest du von Anfang an mehr bekommen als ich. Auch wegen Soraya und wegen Elena. Selbst beim Schicksal hast du offenbar noch die besseren Karten.«

»Was denkst du jetzt?«

»Du und ich, wir sind übrig geblieben, und wir müssen jetzt jeder für sich allein zurande kommen.«

Ich weiß nicht mehr genau, wie es an diesem Morgen weitergegangen ist. Ich kann mich nur noch erinnern, dass wir frühstücken gegangen sind, dass ich zwei Portionen Spiegeleier gegessen habe und Luise mir dann Vorarbeiten für ihr Projekt »What to say, what not to say« gezeigt hat. Es endete irgendwie bei John Cage, dass alles zufällig, aber nichts beliebig passiert.

NEW YORK – LUISE

Thomas hatte am Tag danach angerufen. Ob ich mitbekommen habe, was passiert sei. Er habe allein vor dem Fernseher gesessen und alles mitverfolgt. Schabowski, und er tat so, als ob ich den kennen müsste, habe Zettel hin und her gewendet und es offenbar selbst nicht glauben können. Auf die Frage eines Journalisten aus Italien auf der eher vor sich hin plätschernden Pressekonferenz nach einer Tagung des Politbüros habe der erklärt, die neue Regelung über Reisen nach dem Ausland ohne Vorliegen von Voraussetzungen gelte seiner Kenntnis nach sofort, unverzüglich. »Unverzüglich« sei das rätselhafte Wort gewesen. Er, Thomas, habe die Tragweite dessen, was Schabowski da gebrummelt hatte, in diesem Moment nicht begriffen. Er habe dann noch was zu Abend gegessen in dem Gefühl, dass sich am nächsten Tag herausstellen würde, was »unverzüglich« konkret heißen solle. Den Fernseher habe er laufen lassen, und mit einem Mal seien da Bilder von Menschen zu sehen gewesen, die von der Hauptstadt der DDR durch die Grenzanlagen in unser Westberlin drängten.

Er, Thomas, habe den Bildern nicht getraut und im Haus an der Mauer angerufen, denn dort müsste man es doch am besten wissen, ob die Mauer noch stand. Nach langem Klingeln habe sich schließlich Marianne gemeldet. Ohne große Umschweife habe er sie gefragt, ob die Mauer noch stehen würde. Ein lautes »Häh?« sei die Antwort gewesen, und er habe Marianne förmlich vor sich gesehen, wie sie die Augen verdreht habe. Er, Thomas, habe dann gehört, wie sie zum Fenster ging, das sie aufmachte und wieder schloss. »Die steht. Sonst noch Fragen?« Mit diesen Worten habe sie aufgelegt.

Wir wissen doch, wie Marianne tickt, sagte er in einem ungewöhnlich gütigen Ton zu mir. Jedenfalls sei er, Thomas, gegen zehn Uhr losgezogen, um herauszufinden, ob die Fernsehbilder echt seien. Unter den Yorckbrücken sei es wie immer stockdunkel und menschenleer gewesen, und der 19er-Bus sei wie immer in Richtung Ku'damm gefahren. Doch dieses Mal nur bis zum Nollendorfplatz. Da habe man aussteigen müssen. Das »Swing« sei seltsam leer gewesen. Auf der Kleiststraße sei noch nichts zu bemerken gewesen. Aber vom KaDeWe bis zum Kranzlereck schoben sich die Massen. Vorbei an hell erleuchteten Geschäften rechts und links und vorbei an der konservierten Nachkriegsruine der Gedächtniskirche. Es habe nicht Begeisterung und Trubel geherrscht, sondern es sei erstaunlich still und gesammelt gewesen. Die aus dem Osten staunten und die aus dem Westen auch. Ganz vorsichtig, fast zärtlich, sei die Begegnung der Ostberliner und der Westberliner in dieser ersten Nacht gewesen. »Wahnsinn« habe es erst am nächsten Tag geheißen. Wie fühlen Sie sich? Was ist Ihr Eindruck? »Wahnsinn«, vor hingestreckten Mikrophonen, immerzu »Wahnsinn«.

Thomas konnte sich nicht des hohen Tons enthalten. Ich hörte ihn sagen, jetzt geht eine Epoche zu Ende. Die Mauer, an die wir uns wie an einen Naturzustand gewöhnt hatten, sei zum Einsturz gebracht worden. Wer absolut gegenwärtig sein will, muss jetzt in Berlin sein. Das zielte auf mich und die Kunst ab.

Er sagte noch, ein historisches Versehen habe alles geändert. Alles? Bei Thomas wusste man eigentlich nie genau, woran man war. Seine Art zu denken ließ immer noch eine andere Möglichkeit zu. Nur dieses Mal schien der Zweifel keine Ausrede für ihn zu sein. Ich war mir sicher, dass »alles« nicht das Ende des Kalten Krieges und die Aufteilung der Welt meinte, sondern damit war das ganze Leben gemeint. Sein ganzes Leben. Alles werde sich ändern und alles sollte sich ändern. »Vergiss New York, Luise, komm nach Berlin!« Mit dieser Aufforderung hatte er das Gespräch beendet.

Ich hatte noch einwenden wollen, dass das jeder aus seiner Perspektive anders sehe. In New York hatte sich nämlich nichts verändert. Hier galt die breite Gegenwart, die sich alle Vergangenheit und alle Zukunft einverleibte. Aus New York hörte sich das, was in Deutschland jetzt vor sich ging, eher nach Therapie denn nach Politik an. Runder Tisch, Dritter Weg, Sozialismus mit menschlichem Antlitz, Visionen einer Alternative – all diese Schlagworte hatten nicht das Zeug zu einer packenden Geschichte, wie die Amerikaner sie mögen. Die Deutschen müssen erst herausfinden, ob sie eins oder zwei sind, dachte ich fast schon angewidert, aber diese Gedanken hatte ich für mich behalten, da ich mich jetzt mit Thomas nicht hatte streiten wollen. Für ihn war der Fall der Mauer ein »niederfahrendes Ereignis«, wie er sich damals am Telefon ausdrückte, das für ihn die Rettung bedeutete. Thomas hatte es aufgegeben gehabt, Ansprüche an sein Leben zu stellen. Das Ich sei ein Effekt, kein Ausdruck, wie er mir in typischer Thomas-Manier bei seinem Besuch in New York gesagt hatte. Geschichte sei ewige Wiederkehr oder zufällige Katastrophe. Und jetzt das. Es hatte sich etwas ereignet, was niemand für möglich gehalten hatte. Ich kann mich nicht erinnern, dass irgendjemand, den ich kannte, im November 1989 so sehr an das Ende von etwas Bekanntem und an den Beginn von etwas Unbekanntem glaubte wie der eigentlich ungläubige Thomas.

Ich hatte das Schicksal herausgefordert, mich noch einmal um ein Stipendium in New York beworben und es diesmal auch bekommen. Nach Jahren des Wohlverhaltens hatte sich das mit dem Einreiseverbot erledigt, aber in meinem Pass war ein Waiver eingetragen. Ich galt nach wie vor als eine verdächtige Person, und bei jeder Einreise saß ich stundenlang als einzige Weiße in einem fensterlosen Raum und wurde abgecheckt, was jedoch meiner Begeisterung für New York keinen Abbruch tat. Ich hatte mich entschieden. Wie Berlin zuvor hatte ich mir New York zum Leben ausgesucht. Ich mochte die leichte Hysterie der New Yorker, ihren Überlebensmut, ihren Rhythmus, ihre Attitüde und ihre Fähigkeit, das Seltsamste um sie herum als das Selbstverständlichste anzunehmen. Man braucht hier Schuhe mit Sohlen wie Goodyear-Winterreifen, aber oben aus feinem Leder. Wenn einem der Wind um die Ohren pfeift, muss man mit beiden Beinen fest auf dem Boden stehen. Nachdem das Stipendium am PS1 ausgelaufen war, war der Geldfluss versiegt. Ich hatte nichts angespart und lernte das Jonglieren mit mehreren Kreditkarten, um über die Runden zu kommen. Meinen Lebensunterhalt verdiente ich mit den lausigen Jobs, in denen man die skurrilsten Figuren versammelt fand, all die Betrogenen, Gescheiterten, Hoffenden, Verlassenen, Verrückten, Einsamen und Gestrandeten, die zur unbekümmerten frühkapitalistischen Ausbeutung frei gegeben waren. Die eiserne Regel lautet, so viel Energie aufzusparen, dass du nicht den Glauben an dich verlierst. Wenn du Zweifel zeigst und dein Künstler-Ich Risse bekommt, kannst du einpacken und nach Hause fahren. Egal, wie wenig ich mit den lausigen Jobs verdient hatte, ob es stürmte oder schneite, donnerstagsabends biss ich die Zähne zusammen und brach zu meiner langen Weekend-Opening-Night-Tour auf. Sorgen, Klagen, leiden, schlechte Laune oder Verzagtheit verbieten sich, wenn man es in New York als Künstlerin zu etwas bringen will. Keiner dort will dein Gejammere hören, schon gar nicht, wenn du eine Frau bist, denn Frauen sind bekanntermaßen immer unzufrieden.

Wenn ich vor dem Spiegel stand und mich für den Abend schminkte, fiel mir manchmal Vroni ein, und ich verstand, warum sie auf alles, nur nicht auf Lippenstift hatte verzichten können. Ich malte mir einen roten Mund ins blasse Gesicht, umrandete die Augen schwarz, wählte einen Hut aus, steckte ein paar Dollars und Zigarillos in meine Clutch und war bereit für meinen Auftritt als Künstlerin.

Es waren harte Zeiten. Die Stadt wurde mit billigen Drogen geflutet, Crack und Heroin allerorten, die Arbeitslosigkeit hoch, und gefühlt alle zwei Stunden wurde jemand umgebracht. Ich vertraute weiterhin auf meinen Schutzengel, fuhr zu jeder Tages- und Nachtzeit mit der Subway und wagte mich auf Goodyear-Sohlen auch in finstere Ecken.

Jetzt saß ich auf dem flachen, mit hellgrauer Teerpappe ausgelegten Dach meines Hauses und genoss die späte Wärme und das unvergleichliche Licht der tief stehenden Sonne. Der Himmel war von einem kalten Stahlblau, die Herbstluft kroch den East River herauf, sie schmeckte nach

Meer. Aus dem hohen Backsteinschornstein der Zuckerfabrik von gegenüber schlängelte sich feiner, weißer, süßer Rauch. Hier lebte ich in einem ehemaligen Lagerhaus, das von der mächtigen Williamsburg Bridge nur durch eine schmale, vermüllte No-go-Area getrennt war. Hoch oben rauschte gleichmütig laut ununterbrochen der Verkehr nach Manhattan. Ich hatte mir für meine Kunst ein großes Studio gewünscht und konnte mir Manhattan nicht leisten. So war ich wieder im Abseits gelandet und fühlte mich mittendrin. Das Wohnen in Provisorien war ich gewohnt. Mit meinem Hausbesetzerwissen hatte ich den zweiten Stock des Lagerhauses in ein Loft verwandelt. In dem riesigen Raum, in dem vormals Tabak gelagert worden war, setzte ich Fenster ein, zog Rigipswände, legte Stromleitungen, baute eine Küche, ein Bad, eine Schlafkoje und ein Studio. Von meinem Esstisch aus konnte ich unter der Williamsburg, der Manhattan und der Brooklyn Bridge hindurch den Sockel der Freiheitsstatue schimmern sehen. Dahinter beginnt der Atlantik. Ich höre Brigitte Fassbaender die »Sieben Todsünden« singen und fühle Heimat. Dann lege ich Charlie Parker auf und spüre Amerika.

Auf dem East River kreuzen Lastkähne, Schleppschiffe und Fährboote. Bewegung und Sehnsucht.

Mein Landlord war ein chassidischer Jude im orthodoxen Rock, mit Schläfenlocken, heller, durchscheinender Haut und steifem schwarzen Samthut. Er gab mir als Frau nie die Hand. Dennoch pflegten wir ein entspannt unproblematisches Verhältnis miteinander. Mit mir Schickse sprach er über Kinder, das Wetter und Hochzeiten. Ich lebte zwischen Hispanics, Immigranten aus Puerto Rico und Chassidim, Satmar aus dem ungarischen Königreich. Zwischen den Feuern, in die die bärtigen, betenden Männer Sauerteigbrot und Hefebrot warfen, und den farbenprächtigen Prozessionen, bei denen der Gekreuzigte mit Gesängen und Weihrauchschwaden durch die Straßen getragen wurde. Zwischen den hispanischen Frauen, die so wunderbar schrill aussehen mit ihren großen Ohrringen, gefärbten Haaren, falschen Wimpern, dem vielen Make-up, und den chassidischen Frauen in ihrer strengen Lange-Rock-

Kluft mit den starren Perücken über den weißen Gesichtern. Die Frage, wer ich eigentlich war, stellte sich mir lange Zeit nicht. Ich ging durch diese zwei Welten als eine Fremde, und das genügte mir.

Kinder wollte ich noch immer nicht. Die Kunst ist es. Mein Platz war an diesem verlorenen, schäbigen Ort bei der Brücke. Ich zeichnete eine großformatige biographische Serie. A woman with a past. A modern artist. Mit dem L-Train ist es nur eine Station bis Manhattan. Drüben in den gusseisernen Galerien triumphiert die Kunst der All American Boys: Sex and Size. Ohne europäische Bildung und Vornehmtuerei. Und ohne Frauen.

Ein Galerist aus Deutschland mit einer Galerie am Broadway nahm mich manchmal mit zu den begehrten Black-Tie-Eröffnungen, auf denen die Celebrities sich blicken lassen, denen er mich vorstellte und deren Namen ich direkt danach wieder vergaß. Stars und ihre Dealer geben sich ein Stelldichein, eifersüchtig bewacht von Frauen, die von hinten wie junge Mädchen aussehen, aber die immerglatten Gesichter der alten, reichen Amerikanerinnen haben. Das sind die einflussreichen Members, ohne deren Spenden der Museumsbetrieb nicht aufrechterhalten werden könnte. Hinterher schnupften wir Kokain in der Upper Westside und führten bis in den Morgen Gespräche über Kunst und die Umstände, die zur Kunst führen. Dieser Galerist gab mir den Rat, dass ich unbedingt bei einer amerikanischen Galerie ausstellen sollte. Wenn ein deutscher Galerist deutsche Künstler ausstellt, dann kommt das hier ganz schlecht, meinte er. Das erinnert die an Emigrantenkunst, fügte er fast schon abfällig hinzu.

Auf New Yorks Dächern wehten keine schwarzen Anarcho-Fahnen, und doch fühlte ich mich fast schon rührselig an unsere Sommer auf dem Dach des Hauses an den Gleisen erinnert, wenn ich bei den Art-Roof-Partys das Geschehen beobachtete. Versammelt war gewöhnlich eine fein ausgewogene Mischung der Schönen, Klugen, Einflussreichen und Starken. Jeder, mit dem ich ins Gespräch kam, konnte mich weiterbringen. Ich lernte die Kunst des Smalltalks: Präzis gesetzte Pointen und geistreiche Gedanken müssen in forciertem Tempo abgeschossen werden. Langatmige Erörtungen wie damals am Küchentisch in Berlin machten einsam. Da kannten die New Yorker kein Pardon: Kaum hatte man zu dozieren angehoben, stand man allein da.

American Fine Arts in SoHo war abgeschabt und lässig. Keiner der üblichen White Cubes und doch so, wie alle anderen gerne wären. Augenblicklich fühlte ich mich wie in einer Art »home bar«. Und auch der Galerist von American Fine Arts, Colin de Land, war ein anderes Kaliber als die Galeristen, die ich bislang kennengelernt hatte. Schwarzhaarig, schlaksig und mit immermüden Augen, wirkte er wie eine verlorene Seele. Mit seinen billigen Jacketts, dünnen Krawatten, coolen Sonnenbrillen, dem Canal-Street-Talmi am Handgelenk und nie ohne eine brennende Zigarette im Mundwinkel, war er eine Mischung aus Humphrey Bogart und John Lurie. De Land, stets von einer großen Entourage umgeben, war melancholisch, freundlich und distanziert. Als ich ihn besser kennenlernte, wollte ich fast glauben, dass er damals beim »Laden für Nichts« mitgemischt hatte und ein Kreuzberger Wiedergänger war. Seine Galerie stand für das Experiment. New ways of understanding artists work. Profit und Gewinn beachtete er nicht. Die Preise hatte er im Kopf und nicht auf Listen notiert. Pressemitteilungen gab es grundsätzlich nicht. Colin de Land war ein Kämpfertyp und American Fine Arts eine der raren rebellischen, antikommerziellen Galerien in New York, der Hauptstadt des Kapitalismus. Colin war eigentlich immer pleite, und damit gab es keinen Unterschied zwischen seinen Künstlern und ihm. Er interessierte sich für die Positionen, die ganz für sich standen. Colin stellte mich aus. Für die verkauften Kunstwerke habe ich keinen Cent erhalten. Das war der Preis der Rebellion.

Im Winter, wenn die Milch vom Vortag über Nacht im Topf gefroren ist, kommt die Erinnerung. Dann liege ich neben dem Gasofen und höre John Coltranes »Naima« in einer wilden Version. Ein Schreien und Keuchen. Ein Orgasmussound, und ich friere. Während ich der Musik zuhöre, abwechselnd Rotwein und Hühnerbrühe trinke, falle ich in Gedanken zurück auf die tief verschneiten Straßen, die nach Prag führen. Ich denke an die bittergrauen Berliner Winter, die Nächte in der »home bar«, an Sorayas Geste, ganz langsam, das Kinn wegzudrehen, an Aaron Rosenblatts glänzende Schuhe, an den Blick meines Vaters, nachdem er das erste Mal durch »Hamburg–Spanien« gegangen war, und an Elenas irres Lachen, als sie mir die Geschichte mit den Bananen erzählte. Die Nachtwachen fallen mir ein, die Kreuzung hinter Theresienstadt, unser silbergrauer Mercedes, meine verloren gegangenen Skulpturen im traurigen Hinterhof, Dr. Malys honigfarbene Augen und Claudius, the gambler, in Knastkleidung. Ich sehe auf das Leben, für das ich überlebt habe. Was ist von unserer großen Revolte geblieben? Manche der Freunde habe ich ganz aus den Augen verloren. Soraya bleibt. Sie wird da sein, auch wenn alle anderen weg sein werden. Die Gedanken kommen und die Gedanken gehen. Eine Meditation über den Schmerz.

Thomas' Anruf hat mich aufgeschreckt. Was ist das wohl für ein Gefühl, die Adalbertstraße einfach weiter geradeaus zu gehen, frage ich mich. Unser Leben im geteilten Berlin hat etwas Vorläufiges gehabt, so als ob das richtige Leben noch nicht angebrochen sei. Ist das jetzt nach dem Fall der Mauer und mit fast dreißig anders?

Es wird kühl auf dem Dach. Bevor ich nach unten gehe, lese ich noch einmal den Brief, der eine Woche nach unserem Telefongespräch angekommen ist. Für ihn stehe in Berlin jetzt wieder alles auf dem Spiel, schreibt Thomas mir darin. Diese Gelegenheit werde er sich nicht entgehen lassen. Und als PS steht da, er, Thomas, warte auf mich.

DANK

Klaus Abraham
Hans Richard Brittnacher
Ilja Deyl
Petra Eggers
Tobias Heyl
Michael Huppertz
Michael Kohlstruck
Sabine Kretschmer-Seidel
Karin und Klaus Munk
Katharina Munk
Matthias Munk
Daniel Nalos
Marek Nalos
Edita Noth
Cordt Riechelmann
Gustav Roßler
Harald Schäfer
Stefanie Schelleis
Rudolf Speth
Malte Spohr
Robert Žalud

BILDNACHWEIS

Zeichnungen Seite 69–74
Bild 1 Dachschläfer mit schwarzer Fahne: Zeichenblock 3, Sommer 1981 (Ausschnitt)
Bild 2 Lange Nacht in der »home bar«: Zeichenblock 5, Herbst/Winter 1981 (Ausschnitt)
Bild 3 Frau in der »home bar«: Zeichenblock 5, Herbst/Winter 1981 (Ausschnitt)
Bild 4 Frau mit Flasche: Zeichenblock 4, Sommer 1981 (Ausschnitt)
Bild 5 Frühstück: Zeichenblock 6, Winter 1981/82 (Ausschnitt)
Bild 6 Tramper: Zeichenblock 2, Sommer 1981

Zeichnungen Seite 189–194
Bild 7 Türkin und Türke in der U-Bahn unter der Normalzeituhr: Zeichenblock 7, März–Mai 1982 (Ausschnitt)
Bild 8 Liebespaar: Zeichenblock 7, März–Mai 1982
Bild 9 Polizist und Zivi: Zeichenblock 7, März–Mai 1982 (Ausschnitt)
Bild 10–11 Meine Nachbarn, die Hausbesetzer: Zeichenblock 8, Pfingsten–Sommer 1982
Bild 12 Selfie: Zeichenblock 7, März–Mai 1982

Zeichnungen Seite 353–358
Bild 13 Kuss: Tagebuch 1986
Bild 14 Liebeskummer (mit Telefon): Tagebuch 1989
Bild 15 Champagne & Cocaine: Tagebuch 1987
Bild 16 Die Kartenspielerinnen: Tagebuch 1984
Bild 17 Liebhaber mit Zigarette: Tagebuch 1986 (Ausschnitt)
Bild 18 Hamburg–Spanien. Die Reise, 1988, Projektzeichnung (Ausschnitt). Grundriss der Kellerräume des ehemaligen Görlitzer Bahnhofs Berlin-Kreuzberg

Zeichnung Nachsatz
Bild 19 Hundert Zeichnungen – Nr. 95, 2001

INHALT

8 Die Figuren
11 Prag, Januar 1982
12 Westberlin, 1980
16 Westdeutschland, Nachkrieg
23 Geschichte wird gemacht, Januar 1981
28 Die Villa
32 Das Versprechen Berlin – Luise
37 Autonom
41 Wir als Wir
52 Wie leben? – Thomas
58 Die Gegenrichtung – Luise
62 Außer Atem, Herbst 1981
75 Kalte Freiheit
80 Die Wunschmaschine – Thomas
88 Das Saxophon – Luise
91 Die Reise – Thomas
95 Weißes Rauschen – Luise
96 Die Kreuzung – Thomas
101 Die Segelschiffe – Luise
104 Die Stadt hinter dem Eisernen Vorhang – Thomas
113 Die andere Welt – Luise
120 Forlorn – Thomas
123 Die Entdeckung – Luise
125 Die Übergabe – Luise
127 Der Bote

131 Was tun?
149 Attacken – Thomas
172 Die Lücke – Luise
195 Kill the Poor, September 1982
201 Love Hurts
206 Die O-Meile – Thomas
213 Gefühl und Härte
235 Kebabträume – Luise
251 Wir und Gott
267 Heroes – Thomas
278 Erlösung an der FU – Thomas
287 Caput Mortuum – Luise, 1986
298 Merves Welt – Thomas
310 Body and Soul
328 Nachtgewächs – Luise
336 Laden für Nichts – Thomas
339 Die Schuhe – Luise, 1987
359 Hamburg–Spanien. Die Reise – Thomas
365 Klassenschicksal – Thomas
371 New York – Luise

379 Dank
380 Bildnachweis

INHALT

8 Die Figuren
11 Prag, Januar 1982
12 Westberlin, 1980
16 Westdeutschland, Nachkrieg
23 Geschichte wird gemacht, Januar 1981
28 Die Villa
32 Das Versprechen Berlin – Luise
37 Autonom
41 Wir als Wir
52 Wie leben? – Thomas
58 Die Gegenrichtung – Luise
62 Außer Atem, Herbst 1981
75 Kalte Freiheit
80 Die Wunschmaschine – Thomas
88 Das Saxophon – Luise
91 Die Reise – Thomas
95 Weißes Rauschen – Luise
96 Die Kreuzung – Thomas
101 Die Segelschiffe – Luise
104 Die Stadt hinter dem Eisernen Vorhang – Thomas
113 Die andere Welt – Luise
120 Forlorn – Thomas
123 Die Entdeckung – Luise
125 Die Übergabe – Luise
127 Der Bote

131 Was tun?
149 Attacken – Thomas
172 Die Lücke – Luise
195 Kill the Poor, September 1982
201 Love Hurts
206 Die O-Meile – Thomas
213 Gefühl und Härte
235 Kebabträume – Luise
251 Wir und Gott
267 Heroes – Thomas
278 Erlösung an der FU – Thomas
287 Caput Mortuum – Luise, 1986
298 Merves Welt – Thomas
310 Body and Soul
328 Nachtgewächs – Luise
336 Laden für Nichts – Thomas
339 Die Schuhe – Luise, 1987
359 Hamburg–Spanien. Die Reise – Thomas
365 Klassenschicksal – Thomas
371 New York – Luise

379 Dank
380 Bildnachweis

SELBST. NACHTS ~~REGEN~~ NÄSSE.
DIE STRASSE. DICHTBEFAHREN
INS LABYRINTH ~~EINER~~ S
DENKE: ALL D